古典文学

〔唐〕韩愈 等著　弘丰 评析

唐宋八大家散文鉴赏

中国文联出版社

图书在版编目（CIP）数据

唐宋八大家散文鉴赏 /（唐）韩愈等著；弘丰评析. -- 北京：中国文联出版社，2016.10（2023.3重印）

（翰墨文库）

ISBN 978-7-5190-2081-1

Ⅰ. ①唐… Ⅱ. ①韩… ②弘… Ⅲ. ①唐宋八大家－古典散文－鉴赏 Ⅳ. ①I207.62

中国版本图书馆CIP数据核字（2016）第232245号

著　　者（唐）韩愈　等
评　　析　弘　丰
责任编辑　陈若伟
责任校对　郑红峰
装帧设计　余　微

出版发行　中国文联出版社有限公司
社　　址　北京市朝阳区农展馆南里 10 号　　邮编　100125
电　　话　010-85923025（发行部）　010-85923091（总编室）
经　　销　全国新华书店等
印　　刷　鸿鹄（唐山）印务有限公司

开　　本　880 毫米 ×1230 毫米　1/32
印　　张　15.5
字　　数　450 千字
版　　次　2016 年 10 月第 1 版　　印　　次　2023 年 3 月第 3 次印刷
定　　价　30.00 元

前言

唐宋八大家，是唐宋时期八位著名的散文作家的合称，即韩柳曾王，三苏欧阳——唐代的韩愈、柳宗元，宋代的苏轼、苏洵、苏辙、欧阳修、王安石、曾巩。唐宋文坛以他们的文学成就最高，流传最广，因此世人称他们为唐宋八大家。他们文风各异，却都妙笔生花，令人赞不绝口。

韩愈（768年—824年）字退之，是唐代文学家、哲学家、思想家，被后人尊称为“唐宋八大家”之首，与柳宗元并称“韩柳”，有“文章巨公”和“百代文宗”之名。韩愈是唐代古文运动的倡导者，著有《韩昌黎集》四十卷，《外集》十卷，《师说》等等。韩愈的作品非常丰富，现存诗文700余篇，其中散文近400篇。其赋、诗、论、说、传、记、颂、赞、书、序、哀辞、祭文、碑志、状、表、杂文等各种体裁的作品，均有卓越的成就。他提出的文道合一、气盛言宜、务去陈言、文从字顺等散文的写作理论，对后人很有指导意义。

柳宗元（773年—819年），字子厚，唐代文学家、哲学家、散文家和思想家世称“柳河东”“河东先生”，因官终柳州刺史，又称“柳柳州”。柳宗元一生留诗文作品达600余篇，其文的成就大于诗。骈文有近百篇，散文论说性强，笔锋犀利，讽刺辛辣。游记写景状物，多所寄托，有《河东先生集》，代表作有《溪居》《江雪》《渔翁》。

欧阳修（1007年— 1072年），字永叔，号醉翁、六一居士，北宋政治家、文学家。后人将其与韩愈、柳宗元和苏轼合称“千古文章四大家”。欧阳修是在宋代文学史上最早开创一代文风的文坛领袖。他领导了北宋诗文革新运动，继承并发展了韩愈的古文理论。他的散文创作的高度成就与其正确的古文理论相辅相成，从而开创了一代文风。同时，欧阳修也对诗风词风进行了革新。

苏洵（1009年—1066年），字明允，自号老泉，北宋文学家，与其子苏轼、苏辙并以文学著称于世，世称“三苏”。苏洵擅长于散文，尤其擅长政论，议论明畅，笔势雄健，著有《嘉祐集》二十卷，及《谥法》三卷，均与《宋史本传》并传于世。苏洵的散文论点鲜明，论据有力，语言锋利，纵横恣肆，具有雄辩的说服力，论文的见解也十分精辟。

苏轼（1037 年—1101 年），字子瞻，又字和仲，号东坡居士。苏轼在文、诗、词三方面都达到了极高的造诣，堪称宋代文学最高成就的代表。他的诗作题材广阔，清新豪健，善用夸张比喻，独具风格，与黄庭坚并称“苏黄”。词开豪放一派，与辛弃疾同是豪放派代表，并称“苏辛”。继柳永之后，苏轼对词体进行了全面的改革，最终突破了词为“艳科”的传统格局，提高了词的文学地位，使词从音乐的附属品转变为一种独立的抒情诗体，从根本上改变了词史的发展方向。

苏辙（1039 年—1112 年），字子由，自号颍滨遗老，北宋文学家、诗人。苏辙生平学问深受其父兄影响，以儒学为主，最倾慕孟子而又遍观百家。他擅长政论和史论，在政论中纵谈天下大事，分析当时政局，颇能一针见血。此外，苏辙的赋也写得相当出色。例如《墨竹赋》赞美画家文同的墨竹，把竹子的情态写得细致逼真，富于诗意。

王安石（1021 年—1086 年），字介甫，号半山，北宋著名的思想家、政治家、文学家、改革家。王安石由于潜心研究经学，著书立说，被誉为“通儒”，创“荆公新学”，促进了宋代疑经变古学风的形成。其散文论点鲜明、逻辑严密，有很强的说服力，充分发挥了古文的实际功用；短文简洁峻切、短小精悍，名列“唐宋八大家”。其诗“学杜得其瘦硬”，擅长于说理与修辞，晚年诗风含蓄深沉、深婉不迫，以丰神远韵的风格在北宋诗坛自成一家，世称“王荆公体”。

曾巩（1019 年—1083 年），字子固，北宋政治家、散文家。曾巩出身儒学世家，其文“古雅、平正、冲和”，论事之文写得纡余委备，委婉曲折。记叙则是条理分明，无不达之意。比如他的《墨池记》和《越州赵公救灾记》就熔记事、议论、抒情于一炉，深刻有力，通情达理。曾巩的书、序和铭也是很好的散文。在西昆体盛行时，他的散文一摈雕琢堆砌之风，专趋平易自然。

这八位古代文学巨匠以笔墨指点江山，用文章慨叹人世，字里行间中，他们的智慧和学识透过历史的尘埃，仍在熠熠生辉。本书精心收录了这八位彪炳于文林的文学大家的主要作品，并附上近现代名家对文中的艺术特色、思想内涵的精彩评论，使读者在提升古文鉴赏能力的同时，充分领略到唐宋八大家的文学风采。此外，本书版式新颖，设计考究，具有极大的收藏、研究价值。

目　录

韩愈卷

柳宗元卷

欧阳修卷

苏洵卷

曾巩卷

王安石卷

苏轼卷

苏辙卷

韩愈卷

韩愈简介

韩愈（768—824），唐宋散文八大家之首。字退之，唐代文学家、哲学家、思想家，河阳（今河南省孟州市）人，汉族，祖籍河北昌黎，世称韩昌黎。谥号“文”，又称韩文公。晚年任吏部侍郎，又称韩吏部，是唐代古文运动的倡导者。

韩愈散文，包括论、说、书、序、状、颂、赞、赋、铭、记、传、表、哀辞、祭文、碑志、杂文等。大多写得曲折奔放，气势雄健，“如长江大河，浑浩流转”（苏洵语）；记叙文的代表作如《蓝田县丞厅壁记》《张中丞传后叙》《圬者王承福传》和《毛颖传》等，笔底饱含情感，塑造不同人物性格，往往带有传奇色彩；抒情文的代表作如《祭十二郎文》《与孟东野书》等，前者被前人誉为“祭文中千年绝调”的佳作，后者诚恳朴直，不加修饰，前人赞美其“真气足以动千载下之人”。现代学者钱仲联先生说：“韩愈的散文，气势充沛，纵横开阖，奇偶交错，巧譬善喻，或诡谲，或严正，具有多样的艺术特色。”论说文的代表作如《原道》《原性》《原毁》《师说》《进学解》《论佛骨表》和《杂说》四首等。

感二鸟赋

贞元十一年，五月戊辰，愈东归。癸酉，自潼关出息于河之阴，时始去京师，有不遇时之叹。见行有笼白乌、白鸜而西者，号于道曰："某土之守某官，使使者进于天子。"东西行者，皆避路，莫敢正目焉。因窃自卑；幸生天下无事时，承先人之遗业，不职干戈、耒耜、攻守、耕获之勤，读书著文，自七岁至今，凡二十二年。其行己不敢有愧于道，其闲居思念前古当今之故，亦仅志其一二大者焉。选举于有司，与百十人偕进退，曾不得名荐书，齿下士于朝，以仰望天子之光明。今是鸟也，唯以羽毛之异，非有道德智谋，承顾问、赞教化者，乃反得蒙采擢荐进，光耀如此。故为赋以自悼，且明夫遭时者，虽小善必达；不遭时者，累善无所容焉。其辞曰：

吾何归乎！吾将既行而后思；诚不足以自存，苟有食其从之。出国门而东骛，触白日之隆景；时返顾以流涕，念西路之羌永。过潼关而坐息，窥黄流之奔猛；感二鸟之无知，方蒙恩而入幸；唯进退之殊异，增余怀之耿耿；彼中心之何嘉，徒外饰焉自逞。余生命之湮阨，曾二鸟之不如；汩东西与南北，恒十年而不居；辱饱食其有数，况策名于荐书；时所好之为贤，庸有谓余之非愚。昔殷之高宗，得良弼于宵寐；孰左右者为之先，信天同而神比。及时运之未来，或两求而莫致；虽家到而户说祇以招尤而速累。盖上天之生余，亦有期于下地；盍求配于古人，独怊怅于无位？唯得之而不能，乃鬼神之所戏；幸年岁之未暮，庶无羡于斯类。

【鉴赏】

韩愈（768—824），七岁读书，十三岁能书。韩愈青年时期就很关心政治，希望在政治上有所作为。二十岁进长安应进士试，三试不第，直到二十五岁才考取功名；此后三试博学宏词于礼部，却又因"黜于中书"而不被入选。这就交代了时间、地点、经历、原委以及此时此际的心境。韩愈正是在此时此际、此情此境，蓦然瞥见路上行人之中，有用笼子装着白乌鸦、白鸜（八哥）两种鸟西去长安的，公然在道路上叫喊说："某地方的某位地方长官，派遣使者贡献瑞物给皇帝陛下赏玩。"据说，平日所见的乌鸦和八哥都是通体黑色；八哥两翼略带白点，而乌鸦也偶有白色。故而，按照封建迷信的说法，所谓羽毛纯白的乌鸦与八哥被看作吉祥之物，趋意奉承的人总是把它献给最高当权者玩赏。

当时熙熙攘攘的行人，遇见献此二鸟的使臣，纷纷避路，目不直视，此见使臣作威作福，二鸟得蒙光耀，竟然甚之如此！于是，韩愈暗自悲伤起来。是故想到自己空以“幸生天下无事时，承先人之遗业”为宏志，不以干戈、耒耜、攻守、耕获为职守，而竭力于“读书著文，自七岁至今，凡二十二年”之中，怎料千里马难遇伯乐，哀哉！在礼部选拔人才时，与百余人共论海阔云低，一起应试博学宏词，结果却落得个榜上无名，三试不第的惨境；纵使居于庙堂也只能在低级小官吏的簿册上列个名字，默然在朝廷中“仰望天子的光明”。转而观之，今日有幸被献的两只金笼鸟，人鸟比之，不胜难堪，愤激之情，不能自已！并且作者揭露，封建统治者搜刮名花异鸟供自己享乐，谄媚的官僚到四处罗列此种奇珍异物进献给皇帝，求得国君的宠幸，锦绣前程。韩愈此种对比的写法，客观上对封建专制下君臣不尽其责，不思百姓都起到了绝妙的讽刺作用；只是就作者个人来说，主要还是衬托、铺垫他怀才不遇的激愤之心。以上是赋文的序，对于交代赋文的由来、事端必不可少。

作者这次外出实为出于无奈之举，其并非经过周密安排，久居长安，仕途无路，整日竟要惨受流落之苦，只好暂回故乡去，先行后思恰恰表明了其坎坷遭遇和愤激之情。“诚不足以自存，苟有食其从之”，即真是他“既行而后思”的回答，只要哪里有饭吃就往哪里去，自然谈不到自行抉择出路了。他出了国都的城门而东行，炎炎的烈日炙烤皮肤，时时流连顾盼那要离去的长安城，心里悲伤，涕泗横流，又怀念那西逝的道路，终难回首。无知之鸟蒙恩入幸，有识之士空负报国热忱含恨离都，满腔恼怨无处诉：“唯进退之殊异，增余怀之耿耿；彼中心之何嘉，徒外饰焉是逞。”人被疏离，鸟却被亲近，所遇的厚薄极其不同，统治者不明辨是非，昏庸享乐增加了作者耿耿不平的愤慨，韩愈此作暨抨击黑暗现实，进而提出“物不平则鸣”的卓越观点。此作所倾吐的人生遭遇，表达的人不如鸟的社会现实，对他也实在没有一点公平可言。

本文抒发他的政治抱负。他以殷商时代高宗的贤相傅说自比，望自身能实现凌云之志，既希望有人为他引荐，但又恐时运未来，反而招来麻烦。但不论境遇如何，始终胸怀希望，即“盖上天之生余，亦有期于下地；盍求配于古人，独怊怅于无位？”

总之本文表达了作者怀才不遇的愤慨与感伤。

原道

博爱之谓仁，行而宜之之谓义，由是而之焉之谓道，足乎己，无待于外之谓德。仁与义为定名，道与德为虚位。故道有君子小人，而德有凶有吉。老子之小仁义，非毁之也，其见者小也。坐井而观天，曰“天小”者，非天小也，彼以煦煦为仁，孑孑为义，其小之也则宜。其所谓道，道其所道，非吾所谓道也；其所谓德，德其所德，非吾所谓德也。凡吾所谓道德云者，合仁与义言之也，天下之公言也；老子之所谓道德云者，去仁与义言之也，一人之私言也。

周道衰，孔子没，火于秦，黄、老于汉，佛于晋、魏、梁、隋之间。其言道德仁义者，不入于杨，则入于墨；不入于老，则入于佛。入于彼，必出于此。入者主之，出者奴之，入者附之，出者污之。噫！后之人其欲闻仁义道德之说，孰从而听之？老者曰：“孔子，吾师之弟子也。”佛者曰：“孔子，吾师之弟子也。”为孔子者，习闻其说，乐其诞而自小也，亦曰吾师亦尝师之云尔。不惟举之于其口，而又笔之于其书。噫！后之人，虽闻仁义道德之说，其孰从而求之？甚矣，人之好怪也！不求其端，不讯其末，惟怪之欲闻。

古之为民者四，今之为民者六；古之教者处其一，今之教者处其三。农之家一，而食粟之家六；工之家一，而用器之家六；贾之家一，而资焉之家六。奈之何民不穷且盗也！

古之时，人之害多矣。有圣人者立，然后教之以相生养之道：为之君，为之师，驱其虫蛇禽兽而处之中土；寒然后为之衣，饥然后为之食；木处而颠，土处而病也，然后为之宫室；为之工以赡其器用，为之贾以通其有无，为之医药以济其夭死，为之葬埋祭祀以长其恩爱，为之礼以次其先后，为之乐以宣其湮郁，为之政以率其怠倦，为之刑以锄其强梗。相欺也，为之符玺斗斛权衡以信之；相夺也，为之城郭甲兵以守之。害至而为之备，患生而为之防。今其言曰："圣人不死，大盗不止，剖斗折衡，而民不争。"呜呼！其亦不思而已矣！如古之无圣人，人之类灭久矣。何也？无羽毛鳞介以居寒热也，无爪牙以争食也。

是故君者，出令者也；臣者，行君之令而致之民者也；民者，出粟米麻丝，作器皿，通货财，以事其上者也。君不出令，则失其所以为君；臣不行君之令而致之民，民不出粟米麻丝，作器皿，通货财，以事其上，则诛。今其法曰：必弃而君臣，去而父子，禁而相生养之道，以求其所谓清净寂灭者。呜呼！其亦幸而出于三代之后，不见黜于禹、汤、文、武、周公、孔子也；其亦不幸而不出于三代之前，不见正于禹、汤、文、武、周公、孔子也。

帝之与王，其号名殊，其所以为圣一也。夏葛而冬裘，渴饮而饥食，其事殊，其所以为智一也。今其言曰："曷不为太古之无事？"是亦责冬之裘者曰："曷不为葛之之易也！"责饥之食者曰："曷不为饮之之易也！"

传曰："古之欲明明德于天下者，先治其国；欲治其国者，先齐其家；欲齐其家者，先修其身；欲修其身者，先正其心；欲正其心者，先诚其意。"然则古之所谓正心而诚意者，将以有为也。今也欲治其心，而外天下国家，灭其天常，子焉而不父其父，臣焉而不君其君，民焉而不事其事。孔子之作《春秋》也，诸侯用夷礼则夷之，进于中国则中国之。经曰："夷狄之有君，不如诸夏之亡也。"《诗》曰："戎狄是膺，荆舒是惩。"今也举夷狄之法，而加之先王之教之上，几何其不胥而为夷也！

夫所谓先王之教者何也？博爱之谓仁，行而宜之之谓义，由是而之焉之谓道，足乎己，无待于外之谓德。其文：《诗》、《书》、《易》、《春秋》；其法：礼、乐、刑、政；其民：士、农、工、贾；其位：君臣、父子、师友、宾主、昆弟、夫妇；其服：麻、丝；其居：宫、室；其食：粟米、果蔬、鱼肉。其为道易明，而其为教易行也。是故以之为己，则顺而祥；以之为人，则爱而公；以之为心，则和而平；以之为天下国家，无所处而不当。是故生则得其情，死则尽其常；郊焉而天神假，庙焉而人鬼飨。曰：斯道也，何道也？曰：斯吾所谓道也，非向所谓老与佛之道也。尧以是传之舜，舜以是传之禹，禹以是传之汤，汤以是传之文、武、周公，文、武、周公传之孔子，孔子传之孟轲，轲之死不得其传焉。荀与杨也，择焉而不精，语焉而不详。由周公而上，上而为君，故其事行；由周公而下，下而为臣，故其说长。

然则如之何而可也？曰：不塞不流，不止不行，人其人，火其书，庐其居，明先王之道以道之，鳏寡孤独废疾者有养也，其亦庶乎其可也。

【鉴赏】

在唐朝佛老盛行，宗教猖獗，危害四方。在政治上，僧道乱政，武则天男宠薛怀义，便是一例。在经济上，僧富民贫，民不聊生。僧道宽交赋税，免征徭役，广占土地，享有与统治阶级同样的优遇特权，骄奢淫逸，不从事生产，要生产者来供养，于国于民有害，是社会的蛀米虫。在思想上，唐朝产生了中国化的佛教宗派禅宗南宗，满足了统治阶级用以麻痹人民的思想的要求，只让人民忍受现状，不与做反抗。在这僧道横流，为害甚烈的横流之下，韩愈极力排佛斥老，其积极意义不可低估。

而《原道》从哪些方面反对佛老？韩愈所谓"道"，是包含仁、义道德内容的道，仁指博爱，即"一视同仁"（见《原人》）；义指合乎人情事理去实践"仁"；道，指从"仁义"出发，向前而行；德指仁义发于内心，有足够的自我修养。"凡吾所谓道德云者，含仁与义言之也，天下之公言也。"这个"道"也就是自古相传的"修身、齐家、治国、平天下"之道。韩愈主张恢复道统，用以攻击逃避现实、脱离现实的佛老之道。韩愈从政治、经济两方面对他们加以猛烈抨击：政治上，他们要与国家争权，"古之教者处其一，今之教者处其三"，古代的教"者"只有士，而唐代，还要增加僧、道。经济上，佛、老二家信徒是"士、商、农、工"四民之外的游民，完全靠人民来养活。

《原道》则分别对佛、老予以攻击，其中，佛家是攻击的重点，对佛家的批判主要是：一、驳斥佛教抛弃君臣、父子，禁止生养之道，不重君臣父子等级之礼"以求其所谓洁净寂灭者"，指出其荒谬性。二、指出佛家的"治心"，只管自己，不管天下国家，"外天下国家"，"灭其天常"，使得天下人不行其道，不尽其责。对道家的批判主要是：其一，指出老子（李耳）所说的道是脱离仁与义的道，与儒家的"圣人之道"有悖。其二，指出道家关于绝圣弃智主张的荒谬。庄子说："圣人不死，大盗不止；剖斗折衡，而民不争。"其三，指出道家所谓返回"太古之无事"的原始状态，是违背时代与现实的。

《原道》在艺术上亦堪称韩愈散文的代表作之一。择其要点，略述于兹：其一，立论、驳诘，两相结合，逐层展开，深入论证。全文分九段。

第一段总论：一方面，开宗明义，指出仁、义、道、德的真正含义，先王之道以仁义为本的精神实质。另一方面又批判老子之道“小仁义”，指出儒、道的本质区别。第二段：一方面回溯佛老盛行的历史渊源，指出其危害，另一方面又包含鼓励儒家信徒树立坚定信心，从杨、墨、老、佛的羁绊中解脱出来的意思。第三段：对比古今，从经济、政治角度揭露佛老从汉代以来对天下国家的危害。二、三两段，围绕首段纲目，展开论述，把佛、老合起来批判，姑称之为“合论”。第四段：一方面论述上古圣人礼乐刑政制度施惠于民，是维持社会生产和秩序的必要手段。另一方面批驳道家关于“绝圣弃智”的荒谬主张。第五段：一方面强调君臣百姓必须恪守常职，才能维护社会生活正常秩序，另一方面，转而批驳佛教抛弃君臣、父子、禁止生养之道的异端邪说。第六段：一方面阐明古代帝王因时制宜，有惠于民，另一方面驳斥道家（老子）回复太古无为而治的观点。第七段：一方面阐述古人正心诚意，将以有为，积极入世用世，另一方面驳斥佛教“外天下国家”，“灭其天常”的教义，四、五、六、七四段依“道家—佛家—道家—佛家”的顺序分别批驳其论点。第八段：总结前文，正面提出儒家的先王之教，就是仁义道德，礼乐刑政，以及“君臣父子师友宾主昆弟夫妇”的社会等级秩序。第九段在充分论证为什么要倡儒学，排佛老之后，提出措施，解决“怎么办”的问题。总的来说，文意不断拓深，“扶树教道”之心愈切。中间数段，每段之中，正反对照，有立有破，立论驳诘完美结合，融为一体。

其二，大量使用排句，造成雄浑气势。这是指韩文自有一种气势磅礴的宏伟风格。“气盛”原因很多，其中之一，是大量连续地使用排句，如第一段连用四个排句，第四段一口气用了十七个“为”字句，真令佛老望而生畏。排句、散句交叉使用，排句句式又不断变换，于“浑浩”中见“流转”，雄浑显活泼。

但是每样东西都会有其时代局限性，《原道》也有明显的思想局限，它主要是在政治上维护封建统治秩序，宣扬君权至上，维护君主专制。在哲学思想上，以唯心主义反唯心主义，未能一针见血，切中要害，更难以彻底击溃佛教的异说。同时提出衣服宫室器用医药等都是圣人所发明，不符历史事实，流露“英雄造时势”的观点。虽写得剑拔弩张，但没有超出孟子排斥异端的理论高度。《孟子》书中某些民本思想因素，未能加以吸收。

尤其错误的是宣扬“诛民”论:“民不出粟米麻丝，作器皿，通货财，以事其上，则诛。”与他之前的傅弈相比，韩愈反佛既胜一筹，又稍逊一步。傅弈于唐高祖时上疏，“请除佛法”，高祖采纳了傅弈的意见，曾下诏“命有司沙汰天下僧、尼、道士、女冠”。韩愈反佛，是傅弈反佛的继续，从三方面加以批判，还要彻底毁灭它，态度够坚决了。联系唐朝皇帝姓李，老子李耳是其祖先，韩愈敢于批判老子，胆量够大了。

总之,《原道》是韩愈儒学复兴运动的激烈宣言书，是其崇儒辟佛的纲领性文献，它集中体现了韩愈复兴儒学，排斥佛老的思想精华与糟粕。

原 性

性也者，与生俱生也；情也者，接于物而生也。性之品有三，而其所以为性者五；情之品有三，而其所以为情者七。

曰：何也？曰：性之品有上中下三，上焉者善焉而已矣，中焉者可导而上下也，下焉者恶焉而已矣。其所以为性者五，曰仁、曰礼、曰信、曰义、曰智。上焉者之于五也，主于一而行于四；中焉者之于五也，一不少有焉，则少反焉，其于四也混；下焉者之于五也，反于一而悖于四。性之于情视其品。情之品有上中下三，其所以为情者七，曰喜、曰怒、曰哀、曰惧、曰爱、曰恶、曰欲。上焉者之于七也，初而处其中；中焉者之于七也，有所甚，有所亡，然而求合其中者也；下焉者之于七也，亡与甚直情而行者也。情之于性视其品。

孟子之言性曰：“人之性善。”荀子之言性曰：“人之性恶。”杨子之言性曰：“人之性善恶混。”夫始善而进恶，与始恶而进善，与始也混而今也善恶，皆举其中而遗其上下者也，得其一而失其二者也。叔鱼之生也，其母视之，知其必以贿死；杨食我之生也，叔向之母闻其号也，知必灭其宗；越椒之生也，子文以为大戚，知若敖氏之鬼不食也：人之性果善乎？后稷之生也，其母无灾，其始匍匐也，则岐岐然，嶷嶷然；文王之在母也，母不忧，既生也，傅不勤，既学也，师不烦：人之性果恶乎？尧之朱，舜之均，文王之管蔡，习非不善也，而卒为奸；瞽叟之舜，鲧之禹，习非不恶也，而卒为圣：人之性善恶果混乎？故曰：“三子之言性也，举其中而遗其上下者也，得其一而失其二者也。”

曰：“然则性之上下者，其终不可移乎？”曰：“上之性就学而愈明，下之性畏威而寡罪，是故上者可教，而下者可制也，其品则孔子谓不移也。”曰：“今之言性者异于此，何也？”曰：“今之言者，杂佛老而言也。杂佛老而言也者，奚言而不异？”

【鉴赏】

《论佛骨表》从思想政治观点对佛教进行了批判，指出佛乃“夷狄之一法”，与“先王之道”绝不相容。而《原性》则从哲学的观点，从人性论的角度立论，以儒家的立场排佛，表现出对人性问题的深沉思考。文分四段，首段总提“性”与“情”的渊源及品类。

韩愈反对把“性”与“情”截然分开，所以文章一开始，就把“性”与“情”并提。文章开头，提纲挈领地揭示了全文的论题。他认为，“性”是与人的生命俱来的，即先天存在的东西，而“情”则是由于接触到外界，受到外物刺激而产生的内心反应。这样就阐明了“性”与“情”的来源，同时，提出性乃情的基础。进而对“性”与“情”的品类及具体内容（或表现）具体划分，指出“性”的品类有三种，具体内容（或表现）有五种，“情”的品类也有三种，具体内容（或表现）有七种。此论是在董仲舒的性三品说基础上又有所发展，然而文中关于情三品及其七个内容，董仲舒尚未触及，此是董仲舒论一弊端。董认为性、情具有先天性，而韩愈认为性是先天的，情却是后天的。

第二段阐明“性三品”及其五个具体内容、情三品及其七个具体内容。他把人性分为上、中、下三品。即观点指出上品即“善”，下品即“恶”，而中品，为两者桥梁，“可导而上下”的。

第三段，对性善论、性恶论和性善恶混论加以辨析。文章先以孟子、荀子及杨雄的这三种观点做铺垫，接着指出其不合理、不妥当的要害在于具有片面性：“皆举其中而遗其上下者也，得其一而失其二者也。”后以实例具体逐一驳诘性善论、性恶论、性善恶混论。先举出三例驳性善论；第一例，据《国语》记载，叔鱼生下来，其母亲看他的容貌为虎目而豕喙，鸢肩而牛腹，终断言其最终必定因贪欲而死。第二例据《左传》记载，叔向生子杨食我，叔向之母前往探视，走到厅堂，听闻其声音，返回道：这是豺狼的声音，狼子野心，最终将灭族。后果然应验。第三例，据《左传》记载：楚司马子良生了越椒，子文势要手刃他，因为孩子身似熊虎，叫声似豺狼，不诛，必殃及家族。子良不肯。子文深以为忧，说："鬼犹求食，若敖氏之鬼，不其馁而。"这三个事例有个共同特点，即这三个人一生下来就有恶的征兆，后来果然证明是恶的，因而证明人性不是善的。实际上，人性深受后天环境所影响，人之初，无所谓性善、性恶。韩愈从唯心主义的立场出发批驳"性善论"，后而举例，驳性恶论，后举五例驳性善恶混论。最后，着重提出三者弱点"举其中而遗其上下者也，得其一而失其二者也"。

第四段，本段重要强调人性三品虽有严格界线，但上可教，下可制，并批判"杂佛老"而言性观点。韩愈认同，人通过后天伦理道德教育，会使性回到"就学而愈明"，"下之性，畏威而寡罪"上来，提出"上可教，下可制"的观点。这是反动的"上智下愚"理论的翻版，说明韩愈的人性论具有地主阶级的阶级性。文末，提出唐朝关于人性的讨论，掺杂了佛家道家的异说，同圣人的人性论是根本不同的。

本文论证严密。从总体看，首先提出中心论点，其次正面展开论述，进而从反面批驳，最后得出结论，层次井然，逻辑性强。具体分析文章，判断有力，例如开头，关于性与情的产生与渊源，一针见血："性也者，与生俱来也；情也者，接于物而生也。"恰当采用下定义和定界说的方法，说明性三品、情三品的具体含义。诚然，鉴于作者位于维护封建统治的立场，又采用唯心主义哲学观剖析人性问题，其谬误，今天来看，是显而易见的。文章从道理上立论，又用事实展开论述。第三段几乎全是举例说明，在当时，用这些例子批驳性善说、性恶说、性善恶混说，是有雄辩力量的。为了增强论述的力量，本文还运用了设问与反问手法。阐释性三品，又要吸引读者，继而用设问句式强调："曰：何也？曰：情之品有上、中、下三。"性可否变动，也是个重要问题，因此在篇末也用设问突出之比起陈述语气，显得更有力。

原毁

古之君子，其责己也重以周，其待人也轻以约。重以周，故不怠；轻以约，故人乐为善。闻古之人有舜者，其为人也，仁义人也；求其所以为舜者，责于己曰："彼人也，予人也，彼能是，而我乃不能是。"早夜以思，去其不如舜者，就其如舜者。闻古之人有周公者，其为人也，多才与艺人也；求其所以为周公者，责于己曰："彼人也，予人也，彼能是，而我乃不能是。"早夜以思，去其不如周公者，就其如周公者。舜，大圣人也，后世无及焉；周公，大圣人也，后世无及焉。是人也，乃曰："不如舜，不如周公，吾之病也。"是不亦责于身者重以周乎！其于人也，曰："彼人也，能有是，是足为良人矣；能善是，是足为艺人矣。"取其一不责其二，即其新不究其旧，恐恐然惟惧其人之不得为善之利。一善，易修也，一艺，易能也；其于人也，乃曰："能有是，是亦足矣。"曰："能善是，是亦足矣。"不亦待于人者轻以约乎！

今之君子则不然，其责人也详，其待己也廉。详，故人难于为善；廉，故自取也少。己未有善，曰："我善是，是亦足矣。"己未有能，曰："我能是，是亦足矣。"外以欺于人，内以欺于心，未少有得而止矣。不亦待其身者已廉乎！其于人也，曰："彼虽能是，其人不足称也；彼虽善是，其用不足称也。"举其一不计其十，究其旧不图其新，恐恐然惟惧其人之有闻也。是不亦责于人者已详乎！夫是之谓不以众人待其身，而以圣人望于人，吾未见其尊己也！

虽然，为是者有本有原，怠与忌之谓也。怠者不能修，而忌者畏人修。吾常试之矣，尝试语于众曰："某良士，某良士。"其应者，必其人之与也；不然，则其所疏远、不与同其利者也；不然，则其畏也。不若是，强者必怒于言，懦者必怒于色矣。又尝语于众曰："某非良士，某非良士。"其不应者，必其人之与也；不然，则其所疏远，不与同其利者也；不然，则其畏也。不若是，强者必悦于言，懦者必悦于色矣。是故事修而谤兴，德高而毁来。呜呼！士之处此世，而望名誉之光，道德之行，难已！

将有作于上者，得吾说而存之，其国家可几而理欤！

【鉴赏】

《原毁》是韩愈“五原”之一，“毁”即文中“事兴而谤兴，德高而毁来”。也就是诽谤、诋毁的意思。文章针对现实而发：安史之乱后，唐帝国日趋崩溃。统治阶级内部矛盾更加尖锐。执政者及世族大地主结党营私，其子弟靠门荫而直登仕途。而庶族地主知识分子，正如韩愈在《行难》中批评陆“选人也已解”那样，由于执政者求全责备，欲登上政治舞台相当困难。即使得官，也“动而得谤”，屡遭排挤。这种情况如任其延续，将给国家带来新的灾难。正是面对这样的现实，韩愈才写《原毁》，希冀引起统治者的重视，抑制诽谤的滋生。文章的写作动机为：居高位而想有所作为的人，得到这篇论说而存之于心，那么国家大概可以治理好吧。

纵观全文可分四段。第一段，从“古之君子”至“不亦待于人者轻以约乎！”提出古之君子以“重以周”待人，以“轻以约”的原则待己。待人待己成了贯注全文的线索。又分三层。先总论责己、待人的正确原则及其效应。进入第二层：古之君子以圣人舜、周公为榜样，通过比较阐释探析人成长为圣人的奥秘，弃其不如舜、周公的地方，发挥创造接近圣人的优点。指出要采取“责”、“求”、“去”、“就”等具体行动。第三层，谈宽以待人。“取其一，不责其二”，从横的方面，论对别人的宽厚。“即其新，不究其旧”，从纵的方面，说明古之君子“待人轻以约”。

第二段，从“今之君子”至“吾未见其尊已也”。叙述今之君子反其道而行之，责人详，待已廉。论证方法与第一段大体相同。总分三层。第一层开门见山，提出论点：“今之君子则不然，其责人也详，其待已也廉。”第二层谓待已“廉”，自身欠缺，又不上进，却自我满足，妄自菲薄。第三层谈“责人详”，即对别人的优点和本领，孤芳自赏，却擅用圣人的标准要求别人。第二段直接触及“毁”的题意，举例说明“毁”的具体表现，讽刺痛斥了“今之君子”嫉善妒能的恶劣行径，论证比第一段深入一层。

而第三段则从“虽然”到“难已”指出“毁”的思想根源在于“怠”与“忌”。慨叹后进之士难于立身安命。总共三层，首先以道理深入，做理论性的概括：“怠”的结果自已不能进德修业，“忌”的结果却是别人进德修业。进而以破“忌”为主，通过自身实际寓于证明，分析“忌”的心理及表现，最终得出结论：“事修而谤兴，德高而毁来。”这同样是全文的结论。继而无限感慨：读书人身处此境，希望名誉光大，道德传扬，无异于痴人说梦！用了“卒章显志”、“篇末点题”之法。文章由远及近，由表及里，由浅入深，由古到今，从“毁”的具体表现，谈到“毁”的思想根源，既穷其情状，又抉其本原。摆事实、讲道理，逐层论述，逻辑性强，论辩性强。

文章的最后三句，阐释写作意图，把正确待人待已，杜绝“谤兴”“毁来”，提高到治国之道的高度来认识。

此外，文章还用了形象勾画的方法。如在第一段说理分析中，以古之君子责于己的话穿插其中：“彼、人也；予，人也；彼能是，而我乃不能是？”等等，此语既着眼于语言的描述，又兼具行为的粗线勾勒，如“日夜以思，去其不如周公者，就其如周公者”。更含对情景的生动描摹，写韩愈当着众人之面谈论某人为良士或非良士，众人或表态或不表态，其心情满满是嫉妒，文章此处亦做了生动的心理分析。鉴于寓理于形，理论性与形象性的生动结合，逻辑严密，条理清晰，论证更显得严密有力。善用排偶，舒卷自如。全篇几乎都用对偶、排比句式敷衍而成。对偶排比神奇结合，排比中包含对偶，统一中见多样。如“吾常试之矣，尝试语于众曰”为常见的“单行”句式，“某良士，某良士”等反复句式，“其应者，必其人之与也；不然则其所疏远，不与同其利者也；不然则其畏也”为排比，气势磅礴，言辞有力，“强者必怒于言，懦者必怒于色矣”是对偶佳句。错综配合，语言凝练，庄重不失活泼，平稳中兼具变化，摆脱了古文中平板呆滞之病，富于魅力。

原　鬼

有啸于梁，从而烛之，无见也，斯鬼乎？曰：非也，鬼无声。有立于堂，从而视之，无见也，斯鬼乎？曰：非也，鬼无形。有触吾躬，从而执之，无得也，斯鬼乎？曰：非也，鬼无声与形，安有气？曰：鬼无声也，无形也，无气也。

果无鬼乎？曰：有形而无声者，物有之矣，土石是也；有声而无形者，物有之矣，风霆是也；有声与形者，物有之矣，人兽是也；无声与形者，物有之矣，鬼神是也。

曰：然则有怪而与民物接者何也？曰：是有二，有鬼有物。漠然无形与声者，鬼之常也。民有忤于天，有违于民，有爽于物，逆于伦，而感于气，于是乎鬼有形于形，有凭于声以应之，而下殃祸焉，皆民之为之也。其既也，又反乎其常。曰：何谓物？曰：成于形与声者，土石风霆人兽是也；反乎无声与形者，鬼神是也；不能有形与声，不能无形与声，物怪是也。

故其作而接于民也无恒，故有动于民而为祸，亦有动于民而为福，亦有动于民而莫之为祸福，适丁民之有是时也，作原鬼。

【鉴赏】

贞元二十一年（805），韩愈上兵部侍郎李巽书云："谨献旧文一卷，扶树教道，有所明白。"注家认为"旧文一卷"当指《原道》等篇。那时韩愈三十八岁。如此推算，"五原"作于早年。对照《原鬼》与《论佛骨表》（作于五十二岁），韩愈在对待鬼神的态度上，前后有所矛盾。《论佛骨表》，敢于指斥释迦牟尼"本夷狄之人"，篇末说："佛如有灵，能作祸祟，凡有殃咎，宜加臣身"。既用一"如"字，就说明对佛之"有灵"，未必相信。因此，《论佛骨表》不仅是排佛辟老之作，而且是反对封建迷信的檄文。

《原鬼》简直是一篇宣传有神论的哲学论文。《原鬼》中指出鬼是无声、无形、无气的以无神论看来，既然无声、无形、无气，便是不存在。而韩愈的有神论观点，使他在论证鬼的无声、无形、无气之后止步不前，仍然承认了鬼的存在，"无声与形者，物有之矣，鬼神是也。"由肯定鬼的存在，他自然而然地得出鬼神能祸福于人的结论。此唯心主义观点大有现实意义。韩愈一方面相信有鬼神，另一方面，又自觉不自觉地利用有神论为其恢复儒学，建立道统服务。在文中有深刻体现。他指出"民之忤于天，有违于民，有爽于物，逆于伦"，这实际上是用有神论告诫人们：不得违背先王之道！是用有神论来为复兴儒学运动造舆论。

《原鬼》在艺术表现上却有着无可厚非的借鉴之处。首先，设问手法贯穿始终，通透全文，使得文章条理分明，重点突出。巧妙设计了六问六答，围绕主旨议论鬼神之有无，鬼神之特征，鬼神之作用的关键地方，故意设下疑惑，保留悬念，然后一一解答，以吸引读者的注意力。开头三个"斯鬼乎"的疑问及自问自答，言语精妙，行文缜密，使人产生作者持无神论的错觉，于此转捩要紧处，做一设问："果无鬼乎？"然后回答：有鬼神。

设问在此起强调作用。作者欲扬先抑，大做铺垫，遗留悬念，使人不禁好奇心见长，深入思索，是否与人接触的怪物只有鬼？这又是一个关键处，所以作者再次设问，指出不只有鬼神，还有物怪。由于通篇以设问为标志，来划分层次段落，所以显得条分缕析，不紊不乱。

其次，纵横曲折，愈转愈深。这是韩愈“深厚雄博”的一个体现。第一段，自“有啸于梁”至“无气也”，三个设问句巧妙引出鬼神的特征：疑是有声、有形、有气，实则无声、无形、无气。《易》曰：“精气为物，游魂为变。”韩文在此把《易》之所述具体化，描摹出鬼的情状。第二段，自“果无鬼乎”至“鬼神是也”。辨析有形无声、有声无形之物，指出，无声与形之物为鬼神。第一段似乎在说明不存在鬼神，这一段扳转文意，肯定有鬼神，命意曲折。如此结构巧妙，行文曲折，设计精美。第三段，自“曰：然则有怪而与民物接者何也”至“物怪是也”。第二段承认有鬼神存在，第三段则说明鬼神具体活动——“与民物接”。并说明其原因也在于人。比第二段深入一层。在此充分阐述之后，得出全文结论：鬼神能祸福于人。继而引出文章主旨，这便是第四段的内容。文章环环紧扣，不断深入，曲折有致，正所谓“文贵奇”，“昌黎文奇”也。

再次，排比反复，气势腾跃。林纾说韩愈的许多议论之文，“篇幅虽短，而气势腾跃，万水回环，千峰合抱，读之较读长篇文字为久，即无烦譬冗言耳。”由其对韩愈的高调赞美便可看出韩愈文章非同一般。短文气盛，不易。造成气势雄放的主要原因，在于本文大量运用排比反复。排比增强气势，有反复说明强调，进一步论证作者观点，发端数语，是三个排比句，中间兼用“有……从而……无……斯鬼乎？”构成反复。第二段，“有……无……者，物有之矣……是也”，排比、反复配合使用，文势如江河奔腾，不可遏抑，磅礴汹涌。三、四段亦然，不赘述。

而在文章最后，本文以短句为主，多“也”字判断句，斩截有力。句子短则二字，长则十余字长短句相互穿插，错落有致，充满生气，大多为四五字。短句节奏急促，铿锵有声。且多“也”字判断句，是与非，旗帜鲜明，语气肯定。如“非也”、“土石是也”、“鬼之常也”、“皆民之为之也”等，不胜枚举。

杂说四首（其一）

龙嘘气成云，云固弗灵于龙也。然龙乘是气，茫洋穷乎玄间，薄日月，伏光景，感震电，神变化，水下土，汩陵谷：云亦灵怪矣哉！

云，龙之所能使为灵也，若龙之灵，则非云乏所能使为灵也。然龙弗得云，无以神其灵矣，失其所凭依，信不可欤！异哉！其所凭依，乃其所自为也。

《易》曰："云从龙。"既曰龙，云从之矣。

【鉴赏】

四首之一的《杂说》，又称《龙说》。并非对传说中的龙做介绍、说明，而是有感于心，托之于物，乃托物寓意之作。《龙说》"文仅一百一十四字，却成五段，而段段有转，舌若辘轳，笔若转环。从体裁上看，属论说体，故题为"杂说"。"杂"者，取类至广，第一首言龙与云之关系，第二首以医为喻，论述治不可以恃安，第三首由鹤生发，谓人不可以貌取，第四首以伯乐与马作比，阐述赏识人才与爱惜人才问题。四首都短小精悍，逐层转递，寓意深远。

首段言龙之"灵"。紧扣龙与云之关系落墨。"龙嘘气成云"，点明二者之主从关系。起句破空而入，卓如山立。云本身不如龙那样"灵"，也就顺理成章。二段用"然"字急转直下，翻出另一层意思：云之"灵"。从"龙"这一角度说明，龙乘着云，可到达宇宙间至幽至远的空间，云迫近日月，掩盖其光影，使雷电震动，变化如神而难测，化为雨，滋润大地上的万物，淹没高山峡谷。讲的是云的巨大作用，列举数端，逼出"云亦灵怪矣哉！"三段转笔论龙之"灵"。而云之作用，云之"灵"，是龙所给予的。四段再次转折，再论云之"灵"。从云这一角度阐述龙、云关系五段言龙必有云，无云则亦无龙矣，从龙、云密切的依存关系中立论。"异哉！"如异军突起，抒发感慨之情。又一次肯定云是龙嘘气所成，并引《易经》"云从龙"的说法作为根据，得出结论：有龙必有云，云总是追随龙的。

在表现手法上本文的突出特色是运用比喻。文中的龙与云，作为某种意念、情感的喻体或象征物而存在。这里的比喻，并非文章语言表达中的修辞格，而是流布全文的论证方式。它没有点明比喻什么，而是在喻体本身下工夫，翻来覆去，论述阐明，比喻义让读者自个揣摩、体味，这样，就留下艺术空白，留下广泛的联想、想象的空间，耐人寻味。

本文的另一特色：多义性。多义性乃相当普遍的文学现象，以比喻、象征行文，尽管刻画的形象具有鲜明性、具体性，不过形象的底蕴却具有模糊性、多义性。《龙说》中龙与云的关系，最易使人联想到封建时代君与臣的关系。君与臣乃主从关系，没有君赋予的权力，臣将无所作为，这就像龙嘘气成云一样。但龙是靠着云显出种种变化和威力的，这就如君靠着臣才显示了声威和权力一样，总之，圣君择贤臣，贤臣亦择圣君，君与臣互为依存，互相配合，治理天下。失此失彼，君臣皆亡！这展现了韩愈的民主主义意识，流露出反对神化君王，强调贤臣功用的思想。龙与云不可相离的联系，也可以理解为比喻朋友之应求仁者见仁，智者见智，其因，盖来自文章本身的多义性。

诗有诗眼，文有文眼。“传神写照，都在阿堵中。”（顾恺之语）“眼乃神光所聚……前前后后无不待眼光照映。”（刘熙载《艺概》）《龙说》之文眼，在一“灵”字。全文前前后后，没有一处不围绕“灵”。云虽不如龙灵，却亦灵怪。云之灵，是龙所给予；龙之灵，则非云所能导致。但龙失去云，也就不灵。无论龙的灵，云的灵，都统一于它们的相互依存关系中。由“文眼”见“文心”，揭出“灵”字，也就理清了全文的脉络筋节，掌握了全文的意旨。“韩子之文，如长江大河，浑浩流传”。这一就韩文之总体风格所下的断语，非常精确。如果说此断语主要指那些篇幅较长的记叙、抒情、议论文章的话，那么，《龙说》以及另外三篇《杂说》似乎像幽泉曲涧，九回百转，势亦不可遏抑。《龙说》在短小散文的历史长河中，不失为一颗闪闪发亮的明珠。

杂说四首（其四）

世有伯乐，然后有千里马。千里马常有，而伯乐不常有，故虽有名马，祇辱于奴隶人之手，骈死于槽枥之间，不以千里称也。

马之千里者，一食或尽粟一石，食马者不知其能千里而食也。是马也，虽有千里之能，食不饱，力不足，才美不外见，且欲与常马等不可得，安求其能千里也！

策之不以其道，食之不能尽其材，鸣之而不能通其意，执策而临之曰："天下无马。"呜呼！其真无马邪？其真不知马也！

【鉴赏】

《马说》，是四篇杂说中流传最广、影响最大的作品。盖之如此，皆因它体现了韩愈"不平则鸣"的创作原则。"文起八代之衰"的韩愈，有远大的政治抱负，他一心做官，一方面是为了寻求个人出路，更主要的还是想施展才干，报国利民。四举礼部，三选吏部，三次上书宰相，都未受到重用；虽得一官半职，却因为谏"宫市"，谏迎佛首，一再遭贬，其内心之压抑、不满，可以想见。他对人才无人赏识、珍爱，有切肤之痛，他以千里马自况自喻，借《马说》一吐为快，显得思深而情厚。

《马说》仅为个人泄愤之作，则意义不大。其意义还在于它切中时弊，揭露了唐朝中期的社会现实。韩愈所处的德宗、宪宗诸朝，皇帝急需谋臣勇将，来铲除藩镇割据，消灭叛乱，中兴大唐，再造"太平"盛世，不过大批有德、有才、有学、有识之士长期埋没下层，不得荐拔任用。《马说》更有感于此而作。《马说》的深刻之处，更在于它点触封建时代的人才问题。韩愈的思想非常复杂、矛盾，但对人才问题，态度始终如一，鲜明正确。《马说》散发永久魅力的奥秘其一，便在于它的主题的深刻性、普遍性。《马说》巧妙地把对人才问题的透辟之见，寄托于伯乐与千里马的故事上。

同时《马说》深得文章纵横开阖之妙。首先，它娴熟地采用了正反两面论述的方法。"世有伯乐，然后有千里马"，开篇就从正面揭示中心论点，接着，"千里马常有，而伯乐不常有"数句，从反面点出伯乐之不可少提出了全文的中心论点，强调伯乐之重要。第二段阐述千里马不遇伯乐，不能尽其材，从而论证了伯乐的重要性。"马之千里者，一食或尽粟一石"。从正面讲述千里马食量所需不同于常马，以与下文相对照。饲马者不知此，造成千里马"食不饱，力不足，才美不外见"，甚至同常马都不能比，更不要说奔驰千里的结果。从反面叙述了千里马的不幸境遇。第三段，从御马的庸碌之辈这一方面，亦即从反面，论述中心论点——不遇伯乐，千里马便不能被发现。“策之不以其道，食之不能尽其材，鸣之而不能通其意，执策而临之，曰：‘天下无马’。”勾勒御马庸碌之辈的反面形象。

全文便在这样正面、反面的反复论证中，明确了中心论点。文章也更见转折变化之妙。其次，开头结尾尤其出彩。开头一句“世有伯乐，然后有千里马”，统领全文，为一篇纲领，自不待说，即它所蕴含的哲理则十分深奥。依照一般的思维方式，是世有千里马，然后有伯乐。但韩文倒过来说，出人意表，目的是强调伯乐的重要性，也是针对现实而发，结尾从反面刻画庸碌的御马者的嘴脸，历数其过错之后，忽正面下一断语，一笔收转，这一笔，具体分三个步骤完成，先是慨叹，以感叹词“呜呼！”显露之，接着以反问语气质问：“其真无马邪？”然后做出不可怀疑的判断：“其真不知马也！”因而斩截有力！又与开头相呼应。

《马说》虽为议论文，但激情蕴蓄于中，形之于外，在文中时有流露，《古文观止》评论此文，谓文中有“五叹”，一唱而三叹，感情潜流终于奔涌而出地表，直至大声呼喊“呜呼！”达到高潮，又于高潮处紧收。感情的底调为一“愤”字，愤执政者对人才的漠视与践踏，从而表达了对封建统治现状的不满。

获麟解

麟之为灵，昭昭也。咏于《诗》，书于《春秋》，杂出于传记百家之书，虽妇人小子，皆知其为祥也。

然麟之为物，不畜于家，不恒有于天下。其为形也不类，非若马、牛、犬、豕、豺、狼、麋、鹿然。然则虽有麟，不可知其为麟也。角者吾知其为牛，鬣者吾知其为马，犬、豕、豺、狼、麋、鹿吾知其为犬、豕、豺、狼、麋、鹿，惟麟也不可知。不可知，则其谓之不祥也亦宜。

虽然，麟之出，必有圣人在乎位，麟为圣人出也。圣人者必知麟，麟之果不为不祥也。

又曰：麟之所以为麟者，以德不以形。若麟之出不待圣人，则谓之不祥也亦宜。

【鉴赏】

韩愈这篇“杂著”，从字面上看是对“获麟”一事进行解说、阐释。实际上，是借题发挥，既以自况，又有感于现实而作，与《杂说四首》中的“龙说”、“马说”有异曲同工之妙。文仅一百八十余字，凡四转，如游龙，如辘轳，曲折顿宕，变化无穷。

首段言妇人、小孩，皆知麟为吉物。“麟之为灵，昭昭也。”麟为物中之灵，“灵”字已隐伏“德”之意。“昭昭”指出对“鳞之为灵”，是非常清楚明白的。“灵”与“祥”为因果关系，正因其灵，故“祥”。此段极言人“皆知其为祥”。造成不容怀疑的局面，以为下文之映衬。

二段指出：认为麟不祥也是合适的。又分二层，第一层谓麟难于认识。“然”字使文意大转变，有千钧之力由上文“皆知”转折变化为“不可知”。这是从“祥”到“不祥”的过渡与准备。第二层详细阐述麟在形态上与别的动物不同，正由于麟“不可知”，所以“谓之不祥也亦宜”。到这里，文意从首段“祥”一百八十度转弯，变为“不祥”。

三段又一转，点明只有圣人方能知麟，麟“不为不祥”。麟的出现，必有圣人在其位，麟是为圣人才显现的，也只有圣人才辨认得出麟，就麟与圣人的关系立论，翻转前段“不祥”的意思，变为“祥”。

四段由“祥”再说到“不祥”。麟的最大特点是“德”，如果麟不等待圣人在位就出现，那就没有“德”，觉得它不祥是正确的。一、二两段阐述人不知麟，以为不祥，责任在人，不在麟；三、四两段阐明麟不待圣人而出现，人们谓之不祥，责任在麟，不在人。

文章艺术特色明显。首先以麟为喻，感慨遥深。麟在文中喻为旷世之才；圣人，指爱惜人才的明君贤臣。与“马说”中的伯乐是一个概念。麟不为人知，比喻人才得不到执政者的赏识。既是作者仕途坎坷，无法施展抱负的自身写照，也是为封建社会众多有理想、有才华的知识分子怀才不遇的命运抱不平。其次巧设文眼，贯通脉络。文章以“祥”与“不祥”的反复变化为线索，“祥”与“不祥”作为文眼，见于脉上。这四个“眼”就如全篇结构的焊接点，贯穿这四个点便成一线。

文章篇幅虽短而有长篇之势。也确有“悲”的色彩，但基调并不颓丧，作者对现实虽不满，但并未完全失望。

师说

古之学者必有师，师者所以传道授业解惑也。人非生而知之者，孰能无惑？惑而不从师，其为惑也，终不解矣。生乎吾前，其闻道也，固先乎吾，吾从而师之。生乎吾后，其闻道也，亦先乎吾，吾从而师之。吾师道也，夫庸知其年之先后生于吾乎！是故无贵无贱，无长无少，道之所存，师之所存也。

嗟乎！师道之不传也久矣，欲人之无惑也难矣。古之圣人，其出人也远矣，犹且从师而问焉。今之众人，其下圣人也亦远矣，而耻学于师。是故圣益圣，愚亦愚，圣人之所以为圣，愚人之所以为愚，其皆出于此乎！

爱其子，择师而教之，于其身也，则耻师焉，惑矣！彼童子之师，授之书而习其句读者，非吾所谓传其道解其惑者也。句读之不知，惑之不解，或师焉，或不焉，小学而大遗，吾未见其明也。

巫医乐师百工之人，不耻相师。士大夫之族，曰师曰弟子云者，则群聚而笑之。问之，则曰彼与彼年相若也，道相似也，位卑则足羞，官盛则近谀。呜呼！师道之不复可知矣。巫医乐师百工之人，君子不齿，今其智乃反不能及，其可怪也欤！

圣人无常师：孔子圣郯子、苌弘、师襄、老聃；郯子之徒，其贤不及孔子。孔子曰："三人行则必有我师。"是故弟子不必不如师，师不必贤于弟子，闻道有先后，术业有专攻，如是而已。

李氏子蟠，年十七，好古文，六艺经传，皆通习之，不拘于时，学于余。余嘉其能行古道，作《师说》以贻之。

【鉴赏】

不难看出这是论述从师学习的一篇说理文章。唐代的士大夫之族、世禄之家，自觉其高人一等的门第，无须依靠科举考试而进入仕途，所以总是瞧不起道德文章和业务知识，不学无术，不肯从师学习。这在当时造成了一种时俗，一种不良的社会风气。柳宗元在《答韦中立论师道书》中说："今之世不闻有师，独韩愈不顾流俗，犯笑侮，收召后学，作《师说》，因抗颜而为师。”

韩愈以先秦两汉的古道为准则，竭力倡导儒家的道统观念。他在文章一开头就明确提出“古之学者必有师”的论点，为他同时代探求学问的人树立了学习的榜样。那么，老师的职责是什么呢？他下了这样的判断：“师者，所以传道、授业、解惑也。”老师的责任是传授道理，教给学业，解释疑难问题的。文章对老师的职责做了界定之后，紧接着讲述从师学习的必要性：“人非生而知之者，孰能无惑？惑而不从师，其为惑也，终不解矣。”韩愈紧接着提出：是故无贵无贱，无长无少，道之所存，师之所存也，这个著名论点，对于“士大夫之族”和世禄之家，是一个大胆的挑战，下文笔锋转向反面批判，满怀感慨地指明“师道之不传也久矣，欲人之无惑也难矣！”接着作古今对比，正反对比，古之圣人“从师而问焉”，今之众人“而耻学于师”。先立后破，对比鲜明，说服力很高。第三、四、五，三个自然段，分别从三个方面提供有力的论据，继续进行对比论证，在前两个自然段说理分析的基础上，摆事实，讲道理。一、“爱其子，择师而教之；于其身也，则耻师焉，惑矣！”这是一个明显的对比。那小孩子的老师，只是教给书本知识，协助学习书中的文句而已，并不是作者“所谓传其道解其惑者也”。二、“巫医乐师百工之人，不耻相师。士大夫之族，曰师曰弟子云者，则群聚而笑之。”这又是一个鲜明的对比。那些“士大夫之族”，为何要“群聚而笑之”呢？作者深慨从师的世风日下，感叹“师道之不复可知矣”。他说，“巫医乐师百工之人，君子不齿”，可是现今的“士大夫之族”，其辨别事物的才智却反而还不如他们，这不是非常奇怪的事情吗？三、提出“圣人无常师”的观点，作者还引述孔子在《论语·述而》中说的“三人行，必有我师焉”，讲明孔子不耻从师学习的精神，并以此为基础推导出“弟子不必不如师，师不必贤于弟子，闻道有先后，术业有专攻”的结论。不言而喻，耻于从师的“士大夫之族”，在此处显得多么无知和悖谬。

文章最后交代写作《师说》的由来，嘉奖后学李蟠“好古文，六艺经传，皆通习之”，而且不被时俗所拘，拜韩愈为师，向韩愈学习，韩愈觉得他“能行古道，作《师说》以贻之”。这末尾一段，好像无关紧要，却能使文章落到实处，令通篇议论得到聚集，恰如画龙点睛，神韵横生，首尾完整，虚实互补，文气贯通，映衬自如。

进学解

国子先生，晨入太学，招诸生，立馆下，诲之曰："业精于勤，荒于嬉，行成于思，毁于随。方今圣贤相逢，治具毕张，拔去凶邪，登崇俊良。占小善者率以录，名一艺者无不庸，爬罗剔抉，刮垢磨光。尽有幸而获选，孰云多而不扬！诸生业患不能精，无患有司之不明，行患不能成，无患有司之不公。"

言未既，有笑于列者曰："先生欺余哉！弟子事先生，于兹有年矣。先生口不绝吟于六艺之文，手不停披于百家之编，记事者必提其要，纂言者必钩其玄；贪多务得，细大不捐，焚膏油以继晷，恒兀兀以穷年：先生之业，可谓勤矣。

"觝排异端，攘斥佛老，补苴罅漏，张皇幽眇，寻坠绪之茫茫，独旁搜而远绍，障百川而东之，回狂澜于既倒：先生之于儒，可谓有劳矣。

"沈浸醲郁，含英咀华，作为文章，其书满家。上规姚姒，浑浑无涯；《周诰》《殷盘》，佶屈聱牙；《春秋》谨严，左氏浮夸，《易》奇而法，《诗》正而葩；下逮《庄》、《骚》，太史所录，子云相如，同工异曲：先生之于文，可谓闳其中而肆其外矣。

"少始知学，勇于敢为；长通于方，左右具宜：先生之于为人，可谓成矣。

"然而公不见信于人，私不见助于友，跋前踬后，动辄得咎，暂为御史，遂窜南夷，三年博士，冗不见治。命与仇谋，取败几时！冬暖而儿号寒，年丰而妻啼饥，头童齿豁，竟死何裨！不知虑此，而反教人为？"

先生曰："吁！子来前！夫大木为杗，细木为桷，欂栌侏儒，椳闑扂楔，各得其宜，施以成室者，匠氏之工也；玉札丹砂，赤箭青芝，牛溲马勃，败鼓之皮，俱收并蓄，待用无遗者，医师之良也；登明选公，杂进巧拙，纡余为妍，卓荦为杰，校短量长，惟器是适者，宰相之方也。昔者孟轲好辩，孔道以明，辙环天下，卒老于行；荀卿守正，大论是弘，逃谗于楚，废死兰陵：是二儒者，吐辞为经，举足为法，绝类离伦，优入圣域。其遇于世何如也？

今先生，学虽勤而不由其统，言虽多而不要其中，文虽奇而不济于用，行虽修而不显于众。犹且月费俸钱，岁靡廪粟，子不知耕，妇不知织，乘马从徒，安坐而食，踵常途之促促，窥陈编以盗窃。然而圣主不加诛，宰臣不见斥，兹非其幸欤！动而得谤，名亦随之，投闲置散，乃分之宜。

"若夫商财贿之有亡，计班资之崇庳，忘己量之所称，指前人之瑕疵，是所谓诘匠氏之不以杙为楹，而訾医师以昌阳引年，欲进其豨苓也。"

【鉴赏】

《进学解》是封建社会知识分子怀才不遇，备受压抑的心态长期积淀的产物。《进学解》成了韩愈自嘲、自慰、自我宣泄之物。这决定了这篇散文内容丰富而又主脑突出，情感复杂而又基调明显。

讽刺与批判作为主脑与基调，体现于文章的结构框架中。全文分为三段。第一段"先生训示"，从"国子先生，晨入太学"至"无患有司之不公"。训示从提出"业精于勤，荒于嬉；行成于思，毁于随"的判断而发出，但作者并不议论业与勤、嬉，行与思、随的关系，可见不是中心论点，而称颂"方今圣贤相逢"，政治清明。指出已拥有人才尽用的客观条件，所以，只怕自己不成才（业不精，行不成），而不怕执政者不明、不公，勉励"诸生"丢弃疑虑，一心"进学"。这里"患"与"无患"并举，鲜明对比，字面上患自己不才，无患有司不明、不公，实际上已埋伏与此相反之意。

第二段，"生徒驳诘"，从"言未既，有笑于列者曰"至"而反教人为"，学生面对先生的训示，进行有力的反驳，完全推倒了先生的论点。先称赞先生业精、行成，然后指出先生"无幸"被重用，遭遇可悲。从肯定到否定，意念来了个特大转折，文章也显出波澜起伏之美。

第三段，"先生答问"，自"先生曰"到结束，文意又一转折，由反而正。是先生对生徒驳诘的辨析。阐明宰相的职责好量才录用，不才如我，未被草退已属万幸，岂能批评有司之不公、不明？这段委屈自责之词，似在为有司解释，但犹如强弩之末，势不能穿鲁缟，未能让人信服。传统笔法，开宗明义或卒章显志，篇首篇末，常常见出主旨。此文一反陈规，首尾均为陪衬中间一段，结构框架为立意而设。全文"正—反—正"展开，大开大阖，欲擒故纵，一波三折，真"肆其外"也。

本篇虽属赋体，却骈散兼用，长短错落，韵白相间，以骈为主，多样中见统一。如开头“国子先生晨入太学，招诸生立馆下，诲之曰”，中间“先生欺余哉！弟子事先生，于兹有年矣”都是挥洒自如的散文句子。中间大部分骈偶句，或不疾不徐，舒缓轻快（如一、三段），或语短调促，不容间断（如第二段），既符合先生之身份、生徒血气方刚之特点，又使行文跳荡流动，有变化之美。

“惟陈言之务去。”本篇吸敢古语，熔铸新词，不少议论性句子富于哲理性，凝练深刻。描写性句子淡笔勾勒，善摹情状，颇为传神。论证，则连用比喻，言近旨远；举例事例，条分缕析，言之流畅。如写先生之才学、品德，从四个侧面分析归纳，雄辩有力。再如评说上自《尚书》、《左传》，下至杨雄、司马相如的文学成就及不足地方，言简意赅，非常精当。又像先生答问中，以“匠氏之工”、“医师之良”两个比喻，讲明“宰相之方”，形象生动。引举孟荀二儒，“绝类离伦”，而遭遇不幸的例子，归结于自己才学不如二儒，而沾恩泽，“乃分之宜”，振振有词。正由于韩愈求新，故不少语句能“高出一筹，深入一境”（刘熙载《艺概》）在《进学解》中，“业精于勤，荒于嬉，行成于思，毁于随”后作为至理名言。“纂言者必钩其玄”、“焚膏油以继晷”、“回狂澜于既倒”、“年丰而妻啼饥”等，到后代压缩为对应的成语。“贪多务得”、“佶屈聱牙”、“同工异曲”、“跋前踬后”、“动辄得咎”等直接成为成语而采用，一篇之中，竟出了二十余条成语、名言，实乃罕见！

圬者王承福传

圬之为技，贱且劳者也，有业之，其色若自得者。听其言，约而尽。问之：王其姓，承福其名，世为京兆长安农夫。天宝之乱，发人为兵，持弓矢十三年，有官勋，弃之来归，丧其土田，手镘衣食，余三十年，舍于市之主人，而归其屋食之当焉，视时屋食之贵贱，而上下其圬之佣以偿之，有余，则以与道路之废疾饿者焉。

又曰：粟，稼而生者也，若布与帛，必蚕绩而后成者也，其他所以养生之具，皆待人力而后完也，吾皆赖之。然人不可遍为，宜乎各致其能以相生也。故君者，理我所以生者也，而百官者，承君之化者也。任有小大，惟其所能，若器皿焉。食焉而怠其事，必有天殃，故吾不敢一日舍镘以嬉。夫镘，易能。可力焉，又诚有功，取其直，虽劳无愧，吾心安焉。夫力，易强而有功也，心难强而有智也，用力者使于人，用心者使人，亦其宜也，吾特择其易为而无愧者取焉。嘻！吾操镘以入贵富之家有年矣，有一至者焉，又往过之，则为墟矣；有再至三至者焉，而往过之，则为墟矣。问之其邻，或曰：噫！刑戮也。或曰：身既死，而其子孙不能有也。或曰：死而归之官也。吾以是视之，非所谓食焉怠其事，而得天殃者邪！非强心以智而不足，不择其才之称否，而冒之者邪！非多行可愧，知其不可，而强为之者邪！将贵富难守，薄功而厚飨之者邪！抑丰悴有时，一去一来，而不可常者邪！吾之心悯焉，是故择其力之可能者行焉，乐富贵而悲贫贱，我岂异于人哉！

又曰：功大者其所以自奉也博，妻与子皆养于我者也，吾能薄而功小，不有之可也。又吾所谓劳力者，若立吾家而力不足，则心又劳也，一身而二任焉，虽圣者不可能也。

愈始闻而惑之，又从而思之，盖贤者也，盖所谓“独善其身”者也。然吾有讥焉，谓其自为也过多，其为人也过少，其学杨朱之道者邪？杨之道，不肯拔我一毛而利天下，而夫人以有家为劳心，不肯一动其心，以畜其妻子，其肯劳其心以为人乎哉！虽然，其贤于世之患不得之而患失之者，以济其生之欲、贪邪而亡道以丧其身者，其亦远矣！又其言有可以警余者，故余为之传，而自鉴焉。

【鉴赏】

本篇乃记言的叙述性散文，写得流利顺畅，痛快淋漓。当时上距安史之乱四十余年。作者三十三四岁，虽中了进士却无门入仕，经举荐，才做了节度使的幕僚，正处于艰苦挣扎，想法摆脱厄途的境况，有机会接触泥水匠王承福这样的底层人物。借他人之酒杯，浇自家之块垒，寄托遥深，阐述透辟，是本文一大特点。希望君王治理百姓，使其得以生存，官吏秉承君王旨意教化人民，民众安分守己，自食其力。“人不可遍为，宜乎各致其能以相生也。”这便是韩愈的政治理想。对于贤明的君王、廉洁奉公的官吏，该是什么样子，他只一笔带过，不予深究，而把批判的锋芒对准尸位素餐者。

本文结构明晰而严谨。从“圬之为技”至“则以与道路之废疾饿者焉”为第一大段，写王承福去官归乡，手镘衣食的原因。从作者的角度叙述。第二大段从“又曰”至“虽圣者不可为也”。所谓“中间都是借他自家说话”(《古文观止》)记下王承福之所说。又分两层。第一层写王承福其所以以圬为业之意，借操镘所见，讲述富贵之家不能保，“把举朝尸住素餐者，尽行骂杀。不但骂之，且诅之矣。”(林云铭《韩文起》评语卷七)第二层，写王承福不能畜妻子之因，都由王承福自叙。第三大段自“愈始闻而惑之”到结束，是作者的议论，对王承福评价，并由此生发，对杨朱之道捎带一笔，指出王承福的话：“可以警余”，可以“自鉴”的价值。从而完成了借外人之口，传自家心声，训世导世的写作目的。

本文虽为记叙文，却有较强的议论性。其记述，简明扼要，叙中有议，叙议结合。从整体看，首段为叙，中二段叙中带议，末段为议。从局部看，用“圬之为技，贱且劳者也”的议论句开篇。接着便是语气平静的诉说。第二段的重点是围绕“食焉而怠其事”而发的一番议论。又穿插了操镘入富贵之家的生动描写。其间，或叙或议，自然而然。末段，叙议结合更为密切。充分显示了韩愈条分缕析的叙述能力与善于思辨的论述功力。

本文的另一艺术特色为抑扬反正，对比鲜明。全文贯注贬斥尸位素餐者，褒扬圬者王承福之意，而以“食焉而怠其事，必有天殃”与“不敢一日舍镘以嬉”，得以养生，形成尖锐对照。官僚与泥水匠，这是身份高低的对比；贪欲与知足，懒散与勤劳，患得患失与安分守己，纵情享乐与甘于粗茶淡饭，这为两种品格与行为的对比。家破人亡与自得其乐，乃是两种结局的对比。而文章之命意，于此对比中，益见突出。行文伊始，先一抑，然后一扬，陡然立论，领起一篇精神。末尾，则先一扬，继之以一抑，忽赞忽讥，愈转愈深。而规世之态，已到极致。

张中丞传后叙

元和二年四月十三日夜，愈与吴郡张籍阅家中旧书，得李翰所为《张巡传》。翰以文章自名，为此传颇详密，然尚恨有阙者：不为许远立传，又不载雷万春事首尾。

远虽材若不及巡者，开门纳巡，位本在巡上，授之柄而处其下，无所疑忌，竟与巡俱守死，成功名。城陷而虏，与巡死先后异耳。两家子弟材智下，不能通知二父老，以为巡死而远就虏，疑畏死而辞服于贼。远诚畏死，何苦守尺寸之地，食其所爱之肉，以与贼抗而不降乎？当其围守时，外无蚍蜉蚁子之援，所欲忠者，国与主耳。而贼语以国亡主灭。远见救援不至，而贼来益众，必以其言为信。外无待而犹死守，人相食且尽，虽愚人亦能数日而知死处矣。远之不畏死亦明矣。乌有城坏，其徒俱死，独蒙愧耻求活？虽至愚者不忍为。呜呼！而谓远之贤而为之邪？

说者又谓：远与巡分城而守，城之陷，自远所分始，以此诟远。此又与儿童之见无异。人之将死，其藏腑必有先受其病者，引绳而绝之，其绝必有处。观者见其然，从而尤之，其亦不达于理矣。小人之好议论，不乐成人之美如是哉！如巡、远之所成就，如此卓卓，犹不得免，其他则又何说！

当二公之初守也，宁能知人之卒不救，弃城而逆遁？苟此不能守，虽避之他处何益？及其无救而且穷也，将其创残饿羸之余，虽欲去，必不达。二公之贤，其讲之精矣。守一城，捍天下，以千百就尽之卒，战百万日滋之师，蔽遮江淮，沮遏其势，天下之不亡，其谁之功也！当是时，弃城而图存者，不可一二数；擅强兵坐而观者，相环也。不追议此，而责二公以死守，亦见其自比于逆乱，设淫辞而助之攻也。

愈尝从事于汴、徐二府，屡道于两府间，亲祭于其所谓双庙者。其老人往往说巡、远时事，云：南霁云之乞救于贺兰也，贺兰嫉巡、远之声威功绩出己上，不肯出师救；爱霁云之勇且壮，不听其语，强留之。具食与乐，延霁云坐。霁云慷慨语曰："云来时，睢阳之人不食月余日矣。云虽欲独食，义不忍；虽食，且不下咽！"因拔所佩刀断一指，血淋漓，以示贺兰。一座大惊，皆感激为云泣下。云知贺兰终无为云出师意，即驰去。将出城，抽矢射佛寺浮图，矢著其上砖半箭，曰："吾归破贼，必灭贺兰，此矢所以志也"！愈贞元中过泗州，船上人犹指以相语。城陷，贼以刃胁降巡，巡不屈，即牵去，将斩之；又降霁云，云未应。巡呼云曰："南八，男儿死耳，不可为不义屈！"云笑曰："欲将以有为也。公有言，云敢不死！"即不屈。

张籍曰：有于嵩者，少依于巡；及巡起事，嵩常在围中。籍大历中于和州乌江县见嵩，嵩时年六十余矣。以巡，初尝得临涣县尉。好学，无所不读。籍时尚小，粗问巡、远事，不能细也。云：巡长七尺余，须髯若神。尝见嵩读《汉书》，谓嵩曰："何为久读此？"嵩曰："未熟也。"巡曰："吾于书，读不过三遍，终身不忘也。"因诵嵩所读书，尽卷，不错一字。嵩惊，以为巡偶熟此者，因乱抽他帙以试，无不尽然。嵩又取架上诸书，试以问巡，巡应口诵，无疑。嵩从巡久，亦不见巡常读书也。为文章，操纸笔立书，未尝起草。初守睢阳时，士卒仅万人，城中居人户，亦且数万，巡因一见问姓名，其后无不识者。巡怒，须髯辄张。及城陷，贼缚巡等数十人坐，且将戮。巡起旋，其众见巡起，或起或泣。巡曰："汝勿怖。死，命也。"众泣不能仰视。巡就戮时，颜色不乱，阳阳如平常。远宽厚长者，貌如其心。与巡同年生，月日后于巡，呼巡为兄。死时年四十九。

嵩贞元初死于亳、宋间。或传嵩有田在亳、宋间，武人夺而有之，嵩将诣州讼理，为所杀。嵩无子。张籍云。

【鉴赏】

这是韩愈一篇颇闻名的传记文，写于唐宪宗元和二年（807）。张中丞，即张巡，唐玄宗天宝年间为真源（今河南省鹿邑县东）令。安史之乱爆发时，他率部英勇退击叛军，先后坚守雍丘（今河南省杞县）、睢阳（今河南省商丘市）。肃宗正德二年，受封为御史中丞、河南节度副使。同年十月睢阳城破被杀，年四十八岁。作者在文章的开头提出，他是因为看了李翰所写的《张巡传》，才产生了写作这篇"传后叙"的意愿。所以他又写下了这篇文章。文章既是由《张巡传》引发而出，内容即是补充李文所阙，并对一些有议论的史实问题进行进一步的议论和阐发。

文章的开头一段，奠定了全篇以事实说话的基调。其后在各段中，作者都是严格按照事情的本来面目，一一据实叙写，据实进行议论和辩驳，并且材料来源处处交代明白。这就使文章建立在坚实可靠的基础上，具备了一定的权威性和雄辩的论证力、说服力，这里的中心是抨击对许远"畏死而辞服于贼"的流言中伤。作者先摆出了大敌当前，许远一心抗战，毫无自身私念的忠贞大度行为，即"开门纳巡，位本在巡上，授之柄而处其下，无所疑忌，竟与巡俱守死"；中间又假设同意诬者所言而提出有力的反驳："远诚畏死，何苦守尺寸之地，食其所爱之肉，以与贼抗而不降乎?”后则点出当时的客观情境是人皆知已临死境许远是已经抱有必死的决心了。从这样三个层次反复出入论证，彰显了许远忠勇坦荡、为国尽职的襟怀品行，也无可反击地澄清了许远“城陷而虏，与巡死先后异耳”的事实。张巡、许远尽管最后战败了，他们却“守一城，捍天下”，遏制敌势，蔽遮江淮，是捍卫大唐统一的真正英雄。在铁的事实面前，那些诬蔑烈士的人也就显得更加荒谬卑鄙。作品就这样将历史真实地展现于社会和人们面前，而作者在其中所着重描绘的人物，则使这段已逝去的历史画面十分鲜明而充满生气。文章在前半部分的夹叙夹议中已自然地表现出许远宽厚磊落的人格品性；在后半部分，则着重塑造了南霁云(雷万春)的形象和丰富了张巡的人格色彩。

本文艺术上的另一突出特点是文笔上的富于变化。作者写作手法、句式的灵活运用在文章的论析部分已表现出来。比如在各段中均有层次、多转折句式，陈述句中多夹有设问句，反问句则又多和感叹句结合在一起。论证严密，使人无隙可乘，且于语调的回旋起伏中更显其沉着恳切。情感充盈，不由人不信服、不动情。话虽不多，却是亲切感人。唯有此描写，人们纵使没有看过《张巡传》，张巡的形象也能据此在想象中丰满起来。有了这些栩栩如生的人物形象与上面作者所陈述的事实及对事理的深透阐发相呼应，整个作品便构成了一幅充满生命力量的、立体的人生经验图画，直透人的情感深处。

《张中丞传后叙》的美学意义，表现在它以完美的艺术表现和强烈的善恶意识，与人们心灵深处或无意识领域关于爱国献身精神、正义与邪恶的斗争、忠勇正直的英雄不被理解，反遭诬陷等“原型”记忆相吻合，激起了深刻、持久的人生和审美体验的共鸣，其中自然也含有了道德判断。

燕喜亭记

太原王弘中在连州，与学佛人景常元慧游，异日从二人者行于其居之后，丘荒之间，上高而望，得异处焉。斩茅而嘉树列，发石而清泉激，辇粪壤，燔椔翳；却立而视之，出者突然成丘，陷者呀然成谷，洼者为池而缺者为洞。若有鬼神异物阴来相之。自是弘中与二人者晨往而夕忘归焉，乃立屋以避风雨寒暑。

既成，愈请名之，其丘曰“俟德之丘”，蔽于古而显于今，有俟之道也；其石谷曰“谦受之谷”，瀑曰“振鹭之瀑”，谷言德，瀑言容也；其土谷曰“黄金之谷”，瀑曰“秩秩之瀑”，谷言容，瀑言德也；洞曰“寒居之洞”，志其入时也；池曰“君子之池”，虚以钟其美，盈以出其恶也；泉之源曰“天泽之泉”，出高而施下也；合而名之以屋曰“燕喜之亭”，取诗所谓“鲁侯燕喜”者颂也。

于是州民之老，闻而相与观焉，曰：吾州之山水名天下，然而无与“燕喜”者比。经营于其侧者相接也，而莫直其地。凡天作而地藏之以遗其人乎？弘中自吏部郎贬秩而来，次其道途所经，自蓝田入商洛，涉淅湍，临汉水，升岘首以望方城；出荆门，下岷江，过洞庭，上湘水，行衡山之下；繇郴踰岭，蝯狖所家，鱼龙所宫，极幽遐瑰诡之观，宜其于山水饫闻而厌见也。今其意乃若不足，传曰：“智者乐水，仁者乐山。”弘中之德，与其所好，可谓协矣。智以谋之，仁以居之，吾知其去是而羽仪于天朝也不远矣。遂刻石以记。

【鉴赏】

《燕喜亭记》是韩愈于唐德宗年间被贬连州（今广东连县）任阳山县令时所作。表面上看来，这是一篇记叙山水景物的文章，但细读全篇，便知其是借写山水而写人，是一种将山水游记与颂体文章巧妙结合起来的散文样式。王弘中，名仲舒，贞元十九年（803）从吏部员外郎贬为连州司户参军。王公在当时以德行、文章并佳而有名，他为官多年不肯阿附权贵，体察民间疾苦，兴利除害，革除弊端，为时人所敬爱。韩愈与他交往多年，两度为其下属，对他素怀敬仰之情，交谊深厚。后来在其死后又曾为其作墓志铭、神道铭等。此时两人同贬于一地（阳山为连州属邑），韩愈在阳城为他写了这篇《燕喜亭记》。

本文艺术上的第一个特点是善用排比，几乎在文章的各个段落，作者都采用了排比句式，使行文层峦迭出，让人有美不胜收之感。最突出的是文章第二段，也即是韩愈本人给丘、水、瀑、泉等命名的中心部分。从“其丘曰‘俟德之丘’，蔽于古而显于今，有俟之道也”到“合而取名以屋曰‘燕喜之亭’，取诗所谓‘鲁侯燕喜’者颂也”，整段文字显现并列排比状，像其前面几句用通俗的话来说，就是那土丘叫“俟德之丘”，古时躲藏，今天显露，这是有所等待的表现；那石谷叫“谦受之谷”，瀑布称“振鹭之瀑”。石谷的命名是说它的品质，瀑布的命名是说它的形状；那土谷叫作黄金之谷，池塘叫“君子之池”，它有时水少空阔，是要集中自身的美德，它有时水涨满溢，是要排出自己的污秽。一连串结构相似的句子，读起来不仅给人以大气磅礴之感，而且使作品语言拥有了较强的节奏感和旋律美。

该作品另一艺术上的长处是在创作构思上的匠心独运。行文开始点出王弘中后，即大写他对自然美景的留恋和开拓，接着对风光景物的描述，似乎专意在写景，而文章接着猛一转折，以写人物之爱好，衬托人物之品德的意旨及效果便全然显出，令人有豁然开朗之感。其间还夹带有“于是州民之老，闻而相欢与焉，曰：吾州之山水名天下，然而无与‘燕喜’者比。……凡天作而地藏之以遗其人乎？”几句，借用州民百姓的话，既说出“燕喜亭”景致的绝佳，更是对王公之德的赞誉与烘托。全文记叙山水，淋漓尽兴，到了“贬秩”一段，一下翻出新意，大有摩空取势之态。末尾直写王公运用聪明智慧来建造这亭子，怀着仁爱之心到此游玩休息，猜想他再度回到朝廷之中，成为人们的表率，已为时不远了。整篇文章用衬托手法把人和物融合起来，首尾呼应，神回气合，而作者谋篇布局的高超手段，则给人一种平中出奇、曲折有致的感觉。

画　记

杂古今人物小画共一卷。骑而立者五人，骑而被甲载兵立者十人，一人骑，执大旗前立，骑而被甲载兵行且下牵者十人，骑且负者二人，骑执器者二人，骑拥田犬者一人，骑而牵者二人，骑而驱者三人，执羁靮立者二人，骑而下倚马臂隼而立者一人，骑而驱涉者二人，徒而驱牧者二人，坐而指使者一人，甲胄手弓矢铁钺植者七人，甲胄执帜植者十人，负者七人，偃寝休者二人，甲胄坐睡者一人，方涉者一人，坐而脱足者一人，寒附火者一人，杂执器物役者八人，奉壶矢者一人，舍而具食者十有一人，挹且注者四人，牛牵者二人，驴驱者四人，一人杖而负者，妇人以孺子载而可见者六人，载而上下者三人，孺子戏者九人。凡人之事三十有二，为人大小百二十有三，而莫有同者焉。

马大者九匹。于马之中，又有上者，下者，行者，牵者，涉者，陆者，翘者，顾者，鸣者，寝者，讹者，立者，人立者，龁者，饮者，溲者，陟者，降者，痒磨树者，嘘者，嗅者，喜相戏者，怒相踶啮者，秣者，骑者，骤者，走者，载服物者，载狐兔者。凡马之事，二十有七，为马大小八十有三，而莫有同者焉。

牛大小十一头，橐驼三头，驴如橐驼之数而加其一焉。隼一，犬、羊、狐、兔、麋、鹿共三十。旃车三两，杂兵器——弓矢、旌旗、刀剑、矛楯、弓服、矢房、甲胄之属，瓶盂、簦笠、筐莒、锜釜饮食服用之器，壶矢、博弈之具，二百五十有一。皆曲极其妙。

贞元甲戌年，余在京师，甚无事。同居有独孤生申叔者，始得此画，而与余弹棊，余幸胜而获焉。意甚惜之，以为非一工人之所能运思，盖藂集众工人之所长耳，虽百金不愿易也。明年，出京师，至河阳，与二三客论画品格，因出而观之。座有赵侍御者，君子人也，见之戚然若有感然；少而进曰："噫！余之手摸也，亡之且二十年矣！余少时，常有志乎兹事，得国本，绝人事而摸得之，游闽中而丧焉。居闲处独，时往来余怀也，以其始为之劳而夙好之笃也。今虽遇之，力不能为已，且命工人存其大都焉。"余既甚爱之，又感赵君之事，因以赠之；而记其人物之形状与数，而时观之，以自释焉。

【鉴赏】

本文名为"画记"，作者的意图是要再现所喜欢的"杂古今人物小画"，以"时而观之"，自然主要篇幅要用于记述画面上的"人物之形状与数"。韩愈的这篇文章，其绝佳处正在于精整之中又错落别致。作者巧妙的营构和灵活生动的文字不仅将绘制精密的原画极细腻、形象地表现了出来，同时也生成了文章本身独特的审美价值。

全文条理清楚，构架井然。文中将画面上的人与物，分别归纳成类。即一百二十三个人、八十三匹马、四十九个杂畜、杂禽、杂兽及二百五十四件兵车、杂器等。继而有主有次地一一进行记述。同时，在记述的过程中，各段落间、段落中的笔法、句式又都随时替换、不拘一格，将这极易陷入单调罗列的文字写得活泼灵动。如文章的前三段以各自有别的笔法先后介绍、述写了画中众多的人物、场面、马匹禽畜及器物之后，在第四自然段则又一反前面客观描述的写法，特意自述这幅画得而复失的经过和交代写作本文的目的。这在表明了作者的某些生活情趣的同时，使读者进一步知道了这幅画的来龙去脉。这样不仅在形式上显出变化，而且在客观上拉开了读者的审美心理距离，促使其从更全面的审视角度，对文章精心描摹的画面乃至全文进行艺术鉴赏。

其次是在段之中句子亦自为变换。像文章在开头写下“骑而立者五人，骑而被甲载兵立者十人”之后，又穿插描写道：“一人骑，执大旗前立”，使文字立见起伏；又如在第三段的“牛大小十一头、橐驼三头”后，作者笔锋一转，写道：“驴如橐驼之数而加其一焉，隼一，犬、羊、狐、兔、麋、鹿共三十。”这类句式、语言节奏的自然改变在文中到处都是，曲折宛转而又气韵流贯，有“大珠小珠落玉盘”之美。“杂古今人物小画”上的人和物尽管十分繁杂，只因为用了这种错综的写法，使文章做到了繁而明，简而曲。尤其精彩的是，其简练、多变的笔致，详尽又引人入胜地显现出了画中人马多种多样的神情意态。如所叙人物中有胳膊上架着鹰倚马而站的、坐着指挥别人的、戴头盔坐着入睡的、坐着脱鞋的、畏冷而挨近火取暖的（寒附火者）、把水或酒正舀出来灌进另一个器皿中的（挹且注者）等，都是从细微处，从人物的动态下手，人的动作、表情乃至个性被作者用文字描写得活灵活现。写马仍是多写其动态，有“翘者、顾者、鸣者、寝者”、“人立者、龁者、溲者……痒磨树者、嘘者、嗅者、喜相戏者、怒相踶啮者”……凡马的诸般神态差不多都被准确而贴切地表现了出来，好像可以从纸上呼之而出。

全文看来静中有动，动静对比，画卷中的许多场景描写做到了互相映衬，显示了高度的和谐美。而作者超人的笔底功力，则使这其中的人或物，都被充分体现出了各自所处的情境，圆满地表现并突出了这幅画面统一而又多主题的鲜明特点。

蓝田县丞厅壁记

丞之职所以贰令，于一邑无所不当问。其下主簿、尉，主簿、尉乃有分职。丞位高而偪，例以嫌不可否事。文书行，吏抱成案诣丞，卷其前，钳以左手，右手摘纸尾，雁鹜行以进，平立，睨丞曰："当署"。丞涉笔占位署惟谨，目吏，问"可不可"，吏曰"得"，则退，不敢略省，漫不知何事。官虽尊，力势反出主簿、尉下。谚数慢，必曰"丞"，至以相訾謷。丞之设，岂端使然哉！

博陵崔斯立，种学绩文，以蓄其有，泓涵演迤，日大以肆。贞元初，挟其能，战艺于京师，再进，再屈于人。元和初，以前大理评事言得失黜官，再转而为丞兹邑。始至，喟曰："官无卑，顾材不足塞职。"既噤不得施用，又喟曰："丞哉，丞哉！余不负丞，而丞负余。"则尽枿去牙角，一蹑故迹，破崖岸而为之。丞厅故有记，坏漏污不可读，斯立易桷与瓦，墁治壁，悉书前任人名氏。庭有老槐四行，南墙钜竹千梃，俨立若相持，水濊濊循除鸣，斯立痛扫溉，对树二松，日哦其间。有问者，辄对曰："余方有公事，子姑去。"

考功郎中、知制诰韩愈记。

【鉴赏】

韩愈生活的中唐时代，唐王朝正渐渐走向衰败。这一时期藩镇割据、王权衰落、佛老泛滥的社会现实，促使韩愈在倡导、推行"古文运动"的过程中，除写了众多深挚感人、含蓄不尽的抒情名篇外，还写出了不少寓庄于谐、讽刺时弊的犀利雄健之作。《蓝田县丞厅壁记》，就属于作者后一类抒发内心不平之气、针砭时政的传世小品。在这里，韩愈沿用了"壁记"体式，别出心裁地用以反映唐代官场积弊。他针对当时县丞一职有职无权、有名无实的荒谬现象，秉笔直书，无情揭露和尖锐讽刺了官场内部的朽败和黑暗。

作者首先敏锐、直接地指出："县丞位高而偪。"唐代县令是正六品上，为一县的最高行政长官。县丞是正八品上，为一县的副长官，以下又有主簿、尉等。因为县丞的职位略低于县令，所以说“位高”，但他假如认真尽责地办事，又可能会被认为侵犯了县令的职权。由此可以想象，在这种情况下县丞必然遭到县令的顾忌。但作品对此并没有做直接描述，而是以县丞和县吏两个形象所表现的县丞签署公文的细节，形象地再现了县丞在任中的具体情形，同时或显或隐地凸显、隐示出县丞、县吏包括县令各等人的心理。当公文发行，吏员要拿成案请县丞签署的时候，吏将公文“卷其前，钳以左手，右手摘纸尾，雁鹜行以进，平立，睨丞曰：‘当署。’”而县丞不仅“署唯谨”，并“目吏问可不可”，在取得吏员的首肯后，他才安心退下，对所签署的公文，却“不敢略省，漫不知何事”。在县丞面前，县吏半卷公文，鹅行鸭步，平立，斜看等一系列极具个性化的行为神情，无不显示出他对前者的轻视、蔑视和小人仗势欺人的心态；县丞的谨言慎行，不敢越雷池一步，也将其备受挟持的情状表现得历历在目。文中虽一字未及县令，但在这两人不同于常情的神态对比中，县令的骄横、个人权力范围的不容侵犯也就在无形的衬托中俨然而出。作者细致传神的笔触，使文字的摹形达意如同绘画中工笔与写意相结合，活绘出了一幅官场讽刺图。文章用近乎白描的手法，通过刻画人物言行状貌展示人物的心理，以逼肖、深刻的感性形象去揭示事物本质，叩击读者心弦，取得了鲜明而强烈的效果。

文章在后半部分又以崔斯立任蓝田县丞的事迹经历对题旨加以具体佐证。被黜官降至县丞职位的崔斯立，从最初的认为官职无尊卑，“顾材不足塞职”的踌躇满志，到后来“余不负丞，而丞负余”的痛心长叹，给读者提供了充分的想象空间。一个有才能、有抱负的人是怎样在官场倾轧中被磨去棱角、萎靡心志的心路历程，不言而喻地被展现了出来。最后崔斯立虽重修壁记，但人却如赋闲般日日吟哦于松林间，并冠冕堂皇地躲避过问公事。一句“余方有公事，子姑去”，使作品对唐朝这类政治现状的深刻嘲讽，得到了淋漓尽致的表现。

正是作者主体生命经验与客观外界事物的融汇升华，使这篇描人绘事的讽刺小品，弥久闪耀着艺术光泽。韩愈一生仕途多遭坎坷，先后曾受到过两次沉重的打击。一是贞元十九年(803)他向朝廷进《御史台上论天旱人饥状》的奏章，结局被贬官阳山；再是元和十四年(819)因反对迎佛骨上《论佛骨表》，触怒当朝，差点被杀。郁郁不得施展平生之志，更是他终身所抱的遗憾。在宦海沉浮中他充分意识到唐代官场的丑恶痼疾，写这篇文章，实际也包含着他的亲身体验和沉重忧思。故此前人称之为“……纯用戏谑，而怜才共命之意沉痛自在言外”。

新修滕王阁记

愈少时则闻江南多临观之美，而滕王阁独为第一，有瑰伟绝特之称；及得三王所为序赋记等，壮其文辞，益欲往一观而读之，以忘吾忧；系官于朝，愿莫之遂。十四年，以言事斥守揭阳，便道取疾以至海上，又不得过南昌而观所谓滕王阁者。其冬，以天子进大号，加恩区内，移刺袁州。袁于南昌为属邑，私喜幸自语，以为当得躬诣大府，受约束于下执事，及其无事且还，傥得一至其处，窃寄目偿所愿焉。至州之七月，诏以中书舍人太原王公为御史中丞，观察江南西道；洪江饶虔吉信抚袁悉属治所。八州之人，前所不便及所愿欲而不得者，公至之日，皆罢行之。大者驿闻，小者立变，春生秋杀，阳开阴闭，令修于庭户数日之间，而人自得于湖山千里之外。吾虽欲出意见，论利害，听命于幕下；而吾州乃无一事可假而行者，又安得舍己所事以勤馆人？则滕王阁又无因而至焉矣！

其岁九月，人吏浃和，公与监军使燕于此阁，文武宾士皆与在席。酒半，合辞言曰：“此屋不修，且坏。前公为从事此邦，适理新之，公所为文，实书在壁；今三十年而公来为邦伯，适及期月，公又来燕于此，公乌得无情哉？”公应曰：“诺。”於是栋楹梁桷板槛之腐黑挠折者，盖瓦级砖之破缺者，赤白之漫漶不鲜者，治之则已；无侈前人，无废后观。

工既讫功，公以众饮，而以书命愈曰：“子其为我记之！”愈既以未得造观为叹，窃喜载名其上，词列三王之次，有荣耀焉；乃不辞而承公命。其江山之好，登望之乐，虽老矣，如获从公游，尚能为公赋之。

【鉴赏】

滕王阁是初唐时高祖之子滕王李元婴官洪州（今江西南昌市）都督时所建，筑于章江门城上。危楼高耸，下临赣江，远览山川，俯瞰城府。后又曾改建，壮丽不凡。素有“江西第一楼”之称。《新修滕王阁记》，篇名似是写景，但与一般写景文字迥然不同。韩愈在此正是以对滕王阁的赞美开始行文的："愈少时则闻江南多临观之美，而滕王阁独为第一，有瑰伟绝特之称……"后面的"及得三王所为序赋记等"，是指初唐王勃作《滕王阁序》，另有王绪关于此阁作过赋，今（元和十五年）中丞王公为从事日作修阁记。滕王阁如此壮观，又有这些"壮其文辞"的序赋记等，作者自然"盖欲往一观而读之"，以忘却自己的忧愁。下面笔势一转，却是"系官于朝，愿莫之遂"，并未能如愿前去观赏。至此这一部分文字可看作全篇的序，即先讲明了对滕王阁极欲往观而未能如愿。

下文开始叙述几次想去滕王阁而没能去成的经历始末。一是在元和十四年，作者因"言事"（指上《论佛骨表》）被贬斥潮州（今广东省潮安县一带，揭阳，潮阳地带的古称），前往任所时，原来可途径南昌去观阁，因取便道走的是海路，所以没去成。是年冬，移职于袁州，袁州为南昌的属邑，因此作者"私喜幸自语"，窃自期望能一至其处得偿所愿。当不久后御史中丞王公（王公，王仲舒）前来查看江南西道时，属邑八州之人，凡"公至之日，皆罢行之"。此时作者却又因"无一事可假而行者"，错失时机，"则滕王阁又无因而至焉矣！"屡次想去而不得去的遗憾，至此已逐渐流溢于字里行间。及至后文又叙写王公如何与监军及众文武宾士宴（燕，同宴）于滕王阁，并起意修葺此阁，又怎样在工讫后以书命作者为记此事。"愈既以未得造观为叹……乃不辞公命"，至此句总收上文，点出了一个"叹"字，萦回往还地再三抒发了不得登临滕王阁的感叹。末尾是："其江山之好，登望之乐，虽老矣，如获从公游，尚能为公赋之。"则在叙事之外，又以不尽之言，寄寓了作者满腔的不尽之意。比较一般的写景抒情文，这篇文章可谓独辟蹊径。

全篇除用少数文字扼要记叙了滕王阁的修建过程外，几乎全是围绕登阁一事倾诉心向往之与不得偿愿之情。而在作者这种情真意切，余味缭绕的感情抒发中，不得见的滕王阁的美景便越发容易引起人们的想象，促使读者和作者一起，去尽情想象滕王阁的美。那种扑朔迷离的想象之美与人们对美好事物的憧憬追求结合在一起，便升成了朦胧美妙的审美意象。正像姜夔在《白石道人诗说》中所指出的："辞意俱不尽者，不尽之中固已深尽之矣。"同时，不得览胜之叹原是人们常有的情感，韩愈将此宛转摹状而出，正好道出了"人人心中皆有，人人笔下皆无"的一种感情状态，因此容易引起人们的共鸣和新奇之感。欧阳永叙为襄守史中辉记岘山亭，尹师鲁为襄守燕公记岘山亭，苏子美为处守李然明记照水堂，苏子瞻为眉守黎希声记远景楼：“四者其辞虽不同，而大意略同；岂作文之法当如是耶？抑亦祖公此意而为之也。”以此可见这篇作品的影响之大。

答张籍书

愈始者望见吾子于人人之中，固有异焉；及聆其音声，接其辞气，则有愿交之志；因缘幸会，遂得所图，岂惟吾子之不遗，抑仆之所遇有时焉耳。近者尝有意吾子之阙焉无言，意仆所以交之之道不至也；今乃大得所图，脱然若沈疴去体，洒然若执热者之濯清风也。然吾子所论：排释老不若著书，嚣嚣多言，徒相为訾；若仆之见，则有异乎此也！

夫所谓著书者，义止于辞耳。宣之于口，书之于简，何择焉？孟轲之书，非轲自著，轲既殁，其徒万章公孙丑相与记轲所言焉耳。仆自得圣人之道而诵之，排前二家有年矣。不知者以仆为好辩也；然从而化者亦有矣，闻而疑者又有倍焉。顽然不入者，亲以言谕之不入，则其观吾书也固将无得矣。为此而止，吾岂有爱于力乎哉？

然有一说：化当世莫若口，传来世莫若书。又惧吾力之未至也。三十而立，四十而不惑。吾于圣人，既过之犹惧不及；矧今未至，固有所未至耳。请待五六十然后为之，冀其少过也。

吾子又讥吾与人人为无实驳杂之说，此吾所以为戏耳；比之酒色，不有间乎？吾子讥之，似同浴而讥裸裎也。若商论不能下气，或似有之，当更思而悔之耳。博塞之讥，敢不承教；其他俟相见。

薄晚须到公府，言不能尽。愈再拜。

【鉴赏】

张籍，字文昌，贞元进士，以诗鸣于世。历任太常寺太祝，水部员外郎，国子司业等职。他以前写信给韩愈，就其从事古文及处世态度等方面直率地提出批评和意见。韩愈据此作复，便产生了这篇《答张籍书》。作者在文中针对张籍的指责与指摘一一进行答复或给予照应，态度鲜明地阐述了他对著书传世等问题的看法。同时，文章既意在辩驳，作者并没有在行文中板着面孔讲话，而是或据理力争，或恳切辩析，或谦虚自承，抑扬顿挫，理中有情，充分显示了作者在说理、议论方面的艺术才能。

本文艺术表现的主要魅力在于跌宕多姿、气势充沛。文章开篇，首先赞赏张籍人才德能的不同寻常，表明与他交往是自己的愿望。接着又说自己十分乐意听到他的意见，然而对他信中提出的看法，自己却不能赞同"则有异乎此也"。在这第一段中，文字便显出起伏，先扬后抑，既表示谦恭，又指明意见不能苟同。先就张籍说他"排释老不若著书，嚣嚣多言，徒相为訾"，述以己见。这其中又划分两个层次，第一层说对兴存圣人之道，"宣之于口"和"书之于简"，没有什么两样，并说明自己宣扬传播儒家学说并没有惜力，第二层从"然有一说"开始，语势又一转折，申明自己之所以未著书，是"又惧吾力立未至也"，"请待五六十然后为之"，期望到那时能少些过错。单驳著述论说问题的这两个层次，一为反驳，一为解释，说理非这般不能周密，然而先直辩，后婉解，辞气自生回旋。继之最后部分关于"讥吾与人人为无实驳杂之说"，作者指明那是诙谐、开玩笑之作，对方讥之无益，其语亦略带诙谐；而对与人"商论不能下气"他则谦虚承认，"或似有之"，表示要加以改进，直至后面的"博塞之讥，敢不承教"，语调又陡然一转，斩截利落，断然不予接受。关于驳杂之说，韩愈觉得文学创作完全可以写诙谐与开玩笑的作品，不必大惊小怪。其实在这类作品中，作者只是在变换的形式与写法中，加进自己对社会及生活的认识和见解，因此他对于博塞这类纯粹的游戏头衔要坚决拒绝。由此整个末尾一节可谓一波三折。纵观全篇，始终流贯着一种曲折起伏、一往奔泻的气势与活力，因此显得内涵丰沛，论述酣畅。

本文表现上的另一特点是调动不同的修辞方式，更兼形容得当，这也是使其文气畅通的重要因素。文中叙述句、并列和递进的排比句式、反问句式和谐交错，使语言节奏很好地表达出词意的抑扬起伏。另外形容词汇十分准确，像第一段中说作者希望对方的意见，及至"得所图"便"脱然若沈疴去体，洒然若执热者之濯清风也"，想象丰富，用句新颖而得体。另有最后一段说在文学创作中诙谐玩笑之作便如同人生活中的酒色，讽刺这一点便"似同浴而讥裸裎也"。一句话便充分说明了其讥之不妥。作者遣词造句的深厚功力，于此可见一斑。

与孟东野书

与足下别久矣，以吾心之思足下，知足下悬悬于吾也。各以事牵，不可合并，其於人人，非足下之为见，而日与之处，足下知吾心乐否也！吾言之而听者谁欤！吾唱之而和者谁欤！言无听也，唱无和也，独行而无徒也，是非无所与同也，足下知吾心乐否也！足下才高气清，行古道，处今世，无田而衣食，事亲左右无违，足下之用心勤矣，足下之处身劳且苦矣，混混与世相浊，独其心追古人而从之，足下之道，其使吾悲也。去年春，脱汴州之乱，幸不死，无所于归，遂来于此。主人与吾有故，哀其穷，居吾于符离睢上。及秋，将辞去，因被留以职事，默默在此，行一年矣。到今年秋，聊复辞去，江湖余乐也，与足下终，幸矣。李习之娶吾亡兄之女，期在后月，朝夕当来此。张籍在和州居丧，家甚贫。恐足下不知，故具此白，冀足下一来相视也。自彼至此虽远，要皆舟行可至，速图之，吾之望也。春且尽，时气向热，惟侍奉吉庆。愈眼疾比剧，甚无卿，不复一一。愈再拜。

【鉴赏】

孟东野，名郊，是韩愈十分推重的好友。这封信是韩愈于唐德宗贞元十六年（800）在徐泗濠节度使，张建封处任节度推官时所作。其时正是韩愈中进士（贞元八年）后初期求仕遭受冷遇的阶段。贞元十一年，他怀着不平和失望告别长安，先在驻汴州（今河南开封）的宣武节度使董晋幕中任职。四年后董晋死，他跟着出丧灵柩离开汴州，刚走不久，那里即发生兵变，杀了留后陆长源。所以韩愈在此信中有“脱汴州之乱，幸不死”等语。这以后他来到徐州，但仍感难以遂志，其间便在想念故人，渴望倾诉衷曲的心情下写了这封信。

文中主要叙述了作者对好友的深切思念和相知之情。韩愈和孟郊既是道义之交，又以文会友，他们之间有过不少互慰互励、相与唱和的诗作。相互志同道合，相知之深，非一般友情可比。而韩愈在文章中正是将这种彼此情志的了解和思想的共鸣，作为叙说情谊、畅抒感情的基础与内核，从而使贯穿全文的主观抒情内容充实，格调诚朴而自然。在文中，作者先诉说了大家彼此牵挂，但为人事牵羁不能同处一地。接着便强调了自己因此而感到的落寞和孤单："吾言之而听者谁欤！吾唱之而和者谁欤！"语调感慨凄楚，实为知音远隔，下面的"独行而无徒也，是非无所与同也"，进而说自己在目前境况中，没有思想情趣相投到可以与之共行的人，因是"道不同不相为谋"吧，由此便可"知我心乐否也！"如此叙说了自己的不堪思念之情后，作者又将笔转向对方。此时孟郊身在常州，亦怀才不遇，生计艰难。韩愈显然是了解他的具体情况，因此在这里并没有殷勤询问，而是从"足下才高气清……"到"足下之用心勤矣，足下之处身劳且苦矣"，"独其心追古人而从之"等，赞扬了孟郊过人的才能和气质，也写到他的"无田而衣食"，还要孝顺地奉养父母（这里指孟郊奉养母亲）为生存不得不在污浊的世间委屈周旋："混混与世相浊"，对知友的生活境遇和处世行为，直接表示了深深的理解、同情，同时也为此感到愤慨。正是这种相互理解的感情流露，比任何虚泛的说辞都更能给人以友情的慰藉，而情感的表达唯其充实，才自然地带有了恳切淳厚之美。故此虽然主人跟他有老交情，让他居住在符离睢水岸边又阻止他离去，给他安排了职务，他还是准备辞掉公职，愿意和孟郊一起归隐江湖，钓鱼自乐。现在热盼老朋友能来会晤。末了还谈及几件家事与朋友近闻，寥寥说语，自然亲切，与前文叙故人之情形成天然关照。对友人的款款深情，始终贯穿全文。

该文的淳朴恳挚，还得之于另一个重要的原因，即作品文字的简朴畅达。文中不用典故，不用难字。大部分语句随着作者感情的起伏扬抑，表现出较强的节奏感，曲折有序，言简意深，很大增强了作品的感人力量。

送孟东野序

大凡物不得其平则鸣；草木之无声，风挠之鸣；水之无声，风荡之鸣，——其跃也或激之，其趋也或梗之，其沸也或炙之；金石之无声，或击之鸣。人之于言也亦然：有不得已者而后言，其歌也有思，其哭也有怀，凡出乎口而为声者，其皆有弗平者乎！

乐也者，郁于中而泄于外者也，择其善鸣者而假之鸣：金、石、丝、竹、匏、土、革、木八者，物之善鸣者也。维天之于时也亦然：择其善鸣者而假之鸣，是故以鸟鸣春，以雷鸣夏，以虫鸣秋，以风鸣冬，四时之相推敚，其必有不得其平者乎！其于人也亦然：人声之精者为言，文辞之于言，又其精也，尤择其善鸣者而假之鸣。其在唐、虞，咎陶、禹其善鸣者也，而假以鸣。夔弗能以文辞鸣，又自假于《韶》以鸣。夏之时，五子以其歌鸣。伊尹鸣殷。周公鸣周。凡载于《诗》、《书》六艺，皆鸣之善者也。周之衰，孔子之徒鸣之，其声大而远。《传》曰："天将以夫子为木铎。"其弗信矣乎！其末也，庄周以其荒唐之辞鸣。楚，大国也，其亡也，以屈原鸣。臧孙辰、孟轲、荀卿，以道鸣者也。杨朱、墨翟、管夷吾、晏婴、老聃、申不害、韩非、慎到、田骈、邹衍、尸佼、孙武、张仪、苏秦之属，皆以其术鸣。秦之兴，李斯鸣之。汉之时，司马迁、相如、扬雄，最其善鸣者也。其下魏、晋氏，鸣者不及于古，然亦未尝绝也；就其善者，其声清以浮，其节数以急，其辞淫以哀，其志弛以肆，其为言也，乱杂而无章。将天丑其德莫之顾耶？何为乎不鸣其善鸣者也？

唐之有天下，陈子昂、苏源明、元结、李白、杜甫、李观，皆以其所能鸣。其存而在下者，孟郊东野始以其诗鸣，其高出魏、晋，不懈而及于古，其他浸淫乎汉氏矣。从吾游者，李翱、张籍其尤也。三子者之鸣信善矣，抑不知天将和其声，而使鸣国家之盛耶？抑将穷饿其身，思愁其心肠，而使自鸣其不幸耶？三子者之命，则悬乎天矣。其在上也奚以喜，其在下也奚以悲！

东野之役于江南也，有若不释然者，故吾道其命于天者以解之。

【鉴赏】

这是一篇"赠序"，与"书序"不同。赠序发端于晋，风盛于唐宋，它是由诗序演变而来。古人在亲朋故旧临别之际，常设宴饯别，饮酒赋诗，并由某人为这些诗作序，说明相关情况。这种诗序和一般的书序性质相近。之后，并无诗歌唱和，只是写一篇文章送别，这就是赠序了。孟东野（751—814），名郊，中唐著名诗人。青年时屡试不第，四十六岁始中进士，五十岁才谋得一个小小的县尉，以后也一直不得志，可谓穷愁潦倒一辈子。这篇赠序就是送孟郊赴溧阳县尉时所作，一方面表达了为友人鸣不平的悲愤之情，另一方面又用深刻的哲理来劝慰和激励孟郊，希望他挣脱愁苦和烦闷，振作精神，做时代的善鸣者。这是一篇产生过深远影响而又蒙受了众多误解的作品。它提出了一个精警的命题“物不得其平则鸣”，由这个命题演变而成的成语“不平则鸣”，千百年来在群众中广为流传。

韩愈所提的“不得其平则鸣”是一个具有普遍适应性的命题，含有深刻的哲理。所谓不平，就是不平衡，不平静。自然现象如此，社会现象也如此。就情感而言，它不仅指愤郁，也包括欢乐在内，因为任何情感都是内心不平静的一种表现。韩愈在文章中实际上已表达得十分明确了：“大凡物不得其平则鸣……人之于言也亦然：有不得已者而后言，其歌也有思，其哭也有怀，凡出乎口而为声者，其皆有弗平者乎！”所谓“不得已”，就是指人受到外面的影响有所感触，极不平静，不得不倾诉出来。所以，失意者自鸣其不幸固然是不平之鸣，得意者鸣国家之盛也是不平之鸣。总之，“凡出乎口而为声者”，皆是不平之鸣。任何时代既有得意者的欢歌，也有失意者的悲鸣，哪怕是失意者，也不可能一味地愤愤不平，他们也会有欢歌笑语。在黑暗的时代，我们也不能把所有歌颂的、闲适的、平和的文学一概斥之为毫无价值的伪文学，何况昌明的盛世呢！

细细品味，赠序的最后一段的确是说了“故吾道其命于天者以解之”、“三子者之命则悬乎天矣”一类的话，这也确实反映了作者的天命观。但揣摩全文，作者的真正用意似乎并不在于劝友人用消极的天命观来麻痹自己。如果仅止于此，就用不着一开始就发那么一通“物不得其平则鸣”的议论了，也用不着列举那么多的历史事实来证实“择其善鸣者而假之鸣”的观点了。

这篇文章凭空发论，转接突兀，驰骋古今变幻莫测，乍看是有点眼花缭乱，难以捉摸，但是只要把握了它的结构特点，就会觉得脉络清晰，条理井然，形散神不散。这篇文章采取的是层层推进、步步深入的连锁式结构。全文扣住“鸣”字着笔，先立“不得其平则鸣”作为论述的出发点，立论的前提。同是不平之鸣，但有善与不善之别，因此第二段把议论引申一步，转入对“择其善鸣者而假之鸣”的论证。音乐、天时的“择其善鸣者而假之鸣”只是陪衬，重点还是为了讲明人的不平之鸣，“尤择其善鸣者而假之鸣”。至此，作者不惜笔墨，从古到今，举出历代的善鸣者，其中有幸者，也有不幸者，而其目的又在于陪衬出“存而在下”的善鸣者——孟郊。

最后归结到“三子者之命，则悬乎天矣。其在上也奚以喜，其在下也奚以悲！”论述中，多方取譬，再三阐述，纵横恣肆，变幻莫测，然脉络清晰，条分缕析，似无拉杂散漫、不可捉摸之处。也许有人要说，此序既为东野而作，以古证今，落到孟郊处已可收束，何以又陪出李翱、张籍？答曰：李、张与孟郊，才能相当，命运相似，又同为作者好友，以今陪今，孟郊将会倍感亲切，岂不是更能减少一些寂寞之感？不知东野以为然否？

作者在列举的大量历史人物中，从排列的次序上，词语的选择上，句式的变化上，画龙点睛的评议上，又特意突出了孔子、庄子、屈原、司马迁等人，其目的就是要说明，作为一个善鸣者，必须具备各自的思想、真实的内容和出色的文采。韩愈在哲学思想上是尊儒重道、排异端的，在文学思想上是主张文道合一而以道为主的。他提倡的“古文运动”，就是要恢复先秦两汉文章的传统，以反对六朝以来的浮艳文风。所以，他突出孔子及其儒家学派而贬抑魏晋以来的作者就是理所当然的了。抛开“道”的具体内容不说，他强调文章要有正确的思想和充实的内容，则完全是正确的。庄周是儒家的对立派，但他对社会现实有很深的不满，其文章又想象丰富，诗意浓郁，论辩雄健，文辞瑰丽。

澄清上述误解，就更能看出这不是一般的应酬文字，而是一篇立论正确、内涵丰富、论证严密、气势磅礴的佳作。当然，我们也不是说这篇文章已臻于炉火纯青、完美无缺的境界，不足之处也还是有的。如对魏晋以来的作者完全否定，就未免失之偏颇；把元结置于李白、杜甫之前，不管从时序还是从重要性上来说都是不当的；说孟郊“始以其诗鸣”，尽管林纾说用了“急救之法”以补救，也很难自圆其说。但这一切毕竟是微疵，无损于它在文学史上的名篇地位，也无损于它在文论史上的重要地位。

送李愿归盘谷序

太行之阳有盘谷。盘谷之间，泉甘而土肥，草木聚茂，居民鲜少。或曰：“谓其环两山之间，故曰盘。”或曰：“是谷也，宅幽而势阻，隐者之所盘旋。”友人李愿居之。

愿之言曰：“人之称大丈夫者，我知之矣：利泽施于人，名声昭于时，坐于庙朝，进退百官而佐天子出令。其在外，则树旗旄，罗弓矢，武夫前呵，从者塞途，供给之人，各执其物，夹道而疾驰。喜有赏，怒有刑，才畯满前，道古今而誉盛德，入耳而不烦。曲眉丰颊，清声而便体，秀外而惠中，飘轻裾，翳长袖，粉白黛绿者，列屋而闲居，妒宠而负恃，争妍而取怜。大丈夫之遇知于天子，用力于当世者之所为也。吾非恶此而逃之，是有命焉，不可幸而致也。

"穷居而野处，升高而望远，坐茂树以终日，濯清泉以自洁。采于山，美可茹；钓于水，鲜可食；起居无时，为适之安。与其有誉于前，孰若无毁于其后；与其有乐于身，孰若无忧于其心。车服不维，刀锯不加，理乱不知，黜陟不闻，大丈夫不遇于时者之所为也，我则行之。

"伺候于公卿之门，奔走于形势之途，足将进而趑趄，口将言而嗫嚅。处秽汙而不羞，触刑辟而诛戮，徼倖于万一，老死而后止者，其于为人贤不肖何如也？"

昌黎韩愈闻其言而壮之，与之酒而为之歌曰：盘之中，维子之宫。盘之土，可以稼。盘之泉，可濯可沿。盘之阻，谁争子所。窈而深廓其有容。缭而曲，如往而复。嗟盘之乐兮，乐且无殃；虎豹远迹兮，蛟龙遁藏；鬼神守护兮，呵禁不祥。饮则食兮寿而康，无不足兮奚所望？膏吾车兮秣吾马，从子于盘兮，终吾生以徜徉。

【鉴赏】

韩愈写这篇文章时三十四岁。他从十九岁到京师求仕，仕途一直坎坷不平，有"四举于礼部乃一得"，三次上书宰相而不理的遭遇，还有多年节度使"幕府吏"的惨淡经历。贞元十七年，他回长安等候调选，十八年春，才被授予四门博士的小学官。所以，韩愈这段时期的诗文，不时流露出不遇之叹，不平之鸣，表露出相信命运、羡慕隐居的想法。也就在贞元十七年，韩愈的朋友李愿要去退隐盘谷

一开篇，作者就通过叙述和考释，简单扼要地介绍了盘谷的地理环境和社会状况。用了两个"或"字，重点在后一个，强调盘谷"宅幽势阻"，是隐者盘旋的好归处。"友人李愿居之"，轻笔一点，把人、地两相绾合，落到送别的题面，惜墨如金，写得十分简净。接着，作者没有按赠序的平常写法，在临别时说些颂扬和勉励的话，而是笔酣墨饱、痛快淋漓地记述了

李愿的一番宏辞。这番宏词，描述了三种不同的人物形象，表达了李愿的褒贬。

第一种是“用力于当世者”的形象。这种人挖空心思愉悦皇帝，手握重权，飞扬跋扈，凭借自己一时的喜怒论赏行罚；出则“武夫前呵，从者塞途”，耀武扬威，大讲排场；入则清客满前，歌功颂德之词不绝于耳；奴婢众多，养尊处优；姬妾成群，生活荒淫腐化。此种人名为“大丈夫”，其实是“国贼禄蠹”，应当被鄙弃。而李愿的态度却是“吾非恶此而逃之”，而且相信命中注定非我所有，这说明他不是一个忘情富贵的人。

第二种是“不遇于时者”的形象。他们“无官一身轻”，远离名利场，过着无拘无束、安闲自在的生活，在“坐茂树”、“濯清泉”、采山钓水中度过光阴。他们“理乱不知”，不为升沉荣辱而烦恼，也不害怕受刑就戮。他们与富贵利达者有着完全不同的生活理想。富贵利达者追求“有誉于前”，迷恋于权势和金钱，追求“有乐于身”，一生养尊处优；他们则追求“无毁于其后”，想着留个清白的声誉，追求“无忧于其心”，乐得安闲自在。这种人是隐士，李愿归盘谷就是要做这样的人。他们与那些利禄之徒形成了强烈的对比。

行文至此，写了两种截然不同的人物。对于利禄之徒，李愿的态度是“吾非恶”；对于“不遇于时”的隐者，李愿的态度是“我则行”。可见两段文字，第一段是陪衬，第二段才是正意。但是第一段写得很充分，对那些利禄之徒的蛮横、残暴和腐化极尽形容之能事。这样写，不是“喧宾夺主”，而是“借宾定主”，有利禄之徒做对比，才更衬出隐逸的可贵可乐。只此两段，就已为李愿大壮行色了。

最后听其言而壮其人，是因为韩愈已经被李愿的宏论深深打动，感慨系之，心向往之，于是发而为歌，用一个“壮之”写出作者听“愿之言”的感受。这段歌词，与前面的文虽有繁简伸缩之分，但意思是“关通”的。大概是说，前十二句与文中第一段的意思一致，是说盘谷可隐。中间八句与“愿之言曰”三段，都是叙述归盘的缘由。

这篇文章使我们看到了唐代知识分子看待人生、仕途的不同态度，看到了唐代为什么隐逸成风的一个侧面，也看到了韩愈由于仕途坎坷而在思想上生出的犹豫和动摇。这种情况，在他一年后写的《祭十二郎文》中再次表达出来了。本文描写三种人，极力形容，各具情状，用词奇瑰而丰富，加以交错地使用骈、散句，因而形成一种浏亮顿挫而又富于辞采的格调，有六朝文的遗风。不过细味起来，它不只有六朝文的富丽，还有六朝文很少有的刚健。不错，韩愈的确吸收了骈文的一些优点，把它变为古文写作的艺术技巧，提高了他的散文的艺术性。过去许多人只关注韩愈“文起八代之衰”，殊不知他也是集八代之成的。蒋湘南说得好：“浅儒但震其起八代之衰，而不知其吸六朝之髓也。”(《与田叔子论古文第二书》，转引自孙昌武《唐代古文运动通论》一三五页)没有对六朝以至初唐骈文的吸收，韩愈就写不出这样的散文精品。

祭田横墓文

贞元十一年九月，愈如东京，道出田横墓下，感横义高能得士，因取酒以祭，为文而吊之。其辞曰：

事有旷百世而相感者，余不知其何心；非今世之所稀，孰为使余歔欷而不可禁！余既博观乎天下，曷有庶几乎夫子之所为；死者不复生，嗟余去此其从谁！当秦氏之败乱，得一士而可王；何五百人之扰扰，而不能脱夫子于剑铓；抑所宝之非贤，亦天命之有常？昔阙里之多士，孔圣亦云其遑遑；苟余行之不迷，虽颠沛其何伤。自古死者非一，夫子至今有耿光。跽陈辞而荐酒，魂髣髴而来享。

【鉴赏】

唐德宗贞元十一年，即795年。这一年9月，韩愈去东京洛阳，途径田横墓边，“感横义高能得士，因取酒以祭，为文而吊之。”作者先交代写这篇祭文的缘由。田横，是秦汉之际的一位壮士，韩信俘虏了齐王广，他曾经自立为王。汉高祖刘邦统一了全国，他率领五百壮士逃到一个海岛上。刘邦派人招安，田横随同二客行至洛阳东三十里处(田横墓就在洛阳以东三十里处的尸乡)，也就是韩愈正好道出其下，取酒以祭，为文而吊的地方。

祭文一开头就饱含深情地说，从田横及其五百壮士的自杀，到今天已经相隔近千年之久了，但是还那么使人动情，以至产生强烈的共鸣，自己都说不清楚这到底是怎样的一种心理和心态！况且，像田横那样义高而得士的风气，又不是今世所崇尚的，那么，因为谁的缘故而使我这般激动、感喟，以至达到情不自禁的地步呢？“非今世之所稀”，童第德的《韩愈文选》引沈钦韩的意见：“稀当作希，言非今世所尚。”

接着，作者从自身对现实社会的观察出发，表示了他对田横“义高能得士”的向往和景仰之情。他说，他在广泛观察整个中国的社会、政治情况之后，竟找不到哪个人的所作所为同田横的“义高能得士”能够有所接近，这明显是对当时的宰相和封建统治阶级一种无情而又愤激的抨击。那就只好感慨：“我不向往、追随田横的精神，又能向往和追随什么人呢！”

继而作者提出了一个很值得思索的问题：当秦末败灭之时，只要能够得到一个真正有才能的人才，就可以南面称王；那为何田横的五百壮士纷纷攘攘地活动了一番之后，竟不能使田先生摆脱刀剑的灾难？这究竟是因为田先生所倚重的五百义士并非真正的贤才，还是因为天命有常，天下只能由时势造英雄，而英雄却没有办法改变自己的命运呢？“田横既能得士”，为什么最后还是免不了自杀，是因为“所宝之非贤”，还是因为“天命之有常”？从下文的回答来看，对于这个选择判断，作者明显是否定前者而肯定后者，这无疑是在承认“天命”的基础上，又向“天命论”提出了大胆的挑战。

最后以歌颂和祭奠点题，了结全文。“自古死者非一，夫子至今有耿光”，自古以来死去的人何止十百千万，当然不是田先生一个人，但是单单田先生一人至今还活在人们的心中，精神的火花光芒四射，灿烂辉煌！作者跪读祭文，洒酒祭奠，仿佛看到了田先生的英魂来歆飨了酒食一般，心灵上感到了某种慰藉。

古人评议本文，虽只区区二百来字，却“变化不可方物”；尽管是作者青年时期的作品，却仍不失为大家手笔。文章以今溯古，以古及今，借田横讽谕当世，感慨良深。作者紧扣“感横义高能得士”这个中心命题，层层翻剥，纵横再三地进行议论和抒情，使我们感到文短而气盛，情浓而理壮。

祭十二郎文

年月日，季父愈闻汝丧之七日，乃能衔哀致诚，使建中远具时羞之奠，告汝十二郎之灵：

呜呼！吾少孤，及长，不省所怙，惟兄嫂是依。中年，兄殁南方，吾与汝俱幼，从嫂归葬河阳；既又与汝就食江南，孤苦零丁，未尝一日相离也。吾上有三兄，皆不幸早世。承先人后者，在孙惟汝，在子惟吾，两世一身，形单影只。嫂尝抚汝指吾而言曰："韩氏两世，惟此而已！"汝时尤小，当不复记忆；吾时虽能记忆，亦未知其言之悲也。

吾年十九，始来京城。其后四年，而归视汝。又四年，吾往河阳省坟墓，遇汝从嫂丧来葬。又二年，吾佐董丞相于汴州，汝来省吾，止一岁，请归取其孥。明年，丞相薨，吾去汴州，汝不果来。是年，吾佐戎徐州，使取汝者始行，吾又罢去，汝又不果来。吾念汝从于东，东亦客也，不可以久；图久远者，莫如西归，将成家而致汝。呜呼！孰谓汝遽去吾而殁乎！吾与汝俱少年，以为虽暂相别，终当久相与处，故舍汝而旅食京师，以求斗斛之禄；诚知其如此，虽万乘之公相，吾不以一日辍汝而就也！

去年，孟东野往，吾书与汝曰："吾年未四十，而视茫茫，而发苍苍，而齿牙动摇。念诸父与诸兄，皆康强而早世，如吾之衰者，其能久存乎？吾不可去，汝不肯来；恐旦暮死，而汝抱无涯之戚也。"孰谓少者殁而长者存，强者夭而病者全乎？呜呼！其信然邪？其梦邪？其传之非其真邪？信也，吾兄之盛德而夭其嗣乎？汝之纯明而不克蒙其泽乎？少者强者而夭殁，长者衰者而存全乎？未可以为信也。梦也，传之非其真也？东野之书，耿兰之报，何为而在吾侧也？呜呼！其信然矣！吾兄之盛德而夭其嗣矣！汝之纯明宜业其家者，不克蒙其泽矣！所谓天者诚难测，而神者诚难明矣！所谓理者不可推，而寿者不可知矣！虽然，吾自今年来，苍苍者或化而为白矣，动摇者或脱而落矣，毛血日益衰，志气日益微，几何不从汝而死也！死而有知，其几何离？其无知，悲不几时，而不悲者无穷期矣！汝之子始十岁，吾之子始五岁，少而强者不可保，如此孩提者，又可冀其成立邪？呜呼哀哉！呜呼哀哉！

汝去年书云："比得软脚病，往往而剧。"吾曰："是疾也，江南之人，常常有之。"未始以为忧也。呜呼！其竟以此而殒其生乎？抑别有疾而至斯乎？汝之书，六月十七日也。东野云：汝殁以六月二日。耿兰之报无月日。盖东野之使者，不知问家人以月日，如耿兰之报，不知当言月日。东野与吾书，乃问使者，使者妄称以应之耳。其然乎？其不然乎？

今吾使建中祭汝，吊汝之孤与汝之乳母，彼有食可守以待终丧，则待终丧而取以来；如不能守以终丧，则遂取以来；其余奴婢，并令守汝丧。吾力能改葬，终葬汝于先人之兆，然后惟其所愿。

呜呼！汝病吾不知时，汝殁吾不知日，生不能相养以共居，殁不得抚汝以尽哀，敛不凭其棺，窆不临其穴。吾行负神明而使汝夭，不孝不慈，而不得与汝相养以生，相守以死；一在天之涯，一在地之角，生而影不与吾形相依，死而魂不与吾梦相接，吾实为之，其又何尤！彼苍者天，曷其有极！自今已往，吾其无意于人世矣！当求数顷之田，于伊颍之上，以待余年，教吾子与汝子幸其成，长吾女与汝女待其嫁，如此而已！

呜呼！言有穷而情不可终，汝其知也邪？其不知也邪？呜呼哀哉！尚飨！

【鉴赏】

韩愈的这篇《祭十二郎文》一改过去惯例，不单在形式上用的是散句单行，在内容指向上也一任情感的激荡，通篇追叙他与十二郎的共同生活和深厚情谊，以及宣泄十二郎之死带给他的莫大哀痛。在韩愈诸多优秀的抒情散文里，《祭十二郎文》当推为其中的佼佼者；该文在我国浩繁的古代散文作品中，也是不可多得的珍贵名篇，历来被誉为"祭文中千年绝调"。唐德宗贞元二十年（804），在京城长安（今西安）任监察御史的韩愈骤闻十二郎死讯，悲不自禁，痛悼万分。在这种巨大的感情压力下，自他胸臆涌出了这篇千古至文。

这种对祭文体的创变，适应了当时作者情感表达的需要，进而也使该文形成了"以情胜"的鲜明艺术特色。在此处作者独特的表现手法，是使其真挚、深沉的情感紧紧融注在日常平凡琐事的叙述之中。让绵密深沉的主体情感，直接投射于与十二郎有关的生活细节之中，再三倾诉，与之融入成完整的审美意象，释放出强烈、隽永的感情光芒。

作者压抑着悲痛的情感，以循例的开头，为全文拉开序幕。作者的笔触，以对过去的回忆为起点，“呜呼！吾少孤，及长，不省所怙，惟兄嫂是依。”韩愈三岁时丧失双亲，跟随长兄韩会夫妇生活。后来韩会由起居舍人贬为韶州刺史（治所广东省曲江县），不久死于任上，韩愈才刚刚十岁。文章在“中年，兄殁于南方”后接着从“吾与汝俱幼，从嫂归葬河阳；既又与汝就食江南……”到“吾时虽能记忆，亦未知其言之悲也”。选择记叙了韩愈与十二郎幼年“孤苦零丁，未尝一日相离”，因三兄皆早世，嫂“抚汝指吾”感叹“韩氏两世，惟此而已”等充满坎坷、辛酸的生活境况、情形，情深意切地说明了叔侄二人从儿时孤苦相依发展起来的特殊的深刻关系，以及两人在韩门“承先人后”的独特地位。作者饱经沧桑的笔调挟带了身世、家世之悲来悼十二郎，令人在一开始就感觉到其悲痛之情的绵远深重。其后追忆延展，写两人成年后的几次见面和离别。特别点出近年间作者与十二郎几度约好会合又因变故使其“不果来”，突出了两人相互依恋的感情。宦海浮沉致使韩愈行踪的漂泊难定，最后一次从汴州分手。夙愿终付虚幻，作者的痛悔不可自释。始信之余，作者又把他的怨痛绝望转向天、转向神，转向不可推的理、不可知的寿数，抱怨命运的不公和难测。此处，对死讯生疑给被伤痛死死压住的心灵带来的瞬间、报丧书信反转来带来的更大绝望、伤心绝望至极而转生的悲愤，一系列急速变化的心理活动，都在作者毫无遮蔽的情感屏幕上清晰地表现出来。及至文中回复谈到自己的神衰体弱，说是不久就会从十二郎而死（“几何不从汝而死也），因莫大的痛苦重负把这将死视为幸事，又由此想到他们的孩子都还弱小，悲痛的情感越发汹涌，“如此孩提者，又可冀其成立乎？”此时作者的抒情围绕十二郎的生前身后事，犹如湖水被猛掷进巨石，波动的涟漪在尽力迅疾地扩大；又恰如滔滔急流的江水，波波相拥。问十二郎到底患何病，何时殁等语，表面语气较低缓，却令人觉着作者锥心的痛楚。同时在行文中，造成了一种时起时伏、回旋跌宕的抒情效果。就像在艺术技巧上“抑”是为了“扬”，紧接着文中表达出无边无涯的死别的折磨，终于把作者的情感推向了最高潮，“呜呼！汝病吾不知时，汝殁吾不知日，生不能相养以共居，殁不得抚汝以尽哀……”直到“彼苍者天，曷其有极！”将作者最终未能面见死者的深深痛憾、因大恸而导致的深刻自责等一并爆发出来，其罕见的激烈、深细与真实，使读者怀着战栗的心灵看到了人类生命情感的无尽深处。

《祭十二郎文》之所以能将诚挚的抒情与日常琐事的叙述紧密融合在一起，深切地表达出对亡故亲人的悼念和对人生浮沉离合的无限感慨，其另一个重要的艺术特点不能忽略，即成功的语言运用。作者首先擅长极贴切、生动地使用语言，使其文字不但切“情”而且切“境”，即描绘什么人在什么时间、场合，使用什么样的语言手法使之凸显出来、活动起来。如第一段在回顾家世后写“嫂尝抚汝指吾而言……”一段，因为事情已经过去很久了，如平平而叙怕是不会收到作者想望的效果，于是就用了现在的白描手法。另外就整篇祭文来说，几乎全部用的是第一人称和第二人称即“吾”和“汝”的对语手法。这样好像直接出现了在祭奠过程中作者同十二郎的絮絮对话，语调诚恳朴直，没有什么修饰，极有效地生成了祭文真切、朴素的感人力量。其次是作者在用语方面善于变化。人的情感活动本来就处在时刻张弛起伏的规律之中，而韩愈这篇文章的语调句式随着自身情感的发展变化段段变、时时变。句式或长或短、或口语或雅句；语调则或急促或迂缓、或高亢或低回，真正做到了情至笔随。释放出强烈、隽永的感情光芒从而使文章收到了情文并生的最佳效果。

柳子厚墓志铭

子厚讳宗元。七世祖庆，为拓跋魏侍中，封济阴公。曾伯祖奭为唐宰相，与褚遂良韩瑗俱得罪武后，死高宗朝。皇考讳镇，以事母弃太常博士，求为县令江南，其后以不能媚权贵失御史；权贵人死，乃复拜侍御史。号为刚直，所与游皆当世名人。

子厚少精敏，无不通达，逮其父时，虽少年已自成人，能取进士第，崭然见头角，众谓柳氏有子矣。其后以博学宏词授集贤殿正字。俊杰廉悍，议论证据今古，出入经史百子，踔厉风发，率常屈其座人。名声大振，一时皆慕与之交，诸公要人争欲令出我门下，交口荐誉之。贞元十九年，由蓝田尉拜监察御史。顺宗即位，拜礼部员外郎。遇用事者得罪，例出为刺史，未至，又例贬永州司马。居闲益自刻苦，务记览为词章，泛滥停蓄，为深博无涯涘，而自肆于山水间。元和中，尝例召至京师，又偕出为刺史，而子厚得柳州。既至，叹曰："是岂不足为政邪！"因其土俗，为设教禁，州人顺赖。其俗以男女质钱，约不时赎，子本相侔，则没为奴婢。子厚与设方计，悉令赎归。其尤贫力不能者，令书其佣，足相当，则使归其质。观察使下其法于他州，比一岁，免而归者且千人。衡湘以南为进士者，皆以子厚为师，其经承子厚口讲指划为文词者，悉有法度可观。

其召至京师而复为刺史也，中山刘梦得禹锡亦在遣中，当诣播州。子厚泣曰："播州非人所居，而梦得亲在堂，吾不忍梦得之穷，无辞以白其大人，且万无母子俱往理。"请于朝，将拜疏，愿以柳易播，虽重得罪，死不恨。遇有以梦得事白上者，梦得于是改刺连州。呜呼！士穷乃见节义。今夫平居里巷相慕悦，酒食游戏相征逐，诩诩强笑语以相取下，握手出肺肝相示，指天日涕泣，誓生死不相背负，真若可信；一旦临小利害，仅如毛发比，反眼若不相识，落陷阱，不一引手救，反挤之又下石焉者，皆是也。此宜禽兽夷狄所不忍为，而其人自视以为得计，闻子厚之风，亦可以少愧矣。

子厚前时少年，勇于为人，不自贵重顾藉，谓功业立可就，故坐废退。既退，又无相知有气力得位者推挽，故卒死于穷裔，材不为世用，道不行于时也。使子厚在台省时，自持其身已能如司马刺史时，亦自不斥；斥时有人力能举之，且必复用不穷。然子厚斥不久，穷不极，虽有出于人，其文学辞章，必不能自力以致必传于后如今，无疑也。虽使子厚得所愿，为将相于一时，以彼易此，孰得孰失，必有能辨之者。

子厚以元和十四年十一月八日卒，年四十七。以十五年七月十日归葬万年先人墓侧。子厚有子男二人：长曰周六，始四岁；季曰周七，子厚卒乃生。女子二人，皆幼。其得归葬也，费皆出观察使河东裴君行立。行立有节概，立然诺，与子厚结交，子厚亦为之尽，竟赖其力。葬子厚于万年之墓者，舅弟卢遵。遵，涿人，性谨慎，学问不厌。自子厚之斥，遵从而家焉，逮其死不去；既往葬子厚，又将经纪其家，庶几有始终者。铭曰：

是惟子厚之室，既固既安，以利其嗣人。

【鉴赏】

韩愈为悼念柳宗元曾先后写了祭文、墓志铭和庙碑，被人称赞无一语雷同，是绝顶出色之作，篇篇充溢深情笃谊。韩柳在见解上有很大不同，但这并没有影响他们间的友情，韩愈写这篇墓志铭时，态度严肃，采史传褒贬兼用笔法，描写出富有鲜明个性的柳宗元形象，留给人们远不止一种艺术美感鉴赏，还有更丰富的内容。如果联系其他两篇纪念文字，寻求一下作者撰写这篇志铭的构思思路，那么更能掌握它的历史意义和艺术价值。《祭文》是以情为主，用有韵散文形式，以为世不用的惋惜来立意的，从而也颂扬了他的为人和文学成就；《庙碑》突出他治柳时的政绩及柳州人民用美好的意愿来寄托哀思，是最晚写的一篇。

全文六个段落，一、五、六写先世事迹，丧葬及铭文，惯用写法，而中三段是文章的中心，也是作者的心血所在。现在从以下三个方面来做鉴赏。

柳宗元年少精敏，早露头角，才能、辞章、声誉和生活遭际的不平衡，显示了有识之士在封建社会的倾轧中生存的痛苦和愤慨。为人俊杰廉悍，议政踔厉风发，声名因而大振，甚至有权势和显跃的诸公要人也交口称颂，竞相罗致自己门下，足见柳才智过人，富有政治胆略，照理能够扶摇直上，前途无量的，然而新旧势力倾轧，尽管王叔文属革新派，柳宗元并没有找错方位，（韩愈用“勇于为人”数句微词，实是一种偏见。）但严遭打击，“例出”复“例贬”，最后竟酿成死于穷荒的悲剧。作者首先抓住这一矛盾——才能与仕途的不平衡——作为揭示点，这既是柳宗元一生命运的焦点，也是揭示主旨的契机。人们从字里行间也能够明显地体会到作者的愤慨和叹息，好像在隐约诉说：多么不公正的世道？正直的知识分子内心隐藏着多么巨大的痛苦啊！这一切还都是处于困境下进行的，这也是可说明柳宗元仁治善政的能力和爱民间苦的心怀。这两个侧面都具有典型性，所以也丰富了情感内容，也更加突出了黑暗现实的可憎可恨。值得一提的是，作者选择富有个性的事例，用饱含感情的文笔来强化不平衡两端的差距，反差愈大，矛盾愈明显，情感也愈激荡，这种表现手段无疑会取得更大的艺术效果。

韩愈用了重笔描写了在困窘中以柳易播的动人事迹。韩愈写这篇墓志铭时，态度严肃，采史传褒贬兼用笔法，特别引用原话，更富有情境感了，“子厚泣曰”，用“泣”来表现他声泪俱下的真挚感情，并表示要向朝廷上疏请求，即使有所得罪，至死也不遗憾。最后终于感动了皇帝，刘梦得改任连州刺史。这是抨击了当时世态炎凉人情纸薄，也把官场中势利凶恶的形状描写得穷形极相了，从而也能够想见，柳宗元的遭际与势利者的推波助澜也有密切关系，所以这番议论既是对那个社会现象的揭露，又是有的放矢，暗中有所指的。最后用两句作结，形成一种强烈的对比，激起了对柳更多的同情和悼叹。

韩愈借写墓志铭之机，依据前人、个人和柳宗元的文学实践经验，认为文学成就与政治遭际有密切关系，政治上的失意，致使文学上的发愤，柳宗元是一个典型：假如子厚被排斥的时间不长，困厄不深重，就算才能比别人高，在文学著作上必然不会下苦功，以致达到像现在这样必然会流传于后世的成就，这是毫无疑问的。所以结论是：何者为得，何者为失，人们一定会做出判断的，就像司马迁说的"富贵而名磨灭，不可胜记；唯倜傥非常之人称焉"。"文穷而后工"的正式提出是欧阳修，钱谦益也是根据韩愈的认识总结出来的。韩愈在《荆潭唱和诗序》中还说过："夫和平之音淡薄，而愁苦之声要妙；欢愉之辞难工，而穷苦之言易好也。"这个说法在古代社会是站得住脚的，也有大量震撼人心的作品证实这一点，算得上是一条艺术规律，所以"文穷而后工"成了过去时代文人的口头禅，也确实起到过激励人的作用，不过也要做具体分析，不能套用。然而韩愈总结出这个认识，也不妨说是一种痛苦的总结，多少不幸文人悲惨命运换来了震撼人心的辞章，这究竟是幸呢还是不幸？需要做出痛苦的回答。

毛颖传

毛颖者，中山人也。其先明眎，佐禹治东方土，养万物有功，因封于卯地，死为十二神。尝曰："吾子孙神明之后，不可与物同，当吐而生。"已而果然。明眎八世孙䨲，世传当殷时居中山，得神仙之术，能匿光使物，窃姮娥、骑蟾蜍入月，其后代遂隐不仕云。居东郭者曰㕙，狡而善走，与韩卢争能，卢不及，卢怒，与宋鹊谋而杀之，醢其家。

秦始皇时，蒙将军恬南伐楚，次中山，将大猎以惧楚，召左、右庶长与军尉，以《连山》筮之，得天与人文之兆，筮者贺曰："今日之获，不角不牙，衣褐之徒，缺口而长须，八窍而趺居，独取其髦，简牍是资，天下其同书，秦其遂兼诸侯乎！"遂猎，围毛氏之族，拔其豪，载颖而归，献俘于章台宫，聚其族而加束缚焉。秦皇帝使恬赐之汤沐，而封诸管城，号曰管城子，日见亲宠任事。

颖为人，强记而便敏，自结绳之代以及秦事，无不纂录。阴阳、卜筮、占相、医方、族氏、山经、地志、字书、图画、九流、百家、天人之书，及至浮图、老子、外国之说，皆所详悉。又通于当代之务，官府簿书、市井货钱注记，惟上所使。自秦皇帝及太子扶苏、胡亥、丞相斯、中车府令高、下及国人，无不爱重。又善随人意，正直、邪曲、巧拙，一随其人，虽见废弃，终默不泄。惟不喜武士，然见请，亦时往。

累拜中书令，与上益狎，上尝呼为“中书君”。上亲决事，以衡石自程，虽宫人不得立左右，独颖与执烛者常侍，上休，方罢。颖与绛人陈玄、弘农陶泓及会稽褚先生友善，相推致，其出处必偕。上召颖，三人者不待诏辄俱往，上未尝怪焉。

后因进见，上将有任使，拂拭之，因免冠谢，上见其发秃，又所摹画不能称上意，上嘻笑曰：“中书君老而秃，不任吾用，吾尝谓君中书，君今不中书邪？”对曰：“臣所谓尽心者。”因不复召，归封邑，终于管城。其子孙甚多，散处中国夷狄，皆冒管城，惟居中山者，能继父祖业。

太史公曰：毛氏有两族：其一姬姓，文王之子封于毛，所谓鲁、卫、毛、聃者也。战国时有毛公、毛遂。独中山之族，不知其本所出，子孙最为蕃昌。《春秋》之成，见绝于孔子，而非其罪。及蒙将军拔中山之豪，始皇封诸管城，世遂有名，而姬姓之毛无闻。颖始以俘见，卒见任使，秦之灭诸侯，颖与有功，赏不酬劳，以老见疏，秦真少恩哉！

【鉴赏】

一篇《毛颖传》，曾遭到时人的非议和责难。韩愈的弟子张籍两度致信批评他“尚驳杂无实之说”。《旧唐书·韩愈传》在他死后，严厉地指责《毛颖传》“讥戏不近人情”，乃“文章之甚纰谬者”。这好像是儒家教化、“温柔敦厚”的传统诗教进行文学批评的结果。然而，也有不少人，看出了韩文在“正言以垂教”，形成“气盛言直”的主要美学特征以外，还存在幽默诙谐的另一种美学风格。柳宗元的评述更为出采。他引《诗经》“善戏谑兮，不为虐兮”和司马迁《史记·滑稽列传》为证，说明《毛颖传》能起“息焉游焉”（解倦提神）的作用，具备娱乐性的长处。产生了“读之若捕龙蛇，搏虎豹，急与之角而力不敢暇”的审美效果。确实，《毛颖传》寓庄于谐，"以发其郁积"，达到思想内容与艺术形式的完美结合。

我们认为，它是在讽谕皇帝的寡恩薄情。这篇寓言体散文作于韩愈三十六岁至四十七岁之间，是元和元年至元和五年时的作品。韩愈仕路坎坷，早年四度应试，才考中进士，三次参加博学宏词考试，均不中选，多方投书求官，也没有成功，后才找到幕僚的职位，又因上《御史台上论天旱人饥状》获罪被贬为连州阳山县令，逢唐德宗去世，顺宗继位，获得赦免，不久顺宗退位，宪宗登基。韩愈终于回长安任国子监博士，以后十二年，官职多次迁调，或降或升。韩愈出自切身体验，又经精细观察，谐谑，即滑稽，是美的基本形态，在《毛颖传》里，明明是描述毛笔这一物的特性，却把它当作人来写，并且郑重其事地为之立传，煞有介事地考证其先祖，这就使整个构思取得滑稽的性质。写毛笔这样小的题材，却采取了传记的体裁，篇末还有太史公的议论，简直是用《史记》那样的史学家笔调，这种内容与形式的矛盾，更构成了文章的喜剧性。

仅止于此，还达不到滑稽的美感效应，《毛颖传》的妙处在于它擅长捕捉、把握人与物之间的相似之处，在形与神上造成既肖又不肖的独特韵味。文章考察毛笔的发生、发展历史，与一个虚构的人物"毛颖"的身世家史吻合一致。写毛笔的用途广泛，既可记录史事，使用面很大，不是做一般的说明，而是写毛颖这人"为人强记而便敏"，"自结绳之代以及秦事，无不纂录"。种种学说，九流百家，"皆所详悉"，"又通于当代之务。"此处明说毛颖的祖先是狡兔，因而毛颖不是人，而是由兔毛制成的笔。好像有意露出马脚，让读者记住，作者在为毛笔立传，而不是为毛颖这个人物立传。这就是所说的"不肖"。但下面所记言谈举止，遭际处境，又好像跟人一样，物与人又融为一体了。写毛笔与墨、砚、纸四物为秦始皇同时使用，四者形影不离，是肖；写上召颖，"三人者不待诏辄俱往，上未尝怪焉"则不肖矣，因此只用笔而没有墨、砚、纸，是写不成字的，秦始皇召毛颖一定和其他三者一起。正因为既肖又不肖，才逸趣横生。

此外，旁征博引，如说"毛颖者，中山人也"。叙"窃姮娥，骑蟾蜍入月"的传说等，都增添了作品的趣味，让人解颐。韩愈的散文，大多写得摇曳多姿。《毛颖传》亦是篇"连翩跌宕"的佳作。全文可以分成六个小段。第一、二段为第一部分，写毛颖（毛笔）的家世。这一部分像一篇兔传，至"独取其髦"，始为毛颖伏笔。至围毛氏族，拔毫载颖，聚族束缚，这才进入传的正文。第三小段为文章第二部分。叙述毛笔的广泛功用（毛颖的“强记而便敏”、“善随人意”），得到人人的喜欢。第四、五小段为第三部分，通过毛颖被皇帝重用与抛弃，这般亲疏各别的对比，深刻阐明：皇恩并不浩荡，皇帝寡情，对待百姓不过是利用罢了。毛颖的命运由逆境往顺境转变，此后，愈见发达，君臣、国人，无不喜爱，毛颖达到了事业的峰巅，但一次偶然的机会，毛颖免冠谢皇帝，却暴露了自身的缺点，皇帝也就弃之不顾了。这是文章的一大转折，既是这个寓言故事的高潮，也是它的结局。这个结局是带有悲剧性的，它犀利而深刻地道破了皇帝的本质。行文至此，本可收束，但作者却出人意料地来了个“太史公曰”，这段议论阐述了寓言的含义，使主题更加深化。

这篇散文，学古而出新。其寓庄于谐的写法，类似司马迁《史记》中的《滑稽列传》“以文滑稽，叙事处皆得史迁神髓”。尤其是结尾那段“太史公曰”，更与司马迁笔法接近，有人评其“赞论尤高古，直逼马迁”。“传后论追述毛颖身世，若有余慨，则真肖史公矣。”然而，同韩愈领导的整个古文运动其实是在进行文学复兴一样，《毛颖传》在继承中有所拓展，有所创新。

鳄鱼文

维元和十四年四月二十四日，潮州刺史韩愈使军事衙推秦济，以羊一、猪一，投恶溪之潭水，以与鳄鱼食，而告之曰：

昔先王既有天下，列山泽，罔绳擉刃，以除虫蛇恶物为民害者，驱而出之四海之外。及后王德薄，不能远有，则江、汉之间，尚皆弃之以与蛮、夷、楚、越；况潮，岭海之间，去京师万里哉！鳄鱼之涵淹卵育于此，亦固其所。

今天子嗣唐位，神圣慈武，四海之外，六合之内，皆抚而有之；况禹迹所揜，扬州之近地，刺史、县令之所治，出贡赋以供天地、宗庙、百神之祀之壤者哉！鳄鱼其不可与刺史杂处此土也。

刺史受天子命，守此土，治此民；而鳄鱼睅然不安溪潭，据处食民畜、熊、豕、鹿、獐，以肥其身，以种其子孙，与刺史抗拒，争为长雄。刺史虽驽弱，亦安肯为鳄鱼低首下心，伈伈睍睍，为民吏羞，以偷活于此耶！且承天子命以来为吏，固其势不得不与鳄鱼辨。

鳄鱼有知，其听刺史言：潮之州，大海在其南，鲸、鹏之大，虾、蟹之细，无不容归，以生以食；鳄鱼则朝发而夕至也。今与鳄鱼约：尽三日，其率丑类南徙于海，以避天子之命吏。三日不能至五日。五日不能至七日，七日不能，是终不肯徙也。是不有刺史，听从其言也。不然，则是鳄鱼冥顽不灵，刺史虽有言，不闻不知也。夫傲天子之命吏，不听其言，不徙以避之，与冥顽不灵而为民物害者，皆可杀。刺史则选材技吏民，操强弓毒矢，以与鳄鱼从事，必尽杀乃止。其无悔！

【鉴赏】

韩愈因谏迎佛骨，被贬为潮州刺史。任上，为地方做了些好事，除鳄鱼，便是其中一件。据《新唐书·韩愈传》记载，他在驱除鳄鱼的时候，写了此文。当时是元和十四年（819）。当天晚上，“暴风雷电起溪中，数日，水尽涸，西徙六十里。自是潮无鳄鱼患。”溪水改道，鳄鱼迁徙，乃自然现象，不会因为韩愈作了这篇《鳄鱼文》（亦名《祭鳄鱼文》）就能起效。这篇祭文的思想内容，远远超过了驱逐鳄鱼、解民困于一时的表层含义，而含有丰富的深层意蕴，包含三个层次：一、表现作者为民除害的精神和讨伐一切“为民物害者”的意志；二、流露作者除恶务尽的决心；三、表达作者有理有节，教而后诛的策略思想。

全文分四段，第一段为祭文的开头语，交代了祭鳄鱼的时间、地点、人物、事件。第二段，自“昔先王”至“亦固其所”，叙述鳄鱼从被驱出境到重来盘踞的缘由。又分二层。先摆出心目中理想的先王之治。上古之帝王占有天下，利用焚烧山野水泽茂盛草木和结绳为网，以锋利刀剑刺杀的方法，把“虫蛇恶物为民害者”驱逐出境。先王之治之所以符合韩愈的理想，是因为它“德厚”——为民除害。这就触及本文的主旨，发端先提破必无可容之道。在此衬托下，指出东周以后的君主“德薄”，未能有广大的疆域，长江、汉水流域，尚被抛弃，送给了蛮、夷、楚、越外族，何况潮州，地处五岭之外，大海之内，离京城万里之遥？这导致鳄鱼卷土重来，潜藏卵育的恶果。此段对比鲜明，“‘民害’二字是通篇大题目”，（这是擒敌故纵，先宕开一笔，以为下文铺垫。第三段，自“今天子嗣唐位”至“不得不与鳄鱼辨”，多从侧面陈述不容鳄鱼猖獗的原因，表明与鳄鱼势不两立的态度。可分三层。第一层，写驱鳄的第一个原因。第二层，写驱鳄的第二个原因。第三层，将鳄鱼掠食民畜等行径归结为抗拒刺史，与刺史争雄的实质，表达“刺史虽驽弱，亦安肯为鳄鱼低首下心”、“其势不得不与鳄鱼辨”的决心。行文至此，从发端严重至有意放宽，一路布势，而至步步紧逼，呈剑拔弩张之状。第三段自“鳄鱼有知”至结束，限期劝令鳄鱼迁徙，申明若不服从，将斩尽杀绝的坚决态度。《鳄鱼文》小中见大，义正词严。古人把笔、砚、鳄鱼文三篇归为一类（笔即《毛颖传》、砚即《瘗砚铭》），或标为“杂文”，它们都属韩愈喜欢的“驳杂无实之说”，是“以文为戏”的“戏谑”之作。写法上把鳄鱼拟人化。借题发挥，以驱鳄之“小”，见除害之“大”。如果仅为驱赶潮州恶溪里之鳄鱼，大可不必如此小题大做，既晓之以理，又交代“政策”，更慑之以威，也不必搬出“天子”来。其实，《鳄鱼文》是借驱鳄表示，要铲除一切“为民物害者”，这包括自然与社会领域一切残害人民的“虫蛇恶物”、藩镇军阀、贪官污吏。

因此，篇中从先王说到天子，段段提出“天子”二字，又从天子说到刺史，称刺史又不脱天子，如问罪之师，大有奉天子之命而讨伐的架势，“能令反侧子心寒胆慄”、可看作为“一篇讨贼檄文”(《古文观止》评语)。全篇词严义正，一步紧一步，字字风霜毫不可犯。不仅文章雄深，更见韩愈胸中浩然之气。

《鳄鱼文》全篇用散体句写成长短相间，错综变化。最长的句子共计48字，如“刺史受天子命，守此土，治此民；而鳄鱼睅然不安溪潭，据处食民畜、熊、豕、鹿、獐，以肥其身，以种其子孙，与刺史抗拒，争为长雄。”一气贯下，滔滔不绝。最短的句子仅有三字，如“三日不能，至五日，五日不能，至七日。七日不能，是终不肯徙也。”“其无悔！”节奏急促，遒劲有力。长句、短句交错使用，完全根据文意变化，顺应自然语气和语法的需要，所以明畅奔放，挥洒自如。

论佛骨表

臣某言：伏以佛者，夷狄之一法耳。自后汉时流入中国，上古未尝有也。昔者黄帝在位百年，年百一十岁；少昊在位八十年，年百岁；颛顼在位七十九年，年九十八岁；帝喾在位七十年，年百五岁；帝尧在位九十八年，年百一十八岁；帝舜及禹，年皆百岁。此时天下太平，百姓安乐寿考，然而中国未有佛也。其后殷汤亦年百岁，汤孙太戊在位七十五年，武丁在位五十九年，书史不言其年寿所极，推其年数，盖亦俱不减百岁。周文王年九十七岁，武王年九十三岁，穆王在位百年：此时佛法亦未入中国，非因事佛而致然也。

汉明帝时始有佛法，明帝在位才十八年耳。其后乱亡相继，运祚不长。宋、齐、梁、陈、元魏以下，事佛渐谨，年代尤促。惟梁武帝在位四十八年，前后三度舍身施佛，宗庙之祭不用牲牢，尽日一食止于菜果，其后竟为侯景所逼，饿死台城，国亦寻灭。事佛求福，乃更得祸。由此观之，佛不足事，亦可知矣。

高祖始受隋禅，则议除之。当时群臣材识不远，不能深知先王之道，古今之宜，推阐圣明，以救斯弊，其事遂止。臣常恨焉。伏惟睿圣文武皇帝陛下，神圣英武，数千百年以来，未有伦比。即位之初，即不许度人为僧、尼、道士，又不许创立寺观。臣常以为高祖之志，必行于陛下之手；今纵未能即行，岂可恣之转令盛也！今闻陛下令群僧迎佛骨于凤翔，御楼以观，舁入大内；又令诸寺递迎供养。臣虽至愚，必知陛下不惑于佛，作此崇奉，以祈福祥也。直以年丰人乐，徇人之心，为京都士庶设诡异之观、戏玩之具耳，安有圣明若此，而肯信此等事哉！然百姓愚冥，易惑难晓，苟见陛下如此，将谓真心事佛，皆云："天子大圣，犹一心敬信，百姓何人，岂合更惜身命？"焚顶烧指，百十为群，解衣散钱，自朝至暮，转相仿效，惟恐后时，老少奔波，弃其业次。若不即加禁遏，更历诸寺，必有断臂脔身以为供养者。伤风败俗，传笑四方，非细事也。

夫佛本夷狄之人，与中国言语不通，衣服殊制，口不言先王之法言，身不服先王之法服，不知君臣之义、父子之情。假如其身至今尚在，奉其国命，来朝京师，陛下容而接之，不过宣政一见，礼宾一设，赐衣一袭，卫而出之于境，不令惑众也；况其身死已久，枯朽之骨，凶秽之余，岂宜令入禁宫？

孔子曰："敬鬼神而远之。"古之诸侯行吊于其国，尚令巫祝先以桃茢祓除不祥，然后进吊。今无故取朽秽之物，亲临观之，巫祝不先，桃茢不用，群臣不言其非，御史不举其失，臣实耻之！

乞以此骨付之有司，投诸水火，永绝根本，断天下之疑，绝后代之惑，使天下之人，知大圣人之所作为，出于寻常万万也，岂不盛哉！岂不快哉！佛如有灵，能作祸祟，凡有殃咎，宜加臣身，上天鉴临，臣不怨悔。无任感激恳悃之至，谨奉表以闻。臣某诚惶诚恐。

【鉴赏】

元和十三年（818），淮西战事刚一结束，"中兴令主"唐宪宗即诏令天下，征求方士，炼制仙药，以为长生不老之计。第二年，迎佛骨入京师，向佛求福，保佑他多做几年"太平天子"。迎佛骨入京，长安城轰动一时，国家靡费大量财富，早已盛行的佛教更是喧嚣一时。据载，凤翔（今西安西北）法门寺护国真身塔内藏有一节指骨，说是释迦牟尼的遗骨，称为"佛骨"。佛骨每三十年展览一次，可使"人安岁丰"。林纾盛赞"昌黎《论佛骨》一表，为天下之至文，直臣之正气。"不为过誉。

韩愈写《论佛骨表》可谓煞费苦心，他揣摩皇帝迎佛骨的心理状态在于"事佛求福"、益寿延年，因此他只字不提佛理，表的前半只从年寿上立论。表分为四大段，由六个自然段组成。第一大段包括一、二自然段，以佛教传入中国之前、之后的大量历史事实，从正反两方面证实"佛不足事"，事佛有害。第一自然段指出佛教传入中国以前，君王长寿。开篇简洁有力地做出判断：佛是夷狄的宗教，东汉时流入中国。（按，据今人考证，佛教在西汉时已传进中国。）点出"夷狄"，以同"中国"相区别，希望能从皇帝至高无上的自尊心方面打动宪宗。继而列举上古时期黄帝、少昊、颛顼、帝喾、尧、舜、禹、殷汤、大戊、武丁、周文王、武王、穆王等都长寿的历史现象，说明长寿的原因并不是"事佛"。这就隐含不必事佛的意思在内。第二自然段，以佛教传入后，皇帝"事佛求福，乃竟得祸"的事实，讲明了"佛不足事"的道理。事佛有害。暗含迎奉佛骨荒谬的意思。

第二段也就是第三自然段，以唐高祖对佛教“则议除之”的历史与唐宪宗违背祖宗遗教，迎奉佛骨带来危害的现实，从正反两个方面说明“佛不足事”，事佛有害。先叙述高祖对佛教采用“除之”措施。由于唐初政局变动，秦王李世民杀皇太子李建成与齐王李元吉后，高祖失去权位，新登基的唐太宗李世民用“大赦”和“复浮图、老子法”等措施拉拢人心，稳定局面。高祖除佛落空。这段史事难于秉笔直书所以作者巧妙地把它推给“群臣才识不远”。作者高度评价除佛之议，觉得是“先王之道，古今之宜，推阐圣明，以救时弊”，并明确表示对停止除佛的不满：“臣常恨焉”。次叙宪宗即位之初，实行高祖遗志，“不许度人为僧、尼、道士，又不许创立寺、观”。使作者欢欣鼓舞。但情况剧变，现在不仅没有实行诏令，反而放纵佛教蔓延扩展，使它盛行。“今纵未能即行，岂可恣之转令盛也？”此句在文中起承接、关锁作用，文意一大转折。前面从正面立论，用作下文的对比。下文叙宪宗迎奉佛骨“伤风败俗，传笑四方”。从反面劝谏宪宗停止迎奉佛骨之举。委婉地替宪宗开脱，有意说他“不惑于佛”，迎佛骨只是迁就众人贪乐之心，为人们设怪异戏玩之具。其实，韩愈深知宪宗为佛教虚妄所迷。从称颂宪宗“神圣英武，数千百年以来，未有伦比”，到为之推诿责任，足见韩愈上表时期盼宪宗接受诤谏和小心翼翼的心理。“安有圣明若此，而肯信此等事哉？”不想触怒宪宗，而搬给宪宗一个改变初衷，停迎佛骨的阶梯。表文把迎奉佛骨造成恶果的责任推给“百姓愚冥”，虽然是韩愈“上智下愚”观点的流露，但更是一种策略。百姓以皇帝“真心事佛”，因而出现狂热、怪异情况：焚顶烧指、解衣散钱、弃其业次，甚至断臂脔身。这几项为狂热、怪异的表现。“自朝至暮”从时间上写狂热怪异的程度，“百十为群”、“老少奔波”，言狂热，怪异人数之众。作者对此现象做出评判：“伤风败俗，传笑四方”，不是小事。第一段言先朝故事以影射现实：迎奉佛骨无益而有害。第二段则言本朝时事，以批评现实：迎奉佛骨，带来祸害。虽为宪宗开脱，但宪宗实负重责，这是此不言而喻。

第三段包括第四、五自然段，从佛本夷狄之人与对鬼神应敬而远之两个方面阐述迎奉佛骨有背先王之道，再次论证佛不足事，事佛有害。第四自然段指出佛骨乃“枯朽之骨，凶秽之余”，不得入宫禁。“夫佛，本夷狄之人”，这是从排斥外来思想的方面探究佛祖的来由。佛并不神圣，他们的佛祖释迦牟尼也不过是肉眼凡胎的人，而且是夷狄之人。鄙夷之情溢于言表。从佛祖这一根本上否定佛，说明韩愈反佛相当彻底。佛祖作为夷狄之人，语言、衣服诸方面都与中国人不一样。

第四大段在上述条陈事佛有害的基础上，提出“永绝根本”的排佛措施，表示如果能够实施“岂不盛哉！岂不快哉！”排佛措施是什么呢？“以此骨付之有司，投诸水火”。这一措施的深远意义是“永绝根本”，使天下之人消除疑惑。作者忍不住在这里插入抒情语句，以表达欢欣之情。继而做一假设，“佛如有灵，能作祸祟，凡有殃咎，宜加臣身。”作者情愿承担一切风险，表现出为国为民牺牲一己的精神，既言“佛如有灵”，这就透露作者未必相信佛能作祟，表明韩愈思想可能徘徊于有神、无神之间。

《论佛骨表》以大量历史事实与现实状况作为例证，阐述“佛不足事”这一中心论点，并引经据典，用先王之教与先王礼法作为理论依据，由远及近，从古到今，层层紧扣，逐层深化，严肃批评唐宪宗迎佛骨、崇佛教的荒谬性与危害性，始终表现摆事实、讲道理、诚恳劝谏的风范。文章擅长用对照写法，从历史看，有佛教传入中国之前与传入中国之后不同情况的对比；从现实来看，有唐高祖与唐宪宗对佛教所持不同态度的对比；从唐宪宗本人来看，有前后不同时期不同思想、做法的对比。正反两面的对比，使作者之立论更显得正确、鲜明。文中穿插生动的描写，增强了形象性与说服力。又如读到佛祖假如活着，来朝晋见所受礼遇，也出之以形象的描写，把佛祖那外邦使者的臣子面目，活灵活现地展示在了人们的眼前，因而使之失去了神圣的光圈，而突现其“夷狄之人”的屈辱地位。这些形象性的描写，作为论证的辅助手段，起到了独特的效果。在语言运用上，作为上行公文之一种，“表”本来就具有就像标帜一般明白揭示的特征。所以，表状的语言较之“五原”等论文，更见通俗晓畅。《上佛骨表》只举实例，不用典故，无冷僻字眼，有日常口语，以散句为主，夹以排句，自然洒脱，娓娓道来，晓之以理，动之以情。宪宗着实是求长生不老之心太切，不然不至于如此重罚韩愈。

柳宗元卷

柳宗元简介

柳宗元（773—819），唐宋散文八大家之一。字子厚，汉族，河东（现在山西运城永济一带）人，唐代文学家、哲学家、散文家和思想家。世称“柳河东”、“河东先生”。因官终柳州刺史，又称“柳柳州”。柳宗元与韩愈并称为“韩柳”，与刘禹锡并称“刘柳”，与王维、孟浩然、韦应物并称“王孟韦柳”。

柳宗元的散文可谓各体兼备，形式多样。最受称誉的是他的论说、传状、杂文、寓言，尤为出色的是他的山水游记文章；论说，包括哲学的，政治的，历史的理论文章，有的洋洋大篇；书、启、铭、序和骚体文中，也不乏佳作。柳宗元的散文不论长篇短制都是笔锋犀利，结构谨严。传状以《童区寄传》、《段太尉逸事状》、《梓人传》和《种树郭橐驼传》为代表，通过剪裁、描写，写出了各种不同的典型人物性格，寄托了作者自己的政治理想。杂文、寓言篇幅短小，于讽刺挖苦中，形象生动，极尽批判暴露之能事。柳宗元的山水游记，文笔简练生动，常常三言两语，就能点画出有声有色的艺术境界。总的说来，柳宗元的行文风格是清丽峭拔，与雄浑奔放的韩愈文章有所不同。

囚山赋

楚越之郊环万山兮，势腾踊夫波涛。纷回合仰伏以离逥兮，若重墉之相褒。争生角逐上轶旁出兮，下坼裂而为壕。欣下以就顺兮，曾不亩平而又高。沓云雨而渍厚土兮，蒸郁勃其腥臊。阳不舒以拥隔兮，群阴冱而为曹。侧耕危获苟以食兮，哀斯民之增劳。攒林麓以为丛棘兮，虎豹咆㘎代狴牢之吠嗥。

予胡井眢以管视兮，穷坎险其焉逃。顾幽昧之罪加兮，虽圣犹病夫嗷嗷。匪兕吾为柙兮，匪豕吾为牢。积十年莫吾省者兮，增蔽吾以蓬蒿。世日以理兮，贤日以进，谁使山之囚吾兮滔滔。

【鉴赏】

这是一首抒情小赋，宪宗元和九年（814）作于永州。囚山，意谓山如囚笼，可以囚人；人处其中，就好像牢狱一样。永州今属湖南，接连古之荆楚与南越，是当时所谓蛮荒之地。丘陵起伏，潮湿多雨，柳宗元以病弱之躯贬居于此，长达十年之久，实有所不能堪，乃赋此以抒其激愤幽忧之情。

开头八句，写地处楚、越之间的永州的山形地势。“楚越之郊”二句说永州地区万山环绕，山势腾踊如波浪起伏。波涛一喻，是从其动态方面来看的。“回合仰伏”二句，又说山丘峰峦之形态，或环回，或接合；或上仰，或下伏；或稍离，或遮拦，不一而足。重墉一喻，是从其静态方面来看的。纷，楚辞常见之句首发语词，又具有纷繁多盛之义；正欣喜山势之下倾，渐趋平顺；竟没有一亩之宽坦，又升高弄险！

“沓云雨”四句，写永州之气候。沓，聚合也。过量的雨水浸沤着厚厚的泥土，腐草烂叶蒸腾着腥臊的气味；阳气被壅隔而不能舒发，阴气却连成一片，沉凝固塞（hù，闭塞也。《左传》昭公四年：“深山穷谷，固阴冱寒。”），笼罩着山林。这样的气候真是叫人难以适应。贾谊贬长沙，即以其地处卑湿，“自恐寿不得长”，乃作《鸟赋》；何况永州又不如长沙，而宗元居此，已达十年之久。事实上，作者的身心健康的确受到严重摧残。

“行则膝颤，坐则髀痹。”(《与李翰林建书》)“百病所集，痞结伏积。”“攒林麓”二句，谓山林攒集，就好像囚执之所(丛棘)，虎豹吼叫，代替了监狱的犬吠。如果说上文“重墉”还是暗喻，这里以林麓代丛棘，以虎豹代狱犬，则进而明喻。这是第二次点题。

第一段写景，情在景中。不过，这毕竟还只是一种托寓，一种比喻。宗元当时当地内心的勃郁幽忧，非直抒胸臆不足以快心尽意。第二段一开头，即明确地就自身立言：我为何这样缺乏远见啊，乃至历尽坎坷险阻而无处逃遁，没有出路！井智管视(以管窥天)，还说坐井观天。这是反话。为了实现政治理想而参加“永贞革新”，正所谓“忽奔走以先后兮，及前王之踵武”(屈原《离骚》)。结果呢，却是远贬蛮荒。这不是“井智管视”么。“顾幽昧”二句，立即转入正论：加上不明不白的罪名啊，哪怕是圣贤也受不了这般可怕的谗言。病，以为病，担忧；嗷嗷，众口毁人貌。反改革派的攻击也真可怕：群小得志、隳紊纪纲呀，朋党交构、荧惑宸聪呀，潜结左右、难在萧墙呀，简直是要造反的乱党。满腔热情，落得个十年远谪，能不悲怆？最后，作者激愤地呼喊：世上一天天大治啊，贤才一天天进用，是谁使永州之山林囚禁我这么长时间！“山之囚吾”，第四次点题，淋漓尽致地抒泄了自己的痛苦与悲凉。

《柳河东集》旧注引北宋著名文学家晁补之论此赋云：“语云：‘仁者乐山。’自昔达人有以朝市为樊笼者矣，未闻以山林为樊笼者。”宗元久谪，厌山怀朝，因此用“丘壑草木之可爱者皆陷井也”。大概是说，山林为隐逸高蹈之地，贤人所居；今宗元以山林为牢槛，不合“仁者乐山”之旨，有些煞风景。看来，晁补之虽也是多次遭贬逐，受的苦却没有柳宗元多，或者真是达观些。柳宗元或许是认屈原为同道的吧。其《吊屈原文》一开头就说：“后先生盖千祀兮，余再逐而浮湘。”两相对照，由于理想与遭遇相类似，其发之于文者，审美感受与审美心境又何其相似也。《旧唐书》本传称宗元：“既罹窜逐，涉履蛮瘴，崎岖堙厄，蕴骚人之郁悼，写情叙事，动必以文。为骚文十数篇，览之者为之凄恻。”南宋文学理论家严羽说：“唐人惟柳子厚深得骚学。”(《沧浪诗话·诗评》)都看出了屈柳的某种源流关系。这首《囚山赋》，不如看作一个比较直接的例证。

又章士钊《柳文指要》(上)卷二评此赋云：“将《永州八记》与《囚山赋》对读，同一地也，而所处者感情之向背，如此其风马牛不相及。”“读

《八记》而乐山显，读此赋而囚山成。”好像也有不尽然之处。《八记》所描绘之山水，秀美幽奇，颇富诗情画意；自不待言；然亦有遭际的托寓与隐忧在，亦有“凄神寒骨，悄怆幽邃”(《小石潭记》)的审美情绪在，不能不说与《囚山赋》风马牛不相及也。

封建论

天地果无初乎？吾不得而知之也。生人果有初乎？吾不得而知之也。然则孰为近？曰：有初为近。孰明之？由封建而明之也。彼封建者，更古圣王尧、舜、禹、汤、文、武而莫能去之。盖非不欲去之也，势不可也。势之来，其生人之初乎？不初，无以有封建。封建，非圣人意也。

彼其初与万物皆生，草木榛榛，鹿豕狉狉，人不能搏噬，而且无毛羽，莫克自奉自卫，荀卿有言：必将假物以为用者也。夫假物者必争，争而不已，必就其能断曲直者而听命焉。其智而明者，所伏必众；告之以直而不改，必痛之而后畏；由是君长刑政生焉。故近者聚而为群。群之分，其争必大，大而后有兵有德。又有大者，众群之长又就而听命焉，以安其属，于是有诸侯之列。则其争又有大者焉。德又大者，诸侯之列又就而听命焉，以安其封，于是有方伯、连帅之类。则其争又有大者焉。德又大者，方伯、连帅之类，又就而听命焉，以安其人，然后天下会于一。是故有里胥而后有县大夫，有县大夫而后有诸侯，有诸侯而后有方伯、连帅，有方伯、连帅而后有天子。自天子至于里胥，其德在人者，死必求其嗣而奉之。故封建非圣人意也，势也。

夫尧、舜、禹、汤之事远矣，及有周而甚详。周有天下，裂土田而瓜分之，设五等，邦群后，布履星罗，四周于天下，轮运而辐集。合为朝觐会同，离为守臣扞城。然而降于夷王，害礼伤尊，下堂而迎觐者。历于宣王，挟中兴复古之德，雄南征北伐之威，卒不能定鲁侯之嗣。陵夷迄于幽、厉，王室东徙，而自列为诸侯矣。厥后，问鼎之轻重者有之，射王中肩者有之，伐凡伯、诛苌弘者有之，天下乖盭，无君君之心。余以为周之丧久矣，徒建空名于公侯之上耳！得非诸侯之盛强，末大不掉之咎欤？遂判为十二，合为七国，威分于陪臣之邦，国殄于后封之秦。则周之败端，其在乎此矣。

秦有天下，裂都会而为之郡邑，废侯卫而为之守宰，据天下之雄图，都六合之上游，摄制四海，运于掌握之内，此其所以为得也。不数载而天下大坏，其有由矣。亟役万人，暴其威刑，竭其货贿。负锄梃谪戍之徒，圜视而合从，大呼而成群。时则有叛人而无叛吏，人怨于下而吏畏于上，天下相合，杀守劫令而并起。咎在人怨，非郡邑之制失也。

汉有天下，矫秦之枉，徇周之制，剖海内而立宗子，封功臣。数年之间，奔命扶伤之不暇。困平城，病流矢，陵迟不救者三代。后乃谋臣献画，而离削自守矣。然而封建之始，郡邑居半，时则有叛国而无叛郡。秦制之得，亦以明矣。继汉而帝者，虽百代可知也。

唐兴，制州邑，立守宰，此其所以为宜也。然犹桀猾时起，虐害方域者，失不在于州而在于兵，时则有叛将而无叛州。州县之设，固不可革也。

或者曰："封建者，必私其土，子其人，适其俗，修其理，施化易也。守宰者，苟其心，思迁其秩而已，何能理乎？"余又非之。周之事迹，断可见矣。列侯骄盈，黩货事戎。大凡乱国多，理国寡。侯伯不得变其政，天子不得变其君。私土子人者，百不有一。失在于制，不在于政，周事然也。秦之事迹，亦断可见矣。有理人之制，而不委郡邑，是矣；有理人之臣，而不使守宰，是矣。郡邑不得正其制，守宰不得行其理，酷刑苦役，而万人侧目。失在于政，不在于制。秦事然也。汉兴，天子之政行于郡，不行于国；制其守宰，不制其侯王。侯王虽乱，不可变也；国人虽病，不可除也。及夫大逆不道，然后掩捕而迁之，勒兵而夷之耳。大逆未彰，奸利浚财，怙势作威，大刻于民者，无如之何。及夫郡邑，可谓理且安矣。何以言之？且汉知孟舒于田叔，得魏尚于冯唐，闻黄霸之明审，睹汲黯之简靖，拜之可也，复其位可也，卧而委之以辑一方可也。有罪得以黜，有能得以赏。朝拜而不道，夕斥之矣；夕受而不法，朝斥之矣。设使汉室尽城邑而侯王之，纵令其乱人，戚之而已。孟舒、魏尚之术，莫得而施；黄霸、汲黯之化，莫得而行。明谴而导之，拜受而退已违矣。下令而削之，缔交合从之谋，周于同列，则相顾裂眦，勃然而起。幸而不起，则削其半。削其半，民犹瘁矣，曷若举而移之以全其人乎？汉事然也。今国家尽制郡邑，连置守宰，其不可变也固矣。善制兵，谨择守，则理平矣。

或者又曰："夏、商、周、汉封建而延，秦郡邑而促。"尤非所谓知理者也。魏之承汉也，封爵犹建。晋之承魏也，因循不革。而二姓陵替，不闻延祚。今矫而变之，垂二百祀，大业弥固，何系于诸侯哉？

或者又以为："殷、周，圣王也，而不革其制，固不当复议也。"是大不然。夫殷、周之不革者，是不得已也。盖以诸侯归殷者三千焉，资以黜夏、汤不得而废；归周者八百焉，资以胜殷，武王不得而易。徇之以为安，仍之以为俗，汤、武之所不得已也。夫不得已，非公之大者矣，私其力于己也，私其卫于子孙也。秦之所以革之者，其为制，公之大者也；其情，私也，私其一已之威也，私其尽臣畜于我也。然而公天下之端自秦始。

夫天下之道，理安，斯得人者也。使贤者居上，不肖者居下，而后可以理安。今夫封建者，继世而理。继世而理者，上果贤乎？下果不肖乎？则生人之理乱未可知也。将欲利其社稷，以一其人之视听，则又有世大夫世食禄邑，以尽其封略。圣贤生于其时，亦无以立于天下，封建者为之也。岂圣人之制使至于是乎？吾固曰："非圣人之意也，势也。"

【鉴赏】

《封建论》是柳宗元著作中一篇杰出的政治论文。它的特色就是：观点鲜明，借古喻今；逻辑严密，论辩雄健。文章的中心论题是："封建制"的存废以及与郡县制相互比较孰优孰劣。不过他不是从纯学术角度探讨历史问题，更不是书斋气十足地去研究细枝末节，而是从宏观上入手，联系当时现实，并且顺理成章地得出一个重要结论："使贤者居上，不肖者居下，而后可以理安。"

要谈"封建制"的存废，自然要从"封建制"的产生与发展讲起。由"天地果无初乎"至"故封建非圣人意也，势也"，说的就是这个内容。尽管作者当时还没有也不可能认识到分封制国家的形成是生产力发展到一定阶段的结果；否定与"生人之意"相对立的"圣人之意"在历史进程中的决定作用，却具备令人肃然起敬的理论意义和批判精神。

文中"封建"一词，与我们今天所说"封建社会"中的"封建"二字概念不同，它是指周代奴隶社会的"封国土、建诸侯"那样的分封制。文中"生人"一词，即生民、人民的意思，作者因为要避唐太宗世民之讳，所以在行文中用"民"字的地方就用"人"字替代。柳宗元觉得"封建非圣人意也，势也"，甚至"尧、舜、禹、汤、文、武"他们就"盖非不欲去之也，势不可也”。他此处所说的“势”，并不是指客观规律或客观形势，而是指由众人的愿望而造成的趋势。“势”的基础就是“生人之意”。这一部分论述，是全文的总观点。由它统率全文，别开生面，气势磅礴。

从“夫尧、舜、禹、汤之事远矣”至“善制兵，谨择守，则理平矣”，是比较分封制与郡县制孰优孰劣。作者以史实为论据，具有不可辩驳的力量。并且前述为事，后文即可引以为据，逻辑严密，整体感很强。

“或者又曰”与“或者又以为”两段，是驳论。头一段驳所谓“封建而延”的观点，论据是魏晋两代都“封爵犹建”，结果是“不闻延祚”；唐代“矫而变之，重二百祀”。史实如此，胜于雄辩。所以，作者以“尤非所谓知理者也”，加以指责。第二段驳“殷、周圣王”“不革其制”便“固不当复议”的谬论当然，秦的“其为制，公之大者也”，也只是实施了地主阶级占有制，并非真正意义上的“公天下”，而这又是当时柳宗元所没有也不可能认识到的。

“夫天下之道”一段，是全文的结束。作者在这一段讲了两种有内在关系的事物，又讲了这两种事物之间的关系。即依照天下的常理，国家治理得好，才能够得人心；而使贤明的人居上位，不贤的人居下位，才能把国家治理得好。这是一种因果关系，作者先谈结果“理安”，后谈原因“使贤者居上”，突出用人唯贤对治理国家的重要性。然后又讲，实施分封制的时候，世袭的封地占满全国；就算圣贤生在那个时候，也无法有所作为。这又是一种因果关系，前有因“世大夫世食禄邑，以尽其封略”，后有果“圣贤生于其时，亦无以立于天下”。两种事物从两个侧面说明一个问题，分封制绝对不可取。之后，作者顺势收拢全文：难道是圣人愿意建立分封制而导致这样的结局吗？我可以肯定地说：“这不是圣人的本意，而是由形势决定的。”

综合上述，我们可以明显地看出，“用人唯贤”是《封建论》的灵魂所在。用人唯贤是改革体制的关键，又是改革体制后所带来的必然成果之一。“事在人为”，看来“人”是最为重要的。柳宗元所参加的“永贞革新”，就是因为王叔文、王伾等得到顺宗李诵的支持得以实行；而包括柳宗元在内的王叔文集团的塌台，也是由于宪宗李纯即位后选用宦官俱文珍、薛盈珍以及文武旧官僚所带来的结果。《封建论》写于“永贞革新”失败之后，柳宗元被贬官（实为“囚徒”）永州期间，他对政治革新，尤其是用人唯贤问题的体会和认识尤为深刻，我们是能够理解的。

政论文贵在切中时弊。《封建论》就没有泛泛谈论分封制的起源与发展过程，而是侧重谈分封制的劣以及郡县制的优。借古喻今，暗示唐中期以后潜伏的政治危机，明指用人唯贤对改良体制、巩固政权以及安定社会的深远意义。

政论文也贵在观点鲜明，有批判精神。《封建论》破天荒提出：封建非圣人意也，势也。他承认客观情势，而不承认天命；他觉得由分封制到郡县制是进步，而汉唐还要实行分封制是倒退；他肯定尧、舜这些圣人都有“私”，历史的发展不以圣人的意志为转移，圣人有“所不得已”。不讳饰，也不含糊其词，而是明快决断，一扫腐儒正统的天命观、历史观、圣贤观，确实有振聋发聩的作用。

政论文还贵在论辩雄健有力，纵横驰骋气势磅礴。《封建论》开笔就不同凡响：“天地果无初乎？”“生人果有初乎？”虽是设问，但在“有”与“无”之间表明，本文将论述的是天、地、生民这样的大事。从周至唐，上下两千年，兴亡得失，头绪万千。作者就用正确的观点统率史料，去粗取精，除伪存真，三言两语就可把问题讲到实质方面：“失之于制，不在于政，周事然也”，“失之在于政，不在于制，秦事然也。”当谈论到郡县制的好处时，秦“有叛人而无叛吏”，汉“有叛国而无叛郡”，唐“有叛将而无叛州”。观点、史实、论据及论证，融会贯通，言简意赅，大刀阔斧，不容置疑，难以置辩。

时令论（上）

《吕氏春秋·十二纪》，汉儒论以为《月令》，措诸《礼》以为大法焉。其言有十二月七十有二候，迎日步气，以追寒暑之序，类其物宜而逆为之备，圣人之作也。然而圣人之道，不穷异以为神，不引天以为高，利于人，备于事，如斯而已矣！观《月令》之说，苟以合五事，配五行，而施其政令，离圣人之道，不亦远乎？

凡政令之作，有俟时而行之者，有不俟时而行之者。是故孟春修封疆，端径术，相土宜，无聚大众。季春利堤防，达沟渎，止田猎，备蚕器，合牛马，百工无悖于时。孟夏无起土功，无发大众，劝农勉人。仲夏班马政，聚百药。季夏行水杀草，粪田畴，美土疆，土功、兵事不作。孟秋纳材苇。仲秋劝人种麦。季秋休百工，人皆入室，具衣裘；举五谷之要，合秩刍，养牺牲；趋人收敛，务蓄菜，伐薪为炭。孟冬筑城郭，穿窦窖，修囷仓，谨盖藏，劳农以休息之，收水泽之赋。仲冬伐木，取竹箭。季冬讲武，习射御，出五谷种，计耦耕，具田器；合诸侯，制百县轻重之法、贡职之数。斯固俟时而行之，所谓"敬授人时"者也。其余郊庙百祀，亦古之遗典，不可以废。

诚使古之为政者，非春无以布德和令，行庆施惠，养幼少，省囹圄，赐贫穷，礼贤者；非夏无以赞杰俊，遂贤良，举长大，行爵出禄，断薄刑，决小罪，节嗜欲，静百官；非秋无以选士厉兵，任有功，诛暴慢，明好恶，修法制，养衰老，申严百刑，斩杀必当；非冬无以赏死事，恤孤寡，举阿党，易关市，来商旅，审门闾，正贵戚近习，罢官之无事者，去器之无用者，则其阙政亦以繁矣。斯固不俟时而行之者也。变天之道，绝地之理，乱人之纪，舍孟春则可以有事乎？作淫巧以荡上心，舍季春则可以为之者乎？夫如是，内不可以纳于君心，外不可以施于人事，勿书之可也。

又曰："反时令则有飘风、暴雨、霜雪、水潦、大旱、沉阴、氛雾、寒暖之气；大疫、风咳、鼽嚏、疟寒、疥疠之疾；螟蝗、五谷瓜瓠果实不成、蓬蒿藜莠并兴之异；女灾、胎夭伤、水火之讹；寇戎来入相掠、兵革并起、道路不通、边境不宁、土地分裂、四鄙入堡、流亡迁徙之变。"若是者，特瞽史之语，非出于圣人者也。然则夏后、周公之典逸矣。

【鉴赏】

柳宗元的《时令论》上篇，是针对《吕氏春秋·十二纪》和《礼记·月令》所宣扬的"合五事配五行而施其政令"的反科学的唯心主义的"天人感应论"，详细分析了自然条件与人类活动的各种关系，指出哪些生产活动是必须适应自然界的季节变化的，哪些政治活动与季节没有关系，是不必要也不可能适应季节变化的。从而提出科学的唯物主义的论点："不穷异以为神，不引天以为高，利于人，备于物。"明确地表达了自己的政治主张。全文大致可分两大部分。

第一部分（第一自然段），概括地从理论上揭露了《月令》中"合五事，配五行，而施其政令”的荒谬性和虚伪性。首先需要从《月令》的产生说起，战国末年，秦国相吕不韦纠集门客，兼采儒道墨法各家的观点，共同编写了《吕氏春秋》，其中有十二纪，即孟春纪、仲春纪、季春纪、孟夏纪、仲夏纪、季夏纪、孟秋纪、仲秋纪、季秋纪、孟冬纪、仲冬纪、季冬纪。每纪前面都有一篇记载该月应实行的政令的文章。汉代儒生把《吕氏春秋·十二纪》中每纪的第一篇谈实施政令的文章编次成为《月令》，列入《礼记》，当作根本大法。其中说一年有十二个月、七十二候。作者揭露这些反面言论之后，暂不做批判，只紧接着针锋相对地提出“圣人之道，不穷异以为神，不引天以为高，利于人，备于事”说是“天意”的体现，用来附会各种自然现象和人事，于是就有五行配春夏秋冬“四时”，五行配“五事”，五行配“五常”等，组成了一套完整的“天人感应论”体系，《月令》就是这样的大杂烩，背离圣人的思想不是太远了吗？它的荒谬性和自称是“圣人之作”的虚伪性就暴露无遗了。

第二部分（从“凡政令之作”到结尾），从事实上详细分析了哪些活动是该等待适当季节而行的，哪些活动是不应等待季节、必须常行不怠的。这一部分又可分为两层：第一层（第二自然段），作者指出：大凡政令的制定，有些是要等待一定的季节才去实施的：如农历孟春正月，要平整土地，修直田间道路，考察土地适宜种哪种作物，不必要征集过多的劳力。季春三月，要修建好堤防，疏通沟渠，禁止打猎，准备养蚕工具，给牛马配种，各种工匠都要及时工作，不能错过季节。季秋九月，要停止各种工匠的工作，让他们回家，准备好过冬的棉衣皮袄，制定五谷赋税，收集常年所需要的草料，喂养祭祀用的牲畜；督促人们储藏粮食、蔬菜，砍柴烧炭。仲冬十一月，要砍伐树木和竹子。季冬十二月，要讲习武艺，练射箭驾车马，选好五谷种子，计划耕作事宜，准备生产工具，召集各地方官制定各地区赋税轻重的法则和上缴的土特产的数量。这些是作者认为要等待一定的季节才去实施的，也是《尚书·尧典》上所说的“敬授人时”。另外，作者还认为祭天地、祭祖宗和其他各种祭祀，也都是古代传下来的典礼，不可以被废除。

这些，大多数是古代劳动人民在生产斗争中多年总结出来的宝贵经验。封建统治者为了维护自己的剥削收入，也不得不去关心农业生产，把一些经验记载在《月令》里。作者对《月令》里的这些农业生产经验给予了肯定，是对的。但不管什么好的经验，都不能生搬硬套，要因时因地因人有所不同，至少是有所侧重。“郊庙百祀”是古代剥削阶级统治者用来麻醉人民的方式，作者觉得“亦古之遗典，不可以废”，这不难看出，是他的地主阶级立场的反映。

第二层（第三、四自然段），在第三自然段，作者指出：大凡政令的制定，有些是不需要等待一定的季节就实行的。比如，《月令》规定：在孟春“布德和令，行庆施惠”；在仲春“养幼少，省囹圄”；在季春“赐贫穷，礼贤者”。那么不是四月就不能推荐提拔才能杰出、道德高尚的贤人，审判、处理罪行轻微的案件吗？不是五月就不能节制贪欲，使百官安定吗？《月令》规定：在孟秋“选士厉兵……修法制”；在仲秋“养衰老……斩杀必当”。难道除了正月之外，就可以去做违背自然规律、违反地理条件、破坏国家法纪的事情吗？难道除了三月之外，就可以制作过分奇巧的奢侈品去扰乱君心吗？与“圣人之道，不穷异以为神，不引天以为高，利于人，备于事”的论点，也是相符合的。

在第四自然段，作者进一步指出《月令》中更加荒谬绝伦的奇谈怪论。例如，《月令》又说：违反时令就会有狂风、暴雨、霜雪、大水灾、大旱灾、天色长期昏暗、寒暖反常等一切不正常的天气；就会有瘟疫、伤风咳嗽、打喷嚏、疟疾、毒疮等疾病；就会有虫灾、五谷及瓜果不结实、野草丛生等怪异现象；就会有妇女不生育、胎儿死亡等反常现象；就会出现外敌入侵、战争四起、道路阻塞、边境不宁、人民流亡迁徙的混乱局面。作者认为像这样荒诞不经的谬论，只能出自专搞迷信活动的“瞽史”之口，借此用来吓唬和欺骗人民，《月令》绝非周公所作，传说周公所作的典籍早已散佚了。

作者列举《月令》中所规定配合季节施行的政令，一一进行具体分析，指出：哪些农业生产活动，为了适应自然界的季节变化，是可以按季节去实行的；哪些政治活动与季节无关，是绝对不能等待某一季节，必须常年实行的。不然就会扰乱君心，祸国殃民。更突出的是把自然灾害、疾病、战争等都归罪于政令没有配合时令，把风马牛不相及的两种情况牵强附会地结合起来，这只能说是自欺欺人的胡话。当然，就只有按作者提出的“不穷异以为神，不引天以为高，利于人，备于事”的论点去实施政令，才是科学正确的了。这是作者唯物主义思想的突出表现。

时令论（下）

或者曰：“《月令》之作，所以为君人者法也。盖非为聪明睿智者为之，将虑后代有昏昧傲诞而肆于人上，忽先王之典，举而废之。近而取之，若陈、隋之季是也。故取仁义礼智信之事，附于时令，俾时至而有以发之也。不为之时，将因循放荡，而皆无其意焉尔；于是又为之言五行之反戾、相荡、相摩、妖灾之说，以震动于厥心，古之所以防昏乱之术也。今子发而扬之，使前人之奥秘布露显明，则后之人而又何惮耶？”

曰：圣人之为教，立中道以示于后。曰仁、曰义、曰礼、曰智、曰信，谓之“五常”，言可以常行者也。防昏乱之术，为之勤勤然书于方册，兴亡治乱之致，永守是而不去了。未闻其威之以怪，而使之时而为善，所以滋其怠傲而忘理也。语怪而威之，所以炽其昏邪、淫惑而为祷禳、厌胜、鬼怪之事，以大乱于人也。且吾子以为畏册书之多，孰与畏人之言？使谔谔者言仁义利害，焯乎列于其前而犹不悟，奚暇顾《月令》哉！是故圣人为大经，以存其直道，将以遗后世之君臣，必言其中正，而去其奇邪。其有狂然而不顾者，虽圣人复生，无如之何，又何册书之有！若陈、隋之季，暴戾淫放，则无不为矣。求之二史，岂复有行《月令》之事者乎？然而其臣有劲悍者，争而与之言先王之道，犹十百而一遂焉。然则《月令》之无益于陈、隋亦固矣。立大中，去大惑，舍是而曰“圣人之道”，吾未信也。用吾子之说罪我者，虽穷万世，吾无憾焉尔。

【鉴赏】

本文是一篇驳论，针对胡说《月令》是“古之所以防昏乱之术”的谬论，有理有据地进行反驳，指出《月令》中的“天人感应论”，绝对不是什么防昏乱之术，而是惑君乱国害民之毒计。“威之以怪”，只能“滋其怠傲而忘理”，“语怪而威之”，只能“炽其昏邪、淫惑”，造成大乱。这就彻底揭露了唯心主义的天人感应论的反动本质。

作者针对为《月令》所作的狡辩，一一进行驳斥。全文可分三层：第一层（从“圣人之为教”到“去其奇邪”），从理论上讲明，要防止昏乱，必须立正道，去奇邪。指出圣人施教，是树立正道来启发后人。他们提出仁、义、礼、智、信，这是经常必须实行的，所以叫“五常”。又把防止昏乱的办法，明确反复地写在典籍上，无论遇到兴盛、安定之世，还是衰亡、动乱之时，都应始终遵行而不能违反。圣人从来没有用鬼怪威吓君主，而使他们按季节去做好事的。所以圣人要确定根本原则来表现他们的正道，传给后代的君臣，必定要讲那种中正之道，而去掉那些邪门歪道。

第二层（从“其有罶然”到“亦固矣”），从事实上说明《月令》之术，不能防止昏乱。举出实例说，假如君主是冥顽不灵，不顾正道的人，就算是圣人再生，对他也是毫无办法的，难道是一堆故纸的《月令》就可以有办法去约束他们吗？像陈、隋两朝的末代君主陈叔宝、杨广，残忍暴虐，荒淫无耻，酗酒遨游，无恶不作。“玉玺不缘归日角，锦帆应是到天涯……地下若逢陈后主，难道适宜重问《后庭花》？”（见李商隐《隋宫》）查考这两朝的历史，难道还会有按《月令》办事的君主吗？“乘兴南游不戒严，九重谁省谏书函？”（见李商隐《隋宫》）连大臣们呈上的规劝书都不会看，怎么还会去看前人传下的《月令》呢？可见《月令》不能防止陈、隋君主的昏乱，是确信无疑的了。

第三层（从“立大中”到结尾），作者表示要坚持“立大中，去大惑”的主张，任人指责，万世不悔。立大中，就是树立大中之道，大中之道即作者认为正确的思想和道理。去大惑，就是废除鬼神和迷信。因此“立大中，去大惑”，就是《时令论》上篇所说的圣人之道：“不穷异以为神，不引天以为高，利于人，备于事。”不相信鬼神，不搬出天命，凡事只考虑如何才有利于人民，如何按事物的发展趋势去采取措施。除此之外，还讲什么圣人之道，他都是一律否认的。哪怕遭人指责，也要坚持到底，决不改悔。

柳宗元能如此坚决而锐利地揭露和批驳《月令》中的“天人感应论”，是有他的思想基础和原因的。第一，作者长期被贬谪，深入民间生活，能更多地接触下层人民，有时间研究百家之言，对自然和社会的发展，认识加深了，对借用文学这个武器来抨击社会上的黑暗和反动思潮的自觉性加强了，所以成了当时古文运动的杰出代表和反唯心主义的思想家。第二，他的反唯心主义是直接为宣传他的政治主张服务的。当时唐朝上层统治者依旧沿袭唐初的传统政策，利用儒释道三教为巩固封建统治服务，但渗透在封建礼法中并作为上层统治者妨碍改革的武器的，主要是儒家典籍所鼓吹的天命论和天人感应论。作者以前是王叔文改革派中的一名骨干人物，集中力量来批判天命论和天人感应论就是肯定的了。

作者的反唯心主义的精神，在我们今天的两个文明建设中仍然是很需要的。笔者认为一切不切合实际的做法和想法，都是属于唯心主义的范畴。比如，当前不少人追求不应有的享受，超前消费，事事攀比，总想胜过别人等，难道不是唯心主义的享乐观和虚荣心在作害吗？又如，现在的农村和边远地区有些农民富裕了，不是去扩大再生产，兴办教育，而是去修整庙宇祠堂；为了防涝抗旱，不是去兴修水利，开渠筑坝，而是去求神拜佛，向天祈祷等，难道不是唯心主义的天人感应论在作祟吗？这些都严重地影响了社会主义建设事业的发展，必须积极地开导他们，自觉迅速消除这些状况。但柳宗元所肯定的所谓"五常"，是儒家鼓吹的所说常行不变的道德标准，是维护封建统治的一些教条，我们也必须做阶级分析和历史分析。

驳《复仇议》

臣伏见天后时，有同州下邽人徐元庆者，父爽，为县尉赵师韫所杀，卒能手刃父仇，束身归罪。当时谏臣陈子昂建议，诛之而旌其闾，且请编之于令，永为国典。臣窃独过之。

臣闻礼之大本，以防乱也。若曰无为贼虐，凡为子者杀无赦。刑之大本，亦以防乱也。若曰无为贼虐，凡为治者杀无赦。其本则合，其用则异，旌与诛莫得而并焉。诛其可旌，兹谓滥，黩刑甚矣。旌其可诛，兹谓僭，坏礼甚矣。果以是示于天下，传于后代，趋义者不知所以向，违害者不知所以立，以是为典可乎？盖圣人之制，穷理以定赏罚，本情以正褒贬，统于一而已矣。

向使刺谳其诚伪，考正其曲直，原始而求其端，则刑礼之用，判然离矣。何者？若元庆之父不陷于公罪，师韫之诛独以其私怨，奋其吏气，虐于非辜，州牧不知罪，刑官不知问，上下蒙冒，吁号不闻；而元庆能以戴天为大耻，枕戈为得礼，处心积虑，以冲仇人之胸，介然、自克，即死无憾，是守礼而行义也。执事者宜有惭色，将谢之不暇，而又何诛焉？其或元庆之父，不免于罪，师韫之诛，不愆于法，是非死于吏也，是死于法也。法其可仇乎？仇天子之法，而戕奉法之吏，是悖骜而凌上也。执而诛之，所以正邦典，而又何旌焉？

且其议曰："人必有子，子必有亲，亲亲相仇，其乱谁救？"是惑于礼也甚矣。礼之所谓仇者，盖其冤抑沉痛而号无告也，非谓抵罪触法，陷于大戮。而曰彼杀之，我乃杀之。不议曲直，暴寡胁弱而已。其非经背圣，不亦甚哉！

《周礼》："调人，掌司万人之仇。凡杀人而义者令勿仇，仇之则死。有反杀者，邦国交仇之。"又安得亲亲相仇也？《春秋·公羊传》曰："父不受诛，子复仇可也。父受诛，子复仇，此推刃之道，复仇不除害。"今若取此以断两下相杀，则合于礼矣。且夫不忘仇，孝也；不爱死，义也。元庆能不越于礼，服孝死义，是必达理而闻道者也。夫达理闻道之人，岂其以王法为敌仇者哉？议者反以为戮，黩刑坏礼，其不可以为典明矣。

请下臣议附于令，有断斯狱者，不宜以前议从事。谨议。

【鉴赏】

这篇"议"是作者任礼部员外郎时，作为奏章上书给皇帝的，内容是批驳陈子昂的《复仇议》。文章从一件杀人案的处理下笔，围绕"礼"和"法"的不同作用及其统一性，层层剖析，批驳了对方的错误建议，阐述了自己的正面意见，很有说服力。刘勰在《文心雕龙·议对》篇中，曾就驳议文提出"文以辨洁为能，不以繁缛为巧；事以明核为美，不以深隐为奇"的看法。若以此衡量这篇文章的写作，不正可以看出它行文简洁，说理清楚，逻辑性强的特点吗？难怪它历来受到人们的喜爱。

全文共六段。起始段开门见山，摆出问题。可分三层来看。作者首先举出当时一个案例：徐元庆为父报仇，杀了人又去自首。第二层，列出陈子昂对处理犯人的建议："诛之而旌其闾，且请编之于令，永为国典。"第三层，明确地摆出自己的观点，认为这一建议是错误的。这一段写得干净利落，清晰醒目，为展开论辩奠下了基础。

第二段，针对对方问题要害，进行批驳。陈子昂之所以建议既要处徐元庆以死刑，又要用在他居住的里巷用立牌坊和赐匾额的方式来表彰，其理论观点是"礼"和"法"不能偏废；既要遵守"法"，又要照顾到"礼"。

作者正是抓住了这一关键，在本段亦分三层开始剖析。从“臣闻礼之大本”至“旌与诛莫得而并焉”是第一层。这一层主要指出“礼”和“法”虽然作用不同，但并不矛盾；“旌”与“诛”不能够合并使用。这一大段，作者用理论统一性的思想为指导，揭露出对方建议的自相矛盾及危害，文笔犀利、切中肯綮。

作者在反驳了上述立法建议以后，第三段则从正面阐明自己的意见。这一段行文紧密，好像一气呵成，颇有气势。为何要杀呢？假如徐元庆的父亲被杀是因为触犯了国法，那么“是死于吏也，是死于法也”，“戕奉法之吏，是悖骜而凌上”，“执而诛之，所以正邦典，而又何旌焉？”此段写得有理有节，痛快淋漓，两个反诘句的使用更加强了批驳的力量。

第四段作者引申一步，再次从反面驳斥《复仇议》中的又一糊涂观念。作者一上来就先明确指出，陈子昂“亲亲相仇，其乱谁救？”的言论，是对礼制的迷乱。继而正面分析“礼”所说的报仇本来的情况，那是属于“其冤抑沉痛而号无告也”，并非说触犯刑律，已经构成该判死罪的人。至此，作者进而按照对方错误逻辑推出一个假设，说：“他杀了人，我就杀他。”作者认为，这是一种不管是非曲直，以强压弱，违经背圣的做法。

接下来第五段作者引经据典，再做发挥。其一，引《周礼》：说凡是杀人而合乎情理的，别人不准报仇，报仇的人要处死刑。假如有反过来杀人的，全国人民就共同把他当作仇人。引述这段话以后，作者以“又安得亲亲相仇？”写到这了，作者做出结论：若以以上标准来评判双方仇杀的是非曲直，就符合礼制了。正是在上述分析的基础上，作者在本段最后部分，肯定了徐元庆的合理行动，批驳了陈子昂的错误建议。

尾段作者毫不含糊地提出“有断斯狱者，不宜以前议从事”的请求，旗帜鲜明，斩钉截铁。

桐叶封弟辨

古之传者有言，成王以桐叶与小弱弟，戏曰：“以封汝。”周公入贺。王曰：“戏也。”周公曰：“天子不可戏。”乃封小弱弟于唐。

吾意不然。王之弟当封耶？周公宜以时言于王，不待其戏而贺以成之也；不当封耶？周公乃成其不中之戏，以地以人与小弱者为之主，其得为圣乎？且周公以王之言，不可苟焉而已，必从而成之耶？设有不幸，王以桐叶戏妇寺，亦将举而从之乎？凡王者之德，在行之何若。设未得其当，虽十易之不为病；要于其当，不可使易也，而况以其戏乎？若戏而必行之，是周公教王遂过也。

吾意周公辅成王，宜以道，从容优乐，要归之大中而已，必不逢其失而为之辞。又不当束缚之，驰骤之，使若牛马然，急则败矣。且家人父子尚不能以此自克，况号为君臣者耶？是直小丈夫者之事，非周公所宜用，故不可信。

或曰：封唐叔，史佚成之。

【鉴赏】

历来统治阶级，皇亲国戚、公卿大夫以及那些帮忙、帮闲文人，总是通过各种办法和手段，神化最高统治者。觉得他是天之骄子，代表上天意志，随便说句话都应被看成是金科玉律。柳宗元的这篇《桐叶封弟辨》，就是通过“古之传者有言”即成王与周公之间的一段对话，说明君王也有说玩笑话、说错话的时候。实际上，包括历代君王在内，他们都是人，而不是被人们推崇的想象中的神；他们同样会有过失，同样也有说错话或者说玩笑话的时候。第一段，作者用了四十几个字，简单地介绍了这件事的来龙去脉。突出的是：“王曰：‘戏也。’”而周公却偏要郑重其事，原因是“天子不可戏”。

第二段，劈头一句就是“吾意不然”，我觉得这是不对的。斩钉截铁，态度鲜明。全段抓住“当封”、“不当封”两个方面，说明不管怎样，此等大事都不应在成王“戏”（开玩笑）的时候决定。“当封”，周公就应“不待其戏”；“不当封”，周公就不应“成其不中之戏”。从两方面辩证，说明周公果真这样做了，那他还称得上是什么圣人吗？这疑问，是自然要提出的，与“吾意不然”有内在的因果关系。

第三段，重心不在辩，而在正面阐明作者自己的政治主张，即“要归之大中而已”。并且以此推断，得出结论：“非周公所宜用，故不可信。”这就是全面否定有成王以桐叶封弟这回事。“不可信”，既有不可把此事信以为真的意思，也有不能以此为古训、后人要照办的意思。作者以“大中之道”衡量“周公辅成王”，得出的结论就是“桐叶封弟”之事“不可信”。文章至此，已经写完。最后一段，只有一句话，看似闲文，实际上很重要。它说明历史记载也不尽相同，“封唐叔，史佚成之”就是另一说法。

从写作特点上看，全文抓住一个“戏”字展开论述。既然是分土建侯之大事，本不应出自成王之戏言；既然成王已经说明他的话是戏言，周公就不应该坚持“天子不可戏”，非一定照办不成。“若戏而必行之”，那就是周公教成王犯错误了。再三推敲，正反论证，集中在一个“戏”字上，说明这种记载不可相信，这种逻辑不能成立，这种传统不应继承。

这篇短小的史评，用的是先驳后立的论述方法。驳得透彻，立得自然就显得顺当。作者表面上像是辨别史料的真与伪，其实是在辩论史事的是与非。借着这论辩，作者大胆地否定了“天子不可戏”这种君王特有的神性，也对周公这样的圣贤办事的权威性表示疑惑，“其得为圣乎？”目的是在于阐明作者的政治主张。“王者之德”，“要于其当”；辅佐帝王，“要归之大中而已”。

箕子碑

凡大人之道有三：一曰正蒙难，二曰法授圣，三日化及民。殷有仁人曰箕子，实具兹道，以立于世。故孔子述六经之旨，尤殷懃焉。

当纣之时，大道悖乱，天威之动不能戒，圣人之言无所用。进死以并命，诚仁矣，无益吾祀故不为；委身以存祀，诚仁矣，与去吾国故不忍。具是二道，有行之者矣。是用保其明哲，与之俯仰，晦是谟范，辱于囚奴，昏而无邪，颓而不息。故在《易》曰“箕子之明夷”，正蒙难也。及天命既改，生人以正。乃出大法，用为圣师，周人得以序彝伦而立大典。故在《书》曰“以箕子归，作《洪范》，法授圣也。及封朝鲜，推道训俗，惟德无陋，惟人无远，用广殷祀，俾夷为华，化及民也。率是大道，丛于厥躬，天地变化，我得其正，其大人欤？

於虖！当其周时未至，殷祀未殄，比干已死，微子已去，向使纣恶未稔而自毙，武庚念乱以图存，国无其人，谁与兴理？是固人事之或然者也。然则先生隐忍而为此，其有志于斯乎？唐某年作庙汲郡，岁时致祀。

嘉先生独列于《易》象，作是颂云：

蒙难以正，授圣以谟。宗祀用繁，夷民其苏。宪宪大人，显晦不渝。圣人之仁，道合隆污。明哲在躬，不陋为奴。冲让居礼，不盈称孤。高而无危，卑不可逾。非死非去，有怀故都。时诎而伸，卒为世模。《易》象是列，文王为徒。大明宣昭，崇祀式孚。古阙颂辞，继在后儒。

【鉴赏】

这是柳宗元为箕子庙撰写的碑文。箕子是商纣王的叔父。纣王无道，箕子进谏，不听。于是箕子就披散了头发，假装癫狂，韬晦为奴，又被纣王关押起来。武王伐纣成功，将他释放出来，向他求教天下之常理，于是向武王陈述天地之道，即《尚书》中的《洪范》篇。

本文开头一段，首先提出道德高尚的人应该具备的三点品行：一是因正道直行而蒙受灾难。二是以天下法规传授给圣贤，作为万世准则。三是教化之功要遍及百姓。作者认为唯有箕子符合标准。开宗明义，提出全文论点，简洁而又明快。

第二段在正面阐述箕子之德以前，先用比干和微子进行对比。"进死以并命，诚仁矣"是指比干而言的。比干也是纣王的叔父，根据《史记·殷本纪》记载："纣愈淫乱不止……比干曰：'为人臣者，不得不以死争。'乃强谏纣。

文章经此一番迂回，才正面论述箕子之德。

《论语·微子》篇曰："微子去之，箕子为之奴，比干谏而死。孔子曰：'殷有三仁焉。'"观孔子之意，于彼三人并无轩轾，柳宗元故意这样说，一则反衬箕子之德，二则造成文章的跌宕之势，同时也体现了柳宗元擅长翻出新意的特点。

以上三层，分别承接首段提出的"正蒙难"、"法授圣"、"化及民"进行论证。两次征引经文，一则有助于加强说服力，再则也是呼应首段"故孔子述六经之旨，尤殷焉"一语。最后概括箕子之德，肯定其为"大人"，又与文章首句相呼应。这些地方充分体现出柳文之整饬与缜密。从文章内容方面，至此已将题目作完，但作者笔下陡然又起波澜，提出一种新设想。前人认为最后一段才是本文重心，着眼全在"隐忍"二字，感觉其中或有柳宗元的隐衷，所以内涵格外深沉，语言也更为淋漓。

天说

韩愈谓柳子曰："若知天之说乎？吾为子言天之说。今夫人有疾痛、倦辱、饥寒甚者，因仰而呼天曰：'残民者昌，佑民者殃！'又仰而呼天曰：'何为使至此极戾也？'若是者，举不能知天。夫果蓏，饮食既坏，虫生之；人之血气败逆壅底，为痈疡、疣赘、瘘痔，虫生之；木朽而蝎中，草腐而萤飞，是岂不以坏而后出耶？物坏，虫由之生；元气阴阳之坏，人由之生。虫之生而物益坏，食啮之，攻穴之，虫之祸物也滋甚。其有能去之者，有功于物者也；繁而息之者，物之仇也。人之坏元气阴阳也亦滋甚：垦原田，伐山林，凿泉以井饮，墓以送死，而又穴为偃溲，筑为墙垣、城郭、台榭、观游，疏为川渎、沟洫、陂池，燧木以燔，革金以镕，陶甄琢磨，悴然使天地万物不得其情，倖倖冲冲，攻残败挠而未尝息。其为祸元气阴阳也，不甚于虫之所为乎？吾意有能残斯人使日薄岁削，祸元气阴阳者滋少，是则有功于天地者也；繁而息之者，天地之仇也。今夫人举不能知天，故为是呼且怨也。吾意天闻其呼且怨，则有功者受赏必大矣，其祸焉者受罚亦大矣。子以吾言为何如？"

柳子曰："子诚有激而为是耶？则信辩且美矣。吾能终其说。彼上而玄者，世谓之天；下而黄者，世谓之地；浑然而中处者，世谓之元气；寒而暑者，世谓之阴阳。是虽大，无异果蓏、痈痔、草木也。假而有能去其攻穴者，是物也，其能有报乎？繁而息之者，其能有怒乎？天地，大果蓏也；元气，大痈痔也；阴阳，大草木也，其乌能赏功而罚祸乎？功者自功，祸者自祸，欲望其赏罚者大谬；呼而怨，欲望其哀且仁者，愈大谬矣。子而信子之仁义以游其内，生而死尔，乌置存亡得丧于果蓏、痈痔、草木耶？"

【鉴赏】

这是柳宗元与韩愈讨论"天人关系"的一篇闻名哲学论文。它标志着作者在这个重要问题上的先进思想，同时也代表着唐代唯物主义者的理论水平。

在柳宗元生活的时代，人们对天的看法就不仅仅是一个自然科学的问题。而是和人世间的政治、文化、伦理道德等密切联系着。天是什么？是自然界的物质存在，还是有意志、能主宰万物的神？从对来信的转述中，以及从韩愈的整部著作来看，他是相信后者的。天和人又是什么关系？假如它是自然界的物质存在，那么它的阴晴变化以及雨雪降临都只不过是自然现象，与人世治乱无关；如果它是有意志并主宰万物的神，那么它的阴晴变化以及雨雪旱涝就都在表达它的意志，出于对人的赏或罚。从来信的转述中，能够看到韩愈相信后者。是遵循古代唯物主义者荀况主张“明于天、人之分，即“不求知天”(《荀子·天论》)，还是追随孔子的论调，主张“知天命”？从来信的转述中同样可看到，韩愈属于后者，并指责柳宗元“不知天”。

对“天”争论的实质，是怎样对待人，特别是如何对待皇帝这样有特殊地位的人。按照柳宗元《六逆论》的观点，择嗣之道不在嫡庶，而要考察能否“圣且贤”。这代表王叔文一派的共同看法，所以，在为重病缠身的李诵挑选皇储时，他们预谋废除李纯，另立太子；而宦官集团和朝廷保守派官僚却坚持王道天命，“立嫡为长”，李纯被立为太子。

此文在写作上，颇具特色。首先，作者以转引对方之文开篇，而且占的篇幅之多约有全篇三分之二。这一方面表明作者不愿断章取义地批驳对方的论点，引得完整，驳得也就全面；另一方面表明作者有足够的自信心，能用较短的篇幅驳倒对方，将要说的道理讲明白。

其次，论辩之文，却从解释“天地”、“元气”、“阴阳”这些概念入手。既能对准对方的论点（而不是歪曲或偷换对方的观点或概念），又能顺便辨清这些概念所表明的原本就都是客观事物；既是客观事物，那么不论它们有多么大，也和瓜果、痈痔、草木一样，不会有什么主观意识。作者一再用“世谓之”这个词，就说明“天”也罢，“地”也罢，都不过是人们如此称谓它们罢了。“天”也不过是一种物质存在，只是大些罢了；它不是神，没有意志。

再次，驳论为主论开路，所立之论更令人信服。作者在论述了“天地”、“元气”、“阴阳”都是客观事物之后，顺理成章便阐明：如果有谁能把在物上打洞的虫子除掉，这个物能对这个人有所报答吗？有谁促使这些虫子繁衍成长，这个物能对他发怒吗？用的是设问句式，回答应该是肯定的：不能。那么同样，天地，好比大瓜果；元气，好比大痈痔；阴阳，好比大草木；它们怎么能赏功罚祸呢？在这个基础上，作者亮明自己的观点："功者自功，祸者自祸。""功者自功，祸者自祸"是全文的要语、点睛之笔，由它引出来的结论必然是：天人不相预。立论立起，文势犹如高屋建瓴，直斥"欲望其赏罚者大谬"，"欲望其哀且仁者，愈大谬矣"！而且不无讥讽地回敬论敌韩愈：你为你的仁义而生，为你的仁义而死好了，又怎么可以把存亡得失的缘由归之于跟瓜果、痈痔、草木一样的无意志的"天"呢？

捕蛇者说

永州之野产异蛇，黑质而白章，触草木尽死，以啮人，无御之者。然得而腊之以为饵，可以已大风、挛踠、瘘、疠，去死肌，杀三虫。其始，大医以王命聚之，岁赋其二。募有能捕之者，当其租入，永之人争奔走焉。

有蒋氏者，专其利三世矣。问之，则曰："吾祖死于是，吾父死于是，今吾嗣为之十二年，几死者数矣。"言之，貌若甚戚者。

余悲之，且曰："若毒之乎？余将告于莅事者，更若役，复若赋，则何如？"

蒋氏大戚，汪然出涕曰："君将哀而生之乎？则吾斯役之不幸，未若复吾赋不幸之甚也。向吾不为斯役，则久已病矣。自吾氏三世居是乡，积于今六十岁矣，而乡邻之生日蹙。殚其地之出，竭其庐之入，号呼而转徙，饥渴而顿踣，触风雨，犯寒暑，呼嘘毒疠，往往而死者相藉也。曩与吾祖居者，今其室十无一焉，与吾父居者，今其室十无二三焉；与吾居十二年者，今其室十无四五焉，非死而徙尔。而吾以捕蛇独存。悍吏之来吾乡，叫嚣乎东西，隳突乎南北，哗然而骇者，虽鸡狗不得宁焉。吾恂恂而起，视其缶，而吾蛇尚存，则驰然而卧。谨食之，时而献焉。退而甘食其土之有，以尽吾齿。盖一岁之犯死者二焉，其余则熙熙而乐，岂若吾乡邻之旦旦有是哉？今虽死乎此，比吾乡邻之死则已后矣，又安敢毒耶？"

余闻而愈悲。孔子曰："苛政猛于虎也"。吾尝疑乎是。今以蒋氏观之，犹信。呜呼！孰知赋敛之毒有甚是蛇者乎！故为之说，以俟夫观人风者得焉。

【鉴赏】

安史之乱以后，唐王朝由盛转衰，统治阶层挥霍行乐，同时筹措军费，更加疯狂地搜刮民财，横征暴敛。位于社会底层的农民在重重赋税的盘剥下，饥寒交迫，无以为生，颠沛流离，境况非常悲惨。

《捕蛇者说》意即说说捕蛇者的事。它能够在“说”体文中一枝独秀，历来为人们所推崇因为就是柳宗元能够把抽象的政治见解融于形象生动的叙事之中，在艺术上有独到之处。通观《捕蛇者说》，从命意上，体现了作者的进步思想；在表达上，严密紧凑，具有撼人心魄的感人力量。

第一自然段也就是文章的第一个层次，属于作者的铺叙。叙述“永州异蛇”之毒，蛇的药用价值，并交代了永州人争为捕蛇之役的原因。在点出毒蛇产地“永州之野”后，作者便极力叙述毒蛇的特异之处。在外部形态上，它“黑质而白章”；在剧毒的程度上，“触草木尽死，以啮人，无御之者”，点出它对人与草木的危害之大，明写蛇之毒。然而从另一角度看，作为药用，永州之蛇也有它的特异之处，“可以已大风、挛、瘘、疠，去死肌，杀三虫”。所以皇帝下令“岁赋其二”，下面，作者用问答方式写了蒋氏一家因为捕蛇而引发的悲惨遭遇和令人心酸的庆幸，从而点出文章的主题——“赋敛之毒”更甚于蛇毒，也即“苛政猛于虎”。

第二层次，包括二、三、四自然段，叙述了作者与“专其（捕蛇）利三世”的蒋氏之间的对话，从正面揭示了赋税比毒蛇更加可怕。蒋氏之家已有三代专任捕蛇的差使，因而也享有可免租税的好处，对于其中的甘苦深有所感，第二自然段，蒋氏的回答，展现了蒋氏三代捕蛇的悲惨遭遇：祖、父均死于捕蛇，蒋氏本人在接替父祖捕蛇差使的十二年中，很多次差点被毒蛇咬死。谈及几代人捕蛇的遭遇，蒋氏无限悲伤。赋税繁重，使百姓无以为生，非死即徙，农村人口急剧减少，凄凉满目；官府的爪牙悍吏还不定时来到乡下骚扰百姓，闹得鸡犬不宁。看到乡邻在苛政重赋之下无望的挣扎，蒋氏对自己因承担了捕蛇之役所带来的相对宁静而感到庆幸。蒋氏发出的无可奈何的哀叹“又安敢毒耶？”正对应了前面“未若复吾赋不幸之甚”。

第三层次即第五自然段，是前两个层次的总结与点睛之笔。孔子说“苛政猛于虎”，对此作者曾有过怀疑，没有身经苛政之苦、毒赋之毒的人估计也是这样。但通过蒋氏与柳州百姓的遭遇，作者不仅相信了孔子的话，而且得出“赋敛之毒有甚是蛇者”的结论。文章最后表明作者的写作目的，就是希望统治者了解人民的疾苦，实行养民政策，体现了柳宗元朴素的民本思想。

《捕蛇者说》组织严密，结构严谨。作者的命意在于苛政毒于异蛇。通篇处处关照于蛇毒与赋毒两方面，写此即为衬彼，互为对照，共同揭示主题。清人林纾评此文说：“《捕蛇者说》，胎‘苛政猛于虎’而来。命意非奇，然蓄势甚奇。”(《韩柳文研究法 · 柳文研究法》)文章开端叙永州人为了捕获剧毒的“异蛇”“争奔走焉”，虚写出赋敛之毒比异蛇之毒更厉害，营造一种氛围。文章的第二层次借蒋氏之口实写蛇毒未若赋毒，连用五组对比加以烘托，使蓄势愈奇，一泻而下，揭示主旨。蒋氏专有捕蛇之利还能生存，与其“乡邻之生日蹙”形成对比；蒋氏因捕蛇而“独存”，其乡邻不善于捕蛇之利，饱受赋害而“非死而徙”；蒋氏恃毒蛇免受悍吏惊扰，其乡邻无所倚而备受掠夺骚扰；异蛇虽毒，蒋氏冒死亡的危险一年中有两次，而不能免于毒赋的乡邻却经常受着死亡的威胁。这五组对比步步深入，气势峻严，用蒋氏的哀叹“又安敢毒耶”作结，更使人回味无穷，思之甚痛，蒋氏不以蛇毒为险，反以蛇毒为安；不以蛇毒为害，反视蛇毒为利；不以蛇毒为苦，反觉蛇毒为乐，层层相扣，比作者直笔叙出更形象地表现了横征暴敛对百姓的残害之深。

罴说

鹿畏貙，貙畏虎，虎畏罴。罴之状，被发人立，绝有力而甚害人焉。楚之南有猎者，能吹竹为百兽之音。昔云持弓矢罂火而即之山，为鹿鸣以感其类，伺其至，发火而射之。闻其鹿也，趋而至。其人恐，因为虎而骇之。貙走而虎至，愈恐，则又为罴。虎亦亡去。罴闻而求其类，至则人也，捽搏挽裂而食之。

今夫不善内而恃外者，未有不为罴之食也。

【鉴赏】

柳宗元写过许多寓言故事，以此喻彼，以浅喻深，以小喻大，以古喻今，或阐明某种哲理，或嘲讽某种社会现象。《罴说》，可称得上是这类作品中最有代表性的一篇。这篇故事，篇幅短小，全文只有一百三十多字。说的是一个没有真正本领的猎人，企图以"吹竹为百兽之音"的小技捕获猎物。他学鹿鸣为诱捕鹿的同时却引来貙，学虎啸为驱貙的同时却召来真虎，学罴叫为驱虎的同时又引来真的罴。结果，猎人被罴吃掉。故事虽短，但情节比较复杂。一个猎人和四种野兽，依次出现，婉转曲折，饶有趣味。猎人虚借外势，不断玩弄权术，却一次比一次陷入更窘迫的境地，直至自食恶果，葬身罴腹。

全文叙事井然，层次分明。入笔先写兽，突出罴的形状和力量，"被发人立，绝有力"，既是点题，也是铺垫；随后再写猎人及其被害，就成为不悖情理的事了。因此，故事内容尽管复杂，但作者叙述起来简洁明快，读者不但没有头绪纷繁之感，而且对作者要表达的主题一目了然。寓言不同于小说，不要求用许多笔墨刻画人物；但好的寓言故事，也能做到形象鲜明，有一定的典型性，因而收到以事喻理的效果。柳宗元基于对现实生活的深刻的观察和认识，并借鉴了古代寓言和唐代传奇的表达技巧，在他所写的《罴说》中，猎人形象也被他写得活灵活现。

《罴说》与柳宗元的其他寓言故事一样，语言简洁、明快、犀利。开篇九个字，就把鹿、貙、虎、罴四种野兽的主要关系介绍得明明白白。之后，貙来鹿去，虎来貙走，罴来虎逃的情形就不必赘述。"其人恐"，是写猎人一般的害怕，因为他还能够"恃"虎啸驱，可待到真虎随声而来，他便"愈恐"。虽然都是"恐"，不过后者升了一级。"愈恐"二字，让读者能想象到猎人惊慌失措的模样。由于惊慌失措，所以错上加错，又学罴叫，招来了置于死地的罴。而"捽搏挽裂而食之"七个字，就用了四个动词，准确而传神地描绘出罴食猎人时动作的猛烈、快速和连贯性。故事达到高潮，情节也异常紧张，结局随之出现，而且如此可悲。

寓言既然是以事喻理，一般讲作者要表达的中心思想在故事的叙述中就已经表现出来，无须多加说明。像先秦寓言故事《揠苗助长》、《井底之蛙》、《郑人买履》等。但如果能在故事的最后，用一两句话概括主旨，让读者抓住要领，则常常能够倍增作品的现实性、战斗性和警策性。柳宗元的寓言故事，就有这个特征。章士钊在《柳文指要》中就曾这样说："子厚（柳宗元的字）善为小文，每一文必提数字结穴，使人知儆，三戒其著例也，而罴说则重在不善内而恃外一语。”

这篇寓言是柳宗元被贬永州后写的，当时他已经清楚地看到藩镇力量的扩张，中央集权的削弱，而他所参与的“永贞革新”正是为了加强中央集权，卫护国家的统一和安定。然而作为最高统治者的皇帝，却鼠目寸光，昏聩无能，一方面依靠阉宦和保守派打击、排斥革新派，一方面又极其错误地实施“以藩制藩”的政治措施。这则寓言就是告诫最高统治者，在强藩割据的严重局势下，不革除弊政，不迅速加强中央集权，而还在幻想“以藩治藩”，那就必然要和那个猎人一样，落个可悲的下场。我们不能不说，这种讥讽是大胆的，而且是很深刻的。

寓言故事，因为它的形象性，所以，它的思想性往往不止于作者原先的境界。后世的读者往往可以从中受到另外一种启示和启发。譬如，我们今天可以这样理解：不求上进、自强，缺少真才实学，而只想通过拍马逢迎某人或某种势力而取得好处的人，最后，难免要摔大跟头的。

观八骏图说

古之书有记周穆王驰八骏升昆仑之墟者，后之好事者为之图，宋、齐以下传之。观其状甚怪，咸若骞而翔，若龙凤麒麟，若螳螂然。其书尤不经，世多有，然不足采。世闻其骏也，因以异形求之。则其言圣人者，亦类是矣。故传伏羲曰牛首，女娲曰其形类蛇，孔子如倛头，若是者甚众。孟子曰：“何以异于人哉？尧、舜与人同耳！”

今夫马者，驾而乘之，或一里而汗，或十里而汗，或千百里而不汗者，视之，毛物尾鬣，四足而蹄，龁草饮水，一也。推是而至于骏，亦类也。今夫人，有不足为负贩者，有不足为吏者，有不足为士大夫者，有足为者，视之，圆首横目，食谷而饱肉，絺而清，裘而燠，一也。推是而至于圣，亦类也。然则伏羲氏、女娲氏、孔子氏，是亦人而已矣。骅骝、白羲、山子之类，若果有之，是亦马而已矣。又乌得为牛，为蛇，为倛头，为龙、凤、麒麟、螳螂然也哉？

然而世之慕骏者，不求之马，而必是图之似，故终不能有得于骏也。慕圣人者，不求之人，而必若牛、若蛇、若倛头之问，故终不能有得于圣人也。诚使天下有是图者，举而焚之，则骏马与圣人出矣。

【鉴赏】

在柳宗元的杂文著作中，《观八骏图说》是一篇别有新意的画评。他用这幅画为引子，阐述他对圣人的看法，并且提出要在凡人之中选求圣人的正确主张。

《八骏图》，是从六朝起就颇为流行的一幅画。到了唐代，元稹有《望云骓马歌行》，其中提到"德宗以八马幸蜀"(《元氏长庆集》)，李肇在《国史补》(上)也记载这件事，说其中唯号"望云骓"者回到长安；老死之后，"戚贵多图写之"。今存柳宗元生活时代的诗文中，还有白居易《新乐府》中的《八骏图》，元稹五言古诗《八骏图》以及李观《周穆王八骏图序》等。这些诗文，都没有例外地把"八骏"描绘成"雄凌腾，彪虎文螭"之流，强调其异、其绝，把它们说成是神物。

开篇第一段，作者以类比手法，说明世上既无怪马，也无怪人。所谓"八骏"，实在是"后之好事者为之图"，不可信以为真。接着作者连用三个"若"字，即"好像"，同样表示这种图画是似是而非。在这个前提下，作者做出判断，这是由于"世闻其骏也，因以异形求之"，以为既然是骏马，就必然是奇形怪状的。对于"八骏图"的介绍，到此就算结束。作者抓住一个"异"字，得出"尤不经"(更加荒诞无稽)的结论。然后，笔锋一转，做了个类比："其言圣人者，亦类是矣。"

第二段，着重在推论，是对上述正确观点的论证。作者由当时人们所能看到的马，它们有"一里而汗"，有"千百里而不汗"的区别，不过"毛物尾鬣，四足而蹄"相同，推论出骏马也不会有怪模样。再从当时所接触的人来看，有"不足为负贩者，有不足为吏者"，有"足为者"的区别，但他们都是"圆首横目，食谷而饱肉"，推断出圣人也没有两样长相。之后再把这两种推论进行联系，结论就会自然得出：世上既没有牛头、蛇身、倛面的圣人，也没有像龙、如凤、似螳螂的骏马。

第三段，是加以引申，借题发挥。如果是一般人写这篇文章，到第二段就该结束了，但柳宗元却没有搁笔，而是联系现实，表明一个重要的政治观点，即"慕圣人者"，应"求之人"。这当然就不单纯是个写作手法、技巧问题，而更是一个写作者的思想境界问题。这篇文章如果就只停留在第二段上，那只是书斋式的做学问；有了这第三段，却是一位思想家兼文字家的政治革新精神的表现。作者在此处语重心长地指出当时世俗之陋习，朝廷人才匮乏之根源。“按图索骏”，“终不能有得于骏也”。

早在一千二百多年以前，柳宗元就能在这篇画评文字中，破除迷信，拭去人们给圣人身上披上的神秘的外衣，指出圣人也是人，应当从常人中寻求圣人，的确是难能可贵的。仔细想想，作为21世纪今人的我们，能够清醒地认识到这一点吗？

种树郭橐驼传

郭橐驼，不知始何名。病瘘，隆然伏行，有类橐驼者，故乡人号之“驼”。驼闻之曰：“甚善，名我固当。”因舍其名，亦自谓“橐驼”云。其乡曰丰乐乡，在长安西。

驼业种树，凡长安富豪人为观游及卖果者，皆争迎取养。视驼所种树，或移徙，无不活。且硕茂蚤实以蕃。他植者虽窥伺效慕，莫能如也。

有问之，对曰：“橐驼非能使木寿且孳也，能顺木之天，以致其性焉尔。凡植木之性：其本欲舒，其培欲平，其土欲故，其筑欲密。既然已，勿动勿虑，去不复顾。其莳也若子，其置也若弃，则其天者全而其性得矣。故吾不害其长而已，非有能硕茂之也；不抑耗其实而已，非有能蚤而蕃之也。他植者则不然，根拳而土易，其培之也，若不过焉则不及。苟有能反是者，则又爱之太恩，忧之太勤，旦视而暮抚，已去而复顾，甚者爪其肤以验其生枯，摇其本以观其疏密，而木之性日以离矣。虽曰爱之，其实害之；虽曰忧之，其实仇之，故不我若也。吾又何能为哉？”

问者曰：“以子之道，移之官理，可乎？”驼曰：“我知种树而已，理，非吾业也。然吾居乡，见长人者好烦其令，若甚怜焉，而卒以祸。旦暮吏来而呼曰：官命促尔耕，勖而植，督尔获。蚤缫而绪，蚤织而缕，字而幼孩，遂而鸡豚。鸣鼓而聚之，击木而召之。吾小人辍飧饔以劳吏者，且不得暇，又何以蕃吾生而安吾性耶？故病且怠。若是则与吾业者其亦有类乎？”

问者嘻曰：“不亦善夫！吾问养树，得养人术。”传其事以为官戒也。

【鉴赏】

这是一篇寓言式的散文，以种树之道譬喻治民之理。作者针对中唐时期政乱令烦、民不聊生的境况，说明治理国家、下达政令，必须顺应老百姓的生活需求、符合他们的劳作规律，使百姓能够“蕃吾生而安吾性”。对于当时昏官庸吏骚扰人民的行径，文章也做出了揭露和抨击，表达了作者身为主张政治革新的王叔文集团的一员，要求革除弊政、治国安民的强烈愿望。

按照写传记文的规范，作者首先介绍了郭橐驼名字的由来，橐驼家居何处。简练勾勒了橐驼性格的豁达。第二段，转入譬喻，写橐驼种树。由果及因，先写橐驼种树的质量。有侧面描写：长安人不管是观赏行乐还是种树谋生者，都争相取养橐驼，足以见其技艺精湛。也有直接说明橐驼所种的树，就算移植迁动，也都能成活，而且茂盛多实。橐驼的成就引起“他植者”的“效慕”，然而都赶不上橐驼。这里伏下一个悬念，似乎囊驼种树有何玄妙之法，自然引起下文的对答。

第三段，橐驼谈植树经验，中心意思即“能顺木之天，以致其性”。是对植树经验的总括，也暗寓着全文大意。所谓“顺木之天”，就是顺应树的自然本性，在此前提下，对树木进行精心的照顾。同时，用“他植者”加以对比，反衬出“虽曰爱之，其实害之；虽曰忧之，其实仇之”，频频骚扰，违背树木之天性，对树木造成的戕害是巨大的。通过橐驼与“他植者”种树方法的比较，将合乎规律的植树之理阐发得形象透彻。第四段由譬喻转入正题，仍借橐驼之口，直斥俗吏情弊，揭示统治者不奉行养民政策，政乱令烦，给人民造成深重的痛苦。把俗吏来乡，人民疲于应酬，鸡犬不宁的景象叙写得生动细致。乱政俗吏对人民的扰乱与上文“他植者则不然……”相映相合，指出治民与植树事虽然不一样，理却相通，都应顺其天性，不要横加干涉。最后一段，表明写此传的目的，是“传其事以为官戒”。表明不是单纯的人物传记，而是对于吏治有所感而作。

文章看似缓缓而论，文字也生动易懂，其实语浅意深。作者譬喻恰当，善叙事理。从橐驼的命名，橐驼出名的善种树、橐驼答问种树之法步步叙来，引人入胜。然后借问者一言，徒然转于官理，讲述治国安民应循的规律，批判统治阶层滥发号令给人民带来了沉重的经济负担与精神痛苦。文章的结构安排上可分为譬喻和“官理”两部分，第一部分以种树为譬喻，第二部分实说“官理”，将第一部分所铺叙的点明。在文章设置上可以看出前宾后主，互相照应，叙议契合，事理相生。

童区寄传

柳先生曰：越人少恩，生男女必货视之。自毁齿以上，父兄鬻卖，以觊其利。不足，则盗取他室，束缚钳梏之。至有须鬣者，力不胜，皆屈为僮。当道相贼杀以为俗。幸得壮大，则缚其幺弱者。汉官因以为己利，苟得僮，恣所为不问。以是越中户口滋耗，少得自脱。惟童区寄以十一岁胜，斯亦奇矣。桂部从事杜周士为余言之。

童寄者，柳州荛牧儿也。行牧且荛，二豪贼劫持，反接，布囊其口，去逾四十里之墟所卖之。寄伪儿啼，恐栗为儿恒状。贼易之，对饮酒醉。一人去为市，一人卧，植刃道上。童微伺其睡，以缚背刃，力上下，得绝，因取刃杀之。逃未及远，市者还，得童，大骇，将杀童。遽曰，“为两郎僮，孰若为一郎僮耶？彼不我恩也。郎诚见完与恩，无所不可”。市者良久计曰：“与其杀是僮，孰若卖之；与其卖而分，孰若吾得专焉？幸而杀彼，甚善。”即藏其尸，持童抵主人所，愈束缚牢甚。夜半，童自转，以缚即炉火烧绝之，虽疮手勿惮，复取刃杀市者。因大号，一墟皆惊。童曰：“我区氏儿也，不当为僮。贼二人得我，我幸皆杀之矣！愿以闻于官。”

墟吏白州，州白大府，大府召视，儿幼愿耳。刺史颜证奇之，留为小吏，不肯。与衣裳，吏护还之乡。乡之行劫缚者，侧目莫敢过其门。皆曰：“是儿少秦武阳二岁，而讨杀二豪，岂可近耶！”

【鉴赏】

《童区寄传》叙写了一个勇敢、机智的少年——区寄的事迹。赞颂了他不畏强暴、敢于和善于同恶人斗争的精神。并对唐元和时期边地的社会秩序混乱、官吏贪污腐败做了一定的揭发。

柳宗元于唐宪宗元和十年（815）被贬为柳州刺史。当时的柳州社会风气恶劣、盗贼横行。柳宗元刚刚担任柳州时曾寄给友人韦珩一首诗，“阴森野葛交蔽日，悬蛇结虺如蒲萄。到官数宿贼满野，缚壮杀老啼且号”

(《寄韦珩》)正确地反映了当时柳州自然环境和社会风气的险恶。最突出的是掠卖人口，劫缚成风，这是社会黑暗、政治腐败带来的恶果，柳宗元在文章中归之于“越人少恩”，无疑是错误的，反映了作者的阶级局限性。

文章第一段介绍了产生少年英雄区寄的典型环境：越地有抢劫掠卖儿童、贩卖人口的恶俗，甚至成年人中的弱者也难逃厄运。当权官吏借机从这罪恶的勾当中牟利，听任歹徒所为，造成越中一带的户口愈加减少。在这种险恶的环境中，唯独十一岁的少年区寄能在盗贼的桎梏中胜利脱身，确实令人称奇。作者特书了故事的来源，表明事情的真实性。这一段起到交代全文背景的作用，并不是可有可无的。

作者在区寄的事迹中，中心强调一“奇”字。第二、三段，正是写区寄的身份与遭劫、智胜及还乡的过程。作为人物传记，作者没有平铺直叙区寄的全部经历，而是重点写十一岁的区寄从“二豪贼”手中胜利脱身的故事，在扣人心弦、复杂多变的事件发展、情势变化中刻画区寄既智且勇的形象。文章的开篇，简略地交代了区寄的姓名、籍贯、身份和年龄，让读者看到区寄只不过是村野中随处可见的小孩子，并不是生有异相的奇人，但正是这样一个“荛牧儿”，在遇到非常事件时，却做出一番令人惊叹、惊心动魄的事来。越地贩卖人口的恶俗，使区寄难逃厄运，在“被豪贼劫持，反接，布囊其口”的险境中，区寄假装小儿恐惧的状态，使豪贼放松警惕，然后设法去掉绳缚，“取刃”杀死醉卧之贼，此举动表现了区寄的胆量和智慧，令人称“奇”。

最后一段，写区寄对豪贼的斗争取得胜利后的社会反应，是从两方面下笔的。承接上文，随着集市的轰动、区寄的请求，此事能够层层上闻，“墟吏白州，州白大府”，最后连贵州刺史颜证都知道这件事，表明了区寄事件在官府方面造成了很大影响。

《童区寄传》以“奇”字统摄贯通全文，文意曲折变化，波澜横生。第一段从总的社会背景上凸显十一岁的区寄，点出“奇”字，第二、三段，详述始末，从区寄身处险境而智杀二贼，写到惊动官府，顺利返乡，愈写愈奇，文字跌宕多变，引人入胜。

梓人传

裴封叔之第，在光德里。有梓人叩其门，愿傭隙宇而处焉。所职寻引、规矩、绳墨，家不居砻斲之器。问其能，曰："吾善度材，视栋宇之制，高深、圆方、短长之宜，吾指使而群工役焉。舍我，众莫能就一宇。故食于官府，吾受禄三倍；作于私家，吾收其直太半焉。"他日，入其室，其床阙足而不能理，曰："将求他工。"余甚笑之，谓其无能而贪禄嗜货者。

其后京兆尹将饰官署，余往过焉。委群材，会众工。或执斧斤，或执刀锯，皆环立向之。梓人左持引右执杖而中处焉。量栋宇之任，视木之能，举挥其杖曰："斧！"彼执斧者奔而右；顾而指曰："锯！"彼执锯者趋而左。俄而斤者斲、刀者削，皆视其色，俟其言，莫敢自断者。其不胜任者，怒而退之，亦莫敢愠焉。画宫于堵，盈尺而曲尽其制，计其毫厘而构大厦，无进退焉。既成，书于上栋，曰"某年某月某日某建"，则其姓字也。凡执用之工不在列。余圜视大骇，然后知其术之工大矣。

继而叹曰：彼将舍其手艺，专其心智，而能知体要者欤？吾闻劳心者役人，劳力者役于人，彼其劳心者欤？能者用而智者谋，彼其智者欤？是足为佐天子、相天下法矣！物莫近乎此也。彼为天下者本于人。其执役者，为徒隶，为乡师、里胥；其上为下士；又其上为中士、为上士；又其上为大夫、为卿、为公。离而为六职，判而为百役。外薄四海，有方伯、连率。郡有守，邑有宰，皆有佐政。其下有胥吏，又其下皆有啬夫、版尹，以就役焉，犹众工之各有执伎以食力也。彼佐天子相天下者，举而加焉，指而使焉，条其纲纪而盈缩焉，齐其法制而整顿焉，犹梓人之有规矩、绳墨以定制也。择天下之士，使称其职；居天下之人，使安其业。视都知野，视野知国，视国知天下，其远迩细大，可手据其图而究焉，犹梓人画宫于堵而绩于成也。能者进而由之，使无所德；不能者退而休之，亦莫敢愠。不炫能，不矜名，不亲小劳，不侵众官，日与天下之英才讨论其大经，犹梓人之善运众工而不伐艺也。夫然后相道得而万国理矣。相道既得，万国既理，天下举首而望曰："吾相之功也。"后之人循迹而慕曰："彼相之才也。"士或谈殷周之理者，曰伊、傅、周、召，其百执事之勤劳而不得纪焉，犹梓人自名其功而执用者不列也。大哉相乎！通是道者，所谓相而已矣。其不知体要者反此：以恪勤为公，以簿书为尊，炫能矜名，亲小劳，侵众官，窃取六职百役之事，听听于府廷，而遗其大者远者焉，所谓不通是道者也。犹梓人而不知绳墨之曲直、规矩之方圆、寻引之短长，姑夺众工之斧斤刀锯以佐其艺，又不能备其工，以至败绩用而无所成也。不亦谬欤？

或曰："彼主为室者，傥或发其私智，牵制梓人之虑，夺其世守而道谋是用，虽不能成功，岂其罪耶？亦在任之而已。"余曰：不然。夫绳墨诚陈，规矩诚设，高者不可抑而下也，狭者不可张而广也。由我则固，不由我则圮。彼将乐去固而就圮也，则卷其术，默其智，悠尔而去，不屈吾道，是诚良梓人耳。其或嗜其货利，忍而不能舍也，丧其制量，屈而不能守也，栋挠屋坏，则曰"非我罪也"，可乎哉，可乎哉？

余谓梓人之道类于相，故书而藏之。梓人，盖古之审曲面势者，今谓之都料匠云。余所遇者，杨氏，潜其名。

【鉴赏】

文章开始是对梓人的概括介绍。某天梓人叩裴封叔的门，请求赁间空房住（裴封叔名墐，是柳宗元的姐夫，事迹见本书的《唐故万年令裴府君墓碣》一文）。此人专门管施工技术，所以家中没有磨刀石和锛凿斧锯之类的木匠家具。八尺为寻，十丈为引，都是长度单位，代指量尺。量尺、规矩、绳墨都是木工取准的工具，于是借指技术标准。他的技艺是擅长估计用料，可以依据房屋形制的要求，指挥其他工匠营造，离开他，一间屋子也盖不成。这层描述妙处有四：一、布置居室场景，生活气息更浓。二、典型环境有助于突出人物特征，说明梓人于具体操作的确一窍不通。三、使作者的怀疑更有依据。四、逼出下句的怀疑之语，致使文章波折，更加跌宕多姿。

第二段先写施工现场所见。一、材料具备，众工集齐，持器械环梓人而立，听候吩咐。二、梓人计算了房屋的需要，又打量木材的条件，接着指挥群工操作，群工亦唯命是从，不敢自作主张。三、不胜任的工匠被斥退，不敢埋怨。四、画建筑图于壁间，大不盈尺，按比例放大，盖成房屋不爽分毫。五、功成，独书梓人之名于梁栋，其他工匠一概不列。随后写作者见此情景，先是惊愕梓人技艺之精湛，疑惑尽消；随之恍然有悟，方知梓人乃放弃具体手艺，集中所有智慧，掌握本行技术要领的人，是靠脑力劳动指挥别人的人，是靠智慧出谋划策的人。以上对施工现场的描述极简练生动，而且语无虚设，尽是含蓄地为下文张本。一连串的赞扬，则是为揭示正题蓄足气势。以下即道出本文主旨：梓人的工作足可为宰相辅佐天子治理天下的法则，天下万事万物没有比这个更接近于宰相之道的了。

第三段照应上述梓人各点，分条陈述宰相之道，文章至此方进入正题。一、治国的具体工作由百官分任，就像实际操作的众工匠。正如梓人不亲自动手一样，宰相也不需要躬亲庶政。二、宰相的任务是条理治国大纲，统一天下法律，举人授职，指挥百官去做。好像梓人掌握技术标准，由众工操作一样。三、宰相治国应由近以知远，由小见大，使天下之士各得其职，天下之人各得其所。好像梓人按图造屋般收到成效。四、对有才能的人升而用之，但不能使他感激个人之恩；对不胜任的则退而不用，又要使他不敢恼怒。不炫耀才能，不矜名声，不阻碍众官的工作，每天只和英才讨论治国大道，就像梓人擅长使用工匠而不以技艺自夸一样。四点陈述完毕，随即总结一句：如此则宰相之道得而天下治。接着又引出第五点：天下大治，世人皆归功于宰相而不及众官，就像室成独标梓人之名而不列众工匠一样。这样叙述能够避免五点并列所造成的沉闷之气。最后以赞语结束本层意思，而又引出相反的一面。通过正反两面论述，把宰相之道阐发得更为透辟。

作者先假设一种意见，即有人认为，如果主人自以为是，牵制梓人的谋划，改变他固有的成法，而滥用他人意见，就算房盖不成，难道是梓人的过错吗？责任应在主人一方。作者则认为，按规矩设计好的就不能更改。原本按设计盖成的房子会很牢固，不按设计盖成就要坍塌，即使主人宁要塌的，我也只能收起自己的意见而离去。也许有的贪图主人报酬而改变自己的设计，服从主人的要求，最终梁弯屋倒，能说不是梓人的过错吗？宰相之道，重要的一点是怎样处理与国君的关系，经此一辩，形象地说明了应该坚持原则，不合则去，不可贪图禄位而迎合上意的道理。本段内容以驳难的方式来表现，显得通篇举法富于变化；以这种方式结尾，也增加了文章的生动性和活泼性。

最后补出何谓梓者及梓者姓名，文章戛然而止，干净利落，形式也颇新颖。

吊屈原文

后先生盖千祀兮，余再逐而浮湘。求先生之汨罗兮，擥蘅若以荐芳。愿荒忽之顾怀兮，冀陈词而有光。

先生之不从世兮，惟道是就。支离抢攘兮，遭世孔疚。华虫荐壤兮，进御羔袖。牝鸡咿嗄兮，孤雄束咮。哇咬环观兮，蒙耳大吕。堇喙以为羞兮，焚弃稷黍。犴狱之不知避兮，宫庭之不处。陷涂藉秽兮，荣若绣黼。榱折火烈兮，娱娱笑舞。谗巧之哓哓兮，惑以为《咸池》。便媚鞠恧兮，美愈西施。谓谟言之怪诞兮，反置瑱而远违。匿重痼以讳避兮，进俞、缓之不可为。

何先生之凛凛兮，厉针石而从之。但仲尼之去鲁兮，曰吾行之迟迟。柳下惠之直道兮，又焉往而可施？今夫世之议夫子兮，曰胡隐忍而怀斯？惟达人之卓轨兮，固僻陋之所疑，委故都以从利兮，吾知先生之不忍；立而视其覆坠兮，又非先生之所志。穷与达固不渝兮，夫唯服道以守义。矧先生之悃兮，滔大故而不二。沉璜瘗珮兮，孰幽而不光？荃蕙蔽匿兮，胡久而不芳？

先生之貌不可得兮，犹仿佛其文章。托遗编而叹喟兮，涣余涕之盈眶。呵星辰而驱诡怪兮，夫孰救于崩亡？何挥霍夫雷电兮，苟为是之荒茫。耀姱辞之曭朗兮，世果以是之为狂。哀余衷之坎坎兮，独蕴愤而增伤。谅先生之不言兮，后之人又何望。忠诚之既内激兮，抑衔忍而不长。芈为屈之几何兮，胡独焚其中肠？

吾哀今之为仕兮，庸有虑时之否臧！食君之禄畏不厚兮，悼得位之不昌。退自服以默默兮，曰吾言之不行。既媮风之不可去兮，怀先生之可忘！

【鉴赏】

这篇骚体文，是柳宗元吊古伤今的佳作。晁无咎在《变骚》序此文说："吊屈原文者，柳宗元之所作也。原没，贾谊过湘，初为赋以吊原。至杨雄亦为文，而颇反其辞，自岷山投诸江以吊之。谊愍原忠，逢时不祥，以比鸾凤、周鼎之窜弃；雄则以义责原，何必沉身？二人者不同，亦各从志也。及子厚得罪，与昔人离谗去国者异，太史公所谓虞卿非穷愁亦不能著书以自见于此者。”

《柳集》认为宗元写此文是“困而知悔”，且“其辞惭”，显然是误解，连无咎的“各从志”说法也给否了，失之公允。屈原是伟大的爱国者，为楚国强大，他力主改革，反对弄权小人，遭谗被逐，流放湘江一带，至死不忘其志。这种不幸的遭遇和柳宗元极为相似。宗元写此文，乃借古讽今，以“媮风”为的，矛头对准当时的最高统治者，抨击社会时弊，表明自己心志，不言而喻。

文中虽有“谅先生之不言兮，后之人又何望”，“芈为屈之几何兮，胡独焚其中肠？”意思是你不说后人也不会责备的。你虽和楚同姓，究竟有多大关系，何必一定心如火烧忧时虑政呢？但这不足以说明此文流露宗元有“悔”之意。因为就在这两句中间，夹有重要的一句“忠诚之既内激兮，抑衔忍而不长”，即屈原的忠直不会长久不说的，宗元用反衬法突出屈原的爱国之志，也是自喻，毫无后悔的意思。

文章用大量形象比喻，铺张扬厉地揭露“支离抢攘兮，遭世孔疚”的黑暗社会，令人触目惊心。寄寓作者高尚志向。正如刘勰所说：“割析褒贬，哀而有正，则无夺伦矣。”(《文心雕龙》)“兮”字在骚体中，一般有两个作用：一是音节停顿，二是舒缓语气。宗元在此文中运用了大量“兮”字，讴歌屈原“达人之卓轨”、“唯服道以宗之”、“蹈大故而不二”的耿耿忠诚以及他“呵星辰而驱诡怪”挽救国家崩溃灭亡的气魄。这种用“兮”字直接表示赞叹、感慨、讽刺，可谓创造。如“惟达人之卓轨兮”表示赞叹；“哀余衷之坎坎兮”表示哀叹；“穷与达固不渝兮”表示感叹；“食君之禄畏不厚兮”表示讽刺等，既变化和谐，又增强了表现力，充分表现出作者深厚的文学功底。

临江之麋

——《三戒》之一

临江之人，畋得麋麑，畜之。入门，群犬垂涎，扬尾皆来。其人怒，怛之。自是日抱就犬，习示之，使勿动，稍使与之戏。积久，犬皆如人意。

麋麑稍大，忘己之麋也，以为犬良我友，抵触偃仆，益狎。犬畏主人，与之俯仰甚善，然时啖其舌。

三年，麋出门，见外犬在道甚众，走欲与为戏。外犬见而喜且怒，共杀食之，狼藉道上。麋至死不悟。

【鉴赏】

三戒，三件应该警惕防备的事。孔子曰："君子有三戒。"(《论语·季氏》)作者借以名篇。此作写于柳宗元贬官永州之后，包括《临江之麋》、《永某氏之鼠》、《黔之驴》三个寓言故事。作者在其序中写道："吾恒恶世之人，不知推己之本，而乘物以逞，或依势以干非其类，出技以怒强，窃时以肆暴，然卒迨于祸。有客谈麋、驴、鼠三物，似其事，作《三戒》。"这段话讲明了作者的写作意图，总结了三个故事的内容和主旨，而故事则将序中所涉及的思想做了具体化的表现。

故事的构思十分精巧。作者从幼麋写到"麋稍大"、"三年"后的麋鹿；从它"入门"写到它的"出门"；从家犬对它表面迁就写到外犬对它施加暴行，在时间的推移和空间的转换中发展情节，合情合理地描述了麋鹿的悲剧。《临江之麋》记述了麋鹿短暂的一生。临江，今江西省清江县。麋，鹿的一种。深得主人宠爱的麋鹿，从小在主人的保护下生活，家犬不敢伤害它。三年后，麋鹿离开主人外出时，被一群外犬吃掉，血肉毛骨零乱地丢在路上，而它至死也不明白自己被吞噬的原因。

麋鹿的形象塑造得十分逼真。"入门"和"出门"，它经历了两个不同的环境。"入门"，它从小到大依靠主人的保护，同家犬一起玩耍，以至于忘记了自己是麋鹿，错将犬类当成自己最好的朋友。文中是形容麋鹿与家犬的接触的：它们"抵触偃仆，益狎"。抵触，用头角互相顶触；偃仆，仰卧伏倒；狎，亲昵。全句的意思为：麋鹿和家犬互相仆滚仰翻，越来越亲热。作品通过生动形象的直观画面，表现麋鹿的依势放纵、任性骄横。"出门"，麋鹿离开了主人的庇护，但它仍像在家一样去找外犬玩耍，卒致杀身。"麋至死不悟"，说明它顽梗不化，毫无自知之明。

作者对犬的刻画惟妙惟肖。刚见到麋鹿时，"群犬垂涎，扬尾皆来。"垂涎，流口水；扬尾，翘尾。表现出见到美味佳肴时的馋涎欲滴的样子。但是，"犬畏主人"时间长了，只好按主人的意愿行动，与麋鹿"俯仰甚善”，俯仰，随宜应付，指狗依顺麋鹿玩耍来表示友好。然而，它却忍不住常常“啖其舌”。啖，咂吮。从犬咂吮自己舌头这一细微动作，可以看出犬的本性难移，表面上应付得很好，而想吃掉麋鹿的念头一刻也没有消除。作者凭借敏感的观察力和丰富的想象力，用“垂涎”、“扬尾”、“俯仰”、“啖其舌”，分别描摹犬的不同动作，这种动态描写各尽其妙，各有用场，形象地表现出家犬对待麋鹿的矛盾态度。“三年，麋出门，见外犬在道甚众，走欲与为戏。外犬见而喜且怒。”这一“喜”一“怒”，群犬见到猎物时喜形于色，但又怒其敢冒犯自己的神情意态跃然纸上，强者征服弱者的心理刻画得真实可信。

这则寓言将麋鹿人格化，借物讽人，把对现实的讽刺和批判，凝聚在整个故事的情节之中，通过麋鹿的悲剧，讽喻了社会上“依势以干非其类”（倚仗别人的势力来冒犯不是自己的同类）的人，有的放矢地谴责了他们依仗权贵恃宠而骄的丑恶行径，并预言了其可悲的命运。作者旁敲侧击地揶揄现实社会某些现象，在极平凡、简洁的叙述中寄寓深刻的思想，达到了“万物有成理而不说”（《庄子》外篇《知北游》）的境界，令人思索，给人启发。

黔之驴

——《三戒》之二

黔无驴，有好事者船载以入。至则无可用，放之山下。虎见之，庞然大物也，以为神。蔽林间窥之，稍出近之，慭慭然莫相知。

他日，驴一鸣，虎大骇，远遁，以为且噬己也，甚恐。然往来视之，觉无异能者。益习其声，又近出前后，终不敢搏。稍近，益狎，荡倚冲冒，驴不胜怒，蹄之。虎因喜，计之曰：“技止此耳！”因跳踉大㘎，断其喉，尽其肉，乃去。

噫！形之庞也类有德，声之宏也类有能。向不出其技，虎虽猛，疑畏，卒不敢取。今若是焉，悲夫！

【鉴赏】

《黔之驴》是柳宗元《三戒》中的一篇很有特色的寓言，在我国广为流传。黔，唐代黔中道的简称，包括如今四川省东南部、贵州省北部、湖北省西南部和湖南省西部。后来称贵州省为黔。

作品运用形象化的语言，采用简笔正面描写，繁笔侧面描写的手法，描述了虚有其表的驴卒为虎所食的悲剧过程。

文中细致描写了虎的形色意态，将虎的心理变化和行为动作有机融合起来，通过它对驴的各种反应，深刻揭示驴的性格本质。从“蔽林间窥之”、“稍出近之”、“远遁”，到“往来视之”、“近出前后”、“稍近”，随着空间方位的转换，虎对驴的畏惧渐渐减少；从“慭慭然”到“益狎，荡倚冲冒”（荡，摇动；倚，挤靠；冲，碰撞；冒，冒犯），区区几笔，将老虎由小心谨慎到挑逗戏弄驴的情态刻画得栩栩如生，作者仅从驴“鸣”、驴“啼”来显示它其实外强中干。驴的形体庞大，声音洪亮，外表很是唬人。但是它徒有其表而不没有真实本领，偏偏又爱显示自己低下、拙劣的技能，终于遭到杀身之祸，对驴的贬意于戏谑中表达得淋漓尽致。驴这一典型形象令人发笑，也引人深思。

这种正面描写和侧面描写的交错运用，层次分明曲折，使读者置身于情节的发展当中，获得鲜明的印象。最后，作者感叹道：“噫！形之庞也类有德，声之宏也类有能。向不出其技，虎虽猛，疑畏，卒不敢取。今若是焉，悲夫！”德，德行；能，本领。这段画龙点睛式的议论，包揽全文，撮其要，明其旨，曲折表达了“出技以怒强”一类人的可憎、可鄙、可恶也可怜。毋庸置疑，这篇寓言是柳宗元针对自己的政敌而写的，他讽刺了那些无才无德，却又惯于逞能、炫耀自己的“黔驴”式的人物，无情地批判了他们的愚蠢和拙劣的本质，使作品具有深刻的现实意义。他把现实生活内容融入寓言之中，在俏皮和诙谐中表达深刻的思想。使人从动物的较量中，领略到掌握真才干、真本领的重大意义，对世人有警醒作用。

柳宗元创造性地继承了前人的成就，使寓言成为一种独立的文学形式。他能够抓住物类的特征，进行想象、夸张，塑造成为真实的艺术形象。由于他的谪居生活充满愤怒和抑郁，因此，其作品在幽默之中寓有沉郁悲愤，这种风格特色与文中所表达的思想感情是完全一致的。他的作品语言简练、犀利，富于表现力。仅《黔之驴》一文，便为后人留下了“庞然大物”、“黔驴技穷”（又为“黔驴之技”）两个妇孺皆知的成语，充实了我国现代汉语词汇的宝库。

永某氏之鼠

——《三戒》之三

永有某氏者，畏日，拘忌异甚。以为己生岁直子，鼠，子神也。因爱鼠，不畜猫犬，禁僮勿击鼠。仓廪庖厨，悉以恣鼠不问。

由是鼠相告，皆来某氏，饱食而无祸。某氏室无完器，椸无完衣，饮食大率鼠之余也。昼累累与人兼行，夜则窃啮斗暴，其声万状，不可以寝。终不厌。

数岁，某氏徙居他州。后人来居，鼠为态如故。其人曰："是阴类恶物也，盗暴尤甚，且何以至是乎哉！"假五、六猫，阖门撤瓦，灌穴，购僮罗捕之。杀鼠如丘，弃之隐处，数月乃已。

呜呼！彼以其饱食无祸为可恒也哉！

【鉴赏】

《永某氏之鼠》是《三戒》中的一篇。柳宗元通过老鼠盗暴不已，最后被消灭的故事，讥讽了社会上"窃时以肆暴"(《三戒·序》)的人。窃时，抓住时机；肆暴，肆意行凶作恶。

作品共分四个段落。第一段，写永州有个人("某氏")纵鼠为患。这个人"畏日，拘忌异甚。以为己生岁直子，鼠，子神也。因爱鼠"，畏日，怕犯时日的忌讳；拘忌，禁忌；直，通"值"，正当的意思；子，指子年。按象属推算，生于子年的人生肖属鼠。全句意思是，永州有个人，害怕冒犯忌日，忌讳得厉害。他觉得自己出生的那年正当子年，老鼠是子年的生肖神，因此很爱老鼠。

第二段写老鼠盗暴不已。由于"某氏"纵鼠，老鼠奔走相告都来到他的家里，它们吃得饱饱的，横行无忌，却没有遭遇什么灾祸。致使"某氏室无完器，无完衣，饮食大率鼠之余也"，衣，衣架；大率，大概。"昼累累与人兼行，夜则窃啮斗暴，其声万状，不可以寝。"累累，成群结队，一个接一个；窃啮，偷咬；斗暴，打架。

第三段写新住户灭鼠除害。几年后，"某氏"迁居，"后人"(新住户)

搬入，而老鼠作恶的情况依然如故。新住户不禁惊讶老鼠猖獗程度如此厉害，于是，“假五六猫，阖门撤瓦，灌穴，购僮罗捕之。”假，借；阖，关闭；罗捕，四面围捕。

最后，作者感叹道：“呜呼！彼以其饱食无祸为可恒也哉！”他借助于笔下的鼠，讥讽了那些抓住侥幸得到的时机任意胡作非为之徒，表达了对这类人的深恶痛绝。同时，抨击了庇护坏人的统治者，颂扬了敢于除恶灭害的人。他坚信有了主持正义、驱除邪恶势力的勇士，那些投机钻营的“老鼠”便不会“饱食而无祸”，而是遭到惨祸。

柳宗元写《三戒》时已遭贬谪，行则若带索，处则若关桎梏，然而，他并没有因此而改变自己的政治思想，而是反思人生，“发之以愤激”(《文章精义》)，用自己的文章揭露社会时弊，无所避忌，不留情面。在《三戒》中，他将政论哲理和文艺形象融为一体，塑造了麋、驴、鼠的典型形象，以此嘲弄一伙趋炎附势、狐假虎威、外强中干式的人物，可见其敢言当世之过的胆识和不为世俗所控制的廉洁正直。他让这三个形象“迨于祸”，证明他怀有救时济世之志，希望自己的主张和见解能够实现。

送李渭赴京师序

过洞庭，上湘江，非有罪左迁者罕至。又况逾临源岭，下漓水，出荔浦，名不在刑部而来吏者，其加少也固宜。前余逐居永州，李君至，固怪其弃美仕就丑地，无所束缚，自取瘴疠。后余斥刺柳州，至于桂，君又在焉，方屑屑为吏。噫！何自苦如是耶？

明时宗室属子当尉畿县。今王师连征不贡，二府方汲汲求士。李君读书为诗有干局，久游燕、魏、赵、代间，知人情，识地利，能言其故。以是入都干丞相，益国事，不求获乎己，而己以有获。予嫉其不为是久矣。今而曰将行，请余以言。行哉行哉！言止是而已。

【鉴赏】

李渭是李唐宗室之子，先后在永州、柳州做地方官。这篇序写于李渭由柳州赶赴京师长安之前，当时作者被贬谪于柳州任刺史，应李渭之请写此短文来相赠。

此文共分两段。首段写作者对李渭未曾“有罪左迁”而到所谓瘴疠之地任职的看法。在唐代，不仅西南边陲的广西柳州，就是地处湘南的永州，也被看作荒远之地，用来作为贬惩“有罪”官吏的处所。所以，此文开头就讲，渡过洞庭湖，上溯湘江，来到湖南永州，不是犯罪被贬斥者是很少有来这个地方的；更何况是跨越临源岭，沿桂江（文中的“漓水”）顺流而下，出荔浦县界，而到广西柳州。因此，倘若未被贬谪而来此做官者（文中的“名不在刑部而来吏者”），理所当然地十分稀少。正因为这样，当作者在永州遇见李渭来此为吏时，对他的行为表示惊异，不理解他为何要放弃美差而到贬谪之地来“自取瘴疠”，就是十分自然的了。等到作者被贬于柳州时，不料李渭也来到这里，还正在地方官的任上辛勤地劳碌着（“方屑屑为吏”）。最后交代写序原因，一笔总扣文题。作者写道：而今李渭即将由柳州反抵京师，让我为其写临别赠言，我能说些什么？只能说：快些走吧，快些走吧！我的话只能就此打住。实际上作者在本文中讲的那些话，无一句与临别赠言无关。他的用意十分清楚，就是期望李渭进京后可以谋取一个重要职位，以便报效国家。“益国事”，这是作者为文与从政的一贯主张与理想，并且认真身体力行，他积极参加王叔文改革活动，就是明证之一。现在他被发配柳州，自然感愤良多，所以才借写送李渭序之机，以抒胸臆。

关于这篇短文，章士钊在《柳文指要》中评论道，“短篇笔力健举，如繁弦急管，极悲凉激楚之致。”这话大抵是不错的。但又说：“惟惜所见太俗，于子厚平生抱负不称。”理由是“盖唐以边地惩罚左官，是其弊政之一，主张化人及物之柳子厚，雅宜建议反之”云云。然而，章先生又“别有说”，他以宗元“治柳四年，治绩蔚然可观”为据，觉得柳氏“自律”（自我要求、约束）是一码事，“接友”（交往、要求朋友）则又是一码事，“二者有其限阈，两不相涉”。章氏这种看法妥当与否，读者诸君自会思考、判断，笔者这里谨录要以备查。

始得西山宴游记

自余为僇人，居是州，恒惴慄。其隙也，则施施而行，漫漫而游，日与其徒上高山，入深林，穷回溪，幽泉怪石，无远不到。到则披草而坐，倾壶而醉。醉则更相枕以卧，卧而梦。意有所极，梦亦同趣。觉而起，起而归。以为凡是州之山水有异态者，皆我有也，而未始知西山之怪特。

今年九月二十八日，因坐法华西亭，望西山，始指异之。遂命仆人，过湘江，缘染溪，斫榛莽，焚茅茷，穷山之高而止。攀援而登，箕踞而遨，则凡数州之土壤，皆在衽席之下。其高下之势，岈然洼然，若垤若穴。尺寸千里，攒蹙累积，莫得遁隐。萦青缭白，外与天际，四望如一。然后知是山之特立，不与培塿为类。悠悠乎与颢气俱，而莫得其涯；洋洋乎与造物者游，而不知其所穷。引觞满酌，颓然就醉，不知日之入。苍然暮色，自远而至，至无所见，见犹不欲归。心凝形释，与万化冥合。然后知吾向之未始游，游于是乎始。

故为之文以志。是岁，元和四年也。

【鉴赏】

《始得西山宴游记》同《钴鉧潭记》、《钴鉧潭西小丘记》、《至小丘西小石潭记》、《袁家渴记》、《石渠记》、《石涧记》、《小石城山记》合称为“永州八记”，是柳宗元贬谪永州（今湖南省零陵县境）任永州司马时所写。前四记写于唐宪宗元和四年（809），后四记写于元和七年（812）。

永州虽地处偏僻，然有山水之胜。作者于苦闷之中，漫游山水，借景抒情，发泄自己被贬谪的愤懑，表达虽身处逆境而雄心未泯的情怀。八记各自成篇，又有联系，首篇与末篇相互照应，给人以浑然一体之感。“永州八记”堪称柳氏游记作品的代表作。

第一段写始游西山时的心情及对西山景色总的评价：怪特。柳氏自称为“僇人”，即有罪之人。用“恒惴慄”（常常惊恐不安）三字概括自己被贬后的心情。这三个字既是作者当时心境的真实写照，又同下文游西山时陶醉于自然美的欣喜形成强烈的对比。柳氏自被贬永州，时常感到屈辱、压抑，政治上失败，才华得不到施展，平生的抱负无法实现，郁闷痛苦只能靠放情山水获得暂时解脱。这句话透露了作者表面上似乎沉醉于山林美酒之中，其实内心深处的郁闷并未得到排解。暂时得不到施展的抱负仍然是梦寐以求，他希望借游乐饮酒以求忘忧的目的没有达到。

“以为凡是州之山水有异态者，皆我有也，而未始知西山之怪特。”简洁的几笔，小结了作者游西山前的感受，以及发现西山景色怪特时的欣喜，承上启下，自然地引出下文。

第二段正面写游西山的情景。这段文字紧紧围绕着“始”字展开。九月的一天，他坐在法华寺西亭上，远望西山，“始指异之”。西山之“异”吸引着他，于是命仆人带路，渡过湘江，沿着染溪，焚烧枯落草叶，砍伐灌木杂草披荆斩棘，一直攀登到西山的最高处。居高临下，放眼远望，“数州之土壤，皆在衽席（衽席，坐卧用的席子）之下”。下面一段用反衬的手法描写西山之高：“岈然（山脉幽深的样子）洼然”（山谷低洼的样子），是颇为形象的摹状；“若垤（泛指小土堆）若穴”，是非常贴切的比喻。用“尺寸”和“千里”构成强烈对照，千里以内的景物，好像容纳于尺寸之幅内，都聚拢在眼底。再向四周望去，“萦青缭白，外与天际，四望如一”，身边青烟白云缭绕，似乎同天空连为一体，不管朝哪个方向望去，景色都是这样。这绘声绘色的描写使读者也好像身临其境。有了这种亲身的体验，然后才知道“是山之特立”，和那些小土山不能同日而语。

面对眼前奇异的景观，作者胸怀顿觉开阔，一种从未有过的感受油然而生：广大得如同浩气看不到它的边际，欣喜满意地同天地交游而没有尽期。于是“引觞满酌，颓然就醉”，以至于暮色降临也浑然不觉，仍不愿归去。此时作者觉得自己的心好像已凝结，形体似乎已消散，他整个人同不停地运动变化着的万物融合在一起，达到了物我合而为一的忘我境界。然后才明白之前自以为“无远不到”、“皆我有也”，其实并未真正游过，而真正的游赏应视作现在“始得西山”开始的。作者这个体验十分宝贵，是他精神上升到一个新的境界的表现。他从政治上的失败、被贬谪的一度消沉中，开始解脱出来，看到了希望，找到了出路，这是他始游西山的最大收获，所以他写了这篇游记。最后说明游览时间。

这篇游记语言清丽，结构完整，景和情完全融为一体，写景重在写意，抒情深沉而含蓄，给人以美的享受，并从中受到启发。

钴鉧潭记

钴鉧潭在西山西。其始盖冉水自南奔注，抵山石，屈折东流；其颠委势峻，荡击益暴，啮其涯，故旁广而中深，毕至石乃止。流沫成轮，然后徐行，其清而平者且十亩余，有树环焉，有泉悬焉。

其上有居者，以予之亟游也，一旦款门来告曰："不胜官租私券之委积，既芟山而更居，愿以潭上田，贸财以缓祸。"

予乐而如其言。则崇其台，延其槛，行其泉于高者坠之潭，有声潨然，尤与中秋观月为宜，于以见天之高，气之迥。孰使予乐居夷而忘故土者，非兹潭也欤？

【鉴赏】

这篇游记是作者所作"永州八记"的第二篇。全文写西山西边一个形状像熨斗的小潭。钴鉧，即熨斗。全文仅一百七十五字，语言准确凝练而隽永，把一个小小的钴鉧潭写得颇有情趣。

文章开头先介绍钴鉧潭的方位，然后写它的源头及成因。钴鉧潭发源于冉水。冉水，即《始得西山宴游记》中提到的染溪。它从西南奔流而至，碰到山石而后回折向东流去。继而写它的流势，"其颠委势峻，荡击益暴"，单单用八个字就把冉水上下游流势之险急，冲荡撞击之猛烈，写得形象逼真。又用"啮其涯"三字，把激流拍打侵蚀河岸的力量拟人化了。啮咬，这里是侵蚀的意思。涯，边沿。由于上述原因，钴鉧潭就形成了"旁广而中深"的样子。下面写潭水及潭四周的景致。由于水流湍急，撞到石岸，溅起一堆堆飞沫，反转过去又形成一轮轮旋涡。"流沫成轮"，四个字容纳了一连串的动态形象。读到这里，人们不禁惊叹柳氏用笔之妙，更妙的是刚刚在读者面前展现出"流沫成轮"的情景，接着又描写出"有树环焉，有泉悬焉"的旖旎景致。这里潭水清清，平静如镜，四周环绕着浓绿的树木，一股股泉水飞流直下，高高地悬挂在山头。动静结合，美不胜收。

钴鉧潭的景色如此令人神往，作者当然不止一次地去游览，于是引出了第二段所写潭上居住的人家卖田之举。作者引用卖田者的话，寓意颇深，值得来回体味。“不胜官租私券之委积”，意思是不能忍受官家租税和私人债务的积压。“既芟山而更居”他只好另辟山地而居。他之所以要卖潭上土地，是要“贸财以缓祸”，换取钱财，以缓解眼前的灾祸。卖田人的话听来令人心酸。这里一面是家破人亡的人间悲剧，一面是风光秀丽的自然美景，两相对比，形成了强烈的反差；社会的黑暗，政治的腐败，均被一针见血地揭示了出来。这里柳氏借描绘山水，触及了社会的现实问题。这虽然不是他写作的主旨所在，却赋予本文以深刻的社会意义，从而深化了这篇游记的主题。

第三段写作者买潭然后修整潭的周遭景物的情况。加高原有的台子，延长原有的槛杆。引导泉水从高处坠入潭中，声音淙淙作响。经过修整，钴鉧潭上的景色更加秀丽。中秋佳节在台上赏月更加适宜，在这里可以看见苍穹非常高远，空气非常明净。然而，赏月者的心情如何呢？“孰使予乐居夷而忘故土者，非兹潭也欤？”从字面上看，是钴鉧潭使他乐于居住在偏僻的边远之地而忘掉了故土。字里行间，处处流露出寂寞孤独、忧心忡忡的情调，从而使人对眼前的景物产生一种凄清之感。这正是本文的基调。

钴鉧潭西小丘记

得西山后八日，寻山口西北道二百步，又得钴鉧潭。潭西二十五步，当湍而浚者，为鱼梁。梁之上有丘焉，生竹树。其石之突怒偃蹇负土而出争为奇状者，殆不可数。其嵚然相累而下者，若牛马之饮于溪；其冲然角列而上者，若熊罴之登于山。

丘之小不能一亩，可以笼而有之。问其主，曰：“唐氏之弃地，货而不售。”问其价，曰：“止四百。”余怜而售之。李深源、元克己时同游，皆大喜，出自意外。即更取器用，铲刈秽草，伐去恶木，烈火而焚之。嘉木立，美竹露，奇石显。由其中以望，则山之高，云之浮，溪之流，鸟兽之遨游，举熙熙然回巧献技，以效兹丘之下。枕席而卧，则清泠之状与目谋，之声与耳谋，悠然而虚者与神谋，渊然而静者与心谋。不匝旬而得异地者二，虽古好事之士，或未能至焉。

噫！以兹丘之胜，致之沣、镐、鄠、杜，则贵游之士争买者，日增千金而愈不可得。今弃是州也，农夫渔父过而陋之，贾四百，连岁不能售。而我与深源、克己独喜得之，是其果有遭乎！书于石，所以贺兹丘之遭也。

【鉴赏】

本文是“永州八记”的第三篇。前一篇写潭，这一篇写丘。在柳宗元笔下，二者都是景色奇异的所在，相距又仅有二十五步，可谓相得益彰。

文章首先介绍发现小丘的时间及小丘的方位。小丘在水流急而深处的一道鱼梁上。接着写小丘的景物。把重点放在写山石的奇特上，而仅用“生竹树”三字概括其一般景物。小丘上的山石姿态傲慢、突起似怒，背负着泥土奋力从地下冒出来，争相做出各种奇形怪状，多得似乎数不清。下面一对对偶句“其然相累而下者，若牛马之饮于溪；其冲然角列而上者，若熊罴之登于山”用比拟的手法，具体描绘山石的“争为奇状”：那些冲撞向前像兽角斜列的山石，就像熊罴在山上攀登；那些耸立重叠倾斜向下的山石，像牛马在溪边饮水。这里，读者透过这些形象化的比喻性描写，所看到的已经不是一堆堆静止的无生命的石头，而是一群群虎虎有生气的牛马和猛兽。作者的联想可谓奇妙，下笔可谓传神。

山石如此奇异，而且小丘方圆不足一亩，可以像装在笼子里一样整个占有它。作者自然萌生购买的念头。这样就引出“唐氏之弃地，货而不售”价“止四百”的话。明写的是小丘的遭遇，其实暗含着作者自身的遭遇。作者被贬到永州，怀才不遇，同样是被遗弃，跟小丘的命运何其相似。下文写作者买下小丘之后同游的朋友都十分高兴，感到出乎意料。进一步印证了小丘售价之低廉，同时也暗含着自己被无辜贬低的愤懑在内。

当柳宗元和朋友们一起铲掉小丘上面的杂草，砍伐掉不成材的树木，燃起大火把它们烧掉之后，小丘便呈现出它的本来面目：美竹露，嘉木立，奇石显。“立”、“露”、“显”三个动词准确地表现了作者除去秽草恶木的成果。有人觉得这些描述也暗含着柳宗元“锄奸扶良”改革朝政的主张和理想，也是有道理的。下面写获得了新生的小丘周围景物的优美：从小丘向四周望去，飘浮的云朵，高高的山岭，潺潺的溪流，自由自在游玩的飞鸟走兽，都欢快地展现出它们的绝技，以此都在这个小丘之下为其赏识者效力。这几句话主要写外部景致，把静物寓于动态之中。这几句所描绘的境界同文章开头有明显不一样：开头写被弃山石的姿态，抒发了作者愤世嫉俗的愤慨。此时写在整修后的小丘上所感受到的短暂的怡适和宁静。这也显示了小丘的价值。作者为自己在不足一旬的时间里得到两处奇异的地方，“虽古好事之士，或未能至焉”，而感到由衷的欣慰。

最后一段，作者直抒胸臆。感叹同样一个小丘，如果放在沣、镐、鄠、杜那些繁华的地方，那些闲散好游的贵族子弟会竞相购买，结果是“日增千金而愈不可得”。现在它被弃置在穷乡僻壤，连农夫渔父走过都瞧不起它，价钱仅四百文，却连年卖不出去。是什么原因呢？“而我与深源，克己独喜得之，是其果有遭乎！”这里的“果有遭”有两层含义：一是说小丘被我喜而得之，是它有了好的际遇，得到了赏识；一是说自己的遭遇同小丘一样。宋人洪迈所说：“士之处世，遇与不遇，其亦如是哉！”刘海峰觉得：“前写小丘之胜，后写弃掷之感，转折独见幽冷。”也是这个意思。

最后，作者说明写此文的目的：“书于石，所以贺兹丘之遭也。”这句话字面上是祝贺小丘得到赏识，真正的用意是为自己被贬谪的不公平的待遇而气恼和忧伤，通过“贺兹丘之遭”来发泄胸中的积郁。

小石潭记

从小丘西行百二十步，隔篁竹闻水声，如鸣珮环，心乐之。伐竹取道，下见小潭。水尤清冽，全石以为底，近岸卷石底以出，为坻，为屿，为堪，为岩。青树翠蔓，蒙络摇缀，参差披拂。

潭中鱼可百许头，皆若空游无所依。日光下彻，影布石上，佁然不动，俶尔远逝，往来翕忽，似与游者相乐。

潭西南而望，斗折蛇行，明灭可见。其岸势犬牙差互，不可知其源。

坐潭上，四面竹树环合，寂寥无人，凄神寒骨，悄怆幽邃。以其境过清，不可久居，乃记之而去。

同游者：吴武陵、龚古，余弟宗玄。隶而从者，崔氏二小生：曰恕己，曰奉壹。

【鉴赏】

《小石潭记》是唐代大文学家柳宗元写的著名的山水游记，“永州八记”当中的一篇。永州在现在的湖南省零陵县境，当时人觉得是边远地方。柳宗元曾经因为参与当时在政治上比较进步的王叔文集团而遭到排斥，被贬官到永州，他在那里一直生活了十年。

柳宗元的山水游记具有独特的风格，是历代传诵的优秀散文。柳宗元在文章里曾经称赞永州城外的一条溪水，说它“善鉴万类，清莹秀澈，锵鸣金石”。意思是说，这条小溪的水像镜子那样能够照出万物的形状，非常清澈，给人清秀的感觉，小溪的流水还发出像金石般铿锵的音乐声。这些话，正好用来说明他的山水游记的特色。从这里可以看出，柳宗元非常擅长观察各种山水的形态，抓住各种不同山水的特色，所以他的这些文章都写得很美，具有诗情画意，语言精练有光彩，有铿锵的音节。《小石潭记》就是这样的好文章。

柳宗元的山水游记所以写得突出，还因为他不像一般人游山玩水那样，浮光掠影，只得到一点浮泛的印象。他是把自己的性格、遭遇都写到山水中去，对山水的确有深切的观察体会，确实深有所爱。这样才能够创造出新的境界，写出情景相生的游记来。

《小石潭记》是一篇优美的散文，写得有情有景，富有诗意，十分引人入胜。这篇游记一共可以分为五段。第一段用的是“移步换形”的写法。作者不是停留在一点上看，而是向前走去，引导我们看到不同的景物，很像一部山水风景影片。

开头一句：“从小丘西行百二十步，隔篁竹闻水声，如鸣珮环，心乐之。”他先引导我们从小丘向西走了一百二十步，看到一片竹林。接着隔着竹林，又让我们听到水声。“篁竹”，就是成林的竹子；“如鸣珮环”，就是说水声像玉珮玉环碰撞时发出的声音如此清脆。作者还写出了自己高兴的心情，这种心情感染着我们，使我们同样感觉高兴。既然这样音乐一般美妙的声音是从竹林那边发出来的，这就引导我们想去探个明白。作者正是这样做的：“伐竹取道，下见小潭。”要穿过竹林去探究竟，但是竹林太密，所以他就砍掉些竹子开出一条路来，这才给我们面前展开一幅美妙的图画。接着，作者给我们介绍这个池潭的特点：“水尤清洌，全石以为底，近岸卷石底以出，为坻，为屿，为嵁，为岩。”首先是水特别清凉；其次是这个小潭全部是石头构成的，潭底是整块石头，靠近岸的地方，潭底的石头翻过来露出水面。他还写出了各种石头的形状：“为坻”的“坻”，就是水中的高地；“为屿”的“屿”，就是小岛，这是说：青青的树，加上翠绿的藤蔓，缠在上面，织成绿色的网，但枝条参差不齐，随风摇摆，更显出自然之美。

第二段作者描写潭水、游鱼，用的是特写镜头，这是这篇游记当中写得最精彩的部分。柳宗元一共只用了四十个字，就活灵活现地描绘了潭水和游鱼的美景。他写道：“潭中鱼可百许头，皆若空游无所依。日光下彻，影布石上，怡然不动，俶尔远逝，往来翕忽，似与游者相乐。”在这里，作者既要写游鱼，又要写潭水的清澄的特点。那么作者又是如何来描写的呢？我们看到他通过具体景物，用静止和活动的画面来写，不做一点抽象的说明。这段话没有一个字写到水，只是描绘出了一幅画面。你看鱼儿在水里游，就像在空中浮游没有依凭一样。这就写出了水的清，清到好像透明的程度，太阳光照下来，鱼儿的影子都落在潭底的石头上了，这就更显出了水的清澄。这里虽无正面写水，可是通过对鱼儿、日光和影子这些具体东西的描绘，真正地写出了水清，就像画家在画风的时候，用树枝飘向一边来表示风一样，是一种形象化的表现手法。

这篇山水游记的语言极为精美。像“皆若空游无所依”，用“空游”形象地写出水的透明，话说得极精练。再像“斗折蛇行”四个字，却用了两个比喻，写出了静态和动态，含义丰富而并不深奥。再像“明灭可见”，用光线的明暗来说明视线和溪身的交错，说明水面的光亮，等等。这些话，简练、丰富，写出了作者经过深刻观察后的独特的体会，都很有意味。

第三小段讲通到潭里来的小溪和潭上景物。这里见得作者擅长用比喻，抓特征。在潭上，向西南面望过去，看到通到潭里来的小溪像北斗七星那样曲折，一段亮，一段暗，像蛇在游动。小溪两岸像狗牙齿那样参差不齐，望不到小溪的源头。这里写小溪，就溪水说，作者形容它像蛇行那样曲折，这是流动的；就溪身说，作者形容它像北斗七星那样曲折，这是静止的。用了这两个比喻，一静一动来描写小溪。因为小溪是那样曲折，所以望过去一段看得见，一段看不见，看不见的一段这种光亮就灭了；看得见的一段水面反映着天光云影，所以明亮。一明一灭，十分精确地写出了作者所看到的特征。再望过去，又用了一个比喻，说溪身的两岸像狗牙齿那样参差不齐。比喻用得好，因此能够很精练地刻画出事物的形象来。

第四小段作者写出了对小石潭的总的印象：坐在小潭上，看到四周围是竹子和树木环抱着，静得很，看不到来往的人，这种静寂直侵到人的灵魂里，使人感觉幽邃悲凉。因为它的境界过于幽静，不适合久留，就在上面题了字回去。作者极力地写小石潭的幽静，甚至浸透到人的心灵里去，把景物跟心情融合起来，写出一种境界。在这种境界里，透露出作者被放逐的凄苦心情。这是作者受迫害、被排挤的身世遭遇的反映，我们可以从中体会到封建社会中进步文人的痛苦心情。

末段只有两句，是记同游的人，有两个朋友：吴武陵、龚古，一个弟弟柳宗玄，还有带着一同去的两个年轻人崔恕己、崔奉壹。

总之，这篇游记里各种描绘景物的手法、巧妙的比喻、情景交融的写法、精练的语言，都值得我们借鉴。至于篇末所表现出来的凄苦心情，那是作者当时的时代和身世遭际所造成的，那样的时代已经成为历史上的陈迹，跟我们的意气风发、斗志昂扬、充满革命乐观主义精神的伟大时代完全不合了，对这点我们必须要有明确的认识。

袁家渴记

由冉溪西南水行十里，山水之可取者五，莫若钴鉧潭。由溪口而西，陆行，可取者八九，莫若西山。由朝阳岩东南水行，至芜江，可取者三，莫若袁家渴。皆永中幽丽奇处也。

楚越之间方言，谓水之反流者为渴，音若衣褐之褐。渴上与南馆高嶂合，下与百家濑合。其中重洲小溪，澄潭浅渚，间厕曲折，平者深墨，峻者沸白。舟行若穷，忽又无际。

有小山出水中，皆美石，上生青丛，冬夏常蔚然。其旁多岩洞，其下多白砾，其树多枫柟石楠，楩槠樟柚，草则兰芷。又有异卉，类合欢而蔓生，轇轕水石。

每风自四山而下，振动大木，掩苒众草，纷红骇绿，蓊勃香气，冲涛旋濑，退贮溪谷，摇飏葳蕤，与时推移。其大都如此，余无以穷其状。

永之人未尝游焉，余得之不敢专焉，出而传于世。其地主袁氏，故以名焉。

【鉴赏】

文章开头先写：由冉溪向西南从水路行十里，山水好的地方有五处，都比不上钴鉧潭。由溪口向西，从陆地行进，风景好的地方有八九处，都比不上西山。然后才写袁家渴：由朝阳岩向东南从水路行，到芜江，有三处风景好的地方，都比不上袁家渴。这样写，表面上看似乎很费笔墨，实际上正是作者的匠心所在。这种写法，既把袁家渴的地理位置做了明白的交代，又突出了袁家渴的风景幽丽奇异。

第二段从总体上描写袁家渴。首先简单介绍袁家渴的音义。楚越，即现在的两湖及两广一带，当地方言称水的反流为“渴”，(一种版本“反流”写作“支流”)反流，即回流，读音如“衣褐”的“褐”(hé)相同。其次写袁家渴水流情状。其上游同南馆高嶂汇合，下游流入百家濑。“其中重洲小溪……忽又无际。”都是用四字句写袁家渴水上风光：那里水中有许多小洲，小洲上又有一条条小溪。读到这里，面前仿佛展现出一幅奇妙的图画：船儿正在行进，忽然一座山挡住去路，好像已到了路的尽头；但河流一转，绕过山峦，眼前猛然一亮，却是无边无际的开阔水面，实有柳暗花明又一村之感。

第三段写水中山色。“皆美石，上生青丛，冬夏常蔚然。”总结写山上的景色，突出美石和冬夏常青的树木。下面具体写岩洞，白砾，各种树木，香草。其中突出地描绘了一种奇异的草，它的样子像合欢而有藤蔓，缠绕在水石上。

第四段是全文最精彩的部分，写山风吹动下的动人景色：每当大风从四面山上刮下来的时候，浪涛冲击溪水回旋，纷纷退到溪谷里去，摇动着茂密的花草；摇动着大树，红花和绿叶被风吹得纷纷乱乱，各种草儿随风倾倒，像是吃惊似的，浓郁的花香随风飘散。这种景象随着时间的推移而变化无穷。这里的风光大致如此，没有办法把种种景象全都描绘出来。这一段写风，把山风中的树木、花草、波涛的动态写得生动逼真。不仅写出了姿态，而且写出了情感；不仅写出了色彩，而且写出了香气。文中的一个“骇”字，使红花绿叶人格化，同时也融进了作者的情感。

最后一段，说明撰写本文的意图：“永之人未尝游焉，余得之不敢专焉，出而传于世。”并点明取名袁家渴的来历，因为那块土地的主人姓袁，所以才取名为“袁家渴”的。

石渠记

自渴西南行，不能百步，得石渠，民桥其上。有泉幽幽然，其鸣乍大乍细。渠之广，或咫尺，或倍尺，其长可十许步。其流抵大石，伏出其下。逾石而往，有石泓，昌蒲被之，青鲜环周。又折西行，旁陷岩石下，北堕小潭。潭幅员减百尺，清深多鲦鱼。又北曲行纡余，睨若无穷，然卒入于渴。其侧皆诡石怪木，奇卉美箭，可列坐而庥焉。风摇其巅，韵动崖谷。视之既静，其听始远。

予从州牧得之，揽去翳朽，决疏土石，既崇而焚，既酾而盈。惜其未始有传焉者，故累记其所属，遗之其人，书之其阳，俾后好事者求之得以易。

元和七年正月八日，蠲渠至大石。十月十九日，逾石得石泓小潭。渠之美于是始穷也。

【鉴赏】

本文是“永州八记”的第六篇，文字简洁，用词精练确切，独具特色。

作者所写的石渠在袁家渴（hé）西南不到百步的地方，当地的老百姓在它上面架了一座桥。“有泉幽幽然，其鸣乍大乍细”句，从视觉上描写了泉水细微轻缓流动的样子，从听觉上描摹了它忽大忽小的鸣声，突出了石渠泉水的特征。接着写渠水的流向及渠上的景色：过了大石，前边有石泓。石泓是比石渠水深的石洼。它的上面覆盖着菖蒲，四周环绕着苔藓，泉水折向西流去，北面堕入小潭中，旁边的水落入岩石下。潭的面积小不足百尺，潭水清而深，有许多白条鱼在水中游动。后又向北弯弯曲曲地流去，看起来似乎没有尽头，然而终于流入渴中。它的旁边都是形态怪异的石头，美好的嫩竹，诡怪的树木，奇异的草儿。这里，人们可以并排坐下来休息。这一段描写，语言简洁，把“睨若无穷”的曲折的泉水写得一目了然，渠上的风光只用几个字就写出了特色，作者着重描写了石渠的风：它摇动着那些树木，花草，竹子的梢头，发出的声音在山谷里响动。眼看着它们已静静地不动了，可它们被风吹动发出的声音却还在远处回响。视觉上是“静”，听觉上却是“远”，构成了十分奇妙的意境。拿这篇的风同

《袁家渴记》中的风比较，它们的“个性”特点是非常鲜明的：一个是“静远”，一个是“骇动”。这反映了作者善于细致观察自然、善于抓住其特点，并且用贴切的语言来再现它们。柳宗元的游记的确匠心独具，有其特殊的风格。

第二段写作者从州牧那里得到石渠加以整治的情况：把枯草朽木归敛成堆然后清除，疏通渠道，把已经堆积起来的枯草朽木烧掉，清除堵塞的土石，渠道既已疏通就注满了清泉。可惜还没有人传扬它，所以作者才完备地记下它周围全部的景物，留给那些喜爱山水的人，并把这些刻写在石渠的北面，使以后热心此事的人方便得到。这段记事简明扼要。文中一个“惜”字，反映了作者的心情。能够这样来理解：既是“惜”石渠之未始传，也是惜自己的怀才不遇。

最后一段记下整修的时间：元和七年正月八日整修到大石边。十月十九日，走过大石发现了石泓小潭，至此石渠的美景才算到了尽头。

石涧记

石渠之事既穷，上由桥西北，下土山之阴，民又桥焉。其水之大，倍石渠三之(一)。亘石为底，达于两涯。若床若堂，若陈筵席，若限阃奥。水平布其上，流若织文，响若操琴。揭跣而往，折竹箭，扫陈叶，排腐木，可罗胡床十八九居之。交络之流，触激之音，皆在床下；翠羽之木，龙鳞之石，均荫其上。古之人其有乐乎此耶？后之来者，有能追予之践履耶？得意之日，与石渠同。

由渴而来者，先石渠，后石涧；由百家濑上而来者，先石涧，后石渠。涧之可穷者，皆出石城村东南，其间可乐者数焉。其上深山幽林，逾峭险，道狭不可穷也。

【鉴赏】

本文紧承《石渠记》，是“永州八记”的第七篇。先交代石涧的方位：游览、整修石渠的事已经完毕，从石渠的桥上向西北下去到土山的北坡，老百姓又架了一座桥。继而描绘石涧的风光，作者用不少的笔墨写石：石涧的泉水比石渠大三倍(原文中的“三之一”的“一”似为衍字),横着的石头构成石涧的底,连接两岸。那些石头有的像床,有的像堂屋的基石,有的像筵席上摆满菜肴的碗盏杯碟,有的像用门槛隔开的内外屋。作者用贴切的明喻,把铺满水底的石头描绘得如同一个房舍整齐、家什完备的家庭,充满了生活气息,散发着屋室的温馨。这里的泉水也奇妙无比:“水平布其上,流若织文,响若操琴。”这就是说,站在岸上看去,泉水平静地漫布在石上,那微微的涟漪就像织物的花纹;侧耳谛听,泉水叮咚作响,就像弹琴。这是一个多么让人神往的水中世界啊!于是作者撩起衣服,赤着双脚,渡水过去。折断挡道的乱竹子,除去朽烂的树木,扫除经年的落叶,清理出一块可以排列十八九张交椅的空地,坐下来休息。翠鸟毛羽般碧绿的树木枝叶,鱼龙鳞甲般闪光的石块,都遮蔽在交椅上。这里,作者展开了丰富的想象,运用借喻和整齐对称的四字句,构思了一个如诗如画的意境。读起来也朗朗上口,富有节奏感。如果说,前面作者写的清泉美石,是用视觉和听觉感知的,这里写的则是用心灵感受到的。作者完全沉醉在这奇丽的世界里。自然地发出感慨:今后的人有谁能追随我的足迹来到这里吗?古代的人难道有谁在这里寻求过快乐吗?这两句话,包含着作者的复杂情感,既有陶醉于自然风光的快乐和满足,又有难言的忧伤和哀怨,更多的则是借助石涧的美好景色来自我安慰。

第二段具体描述了几处游览胜地的地理位置之间的关系和沿途的风景。从百家濑向上游过来,先到石涧,后到石渠;从袁家渴过来,先到石渠,后到石涧。石涧可以找到的源头,都来自石城村的东南,这一带有好几处可以游乐的地方。再往上走是深山幽林,越来越陡峭艰险,道路太窄不能走到尽头。

这一篇游记也是写清泉美石,但同《小丘西小石潭记》、《石渠记》诸篇比较,有其独特之处:作者善用新颖贴切的比喻来描摹景物,使读者不仅有如睹其状、如闻其声、如临其境的感觉,而且情不自禁地受到感染,似乎也同作者一样陶醉在石涧的奇美景色中。

小石城山记

自西山道口径北，逾黄茅岭而下，有二道：其一西出，寻之无所得；其一少北而东，不过四十丈，土断而川分，有积石横当其垠。其上为睥睨梁欐之形，其旁出堡坞，有若门焉。窥之正黑，投以小石，洞然有水声，其响之激越，良久乃已。环之可上，望甚远，无土壤而生嘉树美箭，益奇而坚，其疏数偃仰，类智者所施设也。

噫！吾疑造物者之有无久矣。及是，愈以为诚有。又怪其不为之中州，而列是夷狄，更千百年不得一售其伎，是故劳而无用，神者傥不宜如是，则其果无乎？或曰："以慰夫贤而辱于此者。"或曰："其气之灵不为伟人，而独为是物，故楚之南少人而多石。"是二者，余未信之。

【鉴赏】

本文是"永州八记"的第八篇。全文分为两段。第一段写景，第二段议论、抒情。这里所说的小石城山，是同零陵县西的石城山相比较而言，因这座山同石城山相似但较小，因此称"小石城山"。

第一段先从小石城山的方位写起：从西山路口一直往北，越过黄茅岭向下走，有两条道：一条路稍微偏向北面后又折而向东，往前走不过四十丈远，地层断裂，被一条河水分开，由积石构成的小山岗横立在河岸边；另一条向西，一路找去，没有什么可游览的地方。这种写法的好处，是把小石城山同始游西山后的其他几处结合起来，使八篇游记成为一个整体；同时，也给小石城山的发现笼罩上一层神奇的色彩，增强了文章的吸引力与感染力。

接下去，描绘小石城山景物的一段文字，非常有趣：石山上的石头，有的则像房屋、有的如同城墙上的女墙。积石旁边突出一座天然石城堡，上面有像门一样的石洞。这几句想象丰富的描绘，把一堆石头写成俨然一座石城。读到这里，读者似乎会相信那里当真有一座石城。接下来写"城"内的风光：往里面看很黑，拿小石子儿投掷过去，发出深远、清亮的水声，回声高亢激越，好长时间才停息。绕"城"攀登能够爬上山顶，望到很远的地方。山上没有土壤，却从石缝里生长出秀美的树木和箭竹，使石山更为奇丽而坚实。这些竹木疏密有致，参差错落，如同是智慧很高的人精心设计安排的一样。这一段绘声绘色的描述，把石城写得不仅奇美异常，而且生机盎然。最后一句"类智者所施设也"，不仅唤起读者的共鸣，而且很自然地引出了下文的议论。

第二段的议论是作者积压心底很久的思想情感的集中宣泄。"吾疑造物者之有无久矣，及是，愈以为诚有。"作者在一些文章中曾提出过无神论的观点，但现在却又以为神果真有，岂不自相矛盾吗？其实这是作者有意创设的问题情境，以引起读者的思考。作者对这个问题的答案早已成竹在胸。下面几句议论含蓄而深沉，需要仔细琢磨才能体味其中真实的含义：（既然有神）为何不把这些巧夺天工的奇异景物设置在中原，却设置在这少数民族居住的穷乡僻壤，使它们经历了千百年而得不到一次表现自己的机会？这才是劳而无用哩！神灵如果不应当这样安排，那么神真的没有吗？"则其果无乎？"这才是作者的本意。最后虚拟别人的议论，宣泄作者自己内心的不满之气。最后，作者说："是（这）二者余未信之。"更加引人深思。

最后这一段议论，从字面上看，是由小石城山的景物所发，实际上它抒发了作者被贬永州后内心深处的真实想法。把它们放在"永州八记"的最后一篇结尾，是作者的特意安排。它表明柳宗元在永州虽然似乎整天游山玩水，饮酒寻乐，其实内心却充满了矛盾和痛苦；他在寄情山水中，仍在探求真理和正义。我们可以把这最后的议论理解为"永州八记"的主旨之所在。

与吕道州温论《非国语》书

四月三日，宗元白，化光足下：近世之言理道者众矣，率由大中而出者咸无焉。其言本儒术，则迂回茫洋，而不知其适；其或切于事，则苛峭刻覈，不能从容，卒泥乎大道；甚者好怪而妄言，推天引神，以为灵奇，恍惚若化，而终不可逐。故道不明于天下，而学者之至少也。

吾自得友君子，而后知中庸之门户阶室。渐染砥砺，几乎道真。然而常欲立言垂文，则恐而不敢。今动作悖谬，以为僇于世，身编夷人，名列囚籍。以道之穷也，而施乎事者无日，故乃挽引，强为小书，以志乎中之所得焉。

尝读《国语》，病其文胜而言尨，好诡以反伦，其道舛逆。而学者以其文也，咸嗜悦焉。伏膺呻吟者，至比《六经》。则溺其文必信其实，是圣人之道翳也。余勇不自制，以当后世之讪怒，辄乃黜其不臧，救世之谬。凡为六十七篇，命之曰《非国语》。既就，累日怏怏然不喜，以道之难明而习俗之不可变也。如其知我者果谁欤？凡今之及道者，果可知也已。后之来者，则吾未之见，其可忽耶？故思欲尽其瑕颣，以别白中正。度成吾书者，非化光而谁？辄令往一通，惟少留视役虑以卒相之也。

往时致用作《孟子评》，有韦词者告余曰："吾以致用书示路子，路子曰：'善则善矣，然昔人为书者，岂若是摭前人耶'？"韦子贤斯言也。余曰："致用之志以明道也，非以摭《孟子》，盖求诸中而表乎世焉尔！"今余为是书，非左氏尤甚。若二子者，固世之好言者也，而犹出乎是，况不及是者滋众，则余之望乎世也愈狭矣！卒如之何？苟不悖于圣道，而有以启明者之虑，则用是罪余者，虽累百世滋不憾而恧焉。于化光何如哉？激乎中必厉乎外，想不思而得也。宗元白。

【鉴赏】

无论诸子百家或以后的有志之士，都力争其道，能有济于世；就算使不能行于当世，也要著书立说，传于青简，以垂后世。他们的道虽不尽相同甚至相反，而用心却完全一致。如孔子周游列国，不得行其道，就订《诗》、《书》，作《春秋》，并说："知我者其惟《春秋》乎！罪我者其惟《春秋》乎！"（见《孟子·滕文公章句下》）孟子游说诸侯，不得行其道，就以其滔滔雄辩之才来"正人心，息邪说，距行（反对偏激行为），放淫辞（驳斥荒唐言论）"。派人给他的好友、道州刺史送上一本，附信一封，请提意见，协助完成。

全文可分三段：第一段，指出近来谈治国之道的，遵循大中之道的人全都没有了，他们都是依据儒家的那一套。作者虽懂得了研究"中庸"的门径，但现已列入囚犯名册，再无机会去实施，只好写成小书，记下心得。作者的好友吕温，字化光，王叔文改革集团的成员之一，唐宪宗元和三年被贬为道州(今湖南道县)刺史，因此作者写信时称吕道州。作者认为：最近谈论治理国家道理的人很多，但遵循大中之道的人全没有了，他们的言论根据是儒家的那一套，迂回曲折，漫无边际，使人无所适从；有的虽也靠近实际，但又苛刻严峻，不留余地，终于不合大中之道；更严重的是有些人喜欢奇谈怪论，宣扬天命鬼神，玄妙莫测，好像进入了化境而不可捉摸。所以大中之道不能显扬于天下，而研究学问的人懂得大中之道的也就太少了。

中庸本为儒家的道德说教。《论语·雍也》中说："中庸之为德也，其至矣乎！"儒家鼓吹中庸，是要人们处理事情时不偏不倚，循规蹈矩，以维护统治秩序。作者在信中所说的"中庸"，即"大中"的意思。他在《时令论》上篇中把"不穷异以为神，不引天以为高，利于人，备于事"作为"大中"的内容，这就给"中庸"赋予和儒家不一样的新的含义。然而常想著书立说以传后世，却又有所恐惧而不敢动手。认为现在自己的行动与世不符合，被人讥笑侮辱，本人被编进蛮夷的行列，姓名被列入囚犯的名册，大中之道是行不通了，政治主张也没有机会去实施了，只得摘引前人的言论，勉强凑合成小书来记下心得。

第二段，为了驳斥《国语》中的谬说，纠正世人的错误看法，写了《非国语》六十七篇，送请好友吕温看看，多提意见，协助完成。作者说他以前曾读《国语》，很不满意它的文辞华丽而内容庞杂，好谈神说鬼而违反常理，思想也是很混乱的，而那些学习的人因它有文采都很喜爱，佩服攻读的人，甚至把它比作《诗》、《书》、《易》、《礼》、《乐》、《春秋》六部儒家经典。既沉迷它的文采，就必然会相信它的内容，这样圣人的大中之道就被掩盖蒙蔽了。作者不能自抑，宁可受后世的讥笑和指责，起来驳斥《国语》中的谬论，纠正世人的错误看法，共写了六十七篇，叫作《非国语》，既已写成，又连日郁郁寡欢，因感到大中之道难于阐述而习惯看法又不易改变。而那真正了解我的究竟是谁呢？凡是现在懂得大中之道的人，确定是可以了解我的，后来的人还没有看到，难道可以忽视他们吗？因此要尽量找出这书的缺点，来辨明真理。作者揣度可以帮助他完成这本书的，除了化光还有谁呢？所以如此信任化光，不单单他们是志同道合的好友，且因化光是当时知识界中文才拔萃的佼佼者。

第三段，指出《非国语》一书，只要不违背圣人之道，无论加给什么罪名，虽经千秋百代，也决不悔恨。作者说，过去王叔文改革集团的成员之一、他的好友李致用写过《孟子评》一书，有个叫韦词的对他说："我把致用的书给路子看，路子说：'好是好，不过过去写书的人，难道有像这样挑剔前人的吗？'"韦词认为路子说得对。作者说："致用的目的在于阐明大中之道，不是故意挑剔《孟子》，只是想探索正确的思想，并将它公布于世罢了。"现在写《非国语》，批判左丘明更加厉害，像韦词、路子两人，本是世界上喜欢发表议论的人，还说这样的话，何况不如他们的人更多，那要《非国语》不受责备的希望就更小了。究竟应该怎么办呢？作者觉得只要不违背圣人的道理、能阐明自己的思想和主张，对明白人的思考问题有所启发，那么因为《非国语》无论加给什么罪名，虽经千秋百代，也决不悔恨和惭愧。由于内心很激动，说出来的话必然也很激烈，这种心情，想不用思考就可以理解的。

《国语》记载了从西周末年到春秋时期的一些历史事实，在文学史上也有一定的地位，是一部有价值的历史著作，但书中充塞了大量维护封建统治的唯心的反动思想。我们阅读时不能无批判地兼收并蓄，必须剔除封建性的糟粕，只能汲取民主性的精华。当时的许多学者以"其文胜"，"咸嗜悦焉，伏膺呻吟"者，作者痛感"道之难明而习俗之不可变"，预料到《非国语》这部反唯心主义的无神论著作，必然会遭到守旧势力的围攻。果然于815年作者和刘禹锡刚刚奉诏回长安，又因为政敌的陷害和打击，作者再次被贬为柳州刺史，刘禹锡被贬为连州刺史，在《衡阳与梦得分路赠别》中说："直以慵疏招物议，休将文字占时名。"但作者早有思想准备，"用是罪余者，虽累百世滋不憾而恧焉。"这是舍得一身剐，敢把皇帝拉下马的大无畏精神，是难能可贵的。像作者这种清醒的认识能力和敢于坚持斗争不怕牺牲的精神，就算在科学发达的今天，仍然是难能可贵的。

答吴武陵论《非国语》书

濮阳吴君足下：仆之为文久矣，然心少之，不务也，以为是特博弈之雄耳。故在长安时，不以是取名誉，意欲施之事实，以辅时及物为道。自为罪人，舍恐惧则闲无事，故聊复为之。然则辅时及物之道，不可陈于今，则宜垂于后。言而不文则泥，然则文者固不可少耶！拘囚以来，无所发明，蒙覆幽独。会足下至，然后有助我之道。一观其文，心朗目舒，炯若深井之下，仰视白日之正中也。足下以超轶如此之才，每以师道命仆，仆滋不敢。每为一书，足下必大光耀以明之，固又非仆之所安处也。

若《非国语》之说，仆病之久，尝难言于世俗。今因其闲也而书之，恒恐后世之知言者，用是诟病，狐疑犹豫，伏而不出，累月方示足下。足下乃以为当，仆然后敢自是也。吕道州善言道，亦若吾子之言，意者斯文殆可取乎？

夫为一书，务富文采，不顾事实，而益之以诬怪，张以以阔诞，以炳然诱后生，而终之以僻，是犹用文锦覆陷阱也。不明而出之，则颠者众矣。仆故为之标表，以告夫游乎中道者焉。

仆无闻而甚陋，又在黜辱，居泥涂若蚓蛭然，虽鸣其音声，谁为听之？独赖世之知言者为准，其不知言而罪我者，吾不有也。仆又安敢期如汉时列官以立学，故为天下笑耶？是足下之爱我厚，始言之也。前一通如来言以污箧椟，此在明圣人之道，微足下，仆又何托焉？不悉。宗元顿首。

【鉴赏】

柳宗元于805年被贬谪为永州司马，808年吴武陵也犯事被流放到永州，他们都是进士，文才超群出众，同来到湘南穷山恶水、瘴雨蛮烟之中，很快成为好友。所处环境他们隐忍而生，“将以有为”，所以交往密切，友谊深厚，在恐惧之余闲着无事时，即一同寻乐：或游山玩水，比如《小石潭记》中，就有“同游者吴武陵”等语；或谈文论道，本文就是他们讨论《非国语》的一封信。

全文可分为三段：第一段，指出要将大中之道传于后代，一定有文采；言之无文，行而不远。又可分为四层：一、作者说他写文章虽然很久了，可是思想并不重视，没有潜心去写，认为这只是像擅长下棋一样罢了。所以在长安时不以文章去谋求名誉，一心想把精力用在实际事业上，以辅助时政，利于社会为目的。这是作者的谦辞，他从来没有轻视过写文章，从小勤奋好学，十三岁就有文名，二十岁中进士，后又应博学宏词科及第，只是在长安时改革弊政之心比写文章更为强烈而已。二、作者说他被贬谪到永州后，辅助时政，利于社会的主张既不能实现了，就应该把“辅时及物之道”传给后代。如言之无文，行而不远，可见文采是必不可少的了。三、作者说他来永州后，言行受到监视，耳目闭塞，没有创建。一看到武陵的文章，他就眉目舒展，心胸开阔，眼睛亮堂，像在深井之下，仰望着正午太阳的光辉。四、作者说武陵的文才这样超群，还称他为老师，他每写一篇文章，武陵都要大加夸奖和表扬，这是他所不能安心接受的。可见，武陵来到永州，打破了沉闷，使作者心明眼亮，获得了写文章的精神力量；武陵也拜作者为老师，虚心求教。两人情投意合，互敬互爱，为讨论《非国语》打下了基础。

第二段，指出要将“大中之道”传于后代，一定要写《非国语》，撕下《国语》美丽的外衣，以免后代被骗受害。又可分为二层：一、作者说，他为《非国语》伤脑筋许久了，曾以为难于对世俗人讲通。现在趁空闲把它写出来了，又怕后代有见识的人，对他进行指责非难。武陵和吕道州都觉得正确，他才敢相信，料想这本书是有可取之处了。二、指出《国语》专门追求华丽的文采，无视客观事实，进行虚妄离奇，荒唐无稽，夸张铺叙，以便用美丽的外衣来诱骗青年，堕入邪门歪道。这不是用美丽的锦绣来覆盖陷阱吗？作者专门写《非国语》把这个陷阱披露出来，告诉爱好大中之道的人，不要失足受害。这是本文的中心思想，也是作者改革当时弊政的主张。这些合乎大中之道的改革的主张，应由谁来阐明呢？自然过渡到下一段。

第三段，指出要将《非国语》中所宣扬的大中之道得到阐述，传于后代，必须托付吴武陵。又可分为二层：一、作者谦称自己既没有学问和名声，又处在贬谪受辱之时，像泥土中的蚯蚓和蚂蟥，哪怕拼命地叫出声来，又有谁听呢？他只以世上有见识的人的评论为标准，对那些不明是非的糊涂虫的指责，是不会理睬的。二、作者说，他哪敢指望像汉代那样设专门学官来研究《非国语》，以引起天下的嘲讽呢？《非国语》的目的在于阐明圣人的大中之道，除了武陵，就没有可以托付的人了。这是对武陵的殷切期望，也是对武陵的高度信赖。

以对武陵的信赖、感激之情为线索贯穿全文：开头，作者说自从“拘囚以来，无所发明”，“会足下至，然后有助我之道”，“每为一书，足下必大光耀以明之”，因而心朗目舒，鼓舞了他重新作文的勇气。接着作者说《非国语》写成之后，“恒恐后世之知言者，用是诟病”，“伏而不出”，今

“足下乃以为当”，才敢确信这书是有可取之处，因而斗志昂扬，增强了为阐明大中之道而努力，不让青年被骗受害的信心。《非国语》的目的在于阐明圣人之道，以传后代，“微足下”，又能托付给谁？读到这样语重心长的书信，武陵怎能不铭刻在心，毅然肩负起宣扬《非国语》精神的历史使命呢？这样既体现了全文的内在联系，又突出了中心思想，结构谨严，首尾呼应。

本文的语言形象生动，最突出的是巧妙地运用了一系列的比喻。如以“特博弈之雄”来比喻思想上不重视写文章；以“文锦覆陷阱”来比喻《国语》用华丽的文采掩盖宣扬天命鬼神的迷信思想，诱骗青年；以“居泥涂若蚓蛭”来比喻被贬之后，言行受监视，说话无人听；以“炯若深井之下，仰视白日之正中”来比喻见到武陵的文章就心明眼亮。被喻体如不重视写文章、《国语》陷害青年、得到武陵文章的启发、被贬后的艰难处境等，其情其景，比较抽象，都是人们所不易感受得到的，而喻体下棋、文锦覆盖的陷阱、正午的阳光、泥土中的蚯蚓和蚂蟥，都是人们所熟悉的具体事物。作者用千锤百炼的语言，信手拈来一比，原本不了解的情况或难懂的道理，就豁然开朗，觉得历历在目，了如指掌，好像身临其境。柳宗元是继孟子之后运用比喻的能手。

欧阳修卷

欧阳修简介

欧阳修（1007—1072），唐宋散文八大家之一。字永叔，号醉翁、六一居士，汉族，吉州永丰（今江西省吉安市永丰县）人。因吉州原属庐陵郡，以“庐陵欧阳修”自居。北宋政治家、文学家，且在政治上负有盛名。官至翰林学士、枢密副使、参知政事，谥号文忠，世称欧阳文忠公。后人又将其与韩愈、柳宗元和苏轼合称“千古文章四大家”。

欧阳修是在宋代文学史上最早开创一代文风的文坛领袖。领导了北宋诗文革新运动，欧阳修在变革文风的同时，也对诗风词风进行了革新。欧阳修不但领导了诗文革新运动，提倡平实朴素的文风，反对浮靡侈丽的“西昆体”和险怪奇涩的“时文”，而且在创作实践上，也取得了多方面的卓越成就。他的诗、词、赋写得都很好，尤其是他的散文，独具风格，自成一家，继承并发展了韩愈的古文理论，他的文章是宗法韩愈的，但比韩文明白流畅、平易朴实，能够深入浅出，引人入胜，形成了一种自然清新、抒情委婉、说理透辟的独特风格，读之使人感到从容不迫，情趣横生，耳目为之一新，《醉翁亭记》是这种文风的代表作。他的散文创作的高度成就与其正确的古文理论相辅相成，从而开创了一代文风。

秋声赋

欧阳子方夜读书，闻有声自西南来者。悚然而听之，曰："异哉！"初淅沥以萧飒，忽奔腾而砰湃，如波涛夜惊，风雨骤至。其触于物也，鏦鏦铮铮，金铁皆鸣；又如赴敌之兵，衔枚疾走，不闻号令，但闻人马之行声。余谓童子："此何声也？汝出视之。"童子曰："星月皎洁，明河在天，四无人声，声在树间。"

余曰："噫嘻悲哉！此秋声也，胡为而来哉？盖夫秋之为状也：其色惨淡，烟霏云敛；其容清明，天高日晶；其气慄冽，砭人肌骨；其意萧条，山川寂寥。故其为声也，凄凄切切，呼号愤发。丰草绿缛而争茂，佳木葱茏而可悦；草拂之而色变，木遭之而叶脱；其所以摧败零落者，乃其一气之余烈。夫秋，刑官也，于时为阴；又兵象也，于行用金。是谓天地之义气，常以肃杀而为心。天之于物，春生秋实。故其在乐也，商声主西方之音，夷则为七月之律。商，伤也，物既老而悲伤；夷，戮也，物过盛而当杀。

"嗟呼！草木无情，有时飘零，人为动物，惟物之灵，百忧感其心，万事劳其形，有动于中，必摇其精。而况思其力之所不及，忧其智之所不能，宜其渥然丹者为槁木，黟然黑者为星星。奈何以非金石之质，欲与草木而争荣？念谁为之戕贼，亦何恨乎秋声？"

童子莫对，垂头而睡。但闻四壁虫声唧唧，如助余之叹息。

【鉴赏】

本篇写于宋仁宗嘉祐四年（1059）。此时，欧阳修已五十三岁。虽然已官居高位，但由于仕途坎坷，屡遭贬谪，政治上不能有所作为，所以欧阳修十分苦闷。《秋声赋》恰恰是其苦闷心情的真实写照。文中对人生的感叹、悲秋的感伤情调，固然反映了封建文人消极的思想情绪，却历来受到高度评价，为人传诵。其主要艺术特色有以下两方面：

一、首先本文用比兴起笔，托物寓情，创造出声情并茂、情景交融的艺术境界。《秋声赋》是一篇优美的赋体散文诗，它运用诗歌创作比兴的艺术手法，在对秋声绘声绘形的描述之中，融注于作者对人生的感叹。首先，作者写秋，却不直接写有形的秋景，而是以比兴起笔，先写无形的秋声。文章开篇，作者就用扣人心弦的笔调，于静穆的秋夜中，亮出一个令人“悚然”的秋之“声”，并循声而觅，连用三个生动形象的比喻来，渲染出秋之到来的气势，将无形的秋声写得形色宛然，变态百出，给人以身临其境般的感受。写秋不是“观”秋，而是“听”秋，于秋的声响中去领略秋的韵味、秋的意境，可谓作者的神来之笔。

接着作者从对秋声的虚写，转入实写。在实写秋声之后，作者的笔触并没有停留在秋的霜寒风凄的描绘上，而是用酣畅的笔墨，状物拟人，把秋比作“刑官”、“兵象”。“刑官”即司寇，掌握刑法。秋之于人，本来是无形的，不过在作者笔下，却变得有声有形，活灵活现，能感受到它生命的律动。丰富的想象、巧妙的比兴、纵横驰骋的思路，把读者引入一个个峰回路转、柳暗花明又一村的新天地。使读者不仅看到秋之肃杀的原因，而且进一步去领略“秋之为义”。

作者从第三自然段起，笔锋一转，从“物之秋”转而写“人之秋”，尽情抒发对秋的哀叹，对人生的感慨。“草木无情，有时飘零，人为动物，惟物之灵”，阐发了写此赋的本意，并进一步抒发了“百忧感其心，万事劳其形，有动于中，必摇其精”的慨叹。至此，作者悲秋之意，溢于言表，作者对人生的感伤之情表达得淋漓尽致。

文章到这里本可驻笔。作者借助于比兴的艺术手法，通过巧妙的艺术构思，将声与形、情与景融为和谐统一的整体，在诗情画意般的艺术境界中，让人获得高致的美感享受。

其次，以散体为主，辅以骈偶，音调和谐，富有韵律之美。本文突破了六朝至唐代骈赋、律诗凝重板滞的格式，汲取了骈文的长处，全文以散体为主，间用骈偶，使句式整齐而富有变化，使文章抑扬顿挫，声调和谐，读来朗朗上口，充分显示出其内在的韵律之美，表现了欧阳修散文独特的语言艺术风格。

述梦赋

夫君去我而何之乎？时节逝兮如波。昔共处兮堂上，忽独弃兮山阿。

呜呼！人羡久生，生不可久，死其奈何。死不可复，惟可以哭。病予喉使不得哭兮，况欲施乎其他。愤既不得与声而俱发兮，独饮恨而悲歌。歌不成兮断绝，泪疾下兮滂沱。行求兮不可过，坐思兮不知处。可见惟梦兮，奈寐少而寤多。或十寐而一见兮，又若有而若无；乍若去而若来，忽若亲而若疏。杳兮倏兮，犹胜于不见兮，愿此梦之须臾。尺蠖怜予兮，为之不动，飞蝇闵予兮，为之无声；冀驻君兮可久，恍予梦之先惊。梦一断兮魂立断，空堂耿耿兮华灯。

世之言曰：死者澌也。今之来兮，是也非也？又曰：觉之所得之者为实，梦之所得者为想。苟一慰乎予心，又何较乎真妄。绿发兮思君而白，丰肌兮以君而瘠，君之意兮不可忘，何憔悴而云惜。愿日之疾兮，愿月之迟；夜长于昼兮，无有四时。虽音容之远矣，于恍惚以求之！

【鉴赏】

赋属于文体的一种。从形式上看，赋与诗同样都是押韵的。一般说诗以四言为主，赋则字数不拘，但多数以四言六言为主。赋常常咏物说理，借景抒情，其性质介于诗与散文之间。欧阳修于明道二年（1033）作此赋。是岁正月，欧阳修因公赴开封，事后又往随州探望叔父欧言晔，于三月返回洛阳。此时夫人胥氏产后未逾一月而病逝。作者非常悲痛，作《述梦赋》及《绿竹堂独饮》诗抒发深切的悼念之情。此赋以梦为文眼，借梦寄托对亡妻的眷念，感情真挚深厚，凄切感人。

梦是作者情之所寄，意之所泄，然而作者的笔触却不局限于梦境本身，而是充分发挥赋铺陈之所长，用婉曲的笔法，极尽渲染之能事，缘情布境，营造出一种魂系梦绕的气氛。文章一开篇，作者就以“夫君去我何之兮”，尽情宣泄其失去爱妻的悲痛之情。随即用“昔共处兮堂上，忽独弃山阿”的对偶句，以“共处”和“独弃”的强烈对比，烘托出作者的孤寂与悲凉。第二自然段梦境是描写的中心，但作者依然不直接写梦，而是用逐步推进的方法，着力铺陈渲染其心情的悲痛。人“生不可久”，“死不可复”，“唯可以哭”。但又欲哭而无声：“病予喉使不得哭”，只有“饮恨而悲歌”。却又“歌不成兮断绝，泪疾下兮滂沱”，以至“行求兮不可过，坐思兮不知处”，通过侧笔描写，层层蓄势，表明“惟梦”才能解忧，梦境是作者感情的唯一寄托。足见其思念之切，感情之深。

本文着重描绘了坐着的梦，运用多种艺术手法，浓墨重彩，把梦境描绘得扑朔迷离，并尽情抒发对梦境的追求，富有动人心魄的艺术感染力。作者描绘梦境主要运用了以下表现方法：

一是采用排比句，连用六个“若”字，极写梦之迷离恍惚。“有”“无”、“去”“来”、“亲”“疏”，一一相对，把梦时隐时现的幻觉，作者欲求之而不得的心情表达得惟妙惟肖。

二是用一系列表示时间的词汇，写梦境的短暂和难以捉摸。“忽”、“杳兮倏兮”、“乍”、“须臾”，极言梦之稍纵即逝，这就更令人心驰神往。尽管梦境是这样短促朦胧，但“犹胜于不见”，作者愿在这“须臾”的梦境中获得片刻慰藉，足见其对亡妻眷恋之深。

三是用拟人和夸张的笔法缘情布景，借景抒情。“尺蠖怜予兮为之不动，飞蝇闵予兮为之无声”，“尺蠖”、“飞蝇”居然也被作者的深情所感染，怜悯作者的思忆，而停止活动，于无声中令作者尽情享受与亡妻相见的喜悦。“情以景传”，“情哀则景哀，情乐则景乐”，作者赋昆虫以生命，明写其与人相通的灵性，实则字字言情。

四是直抒胸臆，画龙点睛。作者心驰神往，把全部感情寄托于梦中与亡妻相见，以至于“梦一断兮魂立断”，不惜身心憔悴，“绿发兮思君而白，丰肌兮以君而瘠”，甚至愿天无四时之分，夜长而昼短，日疾而月迟，以便有更多的时间在夜梦中与亡妻相见。最后一段以绝妙的联想，激越的情感，将全文推向高潮，成为全文的画龙点睛之笔，亦为惊人之笔。

无论是侧面烘托还是直接抒怀，作者始终围绕一个“梦”字做文章，字字关情，句句是情。而这感人之情又通过骈散相间、参差错落而富有韵味的外在形式，表达得淋漓尽致。

杂说三首（选二）

夏六月，暑雨既止，欧阳子坐于树间，仰视天与月星行度，见星有殒者。夜既久，露下，闻草间蚯蚓之声益急。其感于耳目者，有动乎其中，作《杂说》。

一

蚓食土而饮泉，其为生也，简而易足。然仰其穴而鸣，若号若呼，若啸若歌，其亦有所求邪？抑其求易足而自鸣其乐邪？苦其生之陋而自悲其不幸邪？将自喜其声而鸣其类邪？岂其时至气作，不自知其所以然而不能自止者邪？何其聒然而不止也！吾于是乎有感。

二

星殒于地，腥矿顽丑，化为恶石。其昭然在上而万物仰之者，精气之聚尔；及其毙也，瓦砾之不若也。人之死骨肉臭腐，蝼蚁之食尔。其贵于万物者，亦精气也。其精气不夺于物，则蕴尔为思虑，发而为事业，著而为文章，昭乎百世之上而仰乎百世之下，非如星之精气随其毙而灭也。可不贵哉！而生也利欲以昏耗之，死也臭腐而弃之。而惑者曰：足乎利欲所以厚我身。吾于是乎有感。

【鉴赏】

少年时期的欧阳修偶然中获《韩愈文集》。遂补缀而读，视为珍宝。并由此深受韩愈文章和思想的影响。韩愈《杂说四首》，是具有现实性和哲理性的作品；而欧阳修的三首《杂说》侧重抒发作者的人生感受与理想追求，表现了其独特的艺术风格。“杂说”略同于后世的“杂感”，近乎如今的杂文小品。一般为托物感怀之作。

宋初期，沿袭晚唐五代浮靡侈丽的文风，“忘于教化之道，以妖艳为胜”的骈体文统治文坛。作者对此深恶痛绝，发动古文运动，最终结束了骈体文独霸文坛的局面。《杂说》之一就是借对蚯蚓的描写，托物抒感，批判了那种言之无物、无病呻吟的恶劣文风。作者首先用极其精练的语言概括出蚯蚓的生活习性，接着以生动的联想，想象蚯蚓把头探出穴外鸣叫。作者借其意，用形象的比喻，连用四个“若”字，形容蚯蚓的鸣叫声：“若号若呼，若啸若歌”，其声此起彼伏，迫切嘈杂，如在耳际。这嘈杂之声引起了作者一连串的联想。作者用拟人的笔法，连用五个设问句，一步深入一步地探究蚯蚓鸣叫的缘由。作者明写蚯蚓，实际暗寓着对当时文坛思想卑下，文章无病呻吟、内容空虚的辛辣嘲讽。结尾“何其聒然而不止也”的强烈感叹，表达了作者对恶劣文风的鄙视与愤慨。文章托物抒感，寓意深刻，短小生动，富有生活情趣，让人耳目一新。

作者的托物感怀之作为《杂说》之二。于夏夜仰视天空，见“星殒于地”，以为其“化为恶石”。陨石是坠落到地面的流星体，天空中发亮的星不是流星体。古人不知道其中的区别，误以为星坠落地上化为陨石。“星殒于地”，这一生活中的自然现象，引起了作者的感慨，然而作者的笔触并不停留于事物表象的类比，而是于微见著，由表及里，深入发掘出具有深刻思想意义的内涵来，阐发了作者对人生的理解和追求。作者认为，万物皆为“精气之聚”，而“人禀天地之气，乃物中最灵”(《赠学者》)。作者所说的“不夺于物”，即下文所指的“利欲”。作者认为一个人不应追求功名利禄，为利欲所诱惑，而应发奋有为，著书立说，建功立业，永垂后世。这样的人生才是有价值的，才不会像流星那样转瞬即逝，化为腐朽。这表达了欧阳修文章垂世不朽的一贯思想。比如《祭苏子美文》：“惟人不知，乃穷至死，独留文章，照耀后世”；又如《祭石曼卿文》：“其同乎万物生死而复归于无物者，暂聚之形；不与万物共尽而卓然不朽者，后世之名。此自古圣贤，莫不皆然，而著在简册，昭如日星”，与本文“著而为文章，昭乎百世之上而仰乎百世之下”，一脉相承。作者不但以其文章，而且以终身实践去实现这一理想，反映了作者崇高的思想境界。这在当时的封建社会，是很可贵的。在抒发人生理想的同时，作者还用“生也利欲以昏耗之，死也臭腐而弃之”来抨击当时士大夫利欲熏心，浑浑噩噩，无所作为的生活态度。

本文以小见大，于平凡的自然现象中窥见深刻的生活哲理，实为一篇寓意清新，平中见奇之作。

本论

天下之事有本末，其为治者有先后。尧、舜之书略矣，后世之治天下，未尝不取法于三代者，以其推本末而知所先后也。三王之为治也，以理数均天下，以爵地等邦国，以井田域民，以职事任官。天下有定数，邦国有定制，民有定业，官有定职。使下之共上勤而不困，上之治下简而不劳。财足于用而可以备天灾也，兵足以御患而不至于为患也。凡此具矣，然后饰礼乐、兴仁义以教道之。是以其政易行，其民易使，风俗淳厚，而王道成矣。虽有荒子孱孙继之，犹七八百岁而后已。

夫三王之为治，岂有异于人哉。财必取于民，官必养于禄，禁暴必以兵，防民必以刑，与后世之治者大抵同也。然后世常多乱败，而三王独能安全者，何也？三王善推本末，知所先后，而为之有条理。后之有天下者，孰不欲安且治乎，用心益劳而政益不就，諰諰然常恐乱败及之，而辄以至焉者，何也？以其不推本末，不知先后而已。

今之务众矣，所当先者五也。其二者有司之所知，其三者则未之思也。足天下之用，莫先乎财；系天下之安危，莫先乎兵。此有司之所知也。然财丰矣，取之无限而用之无度，则下益屈而上益劳。兵强矣，而不知所以用之，则兵骄而生祸。所以节财、用兵者，莫先乎立制，制已具备，兵已可使，财已足用，所以共守之者，莫先乎任人。是故均财而节兵，立法以制之，任贤以守法，尊名以厉贤，此五者相为用，有天下者之常务，当今之世所先，而执事者之所忽也。

今四海之内非有乱也，上之政令非有暴也，天时水旱非有大故也，君臣上下非不和也。以晏然至广之天下，无一间隙之端，而南夷敢杀天子之命吏，西夷敢有崛强之王，北夷敢有抗礼之帝者，何也？生齿之数日益众，土地之产日益广，公家之用日益急，四夷不服，中国不尊，天下不实者，何也？以五者之不备故也。

请试言其一二。方今农之趣耕，可谓劳矣；工商取利乎山泽，可谓勤矣；上之征赋榷易商利之臣，可谓纤悉而无遗矣。然一遇水旱如明道、景祐之间，则天下公私乏绝。是无事之世，民无一岁之备，而国无数年之储也。以此知财之不足也。古之善用兵者，可使之赴水火；今厢禁之军，有司不敢役，必不得已而暂用之，则谓之借倩。彼兵相谓曰：官倩我。而官之文符亦曰倩。夫赏者所以酬劳也，今以大礼之故，不劳之赏三年而一遍，所费八九百万，有司不敢缓月日之期；兵之得赏，不以无功知愧，乃称多量少、比好嫌恶，小不如意，则群聚而呼，持梃欲击天子之大吏。无事之时其犹若此，以此知兵骄也。

夫财用悉出而犹不足者，以无定数也。兵之敢骄者，以用之未得其术。以此知制之不立也。夫财匮兵骄，法制未一，而莫有奋然忘身许国者，以此知不任人也。不任人者，非无人也。彼或挟材蕴知，特以时方恶人之好名，各藏畜收敛，不敢奋露，惟恐近于名以犯时人所恶。是以人人变贤为愚，愚者无所责，贤者被讥疾，遂使天下之事将弛废，而莫敢出力以为之。此不尚名之弊者，天下之最大患也。故曰五者之皆废也。

前日五代之乱可谓极矣，五十三年之间易五姓十三君，而亡国被弑者八，长者不过十余岁，甚者三四岁而亡。夫五代之主岂皆愚者邪，其心岂乐祸乱而不欲为久安之计乎？顾其力有不能为者，时也。当是时也，东有汾晋，西有岐蜀，北有强胡，南有江淮、闽广、吴越、荆潭，天下分为十三四，四面环之。以至狭之中国，又有叛将强臣割而据之，其君天下者，类皆为国日浅，威德未洽，强君武主力而为之，仅以自守，不幸孱子懦孙，不过一再传而复乱败。是以养兵如儿子之啖虎狼，犹恐不为用，尚何敢制！以残弊之民人，赡无赀之征赋，头会箕敛，犹恐不足，尚何曰节财以富民！天下之势方若弊庐，补其奥则隅坏，整其桷则栋倾，枝撑扶持，苟存而已，尚何暇法象，规圆矩方，而为制度乎？是以兵无制，用无节，国家无法度，一切苟且而已。

今宋之为宋，八十年矣。外平僭乱，无抗敌之国；内削方镇，无强叛之臣。天下为一，海内晏然。为国不为不久，天下不为不广也。语曰：长袖善舞，多钱善贾，言有资者其为易也。方今承三圣之基业，据万乘之尊名，以有四海一家之天下，尽大禹贡赋之地莫不内输，惟上之所取，不可谓乏财。六尺之卒，荷戈胜甲，力彀五石之弩、弯二石之弓者数百万，惟上制而令之，不可谓乏兵。中外之官居职者数千员，官三班吏部常积者又数百，三岁一诏布衣，而应诏者万余人，试礼部者七八千，惟上之择，不可谓乏贤。民不见兵革者几四十年矣，外振兵武，攘夷狄，内修法度，兴德化，惟上之所为，不可谓无暇。以天子之慈圣仁俭，得一二明智之臣相与而谋之，天下积聚，可如文、景之富；制礼作乐，可如成周之盛；奋发威烈，以耀名誉，可如汉武帝、唐太宗之显赫；论道德，可兴尧、舜之治。然而财不足用于上而下已弊，兵不足威于外而敢骄于内，制度不可为万世法而日益丛杂，一切苟且，不异五代之时，此甚可叹也。是所谓居得致之位，当可致之时，又有能致之资，然谁惮而久不为乎！

【鉴赏】

论属于文体的一种。论即为说理辨义，“论是非、定从违”的文章，相当于现在所说的议论文。根据其内容可以分为史论、政论、文论等。论往往成为古代政治家、文章家阐述己见、进行论争的有力工具。欧阳修的散文中有很多为政治改革制造舆论、论析时弊、富有战斗性的政论。例如《朋党论》、《春秋论》、《为君难论》、《唐六臣论》、《本论》等。有的文章虽未标以论字，但其内容或以书信形式论述文道，或借古讽今、针砭时弊，实际上都属于论的范畴。

《本论》共有上、中、下三篇。中下篇以反对佛教、发扬儒学、提倡礼义为主旨。据《欧阳文忠公集》编者注，本篇是作者晚年所删定的上篇。《本论》意谓“治本之论”，初稿写于庆历二年（1042）《准诏言事上书》之后。作者虽经庆历新政的失败，陷入苦闷之中，但仍没有丧失早年的革新政治之志，于晚年融合《原弊》、《准诏言事上书》等篇内容，精心结撰了本文，阐述了作者比较完整成熟的政治纲领。

本文最为突出的特色，是运用对比的艺术手法，在正反对比中据事以明理。

一是三代之治与宋对比。文章一开头，作者即以夏商周三代长治久安的历史作为立论的根据，阐明“后世之治天下，未尝不取法于三代”。随之用简洁凝练的语言总结三代之治。通过总结三代之治的历史经验，作者比较完整系统地阐述了救宋于危难之中的政治纲领：“今之务众矣，所当者王者也。”“足天下之用，莫先乎财；系天下之安危，莫先乎兵。”“然财丰矣，取之无限而用之无度，则下益屈而上益劳。兵强矣，而不知所以用之，则兵骄而生祸。所以节财、用兵者，莫先乎立制。制已具备，兵已可使，财已足用，所以共守之者，莫先乎任人。是故均财而节兵，立法以制之，任贤以守法，尊名以厉贤，此五者相为用，有天下者之常务，当今之世所先”，并指出正是由于此“五者之不备”，导致宋王朝内外交困：“公家之用日益急，四夷不服，中国不尊，天下不实。”作者列举了宋王朝“财不足用”，兵不可使，“财匮兵骄，法制未一”的各种具体表现，其中尤其强调了由于朝庭的举措不“厉贤”，相反使“人人变贤为愚，愚者无所责，贤者被饥疾，遂使天下之事将弛废，而莫敢出力以为之”。并尖锐地指出：“此不尚名之弊者，天下之最大患也。”通过三代之治与宋的对比，深刻地揭露了时弊，探讨了其根源，阐述了治国之方。

二是五代之乱与宋对比。五代十国政局动荡不安。四面全为割据势力所包围，臣弑其君，频易其主，叛将强臣争权夺利，相互残杀，国家“一再传而复乱败”。而人民饱经战乱，十室九残，却还要承担沉重的赋税，“以残弊之民人，赡无赀之征赋，头会箕敛，犹恐不足”。作者以极为生动形象的比喻，描述五代之乱造成“天下之势若弊庐，补其奥则隅坏，整其桷则栋倾，枝撑扶持，苟存而已”。作者不仅摆出现象，而且深入剖析动乱的根源：“兵无制，用无节，国家无法度，一切苟且而已”，正是由于“五者之不备”。而“今之为宋”，“财不足用于上而下已弊，兵不足威于外而敢骄于内，制度不可为万世法而日益丛杂，一切苟且，不异于五代之时”。反面的映衬，将宋之为政的弊端及其根源暴露无遗，起到了事半功倍之效。

通过三代之治、五代之乱与宋的正反对比，尖锐犀利地揭发了时弊，有力地论证了作者的“治本之论”。对比的艺术效果就像古人论画：“密叶偶间枯槎，顿添生致；纽干或生剥蚀，愈见苍颜。”(清笪重光《画鉴》)鲜明的反差，对立因素的互相映照，起到了相反相成，言简意赅，突出主旨之效。

朋党论

臣闻朋党之说，自古有之，惟幸人君辨其君子、小人而已。

大凡君子与君子以同道为朋，小人与小人以同利为朋，此自然之理也。然臣谓小人无朋，惟君子则有之，其故何哉？小人所好者禄利也，所贪者财货也，当其同利之时，暂相党引以为朋者，伪也；及其见利而争先，或利尽而交疏，则反相贼害，虽其兄弟亲戚不能相保。故臣谓小人无朋，其暂为朋者，伪也。君子则不然，所守者道义，所行者忠信，所惜者名节；以之修身，则同道而相益，以之事国，则同心而共济，终始如一。此君子之朋也。故为人君者，但当退小人之伪朋，用君子之真朋，则天下治矣。

尧之时，小人共工、驩兜等四人为一朋，君子八元、八恺十六人为一朋；舜佐尧，退四凶小人之朋，而进元恺君子之朋，尧之天下大治。及舜自为天子，而皋、夔、稷、契等二十二人并列于朝庭，更相称美、更相推让，凡二十二人为一朋，而舜皆用之，天下亦大治。《书》曰："纣有臣亿万，惟亿万心；周有臣三千，惟一心。"纣之时，亿万人各异心，可谓不为朋矣，然纣以亡国。周武王之臣三千人为一大朋，而周用以兴。后汉献帝时，尽取天下名士囚禁之，目为党人；及黄巾贼起，汉室大乱，后方悔悟，尽解党人而释之，然已无救矣。唐之晚年，渐起朋党之论；及昭宗时，尽杀朝之名士，或投之黄河，曰："此辈清流，可投浊流。"而唐遂亡矣。

夫前世之主，能使人人异心不为朋，莫如纣；能禁绝善人为朋，莫如汉献帝；能诛戮清流之朋，莫如唐昭宗之世：然皆乱亡其国。更相称美推让而不自疑，莫如舜之二十二臣，舜亦不疑而皆用之；然而后世不诮舜为二十二人朋党所欺，而称舜为聪明之圣者，以辨君子与小人也。周武之世，举其国之臣三千人共为一朋，自古为朋之多且大莫如周，然周用此以兴者，善人虽多而不厌也。

夫兴亡治乱之迹，为人君者可以鉴矣。

【鉴赏】

本文是欧阳修于庆历四年(1044)写给仁宗皇帝的一封奏章。当时，革新派范仲淹、杜衍等提出了一系列改革主张，成为历史上闻名的"庆历新政"。以夏竦、吕夷简为首的保守派被弹劾罢职后，不甘心其政治上的失败，广造舆论，竭力攻击和诽谤范仲淹等引用朋党。其陷害忠贤的险恶用心，深为欧阳修所察觉。在《论杜衍范仲淹等罢政事状》中，欧阳修一针见血地指出："欲广陷良善，不过指为朋党"，"去一善人，而众善人尚在"，"唯指以为党，则可一时尽逐。"为反驳保守派的攻击，辨朋党之诬，欧阳修写了这篇《朋党论》。"修言事一意径行，略不以形迹嫌疑顾避。竦因与其党造为党论，目衍、仲淹及修为党人。修乃作《朋党论》上之。"

此文历来享有盛名，为人称道。它充分体现了欧阳修政论的风格和特点。其中有两个显著特点值得品评：

首先，层层对比，论辩剀切。此文是针对保守派的朋党之诬，“缘事而发”，但作者并不因此而咄咄逼人，空发议论。而是以翔实的论据，透辟的论述，“折之至理，以服人心”（苏轼语）。全文从头到尾运用了对比论证的艺术手法，逐层深入地摆事实、讲道理，以理服人。开头第一句，作者就立即指出“朋党之说，自古有之，惟幸人君辨君子、小人而已”，为全文奠定了对比论证的基调。下文紧紧围绕着君子之朋与小人之朋的区别层层展开：君子以“同道为朋”，小人以“同利为朋”；“小人无朋”，是因其“所好者禄利，所贪者财货”；“君子有朋”是由于君子“所守者道义，所行者忠信，所惜者名节”。小人以利害相交，必然见利忘义，利尽残害。即使暂引以为朋，也是“伪朋”，而君子重“道义”，讲“忠信”，惜“名节”，“以之修身，则同道而相益；以之事国，则同心而共济。”故君子之朋，才能“终始如一”，才是“真朋”。在对比分析的基础上进而归纳出：“为人君者，当退小人之伪朋，用君子之真朋，则天下治矣。”由此，我们不仅可以看到作者逐步深入剖析的思路，并且感受到了对比手法的鲜明的艺术效果。其中，“君子”与“小人”、“同道为朋”与“同利为朋”、“小人无朋”与“君子有朋”、小人之“伪朋”与君子之“真朋”，互相映照，相反相成。使读者“见善足以戒恶，见恶足以思贤”，在审美上产生了相辅相成之效。“以古为镜，可以见兴替”，作者列举了从上古尧、舜之时直至唐之晚年各个朝代盛衰的大量历史事实，紧扣国家兴亡治乱与朋党的密切关系，进行了反复的对比。尧、舜、周武之时，用君子之朋，使天下大治，国家兴旺；而纣、汉献帝、唐昭宗之时，小人擅权，谗害忠贤，结果“皆乱亡其国”。正与反的鲜明对比，无可辩驳地说明了“为人君者”，只有辨君子与小人，亲君子之朋，远小人之朋，才能使天下大治的道理，事与理的融合，起到了令人不得不信服的艺术效果。

其次，多处转折，连用排比，使行文既迂徐有致，又具有气势。面对保守派的诽谤，欧阳修的心情是非常激愤的。字里行间里我们可以感受到一个富有忧患意识的政治家的刚正不阿。同时，从其迂徐有致、从容不迫的婉婉说理中，我们又可以看到欧阳修沉着冷静的大将风度。表现在其语言的运用，句式的选择上，在对比论证中，作者多处采用了转折句式。例如，“臣闻朋党之说，自古有之，惟幸人君辨其君子、小人而已”；“大凡君子与君子以同道为朋，小人与小人以同利为朋，此自然之理也。然臣谓小人无朋，惟君子则有之”；“故臣谓小人无朋，其暂为朋者，伪也，君子则不然”；“夫前世之主，能使人人异心不为朋……然皆乱亡其国”。这一系列转折句式的采用，不仅突出了对比的效果，而且使论述的笔调趋于舒缓，使文章既明白晓畅，又委婉而耐人寻味。同时，此文还多处采用了排比的句式，增加了文章政论的气势。如第四自然段连用五个“莫如”，前三个“莫如”用于排比，句式整齐，铿锵有力；后两个“莫如”则见于散句之中，使句式整齐而富有变化，显示出抑扬顿挫之美。转折句和排比句的交相使用，使句式长短相间，错落有致，行文时徐时疾，张弛有度，充分展现了欧阳修政论的艺术风格。

纵囚论

信义行于君子，而刑戮施于小人。刑入于死者，乃罪大恶极，此又小人之尤甚者也。宁以义死，不苟幸生，而视死如归，此又君子之尤难者也。方唐太宗之六年，录大辟囚三百余人，纵使还家，约其自归以就死。是以君子之难能，期小人之尤者以必能也。其囚及期，而卒自归无后者，是君子之所难，而小人之所易也。此岂近于人情哉？

或曰：“罪大恶极，诚小人矣。及施恩德以临之，可使变而为君子。盖因德入人之深，而移人之速，有如是者矣。”曰：太宗之为此，所以求此名也。然安知夫纵之去也，不意其必来以冀免，所以纵之乎？又安知夫被纵而去也，不意其自归而必获免，所以复来乎？夫意其必来而纵之，是上贼下之情也；意其必免而复来，是下贼上之心也。吾见上下交相贼以成此名也，乌有所谓施恩德与知信义者哉？不然，太宗施德于天下，于兹六年矣，不能使小人不为极恶大罪，而一日之恩，能使视死如归而存信义，此又不通之论也。

然则何为而可？曰：纵而来归，杀之无赦；而又纵之，而又来，则可知为恩德之致尔。然此必无之事也。若夫纵而来归而赦之，可偶一为之尔。若屡为之，则杀人者皆不死，是可为天下之常法乎？不可为常者，其圣人之法乎？是以尧舜三王之治，必本于人情，不立异以为高，不逆情以干誉。

【鉴赏】

欧阳修于康定元年（1040）作此文。是年六月，欧阳修由武成军节度判官召还回京，复任馆阁校勘。"纵囚"事，见《旧唐书·太宗纪》："贞观六年（632）十二月辛未，亲录囚徒，归死罪者二百九十人于家，令明年秋末就刑。其后应期毕至，诏悉原之。"贞观，是唐太宗李世民的年号，所谓"贞观之治"，被赞誉为唐王朝的"太平盛世"，李世民又是个好名之徒，做出"纵囚"事以沽名钓誉是大有可能的，又载于正史，多数人是信以为真的。清人沈德潜说："怨女三千放出宫，死囚四百来归狱，此太宗盛德事。"（见《唐宋八大家古文读本》评语）也有人以为此事不可信，虽出于正史，但明显是史官的溢美之词。因为此事与唐太宗李世民"赦者，小人之幸，君子之不幸也"的观点不吻合。

本文可分三段。第一段，以"人情"立论，可分三层。第一层，首先泛论一般的人之常情，为下文埋下伏笔。"信义行于君子，而刑戮施于小人"，这里的"君子"，指有德之人，"小人"，当指无德之人。死囚，罪大恶极，是小人中的"尤甚者"，而视死如归，又是君子之"尤难者"。两个"尤"字最见功力，与下一层文脉相通。第二层与上层紧相连接，以两方面论证唐太宗纵囚，不近人情：一方面所纵之囚如期归来就死，这是君子难以办到的，而小人却轻易地做到了，这是反常的。另一方面，唐太宗纵三百死囚回家，并约其自归就死，是用君子难以办到的事，要求小人中的"尤甚者"必能办到，这也是反常的。第三层仅就以上两种反常现象，给予反诘："此岂近于人情哉！"答案自然是不近人情的。作者以此对唐太宗纵囚进行否定。第二段，驳斥恩德速化论。可分两层，第一层，用"或曰"提出反面论点：一是施恩德可以使死囚转变为君子，即"恩德感化论"。一是恩德深入人心，可以加速这个转变，即"恩德速化论"。第二层，用"曰"字引出作者欧阳修的批驳来，也相应的分为两个方面：一是驳斥所谓"恩德感化论"，一针见血地指出"太宗之为此，所以求此名也"。接着用两个反问句，表示并没有"施恩德"和"讲信义"，而"见上下交相贼（欺诈，利用）以成此名也"。二是批驳所谓"恩德速化论"，唐太宗在位六年的恩德教化，不能使人不犯死罪，而纵囚一举却使人视死如归，这是压根讲不通的。第三段，勒转于“治必本于人情”断案，可分三层，第一层，用“然则何为而可也？”这一设问开头，下面的答话是第二层。第一种做法，是纵而来归，杀之无赦。当然这是“戏论”，所以马上掉转断明：“然此必无之事也。”另一种办法是，纵而归来后，赦之。这种办法可以“偶一为之”，但不可以作为常法。第三层，以治“本于人情”作结。用“是以”(因此)，总括上文，引出下文的结论来。古之治“必本于人情”，与第一段作为立论的“人情”相呼应。

作者：“曰”的批驳言辞，完全针对“或曰”的内容，有的放矢，箭无虚发，因此笔力雄健深刻。文中多用反问句式，反诘严峻、有力。第一段结尾用反问句“此岂近于人情哉？”使作者想说而未能直说的“此不近人情”自然而明，比直说更有力量。再如第二段的“然安知”句，意为“怎知不是估计到死囚肯定能如期归来，借此希望获得赦免，所以放他们回家呢？”这是根据《旧唐书》记载推断唐太宗纵囚的用心。“又安知”句，意思是“怎知不是估计到被放走后自动回来一定能获得赦免，所以又回来的呢？”这句是推断死囚的心理的。这两句反诘有力而句意良深。第三段的“若屡为之，则杀人者皆不死，是可为天下之常法乎？不可为常法者，其圣人之法乎？”反问句式连用，一再反诘，更为有力。至于第三段开头用“设问句”引出下两个答案来，这种自问自答的方式，也是论说文章时常使用的。另外，本文以“人情”立论，展开议论，又以“人情”作结，首尾照应，结构圆满。

原弊

孟子曰：养生送死，王道之本。管子曰：仓廪实而知礼节。故农者，天下之本也，而王政所由起也，古之为国者未之敢忽。而今为吏者不然，簿书听断而已矣，闻有道农之事，则相与笑之曰：鄙。夫知赋敛移用之为急，不知务农为先者，是未原为政之本末也；知务农而不知节用以爱农，是未尽务农之方也。

古之为政者，上下相移用以济，下之用力者甚勤，上之用物者有节。

民无遗力，国不过费，上爱其下，下给其上，使不相困。三代之法皆如此，而最备于周。周之法曰：井牧其田，十而一之。一夫之力督之必尽其所任，一日之用节之必量其所入，一岁之耕供公与民食，皆出其间而常有余，故三年而余一年之备。今乃不然，耕者不复督其力，用者不复计其出入，一岁之耕供公仅足，而民食不过数月。甚者，场功甫毕，簸糠麸而食秕稗，或采橡实畜菜根以延冬春。夫糠覈橡实，孟子所谓狗彘之食也，而卒岁之民不免食之。不幸一水旱，则相枕为饿殍，此甚可叹也！

夫三代之为国，公卿士庶之禄廪，兵甲车牛之材用，山川宗庙鬼神之供给，未尝缺也，是皆出于农。而民之所耕不过今九州之地也，岁之凶荒，亦时时而有，与今无以异。今固尽有向时之地，而制度无过于三代者；昔者用常有余，而今常不足，何也？其为术相反而然也。昔者知务农又知节用，今以不勤之农，赡无节之用故也。非徒不勤农，又为众弊以耗之；非徒不量民力以为节，又直不量天力之所任也。

何谓众弊？有诱民之弊，有兼并之弊，有力役之弊。请详言之：今坐华屋享美食而无事者，曰浮图之民；仰衣食而养妻子者，曰兵戎之民。此在三代时，南亩之民也。今之议者以浮图并周孔之事曰三教，不可以去；兵戎曰国备，不可以去。浮图不可并周孔，不言而易知，请试言兵戎之事。国家自景德罢兵，三十三岁矣。兵尝经用者，老死今尽；而后来者未尝闻金鼓、识战阵也，生于无事而饱于衣食也，其势不得不骄惰。今卫兵入宿，不自持被而使人持之，禁兵给粮，不自荷而雇人荷之，其骄如此，况肯冒辛苦以战斗乎！前日西边之吏，如高化军、齐宗举两用兵而辄败，此其效也。夫就使兵耐辛苦而能斗战，惟耗农民，为之可也；奈何有为兵之虚名，而其实骄惰无用之人也。

古之凡民长大壮健者皆在南亩，农隙则教之以战。今乃大异，一遇凶岁，则州郡吏以尺度量民之长大而试其壮健者，招之去为禁兵；其次不及尺度而稍怯弱者，籍之以为厢兵。吏招人多者有赏，而民方穷时争投之。故一经凶荒，则所留在南亩者惟老弱也。而吏方曰：不收为兵，则恐为盗。噫！苟知一时之不为盗，而不知其终身骄惰而窃食也。古之长大壮健者任耕，而老弱者游惰；今之长大壮健者游惰，而老弱者留耕也。何相反之甚邪！然民尽力乎南亩者，或不免乎狗彘之食，而一去为僧、兵，则终身安佚而享丰腴，则南亩之民不得不日减也。故曰有诱民之弊者，谓此也。其耗之一端也。

古者计口而受田，家给而人足。井田既坏，而兼并乃兴。今大率一户之田及百倾者，养客数十家，其间用主牛而出己力者，用己牛而事主田以分利者，不过十余户；其余皆出产租而侨居者曰浮客，而有畲田。夫此数十家者，素非富而畜积之家也，其春秋神社婚姻死葬之具，又不幸遇凶荒与公家之事，当其乏时，尝举债于主人而后偿之，息不两倍则三倍。及其成也，出种与税而后分之，偿三倍之息，尽其所得，或不能足。其场功朝毕而暮乏食，则又举之。故冬春举食则指麦于夏而偿，麦偿尽矣，夏秋则指禾于冬而偿也。似此数十家者，常食三倍之物，而一户常尽取百倾之利也。夫主百倾而出税赋者一户，尽力而输一户者数十家也；就使国家有宽徵薄赋之恩，是徒益一家之幸，而数十家者困苦常自如也。故曰有兼并之弊者，谓此也。此亦耗之一端也。

民有幸而不役于人，能有田而自耕者，下自二顷至一顷，皆以等书于籍。而公役之多者为大役，少者为小役，至不胜，则贱卖其田或逃而去。故曰有力役之弊者，谓此也。此亦耗之一端也。

夫此三弊，是其大端。又有奇邪之民，去为浮巧之工；与夫兼并商贾之人，为僭侈之费；又有贪吏之诛求，赋敛之无名，其弊不可以尽举也。既不劝之使勤，又为众弊以耗之。大抵天下中民之士富且贵者，化粗粝为精善，是一人常食五人之食也。为兵者养父母妻子，而计其馈运之费，是一兵常食五农之食也。为僧者养子弟而自丰食，是一僧常食五农之食也。贫民举倍息而食者，是一人常食二人三人之食也。天下几何其不乏也！

何谓不量民力以为节？方今量国用而取之民，未尝量民力而制国用也。古者冢宰制国用，量入以为出，一岁之物三分之一，一以给公上，一以给民食，一以备凶荒。今不先制乎国用，而一切临民而取之。故有支移之赋，有和籴之粟，有入中之粟，有和买之绢，有杂料之物，茶盐山泽之利，有权有征。制而不足，则有司屡变其法，以争毫末之利。用心益劳而益不足者，何也？制不先定而取之无量也。

何谓不量天力之所任？此不知水旱之谓也。夫阴阳在天地间，腾降而相推，不能无愆伏；如人身之有血气，不能无疾病也。故善医者不能使人无疾病，疗之而已；善为政者不能使岁无凶荒，备之而已。尧、汤大圣，不能使无水旱，而能备之者也。古者丰年补救之术，三年耕必留一年之蓄，是凡三岁期一岁以必灾也。此古之善知天者也。今有司之调度，用足一岁而已，是期天岁岁不水旱也。故曰不量天力之所任。是以前二三岁连遭旱蝗，而公私乏食，是期天之无水旱，卒而遇之，无备故也。

夫井田什一之法，不可复用于今。为计者莫若就民而为之制，要在下者尽力而无耗弊，上者量民而用有节，则民与国庶几乎俱富矣。今士大夫方共修太平之基，颇推务本以兴农，故辄原其弊而列之，以俟兴利除害者采于有司也。

【鉴赏】

此文作于景祐三年（1036），作者贬谪夷陵前。《原弊》的“原”，是指推究事物的本源。《吕氏春秋》有《原道》，《淮南子》有《原乱》，韩愈亦有《原道》、《原性》、《原毁》等作。欧阳修处宋王朝内外交困、危机日迫之际，士大夫中的有识之士认识到不改革弊政，不足以图存。欧阳修著《原弊》，旨在分析宋王朝积贫积弱的原因。本文所阐述的“诱民之弊”、“兼并之弊”、“力役之弊”，虽不及其后著《准诏言事上书》所举的“三弊五事”全面深刻，但在当时，这样勇敢揭露时弊、切中要害的作品，是不多见的。本文可视为后来由范仲淹主持而欧阳修积极参加的“庆历新政”的舆论准备。

文章开头引述孟子、管仲之言，提出了“农者，天下之本”为为政之本，“节用以爱农”为务农之方的主张。随即以古之为政为例，阐述了作者的政治理想：“民无遗力，国不过费，上爱其下，下给其上，使不相困。”这正是以农为本，节用爱农的详细体现。通过古之为政与今之为政的一系列具体而生动的对比，作者提出问题：“昔者用常有余，而今常不足，何也？”随即答曰：“其为术相反而然也。”并一针见血地指出：“昔者知务农又知节用，今以不勤之农，赡无节之用故也。非徒不勤农，又为众弊以耗之；非徒不量民力以为节，又直不量天力之所任也。”

从第三自然段起，作者饱蘸笔墨，着力分析“众弊以耗之”、“不量民力以为节”、“不量天力之所任”三个方面的弊端，针砭今之为政不以农为本，节用以爱农。每一个问题都采用了以设问起笔，结尾归纳概括的方法。即使所论述的问题鲜明突出，又使文章脉络分明，表现出文章的逻辑顺序。以作者论析“众弊”为例，先设问：“何为众弊？”随之给予概括回答：“有诱民之弊，有兼并之弊，有力役之弊。”然后就此“三弊”逐一论析。

所谓诱民之弊，即引诱农民脱离农业生产。作者用生动具体的叙述，将“浮图之民”、“兵戎之民”与农民做了鲜明对比：那些和尚、士兵“坐华屋而享美食”，饱食终日，无所事事；士兵骄横拔扈，用兵“辄败”，实为“骄惰无用之人”。于是，“惟耗农民”，强征其从军，农民“穷时争投之”，唯“老弱者留耕”。在揭发事实之后，于结尾归纳议论道：“然民尽力乎南亩者，或不免乎狗彘之食，而一去为僧、兵，则终身安佚而享丰腴，则南亩之民不得不日减也。故曰有诱民之弊者，谓此也。”所谓兼并之弊，即废井田后，土地集中于少数庄户手中，农民租种其田。作者用具体事例，揭露庄主对庄户的高利盘剥，使庄户入不敷出，举债累累。国家征税往往庄主获利，而庄户无利益可言。所谓力役之弊，即各种劳役名目繁多，沉重的劳役使农民不堪忍受。常常全家破产，弃田而逃。作者用简洁概括的语言写道：“公役之多者为大役，少者为小役，至不胜，则贱卖其田或逃而去。故曰有力役之弊者，谓此也。”“力役之弊”使农民或弃田而逃，或终身服役，无法从事农业生产，此为不以农为本之三。

作者把“众弊”解剖为三弊，一一论述，而每一弊中又都运用对比，先叙而后议，有总有分，又从分到总，其结构的精严细密，可见一斑。作者用相同的结构形式在分别论述了“不量民力以为节”及“不量无力之所任”之后，于最后一段提出了解决问题的办法，国之为政应“就民而为之制”，“下者尽力而无耗弊，上者量民而用有节，则民与国庶几乎俱富矣”，与开头呼应，进一步阐发了作者的政治主张：以农为本，节用以爱农。实行“宽简”的政治，休养生息，缓和统治阶级与人民之间的矛盾，改变积贫积弱的局面。

纵观全文，作者围绕中心进行论证，纲举目张，有条不紊，结构严密，形式和谐一致，充分体现了欧文从容不迫、精严缜密的特点。

石曼卿墓表

曼卿讳延年，姓石氏，其上世为幽州人。幽州入于契丹，其祖自成始以其族闲走南归。天子嘉其来，将禄之，不可，乃家于宋州之宋城。父讳补之，官至太常博士。

幽燕俗劲武，而曼卿少亦以气自豪。读书不治章句，独慕古人奇节伟行非常之功，视世俗屑屑无足动其意者。自顾不合于时，乃一混以酒。然好剧饮大醉，颓然自放。由是益与时不合。而人之从其游者，皆知爱曼卿落落可奇，而不知其才之有以用也。年四十八，康定二年二月四日，以太子中允秘阁校理卒于京师。

曼卿少举进士，不中，真宗推恩，三举进士皆补奉职。曼卿初不肯就，张文节公素奇之，谓曰："母老乃择禄耶？"曼卿矍然起就之，迁殿直。久之，改太常寺太祝，知济州金乡县。叹曰："此亦可以为政也。"县有治声，通判乾宁军。丁母永安县君李氏忧，服除，通判永静军。皆有能名。充馆阁校勘，累迁大理寺丞，通判海州。还为校理。

庄献明肃太后临朝，曼卿上书，请还政天子。其后太后崩，范讽以言见幸，引尝言太后事者，遽得显官，欲引曼卿，曼卿固止之，乃已。

自契丹通中国，德明尽有河南而臣属，遂务休兵养息，天下晏然，内外驰武三十余年。曼卿上书言十事，不报，已而元昊反，西方用兵，始思其言，召见。稍用其说，籍河北、河东、陕西之民，得乡兵数十万。曼卿奉使籍兵河东，还称旨，赐绯衣银鱼。天子方思尽其才，而且病矣。既而闻边将有欲以乡兵扞贼者，笑曰："此得吾粗也。夫不教之兵，勇怯相杂，若怯者见敌而动，则勇者亦牵而溃矣。今或不暇教，不若募其教行者，则人人皆胜兵也。"

其视世事，蔑若不足为。及听其施设之方，虽精思深虑，不能过也。状貌伟然，喜酒自豪，若不可绳以法度。退而质其平生趣舍大节，无一悖于理者。遇人无贤愚，皆尽忻灌，及闲而可否天下是非善恶，当其意者无几人。其为文章，劲健称其意气。

有子济、滋。天子闻其丧，官其一子，使禄其家。既卒之三十七日，葬于太清之先茔，其友欧阳修表于其墓曰：

呜呼曼卿！宁自混以为高，不少屈以合世，可谓自重之士矣。士之所负者愈大，则其自顾也愈重，自顾愈重，则其合愈难。然欲与共大事，立奇功，非得难合自重之士，不可为也。古之魁雄之人，未始不负高世之志，故宁或毁身污迹，卒困于无闻。或老且死，而幸一遇，犹克少施于世。若曼卿者，非徒与世难合，而不克所施，亦其不幸不得至乎中寿，其命也夫！其可哀也夫！

【鉴赏】

欧阳修可以被形容为古代全才，政治、学术、文学创作各方面都有所建树。既是著名的诗人、词人，更是杰出的散文作家。在散文方面，写过许多体裁的文章，既有政论文，也有序跋、景物记，还有不少墓志铭、祭文、碑铭和墓表。吴充在《欧阳公行状》中称赞欧阳修是："文备众体，变化开阖，因物命意，各极其工。"确实，欧阳修在写不为世人所注目的祭文和墓表方面，也写得相当出色，比如有名的《泷冈阡表》，对后世就产生过较大的影响。

《石曼卿墓表》，是欧阳修为其诗友石曼卿写的一篇独具风格的墓表。石曼卿，名延年，字曼卿，宋州宋城（今河南商丘县）人。他是北宋时有名的诗人，也是一名善于办理军务，为同行官吏所折服的武官。在北宋苟安屈辱的政策下，石曼卿有才得不到重用，中寿而死。欧阳修深知而且佩服石曼卿的才华，在石曼卿死后，写了《石曼卿墓表》，石曼卿死后二十六年，又写了一篇抒情名著《祭石曼卿文》，来表达作者对石曼卿的尊崇和悼念。

墓表是碑文的一种，是立于死者墓前石碑上的一种文章。《石曼卿墓表》，记录了石曼卿一生最突出的几件事实，写人重视了刻画人物的性格特点，记事则强调了事实的本质意义，把人物个性和事实意义相融合，作者以情纬文，文章写得畅达洒脱，洗练质朴，别具一格。

作者对亡友石曼卿是很是熟悉和了解的。按一般墓表的写法，是先记叙亡人的事迹，在事迹中穿插写人物性格特征。作者在这篇墓表中则一反常规，把人物的性格首先加以刻画。"幽燕俗劲武，而曼卿少亦以气自豪。读书不治章句，独慕古人奇节伟行非常之功，视世俗屑屑无足动其意者。自顾不合于时，乃一混以酒，然好剧饮大醉，颓然自放。由是盖与时不合。"作者区区几语，把一个"不合于时"、"颓然自放"的石曼卿性格跃然纸上。文章中说："而人之从其游者，皆知爱曼卿落落可奇，而不知其才之有以用也。"石曼卿"奇"在哪里，"才"在哪方，作者抓住石曼卿一生这两个特点做文章，选取不同的典型事实和材料，一一举例说明。其一"奇"，对举进士当官不感兴趣。文章对这件事做了形象的描写："曼卿少举进士，不中，真宗推恩，三举进士皆补奉职。曼卿初不肯就，张文节公素奇之，谓曰：'母老乃择禄耶！'曼卿矍然起就之，迁殿直。"一个"不肯就"，一个"矍然起就之"，把石曼卿的为人，描写得栩栩如生。其二"奇"，是敢谏。曼卿做了官，又无所畏惧。“庄献明肃太后临朝，曼卿上书，请还政天子。”对如此关系个人安危的大事，石曼卿不做个人考虑。更为奇者，其三“奇”，具有远见卓识。石曼卿留心边事，主张练兵于平时，防患于未然。据《续通鉴长编》卷百二十七记载，宋仁宗时，石曼卿曾上书建议：“天下不识战三十余年，请选将练兵为二边（北方的契丹，河西的西夏）之备。”如此重要的建议也得不到重用。后来西夏寇边，宋仁宗知道石曼卿说得正确才召见他，采用他的主张，一下就编制了河北、河东、陕西的乡兵数十万。后来，“天子方思尽其才，而且病矣。”有才的石曼卿，一直得不到重视，天子想发挥他的才能时，可惜又晚了。其四“奇”，文章劲健，文如其人。石曼卿仪表英俊，性格豪爽，在各方面都超然出众，他的诗文就像他的为人。作者选用以上四件事实，对石曼卿一生的不凡才能和鲜明个性特征做了叙述和说明。

纵览全文，作者立意的高深，选材的精当，布局的巧妙，描写的生动，确实令人折服。《石曼卿墓表》的高度表达技巧，同《祭石曼卿文》一样，都是具有深远影响的名篇。

画舫斋记

予至滑之三月，即其署东偏之室，治为燕私之居，而名曰画舫斋。斋广一室，其深七室，以户相通，凡入予室者，如入乎舟中。其温室之奥，则穴其上以为明，其虚室之疏以达，则栏槛其两旁以为坐立之倚。凡偃休于吾斋者，又如偃休乎舟中。山石崷崒，佳花美木之植列于两檐之外，又似泛乎中流，而左山右林之相映皆可爱者，故因以舟名焉。

《周易》之象，至于履险蹈难，必曰涉川。盖舟之为物，所以济险难而非安居之用也。今予治斋于署，以为燕安，而反以舟名之，岂不戾哉！况予又尝以罪谪，走江湖间，自汴绝淮，浮于大江，至于巴峡；转而以入于汉沔。计其水行几万余里。其羁穷不幸，而卒遭风波之恐，往往叫号神明以脱须臾之命者，数矣。当其恐时，顾视前后，凡舟之人非为商贾，则必仕宦。因窃自叹，以谓非冒利与不得已者，孰肯至是哉！赖天之惠，全活其生。今得除去宿负，列官于朝，以来是州，饱廪食而安署居。追思曩时山川所历，舟楫之危，蛟鼍之出没，波涛之汹歘，宜其寝惊而梦愕；而乃忘其险阻，犹以舟名其斋。岂真乐于舟居者邪！

然予闻古之人有逃世远去江湖之上，终身而不肯返者，其必有所乐也。苟非冒利于险，有罪而不得已，使顺风恬波，傲然枕席之上，一日而千里，则舟之行岂不乐哉？顾予诚有所未暇；而舫者宴嬉之舟也，姑以名予斋，奚曰曰不宜。

予友蔡君谟善大书，颇怪伟，将乞其大字以题于楹。惧其疑予之所以名斋者，故具以云；又因以置于壁。

壬午十二月十二日书。

【鉴赏】

本文是欧阳修作于庆历二年（1042）年末的一篇抒情性散文。当年三月，契丹威逼北宋朝廷，扬言南下，宰相吕夷简举荐富弼出使契丹议和，欧阳修上书谏阻；五月，又应诏写了《准诏言事上书》，主张改革弊政。在两项建议都没被重视的情况下，欧阳修感到失望和懊丧，请求调任外职，被任命为滑州通判。这篇文章就是他抵达滑州后，借景抒情，托物言志，反映他内心复杂心情的文字记载。这篇散文虽没有像《醉翁亭记》和《秋声赋》那样闻名遐迩、脍炙人口，但也写得情景交融、意境相谐、主旨含蓄、饱含哲理、韵味深醇、耐人寻味，充分反映出了欧阳修散文固有的独特风格。

抒情散文特别注重意境的创造。《画舫斋记》创造的意境，是从写景状物切题的。作者在文章的开头就与标题呼应："予至滑之三月，即其署东偏之室，治为燕私之居，而名曰画舫斋。"欧阳修为何把"燕私之居"取名为"画舫斋"呢？下面对景物就从静和动两方面做了绘形绘色的描写。静写"画舫斋"又分两层："斋广一室，其深七室，以户相通"，进入这斋中，就好像到了船上，这是从房子的外形结构说它像船；"其温室之奥，则穴其上以为明，其虚室之疏以达，则栏槛其两旁以为坐立之倚。"凡是在这斋中休息的人，都觉得如同是在船上休息似的，这是从对房子的感受方面说它像船。文章精巧之处是作者没有停留在静物描写上，而是把笔锋一转，把视线引向房子的四周美景：高峻的山石，美好的花木，排列在两边屋檐外边，如同船在大河中间行走，左右的山岭树木互相映衬。

作者采取以静为动的艺术手法，把读者引入了河中航行的船上。把这样的房屋起名为“画舫斋”，真是太恰当了。但作者的目的不是在此，并不像一般文人墨客寻章摘句，消磨时光。他是想借给房屋的起名来抒发内心的激情，激励自己。因此作者在文章的第三、四段，用了大量的笔墨来抒情言志，反复说明他为何要“以舟名斋”。作者采用从远至近，正反结合的手法论述了自己的观点。首先，他引用《周易》的象辞，说明船这样东西是用来度过危难的，而不是用来安全居住的。这说明“以舟名斋”并不好。既然不好，在官衙中修一间房屋，做休息游玩的场所，为什么用船给它命名呢？这不是不合情理吗？何况想起因罪贬谪，在大风大浪的江湖，奔走一万里，旅途穷困不幸，几遭危难，想起那些危险困难的场景，在睡梦中都惊怕，现在却忘了那些经历，用船来给房间起名，难道真喜欢船上生活吗？作者在第二自然段，把内心的矛盾做了剖析，从表面上看，是谈“以舟名斋”的问题，实质上是流露一生失意的苦闷。“船”成了一种不吉利的象征物。

第二自然段的议论，抒发了作者苦闷心情，反映出作者对“贬谪”的不满。但还未回答出为什么要“以舟名斋”的问题，作者在第三自然段做了解答，用两层意思来说明：其一，“然予闻古之人有逃世远去江湖之上，终身而不肯返者，其必有所乐也”；其二，“苟非冒利于险，有罪而不得已，使顺风恬波，傲然枕席之上，一日而千里，则舟之行岂不乐哉？”有了这两“乐”，一时虽没有闲暇那样漫游，“而舫者宴嬉之舟也，姑以名予斋，奚曰不宜？”作者在这里谈的两种“乐”，都不是现实中的“乐”，只是一种理想，一种追求，而现实中的“江湖”和“舟之行”，带给他的都是不幸和痛楚，这反映了作者复杂的内心世界。文章在第二、三段做了曲折而淋漓尽致的抒情之后，在第四段又回到现实中来，请朋友蔡谟善写大字题在屋柱上，“惧其疑予之所以名斋者，故具以云；又因以置于壁。”使文章首尾照应，结构严谨，不留斧痕之迹。

《画舫斋记》这篇散文，由于作者的思想受着时代的限制，其做法和感受不必效仿，但作者在文章中表现出来的清新、秀美、刚健、婉转的艺术风格，特别是在意境方面表现出来的艺术技巧，是值得我们借鉴和学习的。

王彦章画像记

太师王公，讳彦章，字子明。郓州寿张人也。事梁，为宣义军节度使，以身死国，葬于郑州之管城。晋天福二年，始赠太师。

公在梁以智勇闻。梁、晋之争数百战，其为勇将多矣；而晋人独畏彦章。自乾化后，常与晋战，屡困庄宗于河上。及梁末年，小人赵岩等用事，梁之大臣老将，多以谗不见信，皆怒而有怠心；而梁亦尽失河北，事势已去，诸将多怀顾望。独公奋然自必，不少屈懈，志虽不就，卒死以忠。公既死而梁亦亡矣！悲夫！

五代终始才五十年，而更十有三君，五易国而八姓。士之不幸而出乎其时，能不污其身得全其节者，鲜矣！公本武人，不知书，其语质，平生尝谓人曰："豹死留皮，人死留名。"盖其义勇忠信出于天然而然。予于五代书，窃有善善恶恶之志。至于公传，未尝不感愤叹息，惜乎旧史残略，不能备公之事。

康定元年，予以节度判官来此。求于滑人，得公之孙睿所录家传，颇多于旧史，其记德胜之战尤详。又言：敬翔怒末帝不肯用公，欲自经于帝前；公因用笏画山川，为御史弹而见废。又言：公五子，其二同公死节。此皆旧史无之。又云：公在滑以谗自归于京师，而史云召之。是时，梁兵尽属段凝，京师羸兵不满数千；公得保銮五百人，之郓州，以力寡，败于中都。而史云将五千以往者，亦皆非也。

公之攻德胜也，初受命于帝前，期以三日破敌；梁之将相闻者皆窃笑。及破南城，果三日。是时，庄宗在魏，闻公复用，料公必速攻，自魏驰马来救，已不及矣。庄宗之善料，公之善出奇，何其神哉！今国家罢兵四十年，一旦元昊反，败军杀将，连四五年，而攻守之计，至今未决。予尝独持用奇取胜之议，而叹边将屡失其机。时人闻予说者，或笑以为狂，或忽若不闻，虽予亦惑不能自信。及读公家传，至于德胜之捷，乃知古之名将，必出于奇，然后能胜；然非审于为计者不能出奇，奇在速，速在果，此天下伟男子之所为，非拘牵常算之士可到也。每读其传，未尝不想见其人。

后二年，予复来通判州事。岁之正月，过俗所谓铁枪寺者，又得公画象而拜焉。岁久磨灭，隐隐可见。亟命工完理之，而不敢有加焉，惧失其真也。公尤善用枪，当时号“王铁枪”。公死已百年，至今俗犹以名其寺，童儿牧竖皆知王铁枪之为良将也。一枪之勇，同时岂无？而公独不朽者，岂其忠义之节使然欤？画已百余年矣；完之复可百年，然公之不泯者，不系乎画之存不存也。而予尤区区如此者，盖其希慕之至焉耳。读其书，尚想乎其人；况得拜其像，识其面目，不忍见其坏也。画既完，因书予所得者于后，而归其人，使藏之。

【鉴赏】

本文，作于庆历三年（1043）。王彦章是五代时后梁名将，欧阳修为什么突然想起要给王彦章写篇画像记呢？这是有其政治和军事背景的，就像作者在文章中说的：“今国家罢兵四十年，一旦元昊反，败军杀将，连四五年，而攻守之计，至今未决。”正由于当时这种国情，作者希望通过这篇文章，借表彰王彦章的忠义之节与英勇善战，激励宋朝将领为抵抗西夏而尽忠出力；宣传王彦章出奇制胜的军事思想，制定一条与元昊作战的正确军事方略。这篇文章政治意义很深刻，针对性很强，实际上是革新派忧国忧民，与保守派在军事上的一次论争。

像这种内容的文章，一般是以议论文体出现，提出论点，用事实去进行论证，说服对方。但作者却采用以记人叙事为主，其中夹以议论的记叙文体，这种形象生动、委婉曲折、以情动人的表现手法，其效果更好，这正是作者立意选体，运思谋篇，煞费匠心的地方。这篇文章的主旨不是开宗明义、和盘托出，而是隐藏在中心段落的某一部分，采用逐层推进的办法，像吃甘蔗，一节比一节甜，把一根甘蔗吃完，才尝出甜丝丝的滋味。文章的标题是《王彦章画像记》，所以作者选择的材料都是讲王彦章的事，有史书记载的事实，也有作者从其家传中所获得的新内容，两相映衬，使王彦章的形象更高大更可敬。作者就是采用内容丰富，叙述生动的手法来达到自己的写作目的。

全文共分六个自然段。每段都有其明确的段旨。比如第二自然段，开头第一句话“公在梁以智勇闻”，就是这一段的段旨。王彦章在后梁因“智勇”而闻名的事迹很多，作者只是选择了两个典型材料来说明这个观点。一是“梁、晋之争数百战，其为勇将多矣；而晋人独畏彦章”。选择这个材料才说明王彦章“智勇”，是非常具有说服力的。为了说明王彦章“智勇”的另一个事实是：“及梁末年，小人赵岩等用事；梁之大臣老将，多以谗不见信，皆怒而有怠心，而梁亦尽失河北，事势已去，诸将多怀顾望。独公奋然自必，不少屈懈，志虽不就，卒死以忠。”在大势已去的逆境下，王彦章不动摇，不松劲，仍旧英勇奋战，最后为国尽忠而死。这两个典型材料不仅深刻地说明了“公在梁以智勇闻”的观点，更重要的是想通过王彦章的英勇事迹，激励宋朝的将领，以王彦章为榜样，英勇作战。作者在文章中，虽然没有直接表达，但意图是明显的。

作者揭示文章的主旨是在第五自然段。这一段也有一个明确的段旨，即王彦章作战擅长“速攻”、“以奇取胜”。为了证明这一观点的正确性，作者运用了一个非常生动而最能说明问题的材料，即“公之攻德胜也”这件事实，起初王彦章接受军事命令后立下军令状，说三日就可攻破，梁一些将领听到他的这番话都暗地嘲笑他，后来果然是三天就攻破“南城”。王彦章怎样以奇取胜没有具体介绍，但作者却极其巧妙地从侧面进行了描绘：“是时，庄宗在魏，闻公复用，料公必速攻，自魏驰马来救，已不及矣。庄宗之善料，公之善出奇，何其神哉！”这段话比正面描写王彦章怎样神速，更生动更有说服力。这种材料的运用和安排，正是欧阳修在散文写作方面最高明的地方，挑选最能说明问题的材料，以一当十，恰到好处。这一段，作品并没在王彦章擅长出奇制胜的地方停笔，而是联系当前的国家形势，提出自己的军事思想：学习王彦章用奇取胜的策略，对付元昊。作者在论证自己这一军事思想时，也没有用长篇大论，而是用从王彦章的家传中所获得的事实与结论，驳斥那些“或笑以为狂，或忽若不闻”的宋朝将领。事实胜于雄辩，作者用事实证明观点的写法，是非常生动而有力的。读了这一段，我们才会真正领悟到作者写这篇文章的目的在哪里。

这篇文章写得最有趣最令人回味的，是作者在第五自然段提出文章的主旨后并没突然停笔，而是在末尾一段，自然而然地回到王彦章的画像中来，写自己过了两年复来通判时，如何在铁枪寺见到王彦章的画像，了解到人民群众对王彦章怎样爱戴，自己由此得出的一些联想和议论。作者由读其书想到其人，由其人又想到其画像，由画像又想到其影响，作者这篇文章中表现出来的巧妙构思，擅长运用和安排材料说明观点，极富表情达意的语言，都是值得我们很好学习的。

吉州学记

庆历三年秋，天子开天章阁，召政事之臣八人，问治天下其要有几，施于今者宜何先，使坐而书以对。八人者皆震恐失位，俯伏顿首。言此非愚臣所宜及，惟陛下所欲为，则天下幸甚。于是诏书屡下，劝农桑，责吏课，举贤才。其明年三月，遂诏天下皆立学，置学官之员，然后海隅徼塞，四方万里之外，莫不皆有学。

呜呼盛矣！学校王政之本也！古者致治之盛衰，视其学之兴废。《记》曰："国有学，遂有序，党有庠，家有塾。"此三代极盛之时，大备之制也。宋兴盖八十有四年，而天下之学，始克大立，岂非盛美之事！须其久而后至于大备欤。是以诏天下之日，臣民喜幸，而奔走就事者，以后为羞。其年十月，吉州之学成。州旧有夫子庙，在城之西北。今知州事李侯宽之至也，谋与州人迁而大之，以为学舍。事方上请而诏已下，学遂以成。李侯治吉，敏而有方，其作学也，吉之士，率其私钱一百五十万以助。用人之力，积二万二千工，而人不以为劳。其良材坚甓之用，足二十二万三千五百，而人不以为多。学有堂筵斋讲，有藏书之阁，有宾客之位，有游息之亭，严严翼翼，壮伟闳耀，而人不以为侈。既成而来学者，常三百余人。

予世家于吉，而滥官于朝，进不能赞扬天子之盛美，退不得与诸生揖让乎其中，然予闻教学之法，本于人性，磨揉迁革，使趋于善，其勉于人者勤，其入于人者渐。善教者，以倦之意，须迟久之功。至于礼让兴行，而风俗纯美，然后为学之成。今州县之吏，不得久其职而躬亲于教化也。故李侯之绩，及于学之立，而不及待其成，惟后之人，毋废慢天子之诏，而怠以中止。幸予他日因得归荣故乡，而谒于学门，将见吉之士，皆道德明秀，而可为公卿。问于其俗，而婚丧饮食，皆中礼节。入于其里，而长幼相孝慈于其家。行于其郊，而少者扶其羸老，壮者代其负荷于道路。然后乐学之道成，而得时从先生耆老，席于众宾之后，听乡乐之歌，饮献酬之酒，以诗颂天子太平之功。而周览学舍，思咏李侯之遗爱，不亦美哉！故于其始成也，刻辞于石，而立诸其庑以俟。

【鉴赏】

本文以欣喜之情盛誉吉州办学之德。欧阳修于文中说“予世家于吉”，故他对故乡兴学之事更为欣幸。作者于文中宣扬了立学的主张，他觉得立学之根本是为王政，“学校王政之本也！”自古以来衡量致治盛衰，即以学之兴衰作为标志。比如三代极盛时期，就做到了“国有学，遂有序，党有庠，家有塾”。所以，他赞叹立学是“盛美之事”。读者可以在他的文章中聆听到这样一个重要的道理，一个国家自上而下地重教重学，重视教化，那么一定会改变社会风气，使社会“礼让兴行”、“风俗纯美”，有学识之士“道德明秀”，老百姓“婚丧饮食，皆中礼节”，家庭里尊长爱幼，“长幼相孝慈”，人际间发扬“少者扶其羸老，壮者代其负荷于道路”的互助互爱的美德。他的重学的思想在其他文章中也有散见，如《五代史记·一行传序》中说：“五代之乱极矣……虽曰干戈兴，学校废而礼义衰，风俗隳坏。”在此，他也强调教育与礼义、风俗的密切关系，与本文所宣扬的思想是一致的。从作者所阐述的这些道理来看，其积极意义是很明显的。

欧阳修推崇立学、尊教重道的思想有其积极的审美意义，从内容来看，虽然这种思想的实质具有封建的意识，但就其社会效益，于国于民都是很有利的。作者于文中盛赞朝廷“天下皆立学”的决旨，盛赞吉州办学舍的举动，盛赞吉州州事李侯赞助兴学及吉州百姓鼎力创建学舍的动人事迹，材料翔实，具体而生动。所以此文的内容，能给人以丰富的美育思想。这种美育思想启迪人们重视教育，注重从根本上培养人才，自觉地接受教育，得到美的熏陶，提高并美化人们的精神境界，从而自觉地形成唯美的社会风气。这样的审美意义于历史于今天都是有价值的。欧阳修在文中还有一段很精辟的关于教学的言论，他说：“予闻教学之法，本于人性，磨揉迁革，使趋于善，其勉于人者勤，其入于人者渐。善教者，以倦之意，须迟久之功。至于礼让兴行，而风俗纯美，然后为学之成。”其中的道义，如“磨揉迁革”来提高教学质量；要成为一个“善教者”，就要做到“勉于人者勤”，要具备“以倦之意”的孜孜不倦的“迟久”的精神，这些都是作者宝贵的经验之谈，对办学具有很大的指导意义。

这篇散文写得很集中，具体为题材集中、地点集中、人物集中。题材集中是指作者紧紧围绕“立学”选材，由“天子”下诏“立学”说起，接着“四方万里之外”一呼百应，都“莫不皆有学”，然后再集中挑选吉州办学的人和事迹的材料：题材集中，指作者饱蘸墨汁集中于一个主要方面，内容紧凑不松散；地点集中，指作者于众多的办学地点中挑选了吉州一地做代表，舍弃了其他各地，为了给人留下鲜明、深刻的印象，作者又详写了吉州办学的情形，以致细致地开列资助私钱及耗费人力、物力的详细数字，这些事迹都集中在吉州办学中发生，使人读后感觉真切，有身临其境的感觉；人物集中，指作者选择了吉州知州李侯做典型材料，集中写他热心于办学的精神及慷慨解囊的感人事迹，至于吉州百姓的踊跃响应与积极参与，作者都穿插于叙述中带过。作者把题材、地点、人物集中，使内容精练，主题突出，结构紧凑，详略有致。

本文的表达方式以叙述为主，但行文中穿插议论，比如叙述下诏立学，四方兴学后，作者赞叹道："呜呼盛矣！"可体会到作者的欣喜。又如叙述宋兴八十四年，天下大立学后，作者又赞曰："岂非盛美之事！"这是作者直接表达的赞美之词，可见作者的情绪很高昂。再如作者于文章的后半部说完吉州的纯美风俗后，于文尾又赞曰："周览学舍，思李侯之遗爱，不亦美哉！"这些充满激情的赞叹之语，缭绕于文内，形成亲切和美的"弦音"，给人以舒心愉悦的美感。

丰乐亭记

修既治滁之明年，夏，始饮滁水而甘。问诸滁人，得于州南百步之近。其上丰山耸然而特立，下则幽谷窈然而深藏；中有清泉，滃然而仰出。俯仰左右，顾而乐之。于是疏泉凿石，辟地以为亭，而与滁人往游其间。

滁于五代干戈之际，用武之地也。昔太祖皇帝尝以周师破李景兵十五万于清流山下，生擒其将皇甫晖、姚凤于滁东门之外，遂以平滁。修尝考其山川，按其图记，升高以望清流之关，欲求晖、凤就擒之所，而故老皆无在者。盖天下之平久矣。自唐失其政，海内分裂，豪杰并起而争，所在为敌国者，何可胜数！乃宋受天命，圣人出而四海一。向之凭恃险阻，划削消磨，百年之间，漠然徒见山高而水清。欲问其事，而遗老尽矣。今滁介于江淮之间，舟车商贾、四方宾客之所不至。民生不见外事，而安于畎亩衣食，以乐生送死。而孰知上之功德，休养生息，涵煦百年之深也！

修之来此，乐其地僻而事简，又爱其俗之安闲。既得斯泉于山谷之间，乃日与滁人仰而望山，俯而听泉。掇幽芳而荫乔木，风霜冰雪，刻露清秀，四时之景无不可爱。又幸其民乐其岁物之丰成，而喜与予游也。因为本其山川，道其风俗之美，使民知所以安此丰年之乐者，幸生无事之时也。夫宣上恩德，以与民共乐，刺史之事也。遂书以名其亭焉。庆历丙戌六月日，右正言知制诰知滁州军州事欧阳修记。

【鉴赏】

《丰乐亭记》作于庆历六年（1046），欧阳修四十岁，在滁州任上。庆历五年（1045）春，朝廷大臣范仲淹、韩琦、杜衍、富弼等，因行“新政”触犯保守势力的旧官僚，因此被斥为“朋党”而相继罢去。这时，任河北都转运按察使的欧阳修上书进谏：“夫正士在朝，群邪所忌，谋臣不用，敌国之福也。”（《论杜衍范仲淹等罢政事状》）御史中丞王拱辰等一向忌恨欧阳修，企图加害而未找到把柄，恰巧此时欧阳修的外甥女张氏犯法，修因财产牵连而吃官司，虽经查验无涉，“群邪”仍以此加罪欧阳修，罢免河北都转运按察使，降为知制诰，谪为滁州知州。滁，水名，因水为州，宋代属淮南东路，州治在今安徽省滁州市。丰山，在滁州西南五里，以幽谷中有泉，名幽谷泉，一名紫微泉，泉旁有丰乐亭。欧阳修《与韩忠献王书》中有所描写：“山川穷绝，比乏水泉，昨夏秋之初，偶得一泉于（滁）州城之西南丰山之谷中，水味甘冷，因爱其山势回抱，构小亭于泉侧。”欧阳修这篇《丰乐亭记》，经过苏轼书写，刻石三块，立于泉上（见《金石萃编》）。

本文是欧阳修的一篇着力之作，笔法甚妙，历代文章评点家，多有批注评点，内容甚丰，现就本文笔法，列举于后：

一、逐字点题法。本文第一段开门见山，劈首点题。然而点法出奇，不同寻常，文题“丰乐亭”三字，不是一并点出，而是分开先后，逐一点出：滁水“其上有丰山耸然而特立”，点出“丰”；“俯仰左右，顾而乐之”，点出“乐”。注意，“丰”出于“丰山”之名，“乐”来自丰山美景可乐，皆是由山而得出，此处为末段埋下伏笔。还有个“亭”字，由本段末句“于是疏泉凿石，辟地以为亭，而与滁人往游其间”点出，结束全段。至此文题三字依次被点而出，题意初明。这种笔法奇特而新颖。

二、凌空倒影法。本文第二段并不接写“丰乐亭”，而突兀写出“滁于五代干戈之际，用武之地也”，引出“昔太祖皇帝”(赵匡胤)平定滁州的往事。这里运用了“凌空倒影”的笔法。凌空倒影法的“凌空”，指文句“横空而来，顿开异境”，也指文思“腾空飞跃，兴象超远”。“倒影”是说泉水中的影子是原物颠倒的映像，那样，反接下文。“干戈之际，用武之处”句在内容上与下文相反对，即与下文“反接”。近与下文“天下之平久矣”反接，句义相反；远于本段的末两节：“及宋受天命……而遗老尽矣”和“今滁介于江、淮之间……上之功德休养生息，涵煦百年之深也”反接，语义相反。这种笔法之难不单单在于起笔突兀，顿开异境，而且在于“倒影”于后，即与下文反接，句相接而意相反。如非大手笔，此种笔法是很难驾驭的。

三、烘云托月法。其实这是一种“衬托法”，特别是从反面衬托，作用更加明显。本文一、三段写“丰乐太平”，二段却着力叙写与之相反的“五代干戈”，正是为了烘托“丰乐太平”。

四、小题大做法。从题目上看，本文仅是为一座小亭子作记，但内容却涉及百年治乱进而推及居安思危，可谓大矣。此即所谓“小题大做法”，也叫“见微知著法”，不少文章评点家都论及此，比如，沈德潜说：“记一亭而由唐及宋，上下数百年之治乱，群雄真主之废兴，一一在目，何等识力！中间休养生息一段，见仁宗之滋培元气，养以雨风，子孙不用更张，隐然言外。”(《唐宋八大家古文读本》)李扶九说：“小题大做，唐宋八大家文往往如此，惟欧公更有一种逸致。虽悲歌慷慨，而仍和平雍容，令人爱敬”(《古文笔法百篇》)。

总之，欧阳修以散文见长，是大手笔，本文是他的一篇着力之作，在做法上下了不小功夫，采用多种笔法进行描摹绘制，因而技艺高超。历代文章评点家对此文都很重视，多做评点，从中总结出了多种笔法，由于评点角度不一样，说法也不尽一致，而且某些笔法的名称也不一定确切，但都能言之成理，还是值得我们学习、借鉴的。

醉翁亭记

环滁皆山也。其西南诸峰，林壑尤美。望之蔚然而深秀者，琅琊也。山行六七里，渐闻水声潺潺而泻出于两峰之间者，酿泉也。峰回路转，有亭翼然临于泉上者，醉翁亭也。作亭者谁？山之僧智仙也。名之者谁？太守自谓也。太守与客来饮于此，饮少辄醉，而年又最高，故自号曰醉翁也。醉翁之意不在酒，在乎山水之间也。山水之乐，得之心而寓之酒也。

若夫日出而林霏开，云归而岩穴暝，晦明变化者，山间之朝暮也。野芳发而幽香，佳木秀而繁阴，风霜高洁，水落而石出者，山间之四时也。朝而往，暮而归，四时之景不同，而乐亦无穷也。

至于负者歌于途，行者休于树，前者呼，后者应，伛偻提携，往来而不绝者，滁人游也。临溪而渔，溪深而鱼肥；酿泉为酒，泉香而酒洌；山肴野蔌，杂然而前陈者，太守宴也。宴酣之乐，非丝非竹；射者中，奕者胜，觥筹交错，起坐而喧哗者，众宾欢也。苍颜白发，颓然乎其间者，太守醉也。

已而夕阳在山，人影散乱，太守归而宾客从也。树林阴翳，鸣声上下，游人去而禽鸟乐也。然而禽鸟知山林之乐，而不知人之乐；人知从太守游而乐，而不知太守之乐其乐也。醉能同其乐，醒能述以文者，太守也。太守谓谁？庐陵欧阳修也。

【鉴赏】

本文选自《欧阳文忠公文集》，写于宋仁宗（赵祯）庆历六年（1046）欧阳修被贬为滁州（今安徽省滁州市）太守的第二年。时欧阳修四十岁，正好是壮年，非醉而醉，非翁而翁，醉能荣辱皆忘，翁老而不被朝廷所重用，所以自称“醉翁”，带有官场失意、寄情山水以排遣抑郁的情调，含有讥讽朝廷不识忠奸的意味。有诗佐证：“四十未为老，醉翁偶题篇。醉中遣万物，岂复记吾年。”（欧阳修《题滁州醉翁亭》）

本文的主旨是通过滁州优美山水的描绘，展现一幅“官民同乐”的图画，同时赞美秀丽的山河。滁人是否真“乐”倒不确定，但作者主观上是想“乐民之乐”的。这就从侧面夸张地颂扬了作者自己在滁州的政绩。

作者曾说:“小邦为政,期年粗有所成”(欧阳修《给梅尧臣的信》),“又幸其民乐其岁物之丰成,而喜与予游也”(《丰乐亭记》)。可见这是一篇意在赞扬政绩之文。清人过珙说:“‘醉翁之意不在酒’及‘太守之乐其乐’两段,有无限乐民之乐意,隐见言外。若只识作风月文章,便失千里。”不把本文看作“风月文章”,这是正确的。至于“乐民之乐”,完全是作者主观臆想。他把自己所治理的滁州描写成世外“乐土”,粉饰太平,这也是不言而喻的。

在写法上,全文贯穿一个“乐”字,结构严谨,层次井然,而又变化多端,有如行云流水。文中大量运用骈偶句与散句配合,错落有致,形成似散非散、似骈非骈的文章风格。文中运用“……者……也”句式,共用了二十一个“也”字,使人感觉回环往复,清新别致,造成一种“一唱三叹”的格调。不少句子用“四—六—四”的格式,显示出整齐美和音乐美。例如:

伛偻提携,往来而不绝者,滁人游也。

山肴野蔌,杂然而陈前者,太守宴也。

觥筹交错,起坐而喧哗者,众宾欢也。

苍颜白发,颓然乎其间者,太守醉也。

罗大经在《鹤林玉露》中说:“韩、柳犹用奇字、重字;欧阳只用平常轻虚字,而妙丽古雅,自不可及。”本文“也”字之妙,无与伦比。文中二、三、四段开头用“若夫”、“至于”、“已而”等连词,承上启下地把各段紧密地联系为一个整体,也显出“虚字”运用之妙。

写景与抒情相结合,也是本文的一个特点。写景,从环滁皆山写起,写西南诸峰,写琅琊、写酿泉,最后集中到醉翁亭;抒情,则由滁人乐游写起,再写宾客之乐,最后集中到太守“乐其乐”这个焦点上,作者采取了“由散到聚”的写法。

善用“互文”。互文,就是“互文见义”,是一种利用上下文的互相补充、照应而使文意完备并取得修辞效果的表达手段。例如,“负者歌于途,行者休于树”,上下两句互文;再如,“酿泉为酒,泉香而酒洌”。“泉”与“酒”互文,“香”与“洌”互文,义为“泉水和酒都是又香又清凉的”,同时,在音韵上看,“泉香”声调是“平平”,“酒洌”声调是“仄仄”,平仄相对,读起来朗朗上口,具有音韵美。

精思细致，字斟句酌，是欧阳修创作的突出特点。例如，“有亭翼然”，“翼”本是名词，指鸟的翅膀，在这里形容亭的样子（内含比喻），生动形象；“泻出于两峰之间”，“泻”，描绘出一幅飞流直下的动态画面。首句“环滁皆山也”是经过锤炼的句子。《朱子大全》卷一三九：“欧阳公亦多是修改到妙处。顷有人买得他《醉翁亭记》稿，初说‘滁州四面有山’，凡数十字。末后改定，只有‘环滁皆山也’五字而已。”足见欧阳文的修改之功。其实“环滁”并非“皆山”，只有西南有山，何绍基曾经说：“如何陵谷多变迁，今日环滁竟少山。”（《东洲草堂诗钞》）并非“陵谷”变迁，而是欧阳公运用了夸张虚写的手法。

菱溪石记

菱溪之石有六，其四为人取去；其一差小而尤奇，亦藏民家；其最大者，偃然僵卧于溪侧，从其难徙，故得独存。每岁寒霜落，水涸而石出，溪旁人见其可怪，往往祀以为神。

菱溪，按图与经皆不载。唐会昌中，刺史李为《荇溪记》，云水出永阳岭，西经皇道山下。以地求之，今无所谓荇溪者。询于滁州人，曰此溪是也。杨行密有淮南，淮人为讳其嫌名，以荇为菱，理或然也。

溪旁若有遗址，云故将刘金之宅，石即刘氏之物也。金，伪吴时贵将，与行密俱起合淝，号三十六英雄，金其一也。金本武夫悍卒，而乃能知爱赏奇异，为儿女子之好，岂非遭逢乱世，功成志得，骄于富贵之佚欲而然邪？想其陂池台榭、奇木异草与此石称，亦一时之盛哉！今刘氏之后散为编民，尚有居溪旁者。

予感夫人物之废兴，惜其可爱而弃也，乃以三牛曳置幽谷；又索其小者，得于白塔民朱氏，遂立于亭之南北。亭负城而近，以为滁人岁时嬉游之好。

夫物之奇者，弃没于幽远则可惜，置之耳目则爱者不免取之而去。嗟夫！刘金者虽不足道，然亦可谓雄勇之士，其平生志意，岂不伟哉。及其后世，荒堙零落，至于子孙泯没而无闻，况欲长有此石乎？用此可为富贵者之戒。而好奇之士闻此石者，可以一赏而足，何必取而去也哉！

【鉴赏】

本文作于庆历六年(1046),与《丰乐亭记》、《醉翁亭记》等同时。时欧阳修贬官滁州,庆历新政的失败,使欧阳修受到很大的打击。其忧国忧民,希望国富民强的初衷虽未改变,但锐气在减。此时的文章绰厉风发、慷慨激昂的文字已经很少见,而代之以写景状物、记事抒怀之作。《菱溪石记》即是这一时期有代表性的作品之一。

《菱溪石记》是一篇记事散文。作者以石为题,记事感物,文简而意深。不愧为一篇平中见奇、浅中见深之作。

本文前半部分着重叙述石的来历及菱溪的沿革。菱溪石是太湖石一类的观赏石。不是滁州所产。作者曾在《菱溪大石》七言律诗里详述其貌。据诗,菱溪石绀碧色,多孔窍,莹洁如玉,嶙峋奇特,有很高的观赏价值。本文开篇点题,交代菱溪石的处所、环境,以"溪旁人见其可怪,常常祀以为神"来突出石之"奇"。然后追溯其源,石的处所原为五代时权贵刘金的园囿。刘金为吴国杨行密的部将,以骁勇知名。其视菱溪石为奇物,据为己有。岁久废圮,石亦湮没。作者"惜其可爱而弃",遂辇致于丰乐亭两侧,供滁州百姓观赏。

一石一事,平平常常。然而作者的高明之处就在于其笔触并不停止在对菱溪石客观的、表象的记叙上,而是以"人物之废兴"为契机,由此挖掘出富有深刻思想意义的内涵。昔日刘宅"陂池台榭、奇木异草与此石称,亦一时之盛哉",如今时过境迁,"及其后世,荒堙零落,至于子孙泯灭而无闻"。作者于今与昔的强烈对比中,发出富有警策性的告诫:"嗟夫!刘金者虽不足道,然亦可谓雄勇之士,其平生志意,岂不伟哉。及其后世,荒堙零落,至于子孙泯没而无闻,况欲长有此石乎?用此可为富贵者之戒。"最后一段议论卒章显志,表明了写记的目的,是希望"富贵者"不要因好奇而将石据为已有,其用意是有些颇为深切的。由于那些"富贵者"骄奢淫逸、横征暴敛,致民穷财尽、国势日衰。欧阳修忧心如焚,寄希望于革新。庆历新政的失败,使作者的抱负无以实现,虽然贬官滁州,但并非饱食终日无所用心,而是提出为政"宽简"的主张。强调民生之安定,"节用以爱农",以此缓解统治阶级与人民之间的矛盾。本文于一石一事所发的议论,正好是作者这一政治主张的具体体现。

清刘大櫆在《论文偶记》中写道:"理不可以直指也,故即物以明理;

情不可以显出也，故即事以寓情。”欧阳修以石为题，通过由此及彼的联想、对比，于平凡小事中，挖掘出治国为政、以民为本的深刻道理，可谓于微见著、平中见奇。

作者这一深刻主旨的表达，不以深隐为奇，而是写得浅显平易，“文不雕饰，而辞切意明”。充分体现了欧阳修的散文既明白晓畅，又精练含蓄、耐人寻味的艺术风格。

岘山亭记

岘山临汉上，望之隐然，盖诸山之小者，而其名特著于荆州者，岂非以其人哉！其人谓谁？羊祜叔子、杜预元凯是已。

方晋与吴以兵争，常倚荆州以为重，而二子相继于此，遂以平吴，而成晋业，其功业已盖于当世矣。至于风流余韵，蔼然被于江、汉之间者，至今人犹思之，而于思叔子也尤深。盖元凯以其功，而叔子以其仁，二子所为虽不同，然皆足以垂于不朽。

余颇疑其反自汲汲于后世之名者，何哉？《传》言叔子尝登兹山，慨然语其属，以谓此山常在，而前世之士，皆已湮灭于无闻，因自顾而悲伤。然独不知此山待己而名著也。元凯铭功于二石，一置兹山之上，一投汉水之渊。是知陵谷有变，而不知石有时而磨灭也。岂皆自喜其名之甚，而过为无穷之虑欤？将自待者厚，而所思者远欤？

山故有亭，世传以为叔子之所游止也。故其屡废而复兴者，由后者慕其名而思其人者多也。熙宁元年，余友史君中辉，以光禄卿来守襄阳。明年，因亭之旧，广而新之，既周以回廊之壮，又大其后轩，使与亭相称。君知名当世，所至有声，襄人安其政，而乐从其游也。因以君之官，名其后轩，为光禄堂；又欲纪其事于石，以与叔子、元凯之名并传于久远。君皆不能止也，乃来以记属于余。

余谓君之慕叔子之风，而袭其遗迹，则其为人与其志之所存者，可知矣。襄人爱君而安乐之如此，则君之为政于襄者又可知矣。此襄人之所欲书也。若其左右山川之胜势，与夫草木烟云之杳霭，出没于空旷有无之间，而可以备诗人之登高、写《离骚》之极目者，宜其览者自得之。至于亭屡废兴，或自有记，或不必究其详者，皆不复道也。

熙宁三年十月二十有二日，六一居士欧阳修记。

【鉴赏】

岘山，在湖北襄阳城南七里，汉江西岸边。山为小山，因晋代羊祜，杜预登临而闻名。山上有亭，是后人思念羊祜而建的。熙宁元年（1068），欧阳修的朋友史中辉任襄阳知府，见亭之破旧而加以修复，扩大旧制。襄阳百姓又把史中辉的官职（光禄卿）命名新修的后轩为光禄堂。欧阳修应史中辉之请写了这篇文章。文中写了山、亭、堂，又写了羊、杜、史三个人物。内容多头绪繁，如果组织不好，一定会杂乱无章。但是我们读这篇文章，觉得言而有序、井井有条。之所以如此，主要是作者构思精巧，文章脉络清晰。脉络是贯穿全文的枢纽，是作者思路在行文中的体现，它能把散碎的材料组成一个有机的整体。这篇文章的脉络是一个“名”字，围绕“名”字，层层铺叙，走笔行文，缭绕盘施，曲尽其意。文章起笔写山，开门见山：“岘山临汉上，望之隐然，盖诸山之小者。而其名特著于荆州者，岂非以其人哉。”突出山之小和山之名，小而其名著名，是因人而有名。由山之名，引出羊、杜二人，叙写二人之“名”。羊祜（字叔子），晋武帝时，任都督荆州诸军事驻襄阳，与东吴陆抗对峙，彼此不相侵扰。羊祜死时举杜预代理自己。杜预（字元凯）继任后，平定了东吴。二人“功烈已盖于当世”，可见其名重一时。“至于风流余韵，蔼然被于江汉之间者，至今人犹思之，而于思叔子也尤深”。又提出一“思”字，烘托其“名”，因为“名”，才能引发后人思念。思之尤深，说明其“名”尤高。为何思叔子尤深呢？“盖元凯以其功，而叔子以其仁，二子所为虽不同，然皆足以垂于不巧。”杜预最后平定东吴，因其功劳而有“名”，叔子以其仁德而有“名”。“祜率营兵出镇南夏，开设庠序（学校），绥怀远近，甚得江汉之心”（《晋书·羊祜传》），所以其民思之尤深。但不管是杜预还是叔子，“足以垂于不朽”。说明二人功大、德高、名重。“余颇疑其反自汲汲于后世之名者，何哉？”一句承上启下，接写二人对“名”的过分追求。“传言叔子尝登兹山，慨然语其属，以为此山常在，而前世之士皆已湮灭于无闻，因自顾而悲伤，然不知兹山待己而名著也。”这是写羊祜的好“名”。生前之名已得，身后之名是否能保，为此未免悲伤。（《羊祜传》）邹湛言之不虚，岘山确因羊叔子而著名，“江山留胜迹，我辈复登临”、“羊公碑尚在，读罢泪沾襟”（孟浩然《与诸子登岘山》），羊子之名同岘山，永存天地之间。“元凯铭功于石，一置此山之上，一投汉水之渊。是知陵谷有变而不知石有时而磨灭也。岂皆自喜其名之甚而过为无穷之虑欤？将自待者而所思者远欤？”这是写杜预的好“名”。《晋书·杜预传》记：“预好为后世名，常言高岸为谷，深谷为陵。刻石为二碑，纪其功勋，一沉万山之下，一立岘山之上。”作者盛赞二人的功德，但对其好“名”，也不没有讥讽之意。

题为《岘山亭记》，亭在岘山，记亭必先记山。记山之后，接着记亭。“山故有亭，世传以为叔子之所游止也。故其屡废而复兴者，由后世慕其名而思其人者多也。”亭，是襄阳百姓为羊祜建的，记亭必记羊祜，但羊祜之德和名，记山时已经详述，因此记亭时从略，只是以思念之人多，写其“名”之高。接下来就很快转到写史中辉，“因亭之旧，广而新之，既周以回廊之壮，又大其后轩，使与亭相称。君知名当世，所至有声，襄人安其政而乐其从游也。因以君之官，名其后轩为光禄堂。”由亭又写到堂，讲述史中辉政通民乐，“知名当世”。由羊祜、杜预之“名”，转到写史中辉之“名”。“余谓君知慕叔子之风，而袭其遗迹，则其为人与其志之所存者，可知矣。襄人爱君而安乐之如此，则君之为政于襄者，又可知矣。此襄人之所欲书也。”以推理的语气，用两个“可知”，进一步赞扬史中辉的政绩。政绩卓越，自然是“知名当世”了。作者就是这样以“名”作为记叙线索，左右逢源，从容运笔，把山、亭、堂和羊、杜、史三个人物连缀在一起，使全文构成了一个有机的整体。

文章结尾，写到岘山的自然风景，作者一笔带过，觉得“宜其览者自得之”。岘山的风景、前人已多有描写：“岘山江岸曲，郢水郭门前。……亭楼明落照，井邑秀通川。涧竹生幽兴，林风入管弦。”（孟浩然）人之所详，我则略之。作者如此写，可谓善于剪裁，使文章别具一格。

伐树记

署之东园，久茀不治。修至始辟之，粪瘠溉枯，为蔬圃十数畦，又植花果桐竹凡百本。春阳既浮，萌者将动。园之守启曰：“园有樗焉，其根壮而叶大。根壮则梗地脉，耗阳气，而新植者不得滋；叶大则阴翳蒙碍，而新植者不得畅以茂。又其材拳曲臃肿，疏轻而不坚，不足养，是宜伐。”因尽薪之。明日，圃之守又曰：“圃之南有杏焉，凡其根庇之广可六七尺，其下之地最壤腴。以杏故，特不得蔬，是亦宜薪。”修曰：“噫，今杏方春且华，将待其实，若独不能损数畦之广为杏地耶？”因勿伐。

既而悟且叹曰：“吁！庄周之说曰：樗、栎以不材终其天年，桂、漆以有用而见伤夭。今樗诚不材矣，然一旦悉剪弃；杏之体最坚密美泽可用，反见存。岂才不才各遭其时之可否耶？”

他日，客有过修者。仆夫曳薪过堂下，因指而语客以所疑。客曰：“是何怪耶？夫以无用处无用，庄周之贵也。以无用而贼有用，乌能免哉？彼杏之有华实也，以有生之具而庇其根，幸矣！若桂、漆之不能逃乎斤斧者，盖有利之者在死，势不得以生也。与乎杏实异矣。今樗之臃肿不材，而以壮大害物，其见伐诚宜尔。与夫才者死不才者生之说，又异矣。凡物幸之与不幸，视其处之而已。”客既去，修然其言而记之。

【鉴赏】

这篇文章写于天圣九年（1031）。当时，作者欧阳修赴任西京留守推官刚抵西京（今洛阳），时年正值作者初涉仕途，正欲准备于民于社会有所作为之时。

本文是一篇寓言性的哲理文章。在文中，作者借喻府第园内由作者亲自种植的树木——臭椿树、杏树、桂树、漆树等的不同遭遇，道出了作者对世上物类存在的一种看法，即万物之所以有不同的境遇，它们的生死别离、悲欢离合，它们的幸与不幸，都是由客观环境所决定的，且都受到主观意志的制约。文章从他自身的角度强调，为生一世应多做对社会有益无害的事情，只有这样才能立足在世上。这些都直接反映出作者当时对社会存在的认识和看法。

全文分为三个自然段。

第一段，开首“署之东园，久不治”，说出了背景。官衙的东园，已是杂草丛生，很久没有清除了。这里也意指主人已经去了很久了。接着，作者写道，从我来之后，开辟这园中贫瘠干涸的土地，给它施粪灌水，分理出十多垅菜地，又栽种了百多株花树、果树、桐树、竹子等。“春阳既浮，萌者将动。”春天到了，阳气上升，草木萌芽了。管理菜园的人来报告说，园内有棵臭椿树（樗），它根粗叶大。根粗就梗塞了地下的通道，消耗了阳气，使得周围新种的花木不能滋长；叶大就遮蔽了阳光，阻碍雨露，使得新种的花木不能够伸展繁茂。况且这种树也不能成材，它树干弯曲、疏松轻浮、不坚实。于是乎守园人建议对这种树“不足养”，便将所有臭椿树砍作了烧柴。第二天，守园人又报告说菜园南部有棵杏树，它的根和枝叶占据面积太大，有方圆六七尺。树下的土地太肥沃，只因这棵杏树的原因而不能种菜。因此，这棵杏树也应砍掉才是。作者听后对守园人说，现时正值春天，杏树将要开花，花落既可结果，还是不要为了几垅菜地而毁掉这棵杏树吧！这样杏树就被保存了下来。

第二段，作者由上述的两件事中引发了感叹，“岂才不才各遭其时之可否耶？”难道说，有才与无才的物类，由于各自碰上的时代不一样而有幸或不幸吗？庄周（庄子）曾经说过：臭椿树和榨树因为不能成才而保全下来，尽享了它们的自然年华；而桂树和漆树却因是有用之材而遭砍伐，使其自然年华夭折于半途。如今这棵臭椿树是不成材的，却一下子被连根除掉，而杏树的木质坚实致密、美观光泽，反而被保存了下来。这庄周言下的树木之遭遇与本文作者所叙述的树木之境遇是这样不同，令人颇有疑惑不解之处呀！

第三段，后来一位客人造访作者时，作者对其道出了心中的疑惑，这位客人听后说，这有何可奇怪的呢？庄周所说，是指的那些自身无用而又处在无用的地方（与世无争）的物类，它们有幸能够保全自己。如果自身无用却又去妨碍有用的东西，则是不能幸免于难的。杏树能够开花结果，是有益于生活的，凭此保存住自己的根本也是万幸。至于桂树、漆树不能逃脱刀斧砍削的原因，是因为有人要取材获利而已。跟杏树相比，所不同的是形势使它们不能生存下去了。现在臭椿树被砍掉了，它不成材且又根壮叶大妨碍作物，砍掉它是合适的。这与有才能的反而死掉，没才能的反而生存下来的说法是不一样的。总之，“凡物幸之与不幸，视其处之而已”。就是说物类的命运，取决于环境对它们的取舍和需要。

全文深入浅出，言简而意赅。文中讲的虽只是几种树木在不同的环境需求下不同的命运和大相径庭的结局，说出了社会和生活中存在的机理。作者在这里借喻对这生存机理的疑惑，画龙点睛，说明了一条有意义的哲理，即不管是客观物质也罢，人生在世也罢，都应多多为环境的发展和人类社会做出有意义的贡献，不然是难以存在下去的。

作者在文中通过几次问答来反映自身的思辨过程，增强了整个文章的形象性、生动性和感染力。

养鱼记

折檐之前有隙地，方四五丈，直对非非堂。修竹环绕荫映，未尝植物。因洿以为池，不方不圆，任其地形；不甃不筑，全其自然。纵锸以浚之，汲井以盈之。湛乎汪洋，晶乎清明。微风而波，无波而平。若星若月，精彩下入。予偃息其上，潜形于毫芒，循漪沿岸，渺然有江湖千里之想。斯足以舒忧隘而娱穷独也。

乃求渔者之罟，市数十鱼，童子养之乎其中，童子以为斗斛之水不能广其容，盖活其小者而弃其大者。怪而问之，且以是对。嗟乎，其童子无乃嚚昏而无识矣乎？予观巨鱼枯涸在旁，不得其所，而群小鱼游戏乎浅狭之间，有若自足焉。感之而作《养鱼记》。

【鉴赏】

本文是一篇寓言性小品，大约作于明道元年(1032)。当时正逢章宪太后垂帘听政，幸臣、宦官用事，使不少正直有为人士不能得到任用，无以施展其才干，作者便是其中的一员。本文正是在这种背景下，表达了作者对当时社会的深切忧虑和悲哀。

全文共分为两个自然段。

第一段，“折檐之前有隙地，方四五丈，直对非非堂”。这里的“折檐”是指曲折的走廊。“隙地”即空地。“非非堂”是作者于明道元年在河南府官衙西边所建的一间书室，并作有《非非堂记》一文。官府四廊前面有一块空地，四五丈见方，正对着非非堂。作者交代了背景和地处位置，然后笔锋指处，写出了周围之环境。“修竹环绕荫映，未尝植物”。这块地方尽被修竹所环绕遮蔽，没有栽种其他的植物。于是，作者就在这块地方靠着原来的洼地做起了一个池塘，他对这个池塘不做任何的人为改变，既不加方，也不加圆，完全依据原来的地形。且既不用砖砌，也没有筑堤岸，“全其自然”。只是用锹下挖将其加深，然后汲来井水将其灌满。这样看去池塘便显得很宽很深，清澈闪光。“微风而波，无波而平。若星若月，精彩下入。”微风泛起波纹，无风时波平如镜。星光月影映入水中，光彩入目直透塘底，一片宜人美景。接着作者写道：“予偃息其上，潜形于毫芒，循漪沿岸，渺然有江湖千里之想。”在塘边休息，身影照在水中，连毛发都能看清，足见其清澈。顺着水池散步，微波荡漾，好像处在广阔千里的江湖，此情此景真是令人心旷神怡。至此，作者突然把笔端转向了自身，他百感交集，面对池塘，尽情发散着内心的忧郁不畅，以求得慰于自己这个身处逆境而又严于律己的人——“斯足以舒忧隘而娱穷独也”。

第二段，作者借叙养鱼之道，表达了对当时社会奸人当道，正直的能人受欺的愤愤不平之情。作者向打鱼人买下了几十条活鱼，叫书童把这些鱼养在池塘中。书童觉得池内水太少且又无法增大容量，于是把小鱼放养在池中，把大鱼抛在池边。作者很是奇怪，便问书童，这是什么原因？书童把全部想法对他讲了。作者听后叹道：“嗟乎，其童子无乃嚚昏而无识矣乎？”这个书童不是愚顽糊涂太缺乏见识了吗？一群小鱼在那又浅又窄的池塘中游戏，而那些大鱼却被丢在了池塘外边挨渴受困，得不到安身之地方。大鱼在忍受煎熬，小鱼在池中得意，真是太不合理了！这里作者记下了这耳闻目睹的感受，发出了对世间的悲叹！

全文写得委婉曲折，前半篇写景写物楚楚动人，让人读后心情旷达。这也正是为了衬托出后文所写的“斗斛之水不能广其容”、“巨鱼枯涸在旁”所唤出的不平。它告诉人们，世间本是美好的，大自然的千姿百态是多么的令人神往。不过当时社会腐败无能，终因小人得势。而能人不得其用所不能改变之。这里作者记叙的是生活中的一件小事，但其中寓意的却是作者发出的对当时社会的深切哀痛。

文章不长，短小精悍。写景写情，触景生情。语言简洁而明快，文笔流畅而潇洒，是一篇精彩的佳作。

书梅圣俞稿后

凡乐，达天地之和，而与人之气相接，故其疾徐奋动可以感于心，欢欣恻怆可以察于声。五声单出于金石，不能自和也，而工者和之。然抱其器，知其声，节其廉肉而调其律吕，如此者工之善也。

今指其器以问于工曰：彼簨者、簴者、堵而编、执而列者，何也？彼必曰：鼗鼓、钟磬、丝管、干戚也。又语其声以问之曰：彼清者、浊者、刚而奋、柔而曼衍者，或在郊、或在庙堂之下而罗者，何也？彼必曰：八音、五声、六代之曲，上者歌而下者舞也。其声器名物皆可以数而对也。然至乎动荡血脉，流通精神，使人可以喜，可以悲，或歌或泣，不知手足鼓舞之所然。问其何以感之者，则虽有善工，犹不知其所以然焉。盖不可得而言也。

乐之道深矣。故工之善者，必得于心，应于手，而不可述之言也。听之善，亦必得于心而会于意，不可得而言也。尧、舜之时，夔得之，以和人神、舞百兽。三代、春秋之际，师襄、师旷、州鸠之徒得之，为乐官，理国家、知兴亡。周衰官失，乐器沦亡，散之河海，逾千百岁间，未闻有得之者。其天地人之和气相接者，既不得泄于金石，疑其遂独钟于人。故其人之得者，虽不可和于乐，尚能歌之为诗。

古者登歌清庙，大师掌之，而诸侯之国亦各有诗，以道其风土性情。至于投壶、飨射，必使工歌，以达其意，而为宾乐。盖诗者，乐之苗裔与。汉之苏、李，魏之曹、刘得其正始；宋、齐而下，得其浮淫流佚；唐之时，子昂、李、杜、沈、宋、王维之徒，或得其淳古淡泊之声，或得其舒和高畅之节，而孟郊、贾岛之徒，又得其悲愁郁堙之气。由是而下，得者时有而不纯焉。

今圣俞亦得之。然其体长于本人情，状风物，英华雅正，变态百出，哆兮其似春，凄兮其如秋；使人读之，可以喜，可以悲，陶畅酣适，不知手足之将鼓舞也。斯固得深者邪！其感人之至，所谓与乐同其苗裔者邪！余尝问诗于圣俞，其声律之高下，文语之疵病，可以指而告余也；至其心之得者，不可以言而告也，余亦将以心得意会，而未能至之者也。

圣俞久在洛中，其诗亦往往人皆有之。今将告归，余因求其稿而写之。然夫前所谓心之所得者，如伯牙鼓琴、子期听之，不相语而意相知也。余今得圣俞之稿，犹伯牙之琴弦乎。

【鉴赏】

本篇作于宋仁宗明道元年（1032），是欧阳修得到梅尧臣的一部分诗稿后所发的感慨。梅圣俞，名尧臣，他和苏舜钦都是欧阳修的诗友，一起与宋初泛滥一时的浮靡的西昆诗风斗争，并取得了胜利。梅圣俞的诗尤其取得了极高的成就，欧阳修十分推崇他。南宋时陆游也曾称梅尧臣为唐代李白、杜甫后的第一位作者。刘克庄在《后村诗话》中更是推梅为宋诗的“开山祖师”。

文章的开头是先从音乐谈起的。古代把礼、乐、刑、政都看作为统治手段，以为乐是圣人效法风雨雷霆、四时寒暖等天地之气而作，并用来影响人的思想感情的。《史记·乐书》中就说：“乐者，天地之和也。”所以欧阳修论道，音乐是连接天地之气，而且与人之气相接，所以乐声的快、慢、激昂、振动都可以感化人的心灵，而人的欢快、悲伤也都可以从乐声中体察出来。

第二小节主要讲述了音乐与人的情感的关系，音乐的社会功能，并且着重强调了要想掌握音乐是不容易的，而要真正理解它就更困难了。音乐有一种为寻常人所不能及的、只可意会不可言传的奥秘。

第三小节作者进一步强调了音乐的深奥及其社会功能，并重点指出了音乐与诗歌的联系。作者说，音乐的道理是很深奥的。优秀的乐工能操作自由、心领神会，但是却不能用语言表达出来。善于听音乐的人也是只能心领神会，也不能用语言表达出来。作者在此处讲清了诗与音乐的关系，即音乐失传后，随音乐而出现的诗的地位便显得尤其重要和突出，诗便继承了音乐的功能，来表达天、地、人之间的贯通之气，影响着人的情感。文章至此也便从论述音乐转为开始论述诗了。

文章的最后，作者紧扣题目，把评述的重点落实到赞誉梅尧臣的诗上。欧阳修说，现在够“本人情，状风物，英华雅正，变态百出，哆（宽和的样子）兮其似春，凄兮其如秋；使人读之，可以喜，可以悲，陶畅酣适，不知手足之将鼓舞也”。梅诗的这种强烈的感染力“可谓与乐同其苗裔者邪！”即和音乐是一脉相承，具有相同的效果。伯牙鼓琴，志在高山，钟子期曰:“善哉，峨峨兮若泰山。志在流水，曰：善哉，洋洋乎若江河。伯牙所念，于期必得之。”作者用这个典故，既是赞赏梅诗的成就，又是阐明自己对梅诗的深刻理解。这正如作者在《水谷夜行》一诗中所说:“梅穷独我知，古货今难卖。”所以，在文章最后欧阳修写道:“余今得圣俞之稿，犹伯牙之琴弦乎。”

欧阳修的许多文章如《廖氏文集序》、《梅圣俞诗集序》、《送徐无党南归序》等，其开头都并不直接入题，而是先论述自己的某一观点，然后由对这一观点的层层深入的论述，一步步转入自己所要说的中心问题上来。文章在赞赏梅诗时，还把梅诗和音乐贯穿在一起。梅诗与音乐是继承关系，“与乐同其苗裔者邪！”梅诗与音乐具有一样的作用，梅诗与音乐相同的深奥，音乐是善工者能“必得于心，应于手，而不可述之言也”。善听者“亦必得于心而会于意，不可得而言也”。梅诗也是工者“其声律之高下，文语之疵病，可以指而告余也；至其心之得者，不可以言而告也”，听者“亦将以心得意会”。这样全文在结构上前后呼应，在内容上也把前后融为一体，使对音乐的论述完全为对梅诗的论述服务，突出了梅诗所取得的巨大的、常人所不能及的成就。

梅诗是宋代诗文革新运动的重要力量，它的成就，就是诗文革新运动的成就。所以这篇文章在当时与西昆派的斗争中，起了很大的战斗作用。

题青州山斋

吾常喜诵常建诗云:“竹径通幽处，禅房花木深。”欲效其语作一联，久不可得，乃知造意者为难工也。晚来青州，始得山斋宴息。因谓不意平生想见而不能道以言者，乃为己有。于是益欲希仿佛，竟尔莫获一言。夫前人为开其端而物景又在其目，然不得自称其怀，岂人才有限而不可强？将吾老矣，文思之衰邪？兹为终身之恨尔！

熙宁庚戌促夏月望日题。

【鉴赏】

青州，宋代州治(今山东益都县)。山斋，指欧阳修的书房。这篇短文是作者在熙宁三年（1070）任青州知州时写的一则有关自己创作经验的体会。时年作者已六十四岁。

作者谈自己创作经验的体会是先由读唐代诗人常建的诗《题破山寺后禅院》说起的。这首诗是："清晨入古寺，初日照高林。竹径通幽处，禅房花木深。山光悦鸟性，潭影空人心。万籁此俱寂，但闻钟磬声。"

诗中，常建采用以静显静、以声显静的表现手法，不仅形象地描绘了山寺幽深寂静的景色，而且还表现出作者精神上的纯净怡悦，很有摆脱一切领悟到空门禅悦的奥妙，可谓是意境幽深、寓意含蓄。欧阳修说他尤其喜欢"竹径通幽处，禅房花木深"两句。但是想效仿它写一联，却写不出来，这才明白"造意者为难工也"。"造意难工"即要想使诗文的构思命笔达到极精巧的地步是很困难的。这句话是自欧阳修的诗友梅尧臣的"意新语工"引申而来。梅尧臣说："诗家虽率意（顺着自己的意思进行创作），而造句亦难。若意新语工，得前人所未道者，斯为善也。必能状难写之景如在目前，含不尽之意见于言外，然后为至（成功）矣。"（《六一诗话》）这段话的意思就是要求诗歌应有创造性，诗人必须把很难描摹的景物和情思化为既生动而又含蓄的诗的语言，景物要使读者有"如在目前"的感受，内涵要能引起读者"见于言外"的联想。欧阳修在这里既赞赏了常建诗中"竹径"两句诗描摹景物十分精美，令人能有身临其境并唤起身经其境者亲切的回味；也赞扬了梅尧臣关于作诗的精辟见解。

欧阳修接着说，我晚年来到青州，并能得一山斋宴息。这青州居处的景色正好像常建诗中所描写的。自己一生想见到但无法写出来的地方，现在已被自己所占有了。于是就更加想写出像常建那样的诗句来，但是却写不出来一句。前人已经写出如此精美的诗句，现在该描写的景物又在眼前，但是我却写不出自己觉得满意的诗句，难道是自己的才能有限不能过于勉强或者是已年老体迈文思衰竭了吗？这真是我终身的遗憾呀！作者的感叹，一方面是进一步对常建的诗句进行赞赏，另一方面也表现出作者谦逊的态度和对自己创作的要求严格。

诚然，欧阳修的诗歌成就和散文成就相比是稍稍逊色一些，但他仍不失为宋代诗坛名家，他的诗也能把情、景融为一体，做到起伏跌宕、含蓄蕴藉，语言也清新自然。但与盛唐诗人相比，欧阳修却深感自己的不足。

古代的文人多是相轻，而欧阳修能有这样谦逊的态度真是令人钦佩。欧阳修对自己创作的严格要求表现在他力主“意新语工，得前人所未道者”为佳，他重视个人创作，反对因袭模拟，不鸣则已，一鸣惊人。欧阳修的这种态度不仅表现在诗歌创作上，对其他体裁的创作也是这样。据南宋周必大为校刻《欧阳文忠公文集》所作“后记”中记述：“前辈尝言，公作文，揭之壁间，朝夕改定。今观手写《秋声赋》凡数本，《刘原父手帖》亦至再三，而用字往往不同。”沈作喆《寓简》也记载说：“欧公晚年，尝自窜定平生所为文，用思甚苦。其夫人止之曰：‘何自苦如此，尚畏先生嗔（讥笑）耶？’公笑曰：‘不畏先生嗔，却怕后生笑。’”我们把这种一丝不苟、精益求精的精神，与文中叙述的因为写不出与前人不一样的表现同一题的词句而引为终身之恨的感叹相联系，足见欧阳修是多么看重“意新语工”，写作态度是多么严肃认真！

全文落款是：熙宁庚戌（三年）仲夏月（阴历夏季五月）望日（阴历每月十五日）题。

祭尹师鲁文

维年月日，具官欧阳修谨以清酌庶羞之奠，祭于亡友师鲁十二兄之灵曰：

嗟呼师鲁！辩足以穷万物，而不能当一狱吏；志可以挟四海，而无所措其一身。穷山之崖，野水之滨，猿猱之窟，麋鹿之群，犹不容于其间兮，遂即万鬼而为邻。嗟呼师鲁！世之恶子之多，未必若爱子者之众，何其穷而至此兮，得非命在乎天，而不在乎人？方其奔颠斥逐，困厄艰屯，举世皆冤，而语言未尝以自及，以穷至死，而妻子不见其悲欣。用舍进退，屈伸语默，夫何能然，乃学之力。至其握手为诀，隐几待终，颜色不变，笑言从容；死生之间，既已能通于性命，忧患之至，宜其不累于心胸。自子云逝，善人宜哀；子能自达，予又何悲！惟其师友之益，平生之旧，情之难忘，言不可究。

嗟呼师鲁！自古有死，皆归无物，惟圣与贤，虽埋不没，尤于文章，焯若星日。子之所为，后世师法，虽嗣子尚幼，未足以付予；而世人藏之，庶可无于坠失。子于众人，最爱予文，寓辞千里，侑此一尊，冀以慰子，闻乎不闻？尚飨。

【鉴赏】

此文作于庆历八年(1048)。尹洙，字师鲁，欧阳修初官洛阳时与之认识，遂成为政治、文学上的挚友，亲如手足，情同兄弟。欧阳修称之为“兄弟交”。欧阳修写作古文，亦受尹洙影响。《记旧本韩文后》载：“官于洛阳，而尹师鲁之徒皆在，遂相与作为古文。”尹洙被诬告贬官困厄而死，年龄仅有四十六岁。身后家无余资，子女皆幼。欧阳修深为同情与不平，以对亡友诚挚之情写了《尹师鲁墓志铭》及此篇祭文。

古人论诗文，讲究波澜开阖，曲折多变。写长篇，大开大合，写短篇亦要“尺水兴波”。本文不过四百余字，却写得有开有合、曲折生姿、波澜起伏。

作者起笔不凡，于祭文套语之后，悲愤之情凌空而来，高声哀叹：“嗟呼师鲁！辩足以穷万物，而不能当一狱吏；志可以挟四海，而无所措其一身。”尹洙辩才过人，志量宏大，其身却不能为世所容，悲愤不平之气如江河之倾泻，如风雨波涛之骤至，一开篇，就把感情推上高峰，以奔放的气势震撼人心。紧接着用“穷山之崖，野水之滨，猿猱之窟，麋鹿之群犹不容于其间兮，遂即万鬼而为邻”的形象化描绘，意谓天地之大，竟无以容身，如此一个才志奇伟之人，却落得“与万鬼为邻”的悲惨境地，天理何在？到这里作者的悲愤之情达到高潮。然而，作者并不任感情恣意驰骋，而是立即收束。所谓“鼓气以势壮为美，势不可以不息；不息则流宕而忘返。亦犹丝竹繁奏，必有希声窈眇，听之者悦闻；如川流迅激，必有洄洑逶迤，观之者不厌”。(唐·李德裕《文章论》)作者二呼师鲁，语势则趋于舒缓；“世之恶子之多，必未若爱子者之众”，亡友被“恶”人诬陷，惨遭厄运，但“爱子者”毕竟居多数，此足以得到宽慰，感情从高潮流向平缓。然而亡友既受“众”之爱戴，又“何其穷而至此”！又于咫尺兴波，于平缓之中掀起微澜。但是苍天野水，无理可伸，作者于无奈之中，只能归之于天命：“得非在乎天，而不在乎人？”以归之天命为友宽解，为己宽解，又一次将感情给予收束，控制。然而这万般无奈的压抑之情，却愈显其悲愤。短短一小段文字，一波三折，开阖变化于转瞬之间，却又“出人意外，在人意中”，感情表达得顺乎情理，自然得当，毫无矫揉造作之感。

本文的第二个突出特点：叙中有议，寓情于事，事、理、情水乳交融。本文与《尹师鲁墓志铭》为同期所作，可以互见。在墓志铭中，作者既“述其文”又“述其学”还“述其议论”，以为“此三者，皆君子之美，然在师鲁，犹为末事。”唯“其大节乃笃于仁义，穷达祸福，不愧古人”。本文第二段，作者就用极其洗练的笔墨，叙述了尹洙遭受贬弃，“困厄艰屯”，然却“颜色不变，笑言从容”，超然大度的气节。叙述中，层层对比，叙中有议。作者对亡友的赞誉之情，跳跃于字里行间。比如，尹洙被贬，“困厄艰屯”，“举也皆冤，而语言未自及”；“以穷至死，而妻子不见其悲欣”；“自子云逝，善人宜哀”，而“子能自达”，尹洙豁然大度、超凡脱俗，坚守气节可见一斑。正如欧阳修《论尹师鲁墓志》所言：“上书论范公而自请贬，临死而语不及私，则平生忠义可知也，其临穷达祸福不愧古人又可知也。”作者又以亡友“握手为诀，隐几待终”的生动例子，写其生死从容，知命不累：“死生之间，既已能通性命，忧患之至，宜其不累于心胸。”这是作者对亡友美德的高度评价和总结。也正是尹洙这种“穷达祸福”的精神境界，使作者从悲痛中解脱出来：“子能自达，予又何悲！”并将对亡友的所有感情寄托于其文章垂世不朽，“焯若星日”。概括而简洁的叙事，画龙点睛的议论，渗透于字里行间的抒情，水乳交融，言简而意深。

言简意深的内容，波澜起伏的情感，加上富有韵律美的语言，使本文形神兼备，具有很强的艺术感染力。

祭苏子美文

维年月日，具官欧阳修谨以清酌庶羞之奠，致祭于亡友湖州长史苏君子美之灵曰：

哀哀子美，命止斯邪；小人之幸，君子之嗟！子之心胸，蟠屈龙蛇，风云变化，雨雹交加，忽然挥斧，霹雳轰车；人有遭之，心惊胆落，震仆如麻；须臾霁止，而回顾百里，山川草木，开发萌芽。子於文章，雄豪放肆有如此者，吁可怪邪！

嗟呼世人，知此而已，贪悦其外，不窥其内；欲知子心，穷达之际，金石虽坚，尚可破坏，子於穷达，始终仁义。惟人不知，乃穷至此，蕴而不见，遂以没地，独留文章，照耀后世。嗟世之愚，掩抑毁伤，譬如磨鉴，不灭愈光；一世之短，万世之长，其间得失，不待较量。哀哀子美，来举予觞。尚飨。

【鉴赏】

苏子美，名舜钦。庆历四年(1044)，经范仲淹推荐，官至集贤校理。因其积极支持改革，遭到反对派的忌恨与谗害，被削除官籍，革职为民，谪居姑苏。庆历八年(1048)复官湖州长史，然而还没有赴任，于同年十二月死于苏州。年仅四十一岁。苏子美是庆历新政革新运动的牺牲者，同时也是宋代诗文革新的倡导者之一。其诗与梅尧臣齐名，诗风豪俊，意境开阔；其文不顾流俗，恢奇豪健。其作古文，早于欧阳修，“子美之齿少于予，而予学古文反在其后”(欧阳修《苏氏文集序》)。欧阳修与苏子美志同道合，对其人品与文品都给予极高的评价。《祭苏子美文》作于庆历八年。欧阳修以真挚的情感，赞美苏子美的为人与文章，表达了对其遭受贬谪、怀才不遇的深切同情。全文不足三百字，但纸短情长，意境深远，具有很强的艺术魅力。

本文值得称道的突出特点之一，是作者巧妙的艺术构思。作者赞誉苏子美的文章，但是“以物观物，却不牵于物”，而是用丰富的想象，“精骛八极，心游万仞”(陆机《文赋》)，借助自然景象的变幻莫测，形容子美之文的“雄豪放肆”。第二自然段作者以浓墨重彩着力描绘景象的骤变之态：“风云变化，雨雹交加，忽然挥斧，霹雳轰车”，“须臾霁止”，“山川草木，开发萌芽”。其中“忽然”、“须臾”更是渲染出景色的瞬息万变。同时作者还极力描绘出随着景象的骤变，人的感受的变化。风雨雷电交加之时，“人有遭之，心惊胆落，震仆如麻”，而雨过霁止之后，使人为之一振，“回顾百里”，山川草木竞发。这就不能不激发起读者的联想，给人以身临其境般的感受。作者以委婉之笔，借自然景象的变化倏忽、动人心魄，衬托出子美文章的恢奇豪健，同时也为下文赞其文章“照耀后世”的非凡艺术成就做了铺垫。可谓一箭双雕。作者构思之精妙，思路之开阔，笔力之疏放，于此可见一斑。同时，作者通过写景象的变化，于咫尺之间掀起层层波澜，使文章跌宕起伏、迂回曲折，具有委婉含蓄之美。

值得一提的是，作者此段运用了古文修辞“点化”的艺术手法。所谓点化，就是借鉴，可以“借词”、“借势”，亦可“借意”，就是借用前人作品意境的方法。黄庭坚《答洪驹父书》中说:“古之能文章者,真能陶冶万物,虽取古人之陈言入于翰墨,如灵丹一粒,点铁成金也。”欧阳修于庆历三年(1043)作《黄梦升墓志铭》有云:“予尝读梦升之文,至于哭其兄子庠之词曰:子之文章,电击雷震,雨雹忽止,阒然灭泯。”作者借景喻文,明显借其意境,并进一步发挥创造,融进自己的感受,写得更为扣人心弦却丝毫不露雕琢的痕迹,可谓“点铁成金”之笔。由此可见,作者的文章名冠天下的原因,不仅来自其非凡的才能,而且还由于其苦志探赜,善于借鉴,从而推陈出新,形成自己独特的艺术风格。

本文的突出特点之二:文气畅达,语言平易而铿锵有力。本文不仅构思巧妙,而且文势贯通,严密的逻辑与环环相扣的语言融为一体,给人一气呵成的感觉。以第三自然段为例,作者由赞誉子美之文的“雄豪放肆”慨叹世人,只知其文章,不知其品德,“贪悦其外,不窥其外”;子美之品德,志节坚逾金石,“穷达之际”,“始终仁义”;但是其高风亮节,却“惟人不知”,“蕴而不见,遂以没地”;但是其卓越的成就却不可磨灭,“独留文章,照耀后世”;嗟叹世俗小人,虽然对其“掩抑毁伤”,但其人品与文章“譬如磨鉴,不灭愈光”;由此而论:“一世之短,万世之长,其间得失,不待较量。”叙述步步引深,语势层层递进,如行云流水,自然晓畅。同时,作者扬骈文之长,避其所短,用整齐的四字句,一贯到底,笔如游龙,却不为声韵所缚,表现出平易畅达和铿锵顿挫之美。

祭石曼卿文

维治平四年七月日,具官欧阳修谨遣尚书都省令史李敭至于太清,以清酌庶羞之奠,致祭于亡友曼卿之墓下,而吊之以文。曰:

呜呼曼卿!生而为英,死而为灵。其同乎万物生死而复归于无物者,暂聚之形;不与万物共尽而卓然其不朽者,后世之名。此自古圣贤莫不皆然,而著在简册者昭如日星。

呜呼曼卿!吾不见子久矣,犹能仿佛子之平生。其轩昂磊落,突兀峥嵘,而埋藏于地下者,意其不化为朽壤,而为金玉之精。不然,生长松之千尺,产灵芝而九茎。奈何荒烟野蔓,荆棘纵横;风凄露下,走磷飞萤。但见牧童樵叟，歌吟而上下；与夫惊禽骇兽，悲鸣踯躅而咿嘤。今固如此，更千秋而万岁兮，安知其不穴藏狐貉与鼯鼪？此自古圣贤亦皆然兮，独不见夫累累乎旷野与荒城！

呜呼曼卿！盛衰之理，吾固知其如此，而感念畴昔，悲凉凄怆，不觉临风而陨涕者，有愧乎太上之忘情。尚飨！

【鉴赏】

石曼卿，名延年，宋州宋城（今河南商丘）人。根据《宋史》本传记载："延年为人跌宕任气节，读书通大略，为文劲健，于诗最工而善书。……喜剧饮，然与人论天下事，是非无不当。"其为人与文章，均得欧阳修赞许与推崇。两人情意笃深，为至交之友。延年死后，欧阳修曾经为之撰写墓碑，对其怀才不遇，深表同情。他在《石曼卿墓表》中写道："曼卿少亦自豪，读书不治章句，独慕古人奇节伟行非常之功，视世俗屑屑无动其意者。自顾不合于时，乃一混以酒。然好剧饮，大醉，颓然自放。由是益与时不合。……其为文章，劲健称其意气。"《祭石曼卿文》是石曼卿死后二十六年（1067），欧阳修为他祭墓所作。作者以极其洗练的笔墨，表达了对亡友沉痛的悼念与深沉的哀思。通篇洋溢着低回凄咽的情调和浓郁的抒情色彩，具有强烈的艺术感染力。

"感人心者，莫先乎情。"此文真挚深沉的情感，是通过运用多种艺术手法加以表现的。

首先，作者的思想感情，不是一泻无余，而是运用三个并列的自然段，三呼曼卿，逐层表达。一呼曼卿，叹其声名，卓然不朽。赞誉他"生而为英，死而为灵"，其名传后世，而"不与万物共尽"。二呼曼卿，赞其为人，"轩昂磊落"，不流世俗；悲其坟墓，满目凄凉，惨不忍睹。三呼曼卿，感念往昔，悲恸欲绝。只能忘情叹息，临风陨涕。三呼三叹，感伤之情，如江河之水，奔涌而下，同时，又条理清晰，将赞颂、哀思、痛悼之情表达得层层深入，井然有序，把感情一步步地推向高潮。

其次，作者运用多种抒情方式，将直接抒情与间接抒情交替使用，相互结合，使之水乳交融。一呼曼卿与三呼曼卿两段，作者直抒胸臆："生而为英，死而为灵"，"卓然其不朽者，后世之名"，敬仰、赞美之情溢于言表；"感念畴昔，悲凉凄怆，不觉临风而陨涕者，有愧乎太上而忘情"，哀痛之情表达得痛快淋漓。而第二自然段，二呼曼卿，则多运用间接抒情的方式。先用一连串生动的比喻，托物寓情。愿亡友之灵“不化为朽壤”，而“为金玉之精”，或“生长松之千尺，产灵芝而九茎”，对亡友的景仰之情跃然纸上。然后描绘了亡友墓地的凄惨景象：“荒烟野蔓，荆棘纵横，风凄露下，走磷飞萤”，“牧童樵叟，歌吟而上下”，“惊禽骇兽，悲鸣踯躅而咿嘤”。这满目凄凉的景象，正好是作者内心悲凄之情的真实写照。“一切景语，皆情语也”（王国维《人间词话》），通过景色的烘托渲染，借凄凉之景，抒凄楚之情，可谓情景交融，物我双会。这一间接抒情手法的运用，使感情表达得更加委婉曲折，扣人心弦。

最后，对比联想，往还顾盼。清魏禧《目录论文》曰：“文之感慨痛快驰骤者，必须往而复还。往而不还则势直气泄，语尽味止；往而复还则生顾盼，此呜咽顿挫所以出也。”本文全篇围绕一个情字做文章，但表达却不拘泥。作者文思纵横，笔力疏放，时而写“万物生死”、“盛衰之理”；时而念亡友“卓然不朽”；时而赞亡友“突兀峥嵘”之气度；时而念“千秋万岁”后之惨状；时而抒此刻之情；时而与“古之圣贤”作比；时而写今日墓地之凄凉；时而“感念畴昔”，从今到古，由近及远，又由远及近，由古至今，“往而复还”，将思想感情表达得“呜咽顿挫”、跌宕起伏，表现出欧阳修之散文“变化开阖，因物命意，各极其工”（吴充《欧阳公行状》）的艺术特色。

此外，本文用散文笔法来写韵文，骈散结合，抑扬顿挫，富有韵律之美和气势之美。如行云流水般的语言，也使作者思想感情表达得酣畅淋漓。

答李诩书

修白：前辱示书及《性诠》三篇，见吾子好学善辩，而文能尽其意之详。今世之言性者多矣，有所不及也，故思与吾子卒其说。

修患世之学者多言性，故常为说曰：夫性，非学者之所急，而圣人之所罕言也。《易》六十四卦不言性，其言者，动静得失吉凶之常理也；《春秋》二百四十二年不言性，其言者，善恶是非之实录也；《诗》三百五篇不言性，其言者，政教兴衰之美刺也；《书》五十九篇不言性，其言者，尧舜三代之治乱也;《礼》《乐》之书虽不完，而杂出于诸儒之记，然其大要，治国修身之法也。六经之所载，皆人事之切于世者，是以言之甚详。至于性也，百不一二言之，或因言而及焉，非为性而言也，故虽言而不究。

予之所谓不言者，非谓绝而无言，盖其言者鲜，而又不主于性而言也。《论语》所载七十二子之问于孔子者，问孝、问忠、问仁义、问礼乐、问修身、问为政、问朋友、问鬼神者有矣，未尝有问性者。孔子之告其弟子者，凡数千言；其及于性者，一言而已。予故曰：非学者之所急，而圣人之罕言也。

《书》曰“习与性成”,《语》曰“性相近习相远”者，戒人慎所习而言也。《中庸》曰“天命之谓性，率性之谓道”者，明性无常，必有以率之也。《乐记》亦曰“感物而动，性之欲”者，明物之感人无不至也。然终不言性果善果恶，但戒人慎所习与所感，而勤其所以率之者尔。予故曰：因言以及之，而不究也。

修少好学，知学之难。凡所谓六经之所载，七十二子之所问者，学之终身，有不能达者矣；于其所达，行之终身，有不能至者矣。以予汲汲于此而不暇乎其他，因以知七十二子亦以是汲汲而不暇也。又以知圣人所以教人垂世，亦皇皇而不暇也。今之学者，于古圣贤所皇皇汲汲者，学之行之，或未至其一二，而好为性说，以穷圣贤之所罕言而不究者，执后儒之偏说，事无用之空言，此予之所不暇也。

或有问曰：性果不足学乎？予曰：性者，与身俱生而人之所皆有也。为君子者，修身治人而已，性之善恶不必究也。使性果善邪，身不可以不修，人不可以不治；使性果恶邪，身不可以不修，人不可以不治。不修其身，虽君子而为小人,《书》曰“惟圣罔念作狂”是也；能修其身，虽小人而为君子,《书》曰“惟狂克念作圣”是也。治道备，人斯为善矣,《书》曰“黎民于变时雍”是也；治道失，人斯为恶矣,《书》曰“殷顽民”，又曰“旧染污俗”是也。故为君子者，以修身治人为急，而不穷性以为言。夫七十二子之不问，六经之不主言，或虽言而不究，岂略之哉，盖有意也。

或又问曰：然则三子言性，过欤？曰：不过也。其不同何也？曰：始异而终同也。使孟子曰人性善矣，遂怠而不教，则是过也。使荀子曰人性恶矣，遂弃而不教，则是过也。使杨子曰人性混矣，遂肆而不教，则是过也。然三子者，或身奔走诸侯以行其道，或著书累千万言以告于后世，未尝不区区以仁义礼乐为急。盖其意以谓善者一日不教，则失而入于恶；恶者勤而教之，则可使至于善；混者驱而率之，则可使去恶而就善也。其说与《书》之“习与性成”，《语》之“性近习远”，《中庸》之“有以率之”，《乐记》之“慎物所感”皆合。夫三子者，推其言则殊，察其用心则一，故予以为推其言不过始异而终同也。凡论三子者，以予言而一之，则哓哓者可以息矣。

予之所说如此，吾子其择焉。

【鉴赏】

本文作于庆历年间。李诩，生平不详，据欧阳修《尚书比部员外郎陈君墓志铭》记载，知其于至和二年(1055)官秘书丞。当时他以所著《性诠》三篇投书请教欧阳修。但其少年气盛，在信中自以为虽“夫子(孔丘)与孟(轲)、荀(况)、扬(雄)、韩(愈)复生，不能夺吾言”。欧阳修为了少摧抑之，曾复信指出：“夫自信笃者，无所待于人；有质于人者，自疑者也。……既吾子之自信如是，虽夫子不能夺，使修何所说焉。”因此声明“未知所答”。不久又写了这封长信，阐述自己对性的见解，这反映了作者对后学青年循循善诱的负责精神。

关于人性问题，自从孟子提出性善说之后，引起了思想界长期的论争。到欧阳修时，争论的分歧主要围绕着孟子的性善说，荀子的性恶说，韩愈的性三品说及扬雄的性善恶混说等。不过这些观点都是先验的人性论，都没有反映出社会存在决定人的意识这一客观规律。所谓人性善恶，作为一种道德观念，绝对不是与生俱来的，而是随着社会的变化而变化的。因此抽象地讨论性的善恶，不仅毫无意义，而且必然得不到结果。欧阳修在本文中尖锐地指出，这种争论是“执后儒之偏说，事无用之空言”，觉得“为君子者修身治人而已，性之善恶不必究也”，这正是他的高明之处。但是由于当时思想发展的局限，作者还不能从理论的高度予以回答，只能把各派学说糅而为一，以为各家之言“始异而终同”，其目的都在于教育人去恶就善。欧阳修的观点有一定进步性，但因理论上无建树，所以影响不大。其嗣后不久，还受到理学家的攻击，比如王德臣《麈史》说：“性，学者之所当先，圣人之所欲言，永叔卒贻后世诮者，其在此书(指《答李诩书》)矣。”本文是写给李诩的复信，也是一篇针对性善性恶说阐述已见的议论文。全文始终以儒家经典及古之圣贤作为立论的依据，“据事以类义，援古以论今”（刘勰《文心雕龙·事类》），材料和观点紧密结合融为一体。充分体现了欧文步步探究、层层剖析、说理透辟、逻辑性强的特色，具有很强的说服力。

第二自然段作者开宗明义，提出第一个分论点：“夫性，非学者之所急，而圣人之所罕言也。”随即以《易》、《春秋》、《诗》、《书》、《礼》、《乐》为例说明，“六经之所载”，都“非为性而言”，即使“言而及焉”，也是“虽言而不究”。对于六经中偶涉“性”字，作者做了补充阐述：“予所谓不言者，非绝而无言，盖言者鲜，而又不主于性而言也”，紧接着就以《论语》“孔子之告其弟子者，凡数千言；其及于性者，一言而已”，证明其“言者鲜”；同时又以六经中《书》、《语》、《中庸》、《乐记》等篇为例，经过详尽的引证，说明古之经典即使言“性”，也是“终不言性果善果恶”，“言以及之，而不究也”。引证既有正面举例，又有侧面补充，从“言者鲜”和“言而不究”两方面论证，论据既确凿有力，又与观点丝丝相扣，可谓天衣无缝。

既然性善性恶之争是“事无用之空言”，那么应该怎样看待“性”的问题；“三子言性”又孰是孰非呢？这是读者必须提出的迫切需要解答的问题。于是作者在引证分析的基础上，通过对两个设问的解答，将论述引向深入，自然而然地提出自己对“性”的见解，成为全文的中心论点：“为君子者，修身治人而已，性之善恶不必究也。”并又一次引证六经《书》中的一系列言论，用辩证的观点阐述性善与性恶，君子与小人都是可以转化的，关键是要“治道备”，要“修身治人”。经过引证《书》之言，不仅对中心论点做了进一步归纳与强调，而且于此巧妙地宕开一笔；“夫七十二子之不问，六经之不主言，或虽言而不究，岂略之哉，盖有意也”，不仅与上文“不主于性而言”，“因言而及焉，非为性而言”相呼应，并且做了更进一步阐释：古之圣人由于致力于“修身治人”，故其对性之善恶不究，是“有意”而为之。这一论据直接有力地证明了中心论点。

本文用六经及古之圣贤作为立论的依据，不仅具有无可辩驳的说服力，而且将全文组织成一个有机的整体，古今结合，前后照应，纵横勾连，充分体现了欧阳修论文的严谨性和逻辑美。

卖油翁

陈康肃公尧咨善射，当世无双，公亦以此自矜。尝射于家圃，有卖油翁释担而立睨之，久而不去。见其发矢十中八九，但微颔之。

康肃问曰："汝亦知射乎？吾射不亦精乎？"翁曰："无他，但手熟尔。"康肃忿然曰："尔安敢轻吾射！"翁曰："以我酌油知之。"乃取一葫芦置于地，以钱覆其口，徐以杓酌油沥之，自钱孔入而钱不湿。因曰："我亦无他，惟手熟尔。"康肃笑而遣之。

【鉴赏】

本篇选自《欧阳文忠公集·归田录》。《归田录》是欧阳修晚年辞官退居颍州时所作，因名"归田"，笔记体裁，共115条，《卖油翁》是其中之一条。《归田录》所录多是作者亲身经历之朝廷及士大夫琐事，议事说理，寓意深刻。

本文主讲生活中的一些小事情，说明任何一技之长都是熟能生巧之理。此篇的写法，作者不采取议论笔法来说理，而以叙述笔法，铺写故事来说理，寓理于故事中。篇幅虽简短，然而首尾完整，情节清晰，运用了描写、叙述的表达方式，内容富有生活情趣。《卖油翁》体现了欧阳修散文的简易风格，具有风格的简易美。简易风格突出表现在三方面，其一方面，章法的易简。具体表现在以下几点：第一，着眼于易简，选材重实忌虚。在百字文内考虑材料的剪裁，需要作者具有高度的概括能力，选材受篇幅所限，立足于选择有效的材料，而所谓有效材料也需删繁就简，突出重点。第二，结构精简，布局轻盈精巧。《卖油翁》全文篇幅不加标点共135个字，可谓百字文。单就如此精短的结构而言，已可对作者精当的谋篇布局能力钦佩。拿来与冗长、拖沓的布局、谋篇之文相比，足见欧阳修不愧为写文构思化繁为简的典范。读者从文中可见到，易简的结构里，作者所设计的故事的开头、结尾、过渡、层次等都体现了易、简，凡无须的浮枝都删除，无冗赘故而轻巧，无繁枝故而精悍，这是作者精而又精构思的结晶。

本篇所选材料偏详于卖油翁，偏略于陈尧咨，这是就对照而言的。从全文看，用于描写卖油翁的材料或是用于描写陈尧咨的材料，都是选择了既简易但又有说服力的材料，以简易材料办实事，重实避虚，求“实”为作者的写作原则，“简而有法”也是他所赞成的，而《卖油翁》在选材上正好体现了作者的这些主张。其二方面，描写手法的简易，着重于简笔描绘人物。对陈尧咨主要采用神态描写，陈的言语不多，统共说了三句话，“汝亦知射乎？吾射不亦精乎？”及“尔安敢轻吾射！”但陈的傲慢、蔑视卖油翁的神态即栩栩如生。对卖油翁主要采用动作描写，择其酌油的动作描写恰如卖油人的身份，描绘传神，使读者如同身临其境。可见，作者描写人物形象，力在省笔墨，功在传神，看似简笔，实则笔笔工精。这种描写风格堪称于精简处见美。其三方面，运用语言讲究易、简，《宋史·欧阳修传》曰：“其言简而明”，简易、平淡，自然、省净是欧阳修文章的语言风格之美处。《卖油翁》语言的遣词造句洗练，简约无一赘语，作者都做了精择。在遣词方面，选词通俗简易，接近口语，好像人物对话用语，“康肃问曰：‘汝亦知射乎？吾射不亦精乎？’翁曰：‘无他，但手熟尔。’康肃愤然曰：‘尔安敢轻吾射！’翁曰：‘以我酌油知之。’”对话中的词语都简明通俗，毫无艰涩之词。再如描写卖油翁酌油一段的语言用词，同样接近口语，顺畅自然。

本文为了使词语平易通俗，还注意少用虚词，是为使语言更合乎口语，简便易懂。在造句方面，全文都为短句，最长单句只有十个字组成。短句结构简易轻便，表义言简义明。可以说，《卖油翁》是古文运用短句的范文，值得今人称颂和借鉴。

《伶官传》序

呜呼！盛衰之理，虽曰天命，岂非人事哉！原庄宗之所以得天下，与其所以失之者，可以知之矣。世言晋王之将终也，以三矢赐庄宗而告之曰：“梁，吾仇也；燕王，吾所立；契丹与吾约为兄弟，而皆背晋以归梁。此三者，吾遗恨也。与尔三矢，尔其无忘乃父之志！”庄宗受而藏之于庙，其后用兵，则遣从事以一少牢告庙，请其矢，盛以锦囊，负而前驱，及凯旋而纳之。

方其系燕父子以组，函梁君臣之首，入于太庙，还矢先王，而告以成功，其意气之盛，可谓壮哉！及仇雠已灭，天下已定，一夫夜呼，乱者四应；仓皇东出，未及见贼而士卒离散，君臣相顾不知所归；至于誓天断发，泣下沾襟，何其衰也！岂得之难而失之易欤？抑本其成败之迹而皆自于人欤！书曰："满招损，谦受益。"忧劳可以兴国，逸豫可以亡身，自然之理也。故方其盛也，举天下之豪杰莫能与之争；及其衰也，数十伶人困之而身死国灭，为天下笑。夫祸患常积于忽微，而智勇多困于所溺，岂独伶人也哉！作《伶官传》。

【鉴赏】

《伶官传序》是欧阳修撰著《新五代史》中《伶官传》的序文，所以《伶官传序》为序跋体。欧阳修不仅工于文学，也勤耕于史学，并有突出的成就。他专心修撰《新五代史》，总结古往的历史经验，以供当朝者引以为戒。他本人也历观五代变更之乱，对历史上的盛衰兴亡之事深为感触，所以在《新五代史》中不少篇开端都以"呜呼"发议，喟叹不已，本文也如此。提笔开文便引出议论中心——盛衰之理。这一论点在全文中占据了显要的位置，围绕后唐庄宗得天下与失天下的史实，强调"忧劳可以兴国，逸豫可以亡身"、"祸患常积于忽微，而智勇多困于所溺"的盛衰之理，并提出了"成败之迹"皆于"人事"的积极思想，用以破除帝王惯用的"受命于天"的迷信观念。

作者以激越之情阐明治乱兴衰之理，以激扬文字总结历史政治得失的经验教训，议论笔调曲折顿挫，被清沈德潜称赞为"抑扬顿挫，得《史记》神髓，《五代史》中第一篇文字"。此文得到如此高的评语的确受之无愧，作者在议论事理过程中善于使笔调曲折起落多变，这是这篇散文的突出写作特点。在第一至第三自然段里，集中议论兴亡盛衰之理，第一自然段文章开端即议论庄宗得天下及失天下，此谓笔调之一起一落。第二自然段内，包括两层意思，第一层意思是讲历史，晋王赐三矢于庄宗，倾吐梁为敌，燕王、契丹背晋归梁之遗恨，以三矢为嘱，期庄宗报仇兴国。叙述笔调平缓、抑郁，紧接着议论庄宗牢记父志，图强兴国，生俘燕父子，破城灭梁，"意气之盛，可谓壮哉！"议论笔调又骤然提起，写唐由失至得，由衰至兴，此谓笔调之两落两起；第二自然段里的第二层意思，叙述庄宗"仇雠已灭"，耽于逸乐，重用宦官，宠幸伶人，杀功臣，祸国乱政的史实，笔调由前文的写盛世壮举转入跌落，由盛至衰，由成转败，一成一败，一盛一衰，对比强烈，起落顿挫，此谓笔调之三起三落。第三自然段为结语部分，作者承上文仍归结议论盛衰之理，“方其盛也，举天下之豪杰莫能与之争；及其衰也，数十伶人困之而身死国灭，为天下笑。”笔势一提一落，此谓笔调之四起四落。

总之，作者围绕“盛衰之理”，议论唐庄宗的一生，章法笔调起落有势，曲折往复，起笔落笔大起大落，大开大合，气势非凡，或扬或抑，或抑或扬，使文章盘旋回荡，情淋漓而气磅礴，于曲折往复中波澜起伏，层层推进。就文章而言，百折往复但又平易自然，苏洵曾在《上欧阳内翰第一书》中赞誉欧文为：“执事（指欧阳修）之文，纡余委备，往复百折，而条达疏畅，无所间断，气尽语极，急言极论，而容与闲易，无艰难劳苦之态。此三者皆断然一家之文也。”苏洵的此番评语对本文也很适用。平易自然为北宋散文的共性，但于平易自然中又带有委婉曲折，则是欧阳修散文的独具特点，堪为“一家之文”。

本文的语言特色之一就是骈散巧妙兼蓄。“俪偶之文”，裹挟于散言之间，诸如“虽曰天命，岂非人事”中的“天命”与“人事”对称；“庄宗之所以得天下，与其所以失之者”中的“得”与“失”对称；“岂得之难而失之易欤”中的“得”与“失”对称；“忧劳可以兴国，逸豫可以亡身”中的“兴”与“亡”对称；“其盛也，举天下之豪杰莫能与之争；及其衰也，教十伶人困之而身死国灭”中的“盛”与“衰”对称，行文语言内的对称词语运用，使文内呼应紧密，有呼有应，散中有骈，骈中有散，散骈各得其用。

《宦者传》论

五代文章陋矣，而史官之职废于丧乱，传记小说多失其传，故其事迹终始不完，而杂以讹缪。至于英豪奋起，战争胜败，国家兴废之际，岂无谋臣之略，辩士之谈？而文字不足以发之，遂使泯然无传于后世。然独张承业事卓卓在人耳目，至今故老犹能道之。其论议可谓杰然欤，殆非宦者之言也。

自古宦者乱人之国，其源深于女祸。女，色而已；宦者之害，非一端也。盖其用事也近而习，其为心也专而忍。能以小善中人之意，小信固人之心，使人主必信而亲之；待其已信，然后惧以祸福而把持之。虽有忠臣硕士列于朝廷，而人主以为去己疏远，不若起居饮食、前后左右之亲为可恃也。故前后左右者日益亲，则忠臣硕士日益疏，而人主之势日益孤。势孤，则惧祸之心日益切，而把持者日益牢。安危出其喜怒，祸患伏于帷闼，则向之所谓可恃者，乃所以为患也。患已深而觉之，欲与疏远之臣图左右之亲近，缓之则养祸而益深，急之则挟人主以为质。虽有圣智不能与谋，谋之而不可为，为之而不可成，至其甚，则俱伤而两败。故其大者亡国，其次亡身，而使奸豪得借以为资而起，至抉其种类，尽杀以快天下之心而后已。此前史所载宦官之祸常如此者，非一世也。

夫为人主者，非欲养祸于内而疏忠臣硕士于外，盖其渐积而势使之然也。夫女色之惑，不幸而不悟，则祸斯及矣；使其一悟，捽而去之可也。宦者之为祸，虽欲悔悟，而势有不得而去也，唐昭宗之事是已。故日深于女祸者，谓此也，可不戒哉！昭宗信狎宦者，由是有东宫之幽。既出而与崔胤图之，胤为宰相，顾力不足为，乃召兵于梁，梁兵且至，而宦者挟天子走之岐，梁兵围之三年，昭宗既出，而唐亡矣。

初，昭宗之出也，梁王悉诛唐宦者第五可范等七百余人，其在外者，悉诏天下捕杀之，而宦者多为诸镇所藏匿而不杀。是时，方镇僭拟，悉以宦官给事，而吴越最多。及庄宗立，诏天下访求故唐时宦者悉送京师，得数百人，宦者遂复用事，以至于亡。此何异求已覆之车，躬驾而履其辙也。可为悲夫！

庄宗未灭梁时，承业已死。其后居翰虽为枢密使，而不用事。有宣徽使马绍宏者，尝赐姓李，颇见信用，然诬杀大臣，黩货赂，专威福，以取怨于天下者，左右狎昵黄门内养之徒也。是时，明宗自镇州入觐，奉朝请于京师。庄宗颇疑其有异志，阴遣绍宏伺其动静，绍宏反以情告明宗。明宗自魏而反，天下皆知祸起于魏，孰知其启明宗之二心者，自绍宏始也。郭崇韬已破蜀，庄宗信宦者言而疑之。然崇韬之死，庄宗不知，皆宦者为之也。当此之时，举唐之精兵皆在蜀，使崇韬不死，明宗入洛，岂无西顾之患，其能晏然取唐而代之邪？及明宗入立，又诏天下悉捕宦者而杀之。宦者亡窜山谷，多削发为浮图。其亡至太原者七十余人，悉捕而杀之都亭驿，流血盈庭。

明宗晚而多病，王淑妃专内以干政，宦者孟汉琼因以用事。秦王入视，明宗疾已革，既出，而闻哭声，以谓帝崩矣，乃谋以兵入宫者，惧不得立也。大臣朱弘昭等方图其事，议未决，汉琼遽入见明宗，言秦王反，即以兵诛之，陷秦王大恶，而明宗以次饮恨而终。后愍帝奔于卫州，汉琼西迎废帝于路，废帝恶而杀之。

呜呼！人情处安乐，自非圣哲，不能久而无骄怠，宦、女之祸非一日，必伺人之骄怠而浸入之。明宗非佚君，而犹若此者，盖其在位差久也。其余多武人崛起，及其嗣续，世数短而年不永，故宦者莫暇施为。其为大害者，略可见矣。独承业之论，伟然可爱，而居翰更一字以活千人。君子之于人也，苟有善焉，无所不取。吾于斯二人者有所取焉，取其善而戒其恶，所谓“爱而知其恶，憎而知其善”也。故并述其祸败之所以然者著于篇。

【鉴赏】

本篇选自欧阳修撰《新五代史·宦者传》。宋时学者重视研究历史，欧阳修撰《新五代史》的目的，重在总结历史经验教训，为统治者提供鉴戒。作者选取宦官张承业、张居翰事迹作传，是因为“承业之论，伟然可爱，而居翰更一字以活千人”，为二人立传的主旨是“取其善而戒其恶”。

据《新五代史》记载，张承业的事迹主要有三：一是宁死反对李存勖用军库之钱赏赐伶人；二是劝谏李存勖勿乱杀无辜；三是要求立唐后室称帝。又依据《新五代史》记载张居翰的事迹是：唐灭蜀，庄宗命蜀主王衍迁洛阳，恰逢李嗣源兵变，唐庄宗生怕王衍乘机兴乱，故下令“诛衍一行”，张居翰抹“行”字，改为“家”字，以此使千余降人获救。故作者在文章开篇即言“张承业事卓卓在人耳目，至今故老犹能道之”。文章议论宦官旨在总结自古宦官专权祸国的原因及后果。他在文中明确地以为“自古宦者乱人之国，其源深于女祸”，后妃专权固有祸国之史，但作者由历史观察得出更深一层的观点，觉得“女色之惑，不幸而不悟，则祸斯及矣；使其一悟，捽而去之可也”，而“宦者之为祸，虽欲悔悟，而势有不得而去也”，这是极为深刻的结论。作者深刻地分析了宦官专权的原因，他指出宦官与皇帝的关系是“用事也近而习”，“以小善中人之意，小信固人之心”，“近”和“习”是近君的有利条件，加之通过“小善”和“小信”，长期“渐积”，使

“人主”对他们“信”而“亲”，久而“以祸福而把持之”，这就是宦官专权的手段。

作者所总结出的“近”、“习”，“小善”、“小信”，都为告诫“人主”记取“养祸于内”的历史惨痛教训。文中作者运用大量史料，充分地对宦官专权的过程，致祸的危害做了深入、细致的分析，他以审视的历史观点观察宦官祸国的历史演变，在纷繁的“宦者”史中，作者截取典型历史时期、典型人物、典型事实做断代的纵向研究分析。他截取了五代唐部分的断代历史，列举了唐昭宗时的宦官用事；唐庄宗不吸取唐亡的教训，继又遭宦官乱国之害；唐明宗时“妇寺之祸”，导致明宗“饮恨而终”；唐愍帝在位仅三个月，就“奔于卫州”。这些典型的史实都是铁的历史教训，是无可辩驳的，所以有很强的说服力。作者的笔触还从另一角度明确提出，宦官之所以能得势、专权，在于“人主”的“信”和“亲”，以致“疏远”“忠臣硕士”，而宦者之势“渐积”益壮。就像文中指出“为人主者，非欲养祸于内而疏忠臣硕士于外”，“渐积而势”，“宦者之为祸”，“深于女祸”，并深叹，“呜呼！人情处安乐，自非圣哲，不能久而无骄怠，宦、女之祸非一日，必伺人之骄怠而浸入之”，这些道理作者都认为足以使“人主”做“戒”，记取历史教训。

作者所运用的以史带论的笔法是值得鉴赏的。以史带论，首先，作者必须尊重史实，以史实做议论根据，历史事实胜于雄辩。其次，运用史实说理，笔锋所向犀利，切中要害，故清代沈德潜评语“笔如切玉之刀，锋不可犯”。再次，作者于《新五代史》中曾言“予于五代书，窃有善善恶恶之志”。这一志向于本文中可见，他为宦官张承业、张居翰作传，目的非常明确，则为“取其善而戒其恶”，他认为“君子之于人也，苟有善焉，无所不取”。因此此文可从作者选材、议论中感受到作者的“善善恶恶”之态度，他的以史带论并非纯客观的，而是有明显的褒贬态度。最后，以史带论过程中，只议人事，不论“天意”。作者集中议论宦官专权、乱政的过程时，自始至终均分析的是“人事”，锋芒所指的是封建统治集团内部的矛盾斗争，因此作者通过史实，展现在读者面前的是活生生的甚至是鲜血淋漓的历史的一页，而其间一点也不涉足“天意”，这也可以说是欧阳修撰《新五代史》的立意之高处。

苏洵卷

苏洵简介

苏洵（1009—1066），字明允，自号老泉，汉族，眉州眉山（今属四川眉山）人。北宋文学家，与其子苏轼、苏辙并以文学著称于世，世称“三苏”，“三苏”的诗、赋、词、文写得都有很高成就，均被列入唐宋散文八大家。

苏洵擅长于散文，尤其擅长政论，议论明畅，笔势雄健。苏洵的散文论点鲜明，论据有力，语言锋利，纵横恣肆，具有雄辩的说服力。欧阳修称赞他“博辩宏伟”，“纵横上下，出入驰骤，必造于深微而后止”；曾巩也评论他的文章“指事析理，引物托喻”，“烦能不乱，肆能不流”，这些说法都是比较中肯的。苏洵的艺术风格以雄奇为主，而又富于变化。一部分文章又以曲折多变、纡徐婉转见长。苏洵的文章语言古朴简劲、凝练隽永；但有时又能铺陈排比，尤善做形象生动的妙喻。“三苏”的散文，在我国星汉灿烂的文学史上，占有重要地位。

审势

治天下者定所尚。所尚一定，至于千万年而不变，使民之耳目纯于一，而子孙有所守，易以为治。故三代圣人，其后世远者，至七八百年，夫岂惟其民之不忘其功以至于是，盖其子孙得其祖宗之法而为依据，可以永久。夏之尚忠，商之尚质，周之尚文，视天下之功宜尚而固执之。以此而始，以此而终，不朝文而暮质，以自溃乱。故圣人者出，必先定一代之所尚。周之世，盖有周公为之制礼，而天下遂尚文。后世有贾谊者，说汉文帝，亦欲先定制度，而其说不果用。今者天下幸方治安，子孙万世帝王之计，不可不预定于此时。然万世帝王之计，常先定所尚，使其子孙可以安坐而守其旧。至于政弊，然后变其小节，而其大体卒不可革易，故享世长远而民不苟简。

今也考之于朝野之间，以观国家之所尚者，而愚犹有惑也。何则？天下之势有强弱，圣人审其势而应之以权。势强矣，强甚而不已则折；势弱矣，弱甚而不已则屈。圣人权之，而使其甚不至于折与屈者，威与惠也。夫强甚者威竭而不振，弱甚者惠亵而下不以为德。故处弱者利用威，而处强者利用惠。乘强之威以行惠则惠尊，乘弱之惠以养威则威发而天下震栗。故威与惠者，所以裁节天下强弱之势也。然而不知强弱之势者，有杀人之威而下不惧，有生人之惠而下不喜。何者？威竭而惠亵故也。故有天下者，必先审知天下之势，而后可与言用威惠。不先审知其势，而徒曰我能用威，我能用惠者，未也。故有强而益之以威，弱而益之以惠，以至于折与屈者，是可悼也。比之一人之身，将欲饮药饵石以养其生，必先审观其性之为阴，其性之为阳，而投之以药石。药石之阳而投之以阴，药石之阴而投之以阳，故阴不至于涸，而阳不致于亢。苟不能先审观己之为阴，与己之为阳，而以阴攻阴，以阳攻阳，则阴者固死于阴，而阳者固死于阳，不可救也。是以善养身者先审其阴阳，而善制天下者先审其强弱以为之谋。昔者周有天下，诸侯大盛。当其盛时，大者已有地五百里，而畿内反不过千里，其势为弱。秦有天下，散为郡县，聚为京师，守令无大权柄，伸缩进退，莫不在我，其势为强。然方其成康在上，诸侯无小大，莫不臣伏，弱之势未见于外。及其后世失德，而诸侯禽奔兽遁，各固其国以相侵伐，而其上之人卒不悟，区区守姑息之道，而望其能以制服强国，是谓以弱政济弱势，故周之天下卒毙于弱。秦自孝公，其势固已骎骎焉日趋于强大。及其子孙，已并天下而亦不悟，专任法制以斩打平民，是谓以强政济强势，故秦之天下卒毙于强。周拘于惠而不知权，秦勇于威而不知本，二者皆不审天下之势也。

吾宋制治有县令，有郡守，有转运使，以大系小，丝牵绳联，总合于上。虽其地在万里外，方数千里，拥兵百万，而天子一呼于殿陛间，三尺竖子，驰传捧诏，召而归之于京师，则解印趋走，惟恐不及。如此之势，秦之所恃以强之势也。势强矣，然天下之病，常病于弱。噫！有可强之势如秦，而反陷于弱者，何也？习于惠而怯于威也，惠太甚而威不胜也。夫其所以习于惠而惠太甚者，赏数而加于无功也。怯于威而威不胜者，刑弛而兵不振也。由赏与刑与兵之不得其道，是以有弱之实著于外焉。何谓弱之实？曰官吏旷惰，职废不举，而败官之罚不加严，多赎数赦，不问有罪，而典刑之禁不能行也。冗兵骄狂，负力幸赏，而维持姑息之恩不敢节也。将帅覆军，匹马不返，而败军之责不加重也。羌胡强盛，凌压中国，而邀金缯增币帛之耻不为怒也。若此类者，太弱之实也。久而不治，则又将有大于此。而遂浸微浸消，释然而溃，以至于不可救止者乘之矣。然愚以为弱在于政，不在于势，是谓以弱政败强势。今夫一舆薪之火，众人之所惮而不敢犯者也。举而投之河，则何热之能为。是以负强秦之势，而溺于弱周之弊，而天下不知其强焉者以此也。虽然，政之弱，非若势弱之难治也。借如弱周之势，必变易其诸侯，而后强可能也。天下之诸侯，固未易变易，此又非一日之故也。若夫弱政，则用威而已矣，可以朝改而夕定也。夫齐，古之强国也，而威王又齐之贤王也。当其即位，委政不治，诸侯并侵，而人不知其国之为强国也。一旦发怒，裂万家封即墨大夫，召烹阿大夫与常誉阿大夫者，而发兵击赵、魏、卫，赵、魏、卫尽走请和。而齐国人人震惧，不敢饰非者。彼诚知其政之弱，而能用其威以济其弱也。况今以天子之尊，藉郡县之势，言脱于口，而四方响应，其所以用威之资，固以完具。且有天下者患不为，焉有为焉而不可者。今诚能一留意于用威，一赏罚，一号令，一举动，无不一切出于威。严用刑法而不赦有罪，力行果断而不牵众人之是非。用不测之刑，用不测之赏，而使天下之人，视之如风雨雷电，遽然而至，截然而下，不知其所从发而不可逃遁。朝廷如此，然后平民益务检慎。而奸民猾吏，亦常恐恐然惧刑法之及其身，而敛其手足，不敢辄犯法，此之谓强政。政强矣，为之数年，而天下之势，可以复强。愚故曰：弃弱之惠以养威，则威发而天下震栗。然则以当今之势，求所谓万世为帝王，而其大体卒不可革易者，其尚威而已矣！

或曰：当今之势，事诚无便于尚威者。然孰知夫万世之间，其政之不变，而必曰威耶。愚应之曰：威者，君之所恃以为君也，一日而无威，是无君也。久而政弊，变其小节而参之以惠，使不至若秦之甚可也，举而弃之过矣。或者又曰：王者任德不任刑。任刑，霸者之事，非所宜言。此又非所谓知理者也。夫汤武皆王也，桓文皆霸也。武王乘纣之暴，出民于炮烙斩刖之地，苟又遂多杀人多刑人以为治，则民之心去矣。故其治一出于礼义。彼汤则不然。桀之恶固无以异纣，然其刑不若纣暴之甚也。而天下之民化其风，淫惰不事法度。书曰：有众率怠弗协，而又诸侯昆吾氏首为乱。于是诛锄其强梗怠惰不法之人，以定纷乱。故记曰：商人先罚而后赏。至于桓文之事，则又非皆任刑也。桓公用管仲，管仲之书好言刑，故桓公之治常任刑。文公长者，其佐狐赵先魏，皆不说以刑法，其治亦未尝以刑为本，而号亦为霸。而谓汤非王而文非霸也得乎？故用刑不必霸，而用德不必王，各观其势之何所宜用而已。然则今之势，何为不可用刑？用刑何为不曰王道？彼不先审天下之势，而欲应天下之务难矣。

【鉴赏】

苏洵，字明允，号老泉，少年时不习文，二十七岁时才下决心仔细读书。宋仁宗庆历七年(1047)举进士不第。回到家以后，把以往写的文章完全烧掉，闭门不出，发愤攻书，直到通晓《六经》、《百家》之说，下笔顷刻数千言。仁宗嘉祐初年，与其子苏轼、苏辙一同来到京师，晋谒翰林学士欧阳修。欧阳修非常赏识他的文章，认为就是贾谊、刘向的文章，也并不比苏洵写得好。于是，欧阳修把苏洵的二十二篇文章(《几策》二篇、《权书》十篇、《衡论》十篇)呈献皇帝。因此苏洵一时享有盛名，不少文人学士争相传诵，模仿他的文章。这篇《审势》就是《几策》之一。所谓“几策”，也就是书生几案之策。文章写于苏洵布衣之时，所以有此称。

苏洵虽说是布衣书生，但胸怀大志。这篇论文就是论述怎样使宋朝强盛的治理之策。《审势》，就是洞察国家形势。对国家的形势只有了如指掌，才能对症下药，提出行之有效的治策方式。

文章开始，苏洵首先提出“治天下定所尚”的道理，也就是要有一个精神支柱。“所尚一定，至于千万年而不变，让民之耳目纯于一，而子孙有所守，易以为治。”如“夏之尚忠，商之尚质，周之尚文”。所谓“忠”，就是真诚，尽己之心为忠。《论语》：臣事君以忠。《孟子》：教人以善谓之忠。《书》：大小之臣咸怀忠良。所以忠者，就是让所有臣子应对君王忠诚无欺，甚至以身为君尽忠。所谓“质”，就是质朴、诚实、正直。《论语》：质直而好义。君子义以为质。所谓“文”，道之显者曰文。谓礼乐法度教化之迹也。指周公制礼，一切行事都有法度的意思。苏洵认识到一个朝代应“定所尚”，使臣民有所遵循。“从此开始，以此为终，不朝文而暮质，以自溃乱。”天下自然会大治。接着苏洵批评汉文帝，开始赏识贾谊，等到贾谊献策“欲先定制度”，也就是贾谊请定正朔、易服色、制法度、兴礼乐。文帝又听信谗言，不用贾谊的计策，而贬为长沙王太傅。

苏洵由古代说到当朝，也应当有所尚。当世究竟应该尚什么？让人迷惑不解。老泉指出：天下的形势有强有弱，“所以处弱者利用威，而处强者利用惠。乘强之威以行惠则惠尊，乘弱之惠以养威则威发而天下震栗。所以威与惠者，以裁节天下强弱之势也。”如果不能审势制策，则物极一定反。“势强矣，强甚而不已（止）则折；势弱矣，弱甚而不已则屈（尽）。”假如不审察强弱之势，用杀人来示威而天下的人害怕，救活人的恩惠而下人不喜。接着苏洵又把治国的对策，比如人的服药石以求养生之道。应该是以阳攻阴，以阴攻阳方为有效。假如“以阴攻阴，以阳攻阳，则阴固死于阴，而阳者固死于阳，不可救也”。这里举例以药石养生是迂腐的思想，不值一提。苏洵接着又举出古代周、秦不善于看清这个世道的例子。比如，周时大封诸侯，诸侯强者有地五百里，而堂堂一个君王才有地千里，周王与众诸侯相比已经处于弱势。在武王以后，成王、康王之时，“诸侯无小大，莫不臣伏，弱之势未见于外。”以后就不行了，诸侯互相侵伐，周王还不悟，不知道施威，还想以德制伏强国，“是谓以弱政济弱势，故周之天下卒毙于弱。”苏洵在这里对周、秦形势的分析颇有见解，有独到之处，的确属于高见，具有较强的说服力。

苏洵认为当时宋的形势是强势，而施行的却是弱政。他认为政弱比势弱易治。接着苏洵直接提出当朝的治策，那就是“用威”。具体做法有三：“一赏罚，一号令，一举动。”“严用刑法而不赦有罪，力行果断而不牵众人之是非。用不测的刑法，用不测之赏，而使天下之人，视之如风雨雷电，遽然而至，截然而下，一气呵成，不知道其所从发而不可逃遁。”使“奸民猾吏，也常常害怕然惧刑法之及其身，而敛其手足，不敢辄犯法”。苏洵以为“此之谓强政。政强矣，为之数年，而天下的形势，可以复强”。苏洵提出的治宋国策，正是齐威王强盛之策，并且立见成效。

这篇论文论点鲜明、论据有力，特别苏洵善于用譬，更易服人。全文语言犀利，文章风格纵厉雄奇。评论家认为苏老泉长于策论，他的话特别有道理。曾巩曾称赞他的文章“烦能不乱，肆能不流，其雄壮俊伟，若决江河而下也；其辉光明白，若引星辰而上也”(《苏明允哀辞》)。这个评论是准确的。

审　敌

中国，内也。四夷，外也。忧在内者，本也，忧在外者，末也。夫天下无内忧，必有外惧，本既固矣。盍释其末以息肩乎，曰未也。古者夷狄忧在外，今者夷狄忧在内，释其末可也。而愚不识方今夷狄之忧为末也。古者夷狄之势，大弱则臣，小弱则遁，大盛则侵，小盛则掠。吾兵良而食足，将贤而士勇，则患不在中原，如是而曰外忧可也。今之变夷，姑无望其臣与遁，求其志止于侵掠而不可得也。北胡骄恣，为日久矣，岁邀金缯以数十万计。昔者幸吾有西羌之变，出不逊语以撼中国，天子不忍使边民重困于锋镝，是以虏日益骄而贿日益增。迨今凡数十百万，而犹慊然未满其欲，视中国如外府，然则其势又将不止数十百万也。夫贿益多则赋敛不得不重，赋敛重则民不得不残。故虽名为息民，而其实爱其死而残其生也。名为外忧，而其实忧在内也。外忧之不去，圣人犹且耻之。内忧而不为之计，愚不知天下之所以久安而无变也。

古者匈奴之强，不过冒顿。当暴秦刻剥，刘项战夺之后，中国溘然矣。以今度之，彼宜遂入践中原，如决大河，溃蚁壤，然卒不能越其疆以有吾尺寸之地，何则？中原之疆，固皆百倍于匈奴，虽积衰新造而犹足以制之也。五代之际，中原无君，晋瑭苟一时之利，以子行事匈奴，割幽燕之地以资其强大。孺子继立，大臣外叛，匈奴扫境来寇，兵不血刃，而京师不守，天下被其祸。匈奴自是始有轻中原之心，以为可得而取矣。及吾宋景德中，大举来寇，章圣皇帝一战而却之，遂与之盟以和。夫人之情，胜则狃，狃则败，败则惩，惩则胜。匈奴狃石晋之胜，而有景德之败。惩景德之败，而愚未知其所胜，甚可惧也。虽然，数十年之间，能以无大变者何也？匈奴之谋，必曰我百战而胜人，人虽屈而我亦劳。驰一介入中国，以形凌之，以势邀之，岁得金钱数十百万，如此数十岁，我益百千万，而中国损数百千万。吾日以富，中国日以贫，然后足以有为也。

天生北狄，谓之犬戎，投骨于地，狺然而争者，犬之常也。今则不然，边境之上，岂无可乘之衅，使之来寇，大足以夺一郡，小亦足以杀掠数千人。而彼不以动其心者，此其志非小也。将以蓄其锐而伺吾隙，以伸其所大欲，故不忍以小利而败其速谋。古人有言曰：为虺弗摧，为蛇奈何？匈奴之势，日长炎炎。今也柔而养之，以冀其卒无大变，其亦惑也。且今中国之所以竭生民之力以奉其所欲，而犹恐恐焉惧一物之不称其意者。非谓中国之力不足以支其怒耶。然以愚度之，当今中国，虽万无有如石晋可乘之势者，匈奴之力，虽足以犯边，然今十数年间，吾可以必无犯边之忧，何也？非畏吾也，其志不止犯边也。其志不止犯边，而力又未足以成其所欲为，则其心惟恐吾之一旦绝其好，以失吾之厚赂也。然而骄傲不肯少屈者何也？其意曰邀之而后固也。鸷鸟将击，必匿其形。昔者冒顿欲以攻汉，汉使至，辄匿其壮士健马。故兵法曰：辞卑者进也，辞强者退也。今匈奴之君臣，莫不张形势以夸我，此其志不欲战明矣。阖闾之入楚也，因唐蔡；勾践之入吴也，因齐晋。匈奴诚欲与吾战耶，曩者陕西有元昊之叛，河朔有王则之变，岭南有智高之乱，此亦可乘之势矣。然终不以动，则其志之不欲战又明矣。吁，彼不欲战，而我遂不与战，则彼既得其志矣。兵法曰：用其所欲，行其所能，废其所不能，于敌反是。今无乃与此异乎！且匈奴之力，既未足以伸其所大欲。而夺一郡，杀掠数千人之利，彼又不以动其心。则我勿赂而已。勿赂而彼以为辞。则对曰：尔无功于吾，岁欲吾赂，吾有战而已，赂不可得也。虽然，天下之人必曰：此愚人之计也。天下孰不知赂之为害，而无赂之为利，顾势不可耳。愚以为不然。

当今夷狄之势，如汉七国之势。昔者高祖急于灭项籍，故举数千里之地以王诸将。项籍死，天下定，而诸将之地，因遂不可削。当是时，非刘氏而王者八国。高祖惧其且为变，故大封吴楚齐赵同姓之国以制之。既而信越布绾皆诛死，而吴楚齐赵之强，反无以制。当是时，诸侯王虽名为臣，而其实莫不有帝制之心。胶东胶西济南，又从而和之。于是擅爵人，赦死罪，戴黄屋，刺客公行，匕首交于京师，罪至彰也，势至逼也。然当时之人，犹且徜徉容与若不足虑。月不图岁，朝不计夕，循循而摩之，煦煦而吹之，幸而无大变。以及于孝景之世，有谋臣曰晁错，始议削诸侯地以损其权。天下皆曰：诸侯必且反。错曰："固也。削亦反，不削亦反，削之则反疾而祸小，不削则反迟而祸大，吾惧其不及今反也。"天下皆曰晁错愚。吁，七国之祸，期于不免，与其发于远而祸大，不若发于近而祸小。以小祸易大祸，虽三尺童子，皆知其当然。而其所以不与错者，彼皆不知其势将有远祸。与知其势将有远祸，而度已不及见，谓可以寄之后人，以苟免吾身者也。然则错为一身谋则愚，而为天下谋则智。人君又安可舍天下之谋，而用一身之谋哉。

今者匈奴之强，不减于七国。而天下之人，又用当时之议，因循维持以至于今，方且以为无事。而愚以为天下之大计，不如勿赂。勿赂则变疾而祸小，赂之则变迟而祸大。畏其疾也，不若畏其大，乐其迟也，不若乐其小。天下之势，如坐弊船之中，骎骎乎将入于深渊，不及其尚浅也舍之，而求所以自生之道，而以濡足为解者，是固夫覆溺之道也。圣人除患于未萌，然后能转祸而为福。今也不幸养之以至此，而近忧小患，又惮而不决，则是远忧大患，终不可去也。

赤壁之战惟周瑜吕蒙知其胜，伐吴之役惟羊祜张华以为是。然则宏远深切之谋，固不能合庸人之意，此晁错所以为愚也。虽然，错之谋，犹有遗憾，何者？错知七国必反，而不为备反之计。山东变起，而关内骚动。今者匈奴之祸，又不若七国之难制。七国反，中原半为敌国。匈奴叛，中国以全制其后，此又易为谋也。然则谋之奈何？曰匈奴之计不过三：一曰声，二曰形，三曰实。匈奴谓中国怯久矣，以吾为终不敢与之抗，且其心常欲固前好而得厚赂以养其力。今也遽绝之，彼必曰，战而胜，不如坐而得赂之为利也。华人怯，吾可以先声胁之，彼将复赂我。于是宣言于远近，我将以某日围某所，以某日攻某所，如此谓之声。命边郡休士卒，偃旗鼓，寂然若不闻其声。声既不动，则彼之计，将出于形。除道斩棘，多为疑兵以临吾城，如此谓之形。深沟固垒，清野以待，寂然若不见其形。形又不能动，则技止此矣。将遂练兵秣马以出其实。实而与之战，破之易耳。彼之计，必先出于声与形，而后出于实者。出于声与形，期我惧而以重赂请和也。出于实不得已而与我战，以幸一时之胜也。夫勇者可以施之于怯，不可以施之于智。今夫叫呼跳踉，以气先者，世之所谓善斗者也。虽然，蓄全力以待之，则未始不胜彼。叫呼者声也，跳踉者形也，无以待之，则声与形者，亦足以乘人于卒。不然，徒自弊其力于无用之地，是以不能胜也。韩许公节度宣武军，李师古忌公严整，使来告曰：吾将假道伐滑。公曰：尔能越吾界为盗耶？有以相待，无为虚言。滑师告急。公使谓曰：吾在此，公安无恐。或告除道剪棘，兵且至矣。公曰：兵来不除道也。师古诈穷，迁延以遁。愚故曰：彼计出于声与形而不能动，则技止此矣，与之战，破之易耳。方今匈奴之君，有内难新立，意其必易与。邻国之难，霸王之资也，且天与不取，将受其敝。贾谊曰：大国之王，幼弱未壮，汉之所置傅相，方握其事，数年之后，大抵皆冠，血气方刚，汉之傅相，以病而赐罢。当是之时，而欲为安，虽尧舜不能。呜呼！是七国之势也。

【鉴赏】

这篇论文是苏洵《几策》之二，和《审势》是姊妹篇。前篇是论内政之策，后篇是论对外之策，都是让宋朝强盛的重要国策。这不仅表现苏老泉胸怀雄才大略，是难得的栋梁之材，也充分体现出了他炽烈的爱国之情。《审势》是论内政，《审敌》是论外交。实际上内政与外交是辩证的统一。如果政强国盛，则外敌不敢入侵；如果对外强策，则内政必然会相辅相成。

这篇《审敌》，是洞察敌我的形势，提出对敌之策，可谓知彼知己，百战百胜。用万民口舌发出的疾呼！接着他叹息道：这样下去，“愚不知天下之所以久安而无变也。”接着苏洵从历史上分析匈奴的形势变迁。匈奴最盛之时在冒顿时期。冒顿，汉初匈奴的单于（首领），东斥东胡，西破月氏，扩大其疆土。曾南下围汉高祖刘邦于白登（山名，在今山西大同市东），汉与和亲，且纳岁币。当时，匈奴虽然骚扰我边境，但是始终不敢入侵中原。究竟为何呢？因为“中原之疆，固皆百倍于匈奴，虽积衰新造而犹足以制之也”。也就是说中原势强，足以阻止匈奴入侵。但到了后五代晋石敬瑭的时候，向匈奴称臣，并割幽燕之地给匈奴，“孺子继立，大臣外叛，匈奴扫境来寇，兵不血刃，而京师不守，天下被其祸。匈奴一直有轻中原之心，以为可得而取矣。”但是兵骄必败。在宋真宗景德年间，匈奴又“大举来寇，章圣皇帝一战就打败了他，遂与之监以和”。目前匈奴吸取了以前的经验教训，认为“我百战而胜人，人虽屈而我亦劳”。不如派使者入中国，“以形凌之，以势邀请他，岁得金钱数十百万。”这样数十年以后，“吾日以富，中国日以贫，然后足以有为也。”苏洵对匈奴的分析是深刻的、合理的，也击中了宋的时弊。

苏洵认为匈奴入侵中原是其本性，正是“天生北狄，谓之犬戎，投骨于地，狺然（犬吠声）而争者，犬之常也”。近来匈奴却不来犯，这是什么原因呢？因为匈奴“此其志非小也，将以蓄其锐而伺吾隙，以伸其所大欲，故不忍以小利而败其速谋”。速，也指速度，这里是指鹿的足迹。速谋，就是逐鹿中原的大谋。《史记》：“秦失其鹿，天下共逐之。”以鹿喻天子之位。“现在也柔而养之，以冀其卒无大变，他也十分的疑惑。”苏洵继而分析了匈奴的当前形势，拨开表面现象，看到匈奴的其实是不愿战。其理由是：一、“其志不止犯边也。其志不止犯边，而力又未足以成其所欲为。”“故不忍以小利而败其速谋。”二、“鸷鸟将击，必匿其形。以前的人冒顿欲以攻汉，汉使至，辄匿其壮士健马。……今匈奴之君臣，莫不张形势以夸我，他的志向不欲战明矣。”三、古时入侵者常常乘危打劫或乘隙而入。例如吴王阖闾攻楚。原因是蔡昭侯朝楚，楚令尹子常不加礼而求赂，蔡侯怨之，以其子质于吴，乞师伐楚。于是吴王阖闾与蔡侯、唐侯联兵攻打楚，大败楚师。越王勾践伐吴，是乘吴伐齐与晋争霸主，一举而灭掉吴。目前匈奴如果想要侵伐中原，宋朝已有许多可乘之隙。因为“彼不欲战，而我遂不欲战，则彼得其志矣”。

接着苏洵又举例来证明声与形均是讹诈。一个斗殴者，往往“叫呼跳踉”以势逼人，以势吓人。“叫呼者声也，跳踉者形也。”对手假如胆怯，就一定要败。否则，将“徒自弊其力于无用之地，是以不能胜也”。再如唐顺宗永贞元年，李师古伐滑的故事。当时德宗新崩，正处于国丧，师古乘机欲侵吞邻郡之地，于是发兵屯西境以威胁滑州（今河南滑县）。当时德宗崩的诏书还没有下达。滑州节度使李元素的牙将义成自长安还得知此事元素为了讨好师古以示无外，遣使密以遗诏告知。师古心怀叵测，就召集将士们说："圣上万福，而元素忽传遗诏，是反也，应该击破他。"

这篇《几策·审敌》，对匈奴的形势从古至今分析得极为透彻，正所谓知彼知己，百战百胜。文章论点明确，就是勿赂准备抗敌。文中引用古例确切，具有很强的说服力。宋朝向来就有主战派与主和派之争，后来发展到南宋秦桧杀害忠臣岳飞而卖国求荣。看来苏洵这篇《几策·审敌》确是高瞻远瞩深谋远虑的治国根本大策。

心术

为将之道，当先治心。泰山崩于前而色不变，麋鹿兴于左而目不瞬，然后可以制利害，可以待敌。

凡兵上义，不义，虽利勿动。非一动之为害，而他日将有所不可措手足也。夫惟义可以怒士，士以义怒，可以兴百战。

凡战之道，未战养其财，将战养其力，既战养其气，既胜养其心。谨烽燧，严斥堠，使耕者无所顾忌，所以养其财；丰犒而优游之，所以养其力；小胜益急，小挫益厉，所以养其气；用人不尽其所欲为，所以养其心。故士常蓄其怒、怀其欲而不尽，怒不尽则有余勇，欲不尽则有余贪。故虽并天下，而士不厌兵，此黄帝之所以七十战而兵不殆也。不养其心，一战而胜，不可用矣。

凡将欲智而严，凡士欲愚。智则不可测，严则不可犯，故士皆委己而听命，夫安得不愚？夫惟士愚，而后可与之皆死。

凡兵之动，知敌之主，知敌之将，而后可以动于险。邓艾缒兵于蜀中，非刘禅之庸，则百万之师可以坐缚，彼固有所侮而动也。故古之贤将，能以兵尝敌，而又以敌自尝，故去就可以决。

凡主将之道，知理而后可以举兵，知势而后可以加兵，知节而后可以用兵。知理则不屈，知势则不沮，知节则不穷。见小利不动，见小患不避，小利小患，不足以辱吾技也，夫然后可以支大利大患。夫惟养技而自爱者，无敌于天下。故一忍可以支百勇，一静可以制百动。

兵有长短，敌我一也。敢问："吾之所长，吾出而用之，彼将不与吾校；吾之所短，吾蔽而置之，彼将强与我角，奈何？”曰：“吾之所短，吾抗而暴之，使之疑而却；吾之所长，吾阴而养之，使之狎而堕其中。此用长短之术也。”

善用兵者，使之无所顾，有所恃。无所顾，则知死之不足惜；有所恃，则知不至于必败。尺棰当猛虎，奋呼而操击；徒手遇蜥蜴，变色而却步，人之情也。知此者，可以将矣。袒裼而按剑，则乌获不敢逼；冠胄衣甲，据兵而寝，则童子弯弓杀之矣。故善用兵者以形固。夫能以形固，则力有余矣。

【鉴赏】

苏洵有《权书》十篇，《心术》是第一篇。其他九篇是《法制》、《强弱》、《子贡》、《六国》、《项籍》、《攻守》、《用间》、《孙武》、《高祖》。这是一组系统研究战略战术的著作。叶梦得《避暑闲录》说：“苏明允（洵字）本好言兵，见元昊叛，西方用事久无功，天下事有时会改变，因此挟其所著，嘉祐初来京师。”

文章首先论“将”：“为将之道，当先治心”。治心，就是心理修养。作者认为，主将的心理品质最重要的有二：第一，超凡的镇定，面临大事而不乱，“泰山崩于前而色不变”的态度；第二，极度的沉静，能有效地排除所有干扰，“麋鹿兴于左而目不瞬”。如能如此，就能把握好利害得失，能够抵御敌人。孙子讲将的修养有“智、信、仁、勇、严”（《孙子兵法·计篇》），苏洵也讲智与严，这些属于智能与品德修养方面，但他以为镇定和沉静的心理素质更为重要。这就是今人所说的大将风度。

其次论“兵”：“凡兵上义”。上义就是崇尚正义，“不义，虽利勿动”，把正义性作为军事行动的准则，如非义举，那就“胜有所不取，败有所不避”。（《项籍》）尚义之说，自古而有，但苏询并非简单重复，他是义利统一论者，认为“义利、利义相为用，天下运诸掌矣”。（《利者义之和论》）他是从利的目的出发提出尚义原则的，因为背义逐利的战争只能获一时之利，最终将弄到“不可措手足”的地步，那就大不利了。依义而行，则可尽天下之大利。因为“惟义可以怒士”，要以“义”来激励士兵，“士以义怒，可以兴百战”，正义之帅将无敌于天下。

再次论“战”：“凡战之道”有四养：“未战养其财，将战养其力，既战养其气，既胜养其心。”四养之说，明显有“讥时之弊”的意义。宋王朝积贫积弱，原因很多，而不能“使耕者无所顾忌”，兵冗而供给贫乏，用人“赏数而加于无功”(《衡论·审势》)，都是重要原因。他提出的四养的办法正是：“谨烽燧，严斥堠(侦察，侯望)，使耕者无所顾忌，所以养其财；丰犒而优游之，所以养其力；小胜益急(抓紧)，小挫益厉(激励)，所以养其气；用人不尽其所欲为，所以养其心。”这四养中，最重要的是“养心”——培养和保持士兵积极的心理状态、高昂的战斗意志和对胜利的渴望。

以上论“将”“兵”“战”，着眼大处，讲为将、治兵、待战之大道。以下再论将、兵、战，讲战时为将之道、战时用兵之道、战时运思之术。临战之将应“智而严”，士则应愚，这样的士兵才能委身听命，与将军同生共死。苏洵将智士愚的论点认为不好，但是要求士兵应该绝对服从和无条件执行命令却是合理的。战的时候用兵，在于五知。知敌，应“知敌之主，知敌之将”，然后“与贤将战则持之，与愚将战则乘之”(《法制》)。“乘之”就是抓住敌人的弱点“动于险”而达到出奇制胜的功效。三国时邓艾由阴平道“缒(用绳子拴住吊下去)兵在蜀中”，穿越了蜀道天险攻灭了蜀国。他敢于如此就是因为看透了蜀后主“刘禅之庸”。能知敌则，知己知彼，“去就可以决”。还要知己，在自已则应“知理”、“知势”、“知节”，理是事理，知义之所在为知理，势是战略形势，要知自己所处的形势，明白自己的状态，节指军事指挥中应把握的法度节度，能正确确定作战方案，调度兵力为知节。

“兵有长短”，谁都想用长避短以避实击虚。但战争是双方的事，“吾之所长，吾出而用之，彼将不与我校；吾之所短，吾蔽而置之，彼将强与我角，奈何?”兵有奇正，兵不厌诈，苏洵以为要用用长避短之正，需设暴短阴长之奇：“吾之所短，吾抗而暴之，使他疑而却；我的之所以长，吾阴而养之，使之狎而堕其中。”

六　国

六国破灭，非兵不利、战不善，弊在赂秦。赂秦而力亏，破灭之道也。

或曰：“六国互丧，率赂秦耶?”曰：“不赂者以赂者丧，盖失强援不能独完，故曰‘弊在赂秦’也。”秦以攻取之外，小则获邑，大则得城。较秦之所得与战胜而得者，其实百倍。诸侯之所亡与战败而亡者，其实亦百倍；则秦之所大欲，诸侯之所大患，固不在战矣。思厥先祖父，暴霜露，斩荆棘，以有尺寸之地。子孙视之不甚惜，举以予人，如弃草芥。今日割五城，明日割十城，然后得一夕安寝。起视四境，而秦兵又至矣。然则诸侯之地有限，暴秦之欲无厌，奉之弥繁，侵之愈急，故不战而强弱胜负已判矣。至于颠复，理固宜然。古人云："以地事秦，犹抱薪救火，薪不尽，火不灭。"此言得之。

齐人未尝赂秦，终继五国迁灭，何哉？与嬴而不助五国也；五国既丧，齐亦不免矣。燕赵之君，始有远略，能守其土，义不赂秦，是故燕虽小国而后亡，斯用兵之效也。至丹，以荆卿为计，始速祸焉。赵尝五战于秦，二败而三胜。后秦击赵者再，李牧连却之。洎牧以谗诛，邯郸为郡，惜其用武而不终也。且燕、赵处秦革灭殆尽之际，可谓智力孤危，战败而亡，诚不得已；向使三国各爱其地，齐人勿附于秦，刺客不行，良将犹在，则胜负之数、存亡之理，当与秦相较，或未易量。

呜呼！以赂秦之地，封天下之谋臣，以事秦之心，礼天下之奇才，并力西向，则吾恐秦人食之不得下咽也。悲夫！有如此之势而为秦人积威之所劫，日削月割，以趋于亡。——为国者勿使为积威所劫哉！

夫六国与秦皆诸侯，其势弱于秦，而犹有可以不赂而胜之之势；苟以天下之大，而从六国破亡之故事，则又在六国下矣。

【鉴赏】

宋仁宗嘉祐二年（1057），苏洵及其二子同年考取进士，苏洵给自己的文集定名《嘉祐集》。《六国论》是《嘉祐集》里《权书》十篇的第八篇，原题无"论"字，为后世选文者所增。根据苏辙《历代论·引》里说："予少而力学：先君，予师也；亡兄子瞻，予师友也。父兄之学皆以古今成败得失为议论之要，以为士生于世，治气养心，无恶于身，推是以施之人，不为苟生也。不幸不用，大概当以其所知著之翰墨，使人有闻焉。"（《栾城后集》卷七）可见三苏的文章是以史论为主的，而这篇《六国论》又是苏洵的代表作。

这篇文章写得笔力雄健，议论果决，主张鲜明，有如老吏断狱，斩钉截铁。文章开头一句便揭示全篇主旨："六国破灭，非兵不利，战不善，弊在赂秦。”这十五个字真是一针见血，案断如山。六国被秦国灭掉了，原因为何？不是由于武器不好，仗打得不好，原因是毛病全出在割让土地贿赂秦国上。接着说道：“赂秦而力亏，破灭之道也。”这句话进一步说明“赂秦”的害处在哪里。然后又提出敌论诘难说：“六国互丧，率赂秦耶？”马上写出驳论：“不赂的人以赂的人丧，盖失强支援，不能独完，所以弊在赂秦也。”这几个句文字不多，不过层层转折，最后又归到“弊在赂秦”上，逻辑严密，开阖自如，无懈可击。不知如何下手。进一步更对比六国不赂而战的损失与不战而赂的丧失，秦国攻占所得的土地与不战而得的土地，相差百倍！因此得出结论说：“则秦之所大欲，诸侯之所大患，固不在战矣。”文章对于六国的情况一一做了交代，用历史事实证明赂秦之非计和抗战者能够后亡的道理。文章最后指出只要六国当时能够团结一致抗秦，拿赂秦的土地封赏有功的谋臣良将，恐怕秦国的日子就不好过了。可惜的是六国被秦国的威势给震慑着了。主持国事的人万万不要被敌人的威势震慑住呀。

结尾处更明白指出，六国和秦都是诸侯之国，六国的国势比秦国弱，但还有可以不亡的办法。现在拿一个一统天下的国家，居然也走上六国赂秦的覆辙，那不是连六国都不如了吗？这一点正是苏洵立论的目的——借六国的教训讽喻北宋王朝。

古人论史的文章，不一定是要做出历史的结论，犹如现代的史学家对于历史事实，探讨其发展的规律那样，常常是有一得之见，能够言之成理，持之有故，论证严密，环环相扣。能够自圆其说就行。这篇文章立论的目的在于借古讽今，揭露六国赂秦以求苟安之非计，形象地写道：“今日割五城，明日割十城，然后得一夕安寝。起身看一看四周的环境，而秦兵又至矣。”这样“日削月割”非得终至灭亡不可。用这一历史教训警告北宋王朝对邻国契丹和西夏采取绥靖妥协政策的不适当。

北宋建国之初采用“先南后北”的战略，虽然统一了中国，但未能收复被石敬瑭割给契丹的燕云十六州。宋太宗两次征辽失利后，宋王朝从此便再也不敢兴师北伐了，所以契丹的铁骑经常蹂躏河东、河北地区。辽国对北宋采取和战两手，和便索地、索币、索茶、索绢，战便随意掠夺子女玉帛。北宋王朝既然不敢坚决抵抗，于是只好采取妥协的办法，以财赂敌，求得短期苟安。宋真宗景德元年（1004），朝廷应允每年给契丹绢二十万匹，银十万两。宋仁宗庆历二年(1042)，契丹要求割地，结果又每年增给绢十万匹，银十万两。次年宋朝又应允每年赠给西夏绢十万匹，银十万两，茶叶三万斤。统治者任意压榨人民，“取之尽锱铢”，除供养王朝以及权贵以外，“花钱买苟安”，以维护自己的反动统治，他们以为这是聪明的办法。

苏洵的《六国论》把割地赂敌的得失利害，说得再清楚不过了，但是反动统治者并不理睬。苏洵的《权书》曾于嘉祐年间给欧阳修读过，并得到欧阳公的赏识，所以《权书》十篇在1056年左右已经写成，并已流传于世，可是在这以后，北宋王朝照样纳币割地希图苟安，而不知道改弦更张。宋神宗熙宁八年(1075)，即苏洵逝世后九年，辽又胁宋割地，北宋王朝又割让河东七百里之地给辽国。苏洵有知，也会含恨九泉，“愤王之不能一悟，俗之一改”焉。

管仲论

管仲相桓公，霸诸侯，攘戎狄，终其身齐国富强，诸侯不敢叛。管仲死，竖刁、易牙、开方用，桓公薨于乱，五公子争立，其祸蔓延，讫简公，齐无宁岁。

夫功之成，非成于成之日，盖必有所由起；祸之作，不作于作之日，亦必所由兆。故齐之治也，吾不曰管仲，而曰鲍叔；及其乱也，吾不曰竖刁、易牙、开方，而曰管仲。何则？竖刁、易牙、开方三子，彼固乱人国者，顾其用之者桓公也。夫有舜而后知放四凶，有仲尼而后知去少正卯。彼桓公何人也？顾其使桓公得用三子者，管仲也。仲之疾也，公问之相。当是时也，吾意以仲且举天下之贤者以对，而其言乃不过曰，竖刁、易牙、开方三子非人情，不可近而已。

呜呼！仲以为桓公果能不用三子矣乎？仲与桓公处几年矣，亦知桓公之为人矣乎？桓公声不绝于耳，色不绝于目，而非三子者，则无以遂其欲。彼其初之所以不用者，徒以有仲焉耳。一日无仲，则三子者，可以弹冠而相庆矣。仲以为将死之言，可以絷桓公之手足邪？夫齐国不患有三子，而患无仲；有仲，则三子者，三匹夫耳。不然，天下岂少三子之徒哉？虽桓公幸而听仲，诛此三人，而其余者，仲能悉数而去之邪？呜呼！仲可谓不知本者矣！因桓公之问，举天下之贤者以自代，则仲虽死，而齐国未为无仲也。夫何患三子者？不言可也。

五霸莫盛于桓、文。文公之才不过桓公，其臣又皆不及仲。灵公之虐，不如孝公之宽厚。文公死，诸侯不敢叛晋，晋袭文公之余威，犹得为诸侯之盟主者百有余年。何者？其君虽不肖，而尚有老成人焉。桓公之薨也，一乱涂地，无惑也。彼独恃一管仲，而仲则死矣。

夫天下未尝无贤者，盖有有臣而无君者矣。桓公在焉，而曰天下不复有管仲者，吾不信也。仲之书，有记其将死论鲍叔、宾胥无之为人，且各疏其短，是其心以为数子者皆不足以托国，而又逆知其将死，则其书诞谩不足信也。吾观史鳅以不能进蘧伯玉而退弥子瑕，故有身后之谏；萧何且死，举曹参以自代。大臣之用心，固宜如此也。夫国以一人兴，以一人亡。贤者不悲其身之死，而忧其国之衰，故必复有贤者而后可以死。彼管仲者，何以死哉？

【鉴赏】

本文选自《嘉祐集》卷八。这篇史论是苏洵评论历史人物的名作，评论的对象是春秋前期齐国名相管仲。

管仲，名夷吾，颍上（今安徽省颍上县）人。少年的时候与鲍叔牙十分友好，后鲍叔牙事齐公子小白，管仲事公子纠。齐襄公昏庸被杀，二公子因为争夺王位，管仲为他的主人箭射小白，中衣带钩。小白最终获胜，被立为桓公，最后成就一番霸业。桓公即位，想用鲍叔牙为相，鲍叔牙不愿担任，于是他力荐管仲。桓公心怀宽广却不计射钩前仇，竟任管仲为相，并尊称“仲父”。管仲辅佐桓公改革国政，“九合诸侯，一匡天下”（司马迁《史记·管晏列传》），共创一段传奇，使齐桓公成为春秋时代的第一个霸主，可谓可歌可泣啊。因此，历代史家与史论作者没有不称道管仲的才能与政绩。然而苏洵的这篇《管仲论》却不落前人窠臼，可与前人相媲美，着重论述了管仲政治上的失误。从而表明了选贤举能防止奸佞当道的重要观点。

全文共为五个自然段。

第一段，概言管仲生前死后齐强之功和齐乱之祸。文章开笔先承旧说，言管仲生前之功。即辅佐桓公，称霸诸侯，抗击戎狄，使齐国富强，诸侯不敢反叛于他。然后转而说管仲死后齐乱之祸。即竖刁、易牙、开方“三子”被重用，桓公死于叛乱之中，五个公子争夺王位，以至于祸延简公，国无宁日，一共延续了一百多年的历史。本段言功是宾，言祸是主，主宾皆关锁于管仲一身，为下文立论做铺垫。

第二段，直陈齐国之乱，祸由管仲。管仲之罪全在此段，所以这是全文最重要的一段。但作者指责管仲，却先不说管仲，而是把自己参透的哲理以极其精练的句式直接提出：“夫功之成，非成于成之日，盖必有所由起；祸之作，不作于作之日，亦必有所由兆。”从而间接地指出，作者以这种带有思辨色彩的哲理作为本段起笔，起到了承上启下的效果，不仅醒豁警拔，辉耀全篇，而且还起到接上而生下的作用。结构上自然流转，足见举重若轻的功力。

第三段，指责管仲不懂治国之本。这一段紧承上文桓公用“三子”和“问相”事，展开论述。论证分三层，先开后合，先务虚后务实。第一层以“仲以为桓公果能不用三子矣乎”的设问引起下文。第二层进一步发问：“仲以为将死之言，可以縶桓公之手足邪？”可是作者对这个问题的回答也是看法不一样的。因为齐国不担心有“三子”，而担心没有管仲。以上两层都是放开一步，从桓公用“三子”的原因这个角度再三论述，说明选贤举能防止奸佞当国的重要。第三层则是合，作者在盘旋蓄势以后，一笔点出“管仲不懂治国之本”，可文章并没指出并暗承第二段桓公“问相”事，设身置地，代管仲为谋，反跌出“举贤自代”的重要，说出了管仲“不知本”的要害。

第四段，以晋文公来比照齐桓公，进一步说明齐国败乱，管仲无可逃责。这一段也是先开后合，由宾入主。先言晋国因有贤而强，后说齐国因无贤而败。援征史实，两相比照，这就能更可见出贤者当国的重要性。然后又合归于管仲，说管仲虽贤，桓公“独恃”，可是管仲却已经死了，齐国焉能不“一乱涂地”？所以齐国败乱，管仲之责是无法逃脱的。

第五段，总结管仲不能荐贤自代的教训，垂戒后人。本段先说“夫天下未尝无贤者，盖有有臣而无君者矣”。即认为，天下不是没有贤臣，而是有贤臣却不被国君所用。依据这个前提，作者接着推断说，“桓公在焉，而曰天下不复有管仲者，吾不信也。”作者之所以“不信”，是因为天下并不是无贤，而是有贤不用。其中微旨，虽然明责桓公不能用贤，实暗责管仲不能荐贤。以上为本段第一层。第二层，批评《管子》以为国中无贤，再责备管仲不能荐贤。第三层，引述春秋卫国大夫史鱿和汉丞相萧何临殁进贤为切证，说明大臣能否荐贤，全在其“用心”。最后又承“而后可死”句结穴于“彼管仲者，何以死哉？”以震耀耳目的反问，再次关锁于管仲，不仅使全篇“能发异光，而且长留余味”(林纾《春觉斋论文·用收笔》)。

《管仲论》是一篇以意取胜的文章。自出机杼，别开一境，使人耳目一新。全文章句腾挪多变、奇诡莫测、起伏呼应，极富雄辩恣肆的特点。

明　论

天下有大知，有小知；人之知虑有所及，有所不及。圣人以其大知而兼其小知之功，贤人以其所及而济其所不及。愚者不知大知，而以其所不及丧其所及。故圣人之治天下也以常，而贤人之治天下也以时。既不能常，又不能时，悲夫殆哉。夫惟大知而后可以常，以其所及济其所不及，而后可以时。常也者，无治而不治者也；时也者，无乱而不治者也。

日月经乎中天，大可以被四海，而小或不能入一室之下，彼固无用，此区区小明也。故天下视日月之光，俨然其若君父之威。故自有天地而有日月，以至于今，而未尝可以一日无焉。天下尝有言曰：叛父母，亵神明，则雷霆下击之。雷霆固不能为天下尽击此等辈也。而天下之所以兢兢然不敢犯者，有时而不测也。使雷霆日轰轰焉，绕天下以求夫叛父母、亵神明之人而击之，则其人未必能尽，而雷霆之威无乃亵乎？故夫知日月雷霆之分者，可以用其明矣。

圣人之明，吾不得而知也。吾独爱夫贤者之用其心约，而成功博也，吾独怪夫愚者之用其心劳，而功不成也。是无他也，专于其所及而及之，则其及必精，兼于其所不及而及之，则其及必粗。及之而精，人将曰：是惟无及，及则精矣。不然，吾恐奸雄之窃笑也。

齐威王即位，大乱三载。威王一奋，而诸侯震惧二十年。是何修何营邪？夫齐国之贤者，非独一即墨大夫明矣，乱齐国者，非独一阿大夫欤？左右誉阿而毁即墨者，几人亦明矣。一即墨大夫易知也，一阿大夫易知也，左右誉阿而毁即墨者，几人易知也。从其易知而精之，故用心甚约，而成功博也。

天下之事，譬如有物十焉，吾举其一，而人不知吾之不知其九也。历数之至于九，而不知其一，不如举一之不可测也，而况乎不至于九也。

【鉴赏】

本文选自苏洵《嘉祐集》卷八。北宋中期，北方的辽契丹族和西夏贵族兴起，屡驱兵骚扰中原，使得中原百姓民不聊生，真宗景德年间“澶渊之盟”后，宋廷岁向契丹纳银十万两，绢二十万匹，并割让晋阳（今太原）及亘桥（今河北雄县昌水）以南十县土地来求得一时太平。仁宗庆历三年（1043），西夏主和，宋廷反而向其纳银十万两，绢十万匹，茶三万斤。同时，北宋国内政事未修，贪吏弄权，地主豪夺，民怨载道。真可谓内忧外患。外扰内乱，朝廷却没有能够洞察。在这种情况下，苏洵满怀忧国忧民之心，写下了不少旨在改革优点与不足，激扬政治的政论性文章，《明论》是其中之一。意在规谏宋仁宗要“有独知之虑”，以明治国的方略。

全文共分两段。

第一段包括一、二两节。是说“圣人治天下以常”，“贤人治天下以时”，而愚人治天下只能失败。这里的关键是有没有“大知（智）”和“小知（智）”。为了说明这一问题，作者分别用圣人、贤人、愚人处事所得到的迥然不同的结果来逐个进行了分析解答：圣人有“大知”和“小知”，作者从“大知”引发，意在论述人君治国应当吸取的教训。每节各讲一层意思。第一，是把“日月之光”比若“君父之威”，提出“自有天地而有日月”，后有山川树木，为人君者不可以“区区小明”而忘天下之大本。第二，是进一步说明“雷霆之威”，也不能击尽背叛父母、轻慢神明之辈，他的意思是，就算天下“兢兢然不敢犯”，也可能“有时而不测”，故“用其明”，才是治国之道。文章写到这里，作者引出了论题：治国不能单凭“雷霆轰轰”，而应“用其明”。

第二段包括四、五、六小节。作者用了近二分之一的篇幅，花了大手笔来极力运笔于以明治国之道，辩理言策而寓箴规于其中，让读者接受把论说的层次逐步提高。在论说方法上，作者紧紧扣住了一个“精”字，一步步地渗透。人君怎样才能实现明治呢？首先作者以不知“圣人之明”一句的略写，意在说明不企求人君能成为圣人，同时也说明从未有过“圣人之明”的人君。其言虽简，其意却赅。接着作者指出“独爱贤者”之君。贤者之所以“用心约而成功博”，愚者之所以“用心劳而功不成”，没有其他的原因，而是因为贤者“专于其所及而及之，则其及必精”，愚者却恰恰相反，“兼于其所不及而及之，则其及必粗”。“精”则“成功博”，“粗”则“功不成”。这里，作者不仅回扣了第一段中的贤者“以其所及而济其所不及”，愚者“以其所不及丧其所及”的中心论点，而且进一步指出贤者的“专所及”和愚者的“兼不及”，才分别是他们各自成功和失败的主要原因。因为只有“专所及而及之，则其及必精”。《明论》是一篇策论文章，中心明了，易于理解与接受。立意精美宏丽，运笔浑灏自然，是其一大特点。也称得上是一篇“其及必精”的策论。

上文丞相书

昭文相公执事：天下之事，制之在始；始不可制，制之在末。是以君子慎始而无后忧。救之于其末，而其始不为无谋，失诸其始而邀诸其终，而天下无遗事。是故古者之制其始也，有百年之前而为之者也。盖周公营乎东周数百年而待乎平王之东迁也，然及其收天下之士，而责其贤不肖之分，则未尝于其始焉而制其极。盖常举之于诸侯，考之于太学，引之于射宫而试之弓矢，如此其备矣。然而管叔、蔡叔，文王之子，而武王、周公之弟也。生而与之居处，习知其性之所好恶，与夫居之于太学而习之于射宫者，宜愈详矣。然其不肖之实，卒不见于此时。及其出为诸侯监国，临大事而不克自定，然后败露，以见其不肖之才。且夫张弓而射之，一不失容，此不肖者或能焉。而圣人岂以为此足以尽人之才！盖将为此名以收天下之士，而后观其临事而黜其不肖。故曰：“始不可制，制之在末。”于此有人求金于沙，敛而扬之，惟其扬之也，精，是以责金于扬，而敛则无择焉。不然，金与沙砾皆不录而已矣。故欲求尽天下之贤俊，莫若略其始；欲求责实于天下之官，莫若精其终。

今者天下之官，自相府而至于一县之丞尉，其为数实不可胜计，然面大数已定。余吏滥于官籍，大臣建议减任子、削进士以求便天下。窃观古者之制，略于始而精于终，使贤者易进，而不肖者易犯。夫易犯故易退，易进故贤者众。众贤进而不肖者易退，夫何患官冗。今也，艰之于其始，窃恐夫贤者之难进，与夫不肖者之无以异也。

方今进退天下士大夫之权，内则御使，外则转运。而士大夫之间，洁然而无过，可以任为吏者，其实无几。且相公何不以意推之？往年吴中复在犍为，一月而发二吏；中复去职，而吏之罪免者旷岁无有也。虽然，此特洵之所见耳！天下之大，则又可知矣。

国家法令甚严，洵从蜀来，见凡吏商者皆不征，非追胥调发，皆得役天子之夫。是以知天下之吏犯法者甚众，从其犯而黜之。十年之后，将分职之不给，此其权在御使转运。而御使转运之权，实在相公，顾甚易为也。今四方之士，会于京师，口语籍籍，莫不为此，然皆莫肯一言于其上，诚以为近于私我也。

洵，西蜀之人，方不见用于当世，幸又不复以科举为意，是以肆言于其间，而可以无嫌。伏惟相公慨然有忧天下之心，征伐四国，以安天子，毅然立朝，以威制天下。名著功遂，文武并济，此其享功业之重，而居富贵之极，于其平生之所望，无复慊然者。惟其获天下之多士而与之皆乐乎此？可以复动其志，故遂以此告其左右，惟相公亮之。

【鉴赏】

苏洵于嘉祐元年（1056）五月到达京师之后，颇为活跃，在半年多的时间内，先后上书当时在京任职的朝廷重臣富弼、文彦博、韩琦、田况等人；并向欧阳修、张方平、余青州等人也投书信。这是因为当年推行庆历新政的重要大臣，除范仲淹、尹洙已去世外，文彦博等人再次入朝主政，使他感到异常振奋。苏洵在京城所写的诸多上书之内容不外有三：一为议政；一为自荐；一为论兵。苏洵写给韩琦的文章主要是论兵机和治军问题；呈给富丞相之书是议政和澄清吏治等内容；上田况的文章是自荐其才能和文章。而这篇写给文彦博丞相的书信则兼有论政和自荐的目的。虽然这些文章写于一年之内，但依据不同的上书对象和他们各自的职掌，上书的内容是完全不一样的。

文彦博“任将相五十年，闻名四夷……虽穷贵极富，而平居接物谦下，尊德乐善”（《宋史·本传》），是年高德劭的重臣，综览朝政的宰辅。苏洵上给文彦博的这封书主要是阐释选用人才的重要意义及选才的方法问题。文章开篇，就提出了“制始”与“制末”的区别和联系。作者认为，举凡天下之事，都有一定的规律可循。所谓“制始”，就是一开始就高度重视，牢牢抓紧，充分掌握主动权。这样郑重其事地开始就能获得“慎始而无后忧”的满意结局。但是天下之事至为复杂多变，并非一切规律都那么一致，易于掌握住，这就出现了所谓“始不可制”的问题，该怎么办呢？“制末”就是补救性的措施了。“失诸其始而邀（求取）诸其终”是十分必要的，这就是人们常说的“失之东隅，收之桑榆”和“亡羊补牢”之意。

作者以周公对不安其位，兴风作浪的管叔、蔡叔，“未尝于其始焉而制其极”而让他们就其封地，待其败露之后始制之，以说明并非所有事物“制始”就一定比“制末”好，道理很清楚，事物的本质显露是有一发生、发展的过程，对于不同的事物，不同的对象，是采用“制始”还是“制末”那要视具体情况区别对待了。因为管叔、蔡叔的身份很特殊，他们是文王之子，又是武王、周公之弟，当其罪过未败露时，是无法处置的。所以作者提出了“始不可制，制之在末”的主张。接下来，苏洵又以披沙取金为喻：“求金于沙，敛而扬之”，如果开始就要求行严，只要金，不要沙，那么就会“金与沙砾皆不录矣”；如果“扬之不精”，金沙难分，也没法获得真金了。苏洵用淘沙取金这一人们稔熟的知识意在说明选取贤才要得法。

文章指出：“欲求天下之贤俊，莫若略其始；欲求责实于天下之官，莫若精其终。”道理很简单，所谓“略于始”是说选取人才、贤俊开始不如放宽一些，以期“使贤者易进”，这正如淘沙金时先粗淘一样。但如果不进行淘汰，又失之于滥；“精于终”是很必要的。对官吏而言，“精于终”是指对选出者给予严格的要求和考察。显然如此的考察“不肖者易犯”，是难以通过的，问题就好做多了。“易犯故易退”，结果将是“众贤进而不肖者易退”，滥官冗员的问题当然不难解决。宋代的官吏为何冗滥成灾呢？是因为宋代的选官方式有违古制所致。作者指出“今也艰之于其始”，这样使贤俊之辈也难进了，贤者难进，不肖自不待言，可均被放过，造成贤者“与夫不肖之无以异也”，这样选拔人才问题当然很多。

对于选士、考核官吏一类问题，其实人们早就议论纷纷，也都很清楚，解决的办法也有，好像都明哲保身不愿谏言，但他自然不会缄口沉默。再说，苏洵“不见用于当时，幸又不复以科举为意，是以肆言于其间，而可以无嫌”。就是说，作者无官累身，无所顾忌，不必患得患失，吞吞吐吐。

苏洵写文章讲究实用，绝非“徒托空言”者所能比拟的。他的《上韩枢密书》也是将治水和治军结合在一起进行对照的。这样，意在雄辩地证明作者欲论证的道理是放之自然界和社会科学领域都没有不通的真理，这既可增强文章的说服力，又避免了行文的单调乏味，可谓一石二鸟。

上王长安书

判府左丞阁下：天下无事，天子甚尊，公卿甚贵，士甚贱。从士而逆数之，至于天子，其积也甚厚，其为变也甚难。是故天子之尊，至于不可指，而士之卑，至于可杀！呜呼，见其安而不见其危，如此而已矣！

卫懿公之死，非其无人也，以鹤辞而不与战也；方其未败也，天下之士，望为其鹤而不可得也；及其败也，思以千乘之国，与匹夫共之而不可得也。人知其卒之至于如此，则天子之尊，可以慄慄于上；而士之卑，可以肆志于下，又焉敢以势言哉！夫士之贵贱，其势在天子；天子之存亡，其权在士。世衰道丧，天下之士，学之不明，持之不坚，于是始以天子存亡之权，下而就一匹夫贵贱之势。甚矣，夫天下之惑也。持千金之璧，以易一瓦缶，几何其不举而弃诸沟也。古之君子，其道相为徒，其徒相为用，故夫一夫不用乎此，则天下之士相率而去之，使夫上之人有失天下士之忧，而后有失一士之惧。今之君子幸其徒之不用，以苟容其身，故其始也轻用之，而其终也亦轻去之，呜呼，其亦何便于此也。

当今之世，非有贤公卿，不能振其前，非有贤士，不能奋其后。洵从蜀来，明日将至长安，见明公而东。伏惟读其书而察其心，以轻重其礼，幸甚！幸甚！

【鉴赏】

苏洵为参加科举考试，曾经多次进京。他这篇写给长安判府左丞王某的书信，据信中云“洵从蜀来，明日将至长安，见明公而”，知其离蜀赴京师，取道川陕陆路，越秦岭，快要到达长安时写的，时间当在嘉祐元年(1056)

三、四月之交。由于苏洵预进士、制策试都没有通过，遂绝意于仕进，而专心于学术研究。全文可分为三段(即三个自然段)四个层次，现条析如下。

第一段，作者以急促犀利而明快的语言，开门见山，指出了“天下无事，天子甚尊，公卿甚贵，士甚贱”的怪异现象，有好多这样的例子，比如高山坠石，凌空突兀，让人惊诧不已。从封建制度确立以来，皇帝称天子，以象征君权神授，凛然不可干犯；公卿百官，代天子理政牧民，也享有极大的权力；而士(这里是指普通百姓和底层知识分子)是最卑贱者，这好像是天经地义之事，可是作者并不这样认为。因为这样的尊卑序列有一个重要的前提条件：那就是必须“天下无事”。作者这句话至少包含两层意思：一是天下无事，天子、公卿，无上尊贵，能够安享清福，任意践踏士民而无所顾忌；一是天下如果不是“无事”，这种排列顺序，这种局面就得打破，作为既尊且贵的天子、公卿，如果有清醒的头脑和睿智的见识，是应该理解其隐忧的。文章破题作者即以简括而富有锋芒的语言揭露了君臣尊贵，士庶轻贱的不合理的现象，早在战国时期，孟子即提出了“民为贵，社稷次之，君为轻”的理念。在天下无事之时，国人虽然不满，尚无多大危害；当狄人伐卫时，国人不肯出力，士兵不愿意打仗，都怨气冲天地说，让鹤去退敌兵吧！最后导致卫国灭亡(《左传·闵公二年》)，教训沉痛，殷鉴不远，岂可遗忘！作者又说“方其未败也”，天下之士在懿公心目中远不如鹤；“及其败也”，想让士与国君共同治理国家也不可能了。既然如此，天子固然尊贵，但不可骄妄；更不能忽视士民百姓的存在，应当肯定他们的合法权益与基本要求。道理极清楚，国家破灭，天子被推翻，皇帝的尊贵、特权等皆无从谈起，一切都不存在了。

“世衰道丧”至第二自然段完，是本文的第三层次。作者阐明自己对“君民”关系的见解之后，进而探索“君民”轻重倒置的历史根源和现实原因。苏洵分析，演变为天子之尊以至于不可指；士之卑至于可杀的现状，这就是他们的思想，既有天子、公卿方面的责任，也有士庶自身的缺憾。可那又怎样，既然使士之贵贱之权势，掌握在天子手中，如果能适当改善士的待遇与地位，调动其积极性，让其发挥聪明才智，天子、公卿的尊贵地位并不会因此而受到影响，国家将更强盛，政权将更稳固，人们的生活更加美好，社会各层将更加和谐协调，难道不是更好？从士这方面来审视，也有可议、可责之处，就是在“士衰道丧”之际，天下士“学之不明，持之不坚”，自身素质不高，修养不够，又怎能争得更自由自在的境遇呢？文章比较了古今君子选徒（门人、学生）和君子与徒的关系之后，认为古之君子以道授徒，关心他们的前途，而且关系密切，团结一致，众人拾柴火焰高，则士的地位和作用皆能得到该有的肯定与发挥。

文章的最后一段也是本文第四层次，作者对改变当今士的地位、作用持乐观态度，社会分工也有所不同，认为只要贤公卿和贤士同心协力，建立正常的上、下关系，协调好天子、公卿、士的合理位置是完全可能，也是非常必要的；同时，也希望王长安能礼遇苏洵父子，结束全文。

总之，这封上王长安的信中心突出，观点明确，遣词直接而犀利，节奏急促而顿挫。从内容来看，作者紧扣住天子、公卿与士庶匹夫关系而慢慢展开，在辨析这种关系发展、变化的过程中层层深入，步步深入，紧紧围绕天子、士庶的地位与国家政权安危的关系等重大问题为论证主线，意在阐明“君民”间的关系和士庶在社会中的作用，合法权益的重要性，不可等闲视之。另外，本篇在行文节奏和音节安排上，也很讲究。这自然是作者匠心独运的结果。

上张侍郎第一书

侍郎执事：明公之知洵，洵知之，明公知之，他人亦知之。洵之所以获知于明公，明公之所以知洵者，虽暴之天下，皆可以无愧。今也将有所私告于执事，念将以屑屑之私，坏败其至公之节，欲忍而不言而不能，欲言而不果，勃然交于胸中，心不宁而颜忸怩者，累月而后决。

窃见古之君子知其人也，忧其人，以至于其父母、昆弟、妻子，以至于其亲族朋友，忧之固其责也。虽然，自我求之，则君子讥焉；知之而不忧，不忧而求人忧，则君子交讥之。洵之意以为宁在我，而无宁在明公。故用此决其意而发其言，以私告于下执事，明公试一听之。洵有二子：轼、辙，龆龀授经，不知他习。进趋拜跪，仪状甚野，而独于文字中有可观者。始学声律，既成，以为不足尽力于其间。读孟、韩文，一见以为可作。引笔书纸，日数千言，坌然溢出，若有所相。年少狂勇，未尝更变，以为天下之爵禄，可以攫取。闻京师多贤士大夫，欲往从之游，因以举进士。洵今年几五十，以懒钝废于世，誓将绝进取之意。惟此二子不忍使之复为湮沦弃置之人。今年三月，将与之如京师，一门之中，行者三人，而居者尚十数口。为行者计，则害居者，为居者计，则不能行，栖栖焉无所告诉。夫以负贩之夫，左提妻，右挈子，奋身而往，尚不可御，有明公以为主，夫焉往而不济。今也望数千里之外，茫然如梯天而航海，蓄缩而不进，洵亦羞见朋友。明公居齐桓、晋文之位，惟其不知洵，惟其知而不忧，则又何说？不然，何求而不克？轻之于鸿毛，重之于泰山，高之于九天，远之于万里，明公一言，天下谁议！将使轼、辙求进于下风，明公引而察之，有一不如所言，愿赐诛绝，以惩欺罔之罪。

【鉴赏】

苏洵这篇写给张侍郎的书信，此篇文章作于嘉祐元年（1056）年初，即苏洵父子离开家乡赴京师预礼部贡举试之前夕。信中所称之张侍郎，即与苏洵父子相知颇深、对苏洵才能倍加称赞的张方平。张方平，字安道，曾官参知政事。至和元年（1054），以户部侍郎身份镇守蜀中。就在这个时候，广南侬智高为宋军所败，慌忙地逃窜南诏（即今云南大理），引起四川震恐。当时盛传侬智高将入蜀骚扰，蜀中的人士大惊。由于张方平以清醒的头脑分析形势，决定“以静镇之”而获得成功，在惊慌未定的四川人民中有很好的印象，颇受蜀人拥戴和拥护。

苏洵受知于张侍郎有一曲折过程。张方平不仅留心御敌、治理政事，也很注意求贤。据张在《文安先生墓表》里记载说：“仁宗皇祐中，仆领益部，念蜀异日常有高贤奇士，今独乏人耶？或：‘勿谓蜀无人，有人焉。眉州处士苏洵其人也。’”可见，张方平是从旁人那里了解了他的一切。而苏洵坎坷于场屋，失意于仕进，他曾先后在宋仁宗天圣四年（1026）和景祐四年（1037）两次参加进士考试都失利，又于三十岁时（庆历六年，1046）复预制策科，又不中。一连串的科举蹭蹬，使苏洵清醒地认识到“此不足为学也”（欧阳修《苏明允墓志铭》），于是将旧日所作悉数焚烧，深刻反思之后，决定辍笔苦读，重新开始他的人生，决意放弃科举而专心于学术研究。苏洵精研于先秦诸子的学术，认真习诵、取法两汉古文，浸润六经，旁及百家学说，百家学说中说“以考质古今治乱成败，圣贤穷达出处之际”（同上）。

“窃见古之君子”至“则又何说”是第二段，这段文章由两个层次展开。“窃见古之君子知其人也”到“明公试一听之”为第一个层次，是说君子知其人，则为他的前途而忧虑、费心，而张侍郎就是这样的君子。作者说这番话的大致意思，是要引出本文的中心：使文章易于被世人接受，希望张方平能举荐他们，进而为苏洵父子进京预试谋职疏通必要的关系。君子知人，知人而用人，不同于常人之处在于对所知者前途的关心和才能的爱惜上，这正是其社会责任感的表现。作者进一步地指出，自己虽不敢以君子自命对生命的尊重，但他对自己儿子的了解还是非常清楚的，所谓“知子莫若父”，就是这个意思。如果苏洵对自己的儿子知之而不忧，自己不忧而希望别人来为之担忧操心，岂不被人笑话吗？作者在这一层次里，以“虽然，自我求之，则君子讥”的递进句式，是要表达两层意思：一是苏洵对其子轼、辙的称誉，也是性质相同之事；一是张方平对作者的推奖，是君子之知人、忧人。最终目的，是要亮出苏洵欲告之于张方平之“私事”。“洵有二子”，至第二段结束是文章的第三层次，也是本文的重心所在，这是本文的中心思想：由作者介绍苏轼兄弟的才智、学问，意在求张侍郎为之延誉、荐引。苏洵从自身预科举试的经验中，知道了很多东西，悟出了声律之学不足尽力于其间的道理，转而去追求了六经、孟、韩等的价值，所以苏洵以此教授其子。“明公居齐桓、晋文之位”以下是本文的第三段，也是第四层次。作者再次流露出求助张侍郎举荐二子的殷切心情，并向张保证，二子确实有实学真才，结束全篇。

《上张侍郎第一书》是一篇短小精悍、文情并茂、言辞委婉的文章。

上韩丞相论山陵书

四月二十三日，将仕郎守霸州文安县主簿礼院编纂苏洵，惶恐再拜上书昭文相公执事。洵本布衣书生，才无所长，相公不察而辱收之，使与百执事之末，平居思所以仰报盛德，而不获其所。今者先帝新弃万国，天子始亲政事，当海内倾耳侧目之秋，而相公实为社稷柱石、莫先之臣，有百世不磨之功。伏惟相公将何以处之？古者天子即位，天下之政必有所不及安席而先行之者。盖汉昭即位，休息百役，与天下更始，故其为天子曾未逾月，而恩泽下布于海内。窃惟当今之事，天下之所谓最急，而天子之所宜先行者，辄敢以告于左右。

窃见先帝以俭德临天下，在位四十余年，而宫室游观无所增加，帏簿器皿弊陋而不易，天下称颂，以为文景之所不若。今一旦奄弃臣下，而有司乃欲以末世葬送无益之费，侵削先帝休息长养之民，掇取厚葬之名，而遗之以累其盛明。故洵以为当今之议，莫若薄葬。窃闻顷者，癸酉赦书既出，郡县无以赏兵，例皆贷钱于民，民之有钱者，皆莫肯自输。于是有威之以刀锯，驱之以笞箠，为国结怨。仅而得之者，小民无知，不知与国同忧。方且狼顾而不宁，而山陵一切配率之科，又以复下，计今不过秋冬之间，海内必将骚然有不自聊赖之人。窃惟先帝平昔之所以爱惜百姓者，如此其深，而其所以检身节俭者，如此其甚也，推其平生之心，而计其既殁之意，则其不欲以山陵重困天下，亦已明矣。而臣下乃独为此过当逾礼之费，以拂戾其平生之意，窃所不取也。且使今府库之中，财用有余，一物不取于民，尽公力而为之，以称遂臣子不忍之心，犹且获讥于圣人。况夫空虚无有，一金以上，非取于民则不获，而冒行不顾，以徇近世失中之礼，亦已惑矣！

然议者必将以为古者君子不以天下俭其亲，以天下之大，而不足于先帝之葬，于人情有所不顺。洵亦以为不然。使今俭葬而用墨子之说，则是过也。不废先王之礼，而去近世无益之费，是不过也。子思曰：三日而殡，凡附于身者，必诚必信，勿之有悔焉耳矣。三月而葬，凡附于棺者，必诚必信，勿之有悔焉耳矣。古之人所由以尽其诚信者，不敢有略也，而外是者则略之。昔者华元厚葬其君，君子以为不臣。汉文葬于霸陵，木不改列，葬无金玉，天下以为圣明，而后世安于太山。故曰莫若建薄葬之议，上以遂先帝恭俭之诚，下以纾百姓目前之患，内以解华元不臣之讥，而万世之后以固山陵不拔之安。洵窃观古者厚葬之由，未有非其时君之不达，欲以金玉厚其亲于地下，而其臣下不能禁止俛而从之者，未有如今日之事，太后至明，天子至圣，而有司信近世之礼，而遂为之者是可深惜也。且夫相公既已立不世之功矣，而何爱一时之劳，而无所建明。洵恐世之清议，将有任其责者，如曰：诏敕已行，制度已定，虽知不便，而不可复改。则此又过矣。盖唐太宗之葬高祖也，欲为九丈之坟，而用汉氏长陵之制，百事务从丰厚。及群臣建议以为不可。于是改从光武之陵，高不过六丈，而每事俭约。夫君子之为政，与其坐视百姓之艰难，而重改令之非，孰若改令以救百姓之急。不胜区区之心，敢辄以告，惟恕其狂易之诛，幸甚幸甚，不宣，洵惶恐再拜。

【鉴赏】

文章开始，苏洵再次对韩丞相举荐他为官之恩表示终身难忘。因为仁宗嘉祐初年，苏洵父子三人一同进京，欧阳修把他的文章呈献皇帝，因此一时享有盛名。丞相韩琦也觉得他的文章写得好，向朝廷推荐他，召试舍人院，他托词有病，不应试，于是授他秘书省校书郎，后为霸州文安县主簿。所以苏洵对韩丞相恩德欲报却无机会，所以借先帝新崩英宗即位之时，作为“社稷柱石莫先之臣”的丞相，应该辅佐新君做“天下之所谓最急，帮助国家处理好义务，而天子之所宜先行者”之事，提出了自己的建议。苏洵认为韩丞相应该辅佐新帝做出像汉武帝崩，汉昭帝新立时那样，“休息百役与天下更始，故其为天子曾未逾月，而恩泽下，布于海内。”苏洵的具体建议就是对先帝“莫若薄葬”。

苏洵首先从仁宗一生当中以“恭俭仁恕”为旨来阐发薄葬的道理。据《宋史》记载：“仁宗恭俭仁恕，出于天性。一遇水旱，或密祷禁廷（宫中秘密祷告），或跣（赤脚）立殿下。有司请以玉清旧池为御苑，帝曰：‘吾奉先帝苑囿，犹以为广？何以是为？’燕私（休息）常服浣濯（易洗的衣服），帷衾，多用缯（粗帛）。宫中夜饥思膳（食）烧羊，戒勿宣索，恐膳夫（厨师）自此戕贼物命，以备不时之须。大辟（死刑）疑者，皆令上谳（对罪狱议论），岁常活千余。吏部选人，天下之大，一坐失入死罪，皆终身不迁。”

苏洵接着进一步指出厚葬之非，“今不过秋冬之间，海内必将骚然有不自聊赖之人”出现，这是由于残民所致。这是完全不吻合先帝夙愿的。“先帝平昔之所以爱惜百姓者如此其深，而其所以检身节俭者如此其甚也，推其平生之心而计其既没之意，则其不欲以山陵重困天下，亦已明矣。而臣下乃独为此过当逾礼之费以拂戾（违背）其平生之意，窃所不取也。”苏洵诚恳地劝丞相仔细考虑这个问题，不要自己“以称遂臣子不忍之心，犹且获讥于圣人”，“以徇近世失中之礼”。

苏洵又深究古代厚葬的原因，都是当时世君不明智，想要以金玉厚葬其亲于地下，而臣子明知不当而不能禁止，只好勉强从命而已。至于今朝则不同，“太后至明，天子至圣，而有司信近世之礼。”绝不愿做那些不明智之事。如有违背必受到重罚。在如此情况下，韩丞相如不能远谋，只是随波逐流同意厚葬，“是可深惜也。”或者又有人说：“诏敕已行，制度已定，虽知不便，而不可复改。”需铭记于心，苏洵觉得这种说法也是不对的。他又举出古代唐太宗李世民葬高祖李渊之事。开始太宗“欲为九丈之坟，而用汉氏长陵（汉高帝刘邦墓）之制，从而教化天下人，百事务从丰厚”。制度初定，群臣议论纷纷以为不可。太宗善于讷谏，于是“改从光武（光武帝刘秀）之陵，高不过六丈，每事俭约”。看来唐太宗确实是明智的，后世史论家评论唐太宗善于纳谏是其一大美德，不愧为一代圣君，被后人赞扬。

这篇文章的主题，就是论述厚葬与薄葬的是与非，苏洵的观点明确：力主薄葬。他博古通今举出大量的史料，批评厚葬、力主薄葬之议。尤其是利用对比的史料，更具有很强的说服力。评论家以为苏洵长于策论，善于用比，使读者折服。自古至今，关于厚葬与薄葬的争论一直没有停止过。在移风易俗的社会主义的今天，对葬礼铺张浪费的现象还是屡见不鲜。由此看来苏老泉力主薄葬之议，不仅在当时很是重要，“以救百姓之急”，实是救宋之急，同时也具有深远的历史意义。苏洵冒“惟恐其狂易之诛”的风险，敢于提出异议，这种精神确实是难能可贵的！

张益州画像记

至和元年秋，蜀人传言：“有寇至边，边军夜呼，野无居人。”妖言流闻，京师震惊。方命择帅，天子曰：“毋养乱，毋助变，众言朋兴，朕志自定，外乱不足，变且中起，既不可以文令，又不可以武竞，惟朕一二大吏，孰为能处兹文武之间，其命往抚朕师。”乃推曰：“张公方平其人。”天子曰：“然。”公以亲辞，不可，遂行。冬十一月至蜀。至之日，归屯军、撤守备，使谓郡县：“寇来在吾，无尔劳苦。”明年，正月朔旦，蜀人相庆如他日，遂以无事。又明年，正月，相告留公像于净众寺，公不能禁。

眉阳苏洵言于众曰："未乱易治也，既乱易治也。有乱之萌，无乱之形，是谓将乱。将乱难治，不可以有乱急，亦不可以无乱弛。惟是元年之秋，如器之攲，未坠于地。惟尔张公，安坐于其旁，颜色不变，徐起而正之。既正，油然而退，无矜容。为天子牧小民不倦，惟尔张公。尔繄以生，惟尔父母。且公尝为我言：'民无常性，惟上所待。人皆曰蜀人多变。于是待之以待盗贼之意，而绳之以绳盗贼之法。重足、屏息之民，而以斧令，于是民始忍以其父母妻子之所仰赖之身，而弃之于盗贼，故每每大乱。夫约之以礼，驱之以法，惟蜀人为易。至于急之而生变，虽齐、鲁亦然。吾以齐、鲁待蜀人，而蜀人亦自以齐、鲁之人待其身。若夫肆意于法律之外，以威劫齐民，吾不忍为也'呜呼！爱蜀人之深，待蜀人之厚，自公而前，吾未始见也。"皆再拜稽首，曰："然。"苏洵又曰："公之恩在尔心，尔死，在尔子孙，其功业在史官，无以像为也。且公意不欲，如何？"皆曰："公则何事于斯，虽然，于我心有不释焉。今夫平居闻一善，必问其人之姓名，与其邻里之所在，以至于其长短大小美恶之状。甚者，或诘其平生所嗜好，以想见其为人。而史官亦书之于其传。意使天下之人，思之于心，则存之以目。存之于目，故其思之于心也固。由此观之，像亦不为无助。"苏洵无以诘，遂为之记：

公，南京人，慷慨有大节，以度量雄天下。天下有大事，公可属。系之以诗曰：天子在祚，岁在甲午。西人传言，有寇在垣。庭有武臣，谋夫如云。天子曰嘻，命我张公。公来自京，旗纛舒舒。西人聚观，于巷于涂。谓公暨暨，公来于于。公谓西人，安尔室家，无敢或讹，讹言不祥，往即尔常。春尔条桑，秋尔涤场。西人稽首，公我父兄。公在西囿，草木骈骈。公宴其僚，伐鼓渊渊。西人来观，祝公万年。有女娟娟，闺闼闲闲。有童哇哇，亦既能言。昔公未来，期如弃娟，禾麻芃芃，仓庾崇崇。嗟我妇子，乐此岁丰。公在朝廷，天子股肱。天子曰归，公敢不承。作堂严严，有庑有庭。公像在中，朝服冠缨、西人相告，无敢逸荒。公归京师，公像在堂。

【鉴赏】

张益州，即张咏，字方平，又字安道，自号乐全居士，官至参知政事。益州，今四川省一带，治所在今成都市。至和元年（1054）十一月，张方平奉命镇蜀，领益州牧，故称“张益州”。张益州读了苏洵的《权书》和《论衡》，给予极高的评价：“读之，如大山之云出于山，忽布无方，倏散无余；如大川之滔滔，东至于海源也。因谓苏君：‘左丘明《国语》、司马迁善叙事、贾谊明王道、君兼之矣。’”（张方平《文安先生墓表》）遂荐苏洵于朝，使为成都学官，从此便开始了他的官场生涯。但批文始终未下达。

嘉祐元年（1056）正月，苏洵四十八岁，作《张益州画像记》。张益州劝苏洵进京，并致书欧阳修，举荐苏氏父子。三月苏洵父子三人离家乡眉山赴成都辞别张益州，随后他们就进京了。苏氏父子出于张益州门下，苏张两家友情深笃、交往很密切。

这篇《画像记》记叙了张方平奉命出知益州，安抚边民的经过，根据自己的所看所感生动地塑造了张益州“为天子牧小民不倦”的封建官吏的形象。他采取“安抚”的方法，宽政爱民，使之安居乐业，各事农桑。真可谓利国利民，这在当时当地无疑是可以博得人心的。列宁说：“所有一切压迫阶级，为了维持自己的统治，都需要有两种社会职能：一种是刽子手的职能，另一种是牧师的职能。”张益州的前几任属于第一类，而张益州则属于第二类。不管怎么说他也是宋王朝得力的一位良牧，他的目的是统治“小民”，但他采取“宽政爱民”的“安抚”手段，在客观上是有利于民的。与民休养生息，有利于农业生产的发展，在当时起了很大的作用，这也正是他与那班“贪官酷吏”的区别，正是“小民”爱如父母而愿为之画像的原因。

本文结构新奇，手法巧妙，是苏洵的一篇得意之作。全文可分两大部分，第一部分是文，第二部分是诗，以文始而以诗终，诗文结合，浑然一体。第一部分又可分为两段，第一段写朝廷任命张方平出知益州的全过程。第二段写益州民众议论并决定为张益州画像留念，以表彰他的功德。从写法上看，一是按时间顺序写，有条不紊。由上到下，文章开头先交代时间，“至和元年秋”，即1054年秋天，这一年秋天不是写作本文的时间，而是“蜀人传言”（广州叛将侬智高将要攻击益州），“京师震惊”的时间，是天子择帅命吏的原因。“冬十一月至蜀”，是张方平奉命到达益州的时间。“又明年，正月”，是蜀人给张益州画像的时间，也是写作本文的时间。二者时间一致。二是有详有略的写法。在第一段中，作者将朝廷任命张方平镇蜀的经过写得很具体，先写“妖言流闻，京师震惊”，再写朝廷商议“择帅”，由天子亲自提出派“大吏”“往抚朕师”，说明事情的重要性，接着写群臣共推：“张方平其人”，天子表示认同。说明张方平有才能，能负重任，有威信，能服众望，大家都愿意听从他的。这些地方颇能刻画张方平朝中大吏的形象踊跃于人们心中，所以详写。三是通过人物的对话来刻画张益州的形象。比如，第二段眉阳苏洵对众人说：“将乱难治……惟是元年之秋，如器之攲（倾斜将倒），未坠于地。惟尔张公，安坐于旁，颜色不变，徐起而正之。既正，油然而退，无矜容。为天子牧小民不倦，唯尔张公。”此话巧用比喻，惟妙惟肖地刻画了张益州治蜀时，宽容大度，从不与人计较，从容不迫，像扶正一个将倒未倒的器具那样，治理了将乱而未乱的益州，是那样的有魄力、有办法、有气度，大乱将至，在泰山崩于前而他能安然处之、悠游自如、不慌不忙。以上他的话是他内心的独白，也是他的做官之道和做人之道。

本文的第二部分是诗，是用韵文的形式把第一部分的内容反复一次，并对蜀地安定以后的繁荣景象，做了必要的补充，作者有意如此安排结构、布局文章，不仅有一唱三叹的风韵，而且进一步深化了主题。

木假山记

木之生，或蘖而殇，或拱而夭；幸而至于任为栋梁则伐；不幸而为风之所拔，水之所漂，或破折，或腐，幸而得不破折，不腐，则为人之所材，而有斧斤之患，其最幸者，漂沉汩没于湍沙之间，不知其几百年，而激射啮食之馀，或仿佛于山者，则为好事者取去，强之以为山，然后可以脱泥沙而远斧斤，而荒江之滨，如此者几何？不为好事者所见，而为樵夫野人所薪者，何可胜数？则其最幸者之中，又有不幸者焉。

余家有三峰，余必思之，则疑其有数存乎其间。且其蘖而不殇，拱而不夭，任为栋梁而不伐，风拔水漂而不破折，不腐；不破折、不腐，而不为人所材，以及于斧斤；出于湍沙之间，而不为樵夫野人所薪，而后得至于此，则其理似不偶然也。

然余之爱之，非徒爱其似山，而又有所感焉；非徒爱之，而又有所敬焉。余见中峰，魁岸踞肆，意气端重，若有以服其旁之二峰；二峰者，庄栗刻削，凛乎不可犯；虽其势服于中峰，而岌然决无阿附意。吁！其可敬也夫！其可以有所感也夫！

【鉴赏】

《木假山记》选自《嘉祐集》，是苏洵的一篇得力之作。

一、两座木假山

苏洵有两座木假山。他一直都很重视这两座山，一座是用“貂裘”从“溪叟”手中换来的，置于眉山家院庭前。梅圣俞曾见并为之赋诗《苏明允木山》：“空山枯楠大蔽牛，霹雳夜落鱼凫洲。鱼凫水射千秋蠹，肌烂随沙荡漾流。唯存坚固蛟龙，形如三山中尤酋。左右两峰相扶翊，尊奉君长无慢尤。”苏夫子看见的时候十分惊讶，买于溪叟凭貂裘。因嗟大不为栋梁，又叹残不为薪。二三十年后，苏辙之子千乘又得一五峰木假山，“益奇”，苏轼、苏辙嘱其带回老家，并把三苏及梅之诗文“并刻之其侧”，珍藏于家。这是另一座木假山。

二、层曲环扣，纡回绕折

文似看山不希平。本文的首要特点，就是曲折不平，就像沈德潜在本文开头所加“眉批”说：“凭空而来，一气层折，几不可已，如寻武夷九曲，一曲一胜。”本文记叙“木假山”，先从“木”写起。从树木的生长过程来看，有的刚发芽就枯死了，这是不幸的，有的长成合抱大树才被砍伐，这算是有幸的了。如果树苗有幸长成大树，又有“幸”与“不幸”两种情况：不幸的有时候被风连根拔起，在水上漂泊，有的被腐蚀而朽烂，有的被破坏折断，有的与之相反，幸而成材，也免不了斧头砍伐的祸患。其中最有幸的，漂浮在激流或沉没于泥沙之中，如同山的形状，这就是“木假山”，这就是木假山的来源。至此点题，由木写到了“木山”。在极偶然的机会中，这种木假山被好事者拾取而去，从而脱离了泥沙，被人们所救，免去了斧砍的灾祸，所以是最幸的了。然而不为“好事者所见”，而为樵夫或村野之人当作柴烧的是多数，不可胜数，这是最幸者中的不幸者。真所谓，幸与不幸自在天意，以上是第一段，包括两层，由木山的幸与不幸归结于“数”（气数、命运），再由“数”转出“理”（道理或哲理），累棋转丸，极尽变化。

三、以理入文，寓理深刻

“以理入文”，即在记叙文中，采取记叙描写与抒情议论相结合的方式，在所记具体事物的基础上，进行抒发感情，议论哲理，这是宋代散文的一个突出特点，譬如范仲淹的《岳阳楼记》、王安石的《游褒禅山记》、苏轼的《石钟山记》等。苏洵的这篇《木假山记》也是如此。本文在第一段记叙木假山形成的基础上，紧接一个“理”字，在第二段就大发议论和感慨。第二段先提出一个“爱”字，表示“余”对木假山喜爱的感情，从而引出“感”、“敬”二字来。那么“所感”、“所敬”的内容是什么呢？于是就自然而然地引起议论：“所感”、“所敬”的是：“中峰意气端重”、“服其旁之二峰”的风格特点、气魄。这也正是本文所要表达的人生的哲学和做人的道德风尚，是供人学习的。

四、借物自况

如果我们读一下苏洵的年谱或传记，就会一下子明白，自然而然地意识到本文是作者“借物自况”的文章。木的生长和木山形成的曲折漫长过程，正是苏洵所经历的人生道路，真可谓有异曲同工之妙啊，木山的幸与不幸正是苏洵的遇与不遇，三峰的风格、气节正是苏洵的道德风尚。把它与山自语，明显苏洵是以木山自比、三峰自况的。当然也可以扩大一点说，三峰是比喻“三苏”，其凛然不屈，岌然不阿的风骨，俨然“三苏”小影。轼辙仕途坎坷，屡遭贬谪，升降沉浮，一直不屈其志，不阿附迎合，正是如此。有人说把三峰比三苏，是指中峰比老苏，旁二峰比轼、辙。感觉比喻挺对的，这样“分喻”，恐不妥当，一来过死，二来与文意不合。

老翁井铭

丁酉岁，余卜葬亡妻，得武阳安镇之山。山之所从来甚高大壮伟，其末分而为两股，回转环抱，有泉坌然出于两山之间，而北附右股之下，畜为大井，可以日饮百余家。卜者曰：吉，是在葬书为神之居。盖水之行常与山俱，山止而泉冽，则山之精气势力自远而至者，皆畜于此而不去，是以可葬，无害。

他日，乃问泉旁之民，皆曰：是为老翁井。问其所以为名之由，曰：往数十年，山空月明，天地开霁，则常有老人，苍颜白发，偃息于泉上；就之，则隐而入于泉，莫可见。盖其相传以为如此者久矣。

因作亭于其上，又石以御水潦之暴，而往往优游其间，酌泉而饮之，以庶几得见所谓老翁者，以知其信否。然余又悯其老于荒榛岩石之间，千岁而莫知也，今乃始遇我而后得传于无穷。遂为铭曰：

山起东北，翼为西南。涓涓斯泉，坌溢以弥。敛以为井，是饮万夫。汲者告我，有叟于斯。里无斯人，将此谓谁？山空寂廖，或啸而嬉。或千万年，自洁自好。谁其知之，乃讫遇我。惟我与尔，将遂不泯。无溢无竭，以永千祀。

【鉴赏】

《老翁井铭》是苏洵晚年遁世思想的折射，文中的老翁形象就是苏洵的自况。要理解文章的这一内容，必须先了解苏洵的身世和他一生的经历。苏洵一生坎坷不得志。他年轻时游荡不学，致使科举一再受挫。年近而立，开始发愤苦读，专心学术，锐意以制策入仕，充满进取精神。但三十八岁时科举又不中。通过近二十年努力，他写成了《几策》、《权书》、《衡论》等二十余篇谈论治道、兵事的政论文章。嘉祐元年(1056)，他都快将近五十了，带领二子苏轼、苏辙到了京师晋见名士。宰相韩琦、大学士欧阳修都很欣赏他的文章和才学，他们极力向朝廷举荐，却不知为何迟迟不见结果。这时他得知妻子病故，于是他赶回故乡办理丧事时写下此文。他回到家乡，家庭的变故，仕途的挫折，人世的渺茫，这一切使他心灰意冷、消极颓唐、陷入困顿。于是，人们普遍将传说中的老翁以自况，抒写他厌倦世俗、洁身自好、追求超脱的出世思想。如果说《权书》、《衡论》是苏洵思想道路上积极入世的感叹号，写出了他仕途的艰辛，那么《老翁井铭》则是他走到出世思想终点的无可奈何的句号。入世而不得，被迫步入出世，这正是封建社会大多数知识分子的普遍心态。出仕与入世直到两年以后，朝廷才给了他个小小的校书郎的职位，但是很不幸不久他就死去。

铭，是古代散文的一种。“箴铭类者，三代以来有其体矣，圣贤所以自戒警之义，其辞尤质，而义尤深。”(姚鼐《古文辞类纂·序目》)上面这一段话，明确地指出这种文章的基本特征是抒写胸怀，自我戒警，上面的分析已经清楚地表明了这一点。苏洵擅长政论，但抒志言情的文章也非常有特色。《老翁井铭》虽短短几百字，却清丽隽永、含蓄蕴藉，不失为铭箴类文章中的佳作，使文章通俗易懂。

本篇以叙述为主，间以白描和抒情，融描写、叙事、抒情于一体，是这篇文章的明显特色，使文章更具有阅读性。文章开头说，丁酉年我在武阳安镇山选一块坟地安葬妻子，发现这座山起点高大雄伟，由东北方向迤逦西南。它的末尾分为两股，山势回转，四面环抱。有泉水汇集成溪流从两山之间涌出，靠右侧山岗的北边，流泉汇集为一个大井。风水先生告诉我，这里是代表吉利，按相坟地的书说，这是神灵的住处。泉随山走，这里的泉水是山脉精气所聚，埋葬这里还能有害吗？这是人们死后的乐园，询问泉旁百姓，他们告诉我：这泉叫老翁井。又问为何叫这个名字？回答说：几十年前，每当月明之夜，有一苍颜白发的老人高卧泉边，当你走近时他就潜入泉井，就看不到了。这个故事给我一个启发，我就在泉边建起一座亭子，四周砌石以防水涨浸泡，常常在这里散步游戏，渴了喝泉水。我很想再见到这位老翁，以证实传说是否可信。我想这位老翁常年生活在荆棘岩石之间，长时间以来人们都不了解他，可那又有什么，今天遇到我写了这篇短文，我相信他的文章和才能永久流传下去。最后一段以铭辞结束全文。文章第一段以起因落笔，次用传神的白描笔法，再现安镇山的雄峻之势，交代出老翁井所处的地理形势，形象地表明它凝聚群山之精气，并不是等闲之井。这一段叙描结合，间以议论，用笔简洁扼要，在章法上为后文铺垫。第二段叙写结合，转述那具有浪漫色彩的民间传说，让文章更具有可读性，文势陡起。作者三言两语，就精确地勾勒出一位隐者形象，渲染了老翁所生活的神话般的空灵环境，足见作者运笔之千钧功力。第三段叙议相兼，事、景、情交融，一个向往超脱、憧憬出世的现实生活中的老翁形象跃然纸上，与神话老翁相映生辉，文势似缓而实促。

这篇文章的主要写作特色是以象显意，含蓄精练。抒志言情，在表现手法上或者直抒胸臆，或者借助物象。本文抒情手法，属于后者。《老翁井铭》言志的依托，是那个奇幻迷离的民间传说。在空旷的山野中，那位苍颜白发的老翁临泉而卧，对月长啸，避见世人，出没无常，仙气沸沸。这一形象多么飘逸、鲜明，寓意又多么深邃。作者再次把故事写了出来，而把这一物象的意蕴却留给读者去想象、揣摩和思寻。这种表现手法形成了本文含蓄精练、以少胜多、缩万里于尺幅的艺术效果。

王荆州画像赞

泰山崇崇，东海滔滔。蟠为山东，公惟齐人。齐方千里，而我独见公。公在荆州，或象其仪，白须红颜。谓公方壮，公生辛丑。天子之老，谁谓公老？其威桓桓，镇天子之南邦。

【鉴赏】

苏洵料理完毕亡妻丧事，在家几天就连接朝廷两道诏命，朝廷催促他马上赴京。嘉祐四年（1059）秋，苏氏父子三人启程，经水路出三峡至江陵（即荆州），再转旱路入阙。路过江陵逗留之际，正巧他们认识了王荆州，他很欣赏他的才能，于是苏洵为王荆州的画像题写了这篇赞文。王荆州，名子融，字熙仲，由于是朝廷兵部大员出任江陵知府，所以人称王兵部、王荆州。《宋史》无传，余事已不可考。因苏洵此时并没有朝廷实授官职，他写此文的意图是借重王荆州的影响以荐达仕路，希望朝廷可以重用他。

全文十五句，其大意是：王荆州是山东齐人。齐地面临白浪滔滔的东海，背靠高大雄峻的五岳之首泰山，方圆纵横千里，人杰地灵，我却只见到您这样的千古奇才。来到荆州后，有人给您画了一幅像。画面上一位老者胡须雪白，而面容红润，并附有您生于辛丑（1001）和目下正值壮年的小记。天子派遣德高望重的老者来此任职，但谁可以说您已衰老？您壮年强健，仪表威武，为天子镇守着南北出入孔道的江陵要区，这是一件多么光荣的事啊。

《王荆州画像赞》与其说是一篇散文，不如说是意韵悠长的一首诗歌。全文仅六十二字，短小惊人，而意蕴之深，手法之巧，用语之得体，尤为惊人，完全可以与王安石的《读孟尝君传》相媲美。究其原因，大概与下述两点有直接关系：

第一，托物喻人，言简意赅，含蓄蕴藉而又让人容易理解接受。文章开头两句写得气势恢宏，大气磅礴。滔滔东海，巍巍泰山，不仅点明了王荆州家乡的地理环境特征，也暗示出山东齐地是藏龙卧虎、人才辈出的地方，从而突出了他的才干，同时更是一个形象鲜明的比喻：王荆州像泰山一样是国家柱石，如东海那样胸襟磊落，是人才中的人才。这是托物赞人。最后两句话更为劲俏有力，荆州是地处中原与西南的咽喉要道，战略地位十分重要，朝廷派遣王子融镇守这块南邦要地，足见朝廷的信任和他的才华。作者的言外之意和颂赞之情，深深蕴含在字里行间，让读者自己去含英咀华，这比正面直接说出更具艺术魅力，更具诗的情愫。借事于人由此可以看出作者概括、运用事实的高超才能，与常人的不同之处。

第二，以简驭繁，注重颂赞，高度凝练。题目中的“赞”字，实为本文题眼和立意所在，这是文章的主旨。乍看好像文章是写一幅画像，其实侧重点是褒扬“画中人”。作者以画喻人，从这一立意出发，作者对画像之事一概略去不写，对王荆州的为人、仕途、政绩也一字不著，而只从“齐地出俊杰”、“壮年有为”和“镇守要区”这三个侧面入手，极其精练地勾勒出一位才能卓越、盛年有为、威仪桓桓的地方官吏形象。虽然颂扬之意明显，却又不卑不亢，说话有松有弛，十分符合他与王荆州第一次相识又希望王荆州荐达的衷肠。这种以简驭繁、举重若轻、大取大舍的表现方法，体现出古文大家运笔的千钧功力。当然，作者避开正面叙事，同他对王荆州知之不深有关。苏洵还写过《张益州画像记》，写法与本文迥异。但也有异曲同工之妙，由于苏洵与张方平交往甚深，所以他满怀敬佩之情，洋洋洒洒千余言，详细记写了张方平临危受命、治蜀有方的辉煌政绩，塑造了一个宽政爱民的官吏形象。把这两篇文章对照起来读，会使我们领悟到一个写作道理：被反映者的实际，是作者确定文章立意的基本根据。

仲兄字文甫说

洵读《易》至《涣》之六四，曰：“涣其群，元吉。”曰：“嗟夫！群者，圣人所欲涣以混一天下者也。盖余仲兄名涣，而字公群，则是以圣人之所欲解散涤荡者以自命也，而可乎？”他日以告。兄曰：“子其可为我易之？”洵曰：“唯。”既而曰：“请以文甫易之，如何？”

且兄尝见夫水与风乎？油然而行，渊然而留，渟洄汪洋，满而上浮者，是水也。而风实起之。蓬蓬然而发乎太空，不终日而行乎四方，荡乎其无形，飘乎其远来，既往而不知其迹之所存者，是风也。而水实形之。今夫风水之相遭乎大泽之陂也，纡余委虵，蜿蜒沦涟，安而相推，怒而相凌，舒而如云，蹙而如鳞，疾而如驰，徐而如缅，揖让旋辟，相顾而不前，其繁如縠，其乱如雾，纷纭郁扰，百里若一。汨乎顺流，至乎沧海之滨，磅礴汹涌，号怒相轧，交横绸缪，放乎空虚，掉乎无垠，横流逆折，濆旋倾侧，宛转胶戾，回者如轮，萦者如带，直者如燧，奔者如焰，跳者如鹭，跃者如鲤，殊状异态，而风水之极观备矣。故曰“风行水上涣。”此亦天下之至文也。

然而此二物者，岂有求乎文哉？无意乎相求，不期而相遇，而文生焉。是其为文也，非水之文也，非风之文也。二物者，非能为文，而不能不为文也，物之相使，而文出于其间也。故曰天下之至文也。今夫玉非不温然美矣，而不得以为文；刻镂组绣，非不文矣，而不可以论乎自然。故夫天下之无营而文生之者，唯水与风而已。

昔者，君子之处于世，不求有功，不得已而功成，则天下以为贤；不求有言，不得已而言出，则天下以为口实。呜呼！此不可与他人道之，唯吾兄可也。

【鉴赏】

这是一篇著名的论文。作者从仲兄易字“文甫”谈起，借题发挥，用“风水相遭而成文”作比喻，尽述说了他对文章写作过程的认识。

仲兄，指二哥，是古代对男子的美称，也是对男子的尊敬，常附缀在表字之后。说，是古代的一种文体。“洵读《易》至《涣》之六四，曰：‘涣其群，元吉。’”《涣》是《周易》中的卦名。“六四”是爻像，爻是组成八卦中每一个卦的长短横道。作者就把自己的想法通通对仲兄说了，仲兄希望作者替自己换一个字，作者允诺，并且将字“公群”换成“文甫”，问仲兄是否同意。于是作者就这个“文”字展开了一番精彩的论说。

文章的第二段，作者用形象的语言描绘了山水自然风光的美好。油然，指水流的样子。渊然，指水深的样子。渟洄，形容水面静止的样子。蓬蓬然，指风初起的样子。“水实形之”指风本无形状，但风吹动水面，能够在水面上看到风的形状。作者给风与水的形状做过描述之后，进而记述风水相遇的情景。“今夫风水之相遭乎大泽之陂也……而风水之极观备矣。”“纡余委虵”，指弯曲向前。“蜿蜒沦涟”，形容水流弯弯曲曲。这两个四字句都形容水流的样子很形象、很具体。这三个四字对句，文字工整，内容充实，并不是为对而对，描述了水与风相遇时可能出现的六种状态，是那么的形象，是不可多得的佳句。作者用了几个对句之后，笔锋一转，又换成另外一种句式，不再用对句的形式："汩乎顺流，至乎沧海之滨，磅礴汹涌，号怒相轧，交横绸缪（紧密缠束，相互绕结），放乎空虚，掉乎无垠，横流逆折，濆旋倾侧（大水涌起旋转），宛转胶戾（展转邪曲的样子）"，用过这些一般的四字句之后，又转换了句式："回者如轮，萦者如带，直者如燧，奔者如焰，跳者如鹭，跃者如鲤"，用了一连串的比喻，多方面展示了水与风"相遭"的景观。

作者在文中用大量篇幅描述了水与风相交的种种景观，也是"意在言外"。"然而此二物者，岂有求乎文哉？无意乎相求，不期而相遭，而文生焉。"可见求"文"生之源才是作者的真正用意。作者认为风水的波文，既不是风造成的，也不是水造成的，而是风水相遇，偶然得之，这种机会真是可遇不可求。作者还觉得这种文堪称"天下之至文也"。文章中，"文"既指水的波文，又指文章。至文，实际就指最好的文章。作者还说："今夫玉非不温然（颜色柔和，具有内在美）美矣，而不得以为文；刻镂组绣（编织刺绣），非不文矣，而不是与论乎自然。故失天下之无营（自然天成）而文生之者，唯水与风而已。"意思是玉没有内在的美，不能成为文；雕刻刺绣的工艺品，也失去了自然之美，也不能称之为文，有时文和玉一样美。世上没有经过雕琢的东西就只有风与水，也只有这二物相遭才能形成真正的"文"。言外之意，最好的文章则是出于自然的文章。这段文字，作者紧密联系水风相遭的景观，论述二物相遭，无意而成文，这种比喻很形象，表面是评论水的波文，其实是在品评文章，借自然景观的美与丑来论述文章的高下，在轻松自然中论述了严肃的写作理论，这本身就是"自然天成"，匠心独运。

这篇文章借为仲兄易字，阐发了作者对文章的审美观和价值观。在描写风水相遭的自然景观时，作者采用了大量的四字句及四字对句和四字句的比喻句，使文章形式产生一种动静相和的美感。另外，文章在描述风水相交的自然景观时，融进了作者对文章写作过程的看法，二者结合紧密使文章更加完美。作者崇尚自然、反对雕琢的思想在文中得到充分体现。这篇文章是运用生动、形象的语言来展现作者文章理论的佳作。

祭亡妻文

呜呼！与子相好，相期百年。不知中道，弃我而先。我徂京师，不远当还。嗟子之去，曾不须臾。子去不返，我怀永哀。反复求思，意子复回。人亦有言，死生短长。苟皆不欲，尔避谁当？我独悲□，□□□（原缺四字）殃。

有子六人，今谁在堂？唯轼与辙，仅存不亡。咻呴抚摩，既冠既长。教以学问，畏其无闻。昼夜孜孜，孰知子勤。提携东去，出门迟迟。今往不捷，后何以归？二子告我，母氏劳苦。今不汲汲，奈后将悔！大寒酷热，崎岖在外。亦既荐名，试于南宫。文字炜炜，叹惊群公。二子喜跃，我知母心。非官寔好，要以文称。我今西归，有以借口。故乡千里，期母寿考。归来空堂，哭不见人。伤心故物，感涕殷勤。嗟予老矣，四海一身。自君之逝，内失良朋。孤居终日，有过谁箴？昔予少年，游荡不学。子虽不言，耿耿不乐。我知子心，忧我泯没。感叹折节，以至今日。

呜呼死矣，不可再得。安镇之乡，里名可龙。隶武阳县，在州北东。有蟠其丘，惟子之坟。凿为二室，期与子同。骨肉归土，魂无不至。我归旧庐，无有改移。魂兮未泯，不日来归。

【鉴赏】

《祭亡妻文》是苏洵怀念结发程氏的悼亡之作。这篇文章是他在嘉祐元年（1056）三月，苏洵携苏轼、苏辙赴京师参加礼部秋试，五月才到达京城。九月，苏轼、苏辙在景德寺举行的会考中以优异成绩双双中举。第二年春天，由翰林院大学士欧阳修在兴国寺浴室院主持进士考试，苏轼、苏辙又同科及第。真可谓双喜临门啊，苏洵也奔走于枢密使韩琦与欧阳修等朝廷重臣之间，试图求官入仕。正在这时，传来了程氏亡故的消息，三苏父子仓皇返乡奔丧。回乡后，苏洵写下了这篇感人至深的祭文。

文章开头以内心独白的方式，从正面抒写失去妻子后似幻似真、如痴如狂的巨大痛苦，真是情到深处变成恨，这是缘情念人。作者写道，我们两人感情那样好，你以中年（程氏去世时四十八岁）先我离开人世，这种痛苦不堪忍受。我赴京师短短一年,你就匆匆而去,物是人非事事休,简直难以置信。我想了又想,你没有死,只是去了一个很远的地方,大约出门去了,我一直相信终有一天你会回来。虽然死生之事难以预料,你去了我怎么办?心中只有莫可名状的悲怆。第二段是从追忆往昔的角度因事怀人,说明怀念的原因。我们生养六个孩子,如今只剩下苏轼和苏辙健在。他俩幼小之时,你对他们既有母亲的爱抚和关心,又能严格管束。忧虑他们无所作为,望子成龙,望女成凤,你曾亲自教授诗文,孩子也勤奋好学,昼夜孜孜苦读,他们都很听话。去年我带领二子赴京师,离家时依恋不舍,心想这次如不能求取功名,还有什么脸面回来见你?二子告诉我,母亲为他们受尽劳苦,如不追求上进,将来会愧对慈母,听到这你是不是很高兴。我们父子三人备尝旅途艰辛,到京师终于受到推荐,真是皇天不负有心人啊。二子文章惊动京城,双双喜中进士。我理解你做母亲的心,并非认为当官就好,而是希望他俩能以文才著称于世。你没能看到儿子成名,可是我回来看到的是一座空房,睹物思人,痛断肝肠。你怎么忍心丢下我啊,我年老体衰,孤单一人。年轻时我耽于游乐,不务学术,你为我虚度年华而郁郁不乐,现在想想真是不该啊。愧疚之下,我改变了怠惰习气。决定为你改变,今天回想起来,我还感叹不已。你这一去我该怎么办,以后有过失,谁来规劝我呢?通过这段叙写,一个劝夫有术、教子有方的女性形象,巍然屹立在读者面前,人物形象十分鲜明,令人扼腕赞叹!最后一段,文章又转入直接抒情。苏洵告诉亡妻,坟墓在安镇乡可龙里,旧居还是老样子;人是见不到了,我很思念你,我期待着与你的魂魄相会。与亡魂相会,这听起来像是瞎说,因为当然是不可能的,看似夸张,却是真情,作者无可奈何的痛苦思念之情得到了淋漓尽致的表现。作者对亡故之人不虚饰、不溢美,从内心感受和剖白这一独特视角,运用叙事和抒情相结合的手法,谱写了一曲对亡妻纯情挚爱的挽歌,其艺术感染力足以催人泪下,感人肺腑。

曾巩卷

曾巩简介

曾巩（1019—1083），字子固，北宋建昌军南丰（今江西省南丰县）人。后人遂以“南丰先生”名之。他自幼聪慧过人，又得到他祖父、颇有著述的学士曾致尧的指点，十二岁就能写得一手漂亮的文章，二十岁就闻名遐迩，深受当时文坛领袖欧阳修的赏识。宋神宗熙宁二年（1069）出通判越州（今浙江省绍兴），后历知齐（今山东省济南）、襄（今湖北襄阳）诸州，在地方为官凡十二年；元丰六年（1083）病逝于江宁，享年六十五岁。

曾巩是北宋诗文革新运动的积极参与者，宋代新古文运动的骨干。接受了欧阳修在古文创作上的主张。他的散文大都是“明道”之作，文风以“古雅、平正、冲和”见称。其文风则源于六经又集司马迁、韩愈两家之长，古雅本正，温厚典雅，章法严谨，长于说理，为时人及后辈所师范。曾巩为文，自然淳朴，而不甚讲究文采。他的议论性散文特点是：剖析微言，阐明疑义，卓然自立，分析辨难，不露锋芒。他的记叙性散文特点是：记事翔实而有情致，论理切题而又生动。条理分明，无不达之意。他的书、序和铭也是很好的散文。

列女传目录序

刘向所叙《列女传》，凡八篇，事具《汉书》向列传。而《隋书》及《崇文总目》，皆称向《列女传》十五篇，曹大家注。以《颂义》考之，盖大家所注，离其七篇为十四，与《颂义》凡十五篇，而益以陈婴母及东汉以来凡十六事，非向书本然也。盖向旧书之亡久矣。嘉祐中，集贤校理苏颂始以《颂义》为篇次，复定其书为八篇，与十五篇者，并藏于馆阁。而《隋书》以《颂义》为刘歆作，与向列传不合。今验《颂义》之文，盖向之自叙。又《艺文志》有向《列女传颂图》，明非歆作也。自唐之乱，古书之在者少矣，而《唐志》录《列女传》凡十六家，至大家注十五篇者，亦无录，然其书今在。则古书之或有录而亡，或无录而在者，亦众矣，非可惜哉！今校雠其八篇，及其十五篇者已定，可缮写。

初，汉承秦之敝，风俗已大坏矣，而成帝后宫，赵卫之属尤自放。向以谓王政必自内始，故列古女善恶所以致兴亡者，以戒天子。此向述作之大意也。其言大任之娠文王也，目不视恶色，耳不听淫声，口不出敖言。又以谓古之人胎教者皆如此。夫能正其视听言动者，此大人之事，而有道者之所畏也。顾令天下之女子能之，何其盛也！以臣所闻，盖为之师傅、保姆之助，《诗》《书》图史之戒，珩璜琚瑀之节，威仪动作之度，其教之者虽有此具，然古之君子，未尝不以身化也。故《家人》之义，归于反身；《二南》之业，本于文王，夫岂自外至哉！世皆知文王之所以兴，能得内助，而不知所以然者，盖本于文王之躬化。故内则后妃有《关雎》之行，外则群臣有《二南》之美，与之相成。其推而及远，则商辛之昏俗，江汉之小国，兔罝之野人，莫不好善而不自知，此所谓身修故国家天下治者也。后世自学问之士，多徇于外物，而不安其守，其家室既不见可法，故竞于邪侈，岂独无相成之道哉？士之苟于自恕，顾利冒耻而不知反己者，往往以家自累故也。故曰："身不行道，不行于妻子。"信哉！如此人者，非素处显也，然去《二南》之风，亦已远矣，况于南乡天下之主哉？向之所述，劝诫之意，可谓笃矣。

然向号博极群书，而此传称《诗芣苢》、《柏舟》、《大车》之类，与今序

《诗》者之说，尤乖异，盖不可考。至于《式微》之一篇，又以谓二人之作，岂其所取者博，故不能无失欤？其言象计谋杀舜，及舜所以自脱者，颇合于《孟子》。然此传或有之，而《孟子》所不道者，盖亦不足道也。凡后世诸儒之言经传者，固多如此，览者采其有补，而择其是非可也。故为之序论以发其端云。

【鉴赏】

此作者刘向是西汉末年的文学家、经济学家、目录学家。本名更生，字子政，沛（今江苏沛县）人。《列女传目录序》一文体现了曾巩一丝不苟、严肃认真的治学态度与实事求是、精思慎言的科学精神，具有学者的风范。“序”的首尾两段，充分说明了这点。

本文首段主要是曾巩陈述对刘向《列女传》目录进行辨别、校正的过程及结果。刘向所著《列女传》，一名《古列女传》，今共七卷，分“母仪”、“贤明”、“仁智”、“贞顺”、“节义”、“辩通”、“嬖孽”七类。曾巩曾比较了《汉书》、《隋书》、《崇文总目》关于《列女传》篇目的记载，指出：《汉书·刘向列传》说《列女传》有八卷，《隋书》、《崇文总目》却说是十五卷，由曹大家注释。《汉书》、《隋书》为历史著作，《崇文总目》是宋代王尧臣奉勅编撰的一部大书目，原书六十六卷，现存十二卷，是目录学经典著作。他发现这其中对《列女传》的记载有很大差异，于是他用《颂义》进行考证，认为班昭所注，有七卷不同于《汉书》所载，共十四卷，《颂义》载十五卷。但其中陈婴母及东汉以来凡十六事，均为后人所增，不是刘向《列女传》本来就有的。从首段可以看出，曾巩每做出一个判断，都会经过多方考证，深思熟虑，表现出严谨的治学态度以及善于从事整理、校勘工作的才能。

末段主要讲述《列女传》的缘由，以这些事实为依据，曾巩得出一个结论：凡是后世诸儒谈论经传的，本文多有的提及，有的不提及，读者取其益处，判明是非就可以了。

由此可见，曾巩在首、尾二段，提出了自己独到的学术见解。如果仅从这两段看，这实在是篇学术性颇强的考据文字。可是第二段，却畅抒政见，表现出一个关心国家、人民的正直官吏强烈的参与意识，对治国之道表示关注，提出“王政必自内始”的观点，以及对胎教、身教等一系列教育方法的看法。从这个角度看，这又是一篇颇有见地的政论文字。这篇文章妙在融二者于一体。不仅论述刘向著《列女传》的目的，而且阐明了自己对女子参政的观点。

序文指出刘向的《列女传》是在汉承秦敝，风俗大坏的背景下创作的，因此刘向的创作意图在于告诫皇帝。据《汉书·刘向传》记载，刘向认为“王教由内及外，自近者始”，于是他“采取《诗》、《书》所载贤妃贞妇，兴国显家可法则，及孽嬖乱亡者”著成《列女传》，总体来说，刘向著《列女传》的意图是宣扬封建礼教，他的某些看法显然错误，但“王政必自内始”却有一定的合理性。例如，刘向赞扬周文王之母身怀周文王时，“目不视恶色，耳不听淫声，口不出敖言”，古来胎教者如此，而且认为，若天下的女子都能“正其视听言动”，那是何等兴盛之事！这是以封建妇德来规范、束缚女子，十分荒谬。《列女传目录序》语言平淡自然。文章考证与说理相结合，平平道来，无惊人之言论，而是紧紧扣住妇德，举例、论事、析理，把问题讲透彻。虽平淡，读来却不感枯燥，因平淡自然具有本色美，尤其对于考据性说理性的文字来说，古拙朴质，更具一番魅力。

从总体上来看，本文结构完整严谨。首段就刘向《列女传》目录，辨真伪，叙始末。二段指出刘向著《列女传》之动机、目的，并由此引发，阐述帝妃、夫妇相成之理，强调行“道”于家，并归之于刘向《列女传》“劝诫之意，可谓深矣。”尾段提出某些质疑，指出对古之经传，览者“采其有补”，“择其是非”可也。三段浑然一体，衔接十分紧密。

而且本文节奏舒缓不迫。文章偶尔穿插个别反问感叹句，但全文主要由陈述句组成，陈述的语气又极平静，不像《送江任序》大量使用排比，造成宏伟气势。它给人以不紧不慢、娓娓而谈的感觉。这种从容和缓的步调，很适于考证与说理，除此之外语言浅显简洁，亦为本文一大特色。

战国策目录序

刘向所定《战国策》三十三篇，《崇文总目》称第十一篇者阙，臣访之士大夫家，始尽得其书，正其误谬而疑其不可考者，然后《战国策》三十三篇复完。叙曰：

向叙此书，言“周之先，明教化，修法度，所以大治。及其后，谋诈用，而仁义之路塞，所以大乱。”其说既美矣。卒以谓“此书战国之谋士度时君之所能行，不得不然。”则可谓惑于流俗，而不笃于自信者也。

夫孔孟之时，去周之初已数百岁，其旧法已亡，旧俗已熄久矣。二子乃独明先王之道，以谓不可改者，岂将强天下之主以后世之所不可为哉？亦将因其所遇之时、所遭之变而为当世之法，使不失乎先王之意而已。二帝三王之治，其变固殊，其法固异，而其为国家天下之意，本末先后，未尝不同也。二子之道，如是而已。盖法者所以适变也，不必尽同；道者所以立本也，不可不一，此理之不易者也。故二子者守此，岂好为异论哉？能勿苟而已矣，可谓不惑乎流俗而笃于自信者也。

战国之游士则不然，不知道之可信，而乐于说之易合，其设心注意，偷为一切之计而已。故论诈之便而讳其败，言战之善而蔽其患，其相率而为之者，莫不有利焉，而不胜其害也；有得焉，而不胜其失也。卒至苏秦、商鞅、孙膑、吴起、李斯之徒以亡其身，而诸侯及秦用之者亦灭其国，其为世之大祸明矣，而俗犹莫之寤也。惟先王之道，因时适变，为法不同，而考之无疵，用之无弊，故古之圣贤，未有以此而易彼也。

或曰：“邪说之害正也，宜放而绝之，则此书之不泯其可乎？”对曰：君子之禁邪说也，固将明其说于天下，使当世之人皆知其说之不可从，然后以禁，则齐；使后世之人皆知其说之不可为，然后以戒，则明，岂必灭其籍哉？放而绝之，莫善于是。是以孟子之书，有为神农之言者，有为墨子之言者，皆著而非之。至于此书之作，则上继春秋，下至楚汉之起，二百四五十年之间，载其行事，固不可得而废也。

此书有高诱注者二十一篇，或曰三十二篇，《崇文总目》存者八篇，今存者十篇云。

【鉴赏】

嘉祐五年（1060），曾巩在欧阳修的举荐下充馆职，编校史馆书籍。《战国策》传至宋代，已经缺失，曾巩对其进行修补校订，并编写了《战国策目录序》。作为儒家学者，曾巩大力提倡“仁政”、“礼治”，反对论诈之行。因此，尽管是“目录”序，曾巩却把重点放在对战国策论诈行为的批判上。其目的就在于要拿它做一份反面教材：“使当世之人皆知其说不可从”；“使后世之人，皆知其说不可为”，使世人对论诈之术引以警戒。

全文分五个自然段，第一段，介绍全部校勘的过程。用“正其谬误”，“疑(存)其不可考者”，概括了自己校勘所持的原则，语言十分简洁。

第二段，言刘向持论之误。《战国策》本有刘向写的《战国策书录》作为序言，其与曾巩所叙相同的地方是明教化、修法度，则天下大治；不行仁义，则天下大乱。不同的地方在于：刘向认为，战国策士们认为在当时的形势下，国君所能够使用的策略必然是谋诈，这样，刘向的“不得不然”说，实际上就为谋诈之用做了一种开脱。而曾巩列举了孔孟的例子，否定了刘向的“不得不然”说。曾巩认为，时代变了，法也要变，但“道”不能变。即“因其所遇之时、所遭之变，而为当世之法，使不失先王之意而已”。

第三段，言谋诈之害。本段作者列举大量谋诈“亡其身”、“灭其国”的历史事实，使人们信服地看到谋诈的危害。例如，苏秦亡于刺客；商鞅死于车裂；孙膑黥面膑膝；吴起卒于乱箭之中；李斯腰斩于市井之上。齐楚燕韩赵魏秦，用策士谋诈之术，均不能立国持久。因而，曾巩感慨地说：它给世人带来的祸害太大了。

第四段，驳毁书论者。本段主要讲曾巩对于禁书、毁书，持一种开明态度。他主张首先应从思想上明辨是非，也就是“明其说于天下”，这样就使《战国策》成了反面教材，让当代和后代的人，都知道谋诈之行“不可从”、“不可为”。

第五段，介绍《战国策》高诱注本的情况。高诱，东汉学者，著有《淮南子注》、《吕氏春秋注》、《战国策注》等。作为儒家学派，曾巩有很好的“论风”。他与刘向意见不一，但能充分肯定刘向的长处，讴颂“其说既美矣”。驳论时，遣词也相当委婉，他并不直接批判刘向而是说，“惑于流俗”，“不笃于自信”。特别是“不笃于自信”，等于肯定了刘向，倘“自信”，就会持论正确，错仿佛在“流俗”身上，充分地体现了曾巩对前代学者的尊重。

纵观全文，没有自以为是的傲气，也没有高谈阔论，只是娓娓而谈，事理俱在，说服力很强。本文采用正反相融合的方法。正面，以孔孟、二帝三王为例，用来说明时势变了，法律可以改变，但是先王之道不能变更，意在指出谋诈不可用；反面，以苏秦、商鞅、战国诸侯“亡其身”、“灭其国”的史实，进一步指出谋诈不可行。一正一反，相互结合，给读者留下深刻印象。

赠黎、安二生序

赵郡苏轼，余之同年友也，自蜀以书至京师遗余，称蜀之士曰黎生、安生者。既而黎生携其文数十万言，安生携其文亦数千言，辱以顾余。读其文，诚闳壮隽伟，善反复驰骋，穷尽事理，而其才力之放纵，若不可极者也。二生固可谓魁奇特起之士，而苏君固可谓善知人者也。

顷之，黎生补江陵府司法参军，将行，请予言以为赠。余曰："余之知生，既得之于心矣，乃将以言相求于外邪？"黎生曰："生与安生之学于斯文，里之人皆笑以为迂阔，今求子之言，盖将解惑于里人。"余闻之，自顾而笑。夫世之迂阔，孰有甚于予乎？知信乎古而不知合乎世，知志乎道而不知同乎俗，此余所以困于今而不自知也。世之迂阔，孰有甚于予乎？今生之迂，特以文不近俗，迂之小者耳，患为笑于里之人；若余之迂大矣，使生持吾言而归，且重得罪，庸讵止于笑乎？然则若余之于生，将何言哉？谓余之迂为善，则其患若此；谓为不善，则有以合乎世，必违乎古，有以同乎俗，必离乎道矣。生其无急于解里人之惑，则于是焉，必能择而取之。遂书以赠二生，并示苏君，以为何如也。

【鉴赏】

本文主要是一篇赠序。黎、安二生是苏轼写信推荐给曾巩的朋友。他们从四川拿着自己的文章来京师就正于曾巩，就是"以文会友"的意思。不久，黎生补任江陵府司法参军。出发前，受他们的请求，曾巩写了这篇著名的《赠黎、安二生序》。在这篇赠言中，曾巩自谓"迂阔"，且以"迂"为善。按"迂阔"，"守道"之反说，表现了曾巩对"道"的忠诚不渝。

从结构上看，全文共分为两段。第一段，主要是对黎、安二生的介绍。曾巩先写苏轼的推荐。未见其人，先闻其名。"赵郡苏轼"，苏轼祖籍赵州栾城，也就是今河北省栾城县。因此曾巩以"赵郡"称苏。文学史上，"三苏"均写为四川眉山人，却非"祖"之"籍"，以此而别。所谓"同年友"，是指同科考中进士的人。曾巩与苏轼，俱于嘉祐二年（1057）考中进士，所以说苏轼是"余之同年友"。苏轼当时闻名于天下，所以写黎、安二生先写苏轼，再写苏轼来信称赞黎、安二生，以文坛大师烘托黎、安二生，说他们不可轻视。然后写见其人，读其文。见其人，以“辱以顾我”概况；读其文则铺陈藻饰，“闳壮隽伟”、“反复驰骋”、“穷尽事理”，极赞其文章境界宏伟雄壮、文思奔放、义理深邃，表现出黎安二生的文才。段末赞苏轼“善知人”，意在弦外。事实上，是在夸赞黎安二生，深藏不露，自有含蓄之功。

第二段，写临别赠序的过程。全段的字眼是“迂阔”。主要从两个方面介绍：一是黎生自称“迂阔”。“我与安生学习古文，乡里之人都笑我们‘迂阔’，现在很想借重你的文章，为乡里人释疑解惑。”二是曾巩也自称“迂阔”。曾巩两次强调“世之迂阔，孰有甚于予乎？”感喟殊深。谈起“迂阔”，曾巩文如泉涌：“我只知相信古道，却不知附和颓倾之世风，只知矢志于道，却不知附会浊俗，所以，我才困窘于今日。你们的迂，只不过是文章不肯流于时俗，只算是个小迂罢了。引起的忧患，也不过就是被乡里讥笑。像我这种迂，可就大了，你们拿了我的文章回去，只会加重你们的罪过，哪里只是讥笑的问题呢？”在这里，曾巩巧妙地借客伸主。借黎安二生的话做个引子，引出久郁于心中的见解，从而展开文章。就这两种“迂”的本质而言，黎安二生之迂，只是属于“文”之迂，是文风问题；而曾巩之迂，则是“道”的问题。曾巩对于文章的看法是，先道德而后辞章，因而“道”就更重要，算是大迂，文次之，算是小迂。

接着作者又提出了一个两难的问题：若说我的迂是一种“善”，那么，我不容于世俗困于今日，你已经看见了；若说我的迂是“不善”，那么同附于倾颓风俗，必违古道。其目的在于勉励黎安二生，重道直行，以迂为善，不用顾及世俗的讥嘲。

作者正话反说，行古道者，名为“迂阔”，也是作者讥世之词。在曾肇写的《曾巩行状》中，有这样一段话：“其为人惇大直方，取舍必度于礼义，不为矫伪姑息以阿世媚俗。弗在于义，虽势官大人不为之屈；非其好，虽举世从之，不辄与之比。以其故，世俗多忌嫉之，然不为之变也。”“不为之变”，正是他的“迂阔”所在，也是他躬行直道的难得精神。这些文字可以帮助我们理解曾巩内心积累的感情。特别是，他的“自顾而笑”的自我画像，也表现了他在“世俗多忌嫉”中，我行我素、无所畏惧的性情。文章前面极力铺陈藻饰黎安二生文才，正是为了说明后面的“不迂”,“不迂”而以“迂”名之表明了世俗的谬误。作者正话反说，文曲意直，显示着内在的锋芒。

本篇意境深蓄，属于韩昌黎所说的那种“物不得其平则鸣”的文章，很多愤世之气，都深涵文章之中，曾巩在《秋怀》中写道:“我本孜孜学《诗》、《书》,《诗》、《书》与今岂同术。”这也正是他同时代的矛盾所在。越读，越是能感到那种难平的愤懑之情。

送蔡元振序

古之州从事，皆自辟士，士亦择所从，故宾主相得也。如不得其志，去之可也。今之州从事，皆命于朝，非惟守不得择士，士亦不得择所从，宾主岂尽相得哉？如不得其志，未可以辄去也。故守之治，从事无为可也；守之不治，从事举其政，亦势然也。议者不原其势，以为州之政当一出于守，从事举其政，则为立异，为侵官。噫！从事可否其州事，职也，不惟其同守之同，则舍己之是而求与之同，可乎？不可也。州为不治矣，守不自任其责，己亦莫之任也，可乎？不可也。则举其政，其孰为立异邪？其孰为侵官邪？议者未之思也。虽然，迹其所以然，岂士之所喜然哉？故曰亦势然也。

今四方之从事，惟其守之同者多矣。幸而材，从事视其政之缺，不过室于叹、途于议而已，脱然莫以为己事。反是焉则激，激亦奚以为也？求能自任其责者少矣。为从事乃尔，为公卿大夫士于朝，不尔者其几邪？

临川蔡君从事于汀，始试其为政也。汀诚为治州也，蔡君可拱而坐也；诚未治也，人皆观君也，无激也，无同也，惟其义而已矣。蔡君之任也，其异日官于朝，一于是而已矣，亦蔡君之任也，可不懋欤？其行也，来求吾文，故序以送之。

【鉴赏】

蔡元振，是临川人，任“从事”之职于汀，在上任前，蔡元振请曾巩作留言赠别，曾巩于是写了这篇《送蔡元振序》。“从事”，州刺史之佐吏，如别驾、治中、主簿、功曹均称为“州从事”，均由州长官行任免之权。但是到了宋代，州从事之职，皆由朝廷任命。曾巩的文章就“从事”的职责，做出了精辟的论述。曾巩主张“州从事”不应该唯命是从，而应该负起责任来，另外，文中也对宋废州从事之任命旧制，做了中肯的批评。

第一段，阐述古今之州从事任命制度的不同与其影响。文章采用对比手法，使读者在比较中认识两种任命制度的优劣。古代“州从事”的任命，是“自辟士”，也就是由州守自己从贤士中征召；现在的“州从事”，“皆命于朝”，即都由朝廷任命指派。前者，太守与州从事之间，“如不得志，去之可也”；后者“守不得择士，士亦不得择所从”，若“不得其志，未可以辄去也”。前者“宾主相得”，互相配合、协助，双方的优势就更能得以发挥，相得益彰；后者，则“宾主岂尽相得哉？”作者以“宾主相得”与否，一针见血地揭示了两种任命制度的优劣。

然而作者并不是一味对比下去，继“古之从事”之后，作者又讲了“今之从事”制度的弊端。这种弊端是从两个“势然也”展开的。第一个“势然也”是说，由于州从事是由朝廷任命的，因而，倘州政大治，从事就无事可做；倘州政不治，作为朝廷派来的佐吏，就应该想出解决的办法，这是形势要他这样做的。第二个“势然也”是说，舆论会认为，州政应统一由州守这个地方最高长官来决定。从事如果提出的政见不被采纳，就被认为是“侵官”，越犯上级职守。因此，从事大多“舍己之是而与之同”，即舍弃自己正确的政见而迎合太守。太守不能胜任的事，自己也不去想解决的办法，曾巩如是说：“势然也。”

但这两个“势然也”也存在一定的矛盾性。前者所说的“势然也”，理论上应该是这样的；后者说的“势然也”，实际趋势是这样的。这就把制定政策的意图，与实际效应的冲突深刻地揭示出来。本来立从事是为了“举其政”，而事实上却并非如此，这就充分体现了由朝廷任命从事的弊端。如果从事与州守“宾主相得”，根本不会有或不甚有“侵官”、“立异”之议。

在议论这些弊端的影响时，作者在列举现象的同时，还加上了自己的判断和主张，几处写了“可乎？不可也”。如“舍己之是而求与之同，可乎？不可也”；“守不自任其责，己亦莫之任也，可乎？不可也。”这些内容，鲜明地表现了他的观点、立场、主张。一问一答，发人深省。

第二段，批判“今之从事”、“公卿、士大夫”在其位不谋其职的现象。主要表现在两个方面：一是“惟其守之同者”，即一味附和州守的意见；二是，即使看出州政的不足，也只不过在屋里叹息一番，在路上议论一番罢了，不敢提出自己的政见。作者由此举一反三，做从事的是这样，公卿、大夫在朝廷，不也是这样吗？从而把批判的锋芒，指向了整个官场。

第三段，主要写对蔡元振上任的勉励。鼓励蔡元振做官，要以“义”为原则，这样政绩必盛大美好。

通读全文，作者文笔犀利，善于揭示议论对象灵魂深处的龌龊。如写州从事的阴暗心理，“不但要处处附和太守意见，而且要放弃正确的意见来逢迎”，勾勒出州从事奴颜婢膝之“骨”。再如，“州守管不了，我也管不着”，活现出他们尸位素餐、不任其责的陋行。这些都不是简单的皮相之画，而是精彩的内心透视。生动形象的表达，蕴含着深刻的批判力量。

寄欧阳舍人书

巩顿首再拜舍人先生：去秋人还，蒙赐书及所撰先大父墓碑铭。反复观诵，感与惭并。

夫铭志之著于世，义近于史，而亦有与史异者。盖史之于善恶无所不书，而铭者，盖古之人有功德材行志义之美者，惧后世之不知，则必铭而见之。或纳于庙，或存于墓，一也。苟其人之恶，则于铭乎何有？此其所以与史异也。其辞之作，所以使死者无有所憾，生者得致其严。而善人喜于见传，则勇于自立；恶人无有所纪，则以愧而惧。至于通材达识，义烈节士，嘉言善状，皆见于篇，则足为后法。警劝之道，非近乎史，其将安近？

及世之衰，为人之子孙者，一欲褒扬其亲而不本乎理。故虽恶人，皆务勒铭以夸后世。立言者既莫之拒而不为，又以其子孙之所请也，书其恶焉，则人情之所不得，于是乎铭始不实。后之作铭者，常观其人。苟托之非人，则书之非公与是，则不足以行世而传后。故千百年来，公卿大夫至于里巷之士，莫不有铭，而传者盖少。其故非他，托之非人，书之非公与是故也。

然则孰为其人而能尽公与是欤？非畜道德而能文章者无以为也。盖有道德者之于恶人，则不受而铭之，于众人则能辨焉。而人之行，有情善而迹非，有意奸而外淑，有善恶相悬而不可以实指，有实大于名，有名侈于实。犹之用人，非畜道德者恶能辨之不惑，议之不徇？不惑不徇，则公且是矣。而其辞之不工，则世犹不传。于是又在其文章兼胜焉。故曰：非畜道德而能文章者无以为也。岂非然哉？

然畜道德而能文章者，虽或并世而有，亦或数十年或一二百年而有之。其传之难如此，其遇之难又如此。若先生之道德文章，固所谓数百年而有者也。先祖之言行卓卓，幸遇而得铭其公与是，其传世行后无疑也。而世之学者，每观传记所书古人之事，至其所可感，则往往衋然不知涕之流落也，况其子孙也哉？况巩也哉？其追睎祖德而思所以传之之由，则知先生推一赐于巩而及其三世。其感与报，宜若何而图之？

抑又思若巩之浅薄滞拙，而先生进之；先祖之屯蹶否塞以死，而先生显之。则世之魁宏豪杰不世出之士，其谁不愿进于门？潜遁幽抑之士，其谁不有望于世？善谁不为？而恶谁不愧以惧？为人之父祖者，孰不欲教其子孙？为人之子孙者，孰不欲宠荣其父祖？此数美者，一归于先生。既拜赐之辱，且敢进其所以然。所谕世族之次，敢不承数而加详焉。幸甚，不宣。巩再拜。

【鉴赏】

《寄欧阳舍人书》是一封感谢信。欧阳舍人，即欧阳修。舍人，官职的称呼。曾巩曾派人去请求欧阳修为自己的祖父曾致尧撰写墓志铭。曾巩为此，写了这封信，以致鸣谢之忱。时值庆历七年(1047)。纵观全文，不难看出本文在结构上严谨，在语言上文思如水，畅流潺潺，起承转合自然地融入字里行间。

第一段，文章内容结构上的“起”，表达了写信之原因。“去秋人还”，“人还”犹如说“墓志铭收到了”，交代之意；“反复观诵”，侧面写出欧阳修的文章精彩，以至于作者爱不释手；“感与惭并”，写作者对欧阳修的感激与敬佩。惭，引申为自愧不如，表达了作者的敬佩之情。首段寥寥二十余字，共四层意思，简洁精当，意蕴深长。

第二段，本段承上文“撰铭之谢”展开，记叙撰写墓志铭的意义。作者以首句作为本段论点：“铭志之著于世，义近于史。”以史作譬，将铭志的意义浅显地表达出来。然后，比较铭、史之异同。先言其异：史，实录善恶之行；铭，只书美善之德。次言铭、史之同：社会作用相同，也就是警恶劝善的作用相同。铭志，对好人是一种鼓励，因此，铭志之撰，使好人，“勇于自立”；铭志，于坏人也是一种警戒。本段以史为例，借助铭、史对比展开文章，深刻地阐述了铭志的“警劝之道”。

第三、四段，与前一部分写的是“古墓铭之美义”不同；这一段主要写“今墓铭之恶弊”由美到恶，再由古到今，文章从两个方面分析了铭不得实的原因：一方面是请铭之人，一心想要美誉显扬他们的亲长，于是就不依据事情本来面目撰铭，因此恶人也可以凭虚美夸耀于后世；另一方面是“立言者”，即撰铭之人，受人请托，如写恶德，则有悖于人情，所以不得不为溢美之谥。本段特别强调：立言者的素质是根除今弊的根本条件。作者指出：“立言者”必须是“畜道德而能文章者”。就是说，立言者一方面要有很高尚的道德修养；另一方面，又要很有文采，擅写文章。第三段谈及今铭二弊：一是“不实”；一是“不传”。

第四段针对“不实”之弊，提出“畜道德”；针对“不传”之弊，提出“能文章”：环环相扣，论述结构严谨、周密。作者在本段先是提出“畜道德而能文章”的论点，然后再按顺序分说“畜道德”与“能文章”。最后，又以“非畜道德而能文章者，无以为也”做了小结。

第五、六两段，从“立言者”之论，归结到欧阳修身上，盛誉欧阳修“畜道德而能文章”之贤，深谢欧阳修赐铭之德。曾巩撰写此文时，这两段不是文章的重心所在，而作者的感激与颂扬，正是文章的重点，所以文字笔墨自然也用了不少。另外，曾巩盛誉欧阳修之“道德文章”，是“数百年而有者”，说的也是实话。苏轼在《六一居士集序》中说：“欧阳子，今之韩愈也。”韩、欧分别为唐宋两代文学运动的领袖，推动了两代古文运动的发展，也给后世留下了深远的影响。欧阳修是中国文坛上“数百年而有者”，此话确实不假，绝不能视为一种吹捧。

纵观以上各段，可以看出：在唐宋八大家中，曾巩最重视作文章法，因而本文结构十分严谨，内容环环相扣，起承转合，衔接分外自然。

本文作为一封感谢信，起首并不言谢字，而是迂回曲折，慢慢道来。先谈论古代撰写墓志铭的社会意义，在于褒扬美善；进而论及今之墓铭的流弊，即“不实”、“不传”；然后，又言“畜道德而能文章”者，世代罕有，文章到此才推出欧阳修来，盛誉欧阳修是“所谓数百年而有者”，并深致谢意，这才谈到了感谢信的主题。文章由远及近，从古至今；由虚及实，从泛论而及于欧阳修之身。层层递进，正是这种“纡徐”之笔，把作者的感谢与敬佩之情，表达得淋漓尽致。

醒心亭记

滁州之西南，泉水之涯，欧阳公作州之二年，构亭曰“丰乐”，自为记以见其名之意。既又直“丰乐”之东几百步，得山之高，构亭曰“醒心”，使巩记之。

凡公与州之宾客者游焉，则必即“丰乐”以饮。或醉且劳矣，则必即醒心而望，以见夫群山之相环，云烟之相滋，旷野之无穷，草树众而泉石嘉，使目新乎其所睹，耳新乎其所闻，则其心洒然而醒，更欲久而忘归也。故即其所以然而为名，取韩子退之《北湖》之诗云。噫！其可谓善取乐于山泉之间，而名之以见其实，又善者矣。

虽然，公之乐，吾能言之。吾君优游而无为于上，吾民给足而无憾于下，天下学者皆为材且良，夷狄鸟兽草木之生者，皆得其宜，公乐也。一山之隅，一泉之旁，岂公乐哉？乃公所以寄意于此也。

若公之贤，韩子殁数百年，而始有之。今同游之宾客，尚未知公之难遇也。后百千年，有慕公之为人，而览公之迹，思欲见之，有不可及之叹，然后知公之难遇也。则凡同游于此者，其可不喜且幸欤？而巩也，又得以文词托名于公文之次，其又不喜且幸欤！

庆历七年八月十五日记。

【鉴赏】

欧阳修由于屡屡支持范仲淹等人推行的庆历新政，屡次著文上书，为新政呐喊，深为保守派所嫉怨，遂招致多方攻击。最终被贬出京，做了滁州知州。当时，曾巩在开封太学读书，在新旧党争之中，曾巩不避嫌疑，两个人经常有书信诗文往来，《醒心亭记》即其中之一。

通读全文，第一段，主要是小序。交代写《醒心亭记》的有关背景及原因。文章在介绍“醒心亭”之前，先介绍了“丰乐”亭。“滁州之西南”，示方位；“泉水之涯”，写环境；“欧阳公作州之二年”，记建亭的时间。写

“醒心亭”为何要先写“丰乐亭”呢？作者写丰乐亭的用意是以丰乐亭做背景，一方面引出醒心亭的位置，丰乐亭往东几百步的高山上；另一方面交代了“醒心亭”的环境。写“丰乐亭”就是在描绘“醒心亭”的画面背景。作者行文迂回曲折，没有开门见山，直到段尾才开始点题。这并未使人感到烦琐，反而使画面更加丰满。如果即题写题，即景写景，那么非把醒心亭“孤悬”在那儿不可，画面必会单调而失去趣味。

第二段，作者主要写醒心亭之胜。作者以“饮”和“望”两字，概括指出了“丰乐”、“醒心”二亭不同的用途：前者用于饮酒，后者用于览胜。一个“望”字，总领景致之叙：群山相环，云烟弥漫，旷野无垠，草木茂密，泉水清冽，山岩峻秀。文章所以写“望”中之景，是为了引出“望”中的感受：耳目一新，心情愉悦，从而点明醒心亭所以名“醒心”的原因，并进一步指明“醒心”一词的出处。韩退之诗《北湖》关于“醒心”句的一首是：“闻说游湖棹，寻常到此回，应留醒心处，准拟醉时来。”这一引证，也曲折地反映着欧阳修这位北宋诗文革新运动的领袖，对于韩愈这位唐代古文运动领袖的推崇。韩愈擅古文，并非擅长于诗，《北湖》又非韩愈著名之章，而欧阳公熟知，可见韩愈诗文被推重。本段结句“取乐于山泉”，概括了建亭的心旨，为下文议论做了铺垫，既有“总上”之功，又是“启下”之设。

第三、四自然段，主要是议论的生发。第三段之议论，文眼在“乐”字上。承上段结句“取乐于山泉”说开去，引出“公之乐，吾能言之”，此句是全段的中心，言欧阳修之“乐”的内涵：国君悠闲自得，无为而治；百姓丰足，居无愁憾；世之学子，多为贤能之才；四夷安居乐业；草木鸟兽，万物生长，各得其宜。这正是欧阳修之乐的真谛所在。道出欧阳修之乐，本不在山水之间；欧阳修的山水之乐，只不过是盛世之乐的一种移情而已，即所谓“寄意于此”罢了。

第四段，文眼在“难得”二字，“几百年才能有这样的”，主要写欧阳修之贤难得。现在的人，还没有理解这一点，但百年、千年之后，人们一定会确认这个问题。含蓄着的意思是：历史自有公论。欧阳修因为流言攻讦被贬到滁州，身被非誉之名，且有涉罪之嫌，正所谓“周公恐惧流言日”者，曾巩的“公之贤”难遇说，既是对流言的反击，也是对欧阳修的声援。当世人理解不了欧阳修，后世人自当有公论。这正是曾巩的一段曲笔。

曾巩擅长生发议论：由醒心亭这样一个山水之题，层层生发，以山水之“秀”，引出山水之“乐”，以山水之“乐”引出山水之乐之“心”，复以山水之乐之“心”，论及“公之贤”，并以此含蓄反击流言，勉励欧阳修。茅坤论曾巩文曾说：“经理发髻无一不入机杼及其髻总。”此言甚当。《醒心亭记》其要旨在“公之贤难遇”上，即茅坤所谓“机杼”、“髻总”，它贯穿于全文，结构严谨巧妙。

墨池记

临川之城东，有地隐然而高，以临于溪，曰新城。新城之上，有池洼然而方以长，曰王羲之之墨池者，荀伯子《临川记》云也。羲之尝慕张芝，临池学书，池水尽黑。此为其故迹，岂信然邪？

方羲之之不可强以仕，而尝极东方，出沧海，以娱其意于山水之间，岂其徜徉肆恣，而又尝自休于此邪？羲之之书晚乃善，则其所能，盖亦以精力自致者，非天成也。然后世未有能及者，岂其学不如彼邪？则学固岂可以少哉！况欲深造道德者邪？

墨池之上，今为州学舍。教授王君盛恐其不彰也，书“晋王右军墨池”之六字于楹间以揭之，又告于巩曰：“愿有记。”推王君之心，岂爱人之善，虽一能不以废，而因以及乎其迹邪？其亦欲推其事以勉学者邪？夫人之有一能，而使后人尚之如此，况仁人庄士之遗风余思，被于来世者如何哉！

庆历八年九月十二日，曾巩记。

【鉴赏】

墨池，在今江西省临川县，相传东晋大书法家王羲之于此练字洗涤笔砚，传说池水尽黑，墨池因以得名。《墨池记》，题目源于《晋右将军墨池》，以王羲之晋人且官至右军将军，故以“晋右将军”称指其人，表示尊敬之意。

通读全文，可以看出本文文辞简洁、精辟。对墨池的描写，寥寥二十多字而已。“临川之城东”、“新城之上”，示方位；“隐然而高”，示地形；“临于溪”，示环境；“方以长”，叙述详尽，明了，墨池形貌尽现眼前，而用字甚少，惜墨如金，真是大家风范。

《墨池记》中，典故和历史资料的引用，为阅读增添了知识性、趣味性，也为主题的引出做了铺垫。《墨池记》如果仅记墨池之形胜，那么，充其量，也不过就是个所谓“方以长”，即“长方形”的池子。墨池之美，原不在于它的外形、景致，而在于它的历史内涵。它并不是以风景形胜悦人，而是以历史遗迹的文化背景吸引着成千上万的游客，即所谓人文之美。因此，继墨池形胜之叙而后，作者先引用了“荀伯子《临川记》”，以论证墨池与王羲之的关系。因为，若没有这层文化背景，墨池就有“贬值”之虞。

荀伯子《临川记》云：“王羲之尝为临川内史，置宅于郡城东高坡，名曰新城。旁临回溪，特据层阜，其地爽垲，山川如画。今旧井及墨池犹在。”曾巩所以只引书名及作者，不引上述这段话，是因为其写作目的并不是历史考据。本文还引用了王羲之“慕张芝，临池学书，池水尽黑”的历史典故，表现了王羲之的刻苦钻研的精神。张芝，字伯英，东汉末年书法家，擅长草书，被人誉为“草圣”。《文章叙录》云：张芝家里的所有衣帛，一定先在上面练完字，然后才拿去染，他刻苦勤奋，“临池学书，池水尽黑”，于是成为了大家。王羲之十分佩服这种刻苦勤奋的精神，他说：“临池学书，池水尽黑，使人耽若是，未必后之也。”这些历史典故，赋予了墨池以新的生命，使枯燥的记文，颇有知识性与趣味性，并且，对后文议论的产生，起了重要的铺垫作用。

而且《墨池记》中，精辟的议论深化了主题，给人以深深的启迪。就王羲之学书，曾巩的议论有以下三点：首先，王羲之超凡的书法才能，是“以精力自致”的，即是靠自己用精神、下气力取得的；其次，后人的书法未能赶上王羲之，原因恐怕是在下工夫不如王羲之；再次，由学书的道理，进而引发到人的品德修养方面，指出想要达到高尚的道德境界，就要肯下大工夫，鼓励世人“以精力自致”道德之境。

曾巩的“重德”意识很强，这或许源于儒家的“三不朽”思想。《左传·襄公二十四年》载：“大（太）上有立德，其次有立功，其次有立言，虽久不废，此之谓不朽。”后世儒者遂以“立德、立功、立言”为“三不朽”。而“立德”，在儒家看来，具有“太上”的地位，即地位高于一切。因此，曾巩的道德文章，议论到最后，自然要归结到“深造道德”、“仁人庄士”之境中去。

本文的特点是以小见大，见微而知著。题目是《墨池记》，但是作者却从墨池的典故说开去，层层深入。仅从一个“羲之之书晚乃善”的事实，就引出学书、学问、养德三层富于哲理的思辨，可谓构思广、开拓深。

沈德潜评论此文说：“用意或在题中，或出题外，令人徘徊赏之。”在“记”的构思上，宋代“用意或出题外”者，并非曾巩一人。前面所提范仲淹《岳阳楼记》中，“先天下之忧而忧”的言论，已冲出《岳阳楼记》题外；曾巩关于“深造道德”、“仁人庄士”之思，亦冲出《墨池记》题目之限。但散文提倡“形散而神不散”，曾巩文思驰骋，生发广远，而主旨鲜明，所以“令人徘徊赏之”。这篇文章名之为“记”，议论风过于浓重，这也不必“为尊者讳”。古代的大多数士子，对文学的认识，仍停在“文以载道”的阶段上，曾巩也不例外。

思政堂记

尚书祠部员外郎、集贤校理太原王君为池州之明年，治其后堂北嚮，而命之曰思政之堂。谓其出政于南嚮之堂，而思之于此也。其冬，予客过池，而属予记之。

初，君之治此堂，得公之余钱，以易其旧腐坏断，既完以固，不窘寒暑。而即之，则旧圃之胜，凉台清池，游息之亭，微步之径，皆在其前；平畦浅槛，佳花美木、竹林香草之植，皆在其左右。君于是退处其中，并心一意，用其日夜之思者，不敢忘其政，则君之治民之意勤矣乎！

夫接于人无穷，而使人善惑者，事也；推移无常，而不可以拘者，时也；其应无方而不可以易者，理也。知时之变而应之，见必然之理而循之，则事者虽无穷而易应也，虽善惑而易治也。故所与由之，必人之所安也；所与违之，必人之所厌也。如此者，未有不始于思，然后得于己。得于已，故谓之德。正己而治人，故谓之政。政者，岂止于治文书、督赋敛、断狱讼而已乎？

然及其已得矣，则无思也；已化矣，则亦岂止于政哉！古君子之治，未尝有易此者也。

今君之学，于书无所不读，而尤深于《春秋》，其挺然独见，破去前惑，人有所不及也。来为是邦，施用素学，以修其政，既得以休其暇日，乃自以为不足，而思之于此。虽今之吏不得以尽行其志，然迹君之勤如此，则池之人，其不有蒙其泽者乎？故予为之书。嘉祐三年冬至日南丰曾巩记。

【鉴赏】

宋仁宗嘉祐二年（1057）冬，太原王君任池州长官。次年，修治其府后南堂，命名为“思政”堂。认为政断出于府治北堂，而所思却是决于南堂，故得“思政”之名。这一年冬天，曾巩赴太平州司法参军任，路过池州，王君请曾巩为此写一篇记，也就是《思政堂记》。

通读全文，可将文章分为四个段落：第一段，写思政堂之由来及作序之原因。第二段，写思政堂之建、思政堂之景观、思政堂之所思。先讲“治此堂”，即修建经过。“得公之余钱”，示王君之廉洁；“既完以固，不窘寒暑”，讲规格标准之低，只是坚固，冬天不进风，夏天不漏雨罢了。再言景观，作者选取了“而即之”，即开门入堂后的观察角度，如临其境地写三面景观。先写正面，台、池、亭、径映入眼帘，次写左右侧面，“平畦浅槛，佳花美木，竹林香草”映衬，井然有序。景观的雅致与朴实，也正折射了王君的情趣，使读者对王君的贤德，有一种从景物中获得的朦胧通感。文章最后说思政堂之所思：“用其日夜之思者，不敢忘其政”，赞叹王君的勤奋，点明“思政”题旨。

这一段，记叙的三个层次非常清晰，每个层次各有所侧重，内容衔接也十分巧妙，以建成后登堂入室为线索，写所见、所思，自然而流畅。

第三段，就“思政”二字引发议论。先言“行”之难：难就难在“无穷”、“无常”、“无方”上。“无穷”，言事物的复杂性；“无常”，言事物的变化；“无方”，讲无一成不变万灵之方法。再言“思”之易：易就易在“因之”、“循之”，即顺着变化规律，按着“理”办事。若如此，那么“事者虽无穷而易应，虽善惑而易治”，事情就变得容易了。这一“难”一“易”之间的变化，关键就在于“思”字，作者以此突出了“思”的重要性。因此曾巩言：为政，“未有不始于思”，抓住了“思政”堂的“思”字。对“政”字，则有“正己而治人”就“谓之政”，要求自己先作为州郡表率，然后再教治于人。这就对自己提出了很高的要求。第四段，主要介绍王君。先介绍他学识渊博，再介绍他为政勤劳认真，特别点到暇日“自以为不足，而思之于此”，不但写出王君的谦虚谨慎，而且扣住《思政堂记》之题，赞扬王君之贤。本段不蔓不枝，简单扼要，抓住人物的主要特点，进行“大写意”的描绘，笔墨虽不多，但王君的形象却淋漓尽致地展现在读者眼前。

本文题为《思政堂记》，抓住“思政”二字，一段言“思政”之得名；二段言思政之勤；三段微言大义“思政”二字；四段言“思政”之勤慎。主题鲜明，意蕴深厚，朴实感人，给“思政”堂立了新的含义，不能不让人刮目相看了。曾巩素擅“生发”，可见一斑。

本文语言舒畅自然，富于抒情色彩。如写思政堂景观：“则归圃之胜，凉台清池，游息之亭，微步之径，皆在其前；平畦浅槛，佳花美木，竹林香草之植，皆在其左右。”其意境如散文之诗，一句一画，尽入眼帘。且语言似骈非骈，似散非散，工整中毫无拘泥，散句间稍绳格律，自有一种美雅之致。

道山亭记

闽故隶周者也，至秦开其地列于中国，始并为闽中郡。自粤之太末，与吴之豫章，为其通路。其路在闽者，陆出则于两山之间，山相属无间断，累数驿乃一得平地，小为县，大为州，然其四顾亦山也。其途或逆坂如缘絚，或垂崖如一发，或侧径钩出于不测之溪上，皆石芒峭发，择然后可投步。负戴者虽其土人，犹侧足然后能进。非其土人，罕不踬也。其溪行，则水皆自高泻下，石错出其间，如林立，如士骑满野，千里下上，不见首尾。水行其隙间，或衡缩蜿糅，或逆走旁射，其状若蚓结，若虫镂，其旋若轮，其激若矢。舟溯沿者，投便利，失毫分，辄破溺。虽其土长川居之人，非生而习水事者，不敢以舟楫自任也。其水陆之险如此。汉尝处其众江淮之间而虚其地，盖以其多阻，岂虚也哉？

福州治侯官，于闽为土中，所谓闽中也。其地于闽为最平以广，四出之山皆远，而长江在其南，大海在其东。其城之内外皆涂，旁有沟，沟通潮汐，舟载者昼夜属于门庭。麓多桀木，而匠多良能，人以屋室巨丽相矜，虽下贫必丰其居，而佛老子之徒，其宫又特盛。城之中三山，西曰闽山，东曰九仙山，北曰粤王山，三山者鼎趾立。其附山，盖佛、老子之宫以数十百，其瑰诡殊绝之状，盖已尽人力。

光禄卿、直昭文馆程公为是州，得闽山之际，为亭于其处，其山川之胜，城邑之大，宫室之荣，不下覃席而尽于四瞩。程公以谓在江海之上，为登览之观，可比于道家所谓蓬莱、方丈、瀛州之山，故名之曰道山之亭。闽以险且远，故仕者常惮往，程公能因其地之善，以寓其耳目之乐，非独忘其远且险，又将抗其思于埃之外，其志壮哉！

程公于是州以治行闻，既新其城，又新其学，而其余功又及于此。盖其岁满就更广州，拜谏议大夫，又拜给事中、集贤殿修撰，今为越州，字公阐，名师孟云。

【鉴赏】

道山亭在宋神宗熙宁元年（1068）由福州郡守程师孟所建，位于福州城内乌石山天章台左、邻霄台东。宋神宗元丰二年（1079），曾巩离福州后在明州（今宁波）任上，受程师孟之请写了这篇《道山亭记》。曾巩散文中很少有写景的，这篇《道山亭记》是难得的写景篇章，在唐宋游记散文中，堪为杰作。

通读全文，《道山亭记》的审美特征表现在以下方面：

一、穷形尽相，牢笼百态。如那路夹在两山之间，何其狭隘。四周的山连接山，毫无间断，经过好几个驿站，才看到一块平地，平地小些的，辟为县城，大些的，建成州府，但无论县或州，举目四顾，到处都是山。这里，把写路和写山结合在一起，以山路之狭长衬托群山之连绵，好像一幅崇山峻岭全景图。当我们正惊叹这层峦叠嶂时，作者又向我们展现山路奇险怪绝的图卷：那陡峭的山坡路就像缠绕着的绳索，那悬挂在垂崖上的小路，细如一丝头发，那像勾爪般侧出于不测之溪上的路，更为险要。作者刻画出了这些路的千奇百怪，引人遐想，又突出其特点“皆石芒峭发”。然后，变换视角，拍下一组水行石隙的图片：有的溪水像是缩在石间，在石头上盘曲萦绕，有的被石块阻遏，往后流去，从旁边射下，那水流的形状就像蚯蚓，绕着打转的像车轮，急流而下的像飞矢。真是写尽了水的形态。

二、作者运用比喻夸张的手法，各呈其美。描写的生动性，还有借助于比喻、夸张等修辞手段的大量运用。如写山路之险，用“缘”、“一发”分别喻其不同情态，“缘”突出陡坡路之狭长、盘曲，而垂崖上的小径则细小、危险，所以用“一发”比喻。又如，以“树立”、“士骑满野”写溪石之多，几乎塞满了水面。这些比喻不仅将难言之景展现在眼前，而且清新、别致，产生奇妙的联想、想象。山路的描写不多，夸饰为“皆石芒峭发，择然后可投步”，实际上，闽路之险，未至如此。又如，写舟行水中，十分危险，言“失毫分，辄破溺”。水面确实狭窄，但船与石之间的距离，绝不会用“毫分”来计量。这些夸张建立在真实的基础上，显得合情合理，使人不觉其在夸张。本文使用了多种修辞手法，刻意摹绘，第一段给人以相当华丽的感觉。为了洗去铅华，作者采用了始而浓，渐而弱化，末而淡的色调变化，使失去平衡的平易风格恢复了一定的平衡。

三、文章在写法上严谨有序，平直自然。表现的穷形尽相、牢笼百态为曾文所罕见，于此恰恰相反，《道山亭记》的结构体现了曾文严谨朴实的风格。它不像欧阳修《醉翁亭记》那样千回百折，层层递进，而是款款道来，娓娓而谈。本文共四段，首段写闽之历史的由来，水陆山水之奇险。二段写福州市衢屋舍之繁盛。从远处说起，看似没有切入题意。三段，接起文脉，写程师孟知福州，利用闽山耸立的优势，特辟一亭，描绘了道山亭四周景色之状美，交代了命名的缘由，赞扬了程公的知山乐水，建亭雅趣之心态，一半为写景，一半为写人。四段，颂扬程师孟治闽的政绩新其城、新其学，点破其余功在于建道山亭，介绍程公的官职、名字。整段全是写人。全文由景及人，既不寓情于景，也不发掘深意，而是自然地写出景和人来。从文章谋篇布局看，谨严、平易。

越州赵公救灾记

熙宁八年夏，吴越大旱。九月，资政殿大学士、右谏议大夫知越州赵公，前民之未饥，为书问属县：灾所被者几乡，民能自食者有几，当廪於官者几人，沟防构筑可僦民使治之者几所，库钱仓廪可发者几何，富人可募出粟者几家，僧道士食之羡粟书于籍者其几具存，使各书以对，而谨其备。

州县吏录民之孤老疾弱不能自食者二万一千九百余人以告。故事，岁廪穷人，当给粟三千石而止。公敛富人所输及僧道士食之羡者，得粟四万八千余石，佐其费。使自十月朔，人受粟日一升，幼小半之。忧其众相蹂也，使受粟者男女异日，而人受二日之食。忧其且流亡也，于城市郊野为给粟之所，凡五十有七，使各以便受之，而告以去其家者勿给。计官为不足用也，取吏之不在职而寓于境者，给其食而任以事。不能自食者，有是具也。能自食者，为之告富人，无得闭粜。又为之出官粟，得五万二千余石，平其价予民。为粜粟之所，凡十有八，使籴者自便，如受粟。又僦民完城四千一百丈，为工三万八千，计其佣与钱，又与粟再倍之。民取息钱者，告富人纵予之，而待熟，官为责其偿。弃男女者，使人得收养之。

明年春，大疫，为病坊，处疾病之无归者。募僧二人，属以视医药饮食，令无失所恃。凡死者，使在处随收瘗之。

法，廪穷人，尽三月当止，是岁尽五月而止。事有非便文者，公一以自任，不以累其属。有上请者，或便宜多辄行。公于此时，蚤夜惫心力不少懈，事细钜必躬亲。给病者药食多出私钱。民不幸罹旱疫，得免于转死，虽死，得无失敛埋，皆公力也。

是时旱疫被吴越，民饥馑疾疠，死者殆半，灾未有钜于此也。天子东向忧劳，州县推布上恩，人人尽其力。公所拊循，民尤以为得其依归。所以经营绥辑先后终始之际，委曲纤悉，无不备者。其施虽在越，其仁足以示天下；其事虽行于一时，其法足以传后。盖灾沴之行，治世不能使之无，而能为之备。民病而后图之，与夫先事而为计者，则有间矣；不习而有为，与夫素得之者，则有间矣。予故采于越，得公所推行，乐为之识其详，岂独以慰越人之思，将使吏之有志于民者，不幸而遇岁之灾，推公之所已试，其科条可不待顷而具，则公之泽岂小且近乎！

公元丰二年以大学士加太子少保致仕，家于衢。其直道正行在于朝廷、岂弟之实在于身者，此不著。著其荒政可师者，以为《越州赵公救灾记》云。

【鉴赏】

越州，州治在今浙江省绍兴市。赵公即赵抃，宋衢州西安人，字阅道。居官正直无私，弹劾不避权贵。而本文主要是写赵公救灾救难的业绩，并总结救灾经验，进一步盛赞赵公的吏才与吏德，作为后人之鉴。

通读全文，可将文章分为以下四部分：

第一部分（第一自然段）：主要写赵备荒之明。题目既是“救灾记”，中心事件自然是“救灾”。但作者记叙的起点，却是从救灾之前开始的。介绍了“防患于未然”的调查准备工作。本段字眼是“谨其备”，在饥荒未来之前，认真地做好准备。这样写，虽不是“开门见山”，但却突出了赵公的远见卓识，也使救灾的记叙，更加完整。另外作者特别介绍了赵公的调查提纲，其目的有二：一是以为后来官吏救灾的借鉴；二是借以表现赵公政简功著的吏治才能。

第二部分（第二、三、四自然段）：主要写救灾。关于救灾工作的记叙，作者条理清晰。作者将救灾分为三个层次来介绍：第二自然段，写“救饥”；第三自然段，写“救疫”；第四自然段，写赵公。实际上，这三者在现实生活中是交织在一起的，是“你中有我，我中有你”的。但作者为了记叙的清楚，经过理性的梳理，归纳为三层意思，使我们看到的文章，不再是原来那种“纵横交错”的材料，如此一来，便于读者领会掌握。

数字的运用，给人留下了深刻的印象。文章记叙了：被救济的人数，二万一千九百余人；施用于救济的粮食，四万八千石；每人的日救济额，一升；救济粮发放点个数，五十七个；平价粜粮，五万二千石；平价粜粮点，十八个，等等。通过这些数字，读者自能准确地了解救灾工作，这些数字，也反映出赵公出色的救灾成绩，歌颂了赵公的吏才与可贵品德。

有详有略地处理材料，也是“救灾记”记叙中的一大特点。第二自然段，“救饥”，记叙了赵公多方面的考虑，忧虑领救济粮时，因秩序不好，会发生挤伤、践踏事件，于是让男女分开，在不同的日子领粮；忧虑百姓流亡，于是广设救济网点；觉得官吏不够用了，就聘用离职官吏；对于不用官府救济、能自食其力之人，则责令富人，不许囤积粮食不卖；对需举债度日者，则责令富人放债，待有收成时，官府为其讨债……写出了救灾筹划的严谨周详。第三自然段，“救疫”，只概括介绍了设医院，募二僧医，掩葬死者。字数仅为“救饥”部分的五分之一，简练稳妥。

对比的写法，尤其突出了赵公对于救灾的具突破性的贡献和高尚的品质。作者以一个“故事”（旧例）、一个“法”，与赵的工作对比：旧例，地方上救济粮仅发放三千石，而赵除三千石外，还筹措了四万八千余石，总计应是五万一千石，这个数目，是旧例数额的十七倍；法令规定，救济粮发到三月就停止，赵根据灾情，不惜触范法令，发放到五月底才结束。并且，由自己承担责任，决不株累下属。有比较，才有辨别，通过对比，才使人更深刻地了解了赵公的高尚人品和工作的卓异不凡。

第三部分(第五自然段):主要写救灾小结及议论。指出赵公救灾工作表现出的精神,可以作为天下的榜样,他的经验,也为后人提供了借鉴的宝贵财富。这个小结,曾巩言有所讳,亦有所不讳。所不讳者,灾难之巨吴越诸州县死了近一半人;所忌讳者,对于当时吏治,不便指责,只言天子忧劳,官吏尽力。不过却特别指出了越州治下的百姓,“尤以为得其依归”,即以在赵公治下为幸。

第四部分(第六自然段):尾声。题外的交代。写赵公年老退休后,住在衢州。此外,因为作者写的是“救灾记”,所以赵的正直、恺悌事状未录于文章之内。其实,这也是略写的一种巧妙手法,概括地点到了他“正直”、“恺悌”的品格与修养,给读者留下思考的余地,留下无尽的余味。

劝农诏

夫农,衣食之所由出也,生民之业,莫重焉。一夫之力,所耕百亩,养生送死,与夫出赋税、给公上者,皆取具焉。不幸水旱螟螣之灾,往往而有,可谓劳且艰矣。从政者知其如此,故不违其时,不夺其力以使之,明时之因析以授之,差地之腴瘠以处之,春省耕、秋省敛以助之。《诗》曰:“馌彼南亩,田畯至喜。”言上所以劳之也。又曰:“骏发而私,终三十里。”言上所以劝之也。其奖励成就之者如此。

朕自承天序,内重司农之官,外遣劭农之使。为之弛力役,均地征,修水利。或一雨愆期,则忧见于色;或一谷不成,则为加恻怛。有复除之科,有赈恤之令。夙夜孜孜,焦心劳思者,凡以为农也。今耕者众矣,而尚有未勉;垦田广矣,而尚有未辟。岂拊循劝率有所未备与?抑吏怠而忽,不能宣究与?有司其于农桑之务,益思所以除害兴利。诏令已具者,无或壅阏;所未尽者,勿惮以闻。要使缘南亩之民,举欣欣然,乐职安业,洽于富足,称朕意焉。

【鉴赏】

曾巩在十几年历任越州、齐州、襄州、洪州、福州等地地方官之后,于元丰三年(1080)回到京师,被宋神宗传召。元丰五年(1082)四月,被提拔为中书舍人。宋制,中书舍人,有为皇帝拟制诏命的职责,《劝农诏》就写于这段时间。同年九月,曾巩因母亲故世,辞官丁忧。古礼丁忧之制,父母丧,子女须居家守丧三年,不做官、不婚娶、不赴宴、不应考。第二年四月,曾巩卒于江宁。这篇《劝农诏》,可谓是曾巩晚年的代表作品,它反映了曾巩作为一个封建时代的循吏,对农民疾苦的理解与关心。

《劝农诏》的"劝",是勉励的意思。《劝农诏》,即《关于鼓励农业发展的通令》。纵观全文,共分为以下两段:

第一段,主要写农业的重要性,要求官吏体恤并帮助农民。开篇先讲农业的特殊重要性,"衣食之所由出也,生民之业",生民,使百姓得以生存。因此"莫重焉",没有什么能比它更重要,表现了作者对农业的深刻理解,这也是"劝农"的目的。然后讲"恤农"问题。作者极写农夫的劳苦与艰辛,"一夫之力,所耕百亩",还要"养生送死","出赋税,给公上",水旱虫灾又时时发生。多角度地写出农民的沉重负担,表达了作者对农民疾苦的同情与关心。作者还借皇帝之口,在诏书上要求,"当官的",要不违农时,不夺民力;农业科学知识,要"授之"应按地力征收田税,要"处之";春种秋收,要"助之"。这些对官吏的要求,表现了曾巩进一步体恤农民的思想。

第二段,主要写皇帝对农业的重视,督责官吏要负责好作业。曾巩使用了一系列骈偶句,极写皇帝对农业的重视,"或一雨愆期,则忧见于色;或一谷不成,则为加恻怛",一朝雨误了期,皇帝就忧形于色;一旦谷未长成,就心里难过不安,把皇帝体恤农民之情,表达得可谓入至极之境,再如"夙夜孜孜,焦心劳思者,凡以为农也",更把皇帝写成是为农业早夜勤勉,辗转难安。因此,越是吹捧皇上,越是给官吏施加压力,达到了"劝农"的目的。作为"劝农",曾巩还希望集思广益,除害兴利。所以,曾巩要求,对诏书上"所未尽者,勿惮以闻",要大家直言劝谏,表现了一个封建循吏的谦虚美德。

作为一篇《劝农诏》,作者并没有把重点放在农民身上,而是放在官吏身上。对官吏提出了一系列的要求,如"不违其时,不夺其力"等。所有这些,经皇帝之口发出,就成了难违的圣命。因此,这篇文章曾对当时的农业产生过重大的影响。曾巩在文中也寄托了自己的理想,使农民"举欣欣然,乐职安业,洽于富足"。这些都反映出了作者积极的儒家民本思想进步的一面，同时表现了他忧民生疾苦的可贵品德。

作为学者，曾巩还用广博的经学知识，为自己的主张声援。他引用《诗经·豳风·七月》“彼南亩，田畯至喜”，意思是送饭给田间劳动者，农官非常高兴。说这句诗，其意旨是，“言上所以劳之也”，说的是天子馈赠食品以慰问农夫。又引《诗经·周颂·噫嘻》“骏发尔私，终三十里”，想使农民大发展其私田，实现其愿望。其意旨是，“言上所以劝之也”，即皇上对农夫的勉励。曾巩引经据典，用以阐述恤农思想的古代渊源和这种思想的无可争辩性。

邪正辨

正者一，邪者十，乌知正者之为正，邪者之为邪欤？曰：考其实焉尔。言者曰：“某正人也。”必考焉，其言与行果正也，犹曰无乃其迹然欤？必也本其情，情果正也，斯正人也。曰：“某邪人也。”必考焉，其言与行果邪也，亦曰无乃其迹然欤？必也本其情，情果邪也，斯邪人也。必本其情者为之，迹亦可以必信也。迹之未可以信者，有无之，有似之，有构之者也。以正人焉，俟之勿疑之也，有间之必辨焉，不阴受之也。以邪人焉，处之勿迩之也，有助之必辨焉，不阴受之也。审邪正之术循是也，不失矣。

抑未尽于是也。孰谓未尽？任与责之之谓也。正者曰：“天下未治也。”以天下之事考之，见未治焉，安得不任之以救其未治也？邪者曰：“已治矣。”则思曰：我之天下来治也。正者曰：“用是策可以治。”以先王之道、人之情考之，见可以治焉，安得不用其策邪？邪者曰：“彼策也，不可用。”则思曰：我考之可用也，必也待其终而质其效。不戾于其始也，有赏，戾则有咎。未至于其终而质其效，赏与咎无所委焉。不苟然而易也，任与责之之术如是也。故正者得尽其道，邪者不得其间于冥冥之间，于计也素定，于信用也不轻以蔽，于号令也一，于赏罚也明，于治也几矣。考之其实尔，此之谓也。不知正者之为正，邪者者之为邪，岂异焉？不此之尚而已。言者曰：“某正人也，某邪人也。”因亦曰：“某正人也，某邪人也”，于其言与行则未之考也。苟考焉，则亦其迹而已矣，或无之，或似与构之者也，于其情则未之考也。以正人俟之，或疑焉，有间之者则阴受之，不之辨也；以邪人处之，或迹焉，有助之者则阴受之，不之辨也。正者曰："天下未治也。"邪者曰："已治也。"邪者胜正者十常八九，以天下之事考之耶？则未尝也。任正者之策，邪者曰"可置"，则必置之。以先王之道、人之情考之，待其终而质其效，正者赏与咎耶？则未尝也，其于是非用舍苟焉而已也。夫然，故正者不得尽其道，邪者得间之于冥冥之间，于计无必定也，于信用轻以蔽也，于号令也二，于赏罚也不明，于治也疏矣。正与邪两尊焉，一曰而有败，乌有职其责者欤？

或曰："大贤大佞之不可以考其实也。"曰：子之言不可以考其实者，不以大贤之为贤，大佞之为佞，或无其迹欤？吾固言之也，无其迹则孰由而知之欤？必也本其情之谓也。本其情，是亦考其实矣，岂不可欤？知不循其迹，又不本其情，而欲知其贤与佞，顾非不可欤？然则子之言者，恶其迹之难知也。吾云尔者，以其情而知之也，其意易者鲜矣。

【鉴赏】

对于人的真假自古就难辨。特别是君主对于人之邪正的识别，是关系到治理国家的大问题，因此更需谨慎。曾巩的《邪正辨》正是从这个角度出发，指出辨别人之邪恶在于"循其迹""本其情"的基本方法，同时论述了君主怎样任用"正人"致国家于大治的策略。作者对于这个复杂的问题的分析，基本符合实事求是的原则，并包含有辩证法之因素，因此，有不少值得借鉴的地方。

通读全文，可以看出作者是从两个方面论述这个问题的。一方面，是如何辨别人的邪与正。作者指出，要想知道一个人是正还是邪，必须考察他实际上是怎样的人，而不是单凭他人的传言。那么如何考察呢？作者提出两个方面的原则：一是"循其迹"，这里"迹"主要是指人表现于外部的各种迹象；二是"本其情"，"情"也就是客观事物发展的具体实情，也包括人的思想感情在内。这两个原则尤其以第二个更为重要，是辨明一个人邪正的关键。因为外部表现有时会是伪装出来的。只有在了解了其外部迹象以后，进一步从内部考察其实情，只有二者完全相符，才可以确定其人是正是邪。另一方面，对于大贤和大佞之人也是如此，因为哪怕是大贤或大佞之人，他们必然也表现出一些外部迹象，再"本其情"进行考察，同样也就不难判断其是贤是佞了。

作者写这篇《邪正辨》的目的是为君主提供借鉴，因此，对于人之邪正除了能够识别之外，还存在着进正人去邪人、任用正人治理国家的问题。因为邪人总是与正人相对立的，所谓“正必去邪，邪必害正”，正人提出的关于治理国家的看法和具体策略，也总会遭到邪人的反对，这就需要君主掌握正确的“任与责之之术”，对于正人与邪人所提出的两种意见都要审慎地加以思考、辨别，而后再做出决定。对于正人要“任之以救其未治”，正人所提出的治理国家的具体策略要“以先王之道、人之情考之”。一旦决定采用就要用而专，“必也待其终而质其效”，等到最后见到结果再评断优劣，决定奖惩，不可中途轻易改变主意，使正人不得尽其道。

“未至其终而质其效，赏与咎无所委焉”，只有这样，才能使“正者得尽其道，邪者不得其间于冥冥之间，于计也素定，于信用也不轻以蔽，于号令也一，于赏罚也明，于治也几矣”。这就是“任与责之之术”。如果反此道而行之，就会邪正不辨；疑正人，迩邪人；正者退，邪者进，正者不得进其道，而邪者得间于冥冥之间。结果必然是计无所定，信用轻以蔽，号令不一，赏罚不明，也就不可能达到治理天下的目的。

这篇文章的特点是说理透彻，结构周密严谨，逻辑性强。作者围绕“邪正”二字，从正反两个方面反复论述，层层深入，曲尽事理，而且互相对比映衬，显得褒贬分明。文章层次分明、条理清晰、气势平和、笔调从容。在句式上巧妙地将长、短、奇、偶、反问、正问和排比、交错等配合在一起，使文章通畅中有跌宕，平缓处有起伏，显得语言密而不板，结构严而不死。可以看得出，作者非常擅长于议论说理。

说　言

上之收群言，其务当而已。诚使贵且信者，其言非必不可以听也。贱且疏者，其言是则必可舍乎？否也，期为有补于治而已。夫然则岂惟上之失得可质焉？天下之邪正举白矣。

昔舜之达四聪、明四目也，故元凯在下不能抑也，四凶在上不能盖也，其治由此而已。昧者反此，喜是其所用，不广听，于其所忽，杂然当否莫有主也。岂惟上之失得不闻焉？天下之阴狡者举进矣。秦之敝以斯、高，汉之莽、禹，晋以荀、贾，唐以牛、李、裴、卢，其大效然已，可不惩欤？

或曰："不已察耶？"曰："绳其大慝，纾其小过，诛其实，弛其文，何察焉？"噫！吾有为而言之也，使贵且信者皆得其人，兹说其不可以已耶？

【鉴赏】

曾肇在为其兄曾巩所写的《行状》中曾言"其所论述，皆因事而发"，这是符合实际情况的，在曾巩的《元丰类稿》中，有很多议论性杂文，都是针对现实问题而写的。这篇《说言》以"上之收群言，其务当而已"为中心，旁征博引，借古喻今，比较深入地论证了君主收听群言要"当"的道理，是这类杂文中具有代表性的作品。

纵观全文，可以将文章分为以下三部分：

第一部分作者首先明确提出所要论述的中心问题："上之收群言，其务当而已。"观点无疑是正确的，但究竟如何做才算是"当"，听哪些人的话才算是"当"呢？标准只有一个："期为有补于治而已"。只要是对治理天下有利的见解，不管是"贵且信"者提出的，还是"贱且疏"者提出的，都应当采纳，这才是正当的做法。如此一来，不仅验证了主上的作为是得是失，而且也可以使臣下的邪正曲直举而大白于天下。

第二部分从正反两个方面，以历史事实为例，进一步论证了君主收听群言要务得当的重要性。正面以舜为例，论述正因为舜能聪慧明达，广听四方言论，取言务当，所以能使有辅弼之才者如禹、稷、契、皋陶、益等，虽处于下位，也能得到舜的赏识提拔，成为舜的辅佐大臣；而跋扈专横如四凶驩兜、共工、鲧、三苗者，虽各为一方部落首领，却不服舜的控制，也都被舜流放四方，再不能为非作恶，天下大终于大治。

然后，又从反面论证，论证不懂得这种道理的君主，做法与此相反，他们"喜是其所用，不广听，于其所忽，杂然当否莫有主也"。这样做的结果，使君主看不到自己所为是否正确，也就无法辨别臣下的贤佞邪正，而阴险狡黠之辈，就会乘机竞进。如秦朝的李斯、赵高；汉朝的王莽、张禹；晋朝的荀勖、贾充；唐朝的牛僧儒、李林甫、裴延龄、卢杞。在当时，他们所以能够窃据大位，搅乱国政，给国家带来无穷祸害，主要原因就是君主取言不当，偏信谗言，以致使小人得志，后患无穷。这种惨痛的历史教训，给后人以深刻警醒。

最后一部分，作者先提出君主对待臣下的方法，要惩其大恶，略其小过，责罚要符实，法令要宽简。接着表明自己写这篇文章是“有为而言之”。可见作者写这篇文章并非泛泛说古，而是有的放矢，是针对当时朝廷存在的实际问题而作的。

曾巩为文，不仅擅长叙事，而且擅长说理。特别是他的说理性杂文，虽然篇幅短小，但结构完整，论点突出，而且说理精辟。这篇《说言》也具有这样的特点，作者先明确提出自己的观点，接着援引史实，从正反两个方面论证，再正面表明自己的写作意图。章法严谨细密，语言简明凝练。另外，列举大量历史故事来说明现实问题，也是这篇文章的鲜明特点。可以看出作者文学根底深厚，具有广博的史学知识，所以能够随手拈来，毫不费力。这种借古喻今的手法，无疑也增强了文章的说服力。

读贾谊传

余读三代两汉之书，至于奇辞奥旨，光辉渊澄，洞达心腑，如登高山以望长江之活流，而恍然骇其气之壮也。故诡辞诱之而不能动，淫辞迫之而不能顾，考是与非若别白黑而不能惑，浩浩洋洋，波彻际涯，虽千万年之远，而若会于吾心，盖自喜其资之者深而得之者多也。既而遇事辄发，足以自壮其气，觉其辞源源来而不杂，剔吾粗以迎其真，植吾本以质其华。其高足以凌青云，抗太虚，而不入于诡诞；其下足以尽山川草木之理，形状变化之情，而不入于卑污。及其事多，而忧深虑远之激扞有触于吾心，而干于吾气，故其言多而出于无聊，读之有忧愁不忍之态，然其气要以为无伤也，于是又自喜其无入而不宜矣。

使予位之朝廷，视天子所以措置指画号令天下之意，作之训辞，镂之金石，以传太平无穷之业，盖未必不有可观者，遇其所感，寓其所志，则自以为皆无伤也。

余悲贾生之不遇。观其为文，经画天下之便宜，足以见其康天下之心。观其过湘为赋以吊屈原，足以见其悯时忧国，而有触于其气。后之人责其一不遇而为是忧怨之言，乃不知古诗之作，皆古穷人之辞，要之不悖于道义者，皆可取也。贾生少年多才，见文帝极陈天下之事，毅然无所阿避。而绛灌之武夫相遭于朝，譬之投规于矩，虽强之不合，故斥去，不得与闻朝廷之事，以奋其中之所欲言。彼其不发于一时，犹可托文以摅其蕴，则夫贾生之志，其亦可罪耶？

故予之穷饿，足以知人之穷者，亦必若此。又尝学文章，而知穷人之辞，自古皆然，是以于贾生少进焉。呜呼！使贾生卒其所施，为其功业，宜有可述者，又岂空言以道之哉？予之所以自悲者，亦若此。然世之知者，其谁欤？虽不吾知，谁患耶！

【鉴赏】

贾谊是一位博学多才、胸怀大志的文学家、政治家，但其一生遭受排斥，怀才不遇，最后抑郁而死。司马迁在《史记》中把贾谊与屈原并列一传，对其不幸遭遇深表同情。此后，不少历代文人，多为贾谊鸣不平。曾巩的《读贾谊传》借“悲贾生之不遇”而自悲，寻知音于千载之上，表达自己远离朝廷，怀才不遇的抑郁愤懑之情。气势雄浑，是一篇感慨充沛、穷于事理的读后感。

通读全文，可将全文在艺术上分为以下三个方面：

一、曾巩为文，讲究“道、法、事、理”，其风格特征一向古雅、平正，但这篇读后感却以气势雄浑，波澜起伏，激昂顿挫见长。其形容三代两汉之书，“如登高山以望长江之活流，而恍然骇其气之壮也”，“其高足以凌青云，抗太虚，而不入于诡诞；其下足以尽山川草木之理，形状变化之情，而不入于卑污”，层层递进，一气呵成，诚如储欣所评：“层累言之，如挹长江之水而注诸海”。其间又夹以个人的感受会心，在浩浑气势之中，不时跌宕顿挫，显得纡徐委曲，绝无平板呆滞之弊。写贾生之不遇，先言其文，次言其赋，然后述其生平遭遇，中间杂以后人之责，作者之辩，其中情感激荡，波澜时起，字里行间表达了对贾生不幸遭遇的同情。

二、作者写贾谊，之所以读其传而悲其人，正因为作者与贾谊有着相同的理想抱负，相同的遭遇，借悲贾谊而自悲，抒发自己的身世之感。文章以贾谊和作者为两条主线，迭相交错，议论纵横，并且不管是论人还是论文，都与身世遭遇紧密地结合在一起，使得无论自悲还是悲人，都能言之切实而不浮泛，所以能感人至深。曾巩无论个性、才能、志向抱负，还是身世遭遇，都和贾谊有相似之处。据其《行状》载：“公自在闾巷，已属意天下事，如在朝廷。而天下亦谓公有王佐之材，起且大任”，“自为小官，至在朝廷，挺立无所附，远迹权贵，由是爱公者少”。

同样《宋史·本传》也说他：“巩负才名，久外徙，世颇谓偃蹇不偶”，“为文章，上下驰骋，愈出而愈工，本原《六经》，斟酌于司马迁、韩愈，一时工作文词者，鲜能过也”。这与文中所描述贾谊的情形基本相同。这正是曾巩对贾谊的遭遇感同身受，寄予深切同情的真正原因。本文对贾谊的少年多才，悯时忧国，被谗遭斥，托文明志，事事与史传相合，用实笔详写，于作者自己，则用虚笔略写，虚实相间，详略得当，不仅避免了冗长重复，同时也使得文笔生动灵活，蕴藉含蓄。

三、全文将描写、抒情、叙述等多种手法融于一体，交替使用，而又浑然一体，不着痕迹。第一段描写三代两汉之书气势恢宏，句式长短相间，骈散结合，又杂以排比，显得文彩斑斓，变化多端；叙述贾谊生平，运用夹叙夹议的手法，叙述力求简括，议论正大精辟，纵横自如，不板不死；结尾抒发感慨，连用两组感叹句、反问句，将自悲悲人的强烈感情宣泄无余。

杂说·说官

古者命官各因其材，而致于久也，则必总核而升绌之，所以适于治之要也。帝王之法皆然，而尤详于舜。舜之分任九官，其人皆禹、稷、皋陶仁智大人也。然而既知水土，必以为司空，不以为虞；知五教，必以为司徒，不以为士师，以有宜也。三年一考绩，九年一绌陟。水土不治责司空，蛮夷奸宄不禁责士师，以有守也。其法之大较，一以不胜任而殛死焉，盖明其材，分付责任，久其岁时，严其诛赏也如此。故百官各尽其能，务治其业而以赴功，则舜无为已。

后世不然，自公卿大夫至于百执事，每一官之，则有司诎指计资之先后而升之，不然则择其或有执重、或得人间之誉者而升之。升之者一涂人之材，而偏历群有司之任，未尝计其能否、优劣、宜不宜也，用人之敝至不精于大臣，况其他耶？此苟全其私而忘其所以公，进贤退不肖之弊也，深戾所谓各因其材也。而当迁者概以三岁为限断，少者再岁、一岁、甚者不穷月盈时而迁耳，非可以至夫三年、九年、屡考而又绌陟也。即天下迁举，每岁得失可责吏部乎？天下钱谷，每岁登耗可责度支乎？自公卿大夫至于州县吏、莫非居其位而不任其责者也。万事之众，王者独治而已。而吏之输钱赎罪，或免于位，或徙或诛者，一切触法耳，非为不胜任也。是一皆违古，进之不循其材，用之不久其时，侵其职而忘其责，故百官之于万务也，皆怠而忽，为国或百年，上之事繁且勤，而不足以致治也。噫！何久而不思变也？曰：如之何而可？曰：求庶于古而变之。

【鉴赏】

宋朝在立国之初，曾经改革旧的官制，实行新的用人制度。这种新官制对于防止地方割据势力的复辟，加强中央政权的统治，曾经起过良好的作用。但它同时也存在着很大的弊端，在中央政权得到巩固之时，也形成了庞大的国家机器。大量的官员，无所事事，成为所谓的“冗官”。到曾巩所处的时代，其弊病更加明显，带来的危害也日趋严重。曾巩的这篇《说官》，采用对比的艺术手段，通过对古今两种不同的用人制度和标准的对比，产生两种截然不同的效果，进行具体而深刻的剖析阐明，从而揭示出当时在用人制度上所存在的严重弊端，可谓切中要害。

通读全文，可将这篇文章分为上下两段。

上段主要论述古时用人之道。关于古时用人之道，作者归纳为两个方面：一个是命官的标准；另一个是升绌的标准。命官的标准是“各因其材”，也就是根据各人不同的才能授予不同的官职，使官员的才职相称；升绌的标准是必须要经过长期的考验，根据官员总的政绩来决定对其提升和绌贬。作者认为，这样的用人之道对治理好国家是非常有利的。为了证明自己论断的正确性，作者以舜为例，进行了有力的论证。因为舜对其所任用之人能够“明其材，分其责，久其岁时，严其诛赏”，所以，他的百官臣僚都能做到“各尽其能，务治其业而以赴功”，而舜自己反而“无所作为”，这就是后世所称颂的“无为而治”。曾巩在《上杜相公书》里也曾说：“称其德则曰无为而治者，其舜也与？”可见他对舜的“无为而治”很赞同，而这一点恰能切中宋朝时弊。宋王朝将各种权力都集中到中央，将天下之事都集于皇帝一身，皇帝事无巨细，都要亲自处置，也就是下文所说的“万事之众，王者独治而已”。看似皇帝是无所不为，实际上是皆不能为。因而，曾巩举出舜的“无为而治”，是很具有现实意义的。

下段论述今时用人之道，也从三个方面着手，阐述今时的用人标准和官吏的升绌标准都与古时相反，因而也只能得到相反的结果。在用人方面，选拔官吏不是依据他们有无才能，而是根据其资历的先后、势力的大小、声誉的高低而决定的。分配官职也不必考虑他们是否才职相称，这就违背了“各因其材”的原则；在官吏升绌方面，根本没经过长期的考验，不给他们改进工作的机会，失职者不追究，不能胜任者不处分，官吏居其位却不任其责，王者集万事于一身，这就违背了官吏升绌的原则。总之，“一皆违古”，结果是“百官之于万务也，皆怠而忽”，“上之事繁且勤，而不足以致”。如何才能改变这种局面呢？作者的建议是：必须“求庶于古而变之”，也就是要仿照古时的用人之道加以变革。作为儒家的忠实信徒，曾巩是崇经好古的，但他能好古而不泥于古，对于当世之弊也主张“必改制以求其当”，是难能可贵的。这里的“求庶于古而变之”，也表达了同样的思想，所谓“庶于古”，不过是“使不失乎先王之意而已”，事实上他所强调的关键在于“变”。

运用对比的手法，是这篇文章最显著的特色。作者首先以舜为例，自命官到升绌两个方面对古时的用人之道加以具体的说明，然后从同样的角度，阐述了当时的用人之道，并指出二者的不同之处及其不同的结果。经过这样客观的对比，两种不同的用人之道自然利弊分明，作者的褒贬之见，使读者对于所论述的问题印象更深刻，很容易接受作者的观点。同时，文章语言委婉平实，毫无耸言厉色之弊；中心明确，层次分明，有条有理，不枝不蔓，具有极强的说服力。

杂说·说宫

室堂奥备然后为宫。宫，贤有力者之所有也。若乃为之，则非贤有力者之所能也。故有材木于此，虽累千万，必待匠人焉。尔匠人之为之也，广轮高下，横邪曲直，一板以上皆有法也。巧既收于心，绳墨刀尺皆应于手，其成也必善。巧既夺于心，绳墨刀尺皆戾于手，且以高者为库，直者为钩也，其卒可以成自善乎？有若公输在，肯舍法度而利之乎？不肯，则将得拙工，而嗜利者从之，为之穷岁月，耗材与力，至竭而已耳。

今夫天下之为公也，人主之所安而有也，州县有司之为室堂隅奥也，万机之为材木也，人主之所不能自治也，其势必付之人。付之而当且颛，则辑矣。付之而当否未前定，又一一束缚之，其异于戾匠人也亡矣。有圣且贤，肯枉道而就之乎？不肯，则易而他使。使圣且贤则犹是也，又易而他使，则得庸者、邪者而从之与之，日夜力为之，至尽败万事而已耳。秦之亡其宫也，以此。

【鉴赏】

曾巩《杂说》共六篇，都是短小精悍的说理性杂文。除了《说宫》其他五篇均采用引古证今的手法，议论雅正，说理透辟。这篇《说宫》，则是用比喻的手法，经过经营宫殿与经营天下的类比，深入浅出地阐述了经营天下的艰难和必须遵循的道理。文章指类引喻，以小见大，寓意深刻，发人深省。

通读全文，可将本文分为上下两段。

上段论述宫殿的经营，分三层意思。首先说明宫殿虽为“贤有力者”所有，但非“贤有力者”所能亲自建造，需要请匠人去造才行。这道理是显而易见的，只不过是为了引出下面的问题：宫殿如何才能造得好呢？接下来从正反两个方面论述了宫殿的建造过程。要造好宫殿的关键在于技艺是否熟练。“巧既发于心，绳墨刀尺皆应于手，其成也必善”。反之，倘若匠人“巧既夺于心，绳墨刀尺皆戾于手”，那是无论如何也建不好宫殿的。如果是拙工及嗜利之徒为之，更会“穷岁月，耗材与力，至竭而已耳”。可见，要造好宫殿也并非轻而易举之事，必须用人得当，而且要遵循其规律法度，才能达到目的。

下段借喻立论，由如何经营宫殿进一步论到如何经营天下的问题。虽然这是两个性质完全不相同的问题，但从哲学的角度来说，它们之间无疑也存在着一定程度上的共性，也就是在经营的方法上有其相似之处。作者正是抓住了这一点，由如何建造宫殿推论到如何治理天下。作者先将二者加以有趣的比照：天下就像整个一座宫殿，州县有司就像宫殿中的室堂隅奥，纷繁的政务就像材木。虽然天下是属于“人主之所安而有”，但他也像“贤有力者”不能自造宫殿一样，不能“自治”其天下，如果他强要“自治”的话，就会和“贤有力者”自造宫殿一样荒唐，而且不可能。他必须委派臣僚百官为他治理天下才行。如果托付得当，并让他们得专其务，那么就能上下协调一致，治理好天下。

反之，如果连委派的官吏得当与否还不知道，又要给他们加上许多条条框框，束缚着他们的手脚，那么他们也就无异于匠人的“巧既夺于心，绳墨刀尺皆戾于手”，即使是圣贤之辈，要想让他们治理好天下也是不可能的。如果“又易而他使，则得庸者邪者而从之与之”，其结果必然是“日夜力为之，至尽败万事而已耳”。作者最后又以“秦亡其官”为证，兼以相警，不仅切近上段造官之意，亦切近下段治天下之意，语言双关，妙趣横生。联系到赵宋王朝治国之弊，恰在于中央集权过甚，无疑人主“自治”天下，更可看出此文颇能切中时弊，对宋王朝无疑是一副对症妙方。

此文最显著的特色是比喻的运用。作者妙巧地抓住造官与治天下的共同点，借小喻大，不仅富于哲理性，也更富于感染力。文章设喻切当、笔锋犀利、说理透辟、言浅意深，而且能针对时弊，不无的放矢，足以悟人主、警世人，是作者短篇议论文中的佳作。

杂说·说遇下

王者之贵，普天之下，其义莫不为臣妾，尊至极也。然而三公也进见，在舆为下御，坐即起。其于诸侯，曰伯父伯舅而不名也。至于群臣，皆变容色，正冠服而俟之。其于进退疾病死丧之事，虽小未尝不勤，义至厚而恩至亡量也。非徒用其礼而已，乃所以推其情而见于下也。上下之情交，则治道之所由出也。

近世自王公大臣之进见，皆俯首侧身，屏息以听仪相者疾呼姓名敕进，使拜舞已，则立而侍。设有宴享，则郎中以降皆坐于庑下，与工祝为等伴，王者遇之，体貌颜色未尝为之变也，而曾起且下，又不名乎？其于进退疾病死丧，未尝皆备其礼也。自公卿莫能得其从容，而况于疏远之臣庶乎？上下之情间然可知矣。至有罪故，则又困辱而刑之。此所以使偷安侥进之利深，无节自薄之俗胜，百官之于上，苟若而已，能无因败而利之者邪？国家之治最甚已，可无变欤？

【鉴赏】

这篇文章的标题是“说遇下”,“遇”是礼遇的意思。内容讲的是王者对待臣下的礼节问题。所谓“其用在于言动视听之间”,这个在今天看来十分琐碎的问题,在古代却被看作关乎治国之道的大问题。况且曾巩一向是尊儒崇经,信道好古,所以更觉得是“其立意微,其为法远矣”。在这篇文章中,他将古今王者对于臣下的态度加以对比,认为古代君王礼遇臣下,使“上下情交”,所以能够因此而使天下大治;今之王者对待臣下,使“上下之情间然”,也就是疏远之意,所以应该改变。作者的观点显然有其偏颇失当之处,但其论述古今君臣之间礼遇问题,孰当孰失,则不待言而可知;而其要求改变今之现状,亦能切中时弊,痛下针砭,不容否定。

通读全文,可将本文分为上下两段。

上段写古之王者虽然也“尊至极也”,但对待臣下的态度却很通达人情,平易待人。三公进见,要下舆起坐;会见诸侯,尊长而不名;接见群臣,要颜色温和,正其冠服,以示亲切郑重之意;就连臣下的“进退疾病死丧之事”,虽属小事也要勤加慰问,以表恩泽深厚。作者认为古时王者对待臣下的这种态度并非不重要、徒具形式而已,相反,它是沟通君臣之间感情,使“上下之情交”的重要方式,“其立意微,其为法远”。治国之道的优劣好坏,正是从这些“言动视听之间”体现出来的。看得出来,作者之所以持有这种看法与他一贯的崇儒好古的思想有关,所以,带有明显的倾向性,不过作者所描述的这种君臣关系,在等级森严的封建社会里,相对而言,也还是比较开明的。

下段写今之王者对待臣下的态度与古时相反,不再有温和之色、礼貌之遇,却只是向臣下示以尊贵威严而已。上自王公大臣,进见王者都要屏息静听,呼名而进,拜舞已毕,方能“立而侍”;如朝廷有宴会,郎中以下的官员都要坐在殿堂四周的廊屋里,与工祝之辈等同,王者见到他们,连脸色都不变,更不用说“起且下,又不名”了。至于臣下的“进退疾病死丧”之事,君王也从不按照礼节,示以慰问。在朝廷任职的公卿尚且没有机会与王者相处亲切自然,更别说偏远之地的臣民了。臣下如有罪故,还要受到困辱刑罚。这样,君臣之间的关系只能越来越疏远,自然就无法沟通交流了。因而,臣下对其君,只有苟且唯诺而已。

作者最后强调,王者礼遇臣下,是关系到治国之道的根本大事,不可掉以轻心，像现在这种状况，必须加以变革更改。至于如何变革，作者虽未再说，其意自明，那就是要依照古之王者礼遇臣下的态度进行变革。其实，在这个问题上，曾巩并没有一意泥古，完全生搬硬套地恢复先王之制，而是颇为变通的，他在《礼阁新仪目录序》里曾明确指出："夫礼者，其本在于养人之性"，"其所改易更革，不至乎拂天下之势，骇天下之情，而固已合乎先王之意矣"，可见他对于变革今制的态度还是可取的。至于其说仍不能跳出"先王之制"，作者难免受时代的限制，我们不能撇开历史条件而苛求于古人。

这篇文章的写作方法是以古证今，将古与今进行鲜明的正反对比，使对所要论述的问题褒贬自见。面对这样烦琐的问题，作者却能写得简明严谨、要言不繁，足见作者具有很强的驾驭语言的能力。

王安石卷

王安石简介

王安石（1021—1086），字介甫，号半山，汉族，临川（今江西抚州市临川区）人。北宋著名的思想家、政治家、文学家、改革家。熙宁二年（1069），任参知政事，次年拜相，主持变法。王安石在文学中具有突出成就。其散文论点鲜明、逻辑严密，有很强的说服力，充分发挥了古文的实际功用；短文简洁峻切、短小精悍，名列“唐宋八大家”。

王安石把文学创作和政治活动密切地联系起来，强调文学的作用首先在于为社会服务，主张文道合一。他的散文大致贯彻了他的文学主张，揭露时弊、反映社会矛盾，具有较浓厚的政治色彩。王安石的论说文，针对时政或社会问题，观点鲜明，分析深刻，长篇则横铺而不力单，短篇则纡折而不味薄，阐述政治见解与主张，结构谨严，说理透彻，语言朴素精练，具有较强的概括性与逻辑力量，历来都被作为楷模和典范来学习效法。王安石的短文，直陈己见，简洁峻切，短小精悍，形成了“瘦硬通神”的独特风貌。

法度与人才

——（《上皇帝万言书》节一）

臣愚不肖，蒙恩备使一路，今又蒙恩召还阙廷，有所任属，而当以使事归报陛下。不自知其无以称职，而敢缘使事之所及，冒言天下之事，伏惟陛下详思而择其中，幸甚。

臣窃观陛下有恭俭之德，有聪明睿智之才，夙兴夜寐，无一日之懈，声色狗马，观游玩好之事，无纤介之蔽，而仁民爱物之意，孚于天下，而又公选天下之所愿以为辅相者，属之以事，而不贰于谗邪倾巧之臣，此虽二帝、三王之用心，不过如此而已，宜其家给人足，天下大治。而效不至于此，顾内则不能无以社稷为忧，外则不能无惧于夷狄，天下之财力日以困穷，而风俗日以衰坏，四方有志之士，然常恐天下之久不安，此其故何也？患在不知法度故也。

今朝廷法严令具，无所不有，而臣以谓无法度者，何哉？方今之法度，多不合乎先王之政故也。孟子曰："有仁心仁闻，而泽不加于百姓者，为政不法于先王之道故也。"以孟子之说，观方今之失，正在于此而已。

夫以今之世，去先王之世远，所遭之变，所遇之势不一，而欲一二修先王之政，虽甚愚者，犹知其难也。然以谓今之失，患在不法先王之政者，以谓当法其意而已。夫二帝、三王，相去盖千有余载，一治一乱，其盛衰之时具矣。其所遭之变，所遇之势，亦各不同，其施设之方亦皆殊，而其为天下国家之意，本末先后，未尝不同也。臣故曰：当法其意而已。法其意，则吾所改易更革，不至乎倾骇天下之耳目，嚣天下之口，而固已合乎先王之政矣。

虽然，以方今之势揆之，陛下虽欲改易更革天下之事，合于先王之意，其势必不能也。陛下有恭俭之德，有聪明睿智之才，有仁民爱物之意，诚加之意，则何为而不成，何欲而不得？然而臣顾以谓陛下虽欲改易更革天下之事，合于先王之意，其势必不能者，何也？以方今天下之才不足故也。

臣尝试窃观天下在位之人，未有乏于此时者也。夫人才乏于上，则有沈废伏匿在下，而不为当时所知者矣。臣又求之于闾巷草野之间，而亦未见其多焉。岂非陶冶而成之者非其道而然乎？臣以谓方今在位之人才不足者，以臣使事之所及，则可知矣。今以一路数千里之间，能推行朝廷之法令，知其所缓急，而一切能使民以修其职事者甚少，而不才苟简贪鄙之人，至不可胜数。其能讲先王之意以合当时之变者，盖阖郡之间，往往而绝也。朝廷每一令下，其意虽善，在位者犹不能推行，使膏泽加于民，而吏辄缘之为奸，以扰百姓。臣故曰：在位之人才不足，而草野闾巷之间，亦未见其多也。夫人才不足，则陛下虽欲改易更革天下之事，以合先王之意，大臣虽有能当陛下之意而欲领此者，九州之大，四海之远，孰能称陛下之指，以一二推行此，而人人蒙其施者乎？臣故曰：其势必未能也。孟子曰："徒法不能以自行。"非此之谓乎？然则方今之急，在于人才而已。诚能使天下人才众多，然后在位之才可以择其人而取足焉。在位者得其才矣，然后稍视时势之可否，而因人情之患苦，变更天下之弊法，以趋先王之意，甚易也。今之天下，亦先王之天下，先王之时，人才尝众矣，何至于今而独不足乎？故曰；陶冶而成之者，非其道故也。

商之时，天下尝大乱矣。在位贪毒祸败，皆非其人，及文王之起，而天下之才尝少矣。当是时，文王能陶冶天下之士，而使之皆有士君子之才，然后随其才之所有而官使之。诗曰："岂弟君子，遐不作人。"此之谓也。及其成也，微贱兔罝之人，犹莫不好德，《兔罝》之诗是也。又况于在位之人乎？夫文王惟能如此，故以征则服，以守则治。诗曰："奉璋峨峨，髦士攸宜。"又曰："周王于迈，六师及之。"言文王所用，文武各得其才，而无废事也。及至夷、厉之乱，天下之才，又尝少矣。至宣王之起，所与图天下之事者，仲山甫而已。故诗叹之曰："德如毛，维仲山甫举之，爱莫助之。"盖闵人才之少，而山甫之无助也。宣王能用仲山甫，推其类以新美天下之士，而后人才复众。于是内修政事，外讨不庭，而复有文、武之境土。故诗人美之曰："薄言采芑，于彼新田，于此菑亩。"言宣王能新美天下之士，使之有可用之才，如农夫新美其田，而使之有可采之芑也。由此观之，人之才，未尝不自人主陶冶而成之者也。

【鉴赏】

宋仁宗嘉祐三年（1058）二月，王安石由常州知州调任提点江东刑狱，在这期间负责督察江南东路的行政和司法。他广泛接触社会现实，有感于国家“积贫积弱”、种种社会危机日趋严重，他怀着强烈的忧国意识和“以天下为己任”的使命感，借回京述职之机，上书仁宗皇帝，洋洋洒洒近万言，直言国事，针砭时弊，提出治国的方略，阐述革新图强的主张，写成《上仁宗皇帝言事书》，即为后世称道的“万言书”。

第一节，是“万言书”的起始部分，也是全文至为重要的部分，说明上书言事的缘由和立论的依据，为全文进一步论述除弊兴利的具体措施，列举出核心的理论主张。文章起始，直陈“上书”的背景，所说“蒙恩备使一路，今又蒙恩召还阙廷”，即指作者受任“提点江东刑狱”，督察江南东路司法行政，现又奉召回朝廷任职。臣下述职，自然“当以使事归报陛下”；任感尽含于文章之中了。

作为专呈皇上的一种文体，“书”开头往往谦敬奉承甚至虚饰。但王安石出于社会责任感，文中更多的是借“春秋笔法”美中含刺，委婉地启发规劝敦促皇帝励精图治使得国家民族富强。

文章这样分析：当今朝廷立法严密、律令齐备，为何说它是没有严明的“法度”呢？这是因为，“方今之法度，多不合乎先王之政故也。”作者引用《孟子·离娄上》有关有仁爱之心、仁义之名的君王，却不能使百姓蒙受恩泽，实在是因为他治理政事未能“法先王之道”的说法，我们从上面提出。提出“法度”问题，明明意在改革当朝积弊，为什么偏又打出“法先王”的旗号呢？对此，我们必须深深把握文章的脉络，领会其中的含意。

革新图强，需要修明“法度”；而“法度”的制定、执行，需要德才兼备的“人才”。改革—法制—人才，构成完备的思想体系，始终贯穿于王安石变法革新的过程中。而宋代“积贫积弱”的状况，确与当时没有法制、人才匮乏、执法的官吏相当腐败有着直接关系。王安石凭着自己多年来自上而下的考察和任职期间的实际调查，以准确的事实，证明“人才不足”的问题。自上而下，人才匮乏，难道不是陶冶造就人才不能得法、未循其道所造成的吗？从人才的缺乏，到人才的培养，层层发问，层层把命题引向深入。

然后，作者又纵开笔锋，描述古代先王治世“陶冶天下之士”的情景。商末纣王无道，天下大乱，在位者多为“贪毒祸败”之辈，绝非称职之人。周文王起而伐纣时，“天下之才尝少矣”。但文王能依循陶冶之“道”，把人们造就成有德有才之人，大量地培养人才，然后依其才能的大小授予官职、加以任用。同样，周代也经历过“夷厉之乱”，周夷王被诸侯国逼迫，违反周礼，下堂屈迎前来朝见的诸侯；周历王在奴隶暴动兴起后逃亡而死所以，“中兴之君”周宣王也面临着治乱世而人才缺少的情况。于是他像周文王一样，懂得“陶冶人才”的重要和人才培养的重要性。

回顾这篇文章，作者由革新图治，引出“法度”的命题；又由“法度”的修明、执行，命题、观点透彻地展示出来，显示出大政治家的胸襟胆识和大文学家的风骨工力和雄心壮志。

陶冶人才

——（《上皇帝万言书》节二）

所谓陶冶而成之者何也？亦教之、养之、取之、任之有其道而已。

所谓教之之道何也？古者天子诸侯，自国至于乡党皆有学，博置教道之官而严其选。朝廷礼乐、刑政之事，皆在于学，学士所观而习者，皆先王之法言德行治天下之意，其材亦可以为天下国家之用。苟不可以为天下国家之用，则不教也。苟可以为天下国家之用者，则无不在于学。此教之之道也。

所谓养之之道何也？饶之以财，约之以礼，裁之以法也。何谓饶之以财？人之情，不足于财，则贪鄙苟得，无所不至。先王知其如此，故其制禄，自庶人之在官者，其禄已足以代耕矣。由此等而上之，每有加焉，使其足以养廉耻，而离于贪鄙之行。犹以为未也，又推其禄以及其子孙，谓之世禄。使其生也，既于父子、兄弟、妻子之养，婚姻、朋友之接，皆无憾矣；其死也，又于子孙无不足之忧焉。何谓约之以礼？人情足于财而无礼以节之，则又放僻邪侈，无所不至。先王知其如此，故为之制度。婚丧、祭养、燕享之事，服食、器用之物，皆以命数为之节，而齐之以律度量衡之法。其命可以为之，而财不足以具，则弗具也；其财可以具，而命不得为之者，不使有铢两分寸之加焉。何谓裁之以法？先王于天下之士，教之以道艺矣，不帅教而待之以屏弃远方终身不齿之法。约之以礼也，不循礼则待之以流、杀之法。王制曰：“变衣服者，其君流”，酒诰曰：“厥或诰曰：‘群饮，汝勿佚。尽拘执以归于周，予其杀！’”夫群饮、变衣服，小罪也；

流、杀，大刑也。加小罪以大刑，先王所以忍而不疑者，以为不如是，不足以一天下之俗而成吾治。夫约之以礼，裁之以法，天下所以服从无抵冒者，又非独其禁严、而治察之所能致也。盖亦以吾至诚恳恻之心，力行而为之倡。凡在左右通贵之人，皆顺上之欲而服行之，有一不帅者，法之加必自此始。夫上以至诚行之，而贵者知避上之所恶矣，则天下之不罚而止者众矣。故曰：此养之之道也。

所谓取之之道者，何也？先王之取人也，必于乡党，必于庠序，使众人推其所谓贤能，出之以告于上而察之。诚贤能也，然后随其德之大小、才之高下而官使之。所谓察之者，非专用耳目之聪明，而私听于一人之口也。欲审知其德，问以行；欲审知其才，问以言。得其言行，则试之以事。所谓察之者，试之以事是也。虽尧之用舜，亦不过如此而已，又况其下乎？若夫九州之大，四海之远，百官亿丑之贱，所须士大夫之才则众矣，有天下者，又不可以一二自察之也，又不可以偏属于一人，而使之于一日二日之间考试其行能而进退之也。盖吾已能察其才行之大者，以为大官矣，因使之取其类以持久试之，而考其能者以告于上，而后以爵命、禄秩予之而已。此取之之道也。

所谓任之之道者，何也？人之才德，高下厚薄不同，其所任有宜有不宜。先王知其如此，故知农者以为后稷，知工者以为共工。其德厚而才高者以为之长，德薄而才下者以为之佐属。又以久于其职，则上狃习而知其事，下服驯而安其教，贤者则其功可以至于成，不肖者则其罪可以至于著，故久其任而待之以考绩之法。夫如此，故智能才力之士，则得尽其智以赴功，而不患其事之不终、其功之不就也。偷惰苟且之人，虽欲取容于一时，而顾僇辱在其后，安敢不勉乎！若夫无能之人，固知辞避而去矣。居职任事之日久，不胜任之罪，不可以幸而免故也。彼且不敢冒而知辞避矣，尚何有比周、谗谄，争进之人乎？取之既已详，使之既已当，处之既已久，至其任之也又专焉，而不一二以法束缚之，而使之得行其意，尧、舜之所以理百官而熙众工者，以此而已。书曰："三载考绩，三考，黜陟幽明。"此之谓也。然尧、舜之时，其所黜者则闻之矣，盖四凶是也。其所陟者，则皋陶、稷、契皆终身一官而不徙。盖其所谓陟者，特加之爵命、禄赐而已耳。此任之之道也。

夫教之、养之、取之、任之之道如此，而当时人君，又能与其大臣，悉其耳目心力，至诚恻怛，思念而行之，此其人臣之所以无疑，而于天下国家之事，无所欲为而不得也。

【鉴赏】

“法度”为治世的根本，执法则需要德才兼备的人才；而人才匮乏，正是培养造就“非其道”所致。作者用一句设问，由前文的宏观推论，过渡到针对培养人才的正确途径与方法的具体论述，从“教之、养之、取之、任之”四个环节，依次分析人才“陶冶而成”的命题。

人才的成就，离不开教育，人才的培养更是如此。“教之”是“陶冶而成”的基础和关键。严格选择教学内容，能“为天下国家之用”的“礼乐刑政之事”或“先王之法言德行治天下之意”，都要“习而观之”。在这里，我们可以明确地看到礼仪之邦重视教育的做法，也看到封建社会的政治功能限定教学内容的局限，从中得到双重的启示。

所谓“约之以礼”，作者觉得，人情在资财俸禄上得到满足后，倘没有一定的礼仪规范加以节制，则又将“放僻邪侈”，放荡为非，邪行作恶。所以，先王制定种种制度，正是为了制止类似的为非作歹的行为。取得了很好的效果，根据统一的法规，在可以施行的“命数”范围以内的，若自己的财力不足以操办，如果实在不行，那么就不用操办；超出“命数”范围以外的，一两一分一寸地加增逾越。所谓“裁之以法”，作者仍是借助“先王”执行法度的例子，加以论述的。先王培养“天下之士”，教给他们道德与“礼、乐、射、御、书、数”的“六艺”才能。倘若不遵循教导，“士”将被放逐远方、终身遭受鄙弃，受到严厉的法律制裁；倘若不遵从礼仪，会受到流放以至杀身的法律惩处，处罚十分严格。文章引用古代典籍引用古代圣人的话，《礼记·王制》记载：不遵守等级分明的服饰礼仪，私自更改服饰样式的，要遭流放；引用之后，作者加以分析：“群饮”、“变衣服”，看来是“小罪”，却被施以流放、杀头的“大刑”，先王之所以忍心这样做而毫不犹疑，是因为不如此，就不足以统一天下的民情，成就自己的统治。显然，作者是设想以“饶之以财、约之以礼、裁之以法”的制度化、法律化，构成互补的管理机制，使得整个体制变得完美，将人才的物质供给、礼仪约束与法律治裁有机地结合起来，使人们都能认识它的重要性，形成完善的“养之之道”。

回想这节文章，我们看到人才的陶冶造就，是个相当复杂的问题，不仅涉及教育本身，而且牵扯到经济、政治、司法、人事等诸多因素的影响，并且影响十分远大。难能可贵的是，作者王安石能从宏观的高度，透过纷繁复杂的现象，透过现象来揭示人才危机的深层原因，并从“大人才”的立足点和“大教育”的视野，从“教育、培养、选取、任用”四大环节，指出造就人才的系统化的观念，并力图借助法律、制度使之完善。

陶冶不得其道

——（《上皇帝万言书》节三）

方今州县虽有学，取墙壁具而已，非有教导之官，长育人才之事也。唯太学有教导之官，而亦未尝严其选。朝廷礼乐刑政之事，未尝在于学。学者亦漠然自以礼乐刑政为有司之事，而非己所当知也。学者之所教，讲说章句而已。讲说章句，固在古者教人之道也。而近岁乃始教之以课试之文章。夫课试之文章，非博诵强学穷日之力则不能。及其能工也，大则不足以用天下国家，小则不足以为天下国家之用。故虽白首于庠序，穷日之力以师上之教，及使之从政，则茫然不知其方者，皆是也。盖今之教者，非特不能成人之才而已，又从而困苦毁坏之，使不得成才者，何也？夫人之才，成于专而毁于杂。故先王之处民才，处工于官府，处农于畎亩，处商贾于肆，而处士于庠序，使各专其业而不见异物，惧异物之足以害其业也。所谓此者，又非特使之不得见异物而已，一示之以先王之道，而百家诸子之异说，皆屏之而莫敢习者焉。今士之所宜学者，天下国家之用也。今悉使置之不教，而教之以课试之文章，使其耗精疲神，穷日之力以从事于此。及其任之以官也，则又悉使置之，而责之以天下国家之事。夫古之人，以朝夕专其业于天下国家之事，而犹才有能有不能，今乃移其精神，夺其日力，以朝夕从事于无补之学，及其任之以事，然后卒然责之以为天下国家之用，宜其才之足以有为者少矣。臣故曰：非特不能成人之才，又从而困苦毁坏之，使不得成才也。又有甚害者，先王之时，士之所学者，文武之道也。士之才，有可以为公卿大夫，有可以为士。其才之大小、宜不宜则有矣，至于武事，则随其才之大小，未有不学者也。故其大者，居则为六官之卿，出则为六军之将也；其次则比、闾、族、党之师，亦皆卒、两、师、旅之帅也。故边疆、宿卫，皆得士大夫为之，而小人不得奸其任。今之学者，以为文武异事，吾知治文事而已，至于边疆、宿卫之任，则推而属之卒伍，往往天下奸悍无赖之人。苟其才行足以自托于乡里者，未有肯去亲戚而从召募者也。边疆、宿卫，此乃天下之重任，而人主之所当慎重者也。故古者教士，以射、御为急，其他伎能，则视其人才之所宜，而后教之，其才之所不能，则不强也。至于射，则为男子之事。苟人之生，有疾则已，苟无疾，未有去射而不学者也。在庠序之间，固常从事于射也。有宾客之事则以射，有祭祀之事则以射，别士之行同能偶则以射，于礼乐之事，未尝不寓以射，而射亦未尝不在于礼乐、祭祀之间也。易曰："弧矢之利，以威天下。"先王岂以射为可以习揖让之仪而已乎？固以为射者武事之尤大，而威天下、守国家之具也。居则以是习礼乐，出则以是从战伐。士既朝夕从事于此而能者众，则边疆、宿卫之任，皆可以择而取也。夫士尝学先王之道，其行义尝见推于乡党矣，然后因其才而托之以边疆、宿卫之士，此古之人君，所以推干戈以属之人，而无内外之虞也。今乃以夫天下之重任，人主所当至慎之选，推而属之奸悍无赖，才行不足自托于乡里之人，此方今所以然常抱边疆之忧，而虞宿卫之不足恃以为安也。今孰不知边疆、宿卫之士不足恃以为安哉？顾以为天下学士以执兵为耻，而亦未有能骑射行阵之事者，则非召募之卒伍，孰能任其事者乎？夫不严其教，高其选，则士之以执兵为耻，而未尝有能骑射行阵之事，固其理也。凡此皆教之非其道也。

方今制禄，大抵皆薄。自非朝廷侍从之列，食口稍众，未有不兼农商之利而能充其养者也。其下州县之吏，一月所得，多者钱八九千，少者四五千，以守选、待除、守阙通之，盖六七年而后得三年之禄，计一月所得，乃实不能四五千，少者乃实不能及三四千而已。虽厮养之给，不窘于此矣，而其养生、丧死、婚姻、葬送之事，皆当出于此。夫出中人之上者，虽穷而不失为君子；出中人以下者，虽泰而不失为小人。唯中人不然，穷则为小人，泰则为君子。计天下之士，出中人之上下者，千百而无十一，穷而为小人，泰而为君子者，则天下皆是也。先王以为众不可以力胜也，故制行不以己，而以中人为制，所以因其欲而利道之，以为中人之所能守，则其志可以行乎天下，而推之后世。以今之制禄，而欲士之无毁廉耻，盖中人之所不能也。故今官大者，往往交赂遗、营赀产，以负贪污之毁；官小者，贩鬻、乞丐、无所不为。夫士已尝毁廉耻以负累于世矣，则其偷堕取容之意起，而矜奋自强之心息，则职业安得而不弛，治道何从而兴乎？又况委法受赂，侵牟百姓者，往往而是也。此所谓不能饶之以财也。

婚丧、奉养、服食、器用之物，皆无制度以为之节，而天下以奢为荣，以俭为耻。苟其财之可以具，则无所为而不得，有司既不禁，而人又以此为荣。苟其财不足，而不能自称于流俗，则其婚丧之际，往往得罪于族人婚姻，而人以为耻矣。故富者贪而不知止，贫者则强勉其不足以追之。此士之所以重困，而廉耻之心毁也。凡此所谓不能约之以礼也。

方今陛下躬行俭约，以率天下，此左右通贵之臣所亲见。然而其闺门之内，奢靡无节，犯上之所恶，以伤天下之教者，有已甚者矣。未闻朝廷有所放绌，以示天下。昔周之人，拘群饮而被之以杀刑者，以为酒之末流生害，有至于死者众矣，故重禁其祸之所自生。重禁祸之所自生，故其施刑极省，而人之抵于祸败者少矣。今朝廷之法所尤重者，独贪吏耳。重禁贪吏，而轻奢靡之法，此所谓禁其末而弛其本。然而世之识者，以为方今官冗，而县官财用已不足以供之，其亦蔽于理矣。今之入官诚冗矣，然而前世置员盖甚少，而赋禄又如此之薄，则财用之所不足，盖亦有说矣。吏禄岂足计哉？臣于财利，固未尝学，然窃观前世治财之大略矣。盖因天下之力，以生天下之财，取天下之财，以供天下之费。自古治世，未尝以不足为天下之公患也。患在治财无其道耳。今天下不见兵革之具，而元元安土乐业，人致其力，以生天下之财，然而公私尝以困穷为患者，殆亦理财未得其道，而有司不能度世之宜而通其变耳。诚能理财以其道，而通其变，臣虽愚，固知增吏禄不足以伤经费也。方今法严令具，所以罗天下之士，可谓密矣。然而亦尝教之以道艺，而有不帅教之刑以待之乎？亦尝约之以制度，而有不循理之刑以待之乎？亦尝任之以职事，而有不任事之刑以待之乎？夫不先教之以道艺，诚不可以诛其不帅教；不先约之以制度，诚不可以诛其不循理；不先任之以职事，诚不可以诛其不任事。此三者，先王之法所先急也，今皆不可得诛，而薄物细故，非害治之急者，为之法禁，月异而岁不同，为吏者至于不可胜记，又况能一二避之而无犯者乎？此法令所以滋而不行，小人有幸而免者，君子有不幸而及者焉。此所谓不能裁之以刑也。凡此皆治之非其道也。

方今取士，强记博诵而略通于文辞，谓之茂才异等、贤良方正。茂才异等、贤良方正者，公卿之选也。记不必强，诵不必博，略通于文辞，而又尝学诗赋，则谓之进士。进士之高者，亦公卿之选也。夫此二科所得之技能，不足以为公卿，不待论而后可知。而世之议者，乃以为吾常以此取天下之士，而才之可以为公卿者，常出于此，不必法古之取人然后得士也。其亦蔽于理矣。先王之时，尽所以取人之道，犹惧贤者之难进，而不肖者之杂于其间也。今悉废先王所以取士之道，而驱天下之才士，悉使为贤良、进士，则士之才可以为公卿者，固宜为贤良、进士，而贤良、进士亦固宜有时而得才之可以为公卿者也。然而不肖者，苟能雕虫篆刻之学，以此进至乎公卿，才之可以为公卿者，困于无补之学，而以此绌死于岩野，盖十八九矣。夫古之人有天下者，其所慎择者，公卿而已。公卿既得其人，因使推其类以聚于朝廷，则百司庶府，无不得其人也，今使不肖之人，幸而至乎公卿，因得推其类聚之朝廷，此朝廷所以多不肖之人，而虽有贤智，往往困于无助，不得行其意也。且公卿之不肖，既推其类以聚于朝廷，朝廷之不肖，又推其类以备四方之任使；四方之任使者，又各推其不肖以布于州郡。则虽有同罪举官之科，岂足恃哉？适足以为不肖者之资而已。其次九经、五经、学究、明法之科，朝廷固已尝患其无用于世，而稍责之以大义矣。然大义之所得，未有以贤于故也。今朝廷又开明经之选，以进经术之士。然明经之所取，亦记诵而略通于文辞者，则得之矣。彼通先王之意，而可以施于天下国家之用者，顾未必得与于此选也。其次则恩泽子弟，庠序不教之以道艺，官司不考问其才能，父兄不保任其行义，而朝廷辄以官予之，而任之以事。武王数纣之罪，则曰："官人以世。"夫官人以世，而不计其才行，此乃纣之所以乱亡之道，而治古之所无也。又其次曰流外。朝廷固已挤之于廉耻之外，而限其进取路矣，顾属之以州县之事，使之临士民之上。岂所谓以贤治不肖者乎？以臣使事之所及，一路数千里之间，州县之吏，出于流外者，往往而有，可属任以事者，殆无二三，而当防闲其奸者，皆是也。盖古者有贤不肖之分，而无流品之别。故孔子之圣，而尝为季氏吏，盖虽为吏，而亦不害其为公卿。及后世有流品之别，则凡在流外者，其所成立，固尝自置于廉耻之外，而无高人之意矣。夫以近世风俗之流靡，自虽士大夫之才，势足以进取，而朝廷尝奖之以礼义者，晚节末路，往往怵而为奸，况又其素所成立，无高人之意，而朝廷固已挤之于廉耻之外，限其进取者乎？其临人亲职，放僻邪侈，固其理也。至于边疆、宿卫之选，则臣固已言其失矣。凡此皆取之非其道也。

方今取之既不以其道，至于任人，又不问其德之所宜，而问其出身之后先，不论其才之称否，而论其历任之多少。以文学进者，且使之治财，已使之治财矣，又转而使之典狱。已使之典狱矣，又转而使之治礼。是则一人之身，而责之以百官之所能备，宜其人才之难为也。夫责人以其难为，则人之能为者少矣。人之能为者少，则相率而不为。故使之典礼，未尝以不知礼为忧，以今之典礼皆未尝学礼故也。使之典狱，未尝以不知狱为耻，以今之典狱者，未尝学狱故也。天下之人，亦已渐渍于失教，被服于成俗，见朝廷有所任使，非其资序，则相议而讪之，至于任使之不当其才，未尝有非之者也。且在位者数徙，则不得久于其官，故上不能狃习而知其事，下不肯服驯而安其教，贤者则其功不可以及于成，不肖者则其罪不可以至于著。若夫迎新将故之劳，缘绝簿书之弊，固其害之小者，不足悉数也。设官大抵皆当久于其任，而至于所部者远，所任者重，则尤宜久于其官，而后可以责其有为。而方今尤不得久于其官，往往数日辄迁之矣。

取之既已不详，使之既已不当，处之既已不久，至于任之则又不专，而又一二以法约束缚之，使不得行其意，臣固知当今在位多非其人，稍假借之权，而不一二以法束缚之，则放恣而无不为。虽然，在位非其人，而恃法以为治，自古及今，未有能治者也。即使在位皆得其人矣，而一二以法束缚之，不使之得行其意，亦自古及今，未有能治者也。夫取之既已不详，使之既已不当，处之既已不久，任之又不专，而一二以法束缚之，故虽贤者在位，能者在职，与不肖而无能者，殆无以异。夫如此，故朝廷明知其贤能足以任事，苟非其资序，则不以任事而辄进之，虽进之，士犹不服也。明知其无能而不肖，苟非有罪，为在上者所劾，不敢以其不胜任而辄退之，虽退之，士犹不服也。彼诚不肖而无能，然而士不服者何也？以所谓贤能者任其事，与不肖而无能者，亦无以异故也。臣前以谓不能任人以职事，而无不任事之刑以待之者，盖谓此也。

夫教之、养之、取之、任之，有一非其道，则足以败乱天下之人才，又况兼此四者而有之？则在位不才、苟简、贪鄙之人，至于不可胜数，而草野闾巷之间，亦少可任之才，固不足怪。诗曰："国虽靡止，或圣或否。民虽靡膴，或哲或谋，或肃或艾·如彼泉流，无沦胥以败。"此之谓也。

【鉴赏】

本文是《上皇帝万言书》的第三节，这一节主要描写社会现实，围绕“人才”问题，逐一揭露北宋朝政中，与先贤治世之“道”、与当今革新图强相违背的种种腐败荒谬之现象形成了鲜明的对比。从现实中的深刻危机，从反面论证“万言书”的宗旨就是要于衰微中革除积弊，于忧患中摆脱危机，“上书言事”这篇文章具有强烈的现实性、尖锐的针对性、刻不容缓的紧迫性。

通读全文，不难看出作者首先从立国立人的根本，深痛地揭示教育的腐败现象。学校的设置形同虚设。学校的管理草率敷衍、无人问津，“州县之学”连掌握教导的“学官”都没有；京师的高等学府“太学”，虽有“学官”，也没有经过严格选拔。学校的教学，是所教非所用。最终，学校培养出的，多是“白首”穷经“于庠序”的书呆子，尽管将“课试”之类学至“能工”的程度，参政行事却终是“茫然不知其方”而不知所措。

本文中作者肯定地指出，人的才能，成功在于专一，毁弃在于芜杂。从古至今，贤明君主多能依照人们的各自特长，培养各自不同的才能。习工的集中在营造器具的“官府”，务农的在田间实践，经商的置身于市场，治学的专心于学校。教与学“各专其业”，才能避免其他专业的“异物”干扰，让他们都精通他们各自的专业。至于管理国家的“士”，“宜学者，天下国家之用也。”更要学以致用。而现在，学校将实用的学问抛却在教育之外，反驱使学生“耗精疲神”、“穷日之力”，去生吞活剥“课试之文章”。教的、考的、“移其精神”、“夺其日力”的，作者深刻揭示出封建教育与社会需求相背离的现象，并深刻地指出，这种现象背后的要害，就是非但不能“成人之才”，反而“困苦毁坏”人的身心，摧残人才或者是埋没人才。

另外，面对腐败现象，作者并没有一味地讲述“道德说教”，或“愤疾声讨”，而是通过从社会现实出发，对人的上、中、下分类、多数与少数加以区别，以及物质上的“穷”与“泰”、道义上的“君子”与“小人”、“制行”上的“力胜”与“利导”等多种因素，进行辩证的分析，提出与常人不一样的而切实可行的见解。作者指出，以道德水准的高低，作为衡量人的标准，那么，超出“中人”之上的人，即使生活穷困，仍不失为守道义的“君子”；低于“中人”之下的人，他们的生活态度也不同，即使生活富足，也不过是无道德的“小人”。因此，古时贤君认为，不能以强力去挟迫为数众多的人。

从人才的任用来看，只视出身资历，不问德行才能，这是十分不对的，此任用失当之一；以“文学”进士的人，偏使他管理财务，已任命他理财，却又改任他管理刑狱、改任他执掌礼仪，用非所学，用非所长，此任用失当之二；所以，官员均以所任之事未尝学过为借口，不钻研本职，人浮于事，外行充斥、不学无术、每一天都是庸庸碌碌，此任用失当之三。

通读这篇“万言书”，每个炎黄子孙，怕不免要与近千年以前“直言上书”的王荆公一起痛心疾首，他们为宋代腐败的状况、为民族惨痛的历史深思感叹吧。这也许就是人们常说的文学鉴赏中的“共鸣”现象。然而，这又不仅是发悠古之情思，而是对历史对现实对未来、为国家为民族为人才的神圣的担忧。常言道，国家兴亡，匹夫有责。这也就是一个民族自强不息、一个国家兴旺发达之所在吧。的确，那充满生机、奔涌不已的“清泉溪流”，没有也永远不会“沉沦”，而是汇成无尽的黄河、长江，滚滚向前。

答李资深书

某启：辱书勤勤教我以义命之说，此乃足下忠爱于故旧，不忍捐弃而欲诱之以善也。不敢忘！不敢忘！

虽然，天下之变故多矣！而古之君子辞受取舍之方不一，彼皆内得于己有以待物，而非有待乎物者也。非有待乎物，故其迹时若可疑；有以待物，故其心未尝有悔也。若是者，岂以夫世之毁誉者概其心哉！若某者不足以望此，然私有志焉。顾非与足下久相从而熟讲之，不足以尽也耳。

多病无聊，未知何时得复晤语。书不能一一，千万自爱。

【鉴赏】

宋神宗熙宁二年（1069），王安石开始实行新法，目的在于富国强兵。新的法令限制了大官僚、大地主、大商人以及高利贷者的实际利益，所以遭到他们的激烈反对。在朝廷也引起了新党、旧党之争。

王安石的变法触及保守的政治，震撼着保守派袭故守常的思想，所以，王安石的变法，不单单是一场政治斗争，同时也是一场思想斗争。保守派领袖司马光写信从政治上指责王安石，保守派人物李资深又写信给王安石，企图进行思想责难，为了和司马光的政治谴责相呼应。保守派面临王安石的变法喧嚣时，他们不惜找出各种思想武器来抵制变法。李资深则把“义命之说”的武器投向王安石。所谓“义命之说”，也就是儒家知义守命之说。它要求人们恪守中庸之道，不偏不倚，行事得宜，循规蹈矩，“听天任命，慎厥所修”。这是对儒家思想的糟粕，对民族守旧心理积习的积淀。作者针对这种陈腐的思想和绵里藏针的思想挑战，特意作此书答谢他。

在信的开头，作者用委婉的言辞，点明已收到李资深的来信。在第二段，作者即针对李资深的思想责难进行反驳。王安石严正指出：“虽然，天下之变故多矣！而古之君子辞受取舍之方不一，彼皆内得于已有以待物，而非有待乎物者也。”总体意思是说，天下意外的变化或事故是非常多的。古代的君子对待变故所采取的各种办法尽管有所不同，但他们都是自己内心先有思虑和预测，然后再来适应客观事物的发展变化的，而不是消极地任其变化，受客观事物的摆布。不受客观事物摆布，“故其迹时若可疑”；“有以待物”，“故其心未尝有悔也”。“内得于已有以待物”和“未尝有悔也”两句，严正而力胜千钧，这些充分表现了王安石实行新法无所顾忌的坚决态度，以及实行新法用来富国强兵的信心。

韩愈在《送石处士序》说：“与之语道理，辨古今事当否，论人高下，事后当成败……若烛照数计而龟卜也。”这段话用来评价王安石也是非常合适的。王安石善于观察事物和预料事情。他的新法刚刚实行，怨谤便纷至沓来。然而，他却镇定自若、从容不迫。因为他对我们古老民族所承受的因袭重负和可怕的习惯势力，很早就有清醒的认识。

王安石在《答司马谏议书》中曾说道：“至于怨诽之多，则固前知其如此也。”古之君子亦然。他们因为有清醒的认识和不可避免地要遭怨谤的思想准备，因而他们对毁誉也就完全置之度外。古代君子志在变革现实以顺应历史的发展。“若是者，岂以夫世之毁誉者概其心哉！”——既然如此，心无私欲，光明磊落，难道能用世人的毁誉来衡量他们的心胸吗？概，本指平斗斛之木。这里用作动词，即衡量。理直气壮，心胸广阔，表现出变革进取者的气度。王安石当然也不例外。他赞古之君子之所以见贤思齐，表达个人的心愿和志向，亦即所谓“私有志焉”。王安石深切知实行新法的意义，很难被思想僵化的保守派所理解，所以特别补叙一句:“顾非与足下久相从而熟讲之,不足以尽也。”话虽委婉,而意思十分尖锐。想当初保守派读之,定然汗颜。

最后,用寒暄语作结。这封复答短简,特别是牢牢抓住对方非难的要点“义命之说”及“世之毁誉”,进行辩论说理。重点突出,不蔓不枝,说理透彻,言简意赅,充分表现了王安石论辩和驾驭语言的卓异能力。

答曾公立书

某启:示及青苗事。治道之兴,邪人不利,一兴异论,群聋和之,意不在于法也。孟子所言利者,为利吾国(如曲防遏籴),利吾身耳。至狗彘食人食则检之,野有饿莩则发之,是所谓政事。政事所以理财,理财乃所谓义也。一部《周礼》,理财居其半,周公岂为利哉?奸人者因名实之近,而欲乱亡,眩惑上下,其如民心之愿何?

始以为不清,而清者不可遏;终以为不纳,而纳者不可却。盖因民之所利而利之,不得不然也。然二分不及一分,一分不及不利而贷之,贷之不若与之。然不与之而必至于二分者,何也?为其来日之不可继也。不可继则是惠而不知为政,非惠而不费之道也。故必贷。然而有官吏之俸,辇运之费,水旱之逋,鼠雀之耗,而必欲广之,以待其饥不足而直与之也,则无二分之息可乎?则二分者,亦常平之中正也,岂可易哉?

公立更与深于道者论之,则某之所论无一字不合于法,而世之者,不足言也。因书示及,以为如何?

【鉴赏】

王安石,在宋神宗在位期间,曾经两次出任宰相,熙宁二年(1069)将变法主张付诸实践,前后颁行青苗法、方田均税法、免役法、农田水利法、均输法、市易法、保甲法,遭到以司马光为代表的顽固派的拼命反对。熙宁三年(1070),王安石撰《答司马谏议书》,逐条批驳司马光攻击新法“生事、侵官、征利、拒谏”四条罪状,这是一篇同政敌全面论战的雄文,这篇文章影响很大。同年稍后,王安石作《答曾公立书》,集中于青苗法一事揭露和抨击顽固派的丑恶嘴脸。

起初，坏人以为人民不情愿领取青苗贷款，但事实是，领贷款的人多到无可复加。后来他们又认为人们不能交还贷款，结果是还款的人多到几乎无法应付。因为这是“因民之所利而利之”。归根结底，青苗法是为民谋利。的确，青苗法虽缓和了当时地主和农民之间的阶级矛盾，但是实际上是为中、小地主阶级利益服务的。王安石对此，做了明确的掩饰和辩解。问题是，论战双方都打着“为民”的旗号。因而王安石把实行青苗法归结为“因民之所利而利之”，针对论敌而发，理直气壮，义正词严，体现了王安石雄健锐利的文风。站在读者面前的王安石是一个捍卫变法的斗士。

接着，《答曾公立书》还具有一定的科学性。即它不强词夺理，盛气凌人，而是冷静客观地说理、辨析。倘若说在驳斥反对派攻击青苗法“图利”时，王安石表现了政治家的风度的话，那么在谈到青苗法规定收取二成利息时，则展示了王安石作为善于理财的“经济学家”的才华。王安石的论辩把强烈的战斗性与一定的科学性结合起来，既雄健犀利，又循循善诱，这样不但对于批判反对派，而且对于争取认识模糊的人们，改变“一兴异论，群聋和之”的状况都有好处。

既然是论战，就要有思想武器，发动这场不从根本上触动封建制度的、自上而下的变革，只能借助封建社会的正统思想——儒家学说。但是如果照搬经书，就无法为变革的合法性、合理性呐喊。因此王安石废弃了儒家对古代典籍的注释，以新的观点主持编撰《三经新义》，当中最重要的是他亲自撰写的《周官新义》。在儒家的经典中注入法家的血液，以为变法之理论依据，成了王安石论文的重要特色之一。

答王景山书

安石愚不量力，而唯古人之学，求友于天下久矣。闻世之文章者，辄求而不置，盖取友不敢须臾忽也。其意岂止于文章耶？读其文章，庶几得其志之所存。其文是也，则又欲求其质，是则因将取以为友焉。故闻足下之名，亦欲得足下之文章以观。不图不遗而惠赐之，又语以见存之意。幸甚，幸甚。

书称欧阳永叔、尹师鲁、蔡君谟诸君以见比。此数公今之所谓贤者，不可以某比。足下又以江南士大夫为无能文者，而李泰伯、曾子固豪士，某与纳焉。江南士大夫良多，度足下不遍识。安知无有道与艺，闭匿不自见于世者乎？特以二君概之，亦不可也。况如某者，岂足道哉？恐伤足下之信，而又重某之无状，不敢当而有也。孔子曰："十室之邑，必有忠信如丘者"。圣人之言如此，唯足下思之而已。闻将东游，它语须面尽之。

【鉴赏】

本文《答王景山书》与《答司马谏议书》和《答曾公立书》同为王安石的著作。在语言风格上，本文与其他二者不同，主要呈现出语重心长、循循善诱的别一风貌。

王景山在信中把王安石大为夸赞，把他同欧阳修、尹师鲁、蔡尹谟相提并论，对此，王安石认为"不可"，"以为变法之理论依据，成了王安石论文的重要力"，信中提到"况如某者，岂足道哉？"最后又引孔子"十室之邑，必有忠信如丘者"的话，虽然是劝人，实际上是自勉。从这些地方，可看出王安石非是一般的自谦，有时故作姿态，而确实是有自知之明，因而显得虚怀若谷的。《答王景山书》表现出王安石的谦虚态度。

《答王景山书》还表明了作者的人生追求。他自称"唯古人之学，求友于天下久矣"。把求学、求友紧紧相连。"闻世之文章者，辄求而不置，盖求友不敢须臾忽也。"又把求文和求友紧密联系起来。看到好文章，"辄求"之，"辄"字透露求王安石文的急切心理，"求友不敢须臾忽也"，"须臾"更表现出求友的急迫感。他求文章的目的岂止于文章？他还要"得其志之所存"，求文，求质。"质"即是"学"。这里，求学、求文、求友三位一体，成了王安石一生追求的一种重要目标。

王安石在信中指出要正确对待自己，正确对待别人。这是复信的重点。他认为自己"不可"跟"今之贤者"欧阳修等同等，自己是不足以称道的，这就为王景山树立了正确对待自己的楷模。同提出"三不足"的豪气相比较，这时的王安石，真所谓"彬彬君子然"也。他批评王景山有关江南"无能文者"的错误认识，表达出士大夫太多那些"有道与艺"却"闭匿"不见于世的人，是王景山所无法认识的。只承认李泰伯、曾子固是豪士，而看不到别的杰出人才，"亦不可也"。他勉励王景山，记住孔子"十室之邑，必有忠信如丘者"的话，并深思之，要求王景山要正确认识别人，宽待别人。

综上所述,《答王景山书》是一封讨论如何立身处世、对待他人自己、求学求友的信。它包含十分深刻的人生哲理。

作为书信,潇洒自如是一个显著的特点。王安石的信,大多围绕着一个问题展开议论,可视为一篇或长或短的议论文。但既然是书信,便有不同于正规论文之处,主要是,结构较为灵活。《答王景山信》分两段,一段是谈求学、求文、求友,另一段是谈正确对待自己,正确对待别人,两段之间未必有必然的内在联系。只是想到两个问题,随意道出,信手写下而已,表现了散漫自由,没有时间布置的特点,这跟《答司马谏议书》、《答曾公立书》不一样。

《答王景山书》在展开论述时,注意避免客观性,表现出看问题较为全面的长处。信中提出的两个"不可"说明了这点。第一个"不可"是对自己而言,王景山把王安石同欧阳修他们这些人相比,王安石觉得"不可以某比"。第二个"不可"是对他人而言。王景山认为江南缺乏会写文章之人,王安石说知名者如李泰伯、曾子固,不知名者很多,只以李、曾二君"概之","亦不可也"。这样,从人我两面说明正确的处世之道,显得比较全面、中肯。

复信篇幅短小,而内容十分丰富,具有言简意赅的特点。言简是指语言准确、鲜明、简练,绝无拖泥带水之嫌。意赅是指含义深刻,凝聚作者许多人生经验。在行文语气上,这封复信有别于《答司马谏议书》、《答曾公立书》,而显得严肃、热诚。朗读全信使人感到它的节奏不疾不徐,既有对王景山严肃的批评,又有热诚之期望。确实是师友在娓娓而谈,深情指教、规劝。

子　贡

予读史所载子贡事,疑传之者妄,不然子贡安得为儒哉?夫所谓儒者,用于君则忧君之忧,食于民则患民之患,在下而不用则修身而已。当尧之时,天下之民患于洚水,尧以为忧,故禹于九年之间三过其门而不一省其子也。回之生,天下之民患有甚于洚水,天下之君忧有甚于尧,然回以禹之贤，而独乐陋巷之间，曾不以天下忧患介其意也。夫二人者，岂不同道哉？所遇之时则异矣。盖生于禹之时而由回之行，则是杨朱也；生于回之时而由禹之行，则是墨翟也。故曰贤者用于君则以君之忧为忧，食于民则以民之患为患，在下而不用于君则修其身而已，何忧患之与哉？夫所谓忧君之忧、患民之患者，亦以义而后可以为之谋也；苟不义而以能释君之忧、除民之患，贤者亦耻为之矣。

《史记》曰：齐伐鲁，孔子闻之，曰："鲁，坟墓之国，国危如此，二三子何为莫出？"子贡因行，说齐伐吴，说吴以救鲁，复说越，复说晋，五国由是交兵，或强，或破，或乱，或霸，卒以存鲁。观其言，迹其事，乃与夫仪、秦、轸、代无以异也。嗟乎，孔子曰"己所不欲，勿施于人"，己以坟墓之国而欲全之，则齐、吴之人岂无是心哉，奈何使之乱欤？吾所以知传者之妄，一也。于史考之，当是时，孔子、子贡穷为匹夫，非有卿相之位、万钟之禄也，何以忧患为哉？然则异于颜回之道矣。吾所以知其传者之妄，二也。坟墓之国，虽君子之所重，然岂有忧患为谋之义哉？借使有忧患为谋之义，则可以变诈之说亡人之国而求自存哉？吾所以知其传者之妄，三也。子贡之行虽不能尽当于义，然孔子之贤弟子也。孔子之贤弟子之所为固不宜至于此，矧曰孔子使之也。

太史公曰："学者多称七十子之徒，誉者或过其实，毁者或损其真。"子贡虽好辩，讵至于此邪？亦所谓毁损其真者哉！

【鉴赏】

此篇读书札记，具体当为读《史记·仲尼弟子列传》的感想，它的目的在于辩驳"传之者妄"，即指出所传子贡言行的一些荒诞不羁的说法，以正视听。

文章开头明确指出"史所载子贡事，疑传之者妄"，因为不像儒者所为，"不然子贡安得为儒哉？"作者认为，儒者，"用于君则忧君之忧，食于民则患民之患，在下而不用则修身而已。"如何为官？当如大禹，当时"民之患"、"君之忧"为"洚水"（洪水），因而"用于君""食于民"的大禹为治洪水"九年之间三过其门而不省其子"，从而被儒家奉为楷模；如何为民？当如颜回，"独乐陋巷之间"，"不以天下忧患介其意"。他们两人有才有德，因为处境不同而表现各异。如果反过来，颜回是生于禹那个时代处于禹那个地位而独乐陋巷那就成了杨朱了，而禹要是生于回那个时代处于回那个地位而九年三过其门不省子那就成了墨翟了。儒家认为杨、墨的处世态度不对。总而言之，要守本分，“忧君之忧”、“患民之患”然而“为之谋”都应合于“义”，若以不义“释君之忧、除民之患”，那么“贤者亦耻为之”。

而《史记》中对子贡的描述，恰恰尽是不义的想法。为了鲁国自身的安全，子贡到处游说，甚至进行挑动，才导致“五国由是交兵”。《史记·仲尼弟子列传》中说“子贡一出，存鲁、乱齐、破吴、强晋而霸越”。这样子贡的言行，和战国纵横家善言的张仪、苏秦、陈轸、苏代还有什么不同？因此作者认为《史记》这样的描述，其“妄(荒谬)”有三：一是不符合孔子的教导。孔子说“己所不欲，勿施于人”，也就是自己不喜欢的事情，不要强加于别人。你想保全自己的“祖国”，不愿“国危”，齐、吴之国的人也是这样想的，为什么去祸乱别人的“祖国”呢？二是不符合事实。孔子、子贡当时“穷为匹夫”，没有官没有财，一无权，二无钱，凭什么去忧患“国危”?！这与颜回独修其身的处世之道和“不在其位，不谋其政”的儒家主张相差太远了。三是不合常理。作者认为看重自己的“祖国”是对的，但不能为了谋取解除自己的忧患而想尽办法，怎么“要以变诈之说亡他人之国而求自存”呢？此外，作者还认为，退一步讲，他毕竟是孔子的“贤弟子”，所以不可能做出这样的事情，更何况又是孔子指派他去做的，这就更显见其“传之者妄”。

本文的最后作者引用司马迁在《仲尼弟子列传》中的话，说明人们对孔子弟子的评价常有不妥，“誉者或过其实，毁者或损其真”，表扬、批评都会有出错的情况，子贡虽然“利口巧辞”“好辩”，但也不至于到“以变诈之说亡人之国而求自存”的地步，这正是“毁损其真”之一例。

这篇文章以儒者的标准，论辩《史记》中所载子贡事是属“传之者妄”，其“标准”姑且不论，仅就其辩驳艺术来看则确有不少可取之处。作者先正面讲了什么是儒者，为儒者正名，并以同是孔子贤弟子的颜回加以印证，继之总论《史记》所记子贡之所为不像儒者而倒像战国策士说客，然后分三方面分论《史记》所记子贡所为皆与儒者相悖，这样正反来写，有总有分，使人相信，“疑传之者妄”终被证实“传之者妄”，最后以司马迁的话分析“传之者妄”的原因在于“毁或损其真”而作结。整个论辩，据实剖析，行文跌宕，有的放矢，很有气势，虽然是一篇读书短札，却也是一篇颇能吸引读者的政论文章。

性　情

性情一也。世有论者曰“性善情恶”，是徒识性情之名而不知性情之实也。喜、怒、哀、乐、好、恶、欲未发于外而存于心，性也；喜、怒、哀、乐、好、恶、欲发于外而见于行，情也。性者情之本，情者性之用，故吾曰性情一也。

彼曰性善无它，是尝读孟子之书，而未尝求孟子之意耳。彼曰情恶无它，是有见于天下之以此七者而入于恶，而不知七者之出于性耳。故此七者，人生而有之，接于物而后动焉。动而当于理，则圣也、贤也；不当于理，则小人也。彼徒有见于情之发于外者为外物之所累，而遂入于恶也，因曰情恶也，害性者情也。是曾不察于情之发于外而为外物之所感，而遂入于善者乎？盖君子养性之善，故情亦善；小人养性之恶，故情亦恶。故君子之所以为君子，莫非情也；小人之所以为小人，莫非情也。彼论之失者，以其求性于君子，求情于小人耳。

自其所谓情者，莫非喜、怒、哀、乐、好、恶、欲也。舜之圣也，象喜亦喜，使舜当喜而不喜，则岂足以为舜乎？文王之圣也，王赫斯怒，使文王当怒而不怒，则岂足以为文王乎？举此二者而明之，则其余可知矣。如其废情，则性虽善，何以自明哉？诚如今论者之说，无情者善，则是若木石者尚矣。是以知性情之相须，犹弓矢之相待而用，若夫善恶，则犹中与不中也。曰：“然则性有恶乎？”曰：“孟子曰‘养其大体为大人，养其小体为小人’杨子曰‘人之性善恶混’是知性可以恶也。”

【鉴赏】

本文从性与情的关系进一步探讨对人的本性的认识问题。作者认为“性情一也”，即性与情是统一的。“情”，“未发于外而存于心，性也”；“情”，“发于外而见于行，情也”。所以，“性者情之本，情者性之用”，情与性互为表里。

在这篇文章中，作者批驳把性与情分割对立为“性善情恶”。他认为这种论调，是“只知性情之名而不知性情之实”。并且指出这种说法是“尝读孟子之书，而未尝求孟子之意”，即作者在《杨孟》中所说的“此学乎孟子之言性，而不知孟子之指也”。然后作者又具体分析了情与性的关系，人都有七情，也就是喜、怒、哀、乐、好、恶、欲，七情则或“入于恶”或“入于善”，而且都是在接触具体实际事物中展现出来的，这种表现合于“理”就是“圣贤”，不合于“理”则是“小人”，圣贤、小人都是从情中展现出来的。性善情亦善，性恶情亦恶，所以君子养性之善，故情亦善；小人养性之恶，所以情亦恶，而只从性看君子，只从情看小人，把性与情分割开来的说法是错误的。

为了进一步说明“情”合于“理”的问题，作者举舜和文王为例，据《孟子·万章上》和《诗·大雅·皇矣》中“象喜亦喜”和“王赫斯怒”的记载，舜因其弟象所表现出来的敬重兄长（尽管是害舜不成之后的假象）而“喜”，文王因密国侵略阮、共等小国而“怒”，这种“喜”和“怒”都是合乎性理的，否则就不成其为大舜和文王了，这就是“性善”的表现，没有这种“情”“性善”也就无法体现。如果像有的人讲的，“无情者善”，那么木头石头等就是最善的了！作者用弓矢“相待而用”比喻“性情之相须”，用“中与不中”比喻有善、恶之分。作者最后引用《孟子·告子上》中的话，小人保养贱而小的口腹，而君子保养其贵而大的心志，正像杨雄《法言·修身》中所说的“人之性也善恶混”，而人之性善者，表现为相应的情，同样如此，人之性恶者，也表现为相应的情，总之就是“性情一也”。

这篇文章，对所论及的问题，进行了相当成功的辩证分析，论述了性与情既有区别而又关联统一的依存关系，所谓“存于心”为“性”“发于外而见于行”为“情”“性者情之本，情者性之用”。同样是“情”，高兴就高兴，愤怒就愤怒都是圣贤之举，而不加分析地统言“性善情恶”则是错误的，作者得出“无情者善，则是若木石者尚也”，这样的驳难是何等的雄辩有力。所以，这篇文章如同《杨孟》一样，也是一篇有说服力的“辨言性命之失”而申明“性命之理”的有分量的好文章。

仁智

仁者，圣之次也；智者，仁之次也。未有仁而不智者也，未有智而不仁者也。然则何智仁之别哉？以其所以得仁者异也。

仁，吾所有也，临行而不思，临言而不择，发之于事而无不当于仁也，此仁者之事也。仁，吾所未有也，吾能知其为仁也，临行而思，临言而择，发之于事而无不当于仁也，此智者之事也。其所以得仁则异矣，及其为仁则一也。

孔子曰："仁者静，智者动。"何也？曰：譬今有二贾也，一则既富矣，一则知富之术而未富也。既富者，焚舟折车，无事于贾可也。知富之术而未富者，则不得无事也。此仁智之所以异其动静也。

吾之仁，足以上格乎天，下浃乎草木，旁溢乎回夷，而吾之用不匮也，然则吾何求哉！此仁者之所以能静也。吾之知，欲以上格乎天，下浃乎草木，旁溢乎四夷，而吾之用有时而匮也，然则吾可以无求乎？此智者之所以必动也。故曰，"仁者乐山，智者乐水。"山者，静而利物者也；水者动而利物者也。其动静则异，其利物则同矣。

曰："仁者寿，智者乐。"然则仁者不乐，智者不寿乎？曰：智者非不寿，不若仁者之寿也；仁者非不乐，乐不足以尽仁者之盛也。能尽仁之道，则圣人矣。然不曰仁而目之以圣者，言其化也。盖能尽仁道则能化矣。如不能化，吾未见其能尽仁道也。颜回，次孔子者也，而孔子称之曰"三月不违仁"而已。然则能尽仁道者，非若孔子者谁乎？

【鉴赏】

《论语·雍也》："子曰：知者乐水，仁者乐山。知者动，仁者静。知者乐，仁者寿。"本文就是以孔子的这段话为依据引申出来的。

通读全文，不难看出作者把"仁者"和"智者"说成是两种不同的精神境界。仁者是"生而知之"，先天就有"仁"的本质，因此，能够"临行而不思，临言而不择，发之于事而无不当于仁"，他只需顺其自然，像大山一样沉默，便会无往而不"仁"，且能惠及万物。

智者则不然，他一定要经过努力，才能达到“仁”的境界，犹如地上的流水，迂回萦绕，才得以开拓出河道，汇入“仁”的海洋。智者逊于仁者，然而智者通过行动，通过变革、奋斗和抗争，是可以与仁者实现同样的目标，取得同样的效果的。

王安石的这番话，并不是凭空而发的。他是曾针对当时北宋的朝政，指出虽然“天下无事，过于百年”，但“累世因循末俗之弊”已经非常严重，甚至到了十分危急的地步，“夫因循苟且逸豫而无为，可以侥幸于一时但是不能旷日持久”，这是一个急需变革的时代，“有为之时，莫急于今日！”他向皇帝大声疾呼：“知天助之不可常恃，知人事之不可怠终。”仁者的境界是很难期待的，那么，退而求其次，就来发扬智者的勇于行动的精神吧！但是，当他在神宗的支持下实行新政，进行变法的时候，反对者却群起而攻之，说他“变易祖宗旧法”“生事扰民”。无“仁者之心”“非仁者之术”了。于是接下来作者意味深长地写道，从古到今，能“尽仁之道”的，算来只有孔子一人，连仅次于孔子的颜回，也就是做到了“三月不违仁”而已。言下之意就是他从来也没有用“仁者”自诩，他只希望自己能成为一个智者，所以，他必须“临行而思，临言而择”，必须有所追求，有所行动，以便能像仁者一样“上格乎天，下浃乎草木，旁溢乎四夷”。达到“利于物”的目的。

那些反对变法的人是不可以“尽仁之道”！因为“尽仁之道”，是最高境界，“不曰仁而目之以圣”，圣人的特点就是“能化”，也就是能够根据世事时势的不同，改易更革。而当时那些反对变革之人，不过是些泥古不化，因循守旧的冒牌“仁者”罢了。

论辩的文章，作者先要立稳脚跟，在王安石的时代，立论首先要“本乎经”“宗乎圣”。当然话虽是圣人说的，解释权却属作者，这就叫“六经注我”。本文正是这么做的。

将仁与智并列比照，高下相须，自然成对，此手法是韩愈以来的古文作者常用的。它能够使意思更加显豁，行文整饬而富于变化。明清时代的八股文，就是将这种方法进一步规范化和程式化，于是便把“活蛇”弄成“死蛇”了。

王安石的本意是肯定和赞扬“智者”的敢于变革的精神，批评那种任凭自然、因循苟且的观点，然而落笔时先让出一步，将“仁者”的静置于

"智者"的"动"之上。极言"仁者"境界之高，然而却十分高，于是也就成了"虚"的。智者次于仁者，却是切切实实的。"仁者静"，天助也；"智者动""人事也""天助"不可恃，"人事"不可怠，智者的行动和变革精神是非常必要的。这种以虚衬实，以退为进的方法，套用一句古人论文的术语，这就叫"手法老辣"。

议茶法

国家罢榷茶之法而使民得自贩，于方今实为便，于古义实为宜。而有非之者，盖聚敛之臣，将尽财利于毫末之间而不知与之为取之过也。

夫茶之为民用，等于米盐，不可一日以无。而今官场所出，皆粗恶不可食。故民之所食，大率皆私贩者。夫夺民之所甘而使不得食，则严刑峻法有不能止者，故鞭扑流徙之罪未尝少弛，而私贩私市者未尝绝于道路也。既罢榷之之法，则凡此之为患，皆可以无矣。然则虽尽充岁入之利，亦为国者之所当务也，况关市之入，自足侔昔日之利乎！

昔桑弘羊兴榷酤之议，当时以为则用待此而给，万世不可易者。然至霍光不学无术之人，遂能屈其论而罢其法，盖义之胜利久矣。今朝廷之治，方欲划百代之弊而复尧舜之功，而其为法度，乃欲出于霍光之所羞为者，则可乎？以今之势，虽未以能尽罢榷货，而能缓其一，亦所以示上之人恤民之深而兴治之渐也。彼区区聚敛之臣，务以求利为攻而不知与之为取，上之人亦当断以义，岂可以人人合其私说然后行哉？

杨雄曰："为人父而榷其子，纵利，如子何？"以雄之聪明，其讲天下之利害宜可信，然则今虽国用甚不足，亦不可以复易已行之法矣。是以国家之势，苟修其法度，以使本盛而末衰，则天下之财不胜用，庸讵而必区区于此哉？

【鉴赏】

宋朝对茶、盐、铁、酒等货物实行专卖的制度，设置榷货物官署主掌专卖税利收入。榷是专卖之意。榷茶法始行于乾德二年，茶农专置户籍，称为"园户"。官府规定产茶岁额，名"额茶""额茶"之外称"余茶"，都必须以官价卖与官府，不得私自贩卖。后来官府无力经营，主要依靠大商人进行茶叶专卖。王安石曾著《茶商十二说》一文，写出了官府依赖巨商专卖茶叶的十二条弊端，他又设立“市易法”，由官府控制市场，调整物价，为了防止大商人垄断市场。同时也一度废除茶叶专卖，这个措施受到朝中一些官员的反对和攻击。王安石的这篇文章就是为了废除“榷茶”法辩护的。

王安石认为：国家理财之道，不能依靠聚敛之臣无限制搜括民财，而要想使财用充足，则必应当适当让利于民，这叫作“与之为取”。本文就是在这个观点上立论的。王安石指出废除茶叶专卖，对于现实状况是适宜方便的，同时又符合恤民爱民的“古义”。

之后文章便从“于方今实为便”“于古义实为宜”这两个方面充分说明了废除茶叶专卖的道理。茶是人民日常必需的用品，但是官场专卖的茶叶，“堆积敖廪，风枯雨湿，气味失夺”“皆粗恶不可食”，百姓不得不向私贩购买。因此虽然朝廷设立严刑峻法也不能禁绝私茶，只是徒然增加了百姓的负担和痛苦。因而，即使是官府完全放弃了这笔收入也应当废除专卖，更何况允许私商买卖，课以关税，也足以抵得上茶叶专卖的税利呢？所以说，这是“于方今实为便”的一条措施。

专卖制度，始于西汉。武帝时担任治粟都尉、领大司农的桑弘羊首倡盐铁专卖，一时间国家确实增加了收入，时人皆以为这是个万世不易的好制度。但是后来弊端很多。武帝死后，霍光辅昭帝即位，召集诸郡贤良文学与桑弘羊辩论，不久之后，就将此法废除了。那霍光被班固斥为“不学亡术、于大理”之人，尚且知道“榷法”不可行而废之。由此可见，道义胜于利益是历来如此的。所以说废除茶叶专卖“於古义实为宜”也。

作者是深知盐铁酒茶等物专卖之弊的，不过当时朝廷“财用窘急无余”“军储国用，多所仰给”一时是无法全部废除的。但他主张“理天下之财，不可以无义”，何谓“义”，就是“恤民”“利国”，这就必须明白“与之为取”的道理。所以，既然不可以全部废除专卖制度，退而求其次，单只废除茶叶专卖一项，也是非常必要的，也会使人民体会朝廷的爱民之心和逐步振兴国家的意愿。朝廷制定法令，应该以“道义”为准则，从长远处来看，不能只顾眼前之利。每一项法令的执行，也不能期待所有的人赞同，只要认为符合“义”，就要果断地去实施。

文章最后引用杨雄的话，说明官府与百姓的关系，就像父亲与儿子。父亲对儿子实行专卖，纵使获取了很大的利益，儿子又怎么办呢。现在国用不足，的确是事实，但也不能为此而重新恢复茶叶专卖，依靠榨取百姓而获得财利。倒是应当修明法度，从根本上做起，发展生产，节约开支，“使本盛而末衰”，那么财富就用之不竭，又为何只在“榷茶”这件事上做文章呢。

作者提出的“与之为取”的观点，可以说是这篇文章立论的基础。所谓“与之为取”，就是国家制定的政策，要使人民得到方便，以激发他们生产的积极性，这样才能从根本上解决国家财用问题。正是在这个方面，体现了王安石是一位有远见、有魄力的政治家。可惜的是他的主张并没有被皇上采纳，神宗熙宁七年，又重新实行“榷茶法”，而且宋初只对东南一带所产的茶实行专卖，这次又扩大到了四川。对于朝廷这种“饮鸩止渴”的政策，王安石的心情大概是愤懑不平而又无可奈何吧。

材 论

天下之患，不患材之不众，患上之人不欲其众；不患士之不欲为，患上之人不使其为也。夫材之用，国之栋梁也，得之则安以荣，失之则亡以辱。然上之人不欲其众、不使其为者，何也？是有三蔽焉。其敢蔽者，以为吾之位可以去辱绝危，终身无天下之患，材之得失无补于治乱之数，故偃然肆吾之志，而卒入于败乱危辱，此一蔽也。又或以谓吾之爵禄贵富足以诱天下之士，荣辱忧戚在我，是吾可以坐骄天下之士，而其将无不趋我者，则亦卒入于败乱危辱而已，此亦一蔽也。又或不求所以养育取用之道，而然以为天下实无材，则亦卒入于败乱危辱而已，此亦一蔽也。此三蔽者，其为患则同。然而用心善而犹可以论其失者，独以天下为无材者耳。盖其心非不欲用天下之材，特未知其故也。

且人之有材能者，其形何以异于人哉？惟其遇事而事治，画策而利害得，治国而国安利，此其所以异于人者也。故上之人苟不能精察之，审用之，则虽抱皋、夔、稷、契之智，且不能自异于众，况其下者乎？世之蔽者方曰：“人之有异能于其身，犹锥之在囊，其末立见，故未有有其实而不可见者也。”此徒有见于锥之在囊，而固未睹夫马之在厩也。驽骥杂处，其所以饮水食刍，嘶鸣蹄啮，求其所以异者盖寡。及其引重车，取夷路，不屡策，不烦御，一顿其辔而千里已至矣。当是之时，使驽马并驱方驾，则虽倾轮绝勒，败筋伤骨，不舍昼夜而追之，辽乎其不可以及也，夫然后骐骥騕褭与驽骀别矣。古之人君，知其如此，故不以为天下无材，尽其道以求而试之耳，试之之道，在当其所能而已。

夫南越之修簳，镞以百炼之精金，羽以秋顶替鹗之劲翮，加强弩之上而彍之千步之外，虽有犀兕之捍，无不立穿而死者，此天下之利器，而决胜觌武之所宝也，然而不知其所宜用，而以敲扑，则无以异于朽槁之挺也。是知虽得天下之瑰材桀智，而用之不得其方，亦若此矣。古之人君，知其如此，于是铢量其能而审处之，使大者小者长者短者强者弱者无不适其任者焉。其如是则士之愚蒙鄙陋者，皆能奋其所知以效小事，况其贤能智力卓荦者乎？呜呼！后之在位者，盖未尝求其说而试之以实也，而坐曰天下果无材，亦未之思而已矣。

盖闻古之人于材有以教育成就之，而子独言其求而用之者何也？曰：“因天下法度未立之先，必先索天下之材而用之，如能用天下之材，则所以能复先王之法度。能复先王之法度，则天下之小事无不如先王时矣，况教育成就人材之大者乎？此吾所以独言求而用之之道者。”

噫！今天下盖尝患无材可用者。吾闻之，六国合从而辩说之材出，刘、项并世而筹画战斗之徒起，唐太宗欲治而谟谋谏诤之佐来。此数辈者，方此数君未出之时，盖未尝有也，人君苟欲之，斯至矣，今亦患上之不求之、不用之耳。天下之广，人物之众，而曰果无材者，吾不信也。

【鉴赏】

面对北宋日益严重的社会政治问题，基于对当时严峻复杂形势的分析，王安石抓住了解决社会问题的关键在于人才，而《材论》便是一篇专讲人才问题的专论。

纵观全文，这是一篇驳论型的论说文，即驳斥对方的错误论点，并在驳斥敌论中树立起自己正确的观点。文章一开始便以“不患”与“患”两个否定、肯定的句式，说明了当时的“天下之患”，开门见山地提出了天下所考虑的事情，即不忧虑人才不够多，而忧虑的是在上的人不希望他们多；不忧虑人才不为国家做事，而忧虑的是在上的人不让他们做事，从而明确提出人才问题至关重要，“材之用，国之栋梁”，并正反说明了人才的极端重要，“得之则安以荣；失之则亡以辱”，显而易见，人才问题实与国家生死存亡攸关。如此，作者在列述人才问题上的三种偏见的同时，简括而有力地分析了其必然导引的“卒入于败乱危辱”的令人震惊的恶果，与上面指出的“失之则亡以辱”相呼应。就驳论文章的类别来看，这又是属于反驳论点之一种，就是用新的论据新的论证反证其论点的错误，从而树立起新的正确的论点，得出新的结论。

文章以箭为喻，阐明量才为用的道理王安石说，南越的长箭，精金为镞，劲翮为羽，千步之外，可射杀犀牛，可以说“天下之利器决胜觌武之所宝”，但如果用之不当，比如用它来敲打东西，那就和枯朽的棍子就没啥区别了。至此，王安石又适时地引出了一个结论：即使得到了天下奇才，如果使用不得法，也同样等于得不到人才，而古代的贤君懂得这个道理，量才而用，人尽其才，所以人才济济，各显其能。后世在位者，不懂量才为用，人才被埋没，反“坐曰天下果无材”，王安石语重心长地说，世上不是缺少人才，而是没有动脑筋好好地思索，没有弄懂怎样好好使用人才。

文章以史为鉴，进一步说明人才应运而出的道理。

《材论》一文，篇幅不长，但却能针对时弊，据理以陈，充分表达了“索天下之才而用之”的宏图大略和满腔抱负，可以说是一篇为改革图新服务的“招贤书”。这篇文章，针对性强，有的放矢，批驳有力量，再加上巧用比喻，类比史实，具有较强的说服力和感染力，结语“天下之广，人物之众，而曰果无材可用者，吾不信也”，又是何等的自信，何等的平易深邃而流畅自然！

风　俗

夫天之所爱育者民也，民之所系仰者君也。圣人上承天之意，下为民之主，其要在安利之。而能安利之之要不在于它，在乎正风俗而已。故风俗之变，迁染民志，关之盛衰，不可不慎也。

君子制俗以俭，其弊为奢。奢而不制，弊将若之何？夫如是，则有殚极财力僭渎拟伦以追时好者矣。且天地之生财也有时，人之为力也有限，而日夜之费无穷。以有时之财，有限之力，以给无穷之费，若不为制，所谓积之涓涓而泄之浩浩，如之何使斯民不贫且滥也！国家奄有诸夏，四圣继统，制度以定矣，纪纲以缉矣，赋敛不伤于民矣，徭役以均矣，升平之运未有盛于今矣，固当家给人足无一夫不获其所矣。然而窭人之手，短褐未尽完，趋末之民，巧伪未尽抑，其故何也？殆风俗有所未尽淳欤？

且圣人之化，自近及远，由内及外。是以京师者风俗之枢机也，四方之所面内而依仿也。加之士民富庶，财物毕会，难以俭率，易以奢变。至于发一端，作一事，衣冠车马之志，器物服玩之具，旦更奇制，夕染诸夏。工者矜能于无用，商者通货于难得，岁加一岁，巧眩之性不可穷，好尚之势多所易，故物有未弊而见毁于人，人有循旧而见嗤于俗。富者竟以自胜，贫者耻其不若，且曰："彼人也，我人也，被为奉养若此之丽，而我反不及！"由是转相慕效，务尽鲜明，使愚下之人有逞一时之嗜欲，破终身之赀产而不自知也。

且山林不能给野火，江海不能实漏卮，淳朴之风散，则贪饕之行成，贪饕之行成，则上下之力匮。如此则人无完行，士无廉声，尚陵逼者为时宜，守检押者为鄙野，节义之民少，兼并之家多，富者财产满布州域，贫者困穷不免于沟壑。夫人之为性，心充体逸则乐生，心郁体劳则思死，若是之俗，何法令之能避哉！故刑罚所以不措者此也。

且坏崖破岩之水，原自涓涓，千云蔽日之木，起于青葱，禁微则易，救末者难。所宜略依古之王制，命市纳贾，以观好恶。有作奇技淫巧以疑众者，纠罚之；下至物器馔具，为之品制以节之；工商逐末者，重租税以困辱之。民见末业之无用，而又为纠罚困辱，不得不趋田亩，田亩辟则民无饥矣。以此显示众庶，未有辇毂之内治而天下不治矣。

【鉴赏】

据《宋史·王安石传》说："安石议论高奇，他不管别人怎么说，能以辨博济其说。"并说他"慨然有矫世变俗之志"。在其《上仁宗皇帝言事书》中也曾直言当下的主要形式是"天下之财力日以困穷，而风俗日以衰坏，四方有志之士，和一些有才华的人，然常恐天下之久不安"。当皇帝问"卿所施设以何先"时，王安石马上回答说："变风俗，立法度，最方今之所急。"可以看出"变风俗"是王安石久已虑之在心的主张，而《风俗》正是关于"变风俗"的一篇专论。

文章开头先讲"风俗"的重要。王安石认为人君的主要任务是使人民生活安定、富裕，而关键的问题是端正风俗。他认为风俗的变化影响到民众的思想，所以"风俗"一事，"关之盛衰，不可不慎"。在这里，王安石把"风俗"提到了关乎国家存亡的高度来阐释，可见这个问题的重要性。

文章对此做了详尽而令人信服的阐述和分析："天地之生财有时，人之为力也有限，而日夜之费无穷"，就像水一样一点一滴积起来，却大股大股地流出去，这样势必造成民众"贫且滥"，国家衰而微。立国之后，本该使国泰民富，然而却使穷苦的人连一件完整的粗布衣服都没有。国富而民不富，投机不法的商贾，"巧伪未尽抑"，肆意盘剥受不到制裁，究其原因，就是因为风俗不淳朴。所以，风俗之日趋变坏，已经到了非"正"不可的地步。紧接着作者针对时俗流弊，连用三个"且"字起段，就"流弊为奢"的社会问题递层加深地进行了论述和剖析，而且句句命中要害。

另外，递进推理中近乎顶针的连锁句式，如"淳朴之风散，则贪饕之行成。贪饕之行成，则上下之力匮"，更增加了文章说理的气势，文章语言生动活泼，还表现在拟用对话上，如"彼人也，我人也，彼为奉养若此之丽，而我反不及！"这就把人们的攀比心理形象充分地完全表现了出来，有力地说明了"富者竞以自胜，贫者耻其不若"的风俗所酿成的尚奢弊病。

伤仲永

金溪民方仲永，世隶耕。仲永生五年，未尝识书具，忽啼求之。父异焉，借旁近与之，即书诗四句，并自为其名。其诗以养父母、收族为意，传一乡秀才观之。自是指物作诗立就，其文理皆有可观者。邑人奇之，稍稍宾客其父，或以钱币乞之。父利其然也，日扳仲永环丐于邑人，不使学。

余闻之也久。明道中，从先人还家，于舅家见之，十二三矣。令作诗，不能称前时之闻。又七年，还自扬州，复到舅家，问焉。曰："泯然众人矣。"

王子曰："仲永之通悟，受之天也。其受之天也，贤于材人远矣。卒之为众人，则其受于人者不至也。彼其受之天也，如此其贤也，不受之人，且为众人。今夫不受之天，固众人；又不受之人，得为众人而已邪？"

【鉴赏】

本文是庆历三年王安石从扬州回临川时写的散文，是他年轻时期散文的重要作品。通过写神童方仲永自幼天资聪颖，因后天不努力而成为常人之事，说明人的知识才能并非天生不变，强调了后天学习的重要性，表现了王安石早期朴素的唯物主义思想。

文章第一段叙述神童方仲永的故事。在古时候有一个人叫方仲永，为金溪民，世代耕田。金溪（今江西省金溪县）是王安石外祖父吴畋的家乡。也就是他的老家，"荆公少年，往来外家甚数"(《王荆公年谱考略》清蒋上翔著）文中说"于舅家见之"，可见仲永当时确有其人。文章所记仲永五岁不识纸笔砚墨，和平常的孩子一样，忽啼求，其父借来给他，他立即写了四句诗，并题了自己的名字。这首诗是以供养父母、团结族人为中心思想。此事传出后，一乡的秀才都来观看，感觉十分奇怪，并对他大加称赞。从此，人们指着东西让他作诗，他挥笔而就，文采与道理都有可取之处。县里人听说，亦很惊奇，渐渐有人请他父亲带他去做客，再后来也有人拿钱来请他作诗的。他父亲认为这样有利可图，便每天拉着他到处拜见县里人，不让他学习。这里所记仲永的特异才能是传闻，与真实情形或许有很大出入。然而作者真正目的并不在此，所以免不了用夸张的笔墨，这也是可以理解的，处处要突出仲永天赋的特异和才华，与常人不同。其一，不仅生五年不识文具，给纸笔即可写诗，而且能以“养父母”团结同族为主旨，“传一乡秀才观之”，可见影响之大。其二，仲永才思如涌，“指物作诗”一挥而就，而且文采、内容均佳，博得“邑人奇之”，有请他做客的，也有向他求诗的，这个时候真是誉满全乡。作者如此描写突出了神童仲永的特异天资，为下文的因不后学而“泯然众人”做了很好的铺垫，为全文的知识才干“受之人”立论打下了基础。文中的“利”字很有分量，突出其父“不使学”的原因，进一步向人们暗示了急功近利对人才的危害。“不使学”是仲永由天才变为平庸的关键，是本文议论的中心。

本文文题为“伤仲永”，然而全文却未见一个“伤”字，仔细品味全篇，不难发现写的正是一个“伤”字。这正如《王荆公年谱考略》所评：“余谓仲永始而通悟，终焉为泯然众人，见于荆公悼叹者详矣！”由此可见，此文契合照应不在形式上而在内容中。

本文叙事不仅服从议论的需要言简意赅，并且这篇文章充满感情色彩，既能以理服人，又能以情感人，使人们从字里行间体会到作者劝人们立志学习，后天要勤奋努力的拳拳之心。故此文颇为后世称颂，并广为流传。今金溪云林卅六峰中有神童峰，言方仲永就居其下，提供了给我们与其说为仲永而名之，不如说因王安石的“伤仲永”而得名。

游褒禅山记

褒禅山亦谓之华山。唐浮图慧褒始舍于其址，而卒葬之，以故其后名之曰褒禅。今所谓慧空禅院者，褒之庐冢也。距其院东五里，所谓华山洞者，以其乃华山之阳名之也。距洞百余步，有碑仆道，其文漫灭，独其为文犹可识，曰“花山”。今言“华”如“华实”之“华”者，盖音谬也。

其下平旷，有泉侧出，而记游者甚众，所谓“前洞”也。由山以上五六里，有穴窈然，入之甚寒，问其深，则其好游者不能穷也，谓之“后洞”。予与四人拥火以入，入之愈深，其进愈难，而其见愈奇。有怠而欲出者，曰：“不出，火且尽。”遂与之俱出。盖予所至，比好游者尚不能十一，然视其左右，来而记之者已少。盖其又深，则其至又加少矣。方是时，予之力尚足以入，火尚足以明也。既其出，则或咎其欲出者，而予亦悔其随之，而不得极乎游之乐也。

于是予有叹焉：古人之观于天地、山川、草木、虫鱼、鸟兽，往往有得，以其求思之深而无不在也。夫夷以近，则游者众，险以远，则至者少。而世之奇伟瑰怪、非常之观，常在于险远，而人之所罕至焉，故非有志者不能至也。有志矣，不随以止也，然力不足者，亦不能至也。有志与力，而又不随以怠，至于幽暗昏惑而无物以相之，亦不能至也。然力足以至焉，于人为可讥，而在己为有悔。尽吾志也而不能至者，可以无悔矣，其孰能讥之乎？此予之所得也。

予于仆碑，又以悲夫古书之不存，后世之谬其传而莫能名者，何可胜道也哉！此所以学者不可以不深思而慎取之也。

四人者：庐陵萧君圭君玉，长乐王回深父，予弟安国平父、安上纯父。

【鉴赏】

本文是王安石任舒州通判时所作。那时舒州很是荒僻，人民生活十分艰难。安石到任又逢旱灾，他怀着济世理想来任地方官。在此时所写的《与孟逸秘校手书》中请孟逸协助救灾，在《感事》一诗中，盼求降雨，缓解人民灾难，在《舒州七月十一日雨》中，表现了他兢兢业业为吏的责任心，在《杜甫画像》中表达了要继承杜甫的忧国忧民思想，以人道主义精神从政的决心。这时正是他以改革精神从事地方官的实践时期。所以此时所写的许多“记”文，常常表达了他的理想、探求，富有哲理的思辨色彩，《游褒禅山记》也是如此。它绝不是一般的游记，而是通过记游来言志。表明在人生道路上要有远大理想，在治学问题上要有所创造，要“有得”，就必须“求思之深”，必须要有坚强不屈的意志，不随便盲从，又善于利用客观有利条件，才能达到“奇伟瑰怪非常之观”的境界。此文章主旨深远，作者构思巧妙，独具匠心，其突出特色是：

第一，选材精当。此文处处围绕议论中心选材，前部分记游文字是其议论的依据，行文简约，如第一段简单地交待了褒禅山、华山洞名称的来历。作为“游”，一路上奇花异草，幽泉怪石，当会不少，然而本文却一概摒而不记。只记了一块仆倒在地的石碑，并且详写了“其文漫灭，独其为文犹可识，曰'花山'。今言'华'如'华实'之'华'者，盖音谬也"。此石碑文字漫灭不清，其名称由"花山"误传为"华山"，为什么要详写？皆因与后面所论的"悲夫古书之不存，后世之谬其传而莫能名者，何可胜道也哉！"相联系，为其论述"深思而慎取"提供论据。

第二，结构严谨。本文以议论为中心，前面记游文字是议论的重要依据，所以前面所写内容均为后面之议论埋下伏笔，使其议有所据，前呼后应。如第二段中写游华山前洞与后洞的情况，用对比手法先写两个洞深浅夷险之不同，后写不同的人游洞时的不同情况，前洞"平旷"而"记游者甚众"，后洞"窈然""入之愈深，其进愈难，而其见愈奇""则其好游者不能穷也"，以此来论述"夫夷以近，则游者众；险以远，则至者少"的道理。在记游中谈到一行五人仅游到"比好游者尚不能十一"就退回的情况时说："然视其左右，来而记之者已少，盖其又深，则其至又加少矣"，这又为下文"而世之奇伟瑰怪非常之观，常在于险远，而人之所罕见焉"的议论做了张本。对于自己"力尚足""火尚明"而随人退出以至后悔的记述，又怎么才能达到"世之奇伟瑰怪非常之观"的境界之议论提供了依据，并概括地提出：非有志者不能至也；虽有志，然力不足，亦不能至也；有志与力然无物以辅助，亦不能至也。这从反面提出无论是实现理想还是治学要达到最高境界，必须有志、有力、有客观条件。由此可见前面所记之物、事，均为后面议论的依据，如此则将记叙上升到理论高度，带有哲理性，而议论也涂上了生动形象的色彩，这样前呼后应，逻辑严谨，具有很强的论辩力量。这就是"半山文瘦硬通神"（刘熙载《艺概》）的妙处吧！

伍子胥庙记

予观子胥出死亡逋窜之中，以客寄之一身，卒以说吴，折不测之楚，仇执耻雪，名震天下，岂不壮哉！及其危疑之际，能自慷慨不顾万死，毕谏于所事，此其志与夫自恕以偷一时之利者异也。孔子论古之士大夫，若管夷吾、臧武仲之属，苟志于善而有补于当世者，咸不废也。然则子胥之义又曷可少耶？

康定二年，予过所谓胥山者，周行庙庭，叹吴亡千有余年。事之兴坏废革者不可胜数，独子胥之祠不徙不绝，何其盛也！岂独神之事吴之所兴，盖亦子胥之节有以动后世，而爱尤在于吴也。后九年，乐安蒋公为杭使，其州人力而新之，余与为铭也。

烈烈子胥，发节穷逋。遂为册臣，奋不图躯。谏合谋行，隆隆之吴。厥废不遂，邑都俄墟。以智死昏，忠则有余。胥山之巅，殿屋渠渠。千载之祠，如祠之初。孰作新之，民劝而趋。维忠肆怀，维孝肆孚。我铭祠庭，示后不诬。

【鉴赏】

这篇文章写于宋仁宗皇祐二年，作者自鄞县归临川之时。

综观全文，不难看出文章结构不同于一般的“记”文，首先把庙主的生平事迹以简括之笔出之，行文夹叙夹议又有抒情话语；中间写为记的缘由；最后以韵笔写铭文。如此行文使读者对庙主生平事迹清晰明了并为其品格、精神所感动，后面的赞则成了有源之水，有本之木。

本文分三段，第一段，对伍子胥生平事迹做了简单的介绍，抓住一个“壮”字，一个“异”字，归结到一个“义”字。伍子胥一生，其见憎于楚，有功于吴之手迹可以说是很多，然本记仅以六十字为之，而且少许字中还包括了评论性文字，其文字之简约可以说惊人。首先写“予观子胥出死亡逋窜之中”几个字就概括了他机智勇敢地避开楚平王的诱杀，逃至宋、郑，又适晋，返郑，出昭关不能脱身，后乞食、患疾、流亡，终逃命于吴的险恶曲折苦难的经历。他到吴国后，是怎样佐吴王阖闾伐楚，取六、居巢等地，攻占了楚都郢城，楚昭王出奔，史载：“当是时，吴以伍子胥、孙武之谋，西破强楚，北威齐晋，南服越人”，吴国得子胥而成霸主，这一系列的功绩，文中仅以“折不测之楚，仇执耻雪，名震天下”，十余字记之。“岂不壮哉”这一句是对伍子胥助吴伐楚，复仇雪耻，完成霸业的赞美。伍子胥后半生的遭际是令人感伤的。他在吴王阖闾伤亡后，帮助太子夫差即位。但是夫差信用奸佞的臣子太宰，太宰助越国为缓兵之计请和，伍子胥进谏，夫差不听。尔后四年，夫差与越国联兵攻齐，伍子胥又进谏说：“释齐而先越”，吴王亦不听，后夫差信谗言赐子胥死。伍子胥多次以死进谏，作者亦简笔记之，并感慨道：“能自慷慨不怕生死，毕谏于所事”，还进一步赞美说，王安石的志向与一些偷一时之利的人不同。作者行文之简约，就像刘熙载所说："只下一二语便可扫却他人数大段，是何等简贵。"为了准确写出伍子胥在历史上的地位，作者还引用孔子之说论之。孔子论及古代士大夫，称赞管夷吾、臧武仲，说他们有意向善而且"有补于当世"，应当使他们贤名流芳百世。文章至此以一个反问句说道："然则子胥之义又曷可少耶？"将伍子胥与管仲等人并列，他认为子胥的"义"也是不可多得的。如此为子胥作记，抓住他的几个特点：帮助吴王阖闾完成霸业，壮哉；为了吴国强盛，拼死进谏，其"义"感人；以死来实现自己的理想，其"志"不凡，作者对这一切都以夹叙夹议及抒情语言做了充分肯定。

第二段，写其为记的缘由。他在宋仁宗康定二年曾路过胥山，祭拜过胥庙，感叹在吴亡千年之后，在"事兴坏废革不可胜数"之时，"独子胥祠不徙不绝"，这是为什么呢？作者分析了几个原因：是神灵保祐，也是他品德的高尚感动着后世，使他能够受到后代吴人的爱戴。文章又说了后九年，乐安的蒋公为杭使，州内民众又将子胥庙修葺一新，为此，他写了这篇记，并且写了一篇铭文。文中的"所谓胥山者"，当指今浙江杭州市吴山，上有伍子胥祠，故名胥山。关于"胥山"有三处，都是因为伍子胥而得名，除杭州市内一处外，第二处在江苏吴县西南，第三处在浙江嘉兴县东。

本文最后一段是铭文，"铭"是古代文体之一，多刻于碑版、钟鼎之上，多称誉功德或申鉴戒之语。此篇铭文用四言韵文写成。"烈烈子胥"八句，称颂子胥威武高大，节操高尚，奋不图躯，身为吴臣。吴王听其谏言行事，吴国就强大；反之，吴都不久化为废墟。"以智死昏，忠则有余"，两句是对伍子胥死难的评价，认为为昏君死了，其实是有些愚忠。这评价很有见地，讲贤臣与明君及昏君应有正确的关系，为明君而死，则是死得其所，为昏君而死，则是"忠则有余"不值得了。"胥山之巅"四句，写伍子胥祠在高山顶峰，巍峨高大，而且千年香火不断。"孰作新之"六句，继续写后人对伍子胥的纪念。

综上所述，这篇文章的特色是：构思新颖，文字简洁，抒议并行，夹叙夹议，情感真挚，感人肺腑，评论得当，发人深省。

石仲卿字序

子生而父名之，以别于人云尔；冠而字，成人之道也。奚而为成人之道也？成人则贵其所以成人而不敢名之，于是乎命以字之。字之为有可贵焉，孔子作《春秋》，记人之行事，或名之，或字之，皆因其行事之善恶而贵贱之。二百四十二年之间，字而不名者，十二人而已。人有可贵而不失其所以贵，乃尔其少也！

闽人石仲卿来请字，予以子正字之，附其名之义而为之云尔。子正于进士中名知经，往往脱传注而得经所以云之意。接之久，未见其行已有阙也，庶几不失其所以贵者欤。

【鉴赏】

古代人始生而取名，至二十岁成人，行冠礼加字。这是华夏民族悠久的传统习俗。《礼记·檀弓》就有对“幼名，冠字”的记载。“男子二十冠而字”，可由父辈、也可由长辈、亲友或者尊贤为之取字。此文收在《临川先生诗文集》卷八十四之中，就是王安石为石仲卿取字一事所作。通过阅读这篇小“序”，不仅可以知道有关“名”“字”的若干文化习俗，而且从中可以看到作者对于命“字”与做人所持有的态度。

文章先简述“名”与“字”之间的区别及各自发挥的作用。生而取“名”，目的是“以别于人”，主要作用其实是称谓。男子如果年满二十，“冠而字”，则标志着一个人已进入“成人之道”，换句话说，真正具有意义的美好人生已经开始。显然，加“字”与“成人”，不应仅是时间过程上的外在标志，还应存在一种内在的本质规定。即“成人”不仅是时间或生理上的界定，而且应是言行、品性、修养、志向等方面区别于未成人时的真正成熟。就如文中精僻指出的，“其所以成人”的可贵含意。正因为有必要指出“成人之道”，表示一个人“其所以成人”“于是乎命以字之”。这样，“字”便能够与“成人”“做人”紧密联系起来，具有特殊的人生意义。所以，“字之为有可贵焉”。

然后，作者引用孔子修撰《春秋》“因其行事之善恶”，来区分人品的“贵贱”，并以其“善恶”“贵贱”作为标准，分别以“字”或以“名”来记录该人的行事。以此作为经典证例，证实“字”的特殊作用。《春秋》所记二百四十二年的历史，“字而不名”的贤者仅仅“十二人而已”，表明了他们作为“成人”的难能可贵。作者由此进一步阐发道：真正能够做到名实相符的贤者，“有可贵而不失其所以贵”，确实是太少了。能够以“字”标志自身的“成人”及“其所以成人”；又能以一生的品行道德，使后世得以用“字”来称呼；作者所表达的“字”的重要意义，正在于此吧。

阐述了“字”的重要含义之后，文章转入为石仲卿“命字”始末的具体叙述中。作者应“闽人石仲卿”的邀请，为他取“字”。文中指出选用“子正”为字，大体上是“附其名之义而为之”，蕴含长者的谦逊风度。但从前文表述的观念来看，“字”中还是包含作者深深的寄托与期望的。然后，叙述石生的所作所为：治学上，他不光进士及第，还能够超越传统“传注”，而领会经典“所以云之意”，真正学有所得；品行上，作者经过长久的接触与观察，并未发现他的行为有什么缺憾之处。从中可以看出，石生的“字”与他“成人”的品行应该相符，进而实现难能可贵的人生追求、又不失其之所以可贵的意义吧。卒章之时，表明了作者为石生“命字”并撰写此文所寄寓的深意。

短短小“序”，不仅清楚地述说了与“命名加字”有关的文化背景与礼仪，而且书写了为石仲卿“取字”的来龙去脉，并表明了作者自己的人生观、名实观。从“冠而字”，到“成人”；从“成人之道”到“其所以成人”；从“字之为有可贵焉”到“人有可贵而不失其所以贵”；经过不断的缜密的分析推论，又佐以古代经典的例证，将取“字”与做人之间、其名与其实之间的相互关系及本质意义揭示出来。底蕴丰富，而行文结果落在石仲卿其人其“字”及其治学和品行的实处，含蓄地点明为之取“字”并写此小“序”的寄托，就戛然而止。令人掩卷之余，产生诸多回味与深思。

祭范颍州仲淹文

呜呼我公，一世之师。由初迄终，名节无疵。明肃之盛，身危志殖。瑶华失位，又随以斥。治功亟闻，尹帝之都。闭奸兴良，稚子歌呼。赫赫之家，万首俯趋。独绳其私，以走江湖。士争留公，蹈祸不慄。有危其辞，谒与俱出。风俗之衰，骇正怡邪。蹇蹇我初，人以疑嗟。力行不回，慕者兴起。儒先酋酋，以节相侈。

公之在贬，愈勇为忠。稽前引古，谊不营躬。外更三州，施有余泽。如酾河江，以灌寻尺。宿赃自解，不以刑加。猾盗涵仁，终老无邪。讲艺弦歌，慕来千里。沟川障泽，田桑有喜。

戎孽猘狂，敢齮我疆。铸印刻符，公屏一方。取将于伍，后常名显。收士至佐，维邦之颜。声之所加，虏不敢濒。以其余威，走敌完邻。昔也始至，疮痍满道。药之养之，内外完好。既其无为，饮酒笑歌。百城宴眠，吏士委蛇。

上嘉曰材，以副枢密。稽首辞让，至于六七。遂参宰相，厘我典常。扶贤赞杰，乱冗除荒。官更于朝，士变于乡。百治俱修，偷堕勉强。彼阏不遂，归侍帝侧。卒屏于外，身屯道塞。谓宜考老，尚有以为。神乎孰忍，使至于斯？盖公之才，犹不尽试。肆其经纶，功孰与计？

自公之贵，厩库逾空。夷其色辞，傲讦以容。化于妇妾，不靡珠玉。翼翼公子，弊绨恶粟。闵死怜穷，惟是之奢。孤女以嫁，男成厥家。孰堙于深？孰锲乎厚？其传甚详，以法永久。

硕人今亡，邦国之忧。矧鄙不肖，辱公知尤！承凶万里，不往而留。涕哭驰辞，以赞醪羞。

【鉴赏】

王安石的祭范颍州文，通篇四字一句，长达一百一十二句，一气呵成，在内容与形式的巧妙结合上，做到了“该而要”“雅而泽”“缠绵而凄怆”，具有非常强的艺术感染力。

文章开头，便以发自肺腑的心声，悲恸地呼唤先人的亡灵：“呜呼我公，一世之师。由初迄终，名节无疵。”寥寥四句，确是包含了范文正公的一生。然后，以气蕴沉雄苍凉的简古、顿挫而齐谐的韵文，书写范公一生的功德业绩。

范公一生几遭贬斥，可是他以先贤为榜样，身处逆境，“愈勇为忠”。“外更三州”，指的是他虽然先后迁徙饶州、润州、越州，但能如同分开滔滔江河来浇灌寻尺的土壤那样，在任守之地布施恩泽。在他的治理下，不必加以行刑，“宿赃”“猾盗”都得到仁义的感召，均改邪归正。在他的引领下，设学讲艺，招慕天下人才；治河筑堤，使桑田丰庶。与贬谪的遭遇、奸佞的排挤、风俗的衰败形成了十分鲜明的对比，范公在一处处贬地勤勉效力，取得了政通人和的治世功绩。

和平时期多有善政，然而在“戎孽（犬也）狂，敢（也）我疆”，干系民族安危存亡的时刻，范公同样是“愈勇为忠”。宝元元年，西夏元昊称帝，侵扰边塞，宋廷仓猝讨伐，却每战辄败。1040年，范公“受任于危难之际”，出任陕西经略安抚招讨副使，“戍守边塞，铸印刻符”，成为国家西北边疆一方势不可当的屏障。在他的率领下，将士勇往直前，英勇杀敌，为保国家容颜建立功名。卓著的功勋，得到朝廷内外的赞扬，“上嘉曰材，以副枢密”，但范公“稽首辞让，至于六七”，表现出谦逊的品德。“遂参宰相”，指1043年，范仲淹出任参知政事。他修治法制规范，扶助贤良。经他治理杂乱散的政事（“乱冗”高步瀛引《说文》训为，“乱，治也”“冗，散也”），终使地方、朝廷的官吏改变风貌；颓堕苟且的人也能“勉强”进取；一时出现了“百治俱修”的局面。然而，励精图治的志愿，最后又受到阻碍，由范公所提出的兴革的十项建议，遭到他人攻击，他本人也因此罢政谪出。文章在追述了范仲淹一生的业绩和令人愤愤不平的结局后，悲愤地感慨道：“神乎孰忍，使至于斯？”范公的才华，终未能全部发挥出来；如果他能够真正施展自己的满腹经纶，其功勋又有谁能够为之计量呢！

历数范文正公治世功绩之后，转而陈述他生活细节所体现出的优秀品德。范公在其功高名显之后，家中的财产反而是日渐空竭。他还能以宽容大度的态度，对待那些狂傲肆意攻击他的人。据载，在外任或戍边时，他常拿出钱财，用来抚恤死难将士家属，资助穷窘的亲友百姓生产耕作，的确是“闵死怜穷，惟是之奢”。而他的行为，影响到他的家人，也是“不靡珠玉”；他的孩子也十分有教养，穿的是“弊绨”，吃的是“恶粟”。儿女纷纷自成家业，范公不念私己，死后又有谁来深深地掩埋他，重重地为他镌刻碑铭呢？悲痛之余，作者直抒感慨：“其传甚详，以法永久。”范公一生的品行有口皆碑，定将成为后世永久师法的楷模。这是对范文正公一生最高的评价。

结尾之处，由追念感怀范公的功绩，转入抒发作者自己的感伤与慨叹。伟人亡去，恰恰是国家的忧患。况且当世鄙夷不肖之辈，更是有辱范公的风节。面对内忧外患，荆公忧思无尽，洒泪挥写这篇祭辞，当作祭奠的酒，称颂一代英灵。

“先天下之忧而忧，后天下之乐而乐”，这是范仲淹一生追求的人生目标，也是他为后世钦佩与追怀的高尚品德。王安石的这篇祭文，可被看作是这一品行风范的“该而要”的缅怀与追述。文中，不仅有高风亮节的概括，而且有功勋实绩的书写；不仅有形象生动的写照，而且有真实细节的刻画；再辅以反面的映衬对比，和正面的赞颂，全文“用字造句，皆奇创动人”“所举多非细事，音节亦高亢异常”，实在是一篇“能揭范文正之大节”的感人祭文。

祭欧阳文忠公文

夫事有人力之可致，犹不可期，况乎天理之溟漠，又安可得而推？惟公生有闻于当时，死有传于后世，苟能如此足矣，而亦又何悲！

如公器质之深厚、智识之高远，而辅学术之精微，故充于文章、见于议论，豪健俊伟，怪巧瑰琦。其积于中者，浩如江河之停蓄；其发于外者，烂如日星之光辉。其清音幽韵，凄如飘风急雨之骤至；其雄辞闳辩，快如轻车骏马之奔驰。世之学者，无问乎识与不识，而读其文，则其人可知。

呜呼！自公仕宦四十年，上下往复，感世路之崎岖，虽屯邅困踬、窜斥流离而终不可掩者，以其公议之是非。既压复起，遂显于世，果敢之气、刚正之节，至晚而不衰。

方仁宗皇帝临朝之末年，顾念后事，谓如公者，可寄以社稷之安危。及夫发谋决策，从容指顾，立定大计，谓千载而一时，功名成就，不居而去。其出处进退，又庶乎英魄灵气，不随异物腐散，而长在乎箕山之侧与颍水之湄。然天下之无贤不肖，且犹为涕泣而歔欷，而况朝士大夫，平昔游从，又予心之所向慕而瞻依！

呜呼！盛衰兴废之理自古如此，而临风想望、不能忘情者，念公之不复见，而其谁与归！

【鉴赏】

作为一位品行为人们仰慕的名臣，一位标领一世风骚的文豪，一位与自己有过“知己”之情的长者和挚交，欧阳修溘然长逝，王安石内心是非常悲痛的。可是，祭文却偏偏迂回起笔，似开导劝解众人的痛心，似有意慰藉故者的亡灵，又似消释自己的哀情，凭空谈了一番“何须悲痛”的“道理”。在浩瀚的宇宙之中，“天理”渺茫莫测；万般事物，尽人力以达到尚且不可预想，何况还要顺应“天理”，又如何能推算揣度呢？在这样一种难以把握的人生历程中，只有欧阳公这样的杰出者，才能凭借一生的功绩，达到“生有闻于当时，死有传于后世”的人生的最高境界。如若这样，又何须悲痛呢！

避开“悲”字来写祭文，表面上是不拘礼俗又不落窠臼，而实质上作者却从人生的宏观角度出发，对欧阳修的一生给予了很高评价。相较于《王深父墓志铭》一文，王安石对友人王深父“志未具”“书未就”“无所遇于今，又将无所传于后”的一生，体现了极度悲闵，从中可以印证王安石那别于常情又符合人生哲理的突兀曲折的构思方式。当然，为王深父而悲是实，为欧阳公解说“何悲”是虚。作者之后脱开“悲”字，转而表述欧阳修“有闻于当时”又“有传于后世”的具体功德。

作者首先颂扬欧阳公的文学成就，称其文章“豪健俊伟，怪巧瑰琦”，指出这是由于欧阳公“器质之深厚”“智识之高远”“学术之精微”，并能将这一切通通运用于文学创作之中。这样，就将欧阳修的创作成就，同他精深的学识修养与丰厚的人生体悟巧妙地结合起来，给予高度评价。由此可见，作者对于欧阳公学问、文章和人品气质的深切理解，也包含着作者自己在诗文革新运动中的实践体会。之后，作者用优美的比喻、对偶的句式，内容与形式相结合，论述欧阳公的文章：“其积于中者，浩如江河之停蓄；其发于外者，烂如日星之光辉。其清音幽韵，凄如飘风急雨之骤至；其雄辞闳辩，快如轻车骏马之奔驰。”这是一位文学大师对同时代的另一位文学大师的艺术论赞；是一段精彩的继承中国自古以来以艺术形象阐发艺术理论的文论；确实集艺术创作论、作家论和艺术风格论于意象优美、音韵谐和的文字之中。学习欧阳公的艺术风范，体会那浩瀚的江河、绚烂的日月星辰、驰骋的骏马、凄清的飘风急雨般的境界，那么，“无问乎识与不识”，对他的“文章风节”也就可以有所体会了。

其后，作者又从非凡的文学成就转到“崎岖”“困踬”的人生经历之中，在强烈的反差中，表现欧阳修一生的气节。作者感慨：凭借欧阳公的学问文章，又“仕宦四十年”，却是“上下往复”“屯邅（处境艰难）困踬（困厄仆倒），窜斥流离”，备尝“世路之崎岖”。但是，王安石直接称赞道：欧阳公“果敢之气，刚正之节，至晚不衰”。然而他一生功德“终不可掩”“既压复起，遂显于世”，正是由于“是非”自有“公议！”

欧阳公的学问文章，世上“无问乎识与不识”均钦佩学习；欧阳公的品德功绩，则“天下之无贤不肖”，皆敬仰怀念，并为之“涕泣而歔”。前后两个层面作结的句式非常相近，同时也以举世上下的反响，间接烘托欧阳修的文品与人格。而后一层的结句，又由众人进一步推及当朝与欧阳公相识的士大夫；由士大夫中与欧阳修有过交流往来的人，最终转入作者自己：我作为衷心仰慕、尊崇又向往、亲近欧阳公的人，又如何不更为悲痛呢！通过层层叙述欧阳修的功绩，通过种种人物对欧阳修的尊崇怀念，“何须悲”的开端，在情感与事实的层层蕴蓄与推动下，终于汇成了“不能不悲”的无可抑制的感情激流。

结尾，作者禁不住直接抒发来自肺腑的哀痛之情，将文章开始强作“豁达超脱”的“事理”全盘推翻——“呜呼！盛衰兴废之理自古如此，而临风想望、不能忘情者，念公之不要复见，而其谁与归！”是啊，怀念的情思就如同那无形无迹、无法阻隔、无法割断的“风”一般，每逢迎风感怀欧阳公的高风亮节，又怎能不牵动内心那无穷无尽的思念之情呢？这篇祭文在语言上，也有很多值得体味的地方。如骈散错落的句式，抑扬起伏又自然不露痕迹的用韵方法，从音韵的效果上，将哀婉缠绵的情思，与顿挫悲凉的气势巧妙结合起来，使故去者的“英魄灵气”，与追祭者的哀痛缅怀，得到统一的体现。又如，有些文论家认为王安石的《祭欧阳文忠公文》，笔法上特意模仿欧阳修的《祭石曼卿文》，是以欧阳公笔法为欧阳公撰写祭文。

苏轼卷

苏轼简介

苏轼（1037—1101），字子瞻，又字和仲，号东坡居士，汉族，北宋眉州眉山（今属四川省眉山市）人。北宋著名的政治家、文学家、画家、书法家。“唐宋八大家”之一。其诗题材广阔，清新豪健，善用夸张比喻，独具风格，与黄庭坚并称“苏黄”。词开豪放一派，与辛弃疾同是豪放派代表，并称“苏辛”。有《东坡七集》《东坡易传》《东坡乐府》等。

苏轼的文学思想是文、道并重。他推崇韩愈和欧阳修对古文的贡献，都是兼从文、道两方面着眼的。苏轼认为文章的艺术具有独立的价值，如“精金美玉，文章并不仅仅是载道的工具，其自身的表现功能便是人类精神活动的一种高级形态。苏轼主张文章应像客观世界一样，文理自然，姿态横生。他提倡艺术风格的多样化和生动性，反对千篇一律的统一文风，认为那样会造成文坛“弥望皆黄茅白苇”般的荒芜。苏轼的散文呈现出多姿多采的艺术风貌。他广泛地从前代的作品中汲取艺术营养，其中最重要的渊源是孟子和战国纵横家的雄放气势、庄子的丰富联想和自然恣肆的行文风格。苏轼确实具有极高的表现力，在他笔下几乎没有不能表现的客观事物或内心情思。

后赤壁赋

是岁十月之望，步自雪堂，将归于临皋。二客从予，过黄泥之坂。霜露既降，木叶尽脱，人影在地，仰见明月。顾而乐之，行歌相答。

已而叹曰："有客无酒，有酒无肴；月白风清，如此良夜何？"客曰："今者薄暮，举网得鱼，巨口细鳞，状似松江之鲈。顾安所得酒乎？"归而谋诸妇。妇曰："我有斗酒，藏之久矣。以待子不时之需。"

于是携酒与鱼，复游于赤壁之下。江流有声，断岸千尺，山高月小，水落石出。曾日月之几何，而江山不可复识矣。予乃摄衣而上，履巉岩，披蒙茸，踞虎豹，登虬龙，攀栖鹘之危巢，俯冯夷之幽宫。盖二客不能从焉。划然长啸，草木震动，山鸣谷应，风起水涌。予亦悄然而悲，肃然而恐，凛乎其不可留也，返而登舟，放乎中流，听其所止而休焉。时夜将半，四顾寂寥。适有孤鹤，横江东来，翅如车轮，玄裳缟衣，戛然长鸣，掠予舟而西也。

须臾客去，予亦就睡。梦一道士，羽衣蹁跹，过临皋之下，揖予而言曰："赤壁之游乐乎？"问其姓名，俯而不答。呜呼噫嘻！我知之矣。畴昔之夜，飞鸣而过我者，非子也耶？道士顾笑，予亦惊寤。开户视之，不见其处。

【鉴赏】

此赋作于宋神宗元丰五年（1082），两赋相距三个月有余。"十月之望"，点出文章写于初冬季节。"霜露既降，木叶尽脱"，黄州一派刚进入冬天的景象。苏轼由雪堂出来，回到住地临皋亭的路上，月夜人影，行歌相答，十分高兴，"有客无酒，有酒无肴，月白风清，如此良夜何？"如此美景，引起了作者复游赤壁的兴致。李扶九评论说："闲闲叙起，不必定游赤壁，不必定约某客。'乐'字伏后。仍用'风'、'月'二字，乃长公一生襟期。已引起游意。"（《古文笔法百篇》，下同）《后赋》仍用"风"、"月"作为线索，贯穿始终。此为"一线穿成"笔法。客人提出在江中打鱼为肴；苏轼谋酒与妇，妇更凑趣，"于是携酒与鱼，复游于赤壁之下"。

“江流有声，断崖千尺，山高月小，水落石出。”融情于景，借景抒情，字字若画，凄凉感人。“曾日月之几何，而江山不可复识矣。”用双关的写作方法，寓意颇深。从字面上看，是写从七月到十月，因为秋冬季节的变化，江山景色已与之前大不相同，真是时变景迁，往昔不在。实际上深寓“讥当时用事者”(《三苏文范》引文衡山语）之意。据毕沅《续资治通鉴》所记，元丰五年（1082）九月、十月，宋神宗在西部发动的开边战争中惨遭失败，损失惨重。统帅徐禧在横山修建永乐城，刚竣工，西夏大军兵临城下，切断水源，城中将士“渴死大半”，最终城门沦陷，宋军全军覆没，死者大概六十万人。宋神宗本人也抑郁而终，大宋王朝此后一蹶不振，失败惨状，目不忍睹，满目疮痍。这正是“江山不可复识”的真意所在。

苏轼游兴渐浓，于是弃舟登岸，更加全面地欣赏赤壁的美景。山岸上的冬夜奇景，描绘形象逼真:“履岩，披蒙茸，踞虎豹，登虬龙；攀栖鹘之危巢，俯冯夷之幽宫”，山岸上崎岖险峻，这表面是苏轼在登山，也正好象征了他仕途的坎坷不平啊！继而描写“草木震动”“风起水涌”，阴森险恶的环境，令人感到悲、恐，产生“凛乎其不可留也”的想法。这阴森险恶的江岸正是苏轼在黄州生活的真实缩影，苏轼谪居黄州多年，受尽了世间的屈辱和辛苦，他总希望早日离开此地重返朝廷，但现实却很残酷。无奈之中，只好登舟中流，任其漂荡，“听其所止而休焉”。

既然现实中不可能，只好在“梦鹤幻境”之中，凭借道家“羽化升仙”来得到解脱。可是梦醒之后，“开户视之，不见其处”“岂惟无鹤无道士，并无鱼，并无酒，并无客，并无赤壁，只有一片光明空阔”(《古文观止》评语）。好个“只有一片光明空阔”！犹言：只有一片缥缈虚无的老庄哲学——一部虚幻的《南华经》。采用“梦幻”的手段，在“仙化”中展现哲理，是该文巧妙的艺术手法之一。

前后赤壁赋写于同一年，中间仅仅相隔三个月，是各有千秋的姊妹篇。前赋所描写的，限于舟中，后赋视觉转化到了岸上；前赋着重描写秋色，后赋重心偏向描写冬景；前赋主要谈玄说理，后赋则侧重写景叙事；前赋主调乐观旷达，后赋则略显虚无缥缈。《古文观止》评语：“前篇写实情实景，从‘乐’字领出歌来；此篇作幻境幻想，从‘乐’字领出叹来。一路奇情逸致，相逼而出，与前赋同一机轴，而无一笔相似。”

秋阳赋

越王之孙，有贤公子，宅于不土之里，而咏无言之诗。以告东坡居士曰："吾心皎然，如秋阳之明；吾气肃然，如秋阳之清；吾好善而欲成之，如秋阳之坚百谷；吾恶恶而欲刑之，如秋阳之陨群木。夫是以乐而赋之。子以为何如？"

居士笑曰："公子何自知秋阳哉？生于华屋之下，而长游于朝廷之上，出拥大盖，入侍帏幄，暑至于温，寒至于凉而已矣。何自知秋阳哉？若予者，乃真知之。方夏潦之淫也，云烝雨泄，雷电发越，江湖为一，后土冒没，舟行城郭，鱼龙入室。菌衣生于用器，蛙蚓行于几席，夜违湿而五迁，昼燎衣而三易，是犹未足病也。耕于三吴，有田一廛。禾已实而生耳，稻方秀而泥蟠。沟塍交通，墙壁颓穿。面垢落塈之涂，目泣湿薪之烟。釜甑其空，四邻悄然。鹳鹤鸣于户庭，妇宵兴而永叹。计有食其几何，矧无衣于穷年。忽釜星之杂出，又灯花之双悬。清风西来，鼓钟其镗。奴婢喜而告余："此雨止之祥也。"蚤作而占之，则长庚澹澹其不芒矣。浴于旸谷，升于扶桑。曾未转盼而倒景飞于屋梁矣。方是时也，如醉而醒，如喑而鸣。如痿而起行，如还故乡初见父兄。公子亦有此乐乎？"

公子曰："善哉！吾虽不身履，而可以意知也。"居士曰："日行于天，南北异宜。赫然而炎非其虐，穆然而温非其慈。且今之温者，昔之炎者也。云何以夏为盾而以冬为衰乎？吾侪小人，轻愠易喜。彼冬夏之畏爱，乃群狙之三四。自今知之，可以无惑。居不瑾户，出不仰笠，暑不言病，以无忘秋阳之德。"公子拊掌，一笑而作。

【鉴赏】

此文是苏轼在颍州知州任上写的一篇知名的文赋。"赋"这一文体源于先秦，兴盛在汉魏，唐人也偶为之，发展到宋代时，又展现出散文化的方向。《秋阳赋》是苏轼文赋的代表作之一，体现了苏轼文已与诗和散文合流，赋既革新又复古的特点，也是苏轼倡导古文运动的代表。本赋采用了赋体传统的"主客问答"的方式，"主"即"东坡居士"，"客"即"公子”(赵令畤), 首先从“公子”的话写起，通过四个排比句式，说明自己的“心”、“气”、“好善而欲成”、“恶恶而欲刑”四个方面皆似秋阳，所以，愿“以乐而赋之”。

在写作手法上，作者采用了赋体传统的“敷陈”(铺张) 的手法。接着“居士答曰”，首先否定“公子”知秋阳；接着写自己才是真正知秋阳的。分两方面来写，首先写“夏潦之忧”以衬托，其次写“秋阳之乐”，末句以“公子亦有此乐乎？”结束此段，这一段话是全文的中心，表达了苏轼的观点。下文公子曰：“善哉”，肯定了“居士”上面一段话的正确性，承认自己对“知秋阳”的否定，接着退一步以“不身履”为自己解嘲，又用“可以意知”再与居士抗争。至此，公子气势渐弱，从文脉上来看，已从高潮快速下落。最后“居士”再从理性方面加以分析，说明“以无忘秋阳之德”“公子拊掌”，心服口服，笑而无言，结束全文。全篇，结构完整；语句骈散相间，以散句为主，优美、自然、流畅。这是本赋的第一个特点。

第二，开头以析字引出有别于其他作者的文章，其妙清新，使文章增色许多。本赋首句：“越王之孙有贤公子，宅于不土之里，而咏无言之诗。”这个开头甚“奇”，初读之时不知所云，一旦解开其意，便顿觉其妙不可言。坡云：“且教别处使不得。”这里用的是修辞学之中的“析字辞”的“离合法。”“字有形、音、义三方面；把所用的字析为形、音、义三方面，看别的字有一面同它相合相连，随即借来代替或即推衍上去的，名叫析字辞”(陈望道《修辞学发凡》)。本赋首句中的“不土之里”离出“田”字，“无言之诗”离出“寺”字，然后合“田寺”为“畤”。原来是为了婉转交代“赵令畤”之名。这种“析字离合”开头法，偶尔用之，奇妙幽默、妙趣横生、引人深思，可是经常使用，又会使人感到油腔滑调如同猜谜语，因此苏轼说：“且教别处使不得。”

第三，本赋尤为突出的特点是采用了“反类尊体”的笔法。所谓“反类尊体”，也就是从相反的意思写起，接着再回到题旨上。本赋的题旨是描写“秋阳之乐”，即写秋阳的珍贵与欢喜。然而作者在写秋阳之前，生动细腻地描写了“夏潦之忧”。这一部分被分为两层来写，先写夏天霖雨不止，导致水患成灾：一个“淫”字很好地表现出雨量之大和落雨时间之久；一个“泄”字形象地体现出了大雨猛烈地暴落，舟船本行于江河，如今行于城郭，可见大雨成灾。

作者写道：禾结实却收不成，在雨地里生了芽，稻谷秀穗了却倒在泥水中，颗粒无收，望天长叹！缺衣少食，饥寒交迫，农村凋弊，生灵涂炭。这两层生动细致地描写了“夏潦之忧”，可是这并不是文章的题旨或重点，目的在反衬下一部分的“秋阳之乐”。此时，作者的笔锋一转，描写久雨初晴的征兆；“清风西来，鼓钟其镗，奴婢喜而告予：‘此雨止之祥也！’”这只是一个过渡，然后饱蘸笔墨再“遵从本题”集中描写秋阳之出，文笔轻快，心情愉悦。当人们看到秋阳时，“如醉而醒，如喑而鸣。如痿而起行，如还故乡初见父兄”。一连用了五个生动形象且贴切的比喻，即所谓“连比”，深刻细致地表现了淫雨之后的秋阳给人们带来的快乐。

总之，这种写法是先忧后乐，以“夏潦之忧”，反衬“秋阳之乐”，使后者更加鲜明，更加突出，起到了画龙点睛的作用，并且让读者能够在比较对照中领会题旨，受到感染，从而加强文章的效果。此外，从内容方面看，本赋也是极具特色的。传统的辞赋多写都市宫苑，表现官宦贵族的生活和文人墨客的遭遇或愁绪，本赋却通过写水灾给民众带来的苦难，表现民众的忧乐，充分体现了苏赋关心底层百姓的仁德之心。

留侯论

古之所谓豪杰之士者，必有过人之节，人情有所不能忍者。匹夫见辱，拔剑而起，挺身而斗，此不足为勇也。天下有大勇者，卒然临之而不惊，无故加之而不怒，此其所挟持者甚大，而其志甚远也。

夫子房受书于圯上之老人也，其事甚怪。然亦安知其非秦之世有隐君子者，出而试之？观其所以微见其意者，皆圣贤相与警戒之义，而世不察，以为鬼物，亦已过矣。且其意不在书。当韩之亡、秦之方盛也，以刀锯鼎镬待天下之士，其平居无罪夷灭者不可胜数。虽有贲、育，无所获施。夫持法太急者，其锋不可犯，而其势未可乘。子房不忍忿忿之心，以匹夫之力，而逞于一击之间。当此之时，子房之不死者，其间不能容发，盖亦危矣。千金之子，不死于盗贼。何哉？其身可爱，而盗贼之不足以死也。子房以盖世之才，不为伊尹、太公之谋，而特出于荆轲、聂政之计，以侥幸于不死，此圯上老人之所为深惜者也。是故倨傲鲜腆而深折之，彼其能有所忍也，然后可以就大事，故曰：“孺子可教也。”

楚庄王伐郑，郑伯肉袒牵羊以迎。庄王曰：“其君主下人，必能信用其民矣。”遂舍之。勾践之困于会稽，而归臣妾于吴者，三年而不倦。且夫有报人之志，而不能下人者，是匹夫之刚也。夫老人者，以为子房才有馀，而忧其度量之不足，故深折其少年刚锐之气，使之忍小忿而就大谋。何则？非有平生之素，卒然相遇于草野之间，而命以仆妾之役，油然而不怪者，此固秦皇之所不能惊，而项籍之所不能怒也。

观夫高祖之所以胜、项籍之所以败者，在能忍与不能忍之间而已矣。项籍惟不能忍，是以百战百胜而轻用其锋：高祖忍之，养其全锋而待其毙，此子房教之也。当淮阴破齐而欲自王，高祖发怒，见于词色。由此观之，犹有刚强不能忍之气，非子房其谁全之？

太史公疑子房以为魁梧奇伟，而其状貌乃如妇人女子，不称其志气。呜呼！此其所以为子房欤！

【鉴赏】

本文的目的在于应试求官，向考官和皇帝展示自己的才华。是苏轼青年时代的重要作品之一，所以写作时很用力。其主要特点有以下几个方面：

一、总冒开头，一字立骨

本文第一段虚笔泛写，对于一般情况，古代的“豪杰之士”，一定有过人的操守，可分两种，一种是“不能忍者”，貌似英勇实则非勇；另一种是“能忍者”，处变不惊、不怒而胸怀大志、奋力拼搏，才是“大勇者”。其关键在一个“忍”字，作者以“忍”字立论，并以忍字贯穿始终，全文围绕“忍”字展开，“忍”，是全文的骨架，这种笔法，叫作“一字立骨”法。

二、选材典型，翻出新意

文题是《留侯论》，留侯一生事迹颇多，且论者不少，作为一篇史论，不可能做到面面俱到，因此必须有所侧重地选择材料，其原则是紧紧围绕题旨“忍”字。作者在留侯一生丰富多彩的材料之中，仅选取了两件最能体现留侯能“忍”的典型，一是圯上老人授书教“忍”，一是留侯佐高祖定天下并教之以“忍”。前者是留侯之“忍”的来源，即“得忍”，后者是留侯之“忍”的历史作用，即“用忍”；正如沈德潜所说：“老人教子房以能忍，是正义，子房又教高祖能忍，是馀意，作文必如此推论。”（《唐宋八大家古

文读本》)

苏轼敢于向大史学家司马迁提出挑战，就古事以翻出新意。然而下文笔锋一转，说："然亦安知其非秦之世有隐君子者出而试之，观其所以微见其意者，皆在贤相与警戒之义。而世人不察，以为鬼物，亦已过矣。"用一"然"字加以转折，指出黄石公并不是"鬼怪"，而是人，是"秦之世有隐君子者"，从人事上对"圯上授书"加以合理的解释，从而否定司马迁的"神怪论"，是很有见地的。

作者在文章第四段中说："高祖忍之，养其全峰，而待其毙，此子房教之也。"高祖以忍平天下，其"忍"源于子房，全是"子房教之"的结果，表明"子房用忍"的巨大作用。真是一语中的，涣然冰释，真相大白而文意归一，即归之于一个"忍"字，沈德潜说这种笔法是"一语归锁"法(见《唐宋八大家古文读本》)。这里，作者在众多的事例中，只选择了一个事例："当淮阴(指韩信)破齐而欲自王，高祖发怒，见于词色，由此观之，犹有刚强不忍之气，非子房其谁全之？"苏轼仅以此一例，显示其强大的说服力。

三、比喻形象，急脉缓受

在比较抽象的议论文中，加以生动形象的比喻，是使论文生动详尽的一个行之有效的技法。文中比喻不多，此处只谈两个。一个是当作者写到子房"逞于一击之间"而被搜捕时，用了这样一个比喻："当此之时，子房之不死者，其间不能容发，盖亦已危矣！"连一根头发丝都不能相容，比喻境况非常紧急和危险。在这种紧张的氛围中，作者不能再使文章持续发展，于是紧接着用了另一个比喻，加以穿插，使气氛缓和下来。用"千金之子"(富家子弟，指高贵的人)不能死在盗贼手里，来比喻子房不能忿而走险以轻死，应当能"忍"。在这个比喻旁边，汪武曹的夹批是："著此譬喻，是急脉缓受法"(见《唐宋文举要》)，指出了这个比喻在文中的作用，并且认为这种笔法，是"急脉缓受"。

四、对比衬托，烘云托月

文章第一段，写了不能忍的豪杰之士和能忍的豪杰之士的对比，并比而出，是对比，而且也带有"反衬"的性质。第三段通过写郑伯肉袒牵牛和勾践卧薪尝胆，是"引忍而成事者作衬"，从正面衬托"子房之能忍，见其为天下勇"(李扶九《古文笔法百篇》)。这是正衬。第四段首句"观夫高祖之所以胜，而项籍之所以败者，在能忍不能忍之间而已矣"。汪武曹夹批:“以项籍之不能忍，衬高祖之能忍”(《唐宋文举要》)。这是反衬。第五段以子房状貌乃如妇人女子，反衬子房能忍而勇敢以及志气非凡的大丈夫气概，表明不能“以貌取人”，这是反衬。

五、结构严密，文笔曲折

本文可分五段。第一段以虚笔泛写豪杰之士的忍与不忍，以“忍”立论，是全篇文章的骨架，从而总领全文。其余四段以实笔具体写留侯子房之“忍”，以“忍”字为中心展开论证。用不同的典故，从正面和反面来论证这一“忍”字，使论证更有说服力，用衬托的方法表明主旨。

贾谊论

非才之难，所以自用者实难。惜乎！贾生，王者之佐，而不能自用其才也。

夫君子之所取者远，则必有所待；所就者大，则必有所忍。古之贤人，皆负可致之才，而卒不能行其万一者，未必皆其时君之罪，或者其自取也。

愚观贾生之论，如其所言，虽三代何以远过？得君如汉文，犹且以不用死。然则是天下无尧舜，终不可以有所为耶？仲尼圣人，历试于天下，苟非大无道之国，皆欲勉强扶持，庶几一日得行其道。将之荆，先之以冉有，申之以子夏。君子之欲得其君，如此其勤也。孟子去齐，三宿而后出昼，犹曰:“王其庶几召我。”君子之不忍弃其君，如此其厚也。公孙丑问曰:“夫子何为不豫?”孟子曰:“方今天下，舍我其谁哉？而吾何为不豫?”君子之爱其身，如此其至也。夫如此而不用，然后知天下果不足与有为，而可以无憾矣。若贾生者，非汉文之不能用生，生之不能用汉文也。

夫绛侯亲握天子玺而授之文帝，灌婴连兵数十万，以决刘、吕之雌雄，又皆高帝之旧将，此其君臣相得之分，岂特父子骨肉手足哉？贾生，洛阳之少年，欲使其一朝之间，尽弃其旧而谋其新，亦已难矣。为贾生者，上得其君，下得其大臣，如绛、灌之属，优游浸渍而深交之，使天子不疑，大臣不忌，然后举天下而唯吾之所欲为，不过十年，可以得志。安有立谈之间，而遽为人“痛哭”哉！观其过湘为赋以吊屈原，萦纡郁闷，趯然有远举之志，其后以自伤哭泣，至于夭绝，是亦不善处穷者也。夫谋之一不见用，安知终不复用也。不知默默以待其变，而自残至此。呜呼！贾生志大而量小，才有余而识不足也。

古之人，有高世之才，必有遗俗之累。是故非聪明睿智不惑之主，则不能全其用。古今称符坚得王猛于草茅之中，一朝尽斥去其旧臣，而与之谋。彼其匹夫略有天下之半，其以此哉！愚深悲生之志，故备论之。亦使人君得如贾生之臣，则知其有狷介之操，一不见用，则忧伤病沮，不能复振。而为贾生者，亦谨其所发哉！

【鉴赏】

贾谊（前201—前169），自幼聪明过人，西汉洛阳人，博览群书，十八岁就才学出众，闻名于世。二十岁时，经吴廷尉的推荐，文帝召见。贾谊议论精辟，对答如流，深得文帝喜爱，立即任命为博士，不久又擢升为太中大夫。文帝本想委以重任，但遭到老臣周勃、灌婴的反对，被贬为长沙王太傅。后因怀王坠马而死，贾谊负咎痛哭，不久竟悲痛忧郁而死，年仅三十三岁。贾谊过湘水，作《吊屈原赋》，悲屈原被贬逐，伤其怀才不遇。四年后，改任文帝爱子梁怀王太傅。

贾谊一生虽短暂，但留下了不少著名的政论文和文学作品，不失为一名才华横溢的政论家和文学家。苏轼自幼就很佩服他的才学，喜欢贾谊的文章，所以，在苏轼文章中不难见到贾谊对他的影响。苏轼在仕途上与贾谊的境遇极为相似。苏轼从自身的角度出发，总结了无数类似贾谊的人的经验教训，得出一个结论："非才之难，所以自用者实难。"并非人才难得，而是自己如何把握发挥才能的时机把才能发挥出来才是最难的。这是郁积在苏轼心中许久很想说出来的话。

它包含着为贾谊不幸的痛惜，也自己感到无限苦闷和辛酸。"惜乎！贾生王者之佐，而不能自用其才也。"贾谊有辅佐君王的才能，却抑郁不得志，实在太令人惋惜！这两句，先虚后实，语意深沉，感情强烈，很好地道出了本文的主旨。此文从贾谊写到古贤人，又从古贤人再写到贾谊，由此及彼，由彼及此，回环曲折，收放自如，全面细致。

"愚观贾生之论，如其所言，虽三代何以远过？"体现了对贾谊政治才能的称赞。而"得君如汉文，犹且以不用死"则表达了对贾生不能自用其才的批评。下文采用反问的笔法，"然则是天下无尧舜，终不可有所为耶?”这一反问使语句气势昂扬，语意含蓄，正面的意思不言自明：不，是贾生自取也。又一次暗中点明文章的主旨。对于贾生不能忍，不能等而自取不幸，作者举孔子欲得其君，孟子不弃其君、自爱其身的事例，说明贾谊在这三个方面做得都不是很好，远非圣贤可比，也解释了其仕途不顺的原因，从而得出结论：“非汉文不能用生，生之不能用汉文也。”题旨由“不能自用”引申为“未必皆其时君之罪，或者其自取也”。再引申为“非汉文不能用生，生之不能用汉文也”。逐层推移，越论越细致，把贾生不能自用其才这个论点论述得十分深透明了，令人信服。上文是论贾谊不能自用其才以致壮志难酬，下面是作者以贾谊的不幸去劝说君王。“古之人，有高士之才，必有遗世之累，是故非聪明睿智不惑之主，则不能全其用。”是说古代凡是有非凡才能的人，往往都有一些缺点，所以不贤明睿智的君主，就不能很好地使用他们。这是泛指，是虚写。

随后用秦王符坚任用王猛而使秦强的实例来规劝人君，要敢于破格使用贤才，这样对国家是有益而无害的。到此文章一收，又转回到对贾谊的谈论上，说明自己写这篇文章的目的：一是劝说人君在遇到贾谊这样人才之时，要大胆使用，不要错过最佳时机；二是劝诫贾生式的人，要善于自用其才，要自爱其身。

文章在写作方法上有几点比较好：

一、论点逐层推进。由“不能自用其才”引申为“或者其自取也”，然后引申为“生之不能用汉文也”。后者并非分论点，而是对论点的一个延伸，实际上还是指“不能自用其才”。只是论述的角度有所变化，一个比一个的含义更具体，更深入。一个论点分别从不同角度去论证，就会出现许多不同的延伸形态，这在论文中是比较少见的，具有创新性。

二、虚实结合，实中有虚，虚中显实。比如文章的开头，“非才之难，所以自用者实难”，是写虚，“惜乎！贾生王者之佐，而不能自用其才也。”是写实。虚与实相辅相成，彼此结合，互为论证，使虚有所依，实有提高，相得益彰，精彩纷呈。

三、对比中详略得当。就写绛侯灌婴和贾谊的对比来说，前者用了较多的描写，极言其功高势大，同文帝的关系非比寻常。后者却仅仅用“洛阳之少年”五个字。由于详略处理得恰到好处，二者的对比也就非常鲜明了。

晁错论

天下之患，最不可为者，名为治平无事，而其实有不测之忧。坐观其变，而不为之所，则恐至于不可救。起而强为之，则天下狃于治平之安，而不吾信。唯仁人君子豪杰之士，为能出身为天下犯大难，以求成大功。此固非勉强期月之间，而苟以求名者之所能也。天下治平，无故而发大难之端，吾发之，吾能收之，然后有辞于天下。事至而循循焉欲去之，使他人任其责，则天下之祸，必集于我。

昔者晁错尽忠为汉，谋弱山东之诸侯。山东诸侯并起，以诛错为名。而天子不之察，以错为之说。天下悲错之以忠而受祸，而不知错有以取之也。

古之立大事者，不唯有超世之才，亦必有坚忍不拔之志。昔禹之治水，凿龙门，决大河，而放之海。方其功之未成也，盖亦有溃冒冲突可畏之患，唯能前知其当然，事至不惧，而徐为之图，是以得至于成功。夫以七国之强，而骤削之，其为变岂足怪哉！错不于此时捐其身，为天下当大难之冲而制吴、楚之命，乃为自全之计，欲使天子自将而己居守。且夫发七国之难者谁乎？己欲求其名，安所逃其患？以自将之至危，与居守之至安，己为难首，择其至安，而遗天子以其至危，此忠臣义士所以愤惋而不平者也。当此之时，虽无袁盎，亦不免于祸。何者？己欲居守，而使人主自将，以情而言，天子固已难之矣，而重违其议，是以袁盎之说得行于其间。使吴、楚反，错以身任其危，日夜淬砺，东向而待之，使不至于累其君，则天子将恃之以为无恐。虽有百盎，可得而间哉？

嗟夫！世之君子欲求非常之功，则无务为自全之计。使错自将而讨吴、楚，未必无功。唯其欲自固其身，而天子不悦，奸臣得以乘其隙，错之所以自全者，乃其所以自祸欤！

【鉴赏】

苏轼的史论文自有一番独特的蕴含，浑然天成又论证清晰。刘熙载说："欧文优游有余，苏文昭晰无疑。"读这篇《晁错论》便可感觉出其气势滔滔和辩理透彻，透露出他卓越的才华，超人的机智和开阔的眼界，这尤其令人称绝。

文章开篇泛泛概说："天下之患，最不可为者，名为治平无事，而其实有不测之忧。"起句看似虚写，实则却在暗示汉景帝时国泰民安的表象下隐含着的诸侯之患。接着，作者便以"患"字为中心，从"坐""起"两方面进行分说。"坐观其变"而不对祸患采取防范措施，那么祸患便会蔓延到无可救药的地步；"起而强为之"而不等待时机，则天下也同样不能保持平静安定的美好局面。用"此固非勉强期月之间，而苟以求名者之所能也"，概写出历史上的失败者，又通过对晁错的具体描写，暗含着对晁错失败原因的评论。这两句堪称全篇关键之处，是作者论说的中心所在。在此处，它还起到了承上启下的关键作用："此固非勉强期月之间"，上承"起而强为之""苟以求名者"，下启"事至而循循焉欲去之"。后面，"天下治平"几句，暗写景帝时的"七国之乱""事至而循循焉欲去之"几句，又虚写七国起兵后晁错的态度和反映。

第二段，文章在以前的基础上顺其自然地由虚写到实写，由隐而显，由历史的抽象概说，过渡到具体的史事论述。西汉社会时期诸侯的割据势力严重威胁着封建的中央集权制度，晁错继贾谊之后，屡次向景帝提出"削藩"的建议，他说诸侯王"削之亦反，不削亦反。削之，其反亟，祸小；不削之，其反迟，祸大。"汉景帝采用他的策略，于是出现了"七国之乱"的局面。后来由于谗言晁错被杀，后代之人多为尽忠而蒙害的晁错而悲叹。但苏轼这里却一反传统老调，认为晁错获罪是由于"有以取之也"，从而使文章独辟蹊径、不同凡响。

第三段，作者一方面紧扣史事，另一方面却引发自己的观点，先提出"古之立大事者，不唯有超世之才，亦必有坚忍不拔之志"的观点，之后便旁征博引，用大禹治水的凿龙门、决江河和溃冒冲突的事件来举例论证，提出"事至而不惧""徐为之所"才能成就大事，以此而暗中指责晁错的临危而逃的行为。

第四段，是全篇的主体。文章波澜迭起、反复曲折、议论纵横，通过恣肆汪洋的论说入木三分地阐述了晁错取祸的原因。苏轼认为"削藩"应该逐步进行，"徐为之所"，而不应"骤削之"，骤削则必然导致"七国之乱"，这便是"无故而发大难之端"。文章至此，所议之事、所立之论虽与前文相近，但史事与观点却逐渐由隐而显、由暗而明，文章的气势也慢慢由弱而强、由平易而近汹涌。接下来，作者又连续使用两个反问句，把文章的气势推向了澎湃的顶峰。使文章呈现出汪洋恣肆的状态。

《三苏文范》评为："此数句发得如平波静濑中忽跳起高浪。"然而苏轼并未就此搁笔，他运用两个条件句，又从反面对晁错做出假设，把文章跳起的高浪又推向了更加深远广阔的海面。"使吴、楚反，错以身任其危，日夜淬砺，东向而待之"，这是假设晁错并未临危而逃；"使不至于累其君，则天子将恃之以为无恐"，这是假设晁错不使人主自将。那么纵使有一百个袁盎又怎能使晁错获祸呢？最后一段，文章的气势渐渐趋于平缓，在慨叹历史之时，再一次指出临危而逃自固其身是晁错取祸的主要原因，从而起到了突出题旨的作用。

全篇文章由虚而实，由实而气势滔滔，由气势滔滔而渐渐平缓，把舒缓与紧凑有机地结合于一体。

诸葛亮论

取之以仁义，守之以仁义者，周也。取之以诈力，守之以诈力者，秦也。以秦之所以取取之，以周之所以守守之者，汉也。仁义诈力杂用以取天下者，此孔明之所以失也。

曹操因衰乘危，得逞其奸，孔明耻之，欲信大义于天下。当此时，曹公威震四海，东据许、兖，南牧荆、豫，孔明之恃以胜之者，独以其区区之忠信，有以激天下之心耳。夫天下廉隅节概慷慨死义之士，固非心服曹氏也，特以威劫而强臣之，闻孔明之风，宜其千里之外有响应者，如此则虽无措足之地而天下固为之用矣。且夫杀一不辜而得天下，有所不为，而后天下忠臣义士乐为之死。刘表之丧，先主在荆州，孔明欲袭杀其孤，先主不忍也。其后刘璋以好逆之至蜀，不数月，扼其吭，拊其背，而夺之国。此其与曹操异者几希矣。曹、刘之不敌，天下之所知也。言兵不若曹操之多，言地不若曹操之广，言战不若曹操之能，而有以一胜之者，区区之忠信也。孔明迁刘璋，既已失天下义士之望，乃始治兵振旅，为仁义之师，东向长驱，而欲天下响应，盖亦难矣。

曹操既死，子丕代立，当此之时，可以计破也。何者？操之临终，召丕而属之植，未尝不以谭、尚为戒也。而丕与植，终于相残如此。此其父子兄弟且为寇仇，而况能以得天下英雄之心哉！此有可间之势，不过捐数十万金，使其大臣骨肉内自相残，然后举兵而伐之，此高祖所以灭项籍也。孔明既不能全其信义以服天下之心，又不能奋其智谋，以绝曹氏之手足，宜其屡战而屡却哉！故夫敌有可间之势，而不间者，汤、武行之为大义，非汤、武而行之为失机。此仁人君子之大患也。

吕温以为孔明承桓、灵之后，不可强民以思汉，欲其播告天下之民，且曰："曹氏利汝吾事之，害汝吾诛之。"不知蜀之与魏，果有以大过之乎！苟无以大过之，而又决不能事魏，则天下安肯以空言谏动哉？呜呼！此书生之论，可言而不可用也。

【鉴赏】

诸葛亮，字孔明，东汉末年琅玡人。后出而辅佐刘备，早年隐居南阳，采用联合东吴孙权的策略，打乱了曹操统一全国的企图，先占据荆州，继而夺取了巴蜀，建立了蜀国，形成了魏、蜀、吴三足鼎立的政治局面。刘备死后，又扶助幼主，南擒孟获，北取汉中，本想北伐灭魏，恢复汉朝的统治。但不幸病逝于征战的军营中，年仅五十四岁。

杜甫在《蜀相》一诗中写道："三顾频烦天下计，两朝开济老臣心。出师未捷身先死，长使英雄泪满襟。"诸葛亮一生足智多谋，文韬武略，忠贞不渝，鞠躬尽瘁，在中国，诸葛亮乃智慧的化身，忠贞的楷模，无人不知，举世皆晓，受人歌颂，很少非议。但是苏轼性格豪放，作文唯意所适，立论多新奇。他一反旧说，提出自己独到的见解，认为诸葛亮失败的原因在于"仁义诈力杂用"。此说源于贾谊《过秦论·中篇》。贾谊认为秦朝失败的原因是"先诈力而后仁义"。历史功罪，总需后人进行评说。苏轼的《诸葛亮论》独辟蹊径，不为旧说所囿，深思"长使英雄泪满襟"的原因，其善思的治学精神使人敬佩，值得学习；其独特的见地，令人耳目一新，发人深思。

全文分四段。第一段，开门见山地指出孔明失败的原因是"仁义诈力杂用"。文章先用周、秦、汉三个朝代夺取政权和巩固政权的得失做铺垫，在说明三种情况后，再说孔明夺取天下的做法，并非仁义，亦非诈力，而是仁义诈力杂用，这是非鹿非马，史无前例，异想天开的错误做法，结果必将导致夺取天下的愿望成为泡影，这是孔明最终失败的根本原因。这一段采用先放后收的写法。一放一收，使文章跌宕起伏，放得开，点题愈明白，收效就愈好。

第二段，写孔明虽然口讲仁义，实际上却善用诈力。由“曹操因衰乘危”至“而天下固为用矣”为第一层。这一层说的是曹操乘东汉末年衰危的局势，用狡诈无情的手段，发展和扩充了自己的势力。孔明对此感到不满，想用仁义去赢得天下人民的拥护与爱戴。从当时的形势来看，曹操的势力虽然很大，但是却不得人心。所以孔明认为大行仁义之道是唯一可以战胜曹操，得到天下人拥护的好方法。这一层采用夹叙夹议、双线交织的写法。双线，指的是曹操和孔明。最后自然而然地总结了前两层意思。前一层写孔明虽然想行仁义，实际上用诈力是原因，后一层写必然要失败是结果。前后互为因果关系，有因有果，情理自然，逻辑性很强，令人信服。

第三段，进一步总结了诸葛亮失败的原因，如若不能全信义，就应该学会用智谋。把话说明了，就是该用诈力的时候就用诈力，不能讲假仁义，坐失良机，否则，还是要失败。这一段是说曹操死后，曹植和曹丕自相残害，假如孔明能利用这个良好的机会，用些金钱去买通敌人，先致使魏国内乱，乘势出兵讨伐，一定会取得胜利，然而孔明却坐失良机，该用诈力却不用，讲起假仁义来。“宜其屡战而屡却哉！那么失败就是必不可免的事了。

文章从不同角度，不同时间论证了仁义和诈力不可杂用，孔明失败的原因就出于此。这两段之中还存在着一个时间顺序问题，基本上是按事件先后顺序来写的。本文是一篇议论文，主要是按论证的不同的方面、不同的角度去论证，一般不需要管论据中事件的时间顺序。文章却自始至终把二者协调起来，这是值得注意的。

第四段，是总结全文，说空话是毫无实际意义的。举了两件事来说明孔明的说法和想法都是不切实际的。“呜呼！此书生之论，可言而不可用也。”最后这句惋叹的话，不仅否定并总结本段列举孔明脱离实际的两件事，而且否定并总结了第一段孔明欲信大义于天下和第三段坐失良机，讲假仁义的空话。是一箭三雕，使全文有机地结合在一起，堪称妙笔！

儒家思想是苏轼的主体思想，他主张讲仁义，行仁义。从这个角度出发，否定了孔明的一些非仁义言行，这是非常自然的。虽然文章最后“此书生之论，可言而不可用也。”评价孔明未免说得有些过头。但整篇的论述总体来说还是言之有理，持之有据的。评说古人功过，敢于独抒己见的无畏精神，也是难能可贵的。

续欧阳子《朋党论》

欧阳子曰：“小人欲空人之国，必进朋党之说。”呜呼，国之将亡，此其征欤？祸莫大于权之移人，而君莫危于国之有党。有党则必争，争则小人者必胜，而权之所归也，君子安得不危哉！何以言之？君子以道事君，人主必敬之而疏。小人唯予言而莫予违，人主必狎之而亲。疏者易间，而亲者难睽也。而君子者，不得志则奉身而退，乐道不仕。小人者，不得志则侥幸复用，唯怨之报。此其所以必胜也。

盖尝论之。君子如嘉禾也，封殖之甚难，而去之甚易。小人如恶草也，不种而生，去之复蕃。世未有小人不除而治者也，然去之为最难。斥其一则援之者众，尽其类则众之致怨也深。小人复用而肆威，大者得志而窃国。善人为之扫地，世主为之屏息。譬断蛇不死，刺虎不毙，其伤人则愈多矣。齐田氏、鲁季孙是已。齐、鲁之执事，莫非田、季之党也，历数君不忘其诛，而卒之简公弑，昭、哀失国。小人之党，其不可除也如此。而汉党锢之狱，唐白马之祸，忠义之士，斥死无余。君子之党，其易尽也如此。使世主知易尽者之可戒，而不可除者之可惧，则不瘳矣。

且夫君子者，世无若是之多也。小人者，亦无若是之众也。凡才智之士，锐尽功名而嗜于进取者，随所用耳。孔子曰：“仁者安仁，智者利仁。”未必皆君子也。冉有从夫子则为门人之选，从季氏则为聚敛之臣。唐柳宗元、刘禹锡使不陷叔文之党，其高才绝学，亦足以为唐名臣矣。其栾怀之得罪于晋，其党皆出奔，乐王鲋谓范宣子曰：“盍反州绰、邢蒯？勇士也。”宣子曰：“彼栾氏之勇也。余何获焉！”王鲋曰：“子为彼栾氏，乃亦子之勇也。”呜呼，宣子蚤从王鲋之言，岂独获二子之勇，且安有曲沃之变哉！

愚以谓治道去泰甚耳。苟黜其首恶而贷其余，使才者不失富贵，不才者无所致憾，将为吾用之不暇，又何怨之报乎！人之所以为盗者，衣食不足耳。农夫市人，焉保其不为盗，而衣食既足，盗岂有不能返农夫市人也哉！故善除盗者，开其衣食之门，使复其业。善除小人者，诱以富贵之道，使隳其党。以力取威胜者，盖未尝不反为所噬也。

曹参之治齐曰："慎无扰狱市。"狱市，奸女之所容也。知此，亦庶几于善治矣。奸固不可长，而亦不可不容也。若奸无所容，君子岂久安之道哉！牛、李之党遍天下，而李德裕以一夫之力，欲穷其类而致之必死，此其所以不旋踵而罹仇人之祸也。奸臣复炽，忠义益衰。以力取威胜者，果不可耶！愚是以续欧阳子之说，而为君子小人之戒。

【鉴赏】

庆历三年（1043），宋仁宗进用韩琦、富弼、杜衍、范仲淹等人，改革弊政但遭到守旧势力夏竦等的强烈反对，他们大造舆论，诬蔑韩、富、范、欧等人为"朋党"，蓄意陷害。虽然得到欧阳修等谏官的大力支持，为此，欧阳修写了《朋党论》一文，进呈仁宗，劝谏仁宗要辨别君子之朋和小人之朋，应该"退小人之伪朋，用君子之真朋"，天下才能大治。苏轼此文是续欧阳修的《朋党论》文章对守旧势力大肆批判，入木三分，全文共分三段。

第一段，引用欧阳修的话，提出了全文的中心论点："祸莫大于权之移人，而君莫危于国之有党。"开门见山地指出朋党的危害。文章从两方面加以分析。其一，"君子以道事君，人主必敬之而疏。小人唯予言而莫予违，人主必狎之而亲。疏者易间，而亲者难睽（分离）也"。一"疏"一"亲"，一"易"一"难"，两相加以对比，写出君主对小人同君子的不同态度。这种分析是较合乎实际的，君主被小人的狎昵所蒙蔽，因而就难以分离。其二，"君子者，不得志则奉身而退，乐道不仕。小人者，不得志则侥幸复用，唯怨之报"。君子隐退，小人复用，"此其所以必胜也"。小人必胜，权之所归，因此说"君莫危于国之有党"。

第二段，论证中心论点。第一层，比喻论证。以君子比嘉禾，以小人比恶草。连用两组对偶句，说明小人之朋党的危害，会使国家灭亡，会使君主权力丧失。随后又用"断蛇不死""刺虎不毙"两个比喻，进一步阐述小人之朋党对国家的危害；第二层，引用史实论证。说明"小人之党，其不可除也如此"。通过写汉党锢之狱、唐白马之祸，说明"君子之党，其易尽也如此"。东汉小人之党难除，君子之党易尽，所以"争则小人者必胜"。使文章更具说服力。第三层，援引历史人物论证。"仁者安仁，智者利仁”，有仁德的人安于仁，聪明人利用仁。作者通过引用孔子这两句话，说明君子、小人也可随环境的变化而转化。

第三段，论述如何除去小人之朋党，作者也写出了自己的看法。首先，总论一句“愚以为治道去泰甚耳”。作者认为治理国家应去掉极端、过分的做法，这是苏轼中庸思想在政治上的表现。接着用一类比推理：“人之所以为盗者，衣食不足耳”“故善除盗者，开其衣食之门，使复其业。善除小人者，诱以富贵之首，使毁其党”。最后，特别强调对于小人不能用暴力除之，并且使用两个事例进行对比：曹参治齐，曰：“慎无扰狱市。”狱市指的是关押奸人的地方。明白这一点，也相当于善于治国了。

这篇文章，名为续文，实乃驳论。大凡续别人之文，一般都是在别人立论的基础上有所补充、有所发挥、有所延伸，或有所匡正。而苏轼这篇续文同欧文的立论则大相径庭。苏文认为“有党则必争，争则小人者必胜”。相比之下，欧文的立论较为通达圆满，符合历史事实，苏文的立论未免显得简单片面。朋党确实自古有之，君子之朋治国，小人之朋祸国。对君子之朋应提倡、任用，对小人朋应排斥、取缔，而不能笼统认为“君莫危于国之有党”“有党则必争”，这是自然形成的，“争则小人者必胜”，这就不一定了。

平王论

太史公曰“学者皆称周伐纣，居洛邑，其实不然，武王营之，成王使召公卜居之，居九鼎焉，而周复都丰、镐，至犬戎败幽王，周乃东迁于洛。”苏子曰：周之失计，未有如东迁之缪者也。自平王至于亡，非有大无道者也。髭王之神圣，诸侯服享，然终以不振，则东迁之过也。昔武王克商，迁九鼎于洛邑，成王、周公复增营之。周公既没，盖君陈、毕公更居焉。以重王室而已，非有意于迁也。周公欲葬成周，而成王葬之毕，此岂有意于迁哉？

今夫富民之家，所以遗其子孙者，田宅而已。不幸而有败，至于乞假以生可也，然终不敢议田宅。今平王举文、武、成、康之业而大弃之，此一败而鬻田宅者也。夏商之王，皆五六百年，其先王之德，无以过周，而后王之败，亦不减幽、厉，然至于桀、纣而后亡。其未亡也，天下宗之，不如东周之名存而实亡也。是何也？则不鬻田宅之效也。

盘庚之迁也，复殷之旧也。古公迁于岐，方是时，周人如狄人也，逐水草而居，岂所难哉？卫文公东徙渡河，恃齐而存耳。齐迁临淄，晋迁于绛于新田，皆其盛时，非有所畏也。其馀避寇而迁都，未有不亡，未有能复振者也。

春秋时，楚大饥，群蛮叛之，申、息之北门不启。楚人谋徙于阪高。蒍贾曰："不可，我能往，寇亦能往。"于是乎以秦人、巴人灭庸，而楚始大。苏峻之乱，晋几亡矣，宗庙宫室，尽为灰烬。温峤欲迁都豫章，三吴之豪欲迁会稽，将从之矣。独王导不可，曰："金陵，王者之都也，王者不以丰俭移都。若弘卫文大帛之冠，何适而不可？不然，虽乐土为墟矣。且北寇方强，一旦示弱，窜于蛮越，望实皆丧矣。"乃不果迁，而晋复安。贤哉导也，可谓能定大事矣。嗟夫！平王之初，周虽不如楚之强，顾不愈于东晋之微乎？使平王有一王导，定不迁之计，收丰、镐之遗民而修文、武、成、康之政，以形势临东诸侯，齐、晋虽强，未敢贰也，而秦何自霸哉？

魏惠王畏秦，迁于大梁，楚昭王畏吴，迁于都，顷襄王畏秦，迁于陈，考烈王畏秦，迁于寿春，皆不复振，有亡征焉。东汉之末，董卓劫帝，迁于长安，汉遂以亡。近世李景迁于豫章，亦亡。故曰：周之失计，未有如东迁之缪者也。

【鉴赏】

苏轼生前曾谈到《志林》，他给郑靖老的信中说："《志林》竟未成，但草得书传十三卷。"本文选自《东坡志林》《东坡志林》一名《志林》，又名《东坡手泽》。由此可见，《志林》书名是苏轼自已定义的，但未完稿，是由后人编撰而成的。其中，"论古十三首"（卷五）是苏轼著名的史论。茅坤说："余览《志林》十三首，按年谱，子瞻由南海后所作。"在《东坡七集》中，本无标题。

文章首先引用大量的史实，用来论证周平王东迁国都是荒谬的，是错误的，是招致亡国的主要因素。苏轼如此说是有针对性的。当时北宋王朝在北方少数民族入侵的威胁下，有意将国都南迁，以避其锋。然而，苏轼反对南迁，写此文是借古讽今，其用意也十分明显。后来宋朝果如苏轼所言，国都南迁于临安（今杭州），而后灭亡。这体现了苏轼对宋朝社会的洞察力和借鉴历史的预见性。文章是针对迁都而论的，所以其他方面就舍而不及了。读此文时，不必求全责备。

文章论据确凿，结构严密，条次井然，论点鲜明。全文从“迁都”立论，以“迁”字立骨，“迁”字好像一条红线，贯穿始终，把文章的各个部分连接成为一个整体。全文分五段，段段不离“迁都”，各段又皆以“迁”字贯穿。

第一段，论周平王东迁失计。西周时，以丰（故址在今西安市西北，沣河以西）、镐（故址在今西安市西）两地为都，至于洛邑（今洛阳市），尽管“武王营之”，驻扎重兵，“成王复营之”，显得对洛邑非常重视但是并未迁都于洛邑。到了周幽王时，他由于宠爱妃子褒姒，欲杀太子宜臼，立褒姒所生的伯服为太子。此时国舅申侯（宜臼的母亲是申侯的女儿）勾结犬戎攻周，杀幽王于骊山之下，太子宜臼继位，立为平王。从此，东周开始走下坡路，直至灭亡。苏轼把它归结为“东迁之过”，从而明确地提出论点：“周之失计，未有如东迁之缪（谬）也。”

第二段，写夏、商不迁都之效，来反衬周迁都之缪。本段辟首用比，说周平王不能好好地守护祖宗传留之业，放弃国都继而东迁，就等同于富家子弟出卖父祖遗留下来的田宅。借以从正面阐述周平王迁都是“失计”，是荒谬的。

第三段，说明自古以来，迁都者一般有两种情况。第一种情况是在“盛时，非有所畏”。这种情况出现得较少，因此，采用了“举例法”，加以说明。例如：一、“盘庚之迁”。阳甲死，其弟盘庚立，他希望从河北迁回河南的殷（今河南省安阳市小屯村）。商汤原居商丘（今河南省商丘市），这次迁回河南的殷，可以说是“复殷之旧也”。随后，商又被称之为“殷”。盘庚迁殷后，且茅草盖房，减轻剥削，号称“中兴之主”，因此说这次迁都在盛时，而且又无外侵之患。二、“古公迁岐”。三、“卫文东迁”。卫文公，名，戴公之子，他在齐桓公帮助下，渡过黄河，东迁于楚丘，造宫殿，建城市，搞生产，使国家富强起来。以上事例都是在“盛时”迁都，都有所益而无害，国家多因此而变得更加富强。第二种情况，是为了“避寇”而迁都。这种情况较多，数不胜数，所以采用“剩余法”来写，即除了第一种情况之外，其余都是第二种情况。苏轼的结论，明显是带有针对性的。宋朝如果倘若迁都，也将会属于这种情况，因此也终将灭亡。宋朝的历史，很好地证明了苏轼论断的正确性。

第四段，以楚与东晋遇寇而不迁都，论证周平王东迁的失计。本段可分三层来说，先说“楚人谋徙于阪高”，再说“晋欲迁都”，事见《晋书·王导传》。苏峻，字子高，晋成帝时，任历阳太守，反叛后攻晋，晋军屡败，攻入后宫，威逼天子迁都于石头（古地名）。苏峻在一次出战时落马被斩。乱平，而晋都金陵（今江苏省南京市）破坏严重。最后以平王时的周朝与楚、晋相对比，感叹平王若有一王导，定不迁都而强盛，哪会有后来秦据丰镐之势以称霸呢！与第一段相呼应，再次仅扣主题。

第五段，写因惧怕敌人而迁都的史实，类证周平王东迁的失计。首先，本段列举“畏寇迁都”的六个例证，这是本段小结，也是全文总结。作者仍旧采用第一段立论时的语句进行总结，首尾照应，反复点题，突出主旨，以加深印象。

文章内容丰富多彩，引用古事颇多、甚碎，然而条次整然、井然，全靠“迁”字一条红线贯穿全文。

文章纵观古今，横视十三国，布局宏伟，唯有详略得当才能突出主旨。这样来写，就能够使文章点面结合，突出重点了。

隐公论

公子翚请杀桓公，以求太宰。隐公曰：“为其少故也，吾将授之矣。使营菟裘，吾将老焉。”翚惧，反谮公于桓公而弑之。

苏子曰：盗以兵拟人，人必杀之。夫岂独其所拟，途之人皆捕击之矣。途之人与盗非仇也，以为不击则盗且并杀己也。隐公之智，曾不若是途之人也，哀哉！隐公，惠公继室之子也。其为非嫡，与桓均尔，而长于桓。隐公追先君之志而授国焉，可不谓仁乎？惜乎其不敏于智也。使隐公诛翚而让桓，虽夷、齐何以尚兹？

骊姬欲杀申生，而难里克，则优施来之。二世欲杀扶苏，而难李斯，则赵高来之。此二人之智，若出一人，而其受祸亦不少异。里克不免于惠公之诛，李斯不免于二世之虐，皆无足哀者。吾独表而出之，以为世戒。

君子之为仁义也，非有计于利害。然君子之所为，义利常兼，而小人反是。李斯听赵高之谋，非其本意，独畏蒙氏之夺其位，故勉而听高。使斯闻高之言，即召百官陈六师而斩之，其德于扶苏，岂有既乎？何蒙氏之足忧？释此不为，而具五刑于市，非下愚而何？

呜呼！乱臣贼子，犹蝮蛇也，其所螫草木，犹足以杀人，况其所噬啮者欤？郑小同为高贵乡公侍中，尝诣司马师，师有密疏，未屏也，如厕，还，问小同："见吾疏乎？"曰："不见"。师曰："宁我负卿，无卿负我。"遂鸩之。王允之从王敦夜饮，辞醉先寝，敦与钱凤谋逆，允之已醒，悉闻其言。虑敦疑己，遂大吐，衣面皆污。敦果照视之，见允之卧吐中，乃已。哀哉小同！殆哉岌岌乎允之也！孔子曰："危邦不入，乱邦不居。"有以也夫！

吾读史得鲁隐公、晋克里、秦李斯、郑小同、王允之五人，感其所遇祸福如此，故特书其事，后之君子，可以览观焉。

【鉴赏】

文章标题，各本不一，郎晔《经进东坡文集事略》作《隐公论》，今从之。文章论述了鲁隐公、晋里克、秦李斯、郑小同、王允之五人的"所遇祸福"，写出了五人的"智""愚"，继而揭示了公子、赵高等形形色色的乱臣贼子，把他们比作强盗、蝮蛇，无论人君、人臣，倘若不明智对付，反而采取愚而听之任之以保己的错误措施，必然纵恶后患，而招致杀身之祸。

就写作艺术来说，文章一共有如下特点：

一、峣然类出，一线贯穿

文章并非单纯地写一人一事，而是广泛地写了五个人的事迹，题为《隐公论》，而隐公的事并未贯穿始终。茅坤说这是一篇"奇文"。文章正是以"奇"成名的，奇就奇在杂而不乱，形散而神不散。写法上确有独到之处，非同一般。

全文分五段，第一段，以"鲁隐公不幸"立案。鲁隐公与桓公是异母兄弟，皆为鲁惠公的庶子。桓公是鲁夫人（名仲子）所生隐公没有"野心"，总想让弟弟成为掌权者。鲁国大夫公子翚，企图谋得宰相之位，就对隐公说，把桓公杀了，以绝后患。隐公说："桓公还小，到时候我还要把国家交给他呢！"公子翚怕隐公对自己不利，就反过来在桓公面前诬陷隐公，并且把隐公杀了。文章就此立案，以此事为起点，并围绕此事展开全面论述。

第二段，述说隐公不杀公子翚却反被其害，是非常不明智的。作者在这一段中做出一个假设：假如隐公杀了公子翚并且把君位让给桓公，那么即使是以贤仁出名的伯夷、叔齐又哪能赶得上呢！晋献公伐骊戎国时得一妃子，叫“骊姬”，她生子奚齐，后与宫廷艺人优施私通。骊姬意图杀害公子申生，然后立自己的儿子奚齐为太子。最让她担心的是老臣里克不许。最终里克为了保护自己，答应“中立”，称疾不朝。“三旬”后，骊姬阴谋得逞，将太子申生杀死。而里克结果还是“不免惠公之诛”。与此遭遇差不多相同的是秦丞相李斯。秦始皇死后，宦官赵高企图废太子扶苏，立胡亥（秦始皇次子），李斯不同意。李斯在赵高威胁诱惑下，合谋废扶苏，立胡亥为秦二世。不久，赵高诬陷李斯意图谋反，腰斩李斯于咸阳，夷灭三族。苏轼在合叙了里克、李斯类似的遭遇后，单写李斯，假使当初李斯不受赵高的诱惑，即刻召集文武百官及六师统帅，当众宣布赵高的罪行，处斩赵高，立公子扶苏为二世，那么李斯的结局定会改写。可惜李斯没有此“智”。

第三段，会觉得文章写得特别散，自然而然会产生这样的问题，此段为什么不继续写鲁隐公？为什么突兀而出里克和李斯？他们之间有什么样的联系呢？是怎样关联起来的呢？这里采用的是“同类相证”法，也就是说，第三段仍然是为了论证第一段的“主案”，并非离题，而是与主题紧紧相连的。鲁隐公、晋里克、秦李斯，三人的相同特征是不明智，他们之间是以“智”字为线索关合起来的，此处采用的是“一字贯穿”法。

第四段，既不续写鲁隐公，也不续写里克、李斯，而是写郑小同和王允之两人之间的事情。郑小同，郑玄的孙子，郑益恩的遗腹子。魏帝曹髦时任侍中，司马昭怀疑他偷看了自己的密信，于是就用毒酒将他毒死了（文中说是司马师毒死小同，系苏轼误记）。有一次，夜晏后，允子入睡，听见王敦与钱凤意图谋反。允子智慧过人，担心王敦为了灭口而杀害自己，于是佯装酒醉呕吐，不省人事，消除了王敦的疑念，才幸免于难。

第五段，表明写此文的目的，特书隐公等五人“智愚祸福”之事，为了后人吸取经验教训。“事核而理当，直达所见，不用反复以为波澜，于子瞻诸论中，更觉峣然而出其类”（见《唐宋文举要》）。这五人五事皆“峣然出其类”，又以“智”字一线贯穿始终，使主题明确而集中，结构完整而严谨，内容多而不乱。

二、鳞爪时露，身首未见

姚鼐说："奇肆飘忽，其神气盖近《孟子》。"(《古文辞类纂》)吴北江说："其神远，使人莫测其发端所由。要其感喟贯输处，有以主其辞者，所引五人皆云雾耳，鳞爪时时一露，身首固未见也。《志林》多如此。"(见《唐宋文举要》)姚、吴二人的看法，可以概括为"鳞爪时露，身首未见"，体现了苏轼此文奇肆飘忽的写作风格，这是文章的第二个特点。这样写的好处在于：(一)可以抓住重点，突出主旨，以点带面，以少胜多，节省笔墨。(二)仅写一鳞一爪，使人想见全龙，给人以联想的空间和回味的余地。(三)表现文章奇肆飘忽的风格，给人以奇妙又迷离缥缈的美感。

三、比喻新颖，深化文意

文章用了两个比喻，其一是强盗用兵器比画成杀人的样子，是要杀人的，因此人们一定要把强盗杀死，过路的人也要一同追捕强盗。这是人人皆知的社会现象，作者以此作比："隐公之智曾不若途之人也。"这里以民比君，用人皆尽知的事情来比喻较难理解的人或事物。这样写，可使读者更加深刻地体会到隐公的"不敏于智"。其二是："呜呼！乱臣贼子，犹蝮蛇也，其所螫草木，犹足以杀人，况其所噬啮者欤？"在文章第四段的开头使用这一比喻，在结构上起了承上启下的作用，从反面把公子、骊姬、优施、赵高、司马师(应是司马昭)、王敦等"乱臣贼子"结合起来，从而深化了文意，突出了题旨。苏轼这样用比，不禁令人叹为妙笔。

六国论

春秋之末，至于战国，诸侯卿相，皆争养士自谋。其谋夫说客、谈天雕龙、坚白同异之流，下至击剑扛鼎，鸡鸣狗盗之徒，莫不宾礼。靡衣玉食，以馆于上者，不可胜数。越王勾践有君子六千人，魏无忌、齐田文、赵胜、黄歇、吕不韦，皆有客三千人，而田文招致任侠奸人六万家于薛，齐稷下谈者亦千人，魏文侯、燕昭王、太子丹，皆致客无数，下至秦、汉之间，张耳、陈余号多士，宾客厮养皆天下俊杰，而田横亦有士五百人。其略见于传记者如此。度其馀当倍官吏而半农夫也。此皆役人以自养者，民何以支而国何以堪乎？

苏子曰：此先王之所不能免也。国之有奸，犹鸟兽之有鸷猛，昆虫之有毒螫也。区处条别，使各安其处，则有之矣；锄而尽去之，则无是道也。吾考之世变，知六国之所以久存，而秦之所以速亡者，盖出于此，不可不察也。

夫智、勇、辩、力，此四者皆天民之秀杰也，类不能恶衣食以养人，皆役人以自养也。故先王分天下之富贵与此四者共之。此四者不失职，则民靖矣。

四者虽异，先王因俗设法，使出于一：三代以上出于学，战国至秦出于客，汉以后出于郡县，魏晋以来出于九品中正，隋、唐至今出于科举。虽不尽然，取其多者论之。

六国之君虐用其民，不减始皇二世，然当是时百姓无一叛者；以凡民之秀杰者，多以客养之，不失职也。其力耕以奉上，皆椎鲁无能为者，虽欲怨叛，而莫为之先，此其所以少安而不即亡也。

始皇初欲逐客，用李斯之言而止；既并天下，则以客为无用。于是任法而不任人，谓民可以恃法而治，谓吏不必才，取能守吾法而已。故堕名城，杀豪杰，民之秀异者散而归田亩，向之食于四公子、吕不韦之徒者，皆安归哉？不知其槁项黄馘以老死于布褐乎？抑将辍耕太息以俟时也？

秦之乱虽成于二世，然使始皇知畏此四人者，有以处之，使不失职，秦之亡不至若是其速也。纵百万虎狼于山林而饥渴之，不知其将噬人。世以始皇为智，吾不信也。

楚汉之祸，生民尽矣，豪杰宜无几；而代相陈豨过赵从车千乘，萧、曹为政，莫之禁也。至文、景、武之世，法令至密，然吴濞、淮南、梁王、魏其、武安之流，皆争致宾客。岂惩秦之祸，以谓爵禄不能尽縻天下士，故少宽之，使得或出于此也邪？

若夫先王之政则不然，曰："君子学道则爱人，小人学道则易使也。"呜呼，此岂秦汉之所及哉？

【鉴赏】

这里的《六国论》是论里的第十四篇苏轼的史论有进论二十二篇，论十六篇，共三十八篇。秦灭六国是历史上极其重大的事件，所以历来评论这个问题的史论文字很多。苏洵的六国论指出六国失败的原因在于赂秦，而苏辙的《六国论》则指责六国的谋士昧于天下大势，不能制定自安之计，并且提出六国应该采取“厚韩、亲魏以摈秦”的措施。而苏轼的这篇《六国论》却与众不同，别开生面，提出六国养士而久存、秦朝逐士以速亡的新的观点。

这篇文章开头便大量引用史事，说春秋之末，至于战国，诸侯卿相，皆争养士自谋。下至秦汉之间仍有养士之风。“度其馀当倍吏而半农夫也。……”“馀”字在这里的意思是“总数”。（这一义项，《辞源》《辞海》均失引。魏、张揖《广雅》卷三下《释诂》“余、凡、总、同，皆也。”）这句话说的是，所养的客的总数，估计是全国官吏的一倍，全国农民的一半差不多。这些人都是让别人养活的，人民如何能供养得起，国家又如何能受得了呢？这是个设问句，提出问题，引起读者注意，吸引读者阅读兴趣，下面再加以解释。

苏轼的解释是，智、勇、辩、力这四种人通通是人民中的杰出人物，这类人或许都不安于吃糠咽菜去奉养别人，而是想通过役使别人来供养自己。因此古代帝王把这四类人安顿好之后，天下就太平安静了。

六国的国君虽然一点也不比秦始皇仁慈，可是他们却能“久存”，就是因为他们让这四种人得到了安顿。农民想造反也没有带头人。到了秦始皇统一中国后便把这四种人驱散，让他们同农民一样去耕种，他们会安心种地，而不造反吗？

苏轼的文章所说的道理，是前人从来没有想到和论发过的。贾谊的《过秦论》认为秦朝之所以灭亡，主要是因为秦施暴政，不讲仁义。杜牧的《阿房宫赋》描写出阿房宫的金碧辉煌，宫女多而且艳，珠宝珍奇，被视如瓦砾，极言秦始皇压榨无厌，挥霍无度，以致自取灭亡。他写道：“嗟夫，使六国各爱其人，则足以拒秦；秦复爱六国之人，则递三世，可至万世而为君，谁得而族灭之也？秦人不暇自哀，而后人哀之。后人哀之而不鉴之，亦使后人而复哀后人也。”这两篇文章写得都很好，极有新意，而苏轼在他们以后数百年，不愿沿袭前人的说法，而且言之有理。读者对此，宜反复品味，来回推敲，不应轻易放过。

论商鞅

商鞅用于秦，变法定令，行之十年，秦人大悦，道不拾遗，山无盗贼，家给人足，民勇于公战，怯于私斗，秦人富强，天子致胙于孝公，诸侯毕贺。

苏子曰：此皆战国之游士邪说诡论，而司马迁闇于大道，取以为史。吾尝以为迁有大罪二，其先黄老后六经，退处士进奸雄，盖其小小者耳。所谓大罪二，则论商鞅、桑弘羊之功也。自汉以来，学者耻言商鞅、桑弘羊，而世主独甘心焉，皆阳讳其名，而阴用其实，甚者则名实皆宗之，庶几其成功，此司马迁之罪也。

秦固天下之强国，而孝公亦有志之君也，修其政刑十年，不为声色畋游之所败，虽微商鞅，有不富强乎？秦之所以富强者，孝公敦本力穑之效，非鞅流血刻骨之功也。而秦之所以见疾于民，如豺虎毒药，一夫作难，而子孙无遗种，则鞅实使之。至于桑弘羊，斗筲之才，穿窬之智，无足言者。而迁之言曰“不加赋而上用足。”善乎，司马光之言也，曰：“天下安有此理？天地所生财货百物，止有此数，不在民则在官。譬如雨泽，夏涝则秋旱。不加赋而上用足，不过设法阴夺民利，其害甚于加赋也。”二子之名在天下，如蛆蝇粪秽也，言之则污口舌，书之则污简牍；二子之术，用于世者，灭国残民，覆族亡躯者，相踵也。而世主独甘心焉，何哉？乐其言之便己也。

夫尧、舜、禹、汤，世主之父师也。谏臣弼士，世主之药石也。恭敬慈俭，勤劳忧畏，世主之绳约也。今使世主日临父师而亲药石，履绳约，非其所乐也。故为商鞅、桑弘羊之术者，必先鄙尧笑舜而陋禹也。曰：所谓贤主者，专以天下适己而已。此世主所以人人甘心而不悟也。

世有食钟乳、乌喙而纵酒色以求长年者，盖始于何晏。晏少而富贵，故服寒食散以济其欲，无足怪者。彼之所为，足以杀身灭族者，日相继也，得死于服寒食散，岂不幸哉！而吾独何为效之。世之服寒食散疽背呕血者，相踵也，用商鞅、桑弘羊之术破国亡宗者，皆是也。然而终不悟者，乐其言之美便，而忘其祸之惨烈也。

【鉴赏】

这篇论文表面上是苏轼评论商鞅变法的功与过。实际上苏轼在这里不过是借此言比，暗示对王安石变法的彻底否定。

在文章中，苏轼对商鞅变法是全面否定的。他认为司马迁在《史记》里肯定商鞅变法有功绩，是司马迁的一大错误。司马迁说因为有了变法，秦国“不加赋而上用足”。苏轼认为这是无稽之谈。他通过引用司马光的话来驳斥说：“天下安有此理？天地所生财货百物，止有此数，不在民则在官。譬如雨泽，夏涝则秋旱。不加赋而上用足，不过设法阴夺民利，其害甚于加赋也。”这个评论确实存在一定的道理。

然后苏轼对司马迁肯定的商鞅、桑弘羊极力贬斥说：“二子之名在天下，如蛆蝇粪秽也，言之则污口舌，书之则污简牍；二子之术，用于世者，灭国残民，覆族亡躯者，相踵也。”最后，苏轼又将商鞅变法比作药石，举出何晏服寒食散致死的事例。故苏轼说：“彼之所为，足以杀身灭族者，日相继也，得死于寒食散，岂不幸哉！”《石林避暑录话》“寒食散谓即五石散，孙真人载于千金方中，六朝时人好服之，如晋之何晏、裴秀及魏道武、献文二帝均服是散致疾。”苏轼说：历代服寒食散致疾者是非常多的，但世主之所以不醒悟，是因为“乐其言之美便，而忘其祸之惨烈也”。他在这里对世主的批评，实际上是希望宋神宗醒悟。

苏轼全面否定商鞅变法是有一定偏差的。商鞅的功绩是史学家们早已肯定的。实际上苏轼对商鞅变法有些地方还是肯定的。例如，他在改革吏治措施《厉法禁》里说道：“厉法禁自大臣始”，应通过“击天下之大族，以服小民之心”。这与商鞅的“用法始于贵戚大臣而后及于疏贱”的道理是完全一致的。他完全赞成商鞅试法从大臣始的做法。

其实，苏轼也是革新派。但他反对王安石在革新中下“猛药”，也就是反对“骤变”。苏轼主张“渐进”。他在《问养生》里把这个道理讲得非常清楚。他说：“寒暑之极，至于胶折（冷到极点可使胶折断）流金（热到极点可使金属熔化），而物不以为病，其变者微也。寒暑之变，昼与日俱逝，夜与月并驰，俯仰之间屡变，而人不知者，微之至，和之极也。使此二极者相寻而狎至，则人之死久矣。”苏轼的二十五篇主张改革的《进策》是全面的完整的深刻的，有的甚至比王安石新法更加厉害，只不过是“渐进”罢了。因此朱熹曾说过：“二公（王安石、苏轼）之学皆不正。……东坡初

年若得用，未必其患不甚于荆公。”(《朱子语类》卷一百三十)

后来王安石新法彻底失败，司马光任相，苏轼此时也被诏还朝。这时司马光主张尽废新法，苏轼又持不同意见。他对司马光说：“公所欲行者皆上顺天心，下合人望，无可疑者。惟免役一事未可轻议。”由于苏轼持不同意见，又使司马光等感到不悦，把苏视为王安石第二，最后又被贬官。

这篇论文实际上是一篇驳论，即驳斥司马迁对商鞅变法的肯定。文章里不断引经据典，又以通俗事例做说明，语言辛辣讽刺，入骨三分，气势咄咄逼人，鞭辟入里。但文中确有感情用事之处，从中可以看出他对王安石新法确实是深恶痛绝的。

始皇论

秦始皇时，赵高有罪，蒙毅按之当死，始皇赦而用之。长子扶苏好直谏，上怒，使北监蒙恬兵于上郡。始皇东游会稽，并海走琅邪，少子胡亥、李斯、蒙毅、赵高从，道病，使蒙毅还祷山川，未及还，上崩。李斯、赵高矫诏立胡亥，杀扶苏、蒙恬、蒙毅，卒以亡秦。

苏子曰：“始皇制天下轻重之势，使内外相形，以禁奸备乱者，可谓密矣。蒙恬将三十万人，威振北方，扶苏监其军，而蒙毅侍帷幄为谋臣，虽有大奸贼，敢睥睨其间哉。不幸道病，祷祠山川，尚有人也，而遣蒙毅，故高、斯得成其谋。始皇之遣毅，毅见始皇病，太子未立，而去左右，皆不可以言智。虽然，天之亡人国，其祸败必出于智所不及。圣人之治天下，不恃智以防乱，恃吾无致乱之道耳。始皇致乱之道，在用赵高。夫阉尹之祸，如毒药猛兽，未有不裂肝碎首者也。自书契以来，惟东汉吕强、后唐张承业，二人号称善良。岂可望一二于千万，以徼必亡之祸哉？然世主皆甘心而不悔。如汉桓、灵，唐肃、代，犹不足深怪。始皇、汉宣皆英主，亦湛于赵高、恭、显之祸。彼自以为聪明人杰也，奴仆熏腐之馀何能为？及其亡国乱朝，乃与庸主不异。吾故表而出之，以戒后世人主如始皇、汉宣者。”

或曰：“李斯佐始皇定天下，不可谓不智。扶苏亲始皇子，秦人戴之久矣，陈胜假其名，犹足以乱天下。而蒙恬持重兵在外，使二人不即受诛而复请之，则斯、高无遗类矣。以斯之智，而不虑此，何哉？”苏子曰：“呜呼！秦之失道，有自来矣。岂独始皇之罪？自商鞅变法，以殊死为轻典，以参夷为常法。人臣狼顾胁息，以得死为幸。何暇复请？方其法之行也，求无不获，禁无不止，鞅自以为轶尧、舜而驾汤、武矣。及其出亡而无所舍，然后知为法之弊。夫岂独鞅悔之，秦亦悔之矣。荆轲之变，持兵者熟视始皇环柱而走，莫之救者，以秦法重故也。李斯之立胡亥，不复忌二人者，知威令之素行，而臣子不敢复请也。二人之不敢复请，亦知始皇之鸷悍而不可回也，岂料其伪也哉？周公曰：‘平易近民，民必归之。’孔子曰：‘有一言而可以终身行之者，其恕矣乎！’夫以忠恕为心，而以平易为政，则上易知而下易达。虽有卖国之奸，无所投其隙，仓卒之变，无自发焉。然其令行禁止，盖有不及商鞅者矣。而圣人终不以彼易此，商鞅立信于徙木，立威于弃灰，刑其亲戚师傅，积威信之极，以及始皇。秦人视其君如雷电鬼神之不可测也。古者公族有罪，三宥然后制刑，今至使人矫杀其太子而不忌，太子亦不敢请，则威信之过也。故夫以法毒天下者，未有不反中其身，及其子孙者也。汉武与始皇，皆果于杀者也。故其子如扶苏之仁，则宁死而不请。如戾太子之悍，则宁反而不诉，知诉之必不察也。戾太子岂欲反者哉？计出于无聊也。故为二君之子者，有死与反而已。李斯之智，盖足以知扶苏之必不反也。吾又表而出之，以戒后世人主之果于杀者。”

【鉴赏】

文章标题各本有所不同，郎晔《经进东坡文集事略》作《始皇论》，今从之。苏轼此文，目的是为了论述秦朝速亡的主要原因，秦朝灭亡除了误用奸臣赵高之外，还在于秦国自商鞅变法以来的“为法之弊”，用这件事是借古讽今，暗喻王安石变法的错误和对国家的巨大危害。

一、首段立案法

文章开头先写“秦始皇时，赵高有罪，蒙毅按之当死，始皇赦而用之”，首段立案，以后各段再详细加以论述。《志林》十三论之中，多采用此法。

二、一字连贯法

文章第二段，指出国家迅速衰败灭亡，必出于“智所不及”。始皇使蒙毅祷山川，而蒙毅见始皇病，太子未立，作为帷幄谋臣而离去，两人均是不明智的。第三段，开头说："李斯佐始皇定天下，不可谓不智。"段末又说："李斯之智，盖足以知扶苏之必不反也。""智"字像一条红线贯穿始终，我们把这种笔法叫作"一字连贯法"，东坡《志林》"论古十三首"之中就多用此法。

三、设问自答法

文章第三段采用的是设问自答的笔法。开头用"或曰"提出问题：扶苏是始皇长子，蒙恬持有重兵在外，假使二人不受株而保护在扶苏的左右，斯、高的阴谋就不会得逞。李斯有智，为何不考虑这种局面呢？然后用"苏子曰"来回答这个问题，表明自商鞅以来秦国"为法之弊"，始皇鸷悍而不可回，因此李斯猜测扶苏、蒙恬不敢复请。败亡的结局就是必然的。苏子文势雄健，议论精凿，使人深信不疑。

四、虚实并用法

在苏子的答话中，采用了虚实结合的写作方法。虚实并用，便于说理达意，使文章的表达水平有了整体的提高。

五、详略结合法

此法与虚实并用法是相辅相成的。通过写苏子的答话虚写商鞅变法之弊，这一部分是文章的关键之处，因此作者"详说"。有详有略，详略得体，配合确切而成文。由此可见"虚实详略"，在文章中是能够相互配合使用的。

五、主客并举法

文章第二段为了说明秦始皇犯的一个大错误就是任用并相信了赵高，于是，汉宣帝就被拉出做"陪客""始皇、汉宣皆英主，亦湛（沉没，淹死）于赵高、恭、显之祸。彼自以为聪明人杰也，奴仆熏腐之馀何能为？及其亡国乱朝，乃与庸主不异。吾故表面出之，以戒后世人主如始皇、汉宣者。"在这一段的阐述当中，始皇是主人，汉宣是陪客。作者采用"主客并举"的笔法，以便突出始皇。再如第三段在写始皇果敢杀人时说："汉武与始皇，皆果于杀者也。故其子如扶苏之仁，则宁死而不请；如戾太子之悍，则宁反而不诉，知诉之必不察也。"这里始皇主要写作对象，汉武帝作为陪衬出现。作者采用"主客并举"的笔法，目的仍是为了突出始皇。在文章中附入客体，主客并举，以便于突出主体，这绝对是一种行之有效的陪衬笔法，但有一点需要特别注意，千万不能喧宾夺主。

六、反引其类法

文章第二段写道："始皇致乱之道，在于赵高。夫阉尹之祸，如毒药猛兽，未有不裂肝碎首者也。自书契以来，惟东汉吕强、后唐张承业，二人号称善良。岂可望一二于千万，以徼必亡之祸哉？然世主皆甘心而不悔。如汉桓、灵，唐肃、代，犹不足深怪。始皇、汉宣皆英主，亦湛于赵高、恭、显之祸。"两人在宦官中号称善良。此文说宦官如同毒药猛兽，"未有不裂肝碎首者也"，用"未有"二字将其全盘否定，又用"惟"单独提出吕、张是其中的"善良"，这种看似矛盾而实不矛盾的现象，在修辞学上被叫作"提独"（或特选）辞格。这种辞格有突出、强调、提重的修辞效果。这种笔法，也是"反引其类"的笔法。这种笔法，可使文章内容更加丰富多彩，正反两面对比鲜明，而且在结构上可使文章顿挫自如，自由开阖，实是提高文章质量的妙法之一。

策略（一）

臣闻天下治乱，皆有常势。是以天下虽乱，而圣人以为无难者，其应之有术也。水旱盗贼，人民流离，是安之而已也。乱臣割据，四分五裂，是伐之而已也。权臣专制，擅作威福，是诛之而已也。四夷交侵，边鄙不宁，是攘之而已也。凡此数者，其于害民蠹国，为不浅矣。然其所以为害者有状，是故其所以救之者有方也。

天下之患，莫大于不知其然而然，不知其然而然者，是拱手而待乱也。国家无大兵革，几百年矣。天下有治平之名，而无治平之实，有可忧之势，而无可忧之形，此其有未测者也。方今天下，非有水旱盗贼人民流离之祸，而咨嗟怨愤，常若不安其生。非有乱臣割据四分五裂之忧，而休养生息，常若不足于用。非有权臣专制擅作威福之弊，而上下不交，君臣不亲。非有四夷交侵边鄙不宁之灾，而中国皇皇，常有外忧。此臣所以大惑也。

今夫医之治病，切脉观色，听其声音，而知病之所由起，曰："此寒也，此热也"，或曰"此寒热之相搏也"，及其他，无不可为者。今且有人恍然而不乐，问其所苦，且不能自言，则其受病有深而不可测者矣，其言语饮食，起居动作，固无以异于常人，此庸医之所以为无足忧，而扁鹊、仓公之所以望而惊也。其病之所由起者深，则其所以治之者，固非卤莽因循苟且之所能去也。而天下之士，方且掇拾三代之遗文，补葺汉，唐之故事，以为区区之论，可以济世，不已疏乎！

方今之势，苟不能涤荡振刷，而卓然有所立，未见其可也。臣尝观西汉之衰，其君皆非有暴鸷淫虐之行，特以怠惰驰废，溺于宴安，畏期月之劳，而忘千载之患，是以日趣于亡而不自知也。夫君者，天也。仲尼赞《易》，称天之德曰“天行健，君子以自强不息”。由此观之，天之所以刚健而不屈者，以其动而不息也。惟其动而不息，是以万物杂然各得其职而不乱，其光为日月，其文为星辰，其威为雷霆，其泽为雨露，皆生于动者也。使天而不知动，则其块然者将腐坏而不能自持，况能以御万物哉！苟天子一日赫然奋其刚明之威，使天下明知人主欲有所立，则智者愿效其谋，勇者乐致其死，纵横颠倒无所施而不可。苟人主不先自断于中，群臣虽有伊吕稷契，无如之何。故臣特以人主自断而欲有所立为先，而后论所以为立之要云。

【鉴赏】

宋仁宗嘉祐六年（1061），苏轼经欧阳修推荐，参加制科考试，系统提出了自己的革新主张。《进策》二十五篇，分为《策略》五篇，《策别》十七篇，《策断》三篇。《策略》带有总论性质，提出了治国理民的总政策。献《进策》《进论》各二十五篇，但各篇的议论中心又各不相同。这篇《策略（一）》主要分析了当时的政治形势，提出了自己的政治主张。全文分三段。

第一段，泛论古代圣人的治国策略。总提一笔，接着以“乱”“术”二字为中心，连续使用四个排比句加以论述。“水旱盗贼，人民流离”“乱臣割据，四分五裂”“权臣专制，擅作威福”“四夷交侵，边鄙不宁”是写“乱”，有天灾，有人祸，有内忧，有外患，可见“乱”之严重。不同之“乱”，运用不同之“术”，这便是圣人的高明之处。作者论述圣人治乱之术，是为了铺垫下文写北宋的形势。这段文字，铺张排比，骈散结合，说理透辟，而又气势纵横。

第二段，对北宋的政治形势进行具体分析。作者认为当时的形势是

“天下有治平之名，而无治平之实”“非有……而……”四个相互对应的排比句，具体分析了当时社会存在的各种严重危机。“忞嗟怨愤，常若不安其生”，写人民生活艰难，哀鸿遍野；“休养生息，常若不足于用”，写国家财政赤字，入不敷出；“上下不交，君臣不亲”，写统治阶级内部离心离德，矛盾尖锐；“中国皇皇，常有外忧”，写边界不宁，外患未息。这些分析恰如其分，十分符合北宋的实际。接着作者用一个病人做比喻，来说明北宋。有一个病人，“问其所苦，且不能自信”“其言语饮食，起居动作，固无异于常人，此庸医之所以为无足忧，而扁鹊、仓公之所以望而惊也”。外表上没有病，庸医也认为其没有病，可名医“望而惊”，表明病体十分严重，不易医治。这正好如同北宋的形势，表面上看似太平，而实质隐患无穷。这个比喻，以故事的形式出现，简练、生动、形象，寓意深切，趣味盎然，使通篇为之生色。最后指出：“其病之所由起者深，则其所以治之者，固非卤（鲁）莽因循苟且之所能者也。”简单随便，鲁莽从事是不能治好国家弊病的。苏轼主张变革，但是要稳妥，要缓慢进行，而并非像王安石那样暴风骤雨般进行变法。

第三段，分三层论述。第一层首先提出了自己的变革主张：“方今之势，苟不能涤荡振刷，而卓然有所立，未见其可也。”这就是要破旧立新，要有卓越的建树。然后举西汉君主的历史事实，说明必须要实行变革，告诫仁宗皇帝不要沉溺安乐，要居安思危，深谋远虑，以免国家趋于衰亡。第二层从将自己的变更主张引申到哲理的高度。作者使用孔子称赞《周易》“天行健，君子以自强不息”的话，进行阐述：“天之刚健而不屈者，以其动而不息也。惟其动而不息，是以万物杂然各得其职而不乱，其光为日月，其文为星辰，其威为雷霆，其泽为雨露，皆生于动者也。”宇宙万物的生命就在于运动，那么，国家的富强也要依靠于运动，依靠于变革。苏轼用运动的哲学观点，表述自己的变革主张，使自己的主张有了坚实的理论基础。第三层，对仁宗皇帝提出自己的希望。希望“奋起刚明之威”，要果断刚强，发奋有为，在政治上有所建树。倘若君主能做到这样，“则智者愿效其谋，勇者乐致其死，纵横颠倒无所施而不可”，那么什么事都可以办成了。

《策略（一）》只是大略地分析形势，提出变革主张，并未深入论述。从这篇文章中我们应重点了解两个问题。第一，苏轼是主张变革的，他的政治思想是进步的。面对国家潜伏的政治危机，必须实行变革：只有通过变革国家才有出路，才能走向富强。那么，他既然是要变革的，为何又反对王安石的变法呢？因为苏轼主张的变革是循序渐进的，而王安石的变法太过于激进和突变，废除一切旧法，完全实行新法，这是苏轼所不能接受的。这种观点明显受了儒家中庸思想的影响。主张变革是进步的，但是仅仅主张渐变，就有保守的一面。在当时的历史条件下，不如王安石的骤变。第二，苏轼认为宇宙万物都处在不断的运动当中，他的哲学思想是辩证统一的。“天之所以刚健而不屈者，以其动而不息也。”这种说法朴素明白而又深刻。其文之烟云舒卷，其诗之飞动流转，同他的运动观有着十分密切的关系。

策略（四）

天子与执政之大臣，既已相得而无疑，可以尽其所怀，直已而行道，则夫当今之所宜先者，莫如破庸人之论，以开功名之门，而后天下可为也。夫治天下譬如治水。方其奔冲溃决，腾涌漂荡而不可禁止也，虽欲尽人力之所至，以求杀其尺寸之势而不可得，及其既衰且退也，骎骎乎若不足以终日。故夫善治水者，不惟有难杀之忧，而又有易衰之患，导之有方，决之有渐，疏其故而纳其新，使不至于壅淤腐败而无用。嗟夫，人知江河之有水患也，而以为沼址之可以无忧，是乌知舟楫灌溉之利哉？

夫天下之未平，英雄豪杰之士，务以其所长，角奔而争利，惟恐天下一日无事也，是以人人各尽其材，虽不肖者，亦自淬励而不至于怠废，故其勇者相吞，智者相贼，使天下不安其生。为天下者，知夫大乱之本，起于智勇之士争利而无厌，是故天下既平，则削去其具，抑远天下刚健好名之士，而奖用柔懦谨畏之人，不过数十年，天下靡然无复往时之喜事也，于是能者不自愤发，而无以见其能，不能者益以驰废而无用。当是之时，人君欲有所为，而左右前后皆无足使者，是以纲纪日坏而不自知，此其为患，岂特英雄豪杰之士趑趄而已哉。

圣人则不然。当其久安于逸乐也，则以术起之，使天下之心翘翘然常喜于为善，是故能安而不衰。且夫人君之所恃以为天下者，天下皆为，而己不为。夫使天下皆为而已不为者，开其利害之端，而辨其荣辱之等，使之踊跃奔走，皆为我役而不辞，夫是以坐而收其功也。如使天下皆欲不为而得，则天子谁与共天下哉？今者治平之日久矣，天下之患，正在此也。臣故曰：破庸人之论，开功名之门，而后天下可为也。

今夫庸人之论有二，其上之人务为宽深不测之量，而下之士好言中庸之道。此二者，皆庸人相与议论，举先贤之言，而猎取其近似者，以自解说其无能而已矣。

夫宽深不测之量，古人所以临大事而不乱，有以镇世俗之躁，盖非以隔绝上下之情，养尊而自安也。誉之则劝，非之则沮，闻善则喜，见恶则怒，此三代圣人之所共也，而后之君子，必日誉之不劝，非之不沮，闻善不喜，见恶不怒，斯以为不测之量，不已过于！夫有劝有沮，有喜有怒，然后有间而可入；有间而可入，然后智者得为之谋，才者得为之用。后之君子，务为无闻，夫天下谁能入之。

古之所谓中庸者，尽万物之理而不过，故亦日皇极。夫极，尽也。后之所谓中庸者，循循焉为众人之所能为，斯以为中庸矣，此孔子、孟子之所谓乡原也。一乡皆称原人焉，无所往而不为原人。同乎流俗，合乎污世，曰：古之人何为踽踽凉凉，生斯世也，为斯世也，善斯可矣。谓其近于中庸而非，故曰“德之贼也”。孔子、孟子恶乡原之贼夫德也，欲得狂者而见之，狂者又不可得见，欲得狷者而见之，曰：“狂者进取，狷者有所不为也。”今日之患，惟不取于狂者、狷者，皆取于乡原，是以若此靡靡不立也。孔子，子思之所从受中庸者也；孟子，子思之所授以中庸者也。然皆欲得狂者、狷者而与之，然则淬励天下而作其怠惰，莫如狂者，狷者之贤也。臣故曰：破庸人之论，开功名之门，而后天下可为也。

【鉴赏】

在古代追求功名与富贵的思想贯穿了每个仕途之人的终生。作为一代君主，对这种思想是应该压抑、消蚀以堵功名之路，还是应该引导、发挥以开功名之门？这是任人治国的重要问题。针对这个问题，苏轼的看法是“破庸人之论，开功名之门”。这便是《策略（四）》的中心论点。只要破庸人之论，就能开功名之门。文章有立有破，深刻地阐明了中心论点。

全文分为两部分。第一部分写开功名之门。分两个层次进行论述。第一层，提出全文“破庸人之论，以开功名之门”的中心论点。任何事物都有两面性，功名对于国家同样有利也有弊。在提出论点之后，按常规来说应对论点做这样的阐发。但苏轼为文从不如此滞板，一向避实就虚，以喻代论。他以水为喻，巧妙地阐述了自己的论点。“善治水者，不惟有难杀之忧，而又有易衰之患，导之有方，决之有惭，疏其故而纳其新，使不至于壅淤腐败而无用。”任人治国也如同治水一样，应该“导之有方”，让功名之士为国家人民效力，变不利因素为有利因素，这个比喻深刻形象，使文章活泼生动；第二层，从反面阐述论点。治理天下的人，看到英雄豪杰“角奔而争利”“勇者相吞，智者相贼，使天下不安其生”。没有能化弊为利，发生了明显的弊端，使国家萎靡不振。“能者不自愤发，而无以见其能，不能者益以驰废而无用”。人君想有所作为，“而左右前后皆无足使者，是以纲纪日坏而不自知”。圣人的这种做法，就是开功名之路，化弊为利，使功名之士不再为自己“角奔而争利”，而是奋发为国。

第二部分，破庸人之论。第一层，提出“庸人之论有二，其上之人务为宽深不测之量，而下之士好言中庸之道。”第二层，先提出“务为宽深不测之量”的论点。苏轼的话是从《庄子》中演变出来的，庸人所谓的“宽深不测之量”，实质上就是庄子的齐万物、一毁誉、泯是非、轻名利的思想。这种思想对治国是十分不利的。苏轼在《议学校贡举状》一文中非常明白地指出：“使天下之士能如庄周齐生死、一毁誉、轻富贵、安贫贱，则人主之名器爵禄，所以砺世靡钝者废矣！”韩非于也说：“贵之誉之不劝，罚之毁之不畏，四者加焉不变，则其除之。”(《外储说右上》)只有破除这种庸人之论，“有劝有沮，有喜有怒，之后有间而可入；有间而可入，随后智者得为之谋，才者得为之用”。通俗地讲，也就是开功名之门，让功名之士为国效力。立中有破，破中有立。第三层，破“中庸之道”。文章先指出“古之所谓中庸者，尽万物之理而不过”，精通万物的道理但又不超过。这就明确指出庸人所说的“中庸”并非儒家的“中庸”，而是孔、孟所反对的“乡原”。

苏轼一生信奉儒家“执其两端，用其中于民”的中庸之道，即对任何事都拒绝走极端，而要采取一个中和的方法，但这并不是放弃自己的原则来调和双方。然后文章描绘了“乡原”的处世态度：“同乎流俗，合乎污世，曰：古之人何为踽踽凉凉，生斯世也，为斯世也，善斯可也。”孔子、孟子厌恶“乡原”败坏道德，想得到狂者（狂放，不守常规之人）、狷者（高傲、耿介之人），狂、狷之人虽有偏颇，但本质上不同于“乡原”的虚伪。最终，文章指出：“今日之患，惟不取于狂者、狷者，皆取于乡原，是以若此靡靡不立也。”“臣故曰：破庸人之论，开功名之门，而后天下可为也。”又引出文章中心论点，收束全文，一唱三叹，引人深思。

这篇《策略（四）》，立论有本有源，驳论有理有据。且能分析事物的矛盾双方用一分为二的辩证方法，指出功名思想的利和弊，提倡化弊为利，主张破庸人之论，开功名之门，以此振兴国家。文章辩锋犀利，气势充沛，通俗生动，说理透辟，颇能体现苏轼策论的作品风格。

策略（五）

其次莫若深结天下之心。

臣闻天子者，以其一身寄之乎巍巍之上，以其一心运之乎茫茫之中，安而为太山，危而为累卵，其间不容毫厘。

是故古之圣人，不恃其有可畏之资，而恃其有可爱之实，不恃其有不可拔之势，而恃其有不忍叛之心。何则？其所居者，天下之至危也。天子恃公卿以有其天下。公卿大夫士以至于民，转相属也，以有其富贵。苟不得其心，而欲羁之以区区之名，控之以不足恃之势者，其平居无事，犹有以相制。一旦有急，是皆行道之人，掉臂而去，尚安得而用之。

古之失天下者，皆非一日之故，其君臣之欢，去已久矣，适会其变，是以一散而不可复收。方其未也，天子甚尊，大夫士甚贱，奔走万里，无敢后先，俨然南面以临其臣，曰：天何言哉！百官俯首就位，敛足而退，兢兢惟恐有罪，群枉相率为苟安之计，贤者既无所施其才，而愚者亦有所容其不肖，举天下之事，听其自为而已。及乎事出于非常，变起于不测，视天下莫与同其患，虽欲分国以与人，而且不及矣。秦二世、唐德宗，盖用此术以至于颠沛而不悟，岂不悲哉！

天下者，器也。天子者，有此器者也。器久不用，而置诸箧笥，则器与人不相习，是以扞格而难操。良工者，使手习知其器，而器亦习知其手，手与器相信而不相疑，夫是故所为而成也。天下之患，非经营祸乱之足忧，而养安无事之可畏。何者？惧其一旦至于捍格而难操也。昔之有天下者，日夜淬励其百官，抚摩其人民，为之朝聘会同燕享，以交诸侯之欢。岁时月朔，致民读法，饮酒蜡腊，以遂万民之情。有大事，自庶人以上，皆得至于外朝以尽其词。犹以为未也，以五载一巡守，朝诸侯于方岳之下，亲见其耆老贤士大夫，以周知天下之风俗。凡此者，非以为苟劳而已，将以驯致服习天下之心，使不至于捍格而难操也。

及至后世，坏先王之法，安于逸乐，而恶闻其过。是以养尊而自高，务为深严，使天下拱手以貌相承，而心不服。其腐儒老生，又出而为之说曰：天子不可以妄有言也，史且书之，后世且以为讥。使其君臣相视不相知，如此，则偶人而已矣。天下之心既已去，而伥伥焉抱其空器，不知英雄豪杰已议其后。

臣尝观西汉之初，高祖创业之际，事变之兴，亦已繁矣，而高祖以项氏创残之余，与信、布之徒争驰于中原。此六七公者，皆以绝人之姿，据有土地甲兵之众，其势足以为乱，然天下终以不摇，卒定于汉。传十数世矣，而至于元、成、衰、平，四夷向风，兵革不试，而王莽一竖子乃举而移之，不用寸兵之铁，而天下屏息，莫敢或争，此其故何也？创业之君，出于布衣，其大臣将相，皆有握手之欢，凡在朝廷者，皆尝试挤掇，以知其才之短长，彼其视天下如一身，苟有疾痛，其手足不期而自救，当此之时，虽有近忧，而无远患。及其子孙，生于深宫之中，而狃于富贵之势，尊卑阔绝，而上下之情疏，礼节繁多，而君臣之义薄。是故不为近忧，而常为远患。及其一旦，固已不可救矣。

圣人知其然，是以去苛礼而务至诚，黜虚名而求实效，不爱高位重禄以致山林之士，而欲闻切直不隐之言者，凡皆以通上下之情也。昔我大祖、太宗既有天下，法令简约，不为崖岸。当时大臣将相，皆得从容终日，欢如平生，下至士庶人，亦得以自效。故天下称其言至今，非有文采缘饰，而开心见诚，有以入人之深者，此英主之奇术，御天下之大权也。

方今治平之日久矣，臣愚以为宜日新盛德，以鼓动天下久安怠惰之气，故陈其五事以备采择。其一曰：将相之臣，天下所恃以为治者，宜日夜召论天下之大计，且以熟观其为人。其二曰：太守刺史，天子所寄似远方之民者，其罢归，皆当问其所以为政，民情风俗之所安，亦以揣知其才之所堪。其三曰：左右扈从侍读侍讲之人，本以论说古今兴衰之大要，非以应故事备数而已，经籍之外，苟有以访之，无伤也。其四曰：吏民上书，苟小有可观者，宜皆召问优慰，以养其敢言之气。其五曰：天下之吏，自一命以上，虽其至贱，无以自通于朝廷，然人主之为，岂有所不可哉，察其善者，卒然召见之，使不知其所从来。如此，则远方之贱吏，亦务自激发为善，不以位卑禄薄无由自通于上而不修饰。使天下习知天子乐善亲贤恤民之心孜孜不倦如此，翕然皆有所感发，知爱于君而不可与为不善。亦将贤人众多，而奸吏衰少，刑法之外，有以大慰天下之心焉耳。

【鉴赏】

人心自古就是各代君王必争之地，因此才会有得人心者得天下，失人心者失天下，成为儒家政治思想的重要内容，也是苏轼这篇文章的议论中心。第一段，指出失天下之心，必然失去天下，从反面来阐述本文中心论点。天子的地位是最高贵的："以其一身寄之乎巍巍之上"；也是最危险的："其所居者，天下之至危也"。正是因为这个原因，天子才不能凭借自己的高位和权势来镇压人民，而必须深结天下之心。随后又具体描述"平居无事"和"一旦有急"时群臣的不同表现："方其未也，天子甚尊，大夫士甚贱，奔走万里，无敢后先，俨然南面以临其臣，曰：天何言哉！百官俯首就位，敛足而退，兢兢惟恐有罪。"君臣相悖，百官离散，只剩下孤家寡人了。这一段文字，有形象的人物素描，有深刻的议论，有生动的记叙，三者融会贯通，进一步阐明了失人心的严重后果，"秦二世、唐德宗、盖用此术以至于颠沛而不悟，岂不悲哉！"有情有理，以情动人，以理服人。

第二段，论证的天下人心的巨大作用。按照文章脉络，可分四层。第一层，先设一喻："天下者，器也。天子者，有此器者也。器久不用，而置诸箧笥，则器与人不相习，是以扞格而难操。""器久不用"，喻天下治平之日久。治平之日久，则群臣苟安怠惰，难以结其心，一旦有急，则"扞格而难操"，国家就危险了。因此作者认为"天下之患，非经营祸乱之足忧，而养安无事之可畏"。第二层，将后世君主同先王相对比。"先王为了结天下之心，是以养尊而自高，备为深严"，这样做的结果便失去天下之心，"使天下拱手以貌相承，而心不服"。第三层，以汉高祖同其后世子孙元、成、哀、平等君主相对比。"高祖创业之际，事变之兴，亦已繁矣……然天下终以不摇，卒定于汉。"可到了后世子孙手里，却因为失人心而使国家灭亡“创业之君，出于布衣，其大臣皆有握手之欢”，因此“虽有近忧，而无远虑”。到了后代子孙“尊卑阔绝，而上下之情疏，礼节繁多，而君臣之义薄”。失去天下之心，“是故不为近忧，而常为远患”。得人心和失人心的后果有巨大的反差，可谓泾渭分明，不容置疑。第四层，又例举本朝太祖、太宗，大臣将相“欢如平生”，被人称道的事实，劝告君主要深结天下之心。

第三段，提出结天下之心的五条具体措施。告诫君主要针对各级不同的官吏，采取不同的措施以结其心。总而言之，对各级官吏都需要广泛接触，关心抚慰，深入了解，上下相通。“使天下习知天子乐善亲贤恤民之心孜孜不倦如此，翕然皆有所感发，知爱于君而不可与为不善”这样才是真正做到了结天下之心，才能够永葆社稷，使国家长治久安。

综观全文，《策略（五）》所论述的结天下之心，重点是指“结官心”，是对孟子“君之视臣如手足，则臣视君如腹心，……君之视臣如土芥，则臣视君如寇仇”（《离娄下》）观点的进一步演绎和发挥。指出君爱臣，臣才能爱君，否定了完全拘守“礼”的君臣关系，反对臣子应绝对服从君命的做法。因此，比起孔、孟的思想无疑是前进了一步，但比起后世黄宗羲在《原君》《原臣》中所体现的对君臣关系的观点，则又落后了一步。这是历史的必然，不应过分苛求。

这篇文章的突出优点是气势浩大，抑扬顿挫。文章的气势，全在于抑扬之法。文章开门见山提出中心论点之后，指出天子“其所居者，天下之至危也”。如果失去天下之心，国家一旦有急，君臣相悖，众叛亲离，国家必亡。将文章推向第一个高潮。随后感情收敛，文笔婉曲，用舒缓的笔调，天下被比作器物，阐述了“手与器相信而不相疑”的道理。然后，又用后世之君同先王相对比遂将文章推向第二个高潮。以下叙述高祖创业，文笔舒缓，为之一抑。谈及后世子孙“上下之情疏”“及其一旦，固已不可救矣！”文笔忽又振起，把文章推向第三个高潮。结尾又用简洁的语文提出结天下之心的具体措施，收束全文。文思跌宕起伏，千回万转，造成了浩大的气势。

《范文正公文集》叙

庆历三年，轼始总角，入乡校，士有自京师来者，以鲁人石守道所作《庆历圣德诗》示乡先生，轼从旁窃观，则能诵习其词，问先生以所颂十一人者，何人也？先生曰："童子何用知之？"轼曰："此天人也耶，则不敢知；若亦人耳，何为其不可？"先生奇轼言，尽以告之，且曰："韩、范、富、欧阳，此四人者，人杰也。"时虽未尽了了，则已私识之矣。

嘉祐二年，始举进士，至京师，则范公殁，既葬而墓碑出。读之，至流涕曰："吾得其为人，盖十有五年，而不一见其面，岂非命也欤！"是岁登第，始见知于欧阳公，因公以识韩、富，皆以国士待轼，曰："恨子不识范文正公。"其后三年，过许，始识公之仲子今丞相尧夫。又六年，始见其叔彝叟京师。又十一年，遂与其季德孺同僚于徐，皆一见如旧，且以公遗稿见属为序。又十三年，乃克为之。

呜呼！公之功德，盖不待文而显，其文亦不待序而传。然不敢辞者，自以八岁知敬爱公，今四十七年矣。彼三杰者皆得从之游，而公独不识，以为平生之恨。若获挂名其文字中，以自托于门下士之末，岂非畴其之愿也哉。

古之君子，如伊尹、太公、管仲、乐毅之流，其王霸之略，皆素定于畎亩中，非仕而后学者也。淮阴侯见高帝于汉中，论刘、项长短，划取三秦，如指诸掌，及佐帝定天下，汉中之言，无一不酬者。诸葛孔明卧草庐中，与先主策曹操、孙权，规取刘璋，因蜀之资以争天下，终身不易其言。此岂口传耳受，尝试为之，而侥幸其或成者哉？

公在天圣中，居太夫人忧，则已有忧天下致太平之意，故为万言书以遗宰相，天下传颂。至用为将，擢为执政，考其平生所为，无出此书者。今其集二十卷，为诗赋二百六十八，为文一百六十五。其于仁义礼乐忠信孝悌，盖如饥渴之于饮食，欲须臾忘而不可得，如火之热，如水之湿。盖其天性，有不得不然者。虽弄翰戏语，率然而作，必归于此。故天下信其诚，争师尊之。孔子曰："有德者必有言。""非有言也，德之发于口者也。又曰："我战则克，祭则受福。"非能战也，德之见于怒者也。元祐四年，四月十一日。

【鉴赏】

本文是苏轼为范仲淹的文集写的一篇序言。“叙”通“序”。这篇文章一反序言对文集做介绍、评价的模式，主要陈述了自己从童年时代起就对范仲淹产生的崇敬之情。从表面看，与其说是序言，还不如说是一篇颂文。

本文自始至终都洋溢着作者对范公的仰慕之情。强烈的抒情性使这篇序言显得别具一格。

本文开头叙述了作者在孩童时代就对范公产生的敬仰之情。文中初识范公的具体描述，细致而又生动。使读者清楚感受到：范公已在作者幼小的心灵里留下了深刻印象。

作者在孩童时代私下“认识”范公之后，到了嘉祐二年（1057），苏轼进京考进士，得知范公已逝，并且看见了欧阳修为之写的“碑铭”。苏轼深感悲痛，感慨道：“吾得其为人，盖十有五年，而不一见其面，岂非命也欤！”只是作者第一次表现出遗憾的心情。这一年，苏轼见到欧阳公及韩琦、富弼之后，这几个人又一次对苏轼说：“恨子不识范文正公。”这是文中出现的第二次“遗憾”。作者虽然并未能见到范公本人，但有幸见到了范公的儿子尧夫（二子，纯仁）及德孺（四子，纯粹）。作者与范公的两个儿子“皆一见如旧”，作者受他们的委托，为《范文正公文集》写序。

于是作者发出慨叹：“呜呼！公之功德，盖不待文而显，其文不待序而传。然不敢辞者。彼三杰者皆得从之游，而公独不识，以为平生之恨。若获挂名其文字中，以自托于门下士之末，岂非畴昔之愿也哉。”这段话是作者强烈感情的抒写，其情之笃，感人肺腑。此处又一次正面指出自己未能见到范公“为平生之恨”，把情感的波澜推到了高潮。由于作者对范公异常崇敬，因此能为范公的文集写序，能把自己的名字排在范公的学生之列的末尾，这也算是一种安慰和荣幸了。

本文前三个自然段，是作者浓重感情的抒发。字里行间饱蘸着作者对范公的仰慕之情。这篇文章在写法上的另一特点是衬托的笔法。作者不仅从正面表达了自己对范公的深情，而且还以古人作比，衬托了范公的功绩。范公也像这些贤士、智者一样，既有忠心又有谋略，范公可以与这些“古之君子”相提并论，而范公不仅有谋略，还有表达自己思想的文章，更便于传于后世。

这篇文章从不同的方面强调了范公有深厚的品德修养。这恰恰是这篇文章的灵魂所在。由于范公的品德高尚，因此他名扬四海，受到人们的尊重，因而人们也都传播他的文章；所以说范公的文，也是因为有“德”才得以传扬。在这篇文章里，作者极力渲染了范公功德无量，并告诉人们范公的文章无不围绕、无不联系品德的内容，从侧面表现了范公文章的重要性。这恰恰是这篇文章的妙笔所在。

作者虽然并未从正面写范公的文治武功，但以“古之君子”与范公作比，范公的谋略、天资也不言而喻；作者虽然未正面论述范公《文集》中的文章怎么样，但却说范公的文章每每与其品德相联，其文的价值又在不言之中言明了。作者在文中用的这些衬托的笔法，不仅表达了作者对范公品德、功德的赞颂，而且也暗示出范公《文集》的价值。从作者所运用的衬托的笔法可以看出，这篇文章也圆满完成了“序言”的任务，称为序文，当之无愧。

这篇文章，突破以往序文的写作框框，没有介绍作者生平，没有评论文章的优劣，从表面看不像序言，但客观上却比正统的序言所起的传播作用大得多。这篇文章在序言类文体中，可谓独树一帜。

文与可字说

乡人皆好之，何如？曰：“未可也。”乡人皆恶之，何如？曰：“未可也。不如乡人之善者好之，其不善者恶之。”“善者好之，不善者恶之，足以为君子乎？”曰：“未也。”孔子为问者言也，以为贤于所问者而已。君子之居乡也，善者以劝，不善者以耻，夫何恶之有。君子不恶人，亦不恶于人。子夏之于人也，可者与之，其不可者拒之。子张曰：“君子尊贤而容众。嘉善而矜不能。”我之大贤欤，于人何所不容。我之不贤欤，人将拒我，如之何其拒人也。子张之意，岂不日与其可者，而其不可者自远乎？“使不可者而果远也，则其为拒也甚矣，而子张何恶于拒也？”曰：“恶其有意于拒也。”“夫苟有意于拒，则天下相率而去之，吾谁与居？然则孔子之于孺悲也，非拒欤？”曰：“孔子以不屑教诲为教诲者也，非拒也。夫苟无意于拒，则可者与之，虽孔子、子张皆然。”吾友文君名同，字与可。或曰：“为子夏者欤？”曰：“非也。取其与，不取其拒，为子张者也。”与可之为人也，守道而忘势，行义而忘利，修德而忘名，与为不义，虽禄之千乘不顾也。虽然，未尝有恶于人，人亦莫之恶也。故曰：与可为子张者也。

【鉴赏】

该文是杂感性的议论文。全文以“与可”二字为中心，用问答的方式，步步进逼，层层深入，篇末点明主旨。

《论语·子路》篇中载有子贡同孔子的一段问答：“子贡问曰：‘乡人皆好之，何如？’子曰：‘未可也”，乡人皆恶之，何如？’子曰：‘未可也，不如乡人之善者好之，其不善者恶之。’”文章开头，苏轼把《论语》中这段话去掉名字，便成了一般性的回答。随后又问：“善者好之，不善者恶之，足以为君子乎？”还不行。因为“君子之居乡也，善者以劝，不善者以耻，夫何恶之有。君子不恶人，亦不恶于人”。苏轼对子张的说法非常赞同，赞成与其“可”者，而不赞成非其“不可”者。行文至此，“与可”二字的含义，基本上说清了。但文章又扬起一笔：“使不可者而果远也，则其为非也甚矣，而子张何恶于拒也？”如果不可结交的人真的远远离开了，这对别人不是很过分吗？子张不是厌恶拒绝别人吗？这不也等于是拒绝吗？不是的，子张只是“恶其有意于拒绝他人。”“不可者而果远也”，责任不在子张。又问：“夫苟有意于拒，则天下相率而去之，吾谁与居？然则孔子之于孺悲也，非拒欤？”如果有意拒绝他人，那么天下人会相继离开我，我还能与谁在一起呢？孔子对于孺悲不是拒绝他了吗？苏轼认为：“孔子以不屑教诲为教诲也，非拒也。夫苟无意于拒则可者与之，虽孔子，子张皆然。”孔子是用“不屑教诲”的方式，进行教诲，使其受到重重刺激，幡然悔悟，可以收到事半功倍的效果。因此这不是“拒”“可者与之”，进一步阐发释了“与可”二字的含义。“吾友文君名同，字与可”。至此方才点出题目。或曰：“为子夏者欤？”“与可”二字的含义，是子夏说的那样吗？曰：“非也。取其与，不取其拒，为子张者也。”不是的，他只取子夏结交人的一面，而不取子夏拒绝人的一面。“与可”是子张说的那个意思，只结交别人，不有意拒绝别人。妙笔生花，此乃主旨所在。“与可之为人也，守道而忘势，行义而忘利，修德而忘名，与为不义，虽禄之千乘不顾也。虽然，未尝有恶于人，人亦莫之恶也。故曰：与可为子张者也。”高度赞扬了文同的崇高品德，表字“与可”，其为人处世，正是“与可”之义，其人、其字，完全一致，名实相符。

李太白碑阴记

李大白，狂士也。又尝失节于永王璘，此岂济世之人哉？而毕文简公以王佐期之，不亦过乎？

曰：士固有大言而无实，虚名不适于用者，然不可以料天下之士；士以气为主，方高力士用事，公卿大夫争事之，而太白使脱靴殿上，固已气盖天下矣。使之得志，必不肯附权幸以取容，其肯从君于昏乎？

夏侯湛赞东方生云：“开济明豁，包容宏大。陵轹卿相，嘲哂豪杰。笼罩靡前，跆藉贵势。出不沐显，贱不忧戚。戏万乘若僚友，视俦列如草介。雄节迈伦，高气盖世。可谓拔乎其萃，游方之外者也。”吾于太白亦云。

太白之从永王璘，当由迫胁；不然，璘王之狂肆寝陋，虽庸人知其必败也。太白识郭子仪之为人杰，而不能知璘之无成，此理之必不然者也。吾不可以不辨。

【鉴赏】

本文作于元祐七年十一月至次年九月之间。碑阴记是写在墓碑背面的文字。这篇《李太白碑阴记》文末落款是：“端明殿学士兼翰林侍读学士眉山苏轼撰。”据颜中其《苏东坡年表》：“元祐七年（1092）十一月，迁端明殿学士兼翰林、侍读学士、守礼部尚书。次年九月出知定州。”

苏轼此文，有以下特点：

一、反问开头，设问作答

文章可分两部分。第一部分提出世人对李白才干的不同看法：“李白是纵情任性豪放不羁的读书人，又失节投靠永王璘，这种人难道是济苍生、安社稷的人才吗”？第二句“毕士安认为，李白不但有一般的济世之才，而且有更大的‘王佐’之才，这种看法不也是过火的吗？”这一部分以反问开头，以设问结尾，从而引出下面的答案来。第二大部分回答第一部分提出的问题。作者先从李白“气盖天下”来回答，并且答得十分巧妙。用“固有”（本来就有）退让一步，再用“然”字转折，进而以“士以气为主”立论，之后提出李白令高力士脱靴为论据。当时高力士掌握实权，“公卿大夫”争先恐后地侍奉效劳、拍马屁，而李白敢于命令高力士脱靴，两者加以衬托对比，更显出李白的浩然之气。论据不必多，只要典型有力就行。于是便可得出结论。结论是：“使之得志，必不肯附权幸以取容，其肯从君于昏乎？”巧妙地回答了以上设问的问题。苏轼字里行间暗藏之意是，李白气盖天下，高于那班讨好高力士的“公卿大夫”，意即不但有一般的“济世之才”，而且有更大的“王佐”之才。虽说有之，不肯用之。文章妙就妙在这里。下文，苏轼借赞东方生的话来赞李白，说明李白虽狂放，但有“开济明豁”（开创大业，匡济危时而且豁达开阔）的才干和胸怀。文章最末一段，专评上文“失节于永王璘”的问题。

二、借花献佛，东冠李戴

第三段，借夏侯湛赞东方生的话来赞美李白。夏侯湛称赞他的话，概括起来有两点，一是“开济明豁”，这与志在“济苍生”“安社稷”的李白相似；二是“高气盖世”，这与“豪放不羁”“气盖天下”的李白又很相似。所以，苏轼才借夏侯湛赞东方生的话用在李白头上，“东”冠李戴，大体合适，真是一种巧合。

三、推论合理，失之不真

第四段，专就开头“失节于永王璘”句加以辩论。作者先为本段立论，提出“当由迫胁”的观点，随后采用“推理”的方法，加以论证，为“李白失节”辨冤。首先用“不然”从反面推理：永王璘狂妄放肆，容貌丑陋，所有人都可以看出他必定失败，何况有才华的李白呢！然后再从正面推理：李白能从囚犯中识别郭子仪是英雄，如有如此非凡的慧眼，反而能看不出永王璘不能成大事，这在道理上是说不通的。从以上两个推论中，论证李白从永王璘“当为迫胁”的观点。就本段“推理论证”的方法本身看，是合情合理而无懈可击的，但是本段史实上有两个致命之处。一是“太白识郭子仪为人杰”。新旧《唐书·李白传》中均有所记，与此大同小异。显然这个故事是为了宣扬“因果报应”的封建迷信思想而编造的。据今人詹锳教授详加考证，认为郭李相救“纯属伪托”（见《李白诗文系年》17页）。然而，苏轼不知其伪，竟以此事作为推理的根据。假如此事属实，苏氏推理自然具有十分强大的说服力，但此事“纯属委托”，苏氏推理则失去依据，显得苍白无力。

四、以点带面，重点选材

本文只是记在碑阴的一篇说明、辨析的文字，有别于正式的碑文，更与传记不同，不是全面系统地记述李白的一生，只是从一个侧面，谈一两个问题，况且李白一生的事迹很多，也不是这一篇小文所能表达得了的。所以，文章采取了“以点带面，重点选材”的笔法。

喜雨亭记

亭以雨名，志喜也。古者有喜，则以名物，示不忘也。周公得禾，以名其书；汉武得鼎，以名其年；叔孙胜敌，以名其子。其喜大小不齐，其示不忘一也。

余至扶风之明年，始治官舍。为亭于堂之北，而凿池其南，引流种树，以为休息之所。是岁之春，雨麦于岐山之阳，其占为有年。既而弥月不雨，民方以为忧。越三月，乙卯乃雨；甲子又雨，民以为未足。丁卯大雨，三日乃止。官吏相与庆于庭，商贾相与歌于市，农夫相与忭于野，忧者以喜，病者以愈，而吾亭适成。

于是举酒于亭上，以属客而告之，曰：“五日不雨可乎？”曰：“五日不雨则无麦。”“十日不雨可乎？”曰：“十日不雨则无禾。”“无麦无禾，岁且荐饥，狱讼繁兴而盗贼滋炽。则吾与二三子，虽欲优游以乐于此亭，其可得耶？今天不遗斯民，始旱而赐之以雨，使吾与二三子得相与优游而乐于此亭者，皆雨之赐也。其又可忘耶？”

既以名亭，又从而歌之，曰：“使天而雨珠，寒者不得以为襦；使天而雨玉，饥者不得以为粟。一雨三日，伊谁之力？民曰太守。太守不有，归之天子。天子曰不然，归之造物。造物不自以为功，归之太空。太空冥冥，不可得而名。吾以名吾亭。”

【鉴赏】

苏轼的这篇短文，开头就青山在目，写“亭以雨名，志喜也”，结尾是“归之太空，太空冥冥，不可得而名，吾以名吾亭”，让文章首尾相顾，浑然天成。

文章以“古者有喜，则以名物，示不忘也”总领一句，这是片言居要的写法。之后紧跟三个句式相同的复句：“周公得禾，以名其书；汉武得鼎，以名其年；叔孙胜狄，以名其子。”这正是文气贯通的语言特点。下文之“官吏相与庆于庭，商贾相与歌于市，农夫相与忭于野。忧者以喜，病者以愈，而吾亭适成”。这一语段，三叠两顿之后，“而吾亭适成”的句式一变，殿住前文，好像巨峰截流，戛然而止。这种排用句式变换交错，不止于此，下文更有奇者：“‘五日不雨’可乎？曰：‘五日不雨’则无麦。‘十日不雨’可乎？曰：‘十日不雨’则无禾。‘无麦无禾，岁且荐饥……’”“使无而雨珠，寒者不得以为襦；使天而雨玉，饥者不得以为粟”。这些句子不仅排用了问答句，而且以“珠”“襦”，“玉”“粟”为韵，都有海潮层涌的神理，山峦叠出的气势。

除此之外，像“民曰太守，太守不有；归之天子，天子曰不然；归之造物，造物不自以为功；归之太空，太空冥冥，不可得而名，吾以名吾亭”。这一语段，文章隔句顶真连珠，整齐处有参差，起伏中寓顿挫，如长河之水，奔流而下；“守”“有”为韵，“功”“空”同母，而“名”“亭”相叠，铿然做金石声。

我们在读苏轼文的过程中，要学会探索他构思的过程，体味他如何布局谋篇，贯穿文气，大约可得宋代何远在《春渚记闻》中所谈苏轼写文章时的境界——“惟作文章，意之所到，则笔力曲折，无不尽意”之趣。

眉州远景楼记

吾州之俗，有近古者三。其士大夫贵经术而重氏族，其民尊吏而畏法，其农夫合耦以相助。盖有三代、汉、唐之遗风，而他郡之所莫及也。始朝廷以声律取士，而天圣以前，学者犹袭五代之弊，独吾州之士，通经学古，以西汉文词为宗师。方是时，四方指以为迂阔。至于郡县胥史，皆挟经载笔，应对进退，有足观者。而大家显人，以门族相上，推次甲乙，皆有定品，谓之江乡。非此族也，虽贵且富，不通婚姻。其民事太守县令，如古君臣，既去，辄画像事之，而其贤者，则记录其行事以为口实，至四五十年不忘。商贾小民，常储善物而别异之，以待官吏之求。家藏律令，往往通念而不以为非，虽薄刑小罪，终身有不敢犯者。岁二月，农事始作。四月初吉，谷稚而草壮，耘者毕出。数十百人为曹，立表下漏，鸣鼓以致众。择其徒为众所畏信者二人，一人掌鼓，一人掌漏，进退作止，惟二人之听。鼓之而不至，至而不力，皆有罚。量田计功，终事而会之，田多而丁少，则出钱以偿众。七月既望，谷艾而草衰，则仆鼓决漏，取罚金与偿众之钱，买羊豕酒醴，以祀田祖，作乐饮食，醉饱而去，岁以为常。其风俗盖如此。

故其民皆聪明才智，务本而力作，易治而难服。守令始至，视其言语动作，辄了其为人。其明且能者，不复以事试，终日寂然。苟不以其道，则陈义秉法以讥切之，故不知者以为难治。

今太守黎侯希声，轼先君子之友人也。简而文，刚而仁，明而不苛，众以为易事。既满将代，不忍其去，相率而留之，上不夺其请。既留三年，民益信，遂以无事。因守居之北墉而增筑之，作远景楼，日与宾客僚吏游处其上。轼方为徐州，吾州之人以书相往来，未尝不道黎侯之善，而求文以为记。

嗟夫，轼之去乡久矣。所谓远景楼者，虽想见其处，而不能道其详矣。然州人之所以乐斯楼之成而欲记焉者，岂非上有易事之长，而下有易治之俗也哉！孔子曰："吾犹及史之阙文也。有马者借人乘之。今亡矣夫。"是二者，于道未有大损益也，然且录之。今吾州近古之俗，独能累世而不迁，盖耆老昔人岂弟之泽，而贤守令抚循教诲不倦之力也，可不录乎！若夫登临览观之乐，山川风物之美，轼将归老于故丘，布衣幅巾，从邦君于其上，酒酣乐作，援笔而赋之，以颂黎侯之遗爱，尚未晚也。元丰元年七月十五日记。

【鉴赏】

本文是苏轼的代表作之一。苏轼写"记"颇具特色。大凡记楼、记台、记园、记堂，经常在状貌特征上浓墨重彩，苏轼的这篇"记"却偏偏不局限于此格局。他在对楼台园堂做淡化处理的基础之上，又把它紧系于人生哲理、政绩善德和风俗人情之上。《喜雨亭记》把亭系于太守天子造物太空；《凌虚台记》以筑台无善而归台于无；《超然台记》里的超然台则活脱脱是一片旷达的情怀。而这篇《眉州远景楼记》又称得上一幅眉州风俗画，远景楼正翘然其中。

“吾州之俗，有近古者三。”开篇，作者大写眉州风俗却丝毫没有提到楼，看似离题千里，实则是对题意的大肆描写。楼因俗起，俗为楼基，写楼必写俗，写俗正是为写楼打下基石。随后，文章便分别从“士大夫”“民”“农夫”三方面，点出了眉州近古的三种风俗：士大夫贵经而重氏族；民尊吏而畏法；农夫合耦以相助。这三点是全文之纲，举纲而目张。之后，文章就紧扣这三点，生动而具体地展示出了一幅眉州风俗画。他说孔子的学说，“独得不废，以与天下后世，为仁义礼乐之主”(《子思论》)。因此，他十分称颂眉州士大夫的贵经而重氏族，把这种风俗放置在五代陋习犹袭之时，从而彰显了士大夫的出淤泥而不染。

从“其民事太守县令”到“终身有不敢犯者”，是写民的尊吏而畏法。如果说前面的“贵经”是在写士大夫的知书，那么，这里的“尊吏”则是在突出反映百姓的实力。苏轼认为礼是治国之本，此处，苏轼写眉州之民事太守如古君臣，画像记贤弘扬其德，正是在称颂民的以礼为重，重礼而尊吏，尊吏而畏法。于是，“虽薄刑小罪，终身有不敢犯者”。

由“岁二月”至“其风俗盖如此”，是写农夫的合耦相助。这一段描写得十分生动形象，它贴切而生动地再现出了眉州农民的劳动生产过程，洋溢着一股浓厚的田园生活气息。作者随时序的变化，从二月农事始作写至四月谷稚草壮；由七月谷艾草衰写到祀祖作乐。记叙的时间虽然很长，所涉及的面也很广，但笔触却始终紧扣“合耦”二字，突出了农夫的劳动组织形式和赏罚的分明。

文章至此，已呈现出了一幅完整而全面的社会风俗画，融入了作者的美好政治理想。同时，在评价眉州民俗的基础上，又巧妙地过渡到写太守，记远景。眉州之民的贵经、尊吏、畏法，使其“易治”，但眉州之民又“难服”“易治而难服”是辩证的统一。“易治”因为民的知礼；“难服”也出于民的知礼。用礼法教化人民，人民同样也会以礼法回报太守以礼治民，民也以礼事太守，因而便有了“苟不以其道，则陈义秉法以讥切之”。反过来说，如太守贤仁，民又会“记录其行事以为口实，至四五十年不忘”。由此，文章便由风俗的叙写转入了写太守、写远景楼。

“今太守黎侯希声，轼先君子之友人也。”苏轼先点出太守与自己的关系，紧接着又用“简而文，刚而仁，明而不苛，众以为易事”，写出了太守的贤明，暗含有眉州风俗之美得力于贤太守的教诲。之后，文章着重写百姓与太守的和睦相处的情况以及彼此的不舍，在此而点出远景楼来，从而不仅使楼的原委曲折历历在目，而且让前面的风俗之美、太守之贤有了落脚，可谓“风俗德政共一楼”。后面“轼方为徐州”几句，作者由楼而叙写出了作记之因。

末段，文章以筑楼作记总览全篇，点出了近古风俗、太守、远景楼三者之间的联系。民以楼为乐，起因于“上有易事之长，而下有易治之俗”，而“易治之俗”累世而不迁又得力于“贤守令抚循教诲不倦之力”。从而层层深入，环环紧扣，使全文结构精巧而严密，形成了一个有机统一的艺术整体。结尾才点出记中不叙太守德政、不写远景楼景色，是等待异日归老故丘的想法，而使读者想象、回味无穷。

李氏山房藏书记

象、犀、珠、玉怪珍之物，有悦于人之耳目，而不适于用。金、石、草、木、丝、麻、五谷、六材，有适于用，而用之则弊，取之则竭。悦于人之耳目，而适于用；用之而不弊，取之而不竭；贤不肖之所得，各因其才；仁、智之所见，各随其分；才分不同，而求无不获者，惟书乎！

自孔子圣人，其学必始于观书。当是时，惟周之柱下史老聃为多书。韩宣子适鲁，然后见《易象》与《鲁春秋》。季札聘于上国，然后得闻《诗》之风、雅、颂。而楚独有左史倚相，能读《三坟》《五典》《八索》《九丘》。士之生于是时，得见《六经者》盖无几，其学可谓难矣！而皆习于礼乐，深于道德，非后世君子所及。

自秦汉以来，作昔益众，纸与字画日趋于简便，而书益多，世莫不有，然学者益以苟简，何哉？余犹及见老儒先生，自言其少时，欲求《史记》、《汉书》而不可得；幸而得之，皆手自书，日夜诵读，惟恐不及。近岁市人转相摹刻，诸子百家之书，日传万纸，学者之于书，多且易致如此，其文辞学术，当倍蓰于昔人，而后生科举之士，皆束书不观，游谈无根，此又何也？

余友李公择，少时读书于庐山五老峰下白石庵之僧舍，公择既去，而山中之人思之，指其肝居为“李氏山房”。藏书凡九千余卷。公择既已涉其流、探其源，采剥其华实，而咀嚼其膏味，以为已有，发于文词，见于行事，以闻于当世矣。而书固自如也，未尝少损。将以遗来者，供其无穷之求，而各足其才分之所当得。是以不藏于家，而藏于其故所居之僧舍。此仁者之心也！

余既衰且病，无所用于世，惟得数年之间，尽读其所未见之书，而庐山固所愿游而不得者，盖将老焉。尽发公择之藏，拾其余弃以自补，庶有益乎。而公择求余文以为记，乃为一言，使来者知昔之君子见书之难，而今之学者，有书而不读，为可惜也。

【鉴赏】

李君，他本名叫李常，字公择，该处是尊称，犹如李先生。北宋建昌（今江西省南城县）人，官至齐州（今山东省历城县）知州。他是黄庭坚的舅父，与苏轼交往甚密。李君年轻时曾在庐山读书，并把他的书全部藏在庐山寺庙里，方便后人阅读。这种有益于社会的无私品质，使苏轼很受感动。应李君的请求，他写了这篇藏书记。在记中论述了读书的重要性，大讲古代求书之难，批评了科举之士有书不观的不良风气，颂扬了李君关心后学用心的可贵。这是一篇别致的“劝学篇”。

文章开头是论述书的宝贵价值。举两个例子作为陪衬：“象、犀、珠、玉珍怪之物，有悦于人之耳目，而不适于用。”在这两个陪衬下，才指出书的宝贵。“书中自有黄金屋”，也是说书宝贵和读书的好处，但含义曲折庸俗，引人入邪。

以上的对比方法，内涵健康，人人明白，富有新意。“自孔子圣人，其学必始于观书。”这句话起到了承上启下的作用。承上是说明只要读书，就会“求无不获”。启下是说从孔子起，人们就很重视读书。“必始于观书”，是说读书很重要，但孔子成为圣人是始于观书，而不是只靠读书。既强调读书重要，也不存在以偏概全的毛病，思维很缜密，作者从不同角度举了几个例子：一是只有老子书多，因为他是道家的首领。二是楚国很大，可是只有左史官倚相能读到贵重的古典书籍。三是达官贵族如韩宣子、季扎，也是到了鲁国才见到《易象》和《诗经》这类书。四是一般读书人，能见到六经的也很少，说明了求学之路的艰难。学习条件很差，但是那时候的读书人却学习得很好。

作者举了好几方面例子来说明求书难，这是博证法，有意增强可信程度，并非繁文缛节。另一个作用可以衬托古代读书人的刻苦认真。书那样难求，而学习却很好，必然是学习很刻苦，很认真。“非后世君子所及。”既总结上文，又引出下文。作者采用详略结合的方法来说明这个问题。先概述自秦汉以来，书逐渐多了，求书不那么难了，但学者却“益以苟简”，学习态度越来越不那么认真了。这是从历史的角度做简要的叙述，再从亲身见闻方面加以证明。重点是落在批评后生科举之士不爱读书的坏习气上。用两重叹息。一问再问，问而不答，留给读者去想，寓劝于问，意味深长。

前面写那么多，目的还是在于写李君山房藏书的意义。回过头来再叙述李君读书和藏书的情况，以及藏书的目的。“余友公择”是交代人物，说明与自已的关系。“少时读书于庐山五老峰下白石庵之僧舍”，是交代读书和藏书的时间和地点。这是写记的基本要素，不可不交代明白。“山中之人思之”，是写李君深受山人的爱戴。“藏书凡九千余卷”，是表明藏书的数量。从“公择既已涉其流”至“以闻于当世矣”，是写李君读书认真，受益颇深，名扬四海，堪称楷模！叙述中包含着赞扬，也是山人思之的内容之一。“将以遗来者”，是写藏书的目的，颂扬李君无私的品质，是山人思之的原因之二。

“不藏于家，而藏于其故所之僧舍”，是再一次点明藏书的地点，着重说明“不藏于家”的与众不同的特点。这是运用重复的修辞手段，刻意渲染，也是作记要重点歌颂的地方。“此仁者之心也？”这是推己及人，讲求仁爱的人的好思想啊！到此，作记的目的之一：颂扬李君藏书的善举，已经完成。最后一段，作者表示要抓紧时间好好阅读李君藏书，以资自补的愿望。同时趁写记的机会，规劝后知来者和进之读者要珍惜书的宝贵，改变有书不读的毛病。既与前面论述相呼应，又完成了作记的目的之二：劝学。

文章初看起来前面似乎有些离题，但仔细一想，前面正是为后面的内容做铺垫。前面写读书的重要性，更有利于写李君藏书的意义。这比一开头就直接写李君藏书的情况，再去论述藏书的意义要好，富有创新的意义，也增加了曲折的艺术美感。在议论中运用了对比、陪衬、博证等手法，有力地加强了文章的生动性和说服力。在文章中又很注意前后呼应，使结构上增强了整体感，收到结构严谨的功效。

放鹤亭记

熙宁十年秋，彭城大水。云龙山人张君之草堂，水及其半扉。明年春，水落，迁于故居之东，东山之麓。升高而望，得异境焉，作亭于其上。彭城之山，冈岭四合，隐然如大环，独缺其西一面，而山人之亭，适当其缺。春夏之交，草木际天，秋冬雪月，千里一色。风雨晦明之间，俯仰百变。山人有二鹤，甚驯而善飞，旦则望西山之缺而放焉，纵其所如，或立于陂田，或翔于云表，暮则傃东山而归，故名之曰“放鹤亭”。

郡守苏轼，时从宾佐僚吏往见山人，饮酒于斯亭而乐之。揖山人而告之曰：“子知隐居之乐乎？虽南面之君，未可与易也。《易》曰：‘鹤鸣在阴，其子和之。’《诗》曰：‘鹤鸣于九皋，声闻于天。’盖其为物清远闲放，超然于尘埃之外，故《易》《诗》人以比贤人君子。隐德之士，狎而玩之，宜若有益而无损者，然卫懿公好鹤则亡其国。周公作《酒诰》，卫武公作《抑戒》，以为荒惑败乱，无若酒者，而刘伶、阮籍之徒，以此全其真而名后世。嗟夫，南面之君，虽清远闲放如鹤者，犹不得好，好之则亡其国。而山林遁世之士，虽荒惑败乱如酒者，犹不能为害，而况于鹤乎？由此观之，其为乐未可以同日而语也。”

山人欣然而笑曰：“有是哉！”乃作放鹤、招鹤之歌，曰：“鹤飞去兮，西山之缺。高翔而下览兮，择所适。翻然敛翼，宛将集兮，忽何所见，矫然而复击。独终日于涧谷之间兮，啄苍苔而履白石。鹤归来兮，东山之阴。其下有人兮，黄冠草履，葛衣而鼓琴。躬耕而食兮，其余以汝饱。归来归来兮，西山不可以久留。”

【鉴赏】

这篇文章写于宋神宗十一年（1078），也就是黄河决口、洪水洗劫徐州地区的第二年。当时苏轼任徐州知府。文章采用叙描、议论和歌咏相结合的写法，从亭及鹤，从鹤及乐，并讲述了人的地位不同，其乐各异，从而歌颂了隐士之乐，“虽南面之君，未可与易也”。脉络清晰，丝丝入扣，自然而然地道出了文章的主旨。

文章开头，作者用直叙的方法，简练的文笔，交代了山人迁居和建亭的原由，把人物、时间、地点、事情的经过写得一清二楚。“升高而望，得异境焉。”什么异境？先留一个“悬念”，然后从容着笔，再述其“异”“冈岭四合，隐然如大环。”“四合”与“大环”，似实非实，似虚非虚，“隐然”，既状其朦胧，又透出并非是绝对“合”与“环”的微意。这是意境也是美景，然而美中不足，独缺其西。作者用一组节奏明快，语势刚劲的排比句来描述这里的景色，随着季节的转换，景物各异：春夏之交，草木齐天；秋冬雪月，千里一色，随着风雨晦明的气候变化，景色瞬息万变，写得景文并茂，句似珠落玉盘，煞似精美，铿锵悦耳。到此为止，主要写一个“亭”字。

第二段，主要写鹤。山人养鹤、为求其乐。“甚驯”指早放晚归，顺从人意；“善飞”指纵其所如，时而立在田里，时而飞上云天。写得文理清晰，错落有致。“纵其所如”是随心所欲，自由自在，无拘无束，明状鹤飞，也暗喻隐士之乐。隐士爱鹤，故以鹤名其亭。紧承上文，由亭及鹤，又由鹤回到亭。点题自然，文理回环，构思巧妙，耐人寻味。

第三段，主要写一个“乐”字。上面用描述，这一段用议论。“子之隐居之乐乎？虽南面之君，未可与易也。”自问自答，文意抑扬，饶有情趣，说出自己的看法，树立了论点。随后用主客映衬的手法加以论证。“鸣鹤在阴，其子和之。”意思是鹤在隐蔽处鸣叫，它的同类便应声唱和。引用来说明“清远闲放”的鹤，可以比喻贤人，君子，是无可非议的，具有绝对权威，增加了论证的力量。

高洁祥瑞如鹤，虽贵为天子，随爱而不敢和，否则，就会像卫懿公一样，最终落个亡国的下场。只有隐居而且品德高尚的人，才能好而无伤，独得其乐。到此已经证明了论点，隐居之乐，虽南面之君，未可与易也。然而，作者并未就此而止，又进一步用主客映衬的写法，用“好酒”来陪衬“好鹤”。这并非是节外生枝，繁文累赘，而是“借客形主，回旋进退，使文情摇曳生姿”（王水照《论苏轼散文的艺术美》）。在主客对论之后，又做一个交错绾合的结论：“南面之君，虽清远闲放如鹤者，犹不得好，好之，则亡其国；而山林遁世之士，虽荒惑败乱如酒者，犹不能为害，而况鹤乎！”进一步说明了由于地位不同，为乐迥异。贵为天子，虽高洁如鹤也不能随意所好，但隐居者，虽然是荒惑败乱的酒，也可以尽情狂饮，何况鹤呢！从而歌颂了隐士之乐赛过了君王。这一段是从主到客，由客回到主，从鹤到酒，由酒回到鹤，回环复沓，反复论证，使文意更加深刻，文情更加流转动人。

第四段，用放鹤、招鹤之歌，对隐士之乐加以咏叹。既补充了前文关于放鹤，召鹤的简写，又是对隐士好鹤之乐的皴染。不仅如此，作者还依召鹤为名，行招仕之实。“其下有人兮，黄冠草履，葛衣而鼓琴。躬耕而食兮，其余以汝饱。”这是对隐士生活的素描，流露出歌赞、羡慕的感情。“归来归来兮，西山不可以久留！”这表面上是招鹤，实际上却在招仕。文章的东山为隐居之庐，“东山再起”的东山，也是喻隐居。西山为鹤出所至，且与东山相反，因此西山是喻出仕为官。不可久留，是说仕途维艰，吉凶难于逆料，不可迷恋，应该及早猛醒，亡途而知返。不难看出这时的苏轼已经滋生厌倦仕途的念头，萌发了羡慕隐居之乐的情丝。

文章思想性较差，消极避世，欲求隐居之乐，不鼓励人进取。但只要心明自警即可，不能超越时代去苛求古人。我们应该攫其精华，善于取舍。文章从亭及鹤，由鹤及乐，回环流转，主客映衬。描叙、议论和咏叹相结合，文脉如贯，相得益彰。

文与可画筼筜谷偃竹记

竹之始生，一寸之萌耳，而节叶具焉，自蜩腹蛇蚹，以至于剑拔十寻者，生而有之也。今画者乃节节而为之，叶叶而累之，岂复有竹乎？故画竹必先得成竹于胸中，执笔熟视，乃见其所欲画者，急起从之，振笔直遂，以追其所见，如兔起鹘落，少纵则逝矣。与可之教予如此。予不能然也，而心识其所以然。夫既心识其所以然而不能然者，内外不一，心手不相应，不学之过也。故凡有见于中而操之不熟者，平居自视了然，而临事忽焉丧之，岂独竹乎？子由为《默竹赋》以遗与可，曰：“庖丁，解牛者也，而养生者取之；轮扁，斫轮者也，而读书者与之。今夫夫子之托于斯竹也，而予以为有道者，则非耶？”子由未尝画也，故得其意而已。若予者，岂独得其意，并得其法。

与可画竹，初不自贵重。四方之人，持缣素而请者，足相蹑于其门。与可厌之，投诸地而骂曰："吾将以为袜！"士大夫传之，以为口实。及与可自洋州还，而余为徐州。与可以书遗余曰："近语士大夫：'吾默竹一派，近在彭城，可往求之。'袜材当萃于子矣。"书尾复写一诗，其略曰："拟将一段鹅溪绢，扫取寒梢万尺长。"予谓与可；"竹长万尺，当用绢二百五十匹，知公倦于笔砚，愿得此绢而已！"与可无以答。则曰："吾言妄矣！世岂有万尺竹哉？"余因而实之，答其诗曰："世间亦有千寻竹，月落庭空影许长。"与可笑曰："苏子辩则辩矣，然二百五十匹绢，吾将买田而归老焉！"因以所画《筼筜谷偃竹》遗予，曰；"此竹数尺耳，而有万尺之势。"筼筜谷在洋州，与可尝令予作《洋州三十咏》《筼筜谷》其一也。予诗云："汉川修竹贱如蓬，斤斧何曾赦箨龙，料得清贫馋太守，渭滨千亩在胸中。"与可是日与其妻游谷中，烧笋晚食，发函得诗，失笑喷饭满案。

元丰二年正月二十日，与可没于陈州，是岁七月七日，予在湖州，曝书画，见此竹，废卷而哭失声。昔曹孟德祭桥公文，有"车过腹痛"之语，而予亦载与可畴昔戏笑之言者，以见与可于予亲厚无间如此也。

【鉴赏】

谷，地名，在洋州(今陕西省洋县)，谷中多竹，偃竹是一种高大的迎风所斜的竹子。文与可，名同，梓州(今四川三台地区)盐亭县人，北宋有名的画家。他是苏轼的表兄和过往甚密的知己。宋神宗熙宁八年(1075)，与可任洋州知州，曾送给苏轼一幅《谷偃竹》图。神宗元丰二年(1079)正月，与可病逝于陈州(今河南省淮阳县)。同年七月七日，苏轼在潮州任上晒书画时，看见亡友的这幅画，往事涌上心头，情难自禁，因而写了这篇题记。

全文共三段。第一段，赞颂文与可的画技。作者忍着悲痛，摈弃一般纪念随笔的俗套，抓住与可终身为之奋斗的绘画事业的杰出成就，首先着笔予以赞颂。其写法也别具匠心，不是直接对文与可的画技予以评价，而是采用饱含抒情意味，兼有形象描绘的议论，来道出文与可画技已达到出神入化的"有道"境界。苏轼主张"随物赋形""以至剑拔十寻者，生而有之也"。寻，古为八尺。十寻，即八丈。这并非夸张，是高大竹子的一般高度。形容竹子生长非常快，特别挺拔雄伟。"生而有之"，指的是竹子生长本来的情态就是这样，着重强调一个“快”字，为下文批评“今画者”做好准备。“成竹在胸”“胸有成竹”这两个成语源出于此，是指画竹的整体构思。如果构思不成熟，如果胸中没有完整的竹子形象，就去动笔画竹，必然不会成功。不仅绘画如此，也道出了作文做事的普遍规律。作画动作要快，一气呵成。“以追其所见，如兔起鹘落，稍纵则逝矣。”是用老鹰捕兔作比喻，说明画竹在胸有成竹的前提下，快也是很重要的。苏轼是著名的书画家，且擅长画竹，这是他自己的经验之谈。二人互相切磋画艺中，苏轼受益匪浅。故说“教予”，把与可尊称为老师。赞许备至，敬佩之情不言而喻。接着论述“识”与“操”的关系，强调实践的重要性。只懂得道理，但是缺乏刻苦的实践，就不能得心应手，临事勿失，操运自如。“岂独竹乎？”不只画竹是这样，做任何事都是这样的。最终，作者借自己弟弟苏辙给文与可的信的内容，用《庖丁解牛》和《轮扁斫轮》的故事，进一步赞扬文与可画技的高超，已达到与事物客观规律相符合的绝妙境地。表现了二人亲密无间的良师益友的关系。全段从竹的生长开始写起，再论画竹的技艺，并推而广之，阐明了认识与实践的辩证关系，最终归结到赞扬文与可画技上。紧扣题意，又不局限于题意，既写虚，又写实，以议论为主，又不乏生动的描述。

第二段，回忆往事。“与可画竹，初不自贵重。”赞扬文与可人品高尚，不以画技超群而自恃，不自认为贵重。下文说他对凑热闹、赶时髦求画的恶习十分讨厌，把求画者送来的素绢扔在地上。下文写两人诗信往来，把知己之间的情趣用对话表现出来。两问三答，谈笑风生，如叙家常，屈膝逗乐。一问一答是与可对世俗求画的厌恶之情，欲荐苏以代，并说：“袜材当萃于子矣。”还用诗的形式说出想画一幅万尺竹。作者自然而然地交代了赠送《谷偃竹》图的经过，点了题目。最终作者回忆《谷》一诗，使与可夫妻“失笑喷饭满案”的趣事。意思为汉水边修长的竹子，像蓬草那样贱，刀砍斧斫谁曾爱惜那些竹笋；料想清贫的太守（指文与可）一定很馋，渭河边的千亩竹笋都被吃光了。比喻文与可胸中有丰富的墨竹画稿。这是一种语意双关的诙谐说法。这一段文笔活泼，忍悲忆昔，情趣横生，明写谐笑，细节逼真，暗含忆得愈乐，无限哀痛，悼念愈悲，是匠心巧运，是发自肺腑的心声。

第三段，补充说明。一是交代写记的时间、地点和起因。二是说明引用曹孟德祭桥玄故事的目的。用这个典故的目的是为了说明上文所写的“戏笑之言”，都是用来说明自己和文与可的友情是亲厚无间的。这一段并非补漏，而是为了突破一般作记的布局，刻意创新而安排的。这一段起了补充圆合全文的作用，文句简要，感情真挚，很耐人寻味。

文章写法上有以下特点：一是文章开头别开生面，把一般的画记程序打破了。独辟蹊径，刻意创新，以议论为先导，同时以叙述和抒情辅助，给人一种独特新奇的美感。二是始终紧扣题意。中间载畴昔戏言，最终补叙写记缘由，始终围绕着《谷偃竹》图来表达怀念亡友的沉痛心情，使文意一脉贯通，疏而不漏。三是反意作笔，以喜表悲。亲厚无间是说彼此感情很融洽，达到毫无戒心、忘我的程度。所以，愈写戏笑无忌，愈显友情的深厚，怀念的深切，哀悼的深沉。比正面的写法达到更好的艺术效果。四是细节生动逼真。如竹之萌生、兔起鹘落、二问三答、失笑喷饭等处的细节，写得十分生动形象，有逼真传神的功效。

游桓山记

元丰二年正月己亥晦，春服既成，从二三子游于泗之上。登桓山，入石室，使道士戴日祥鼓雷氏之琴，操《履霜》之遗音，曰：“噫嘻悲夫，此宋司马桓魋之墓也。”或曰：“鼓琴于墓，礼欤？”曰：“礼也。季武子之丧，曾点倚其门而歌。仲尼，日月也，而魋以为可得而害也。且死为石椁，三年不成，古之愚人也。余将吊其藏，而其骨毛爪齿，既已化为飞尘，荡为冷风矣，而况于椁乎，况于从死之臣妾、饭含之贝玉乎？使魋而无知也，余虽鼓琴而歌可也。使魋而有知也，闻余鼓琴而歌知哀乐之不可常、物化之无日也，其愚岂不少瘳乎？”二三子喟然而叹，乃歌曰：“桓山之上，维石嵯峨兮。司马之恶，与石不磨兮。桓山之下，维水弥弥兮。司马之藏，与水皆逝兮。”歌阕而去。从游者八人：毕仲孙、舒焕、寇昌朝、王适、王遹、王肄、轼之子迈、焕之子彦举。

【鉴赏】

这篇文章写于宋神宗元丰二年（1079）正月，当时苏轼还在徐州太守任上。徐州是中国古代宋国的区域，也是古泗水流经的地域。秦朝曾把这一带地区设为泗水郡。在这一年春天，苏轼同几个朋友畅游于泗水之上，登上桓山，在桓魋的坟墓前鼓琴，玩得非常高兴。有人担心这样做有些不礼貌，苏轼不以为然，阐述了一番道理，使大家尽情玩乐。很明显，苏轼是借古抒怀，抨击了桓魋的愚蠢，表达了对桓魋的蔑视。文章所反映的人死即灭，无碍于人们游乐的思想是符合唯物主义认识论的。

全文分三层，第一层是交代情况。时间是元丰二年正月三十日，春服做成以后。苏轼同几个朋友在泗水之上，登上桓山，进入石室，让道士带着日祥鼓，雷氏琴（相传是四川有名工匠雷文等制作的一种七弦琴），弹奏着《履霜》曲（《易》曰："履霜坚冰至"，意谓履霜坚冰将至，有防微杜渐的意思）。唉，可悲啊！这不是宋国司马桓魑的坟墓吗？这是用直叙的方法，从正面叙述的，写得非常简练。时间、地点、人物、事件都交代得十分清楚。

第二层表明鼓琴于墓是合于礼的。礼，起源于求神致福，如祭天、祭地、祭神、祭鬼、祭祀祖先，都要履行一定仪式，目的是为了得福免祸，是人们幻想得到幸福的一种思想寄托方式。因为封建礼教制度的长期影响，有人怀疑在桓魋的墓前鼓琴是否符合礼制的要求，是否有些失礼？回答说："礼也。"是符合礼制要求的。文中讲了三条理由：一是古有先例。鲁国是孔子的故乡，是礼的起源地。鲁国的大夫季武子死后，孔子的学生曾点，曾背靠着季武子的门唱起歌来。连古代圣贤都如此，我们为什么不能够在桓魋坟前鼓琴呢！二是从反面论述，是说桓魋是一个不讲礼的蠢人，对他是无礼可讲。仲尼（指孔子），是像太阳和月亮一样光明伟大的人，桓魋却对他很不礼貌，认为可能加害于孔子。这是说桓魋（桓魋即向魋，因向属于桓族，故叫桓魋）是一个愚蠢的人的第一个理由。还说桓魋将死，做一个石棺材，做了三年也没做成。有这两件事，充分说明他是古代一个很愚蠢的人。对这样的人，还用讲什么礼呢？三是说人死即灭，不必有所顾虑，可以尽情鼓琴而歌。桓魋已死多年，他的尸体早已化为灰尘，变为冷风，殉葬的人和物也早已没有了。我们今天来到他的墓前吊祭他，鼓琴唱歌，他是什么也不会知道的。我们还需顾虑什么呢？可以尽情玩乐吧！这是实写。从正面讲，人死了就像灯吹灭了一样，还会有什么知觉呢？从反面讲，是写虚，是一种假设说法。倘若桓魋假若还有知觉，能听到我们鼓琴唱歌，这也并没有坏处，可以使他懂得一个道理，明白人世间的悲哀和欢乐是不可以永远不变的，人终究是要死的。这样就会使他减少一些愚蠢鲁莽的毛病。一个问题要讲清楚，一个道理要说明白，让听者信服，需要从多个方面加以说明，文章就是从古代的具体事例，桓魋其人生前的无礼、愚蠢，死后无知几个方面加以论述的，是论述有据，每个论据都真实存在，因此，鼓琴于墓合于礼的道理，就会令人相信，不会再有什么疑惑了。

第三层是咏叹的形式结束全文。听了一番道理，使人疑窦顿开，有无限感慨，因此"二三子喟然而叹"，大家就唱起歌来。歌词大致意思是；桓山上面，怪石高耸，司马桓魋的罪恶，像怪石一样永远存在；桓山下面，到处弥漫着流水，司马桓魋的尸体，同水一样早已消逝流走了。歌以言情达意，只是把上文的意思用歌的形式加以韵叹，增强表达效果和余音的回旋。这是游记中常见的表现形式，用以结束全文十分得体。文章最后附带交代了从游人的姓名，以证明游记的真实性，也同前面"二三子"相呼应。

这篇文章在写作方法上有两点值得注意：一是用对话的形式来表现事理，把想说的话置于争辩中，能够增加一种真实感，也符合记游场景的实际。二是多方说理的方法。说理的目的是想令人信服，如果简单从事，或者是论据不实，都不会起到作用，本文在这方面是做得比较好的，论据确凿，说理周到，收到应有效果，所以听后，使从游的人十分信服，释疑欢歌，尽乐而归。

石钟山记

《水经》云："鼓蠡之口有石钟山焉。"郦元以为下临深潭，微风鼓浪，水石相搏，声如洪钟。是说也，人常疑之。今以钟磬置水中，虽大风浪不能鸣也，而况石乎！至唐李勃始访其遗踪，得双石于潭上，扣而聆之，南声函胡，北音清越，枹止响腾，余韵徐歇，自以为得之矣。然是说也，余尤疑之。石之铿然有声者，所在皆是也，而此独以钟名，何哉？

元丰七年六月丁丑，余自齐安舟行适临汝，而长子迈将赴饶之德兴尉，送之至湖口，因得观所谓石钟者。寺僧使小童持斧，于乱石间择其一二扣之，硿硿焉，余固笑而不信也。至其夜月明，独与迈乘小舟至绝壁下。大石侧立千尺，如猛兽奇鬼，森然欲搏人。而山上栖鹘，闻人声亦惊起，磔磔云霄间。又有若老人咳且笑于山谷中者，或曰："此鹳鹤也。"余方心动欲还，而大声发于水上，噌吰如钟鼓不绝。舟人大恐。徐而察之，则山下皆石穴罅，不知其浅深，微波入焉，涵澹澎湃而为此也。舟回至两山间，将入港口，有大石当中流，可坐百人，空中而多窍，与风水相吞吐，有窾坎镗鞳之声，与向之噌吰者相应，如乐作焉。因笑谓迈曰："汝识之乎？噌吰者，周景王之无射也，窾坎镗鞳者，魏庄子之歌钟也。古之人不余欺也！"

事不目见耳闻而臆断其有无，可乎？郦元之所见闻殆与余同，而言之不详，士大夫终不肯以小舟夜泊绝壁之下，故莫能知，而渔工水师虽知而不能言，此世所以不传也。而陋者乃以斧斤考击而求之，自以为得其实。余是以记之，盖叹郦元之简，而笑李勃之陋也。

【鉴赏】

这篇文章是一篇名文，历来选者、注者、论者甚众，各有千秋。此文仅述以下六个方面：

一、文章的结构

这篇短文，分三个段落：

第一段，提出"石钟山"何以命名的两个疑团。文章开头单刀直入，交代石钟山的地理位置，指出《水经注》的作者郦道元和唐代江州（今江西九江市）刺史李勃对石钟山命名由来的解释不可信，此乃两个疑团。之后以疑问句作结，给人留下悬念，自然引起下文。

第二段，写月夜亲自游访石钟山，实地考察石钟山命名由来的经过。这一段是全文的重点。

第三段，是结尾，也是结论。作者发表议论，抒发感慨，反对"臆断"，提倡"目见耳闻"，深入调查。这种"求实"精神，体现了朴素唯物论的观点。作为结尾，这一段利用对比概括了郦道元、李勃和作者自己三家回答石钟山命名由来的特点是"简""陋""翔实"，与开头相呼应。文章层次清楚，丝丝入扣；结构严谨，中心突出，着实是一篇好文章。

二、文章的构思

文章围绕着石钟山何以命名这个中心问题逐层展开。第一段的两个

“疑”字，提出了文章需要解决的问题；第二段就是通过实地调查解决问题，消除第一段中摆出的两个疑团；第三段是在总结的基础之上归纳出理性的东西，抒发带有哲理性的议论。文章贯穿了一个“疑”字，即疑团的提出、疑团的破灭，以及在消除疑团的基础上得出新的认识。作者的思路是非常清楚的。

三、文章的笔法

“复线双承法”：第一段，通过两个“疑”字提出了郦道元、李勃两人为石钟山释名的疑团，形成了全文的“复线”。第二段的第二层借“小僧持斧扣石”的陋行来否定李勃的陋说；第三层用“月夜考察”的见闻来补充说明郦道元简说的正确性。第三段用“叹郦元之简、而笑李勃之陋也”与第一段相呼应，与郦、李两说相承接，采用的是“复线双承”的笔法。

第二段，第二层实笔描写了目见耳闻的自然山景和声响之后，作者虚笔写道：“噌吰者，周景王之无射也；窾坎镗鞳者，魏庄子之歌钟也。”这完全是作者在故弄玄虚，强作解说，其实“无射”“歌钟”之声如何，苏轼本人也未必听过。不过这样写也有好处，那就是使人更加相信这大自然之声如钟的说法，更能渲染山间神秘气氛和增强文章艺术效果，这种笔法叫作“虚笔点染法”。

第三段，中有这样几句：“郦元之所见闻，殆与余同，而言之不详；士大夫终不肯以小舟夜泊绝壁之下，故莫能知；而渔工、水师，虽知而不能言：此世所以不传也。”头句说郦元之简，次句的“士大夫”，指李勃等人，第三句中的“渔工水师”，在第一段中并未提及，仅与第二段的“舟人”相照应，却又不完全相同，但为了说明“石钟山命名的原因，因何没有流传下来”，非写“渔工水师”这一层不可，所以在这里就补充了这一层。

最终，还采用了“一语尽收法”：这是一种概括性很强的、干净利落的结尾方式。文章用“余是以记之，盖叹郦元之简，而笑李勃之陋也”一语结尾，全文尽收无遗。而且首尾呼应，余味无穷。

四、文章的语言

《石》文的语言准确、生动、凝练。主要表现在：用字准确，在用词方面，多用双声词（如“函胡”“穴罅”“澎湃”“吞吐”“坎”“镗”）、叠韵词（如“噌”“涵澹”“空中”）和双声叠韵词（如“硿硿”“磔磔”），这些词音节响亮，节奏鲜明，用以描述山中水石的形状及各种声响，绘形绘声，当然能够使文章有声有色，鲜明生动，读者如身临其境，耳闻目见，非常真切，得到真实深刻的感受。

五、文章的思想意义

第一，文章在记叙作者亲自考察石钟山命名原因之后，得出了一个结论："事不目见耳闻而臆断其有无，可乎?"这条科学的论断，不仅适用于石钟山的命名，而且适用于各种事物，苏轼的这一结论，也可以说是对"乌台诗案"的质问和回答。第二，文章体现苏轼追求真理的治学态度和勇于实践的果敢精神。关于石钟山命名的来由，郦道元的书和李勃的文章上都早有记载，但是苏轼不迷信书本，对古人的结论提出了怀疑，为了寻求正确的答案，为了追求真理，他果断勇敢地决定在月夜乘舟亲自调查研究，不怕吃苦，敢冒风险，做到了一般士大夫(如太守李勃)做不到的事情，古人云"不入虎穴，焉得虎子"。

雪堂记

苏子得废圃于东坡之胁，筑而垣之，作堂焉，号其正曰雪堂。堂以大雪中为之，因绘雪于四壁之间，无容隙也。起居偃仰，环顾睥睨，无非雪者。苏子居之，真得其所居者也。苏子隐几而昼瞑，栩栩然若有所适而方兴也。未觉，为物触而寤，其适未厌也，若有失焉。以掌抵目，以足就履，曳于堂下。

客有至而问者曰："子世之散人耶，拘人耶？散人也而天机浅，拘人也而嗜欲深。今似系马而止也，有得乎而有失乎？"苏子心若省而口未尝言，徐思其应，揖而进之堂上。客曰："嘻，是矣，子之欲为散人而未得者也。予今告子以散人之道。夫禹之行水，庖丁之投刀，避众碍而散其智者也。是故以至柔驰至刚，故石有时以泐。以至刚遇至柔，故未尝见全牛也。予能散也，物固不能缚，不能散也，物固不能释。子有惠矣，用之于内可也。今也如猬之在囊，而时动其脊胁，见于外者，不特一毛二毛而已。风不可抟，影不可捕，童子知之。名之于人，犹风之与影也，子独留之。故愚者视而惊，智者起而轧，吾固怪子为今日之晚也。子之遇我，幸矣，吾今邀子为藩外之游，可乎？"

苏子曰："予之于此，自以为藩外久矣，子又将安之乎？"客曰："甚矣，子之难晓也。夫势利不足以为藩也，名誉不足以为藩也，阴阳不足以为藩也，人道不足以为藩也。所以藩予者，特智也尔。智存诸内，发而为言，则言有谓也，形而为行，则行有谓也。使子欲嘿不欲嘿，欲息不欲息，如醉者之恚言，如狂者之妄行，虽掩其口执其臂，犹且喑呜局蹙之不已，则藩之于人，抑又固矣。人之为患以有身，身之为患以有心。是圃之构堂，将以佚子之身也？是堂之绘雪，将以佚子之心也？身待堂而安，则形固不能释。心以雪而警，则神固不能凝。子之知既焚而烬矣，烬又复然，则是堂之作也，非徒无益，而又重子蔽蒙也。子见雪之白乎？则恍然而目眩。子见雪之寒乎？则竦然而毛起。五官之为害，惟目为甚，故圣人不为。雪乎，雪乎，吾见子知为目也。子其殆矣！"

客又举杖而指诸壁，曰："此凹也，此凸也。方雪之杂下也，均矣。厉风过焉，则凹者留而凸者散，天岂私于凹而厌于凸哉，势使然也。势之所在，天且不能违，而况于人乎？子之居此，虽远人也，而圃有是堂，堂有是名，实碍人耳，不犹雪之在凹者乎？"苏子曰："予之所为，适然而已，岂有心哉，殆也，奈何！"

客曰："子之适然也，适有雨，则将绘以雨乎？适有风，则将绘以风乎？雨不可绘也，观云气之汹涌，则使子有怒心。风不可绘也，见草木之披靡，则使子有惧意。睹是雪也，子之内亦不能无动矣。苟有动焉，丹青之有靡丽，水雪之有水石，一也。德有心，心有眼，物之所袭，岂有异哉？"苏子曰："子之所言是也，敢不闻命。然未尽也，予不能默。此正如与人讼者，其理虽已屈，犹未能绝辞者也。子以为登春台与入雪堂，有以异乎？以雪观春，则雪为静。以台观堂，则堂为静。静则得，动则失。黄帝，古之神人也。游乎赤水之北，登乎昆仑之丘，南望而还，遗其玄珠焉。游以适意也，望以寓情也。意适于游，情寓于望，则意畅情出，而忘其本矣。虽有良贵，岂得而宝哉。是以不免有遗珠之失也。虽然，意不久留，情不再至，必复其初而已矣，是又惊其遗而索之也。余之此堂，追其远者近之，收其近者内之，求之眉睫之间，是有八荒之趣。人而有知也，升是堂者，将欲见其不溯而僾，不寒而栗，凄凛其肌肤，洗涤其烦郁，既无炙手之讥，又免饮冰之疾。彼其趑趄利害之途、猖狂忧患之域者，何异探汤执热之俟濯乎？子之所言者，上也。余之所言者，下也。我将能为子之所为，而子不能为我之为矣。譬之厌膏粱者，与之糟糠，则必有忿词。衣文绣者，被之皮弁，则必有愧色。子之于道，膏粱文绣之谓也，得其上者耳。我以子为师，子以我为资，犹人之于衣食，缺一不可。将其与子游，今日之事，姑置之以待后论。予且为子作歌以道之。”歌曰：

雪堂之前后兮，春草齐。雪堂之左右兮，钭径微。雪堂之上兮，有硕人之颀颀。考槃于此兮，芒鞋而葛衣。挹清泉兮，抱瓮而忘其机。负顷筐兮，行歌而采薇。吾不知五十九年之非而今日之是，又不知五十九年之是而今日之非。吾不知天地之大也，寒暑之变，悟昔日之癯，而今日之肥。感子之言兮，始也抑吾之纵而鞭吾之口，终也释吾之缚而脱吾之。是堂之作也，吾非取雪之势，而取雪之意。吾非逃世之事，而逃世之机。吾不知雪之为可观赏，吾不知世之为可依违。性之便，意之适，不在于他，在于群息已动，大明既升，吾方辗转，一观晓隙之尘飞。子不弃兮，我其子归。

客忻然而笑，唯然而出，苏子随之。客顾而颔之曰：“有若人哉。”

【鉴赏】

苏轼被贬黄州后，开垦东坡与荒郊野坡上，并披荆斩棘修筑雪堂，过的生活旷达又自由。但尽管如此，痛苦和矛盾仍充斥着苏轼的内心。他在出世与入世的路口徘徊而举棋不定；他痛恨“此身非我有”而想寄余生于江海，现实却又紧紧把他系拴；他想筑堂养性，内心偏又有一股汹涌澎湃的豪情。这篇《雪堂记》正是苏轼复杂内心世界的自述。

文章开篇简单而概括地叙述了堂的位置和得名，紧扣一个“雪”字，由筑堂于大雪之际而绘雪于四壁，由绘雪四壁到所见无非雪者。寥寥几笔展示出了一个白雪的世界。在此基础上才由物——“雪堂”落脚到人——苏轼。但随后，作者却笔锋一转，由隐几而瞑引出“若有所失”，由“失”而引出“客”来，从而便推演出主客问答的洋洋洒洒。换句话说，这篇文章也就是“补失”而作了。

第二段，作者便借“客”之口袒露自己的内心。“子世之散人耶，拘人耶？散人也而天机浅，拘人也而嗜欲深。今似系马而止也，有得乎而有失乎？”度散人和拘人是两种完全不同的人生态度。散人，不缠机务、任性逍遥；拘人潜心名利、拘谨畏缩。苏轼安居雪堂是散人呢、抑或拘人？有得呢、抑或有失？苏轼起而用“客”发问，实则为扪心自问，流露出了苏轼在人生道路上的矛盾和徘徊。下面，“苏子心若省而口未尝言，徐思其应，揖而退之堂上”几句，不仅是“客”语的“主”体深化，而且是进一步议论的引子，正因为此，才有后面一大段的论述。随后，又用“散人之道”来指出苏子的不近“散”而在于嗜欲深、名利重，主张应超脱物的束缚做“藩外之游”，从而使文章的议论层层深入。

第三段围绕“藩外之游”，主问客答。客答针对雪堂而发，议论纵横，谈锋锐利。“苏子曰：‘予之于此，自以为藩外久矣，子又将安之乎？’”这是主问，苏轼认为自己躬耕东坡、吟诗雪堂早已是藩外之人，因而有“子又将之乎”的发问。“客”则就此深发开去，认为雪堂不足为藩，而强调一种“无心”的人生境界。名誉、势利、人道、阴阳，这一切都不是藩，“智”才是人生的藩篱。“智”在人的内心，主宰人的言行，使人“欲嘿不欲嘿，欲息不欲息，如醉者恚言，如狂者之妄行，虽掩其口执其臂，犹且喑呜局蹙之不已”。老子主张的“绝圣弃智”“无身”“无心”，庄子强调的“心斋”“坐忘”，都在“客”的议论中反映了出来。

第四段，“客”由“无心”“弃智”而谈到“无为”，由针对筑堂到针对绘雪。雪积、雪消是自然的规律，雪融化之时，“凹者留而凸者散”，也是“势使然也”是“主”由被动转为主动的过渡。

第五段，“客”从“适然”入手，认为筑堂而绘雪虽属“适然”，但却仍是“佚身”“佚心”之法，因为见雪不能不心动，心动不能不绘之丹青。这样一来，“散智”“无心”自然便不可能了。“客”相对苏子的筑堂、佚身、绘雪、佚心和适然，而提出了无身、无心、散智和任自然的主张。至此，“客”的议论便到了尾声，但此伏彼起，“主”的说理则随之而起。后面便是苏子从正面为自己筑堂绘雪做辩护。因此他说：“子之所言是也，敢不闻命。然未尽也，予不能默。”又说：“子之所言者，上也。余之所言者，下也。我将能为子之所为，而子不能为我之为矣。”苏轼与客经过长篇辩论之后，最后仍未否定自己的筑雪堂、绘雪景，他以一种全新的人生态度——“适意”取代了“客”的“无心”和“无身”。

第六段，是苏子为“客”而作的歌，实质上却是他自己“适意”人生观的高扬。他替我们展示出了苏轼“坦荡之怀，任天而动”的内心世界，表达出了旷达不羁、豪放超迈的“野性”。

第七段，文章通过对“客”忻然而笑、唯然而出以及“顾而颔之”几个动作和言语的描写，暗示出“客”对苏子这种人生理想的态度。

苏轼这篇《雪堂记》在其“记”类文中颇为独特。首先，他选择了阐述自己思想的矛盾和内心的痛苦以主客问答的形式进行。苏轼贬黄州后，佛老思想随他人生体验的深入而震荡心灵。庄禅的人生态度和人生理想强烈地吸引着苏轼，但却又与他一贯积极入世的精神相违背。因此，苏轼的内心矛盾重重。这篇文章便正是他内心思想矛盾碰撞的体现。

方山子传

方山子，光、黄间隐人也。少时慕朱家、郭解为人，闾里之侠皆宗之。稍壮，折节读书，欲以此驰骋当世，然终不遇。晚乃遁于光、黄间，曰岐亭。庵居蔬食，不与世相闻，弃车马，毁冠服，徒步往来，山中人莫识也。见其所著帽，方耸而高，曰：“此岂古方山冠之遗像乎？”因谓之“方山子”。

余谪居于黄，过岐亭，适见焉。曰：“呜呼！此吾故人陈慥季常也，何为而在此？”方山子亦矍然问余所以至此者，余告之故。俯而不答，仰而笑，呼余宿其家。环堵萧然，而妻子奴婢皆有自得之意。余既耸然异之。独念方山子少时使酒好剑，用财如粪土。前十有九年，余在岐山，见方山子从两骑，挟二矢，游西山，鹊起于前，使骑逐而射之，不获。方山子怒马独出，一发得之。因与余马上论用兵及古今成败，自谓一时豪士。今几日耳，精悍之色，犹见于眉间，而岂山中之人哉？

然方山子世有勋阀，当得官，使从事于其间，今已显闻。而其家在洛阳，园宅壮丽，与公侯等。河北有田，岁得帛千匹，亦足以富乐。皆弃不取，独来穷山中，此岂无得而然哉？

余闻光、黄间多异人，往往佯狂垢污，不可得而见，方山子傥见之欤？

【鉴赏】

这是一篇富有独创性的传记作品，文章作于宋神宗元丰年间、作者贬官黄州之时。它与为隐士立传的内容相适应，使其行文矫而不群，犹如神龙见首不见尾，变化多端而曲折不平。所以李贽赞它“变传之体，得其景趣，可惊可喜”(《苏长公合作》补卷下引)。

既然是写隐士，作者有意不录其字号，不显其姓名，故用绰号以代之，故开篇就突兀而起："方山子，光黄间隐人也。"接着，作者先用"闻之于他人"的方法，将其真事隐去，用寥寥几笔写出这位隐士成长的三个阶段：由侠士而书生，最后终因"不遇"而弃车马，毁冠服，徒步往来山中。于是，他就成了"人莫识"的，"见其所著帽，方耸而高，曰：'此古方山子冠之遗像乎'"？因谓之"方山子"的隐君子了。这种过程，当然是粗略的，又是为人所知的，因此人物形象被蒙上一层神秘的色彩，好像在迷雾中若隐若现，只见人的轮廓而不见人的五官全貌。作者当然想进一步了解他，想穿过迷雾，去真实地接触他。

突然，机会来了——"余谪居于黄，过岐亭，适见焉。"一个"适"字正刻画出作者愿见已久而又不期而遇的喜悦心情。读到这里，上文设置的悬念才随作者的一声叹息而恍然冰释。"呜呼！此吾故人陈慥季常也。"原来这位满身充满神秘色彩的大隐士，竟是自己的故人啊！可是，新的悬念又随之而生：他"何为而在此"？这位隐士见到作者，也非常吃惊，"矍然问余所以至此者"。当得知其故之后，这位作为故人的隐士，竟一点也没有表现出同情和安慰，只是"俯而不答，仰而笑"，表现得非常陌生，这里，作者再度向读者渲染了隐士的特征。老朋友遭贬，竟不答而笑，他的笑中，究竟包含着怎样的含义，这是作者之所以"耸然而异之"的原因之一；原因之二，是当应邀而访其家之时，看到另外一个不可理解的现象："环堵萧然，而妻子奴婢皆有自得之意。"方山子用什么东西影响了他的妻子奴婢，使得他们有如此异常的表现呢？行文至此，可谓扑朔迷离，诱人深读而不忍释手，而隐士的形象也逐渐明朗起来。

为了向读者揭开隐士的庐山真面目，作者开始回顾自己所了解的隐士过去的生活。作者选择了一个自己亲眼所见的富有特点的细节来细致描绘他："从两骑，挟二矢，游西山，鹊起于前，使骑逐而射之，不获，方山子怒马独出，一发得之。"寥寥几笔，就画出了方山子的卓然不群，侠气弥胸的形象。全文随之雄奇跌宕、烟波生色。

下面作者又继续叙说方山子的家世："然方山子世有勋阀，当得官，使从事于其间，今已显闻。"此言其家之贵，一层；"而其家在洛阳，园宅壮丽与公侯等；河北有田，岁得帛千匹，亦足以富乐。"这说明了其家之富，二层。既富且贵，方山子却弃之如敝屣，"独来穷山中"，过"环堵萧然"的生活，这是为了什么呢？有所得必有所失，反之亦然。无怪乎作者发出感叹："此岂无得而然哉！"

行文至此，于字里行间，上文悬念的某些内涵我们也隐约可以看到，方山子为何抛弃富贵而隐于此？也许正是由于他的超常的精神境界使他看透富贵的幻想，只有保持精神上的自由特立，才是实在的。因此在他听到苏轼叙说自己的遭遇时，他便"俯而不答""仰而笑"了。在他看来，幸与不幸，得意与失意，都是"外物萦心"的结果，还是果断抛弃这些累赘吧！由此可以看出，古今的兴衰、荣辱、浮沉的界限，就都在这一笑之中被泯灭殆尽了。

全文最后一段，"余闻光、黄间多异人……方山子傥见之欤？"最后又突出一支奇兵，反戈一击，干净利落，而又余味无穷。体现了作者对方山子及其同类人生活的向往，评价便也就意在言外了。

由以上分析，我们能够看出，苏轼此文之"奇"，首先，表现在构思上极其切合隐士的身份，由隐而显，由略而详，层层设疑，层层呼应，最后一个有血有肉，卓然挺拔的隐士形象突显在读者面前；其次，作者用字准确而含蓄，字里行间饱含着丰富感情，细节描写、形象刻画也有其独到之处。

亡妻王氏墓志铭

治平二年五月丁亥，赵郡苏轼之妻王氏，卒于京师。六月甲午，殡于京城之西。其明年六月壬午，葬于眉之东北彭山县安镇乡可龙里先君先夫人墓之西北八步。轼铭其墓曰：君讳弗，眉之青神人，乡贡进士方之女。生十有六年，而归于轼。有子迈。君之未嫁，事父母；既嫁，事吾先君、先夫人，皆以谨肃闻。其始，未尝自言其知书也。见轼读书，则终日不去，亦不知其能通也。其后轼有所忘，君辄能记之。问其他书，则皆略知之。由是始知其敏而静也。从轼官于凤翔，轼有所为于外，君未尝不问知其详。曰："子去亲远，不可以不慎。"日以先君之所以戒轼者相语也。轼与客言于外，君立屏间听之，退必反复其言曰："某人也，言辄持两端，惟子之意之所向，子何用与是人言？"有来求与轼亲厚甚者，君曰："恐不能久。其与人锐，其去人必速。"已而果然。将死之岁，其言多可听，类有识者；其死也，盖年二十有七而已。始死，先君命轼曰："妇从汝于艰难，不可忘也。他日汝必葬诸其姑之侧。"未期年而先君没，轼谨以遗令葬之。铭曰：

君得从先大人于九原，余不能。呜呼哀哉！余永无所依怙。君虽没，其有与为妇何伤乎。呜呼哀哉！

【鉴赏】

这篇墓志铭是苏轼悼念已故结发妻子王弗之作。苏轼出生于眉州（今四川眉山县）一个文学世家。仁宗至和元年（1054），十九岁的苏轼同眉州青神（今青神县）乡贡进士王方十六岁的女儿王弗结了婚。苏轼赴任，因距家较近，遂接王氏和儿子苏迈到凤翔。夫妻共同在凤翔相处三年。苏轼二十二岁中进士。这年苏母程氏病故。轼匆忙由京丁忧返里。服丧期满返京，苏轼应中制科入第三等，授大理评事凤翔府（今陕西凤翔县）签书判官。这是以京师官的身份兼任地方官。英宗治平二年（1065）正月还朝，二月召试秘阁，入三等，得直史馆。不幸五月其妻王氏卒于京师，享年二十七岁。苏轼时值三十岁，本来正处青年时期的苏轼，又在朝为官，正想大干一番事业。不料，竟失去贤内助，子迈尚幼，这对苏轼无异是个沉重打击。轼对王氏从心里佩服，恩爱至是不用多言。他怀着沉痛的心情写了这篇墓志铭。仅有三百多字的短文，把一个体贴丈夫、知书达理、敏静贤淑、谨奉双亲、卓见有识的少妇形象跃然纸上，使人惋惜不已！

苏轼诗文的风格崇尚自然，反对雕琢。没有更多赞美的辞藻出现在这篇墓志铭，只是罗列了几件事实，竟把王氏的美德描写得天衣无缝，留下深刻的印象给读者，充分体现了他崇尚自然的文风。

全文开始介绍了王氏一般情况后说："君之未嫁，事父母，既嫁，事吾先君先夫人，皆以谨肃闻。"这里赞美王氏敬奉双亲且她为苏门添了后代，王氏在封建家庭中的地位，自然不必多言。苏轼回忆自己读书时，"轼有忘，君辄能记之。问其他书，则皆略知之"，表明王氏知书达理"敏而静"。并且"见轼读书，则终日不去"。年轻夫妻恩爱之情跃然纸上。夫妻在凤翔三年。

"轼有所为于外，君未尝不问知其详。曰：'子去亲远，不可以不慎。'日以先君之所以戒轼者相语也。"说明王氏与轼夫妻同心，不仅精心照顾他的生活，而且体贴入微地对待他的工作，唯恐出现失误，可谓难得的贤内助。王氏更难可贵的是，她对丈夫结交的朋友也仔细观察，唯恐有失。古语："近朱者赤，近墨者黑。"古来有多少例子可以说明，患难之交可以生死与共，结友不当反受其害。这里真可以说王氏对自己的丈夫真是操碎了心，关心实在是细致入微。苏轼如有所成就，王氏显然是功不可没的。

"将死之岁，其言多可听，类有识者。"说明苏轼从心里对王氏是佩服的，对妻子的话是尊重的。由于听王氏之言，所以很多事情办成功了。王氏显然成了苏轼的"军师"。

苏轼列举王氏功绩之后沉痛地说："君得从先大人于九原，余不能。"按封建习俗死葬先大人之侧，是死葬其所。年轻的苏轼早就预料到自己或许不会有这种福气。事实正是如此，尝尽仕途艰辛而老死的苏东坡，确实未能归葬故里。接着苏轼哀叹自己好像失去了靠山一样，"余永无所依怙"。这充分说明王氏在苏轼心目中的重要地位。最后苏轼又为自己宽心，能与这样贤德的淑女结为夫妻，就是死了又有什么值得悲伤呢？

事实证明，王氏早亡，苏轼一生中都是没有忘却的。如王氏死后，苏轼为了不忘王弗，为了幼儿苏迈的护养，他精心筹措又与王弗的堂妹王润之完婚。这无异对王弗的父母和对苏迈的抚养都是极有益的，也是对王氏亡灵最好的一个安慰。就是如此，苏轼对王弗的怀念也是难以忘却的，还在梦里经常相遇。十年后，他写了一首著名的《江城子·乙卯正月二十日夜记梦》（《东坡乐府笺》卷一）来悼念王弗，这不能不说明苏轼对王弗的感情真是一往情深！

韩干画马赞

韩干之马四：其一在陆，骧首奋鬣，若有所望，顿足而长鸣；其一欲涉，尻高首下，择所由济，局蹐而未成；其二在水，前者反顾，若以鼻语，后者不应，欲饮而留行。

以为厩马也，则前无羁络，后无棰策；以为野马也，则隔目耸耳，丰臆细尾，皆中度程。萧然如贤大夫、贵公子，相与解带脱帽，临水而濯缨。遂欲高举远引，友麋鹿而终天年，则不可得矣；盖优哉游哉，聊以卒岁而无营。

【鉴赏】

这篇文章着重赞赏了韩干的技艺。韩干，唐代著名画家，是著名画家曹霸的弟子，善画人物，尤工于马，曾为唐太宗画过马。他画的马神态各异，栩栩如生，深得王维、杜甫的推崇，杜甫《丹青引赠曹将军霸》一诗中说："弟子韩干早入室，亦能画马穷殊相。"苏轼也十分喜爱韩干画马的名画，除本文外，苏轼还写过《书韩干牧马图》《韩干画马十四匹》等作品。他在《韩干画马十四匹》一诗中说："韩生画马真是马，苏子作诗如见画。世无伯乐亦无韩，此诗此画谁当看！"他颂扬韩干画的是"真马"，即技艺达到逼真甚至乱真的地步，因而感慨地说：如今世上没有善相马的伯乐，也没有了画马的韩干，那么此诗此画留给谁看呢？叹惜世无知音。

文章的体裁是"赞"，黄侃说："盖义有未明，赖赞以明之。"可见"赞"本来不是"赞美"的意思。后来，常用"赞"这种文体表现褒扬赞美的内容，长此以往，也就和"颂"这种文体相通了。因此，"赞""颂"可归一类，多用韵文写成。

这篇短文分两段。第一段，把画面上四匹马的不同姿态以生动的笔触再现出来，栩栩如生，形象逼真。这一段采用白描的手法，将韩干的名画生动细致地描绘了出来，是一种艺术的再创造。苏轼本人也是一位画家，有自己一套独特的绘画理论，他主张文艺作品不但要"形似"，而且要"神似"，即能"传神"。其实，形与神密不可分，"形真"，自然就"神备"了，"神"是无形的，必得寓于真实的形象之中。你看画面上的四匹马，在陆地上一匹，昂起头，抖动着鬃毛，好像看见了远处的什么东西，而后又嘶叫起来，如闻其声，如睹其形；另一匹临河欲渡，臀部举起，马头曲下，小步徘徊在河边上，好像是在选择一个合适的渡河之处。它正要渡河，而尚未渡河。神态毕现，动态逼真。另两匹马正在河中，一前一后，前者回过头来，用鼻子示意，似乎有话要与同伴叙说，后者却不理会，想喝口清凉的河水，停滞不前。陆上的两匹分叙，水中的两匹合说，文字虽有详略，但四匹马都能表现得"形真神备"，如同活马、真马。使人不得不信"韩生画马真是马"了。韩画读苏文，如同见画，甚至不必见画了！韩画好，马如真；苏文好，文足以代画，真是异曲同工之妙啊！

第二段，先从推测这四匹马是“厩马”“野马”写起，然后采用“拟人”的修辞方法将马的洒脱比作贤大夫、贵公子解带脱帽，临水濯缨，作者笔锋轻轻一转，就由马转向了人事。“濯缨”句出自《楚辞·渔父》：“沧浪之水清兮，可以濯我缨。”濯，洗。缨，冠上的带子。这原是《孺子歌》中的两句诗，《孟子·离娄上》也引用过，含有士大夫清高不凡的意味，所以下句“遂欲高举远引”，以马比人，高高昂起头颅，注视远方，表示清高，远离世俗。进而以马归山林，比喻隐士以麋鹿为友，自然老死，然而这只是不能实现的幻想而已。

马，主人是不会放归山林的；人，譬如苏轼吧，也不可能入山归隐的，只因官职在身。那么，只好“优哉游哉，聊以卒岁而无营”。语见《诗经·小雅·采菽》：“优哉游哉，亦是戾矣。”《左传·襄公二十一年》引作“优哉游哉，聊以卒岁”《史记·孔子世家》也引用过类似的话。意思是，闲适优雅怡然自得的生活，姑且过完自己的有生之年，不再对功名富贵追求了。从内容上看，与《超然台记》所表现“游物之外”而“燕处超然”的老庄思想相合，与《沁园春·赴密州》“身长健，但优游卒岁，且斗樽前”意相通。

这首《沁园春》写于熙宁七年（1074）赴密州的路上，次年写《超然台记》于密州太守任上。这三篇作品思想内容相当，可能是同一时期的作品。另据颜其中《苏东坡年谱》《书韩干牧马图》《韩干画马十四匹》均作于熙宁十年（1077），本文也可能作于是年。由此可见，本文作于熙宁七年至熙宁十年之间。

答李方叔书

轼顿首先辈李君足下。别后递中得二书，皆未果答。专人来，又辱长笺，且审比日孝履无恙，感慰深矣。惠示古赋近诗，词气卓越，意趣不凡，甚可喜也。但微伤冗，后当稍收敛之，今未可也。足下之文，正如川之方增，当极其所至，霜降水落，自见涯涘，然不可不知也。录示孙之翰《唐论》。仆不识之翰，今见此书，凛然得其为人。至论褚遂良不谮刘洎，太子瑛之废缘张说，张巡之败缘房琯，李光弼不当图史思明，宣宗有小善而无人君大略，皆《旧史》所不及。议论英发，暗与人意合者甚多。又读欧阳文忠公《志》文、司马君实跋尾，益复慨然。然足下欲仆别书此文入石，以为之翰不朽之托，何也？之翰所立于世者，虽无欧阳公之文可也，而况欲托字画之工以求信于后世，不亦陋乎。足下相待甚厚，而见誉过当，非所以为厚也。近日士大夫皆有僭侈无涯之心，动辄欲人以周、孔誉己，自孟轲以下者，皆怃然不满也。此风殆不可长。又仆细思所以得患祸者，皆由名过其实，造物者所不能堪，与无功而受千钟者，其罪均也。深不愿人造作言语，务相粉饰，从益其疾。足下所与游者元聿，读其诗，知其为超然奇逸人也。缘足下以得元君，为赐大矣。《唐论》文字不少，过烦诸君写录，又以见足下所与游者，皆好学喜事，甚善！甚善！独所谓未得名世之士为志文则未葬者，恐于礼未安。司徒文子问于子思："丧服既除然后葬，其服何服？"子思曰："三年之丧，未葬，服不变，除何有焉。"昔晋温峤以未葬不得调。古之君子，有故不得已而未葬，则服不变，官不调。今足下未葬，岂有不得已之事乎？他日有名世者，既葬而表其墓，何患焉。辱见厚，不敢不尽。冬寒。惟节哀自重。

【鉴赏】

在此篇答书中作者有对后学的热情勉励，也有对后学的谆谆教诲。文章抨击了社会上的谀颂之风，表现了作者不与世俗苟合的气节。

文章的起首，作者因自己未及时给李方叔回信先表示了歉疚之心。"先辈"，是唐代应科者相互之间的敬称；"审"，是"知"的意思；"孝履"，是称居丧（父母死未葬）中人的套语。

接下去，作者先对李方叔的诗赋给予了较高的评价，同时，亦指出了其不足之处。"惠示古赋近诗，词气卓越，意趣不凡，甚可喜也"，是作者对李方叔诗赋长处的肯定。作者认为李的文章的思想情趣，也不同一般，不同于众，气势高远；是十分可喜的。"但微伤冗，后当稍收敛之"，李的诗赋尽管有以上长处，但又稍微有繁杂、拖沓的毛病，以后应当稍稍注意精练语句。提炼后的文章将更加不同凡响。足见作者对李文寄予了厚望。

紧接着转入文章正题。李方叔求作者另外书写欧阳修和司马光为孙之翰写的志文、跋尾，以刻成碑石，作者认为不可。当时，作者对推誉、刻碑之风十分不满，认为一个人有了成绩自然是不会抹杀掉的，根本无须树碑立传。故在此写道：我虽然不认识孙之翰，但现在看了抄录下来的他写的《唐论》，便领略到他举止严肃、令人敬畏的为人态度。至于论述褚遂良不曾说刘洎的坏话，太子瑛被废并不仅仅是因为武惠妃妖惑，仔细探究其原委，也由张说之过，张巡之败是由房琯造成的，李光弼不应当蓄谋讨伐史思明，宣宗为善，但止于小节，而无人君之远大谋略，这些都是旧史未曾提及的，其议论不同寻常。以上是《唐论》的独特之处。

作者又说，读了欧阳修为孙之翰写的志文，司马光为孙之翰写的跋尾，非常感慨。但紧接着，文章笔锋一转，说："然足下欲仆别书此文入石，以为之翰不朽之托，何也？之翰之所立于世者，虽无欧阳公之文可也，而况欲托字画之工，以求信于后世，不亦陋乎？"阐明李方叔让他写另志文和跋尾，刻成碑石，毫无必要。这种想要依字画之工巧，求信于后世的做法，是见识卑琐的表现。

作者此时获罪谪居黄州，他认为很大程度上是由于人们对他的推誉名过其实引起的。"足下相待甚厚"至"以益其疾"，就写了他对名过其实的推誉之风的看法。作者说，您厚待我，但是对我的赞扬言过其实，这并不是厚待所应该做的。近来的士大夫，都有不顾自己的实际情况而过分拔高自己的想法，动不动就想让别人借周公、孔子来称誉自己，对孟轲以下的人，都表现出大为不满、怅然所失的样子。这种风气绝不能助长。我仔细想了想我遭遇祸患的原因，这完全是由于名过其实，上天不能承受，这种罪过是与无功却得到优厚的俸禄一样的。我十分不愿意人们制造出空虚华美的言辞，相互颂扬赞美，以此更增加自己的罪过。

前文已经提到，作者谢绝了另书《志》文和跋尾之事，下文也一起谢绝了李方叔求之为未葬父母写墓志之事。《唐论》的文字不少，过分麻烦您各位抄写，以此足以看出您所交游的人，都是好学喜事之人，这很好。说到这儿，文章又是话锋一转："独所谓未得名世之士为志文则未葬者，恐于礼未安。"唯独没有那种得到名世之士撰写志文就不下葬，恐怕于礼不妥。下文则用实例说明了古代未葬的特殊情况。古代的君子，都是有原因没有办法而不能为父母下葬，则服饰不变，不服从调遣。现在，李方叔没有以上特殊情况，作者认为他没有理由因未得到名世之士写的墓志，就不为其父母下葬：如今您未为父母下葬，难道有无法解决的问题吗？日后有名世之士，在下葬之后为死者作墓志，又有什么可担心的呢？您厚待我，我怎么会不畅所欲言。

苏轼极为不满谀颂之风，在这篇文章中体现得尤为充分。他从不轻易为人撰写墓志碑文，就算是皇帝的圣旨，他也敢拒绝。他的这种不随波逐流的高亢德行，在当时的士大夫中表现得甚是突出。

文章陈说道理入情入理，观点十分鲜明。作者认为自己就是由于他人对己名过其实的赞誉而招致灾难，以自己的体验说明推誉之风不可长。他“深不愿人造作言语，务相粉饰”。作者还以古人的情况说明李方叔不得到名世之士撰写的墓志就不为父母下葬，从礼节上来说不妥。他认为“欲托字画之工，以求信于后世”是见识卑琐的体现。通过事实说明道理，使文章达到了以理服人的效果。

答李端叔书

轼顿首再拜：闻足下名久矣。又于相识处往往见所作诗文。虽不多，亦足以仿佛其为人矣。寻常不通书问，怠慢之罪，犹可阔略。及足下斩然在疚，亦不能以一字奉慰，舍弟子由至，先蒙惠书，又复懒不即答，顽钝废礼，一至于此。而足下终不弃绝，递中再辱手书，待遇益隆，览之面热汗下也。足下才高识明，不应轻许与人。得非用黄鲁直、秦太虚辈语，真以为然耶？不肖为人所憎，而二子独喜见誉，如人嗜昌歜、羊枣，未易诘其所以然者。以二子为妄则不可，遂欲以移之众口，又大不可也。

轼少年时，读书作文，专为应举而已。既及进士第，贪得不已，又举制策，其实何所有？而其科号为直言极谏，故每纷然诵说古今，考论是非，以应其名耳。人苦不自知，既以此得，因以为实能之，故至今，坐此得罪几死。所谓“齐虏以口舌得官”，直可笑也。然世人遂以轼为欲立异同，则过矣。妄论利害，谗说得失，此正制科人习气。譬之候虫时鸟，自鸣自已，何足为损益？轼每怪时人待轼过重，而足下又复称说如此，愈非其实。得罪以来，深自闭塞，扁舟草履，放浪山水间，与樵渔杂处，往往为醉人所推骂，辄自喜渐不为人识，平生亲友，无一字见及，有书与之亦不答，自幸庶几免矣。足下又复创相推与，甚非所望。

木有瘿，石有晕，犀有通，以取妍于人，皆物之病也。谪居无事，默自观省，回视三十年以来所为，多其病者。足下所见皆故我，非今我也。无乃闻其声不考其情，取其华而遗其实乎？抑将又有取于此也？此事非相见不能尽。自得罪后，不敢作文字。此书虽非文，然信笔书意，不觉累幅，亦不须示人，必喻此意。岁行尽，寒苦，惟万万节哀强食，不次。

【鉴赏】

这篇给李端叔的答书是苏轼谪贬黄州期间所作，他当时处境困顿。在答书中，作者陈说了自己对世事的看法，解释了世人对自己的一些误解，记述了遭受谪贬后世态的炎凉，自己的处境，以及对自我的反省。

苏轼对李端叔的诗文很赏识，苏轼还认为他的诗文和他的为人大致相似。“寻常不通书问”至“览之面热汗下也”，作者对自己加以自责，也表现了对李端叔的感激。“阔略”，即宽恕之意；“斩然”，痛苦的意思。“在疚”，语出《诗·周颂·闵予小子》：“嬛嬛在疚”，后世一般用为居丧代语；“递”是指文书之驿递。这一小段的大意为：在您痛苦地居丧之时，我也不能够用一字相加劝慰；我的弟弟子由来，带来您的书信，可是我又因为懒惰而未及时答复。我顽钝不顾礼节到了这个地步，您却始终没有看不起我，断绝和我的往来。我在驿递中又得到您的书信，您对我的情谊越来越深厚，我看了以后，脸上发热，汗也流了下来。

下面，作者以“足下才高识明”一句自然而然将文章带入正题。“足下才高识明”到“又大不可也”这一部分中，“得非”，意为“得无”“岂不是……吗？”“昌歜”是一种草名，“羊枣”是一种黑紫色的枣儿，文王喜欢吃昌歜，曾晰喜好吃羊枣，“如人嗜昌歜羊枣”实际上用来比喻人各有所好。人各有所好，很难问清楚为什么会是这样。作者在此向李端叔说明了推誉之言不可信，他的看法也体现了对自身辩证而又客观的认识。认为黄、秦二人虚妄，是不对的，要把他们的看法加于众人之口，则是更加不可的。

接下来，作者进一步解释了世人对自己的误解。先从少年读书谈到应举，又从“直言极谏”谈到由此而招致的灾难。文章写道：“人苦不自知，既以此得，因以为实能之，故至今，坐此得罪几死。所谓‘齐虏以口舌得官’，直可笑也。”作者说：人们苦于不自知，已经凭借着诵说古今、评论是非应了举，于是认为确实能够以此来辅佐国政，所以争辩之声直到今日。由世人的遭遇，作者又转而谈到了自己：“然世人遂以轼为欲立异同，则过矣。”这是说：可世人认为我要建立异说，这就错了。言辞曾给多少文人墨客带来杀身之祸，但是他们的言辞又究竟产生过多大作用呢？下文便做了阐述：“妄论利害，搀说得失，此正制科人习气，譬之候鸟时虫，自鸣自已，何足为损害。”应制的文章谗说得失、妄论利害，这是正制科人的习气。作者因言辞而获罪，在此特劝李端叔对己不复应该加推誉。

接着，作者叙述了获罪以来的境遇。“得罪以来”至“自幸庶几免矣”，是说：自获罪以来，自己处在一个十分闭塞的环境中。划着一叶扁舟，穿着一双草鞋，形迹放浪于山水之间，与樵夫、渔夫生活在一起。常常被醉酒之人推搡辱骂，于是自己也为渐渐地不被人所知感到高兴。平时亲友不给我寄信，我寄信给他们，他们也不作答，于是我也庆幸这样就差不多可以免于与世人交往而产生纷争了。作者以饱含辛酸的自得其乐，反映了人情的冷漠，世态的炎凉。对于目前的处境，作者说“足下又复创相推与，甚非所望”，再次劝李端叔不要复相推誉。

身居山野，作者有充足的时间自我反省，他对自我的认识也更加深刻。“木有瘿”至“非今我也”这几句是说：树木有赘瘤，石头的边缘有一圈光泽，犀牛的角有通孔，这些讨人喜欢的独特之处，其实正是它们所缺欠的。谪居无事可做，静下心来自我观察、反省，回顾三十年来所做之事，多有哪些缺欠。您所看到的我是以前的我，而不是现在的我。下文“无乃”四句中，声、情，华、实，所表示的是现象与实质，形式与内容，表与里，作者说，这些事情只有见面再谈，才能详尽地说明。

文末，又是作者对李端叔的嘱咐，自己因文辞获罪，所写书信则不可再给他人看。因李端叔正居丧，作者还劝慰他“万万节哀强食”“不次”，犹言不尽，不一一详说，常用作书信结尾之词。

在这篇文章中，作者善用比喻说明道理。谈及人们对自己的看法时，作者以“如人嗜昌歜羊枣；未易诘其所以然者”作比，说明人各有所好，对一个人的评价也不可能做到众口如一。作者还以“候鸟时虫，自鸣自已，何足为损害”作比，说明正制科人论说利害得失，就像春燕秋虫一样，该叫的时候就叫，过了季节就不叫了，对于他人，既无损害，也无补益，而由此引来杀身之祸，既可悲，又可笑。

祭欧阳文忠公文

呜呼哀哉，公之生于世，六十有六年。民有父母，国有蓍龟，斯文有传，学者有师，君子有所恃而不恐，小人有所畏而不为。譬如大川乔岳，不见其运动，而功利之及于物者，盖不可以数计而周知。今公之没也，赤子无所仰芘，朝廷无所稽疑，斯文化为异端，而学者至于用夷。君子以为无为为善，而小人沛然自以为得时。譬如深渊大泽，龙亡而虎逝，则变怪杂出，舞鰌鳝而号狐狸。昔其未用也，天下以为病；而其既用也，则又以为迟；及其释位而去也，莫不冀其复用；至其请老而归也，莫不惆怅失望，而犹庶几于万一者，幸公之未衰。孰谓公无复有意于斯世也，奄一去而莫予追。岂厌世溷浊，洁身而逝乎？将民之无禄，而天莫之遗？昔我先君，怀宝遁世，非公则莫能致。而不肖无状，因缘出入，受教于门下者，十有六年于兹。闻公之丧，义当匍匐往救，而怀禄不去，愧古人以忸怩。缄词千里，以寓一哀而已矣。盖上以为天下恸，而下以哭其私。呜呼哀哉。

【鉴赏】

苏轼文章擅变，句法多变，章法多变，曲折迂回，使人目不暇接。《祭欧阳文忠公文》赞其功绩，哀其去世，国家因之生死而兴衰。文章前半部分似少加溢美，后半部分发自心中的悲。此文前叙后断，用“上以为天下恸，而下以哭其私”殿住全文，统括前后两个部分。全文一气呵成，层次井然中见突兀变化，文意随语段流转。

第一、二语段以欧阳公的生死系之国家荣败做对比。第三语段以欧阳公未用世和用世，在位和释位，人心信乎向做对比。第四语段，句式一变，以设问句寄寓忧民疾世的思想，紧接一判断句肯定欧阳公救世之才。第五语段，转诉私谊哀情。

这篇文章骈句较多，韵味很浓。并且数种辞格交错并用，文势起伏很大。第一语段中，“民有父母，国有蓍龟”与“斯文有传，学者有师”形成音节错综，四个短句后，换对偶长句，再紧接一比喻，比喻欧阳公再世之时，“功利及于物”“不可以数计”。第二语段，句式基本对住第一语段，而意义相反，先写四个短句，结构相同，后接长句，再接一对偶。上一语段句末的“母、龟、传、师、为、知”和下段句末的“芘、疑、端、夷、时、狸”同韵相叶。第一语段和第二语段对比，第三语段句子对比，对比往往使白越加白，黑格外黑，正因其鲜明，方使人感到悼念欧阳公之情愈加情切。第四语段，由褒扬一转，用否定式疑问句肯定道：民心如此拥戴的人，怎会因“厌世溷浊，洁身而逝”？这样怆天悯人的哀号，是吊公亦自哀。为民之衣食，上天又怎会不羁留他在世？

欧阳公逝于1072年。1069年王安石变法，苏轼提倡温和的改革，反对王安石激进的主张，1071年苏轼贬官杭州，此时此地，苏轼又赞成“君子以无为为善”，认为欧阳公在世时，“君子有所恃而不恐，小人有所畏而不为”，慨叹现在是“小人沛然自以为得时”。

苏洵曾得力于欧阳公的引荐，欧、苏二门私交颇深，所以苏轼有欧阳公在世“斯文有传，学者有师”；欧阳公离世则“斯文化为异端，学者至于用夷”的叹息。第五语段，哭其私情，受欧阳公教益十六年，公丧，因在贬官住所，不能面吊，只能寄哀于千里之外！刘勰在《文心雕龙·哀吊》中说：“情往会悲，文来引泣。”细细体味此文的情境，有所感受。

书《六一居士传》后

苏子曰：“居士可谓有道者也。”或曰：“居士非有道者也。有道者，无所挟而安居士之与五物，捐世俗之所争，而拾其所弃者也。乌得为有道乎？”苏子曰：“不然，挟五物而后安者，惑也；释五物而后安者，又惑也。且物未始能累人也。轩裳圭组且不能为累，而况此五物乎？物之所以能累人者，以吾有之也。吾与物俱不得已，而受形于天地之间，其孰能有之？而或者以为己有，得之则喜，丧之则悲。今居士自谓六一，是其身均与五物为一也，不知其有物耶，物有之也，居士与物均为不能有，其孰能置得丧于其间？故曰：居士可谓有道者也。虽然自一观五，居士犹可见也。与五为六，居士不可见也，居士殆将隐矣！”

【鉴赏】

欧阳修的仕途十分不顺畅，初谪滁州（今安徽滁县）时，曾建醉翁亭，自号醉翁。晚年由于与王安石不合，六十五岁时，离开了尔虞我诈的官场生活，回到了颍州（今安徽阜阳县）西湖，好像从一片肮脏的泥沼，来到了一块干净的乐土，这时欧阳修心情舒畅，自称“六一居士”，并自为传《六一居士传》。

苏轼这篇传评，实是一篇驳论，驳斥有人认为六一居士非有道者之说。文章开始首先提出正确观点：“居士可谓有道者也。”然后设问：“或曰：居士非有道者也。”其理由是：“有道者，无所挟而安居。士之于五物，捐世俗之所争，而拾其所弃者。乌得为有道乎？”这里有人认为六一居士非有道者的根据就是挟五物而后安居。所谓有道者，指道德修养高尚的人。按儒家的传统观念，安贫乐道是一直被崇尚的。如颜回不迁怒，不贰过，箪食瓢饮，在陋巷不改其乐，三十二岁而卒，后世尊为“复圣”。这些人认为六一居士“于五物，捐世俗之所争，而拾其所弃者也。乌得为有道乎？”

苏轼首先驳斥那种认为“有道者，无所挟而安居”的错误观点。他从正反两个方面驳斥：“挟五物而后安者，惑也；释五物而后安者，又惑也。”这里是说那种为争到五物而后安居者，自不足道。就是佯为无争者，故意抛弃五物，也是蛊惑人心的。因为物是客观存在的。对于欧阳修来说，此五物如何能牵累他呢？因为“轩裳圭组”，也就是高官厚禄尚不能滞留他隐逸之情，况且是五物呢？物所以能牵累人者，是因为你自己执意要获得它的缘故，也就是私欲严重的人。这种人对物来说，“得之则喜，丧之则悲”，自私自利达到了可悲的地步。

今六一居士心怀开阔，认为物“受形天地之间”“自谓六一，是其身均与五物为一也。”也就是六一居士置身于天地之间，忘记了自己的一切，视自身与五物皆为同物，而不是视五物为已有。“自一观五，居士犹可见也。与五为六，居士不可见也。”这就是说从一老翁来看五物，居士尚在。但从五物加一老翁成六物时，只看见物，又看不见居士了，也就是隐逸了。由此看来，六一居士“可谓有道者也”。

欧阳修所以取六一居士之号，正是因为它的隐逸之意。虽然他自知“名之不可逃，然亦知夫不必逃也。”这是正视现实的观点。历代的所谓隐士，实际上也是逃脱不开现实的。看来欧阳修在这里还是明智的，因为他明白隐逸逃世是根本不可能的，但他又对新法不合，取六一居士之号，不过“聊以志吾之乐耳”。

欧阳修是苏轼的前辈，又是他擢进士第的主考官，也就是苏轼的“受知师”。可以说苏轼父子和兄弟进入仕途，欧阳修起了很大的作用，所以苏轼从内心对六一居士是怀着尊崇之心的。苏轼曾评价欧阳修的诗文：“论大道似韩愈，论事似陆贽，记事似司马迁，诗赋似李白。”(《六一居士集序》)欧阳修和苏轼是北宋文坛上璀璨的两颗巨星。欧阳修是苏轼由衷钦敬的文学前辈，苏轼是欧阳修热心揄扬的及门高足。他们既是关系密切的师生，又是相互倾服的文字挚友。他们同心相继力行古文革新运动，反对五代以来那种雕章琢句的文字游戏，提倡韩(韩愈)柳(柳宗元)的朴实文风。

这篇文章条理清晰，又从正反两方面逐步层层深入论证，使错误的观点不击自破。“居士可谓有道者也”，不会再有人提出异议。论据有理有据，使人心服口服。

书柳子厚《牛赋》后

岭外俗皆恬杀牛，而海南为甚。客自高化载牛渡海，百尾一舟，遇风不顺，渴饥相倚以死者无数。牛登舟，皆哀鸣出涕。既至海南，耕者与屠者常相半。

病不饮药，但杀牛以祷，富者至杀十数牛。死者不复云，幸而不死，即归德于巫。以巫为医，以牛为药。间有饮药者，巫辄云神怒，病不可复治。亲戚皆却药，禁医不得入门，人牛皆死而后已。

地产沉水香，香必以牛易之黎。黎人得牛，皆以祭鬼，无脱者；中国人以沉水香供佛，燎帝求福。此皆烧牛肉也，何福之能得？哀哉！予莫能救，故书柳子厚《牛赋》，以遗琼州僧道赟，使以晓喻其乡人之有知者，庶几其少衰乎！庚辰三月十五日记。

【鉴赏】

这篇文章出自《东坡题跋》。题跋，是古代的一种文体，是指对于书籍、字画、碑帖等文物作的题词或跋文。一般来说都比较简短，内容深刻。陈继儒《苏黄题跋·序》:“题跋，文章家之短兵也。”这个比喻很恰当，苏轼善于使用这一“短兵”，达到了出神入化的境地。

苏轼这篇跋文，分三段谈了三件事，第一段，写“载牛渡海”事。虽是《牛赋》跋文，但开头先不提《牛赋》而先从“恬杀牛(安于宰杀耕牛)写起，这也可以算是“开门见山”的写法，同时指出地点——海南(今海南省)。接着写“载牛渡海”事。这一段概括地介绍载牛渡海，运入海南的现象，特别强调海上“死者无数”；运到海南后，“耕者与屠者常相半”，可见活牛数量不多了。

第二段，写“以牛为药”事。古代海南有以装神弄鬼替人祈祷为职业的人，叫“巫”。当地人有了病，不就医，不吃药，“以巫为医，以牛为药”，即杀牛请巫祈祷。富户要杀十几头牛。病人死了不说，侥幸好了，就归功于巫。偶尔有饮药治病者，巫就宣布他触怒了神灵，他的病就不能再治了。病人的亲友们就替他退药禁医，因此医生不得进门，直到人、牛都死了才算完。这一段客观地描述了古代海南“以牛为药”的陋习，直闹到“人牛皆死”的悲惨下场。触目惊心，发人深思。

第三段，写“以牛祭鬼”事。古代海南地区产的“沉香”，必须用牛同黎族同胞换香。黎族人得到牛以后全都杀死，用来祭鬼求福，没有一头牛能逃脱的。这不过是普通烧牛肉罢了，怎能求福呢！这与上段“以牛为药”事相比，虽非为了治病，但同样是“杀牛祈祷”——残杀耕牛，妨碍农业生产发展。在这一段中，作者接着说:“予莫能救，故书柳子厚《牛赋》，以遗琼州僧道赟，使以晓喻其乡人之有知者，庶几其少衰乎！庚辰三月十五日记。”

文章写作于庚辰即元符三年(1100)，当年苏轼六十五岁，正月到儋州(今海南省儋县)贬所，三月十五日即作此文，他曾屡遭贬谪，连续受到打击，但他心中始终关心着老百姓。可惜苏轼时为被贬罪臣，已无权改变海南陋习，“予莫能救”说明他想救而无权力，他还是不能不救，只好采用迂回婉转的办法，心有余而力不足，何等悲愤、凄凉。尽管如此，用他那一笔好字，书写唐人柳宗元的《牛赋》，以赠琼州(今海口市)名僧道赟，求道赟“晓喻其乡人之有知者(有见识的人士)”以改变这种陋习。同时，在柳氏《牛赋》后写此跋文，以唤醒人心。文章借柳氏《牛赋》以抒己见，与原赋主题相去甚远，这种写法叫作“借题发挥”，别具一格，不同凡响。

戴嵩画牛

蜀中有杜处士，好书画，所宝以百数。有戴嵩《牛》一轴，尤所爱，锦囊玉轴，常以自随。一日，曝书画，有一牧童见之，抚掌大笑，曰：“此画斗牛也。牛斗，力在角，尾搐之两股间；今乃掉尾而斗，谬矣！”处士笑而然之。

古语有云：“耕当问奴，织当问婢。”不可改也。

【鉴赏】

这篇文章出自《东坡题跋》卷五。明代毛晋汲古图《津逮秘书》本《东坡题跋》六卷，收入苏东坡字画、文物、书籍等所写的题跋文字多达六百多篇。多是提笔挥洒而就，顷刻成文的“急就篇”，因而短小精悍，内容深刻，犹如思想火花的闪现，夺目生辉。

这篇短文很像一个短小精悍的寓言。分两段，第一段先写一个“牧童评画”的小故事，第二段简要指出这个故事所包含的深刻道理，即寓意所在。给人以启发和教育。

文章的思想性可以从以下三个方面来体会：第一，即使是名家高手，也有可能会疏忽大意，在作品中出现“疵点”，造成谬误。一切艺术都来源于生活，因此画家、作家以及一切文学艺术家都必须了解生活，这正是文章所告诫我们的第二个方面。第三，长期生活在某个领域的人，积累了丰富的生活经验和知识，他们就是这个领域的“知识里手”，在阶级偏见严重的封建社会里，作者能够重视一个下层劳动者，像牧童这样的人的见解，并加以肯定，确是难能可贵的。

在艺术技巧上，文章也有特点，一是叙述故事生动简洁。第一段用字不多，却能扣人心扉。这一段可分两个层次，第一层写杜处士所藏戴嵩之画《牛》，世间珍品，裱装精美，随身携带，从而把戴嵩之画抬得很高，视为珍品，然而抬得高就摔得重，爱不忍释。第二层写对牛十分熟悉的牧童，一眼看出了名画的瑕疵，指出它的错误之处，名画的价值也就一落千丈，顿失光彩。前后对照，大相径庭，使人为之所动，顿感可叹、可笑、可惜！二是不同的人物有不同的语言，用人物自己的语言来表现人物的形象是小说文体惯用的手法，用人物的语言、情态表现人物的形象。这篇短文能够运用这种手法已经初步显示出小说的雏形，可以说是小说的萌芽，如果把这类小文看作古代的“微型小说”，也无非不可。“情态”也是如此，可以表现人物的形象通过人物情态的描写，例如文章中牧童“抚掌大笑”“处士笑而然之”，两种笑态，所表现的内容有所不同，前句“抚掌大笑”是牧童耻笑画家的失真，嬉笑自己能够指出其谬，扬扬得意。而后句处士的“笑”，笑得很勉强，自己珍爱的名画被牧童指出其谬，而牧童的话又是对的，无法驳倒，只好以“笑”表示赞同了。三是“引用”辞格的运用。文章第二段引用了古语“耕当问奴，织当问婢”。这两句古语出自《宋书·沈庆之传》。宋文帝二十七年想要讨伐魏，与高祖婿徐湛之等谋，太子步兵校尉沈庆之谏道：“治国譬女治家：耕当问奴，织当访婢。陛下今欲伐国，而与白面书生辈谋之，事何由济？”

苏轼在这里采用“引用”辞格，恰到好处，得心应手，起了很大作用。在文中：第一，点题。“耕当问奴，织当问婢”是为了说明“画牛当问牧童”，充分肯定了牧童对牛的熟悉，对名画批评得当。作者运用“引用”法，在篇末点题，使主题得以升华，突出主题，而且，带有普遍意义。第二，结尾。引用古语结尾，留有余味，发人联想。第三，精警。文章所引用的古语，两句八字，寓意深刻，可以说是优美的“警句”，比用作者自己的话来叙述，要精练生动得多，从而节省了文字，效果也好得多。总之，这里采用“引用”法，恰当得体不可或缺。

无独有偶。宋代郭若虚《图画见闻志》卷六，也有一篇《斗牛图》与本文有点相似。两篇短文的内容与表现方法大体上类似，只有人名不同。两相比较，苏轼在语句精练和篇末引用古文以作结这两点，是郭文所不及的。

记承天寺夜游

元丰六年十月十二日，夜。解衣欲睡，月色入户，欣然起行，念无与为乐者。遂至承天寺，寻张怀民。怀民亦未寝，相与步于中庭。

庭中如积水空明，水中藻、荇交横，盖竹柏影也。

何夜无月，何处无竹柏？但少闲人如吾两人者耳！

【鉴赏】

这篇文章起笔就交代了“夜游”的时间是“元丰六年十月十二日”，即作者贬谪到黄州（今湖北黄冈县）的第四年。那时，他虽然号称黄州团练副使，却“不得签署公事”，以罪臣的身份过着十分抑郁的闲居生活。这篇短文在似不经意间随手写来，真是美妙地描绘了月夜的景色，真实地记录了他当时生活的一个片段，透露出自我排遣的心境来忘却贬谪的苦闷。

“夜”，无事可干，便“解衣欲睡”，但见“月色入户”，又“欣然起行”，准备去寻“乐”。却“无与为乐者”“遂至承天寺寻张怀民”。张怀民即张梦得，此时也谪居黄州，暂寓承天寺。他与苏轼兄弟均有来往。找到张怀民，可谓找到“知己”，因为“同是天涯沦落人”“怀民亦未寝，相与步于中庭”。这些心理活动与行动似乎是自然流行，信手拈来。但细细揣摩，却“与山石曲折”，层次分明。

文思如滔滔江水，接着便写景：“庭下如积水空明，水中藻、荇交横，盖竹柏影也。”“步于中庭”，目光被满院月光所勾走，让人产生一种错觉：“积水空明”，院子里清清楚楚地看见藻、荇等水草纵横交错，斜逸叠生，还不时地摇曳晃动。怎么回事？噢，抬头看见了竹柏和皓月才明白过来，原来不是藻、荇，而是月光照出的“竹”“柏”的影子！可谓绝妙之笔！“月光如流水”的描写，不乏其例；但用“水中藻、荇交横”来形容月下竹柏婆娑筛影的描写，实为稀有。苏轼不愧为胸有“万斛泉源”的大家，他的文章恰如他自己所说：“不择地而出。”

文章到此，似可完结。但作者寥寥几笔又有“画龙点睛”之意——“何夜无月，何处无竹柏？但少闲人如吾两人耳！”是啊，何夜无月？何处无竹柏？唯“吾两人”是“闲人”，唯“闲”才能“夜游”，唯“夜游”才能赏景观影到如此细微的程度。这也暗含着对那些世俗之人汲汲于功名富贵的嘲讽。

苏轼的心胸的确很“坦然”，几遭贬谪，仍然那样乐观，豁达；即使流放到儋耳，也不曾像“骚人思士”那样“悲伤憔悴”。但他有志用世，并不愿当“闲人”。因贬得“闲”“自娱于山水之间”，赏明月，观竹柏，自得其乐，但并不得意。他那“自适”与“自乐”中包含了失意情怀的自我调解。《记承天寺夜游》以八十五个字，从字里行间，特别是结尾数句暗含出作者的这种特殊心境。

文章第一段记事，第二段写景，第三段抒情。丝丝相扣，层层深入，实在耐人寻味。

记游松风亭

余尝寓居惠州嘉祐寺，纵步松风亭下，足力疲乏，思欲就亭止息。望亭宇，尚在木末，意谓是如何得到？良久，忽曰：“此间有什么歇不得处？”由是如挂钩之鱼，忽得解脱。若人悟此，虽兵阵相接，鼓声如雷霆，进则死敌，退则死法，当恁么时也不妨熟歇。

【鉴赏】

绍圣元年（1094），章惇奉相，再施新法。苏轼当时在定州做知州。四月因斥先朝的罪名贬至英州，尚未到任，八月便再贬惠州。“绍圣元年十月二日，轼始至惠州，寓居嘉祐寺。明年三月，迁于合江楼行馆”（苏轼《题嘉祐寺壁》）。“合江楼在惠州府为水西，嘉祐寺在归善县城内，为水东”（王文浩《苏诗总案》）。在惠州，苏轼写了不少寓意类型的散文，取材于日常生活的占了绝大多数。这些或触景生情或直抒胸臆的短文，不仅渲染出了一种情调，表现了一片意境，更重要的是阐释了一个道理，彰显了一种精神。《记游松风亭》就是其中一篇。这篇文章虽然只有九十四个字，但读起来却十分耐人寻味，寓意深远。

全文分为三段：

第一段，先写作者漫步在松风亭下的情景。文章开头就点名了题目，交代游玩的地点：松风亭。亭在惠州（今广东省惠阳县）东南。据《舆地纪胜》：“亭在弥陀寺后山之巅，始名峻峰。植松二十余株，清风徐来，因称曰松风亭。”苏轼无罪却被贬至惠州，寓居于嘉祐寺，闲时“纵步”，行至松风亭下，颇感“足力疲乏”。由此可见，无辜遭贬，给他的精神带来的极度创伤。望着被绿荫所覆盖的松风亭，又十分想在此小憩，然而，这些却可望而不可即，一时足力难以达到。

于是提出了“意谓是如何得到”(怎样才能达到)的疑问。“纵步”二字的运用，不仅表现了作者豁达的胸襟，也反映了他桀骜不驯的性格。苏轼的政治生涯十分坎坷，一生几遭贬黜。但是，他从不灰心丧气、弃官归隐，作为一个关心国事的文人，经常会感到自己壮志未酬，期盼有朝一日，干一番事业，重新报效朝廷。但这个目的好像前方松林深处的松风亭一样，是一时可望而不可即。“足力疲乏”表明了他经受诬陷、贬谪的打击之后，未老先衰，体力不济的身体状况，同时也可以说是心情不佳的心理状况。这一段表明作者此时思绪是混乱的，心境是落寞的，体力和心情融合一体，不免导致忧虑重重。

第二段，着重写了对“疑问”的回答。想了很久，苏轼豁然开朗，发出了“此间有什么歇不得处”的感叹，并以“由是如挂钩之鱼，忽得解脱”来自我调节，这段文字没有从正面直接回答“是如何得到”的疑问，而是从侧面点到了“有什么歇不得处”的理由。自我开释政治上的不得志和精神上的苦闷。“良久，忽曰”，这一静一动，突然转变，勾勒出作者不甘被忧郁所困，而听凭泰然自若、自安自适的处世哲学。文字凝练，言简意赅，比喻恰当。

第三段，可以说是第二段的补充，同时，也是文章的核心内容。“若人悟此”四个字，揭示了作者在人生长河中，在坎坷的政治生涯里悟出了生命的真谛，即纵使在“兵阵相接，鼓声如雷霆，进则死敌，退则死法”的恶劣形式下，如果实有必要，这样的时刻，也不妨踏踏实实休息一会儿，以便再战。正是在这种思想的支配下，使用此种妙法，才使苏轼在官场险恶、坎坷不平的人生道路上，坚韧地向前迈步，既不一时激愤而死，又不弃官归隐，从而度过了曲折的一生。

这篇文章如同《志林》中其他文章一样，短小而精练，语言清新朴实，描述了一段历史，阐释了一种哲理，让人百闻不厌。

苏辙卷

苏辙简介

苏辙（1039—1112），字子由，自号颍滨遗老，汉族，眉州眉山（今属四川省）人，北宋时期著名的文学家、诗人、唐宋八大家之一。与其父亲苏洵、兄苏轼并称“三苏”。嘉祐二年（1057）与其兄苏轼同科进士及第。元祐元年（1086）二月到任右司谏，九月拜起居郎，十一月擢为中书舍人。历任户部侍郎、翰林学士、吏部尚书、御史中丞、尚书右丞、门下侍郎。死后被追复端明殿学士，谥文定。

苏辙生平学问深受其父兄的影响，以儒学为主，最倾慕孟子但是又遍观百家。他擅长的是政论和史论，在政论中喜欢纵谈天下大事。苏辙在文章创作上发展了韩愈“气盛言宜”的论点，强调了生活体验对一个作家的重要性。苏轼曾给苏辙的散文以高度评价，甚至认为胜过自己。但说其胜于苏轼，未免言过其实了。平心而论，辙文成就虽高，但并不高于苏轼，至少不及苏轼全面，特别是题跋文、小品文、寓言等方面，无论数量、质量都是不及苏轼的。苏辙的论文多采用这种“曲径通幽”“铺衬成文”的手法。苏辙的传记、杂记文富有文学色彩，虽语言冲雅淡泊，但叙写生动形象，给人一种身临其境，亲见其人的感觉。

超然台赋（并叙）

子瞻既通守余杭，三年不得代，以辙之在济南也。求为东州守，既得请高密。其地介于淮海之间，风俗朴陋，四方宾客不至。受命之岁，承大旱之余孽，驱除螟蝗，逐捕盗贼，廪恤饥馑，日不遑给，几年而后少安。顾居处隐陋，无以自放，乃因其城上之废台，而增葺之，日与其僚览其山川而乐之。以告辙，曰："此将何以名之？"辙曰："今夫山居者知山，林居者知林，耕者知原，渔者知泽，安于其所而已，其乐不相及也。而台则尽之。天下之士，奔走于是非之场，浮沉于荣辱之海，嚣然尽力而忘反，亦莫自知也。而达者哀之二者，非以其超然，不累于物故邪！老子曰：'虽有荣观，燕处超然。'尝试以'超然'命之可乎？"因为之赋以告曰：

东海之滨，日气所先。岿高台之凌空兮，溢晨景之洁鲜。幸氛翳之收霁兮，逮朋友之燕闲。舒堙郁以延望兮，放远目于山川。设金罍与玉斝兮，清醪洁其如泉。奏丝竹以愤怨兮，声激越而眇绵。下仰望而不闻兮，微风过而激天。曾陟降之几何兮，弃溷浊乎人间。

倚轩楹以长啸兮，袂轻举而飞翻。极千里于一瞬兮，寄无尽于云烟。前陵阜之汹涌兮，后平野之湠漫。乔木蔚其蓁蓁兮，兴亡忽乎满前。怀故国于天末兮，限东西之崄艰。飞鸿往而莫及兮，落日耿其夕躔。嗟人生之漂摇兮，寄流梼于海。苟所遇而皆得兮，遑既择而后安。彼世俗之私己兮，每自予于曲全。中变溃而失故兮，有惊悼之汍澜。诚达观之无不可兮，又何有于忧患。

顾游宦之迫隘兮，常勤苦以终年。盍求乐于一醉兮，灭膏火之焚煎。虽昼日其犹未足兮，俟明月乎林端。纷既醉而相命兮，霜凝磴而跰蹮。马踯躅而号鸣兮，左右翼而不能鞍。各云散于城邑兮，徂清夜之既阑。惟所往而乐易兮，此其所以为超然者邪！

【鉴赏】

文章的背景是苏轼因与王安石政见不一，自请外调，以开封府推官之职通判杭州。熙宁七年（1074）又调任密州（今山东诸城县）刺史。苏轼至密州后，曾将其园林北之旧台，加以重新修整。辙以“超然台”名之，并为此写了这篇赋。苏轼《超然台记》云“予弟适在济南，闻而赋之，且命其台曰‘超然’”，可作为佐证。苏轼作有《望江南·超然台作》一词，词中云：“春未老，风雨细斜斜。登到超然台上看，半壕春水一城花。烟雨暗千家。”

特赋前段小序，用意在于说明写作此赋的动机与因由。可分四层意思，先讲述密州交通不便，地处偏远，宾客少至；接着，赞扬其兄治理密州政绩卓著，接言修台原因，是为了观览山川以自放，日与其同僚；最后申述自己命此台为“超然台”之旨意何在。序文以散文的形式叙写，文笔洒脱自然，不拘不放，井然有序，层次明晰。为帮助读者理解全赋的主旨，做了注脚和张本。

这首赋借物抒怀，表现了作者随遇而安，超尘脱俗的思想感情。苏辙生活的时代，正是北宋后期。北宋王朝当时处在风雨飘摇之中，民族矛盾日益加剧，社会危机四伏。王安石参政后，积极推行新法，苏氏兄弟因上书反对，故遭排斥。轼外放余杭，辙为齐州守李师中掌书记。苏辙此赋便是他奋进与退缩、入世与超脱这一心灵深层意识的外化与流溢。

《超然台赋》整篇的构思新颖别致。赋文可分为三段。首先，记写其兄苏轼与同僚登台游乐饮宴，遗落尘俗。点明“超然”之旨趣；中间写由登台远眺，所引起的故国之思，兴亡之感，慨叹人生仕途的艰险和人生之不如意。说明“超然”的真谛。故国遥远，归途崎岖，世俗皆为一己之私利，排挤压抑贤忠之士，为此，作者表示深深的哀伤：“有惊悼而汍澜”正是这种情愫的坦露和形象的表露。段尾，作者又以腾挪跌宕之笔势，陡然引出“诚达观之无不可兮，又何有于忧患”。此意谓只要一切随遇而安，听其自然，对不如意的事想得开，那又何必忧愁悲伤呢？虽属借物抒怀之作，但赋中所写并非作者亲自登临游观之景物，而是借他人之物，来浇个人心中之块垒。

至此，“超然”之真谛已显而易见。所以超然，实属不得已而为之。行文不滞不板，起伏跌宕，摇曳多姿。在赋的末段，又由宦海的俯仰升沉，兄弟的东西云散，壮志不得伸展，说明要想排遣胸中的郁闷凄苦，只有沉溺于痛饮之中，以酒求乐，方能解脱。超然物外，而不为物所累，即是以“超然”命台之意。赋以台命意，借台抒情，处处又紧扣“超然”二字叙写。明为写台，实则揭露北宋朝政腐败。利己者得势，忠贞贤达之士遭贬，故明达者只能在逆境中自求欢乐，超然物外。这首赋的主旨与苏轼的

《超然台记》，实属体异而旨同，具有异曲同工之妙。

这篇赋立意高，用意深。借物写人，因物抒情，以物明志。物为人设，人因物显。借对超然台景观的描写，命名之由来，全赋虽只有三百一十余字，但其寓意却十分精深。苏轼曾评辙之文说：“汪洋淡泊，有一唱三叹之声，而其秀杰之气，终不可没。”(苏轼《答张文潜书》)此赋正具有这一特色。将作者欲进不能，欲罢不甘，不得已而自我慰藉、自我宽解的矛盾心理状态，抒写得委婉尽情。

墨竹赋

与可以墨为竹，视之良竹也。客见而惊焉，曰：“今夫受命于天，赋形于地，涵濡雨露，振荡风气。春而萌芽，夏而解弛，散柯布叶，逮冬而遂。性刚洁而疏直，姿婵娟以闲媚；涉寒暑之徂变，傲冰雪之凌厉，均一气于草木，嗟壤同而性异。信物生之自然，虽造化其能使？今子研青松之煤，运脱兔之毫，睥睨墙堵，振洒缯绡，须臾而成。郁乎萧骚，曲直横斜，秾纤庳高，窃造化之潜思，赋生意于崇朝。子岂诚有道者耶？”

与可听然而笑曰：“夫子之所好者道也，放乎竹矣！始予隐乎崇山之阳，庐乎修竹之林，视听漠然，无概乎予心。朝与竹乎为游，莫与竹乎为朋，饮食乎竹间，偃息乎竹阴，观竹之变也多矣。若夫风止雨霁，山空日出，猗猗其长，森乎满谷，叶如翠羽，筠如苍玉，澹乎自持，凄兮欲滴，蝉鸣鸟噪，人响寂历；忽依风而长啸，眇掩冉以终日，笋含箨而将坠，根得土而横逸，绝涧谷而蔓延，散子孙乎千亿。至若丛薄之余，斤斧所施，山石荦埆，荆棘生之，蹇将抽而莫达，纷既折而犹持，气虽伤而益壮，身已病而增奇；凄风号怒乎隙穴，飞雪凝冱乎陂池，悲众木之无赖，虽百围而莫支，犹复苍然于既寒之后，凛乎无可怜之姿，追松柏以自偶，窃仁人之所为。此则竹之所以为竹也。始也，余见而悦之；今也，悦之而不自知也。忽乎忘笔之在手，与纸之在前，勃然而兴，而修竹森然。虽天造之无朕，亦何以异于兹焉？”

客曰：“盖予闻之，庖丁，解牛者也，而养生者取之；轮扁，斫轮者也，而读书者与之，万物一理也，其所以为之者异尔。况夫夫子之托于斯竹也，而予以为有道也者，则非耶？”与可曰：“唯唯。”

【鉴赏】

这篇赋采用主客对答的形式，赞美文与可画艺的精湛高妙，含蓄而隽永地颂扬了他刚直纯朴的德操与高洁的人格，《墨竹赋》是苏辙赋中的代表作。从而表现了作者的审美理想及思想情趣。

墨竹，即墨绘之竹。苏轼在文中转引苏辙的话，既表达了兄弟二人对与可的赞扬与敬佩之情，同时进一步深化与拓宽了与可画艺理论和方法的价值与意义。文与可，即文同，北宋著名画家，擅画墨竹。画竹叶创深墨为面、淡墨为背之法，主张画竹必先“胸有成竹”，此说对后世创作构思影响颇大。苏轼画竹，就是以文与可为师。与可是苏氏兄弟的表兄和挚友。

这篇赋一开头，即单刀直入，起笔扣题，以点睛之笔，极写与可所画墨竹之精妙，“视之良竹也。”这里的“良”字不单单是“好”的意思，还蕴含着“真”“美”之意。正因其所画墨竹惟妙惟肖，形似而神更似，故“客见而惊焉”。使人对与可所画墨竹有一总的认识，开头虽寥寥数字，实属精工之笔。文章接着借客人问话，竹子得风雨阳光的滋润，由萌芽、长茎、生枝、布叶直至长成高耸的竹箭，其生长土壤与环境虽与一般草木相同，形象地描述了竹子生长的环境条件及成长过程，但其禀性却与之迥异；它挺拔孤直，坚韧刚劲，娴静文雅，虽经炎暑酷寒，依然奋发向上，桀骜凌厉。与可的墨竹画，突出地显示了竹子的特有品格。提供了依据为下文与可的论画，做了铺垫。

与可的一席回答，则是他画艺理论精华具体的体现。白天吃饭在竹间，晚上睡在竹荫，全神贯注地观察竹子在各种不同环境下的变化，细致地体味竹子的特性，对外界的一切事物漠然置之，全不放在心上。与可因长期与竹子生活在一起，他住在竹林之中，白天与竹子交游，晚上与竹子为友；正因为他对所画之物不仅做到熟悉、深知、娴熟于心、了如指掌的地步，而且，与竹子建立了一种特殊的感情，见竹而“悦之”，甚至到了“不自知”的境地。所以，他画起竹来，挥洒自如，游刃有余，“须臾而成”。所绘之竹精美，卓绝，栩栩如生。这一段文字描绘细腻、深沉。作者采用因情布景，借景言理，以景赞人的手法，将人、景、情、理四者熔于一炉，使内容显得蕴藉深厚，耐人品味，留不尽之意于言外。

由评墨竹画，论画竹，进而颂扬与可艺术修养的高深，将与可画竹法提高到哲理的高度来认识，这是赋的第三段内容的意图。在这一段文字里，作者引用了两个典故，庖丁解牛，这一寓言出自《庄子·养生主》，文中借此寓言说明，与可画竹挥笔而就，就在于他掌握了竹子的特性与规律，做到了"胸有成竹""轮扁，斫轮者也，而读书者与之"的典故，则见于《庄子·天道》篇，以此说明与可精湛的画艺，高超的技术，是从无数的实践中得到的。喜竹、爱竹、嗜竹成癖，心为竹所感，加之独特的画艺，这些便是与可画墨竹取得高度成就的诀窍。

这篇赋构思精巧，独具匠心。全赋以"道"为主线贯穿首尾。但在各段中，"道"字的含义又各有不同：第一段中的"子岂诚有道者耶"中的"道"是指奥秘、诀窍而言，第二段中的"夫子之所好者道也"的"道"则蕴含着客观事物运动变化的规律之意，说明艺术家应该善于将客观事物的外在形象，通过个人内心的主观感受，幻化成生动的、活脱脱的艺术形象从而表现出来的道理。而末段中的"而予以为有道者"，既指秘诀，又包含有特殊技巧、方法的意思，与赋首遥相呼应，使得全赋布局严谨，浑然天成，妙合无垠至此，与可这个名画家的形象，便活灵活现地浮现在读者面前，令人油然而生敬佩之意。

赋是介于诗与散文中的一种古文体。这篇赋，既继承了汉赋"体物写志"的传统，而又扬弃其"铺陈过繁"的弊病。全赋文采斐然，行文流畅跌宕，语言简洁凝练而又寓意深邃，实堪称宋赋中文情并茂、辞质相彰之佳作。

汉赋中的句式大多为四六句式的对应与交错。而苏辙的这篇赋，虽然也以四六句为主，但却灵活多变，音韵节奏跳荡活泼，自由而充畅地表达出作者对友人与可的赞颂与仰慕之情。苏辙对赋这一文体的革新与实践，对宋赋的发展无疑是起了积极作用的。

卜居赋（并引）

昔予先君，以布衣学四方，尝过洛阳，爱其山川，慨然有卜居意，而贫不能遂。予年将五十，与兄子瞻皆仕于朝，裒橐中之余，将以成就先志，而获罪于时，相继出走。予初守临汝，不数月而南迁，道出颍川，顾犹有后忧，乃留一子居焉。曰："姑糊口于是。"既而，自筠迁雷，自雷迁循，凡七年而归。颍川之西三十里，有田二顷，而僦庐以居。西望故乡，犹数千里，势不能返，则又曰："姑寓于此。"居五年，筑室于城之西，稍益买田，几倍其故，曰："可以止矣。"盖卜居于此，初非吾意也。昔先君相彭、眉之间为归全之计，指其庚壬曰："此而兄弟之居也。"今子瞻不幸已藏于郏山矣！予年七十有三，异日当追蹈前约。然则颍川亦非予居也。昔贡少翁为御史大夫，年八十一，家在琅琊，有一子，年十二，自忧不得归葬。元帝哀之，许以王命办护其丧。谯允南年七十二终洛阳，家在巴西，遗令其子轻棺以归。今予废弃久矣，少翁之宠，非所敢望，而允南旧事，庶几可得。然平昔好道，今三十余年矣，老死所未能免，而道术之余，此心了然，或未随物沦散。然则卜居之地，惟所遇可也，作《卜居赋》以示知者。

吾将卜居，居于何所？西望吾乡，山谷重阻。兄弟沦丧，顾有诸子。吾将归居，归于谁处？寄籍颍川，筑室耕田。食粟饮水，若将终焉。念我先君，昔有遗言：父子相从，归安老泉。阅岁四十，松竹森然。诸子送我，历井扪天。汝不忘我，我不忘先。庶几百年，归扫故阡。

我师孔公，师其致一。亦入瞿昙、老聃之室。此心皎然，与物皆寂。身则有尽，惟心不没。所遇而安，孰非吾宅？西从吾父，东从吾子。四方上下，安有常处？老聃有言："夫惟不居，是以不去。"

【鉴赏】

该赋为苏辙晚年之作。赋前有一小引。引，文体名。徐师曾说："唐以后始有此体，大略如序而稍为短简，盖序之滥觞也。"（《文体明辨》）此引，主要说明自己选择颍川（今河南许昌市东）而居的原因和经过，委婉曲致地表达出随遇而安的闲适心境和思归不得的无奈。

苏辙虽才智卓群，闻名遐迩。但其一生仕途偃蹇，命运乖戾。因论事忠直，敢于直谏，因此，屡遭贬迁。辙十九岁进士及第。嘉祐六年（1061）与其兄轼同应制举，因其在御制对策中直言抨击仁宗皇帝，在朝中引起激烈争论，一片哗然，不得已以"奏乞留京养亲"未就仕职。治平二年（1065），出任大名府推官。还朝任职后，对新法多有批评。元丰二年（1079）苏轼以谤讪新政罪名入御史台狱，苏辙请求以自己的官职为兄赎罪，受牵连被贬监筠州盐酒税。

哲宗亲政，起用新党。绍圣元年（1094）三月，落职知汝州。六月，降三官，知袁州。九月，降授朝议大夫，分司南京，筠州居住。绍圣三年，再谪化州别驾，雷州安置。次年移居循州。元符三年(1100)，遇赦北归。寓居许昌颍水之滨，自号颍滨遗老，杜门谢客12年，直至政和二年(1112)病逝。苏辙从十九岁涉足仕途，六十二岁离开官场，历经了宦海浮沉的生涯，亲睹了朝臣的机诈权变，目击朝政的黑暗腐败，体味了人世间的甘辛炎凉。岁暮之年，又一再遭贬，故晚年变得沉郁寡欢，对世事冷漠泰然，而倾心于坐禅拜佛。读书著述，“不复与人相见，终日默坐，如是者几十年”(《宋史·苏辙传》)。从这首小赋及其引文里，可以清楚了解苏辙暮年时的生活和其超然物外的心境。

作者通过倾诉自己寓居异地思乡恋归的心情，抒发入世与出世，留与归的思想矛盾。这篇短赋，仅一百六十三字。短小精悍，文短旨深，言简意丰。先写择居颍川与思归眉山的复杂心情。在赋的首段，故乡“山谷重阻”，其兄轼葬于河南临汝，诸子在颍川，有庐有田，为了生计，只好寄居在此，但内心深处仍希望死后，能将其运回故里。此段虽托寄死后之意，毫无伤感悲哀之情，笔调却十分轻快，紧接着写自己思想的发展变化，“我师孔公，师其致一。”孔公，即孔子。此句意思是我自始至终都是以孔子为师的。孔子一生热心救世，作者以孔子为师，即言明自己早年有救世济物之志，至老而不衰。

但社会的黑暗，仕途的坎坷遭遇，朝廷的腐败无能，使得他变得心灰意冷。既然世不可救，志不能伸，只有超脱污浊的尘俗，孤独老去。从文章的表面看，作者的心境是淡泊的，坦荡的。但若将“我师孔公，师其致一”与“亦入瞿昙，老聃之室，此心皎然”联系起来，就可以知道作者心情的复杂矛盾和积愤之深。最后以老子之言“夫惟不居，是以不去”结束全文。老子原文是“万物作而不辞，生而不有，为而不恃，功成而弗居，夫唯弗居，是以不去”。原意为赞扬圣人常常不有功自居，所以人们就归功于他。

苏辙引用此句，意在说明自己不是不想回归故乡，只是无法返回。这只是其表层之意。深层意思则为：我本想为国家干一番事业，但因时不我与，只有“志于山林”。末尾语意双关，寓意深沉，含蓄蕴藉，耐人回味，具有无尽的情韵。

这篇短赋，夷旷萧散，渟蓄渊涵。虽述卜地而居之事，但却寓意深远。作者借寓居他乡，死葬故土之意，抒发个人仕途的升沉俯仰，表达对现实的不满与愤恨。该赋虽以排忧抒愤为旨，但因其音韵和谐，通篇情意激荡，声调高亢，充满了生气与活力，一扫汉魏短赋那种哀怨悲伤之情调，为抒情言志短赋开辟了一条新的途径，增添了新的表现手法。文笔平和纡徐，明白晓畅，充分体现了苏辙汪洋淡泊的风格。全赋运用四言句式，因而具有整齐匀称之美。就这一点来看，《卜居赋》不愧为宋代抒情短赋中的佳品。

上枢密韩太尉书

太尉执事：辙生好为文，思之至深。以为文者气之所形，然文不可以学而能，气可以养而致。孟子曰："我善养吾浩然之气。"今观其文章，宽厚宏博，充乎天地之间，称其气之小大。太史公行天下，周览四海名山大川，与燕、赵间豪俊交游，故其文疏荡，颇有奇气，此二子者，岂尝执笔学为如此之文哉？其气充乎其中而溢乎其貌，动乎其言而见乎其文，而不自知也。

辙生十有九年矣。其居家所与游者，不过其邻里乡党之人；所见不过数百里之间，无高山大野可登览以自广。百氏之书，虽无所不读，然皆古人之陈迹，不足以激发其志气。恐遂汩没，故决然舍去，求天下奇闻壮观，以知天地之广大。过秦、汉之故都，恣观终南、嵩、华之高，北顾黄河之奔流，慨然想见古之豪杰。至京师，仰观天子宫阙之壮，与仓廪府库、城池苑囿之富且大也，而后知天下之巨丽。见翰林欧阳公，听其议论之宏辩，观其容貌之秀伟，与其门人贤士大夫游，而后知天下之文章聚乎此也。太尉以才略冠天下，天下之所恃以无忧，四夷之所惮以不敢发，入则周公、召公，出则方叔、召虎，而辙也未之见焉。

且夫人之学也，不志其大，虽多而何为？辙之来也，于山见终南、嵩、华之高，于水见黄河之大且深，于人见欧阳公，而犹以为未见太尉也。故愿得观贤人之光耀，闻一言以自壮，然后可以尽天下之大观而无憾者矣。

辙年少，未能通习吏事。向之来，非有取于斗升之禄，偶然得之，非其所乐。然幸得赐归待选，使得优游数年之间，将以益治其文，且学为政。太尉苟以为可教而辱教之，又幸矣！

【鉴赏】

宋代枢密使是掌管全国军事大权的官，与秦、汉时期的太尉相像，所以此处又尊称太尉。韩琦是北宋名臣，他文武兼备，仁宗时曾领兵防御西夏，立有大功。这篇文章是一封书信形式的出色论文。他继承了从孟轲、曹丕、刘勰、韩愈以来的传统观点，在文章中提出一个鲜明的论点："文者气之所形，然文不可以学而能，气可以养而致。"全文围绕这个论点，恭敬而不谄媚地，陈词委婉，论证严谨，向韩太尉娓娓道来，入情入理地表达了他要求拜见韩太尉的心愿。

全文分四个自然段，由大入细，层次清晰。前三段以严密的论证和多角度的推理，使文章的论点，有力地呈现在读者面前。最后以一小段文字，直述求见太尉的本意，收到使对方不容拒绝的作用。

议论文论点是否正确，是个先决条件。否则即令能举出论据为论点服务，也终究经不起反驳。作者在此提出"文章以气为主"，是历来文章家所公认的科学命题。不过在这里，我们不要忽略他在文章开头提出的"辙生好为文，思之至深"这句话，说明他是为了学写文章，经过深思熟虑，提出这个问题的。

这篇文章大处起笔，先以孟轲、司马迁这两个例证，就强而有力地使自己的论点得到确立。文章的第二段联系自己的实际，深入剖析自己的不足。从三个层次展开论述：先说自己以往居家，所交不过是邻里乡亲，无高山大河可供观览，所见不过数百里之地域，所读不过是诸子百家的陈旧书籍，养不出浩然之气。然后，第二层说明了此次来京的所见所闻，过秦、汉的故都，尽情观赏了终南山、嵩山、华山的高峨，黄河的奔流澎湃；到了京师，又仰观了天子宫阙的壮丽，苑囿、城池、仓廪、府库的丰富宏大，才知道天下是那么广袤无垠；又见到欧阳（修）公，听到他宏辩的议论，见到他容貌的秀伟，与他门下客人交往之后，才知道天下的文学精华都荟萃在京师。如此两层展开推论，使自己的论点，得到了实践的验证。这层论述，按行文布局来说，是属于过渡文字，为下文设势，使求见太尉这一愿望的提出，并不感到突然。第三层文章向主旨转折，说出像太尉这样才略冠天下，文武备一身的伟大人物，自己还未能见到，是深深的遗憾。文章如高山瀑布，顺流直下，步步逼近主旨，使人读起来，其势难以遏止。"且夫"，是古文中常用来表示转折的开头语。文章步步逼近，提出作者这次来京，见到了高山，见到了大河，也见到了欧阳公，只是还未见到太尉，这不能不说是憾事。所以现在只求能一瞻太尉风采，听太尉一句勉励自己的话，那就算尽天下之大观而无憾了。

第四段，是收束结尾。让前面提出求见太尉的这一要求，不要发生误解。只希望能让自己回去，用上几年工夫，进一步学习文章，也学习治理政事。他委婉地说明：自己年纪尚轻，此行并非为了求得一官半职，即使得到它，也并非自己的志趣所在。然后，如果太尉认为我是可以教诲的，因而屈尊加以教诲，那将是我莫大的荣幸了。这段文字，写得情辞恺切，曲折委婉，不枝不蔓，不推不就，恰如其分。

文章结构十分谨严细密，从立论、证明到提出求见的愿望，使这一愿望建立在“为文”而不是“为官”的基础上，与文章开头的“辙生好为文”的出发点相呼应。虽对太尉略有溢美之词，如比喻太尉在朝周犹如武王时的周公、召公，出镇边疆周犹如宣王时的方叔、召虎。但揆诸苏辙当时的年龄、身份和地位，这样的美喻，也是恰当的。

自齐州回论时事书

臣自少读书，好言治乱。方陛下求治之初，上书言事。陛下不废狂狷，召对便殿，亲闻德音。九品贱官，自此始得登对论事。当此之时，陛下好问之声震动海内，愚贱之人，笃信寡虑，以为天下之事，可得徐陈遍举，指顾而定矣。既而误蒙恩泽，受职条例，抗论得失，与有司不合，得请外补，于今七年。而天下之治安，终未可见，臣窃疑之。

伏惟陛下天生圣德，聪明睿智，不学而具。其于谋虑措置，曾何足云。然自顷岁以来，每有更张，民率不服。盖青苗行而农无余财，保甲行而农无余力，免役行而公私并困，市易行而商贾皆病。上则官吏劳苦，患其难行；下则众庶愁叹，愿其速改。凡此四者，岂陛下之圣明有所不知耶？臣以为非也。陛下之圣明无所不知。何以言之？二年以来，陛下屡发英断，废置大吏，数其罪愆，明示臣庶。凡天下之所共疾恶者，陛下无一不知。由此观之，凡天下之所共厌苦者，陛下何所不察？今者皇天悔祸，启道圣意，易置辅相，中外踊跃，思睹宽政。而历日弥月，寂寞无闻。众心皇皇，如久饥而不得食。臣虽愚陋，窃独为陛下恨也。

陛下自即位以来，求治之心常若不及，意将以尧舜之隆平，易汉唐之浅陋。不幸左右不明，陵迟以至于此，天下之人孰不知之？今也既知其不可用而去之，又循旧术而不改，将遂代之任咎，此臣之所以为陛下恨也。且今天下之安危，智者不再计矣。水旱连年，死者将半，遗民饥困，盗贼满野；疆场未宁，军旅在外；府库空竭，边馈寡少。事之可忧者，何可胜数。术之不效，断可见矣！

然陛下独迟迟而不决，意者已为之而已废之，恐天下有以窥其深浅耶？臣闻人主之德如天。天之于物也，炽然而旱，赤地千里，草木皆死，可谓虐矣。然至雷雨时作，膏泽洋溢，百谷奋起，民复粒食，鼓舞盛德，而忘旱之虐。何者？度量广大，改过而无疑也。如使密云而无雨，既雨而中止，迟疑犹豫，久而不忍，则天下生物尽矣。《传》曰："君子之过也，如日月之食焉。过也，人皆见之；更也，人皆仰之。"今陛下诚先治其心，使虚一而静，湛乎彼我，得失莫能婴也。去恶如弃尘垢，迁善如救饥渴。与民一新，罢此四事。

青苗之既散者，要之以三岁而不收息；保甲之既团者，存其旧籍而不任事；复差役，以罢免役之条；通商贾，以废市易之令。行之期年而观之，苟民不安居，水旱复作，盗贼复起，财用复竭，诚有一事以忧陛下，臣请伏罔上之诛，以谢左右。陛下诚不信臣，数年之后亲受其弊矣。古人有言曰："一惭之不忍，而终身惭乎！"惟陛下为社稷筹之。臣谨列四事之害，画一以献。不胜愚忠愤懑之诚，干犯天威，伏俟铁钺。臣辙诚惶诚恐，昧死上书。

【鉴赏】

在宋神宗继位后，为改变北宋积贫积弱的社会现实状况，于熙宁二年（1069）任用王安石进行变法。以王安石为首的变法派在神宗的支持下，制定并推行了农田水利、青苗、均输、保甲、免役、保马等新法。每项新法在推行后，都不免产生这样那样的弊端，反变法派的人物，往往抓住这些毛病，大做文章，对王安石进行猛烈的抨击。虽然这些新法的实施，对于增强北宋的国力，缓和当时的阶级矛盾，稳定北宋的统治，起了一定的积极作用。在反对派的胁迫下，熙宁七年，宋神宗便免去了王安石宰相的职位。次年复拜其为相。熙宁九年十月，王安石再次辞去宰相，退居江宁。苏辙的这篇《自齐州回论时事书》便是针对新法实施过程当中的某些弊病，提出了废除新法的具体措施和某些变通的办法。

苏辙写《自齐州回论时事书》，带有明确的规劝神宗废除新法的目的。以“青苗行而农无余财，保甲行而农无余力，免役行而公私并困，市易行而商贾皆病”说明新法并未给国家、人民带来好处，以期引起神宗的注意。所以，文章先从大处落笔，从国家的“治乱”谈起。由神宗的“求治”而“天下之治安，终未可见”，谈论新法推行后产生的弊端。但是时至今日皇帝虽“易置辅相”，罢免了制定新法者的官职，而对其所制定推行的新法，却“寂寞无闻”，不置可否。继而，以官吏的劳苦，百姓的愁叹，进一步说明了人心所向，新法势在必废的形势。文中还以“众心皇皇，如久饥而不得食”，生动形象地说明人民渴望废置新法的急切心情。文章的第三段又从神宗“求治之心，常著不及”生发开去，列举当时社会存在的种种问题：“水旱连年，死者将半。遗民饥困，盗贼满野。疆埸未宁，军旅在外。府库空竭，边馈寡少。”用这些现象的存在来说明“术之不效”。意思就是实施新法，并没有收到富国强兵的功效，由此证明新法并不是救治北宋病症的良药。以密云而无雨或雷雨半途中止，说明迟疑犹豫，只会造成更严重的结果，会使“天下生物尽矣！”文章末尾进一步具体地提出了废除青苗、保甲、免役、市易四法的办法，并说明只要新法一废，天下就会安宁太平，国家也会富裕起来。文中通过反复比喻、讲明利害，以促使神宗下决心果断地采取措施，尽早弃置新法。

这篇文章，由神宗的求治而天下未能治，进而分析其未治的原因在于新法的推行。既然新法不能解决国家贫困积弱的问题，就应果断弃置。最后，提出废置新法的办法。作者用心之良苦，蓄意之精深，构思之巧妙，由此可见。其次，文中运用了形象、贴切的比喻，增强了说理的生动性和趣味性。如以“久饥而不得食”比喻人们渴望废止新法的焦灼如焚的心情。各段之间紧密相承，回文连环，丝丝入扣，如抽茧剥笋，步步深入，以极经济的笔墨，质朴的语言，把国家治乱的要害在于策略，策略不当，不仅国将不治，而且，会成为祸乱之根苗的道理，阐述得一清二楚。以干旱、雷雨比喻人民对皇帝知错必改，弃恶迁善的殷切期望与谅解宽容等，不但增强了说理的生动性、形象性，而且，收到言简意丰、具形穷理之功效。

齐州闵子祠堂记

历城之东五里，有丘焉，曰："闵子之墓。"坟而不庙，秩祀不至，邦人不宁。守土之吏有将举焉，而不克者。熙宁七年，天章阁待制右谏议大夫濮阳李公来守济南。越明年，政修事治，邦之耋老相与来告，曰："此邦之旧，有如闵子而不庙食，岂不大缺。公唯不知，苟知之其有不饬。"公曰："噫！信其可以缓。"于是庀工为祠堂，且使春秋修其常事。堂成，具三献焉。笾豆有列，傧相有位。百年之废，一日而举。

学士大夫观礼祠下，咨嗟涕洟。有言者曰："惟夫子生于乱世，周流齐、鲁、宋、卫之间，无所不仕。其弟子之高第，亦咸仕于诸国。宰我仕齐；子贡、冉有、子游仕鲁；季路仕卫；子夏仕魏，弟子之仕者亦众矣。然其称德行者四人，独仲弓尝为季氏宰，其上三人皆未尝仕。季氏尝欲以闵子为费宰，闵子辞曰：'如有复我者，则吾必在汶上矣。'且以夫子之贤，犹不以仕为污也，而三子之不仕，独何欤？"言未卒，有应者曰："子独不见夫适东海者乎？望之茫洋，不知其边，即之汗漫，不测其深。其舟如蔽天之山，其帆如浮空之云，然后履风涛而不偾，触蛟蜃而不詟。若夫以江河之舟楫，而跨东海之难，则亦十里而返，百里而溺，不足以经万里之害矣。方周之衰，礼乐崩弛，天下大坏，而有欲救之，譬如涉海，有甚焉者。今夫子之不顾而仕，则其舟楫足恃也。诸子之汲汲而忘返，盖亦有陋舟而将试焉，则亦随其力之所及而已矣。若夫三子，愿为夫子而未能，下顾诸子而以为不足为也，是以止而有待。夫子尝曰："世之学柳下惠者，未有若鲁独居之男子。"吾于三子亦云，众曰然。退而书之，遂刻于石。

【鉴赏】

这篇文章是苏辙为齐州闵子柯堂建成而写的一篇刻石记文。闵子，即闵子骞，名损，字子骞，春秋时鲁人。孔门弟子，以德行高洁与颜渊并称。《齐州闵子祠堂记》一文记述了闵子祠堂兴建的经过，曲折地表达了作者超然世外、独善其身的思想感情。

文中赞扬闵子骞鄙视功名利禄，超凡脱俗的高洁德操，文章先着极少的笔墨，叙写了闵子祠堂兴建的艰辛，以“守土之吏有将举焉，而不克者”，说明祠堂的兴建并非一蹴而就之事。熙宁七年（1074）李肃之任济南太守时，接受“邦之耋老”的请求才将闵子祠堂建成。作者以“百日之废，一日而举”盛赞李肃之办事的果断干练和富有魄力。如果说作者对闵子祠堂兴建经过的叙述是惜墨如金的话，那么，他对闵子骞这一历史人物的评述则是浓墨重彩，极尽铺衬与多方比附之能事，调动一切艺术手法，倾注个人全部的心智与才华，反复论述。

文章的第二段是全文的重点，通过观礼祠下的学士大夫的言谈对话，论述闵子的仕与不仕。文中以孔子的仕齐、鲁、宋、卫；孔门弟子中的贤者仕于诸国；以及孔子弟子为仕人数之众多相比衬，为突出闵子的超尘拔世，备赞闵子骞高尚的节操。接着又用孔门弟子中以德行著称的颜渊、冉伯牛、仲弓与闵子骞相对照，进一步赞扬其不仕季氏的行为之高洁。

闵子骞视功名利禄如草芥，不追求荣辱得失的高尚气节与仲弓的屈节事权贵的作为相比较，更突出了闵子骞人格的高尚，德行的高超。至此，闵子骞的不仕，已叙写得淋漓尽意。那么，闵子何以不愿出仕呢？文章又通过“有应者”之口，做了形象而生动的阐释解说。“方周之衰，礼乐崩弛，天下大坏。”社会的混乱，政治的衰微，使得有志之人，有才之士的抱负无以伸展，因此只有敛才抑志，忘情众事顺应自然，以待圣君明主，再展宏愿。生发引申，说明学习柳下惠的董道直行，还不如独善其身，超世脱俗。这里“止而有待”既是对闵子骞不仕原因的揭示，也含蓄曲致地表达了作者内心的隐衷，同时也暗寓对现实的不满与批判。文章收尾处，又以孔子之言“世之学柳下惠者，未有若鲁独居之男子”。在这里，作者以柳下惠自况，表明了个人禀性品德及人格。由此可见苏辙为文之精妙奇巧，用意之精深独特。全寓于简要的引文与形象的描写之中，使人读后含英咀华，余味无穷。

这篇刻石记文构思新颖别致，想象丰富奇特，色彩鲜明，意境宏阔，富有浓重的浪漫主义情调。文中对闵子骞人格、品德的颂扬，没有采用一般人所常用的手法，而是运用随意对答，自由谈话的方式，作者将难言之衷情，难明之旨意寓议论于叙事之中，将叙事、议论和描写熔于一炉，浑然天成，毫无斧凿的痕迹。另外，文章中对东海的描绘，给人们展现了一幅雄阔壮丽的意境。

那“望之茫洋，不知其边，即之汗漫，不测其深”的东海，海中那“如蔽天之山，其帆如浮空之云”“履风涛而不偾，触蛟蜃而不耆”的大船的描绘，充分显示出了作者想象力的丰富与奇特。后世评论家，多认为苏辙为人淡泊，其文亦幽淡峻峭，含蓄蕴藉，语意婉转，不露不张，缺乏苏轼那种豪放的文风。但苏辙的这篇《齐州闵子祠堂记》，不但写得幽深蕴藉，而且具有雄姿奔放，汪洋恣肆的特点，足见一位有才华的作家，他的风格也是多方面的。

庐山栖贤寺新修僧堂记

元丰三年余得罪迁高安，夏六月过庐山，知其胜而不敢留。留二日，涉其山之阳，入栖贤谷。谷中多大石，岌显相倚。水行石间，其声如雷霆，如千车行者，震掉不能自持，虽三峡之险不过也。故其桥曰三峡。渡桥而东，依山循水，水平如白练，横触巨石，汇为大车轮，流转汹涌，穷水之变。院据其上流，右倚石壁，左俯流水。石壁之趾，僧堂在焉。狂峰怪石，翔舞于檐上。杉松竹箭，横生倒植，葱茜相纠。每大风雨至，堂中之人疑将压焉。问之习庐山者，曰：虽兹山之胜，栖贤盖以一二数矣。

明年，长老智迁使其徒惠迁谒余于高安，曰：“吾僧堂自始建至今六十年矣，瓦败木朽，无以待四方之客。惠迁能以其勤力新之，完壮邃密，非复其旧，愿为文以志之。”余闻之，求道者非有饮食衣服居处之求，然使其饮食得充，衣服得完，居处得安，于以求道而无外扰，则其为道也轻。此古之达者所以必因山林筑室庐，蓄蔬米，以待四方之游者，而二迁之所以置力而不懈也。夫士居于尘垢之中，纷纭之变日遘于前，而中心未始一日忘道。况乎深山之崖，野水之垠，有堂以居，有食以饱，是非荣辱不接于心耳，而忽焉不省也哉？孔子曰：“朝闻道，夕死可矣。”今夫骋骛乎俗学而不闻大道，虽勤劳没齿，余知其无以死也。苟一日闻道，虽即死无余事矣。故余因二迁之意，而以告其来者，夫岂无人乎哉？

四年五月初九日眉阳苏辙记。

【鉴赏】

这是一篇别具一格的记叙文，有以下几个特点：第一，描写景物鲜明生动，使人如临其境，如闻其声。文章开始即交代了这次游山的时间、地点和机缘。元丰三年，即1080年，苏辙四十二岁。在此期间，他因其兄苏轼遭"乌台诗案"而受牵连，被贬谪监筠州（今江西九江市）盐酒税，因此得以游庐山栖贤谷。文章从第三句开始描写景物。写谷，使用白描手法，先写大石"岌相倚"，岌，高耸的样子；次写水声，"水行石间，其声如雷霆，如千乘车行者，震掉不能自持，虽三峡之险也不过如此。故其桥曰三峡。"水声如雷霆，如车行，一连用了两个比喻，这要比白描更加生动形象。山势险峻又用三峡作比，先写栖贤谷，后写栖贤寺。此处巧妙的是，以喻当真，"三峡"是比喻，这里索性用作桥名。桥东"水平如白练"，比喻形象、生动。写寺，先写位置，再写寺内僧堂的情景，"狂峥怪石，翔舞于檐上。"采用拟人化手法，不禁使人感到把静物写动了。接着写檐上的"杉松竹箭"，形状，"横生倒植"，色彩，"葱茜相纠"。淡淡的几笔白描，使景色鲜明突出。"虽兹山之胜，栖贤盖以一二数矣"，是倒装句，就是说栖贤（谷与寺）是庐山数一数二的名胜之地。这是一段非常著名的写景文字，苏轼《跋子由栖贤堂记后》中说："子由作《栖贤堂记》，读之便如在堂中，见水石阴森，草木胶葛。仆当为书之，刻石堂上，且欲与庐山结缘，他日入山，不为生客也。"一方面说："读之便如在堂中"，即景物描写生动感人，使人身临其境，流连忘返。另一方面说：读了此文，"他日入山，不为生客也"，即景物描写逼真，形象鲜明，好像是亲眼看到那样真切。苏轼从两方面高度赞扬了这段文字。

第二，以理入文，在前段写景的基础上，第二段抒发议论。"明年"即第二年，苏辙应寺中"二迁"之请而作此记。接着从以下三方面着手议论。首先，求道者（指佛僧）不在吃、穿、住等生活条件上有所追求，但是只有在吃、穿、住等方面安排好了，才会有助于求道（佛理），这就是二迁新修僧堂"以待四方之游者"的原因。其次，"士"在尘世万变之中，始终不忘追求真理。最后，引用孔子的话，表明自己未闻大道所以还不能死，一旦闻道，"虽即死无余事矣"，即"朝闻道，夕死可矣"（《论语·里仁》）。这三层议论的关系是：先从"僧"追求佛理而引到"士"追求真理，再以"士"而归到自身，愿意朝闻道而夕死。当时苏辙虽在中贬谪之中，但并未灰心丧气，悲观颓废，一蹶不振。文章末尾点明写作年月日及作者郡望及姓名，并与开头遥相照应。“四年”，承开头“元丰三年”省略“元丰”二字。

第三，全文结构奇特。共分两段，一段写元丰三年的事，二段写“明年”即元丰四年的事；一段写游庐山栖贤寺僧堂，二段写为新修栖贤寺僧堂作记；一段记叙，二段议论。初看起来，似乎觉得两段性质完全不同的文字是两篇文章，但是作者却把它们有机地结合起来，而且还弥合严密，天衣无缝。熔铸一体，合而为一，难中见巧，足见作家的功力。原来，作者在两段之间用“明年”一词衔接过渡，在时间顺序上顺流而过，十分自然；这种文章结构奇而不奇，凡而不凡，自见苏辙文章的功底，实不愧为唐宋散文大家。更主要的是内在的联系，前后两段是同一地点，自然可以合为一篇，而且两段开头都有一个“余”字：正因为前段“余”过庐山而游栖贤寺僧堂，所以才引出第二段庐山栖贤寺僧二迁谒余为新修僧堂作记，前因后果，一“余”贯穿，两段自然联结成篇。此外，本文语言冲雅淡泊，简洁畅达，朴素自然，然而生动形象，富于文学色彩，体现了苏辙散文特有的风格。

黄州快哉亭记

江出西陵，始得平地，其流奔放肆大，南合湘、沅，北合汉沔，其势益张。至于赤壁之下，波流浸灌，与海相若。清河张君梦得谪居齐安，即其庐之西南为亭，以览观江流之胜，而余兄子瞻名之曰“快哉”。

盖亭之所见，南北百里，东西一舍，涛澜汹涌，风云开阖；昼则舟楫出没于其前，夜则鱼龙悲啸于其下；变化倏忽，动心骇目，不可久视。今乃得玩之几席之上，举目而足。西望武昌诸山，冈陵起伏，草木行列，烟消日出，渔夫、樵父之舍，皆可指数，此其所以为“快哉”者也。至于长州之滨，故城之墟，曹孟德、孙仲谋之所睥睨，周瑜、陆逊之所驰骛，其流风遗迹，亦足以称快世俗。

昔楚襄王从宋玉、景差于兰台之宫，有风飒然至者，王披襟当之，曰：“快哉此风！寡人所与庶人共者耶？”宋玉曰：“此独大王之雄风耳，庶人安得共之？”玉之言盖有讽焉。夫风无雄雌之异，而人有遇不遇之变。楚王之所以为乐，与庶人之所以为忧，此则人之变也，而风何与焉？士生于世，使其中不自得，将何往而非病？使其中坦然，不以物伤性，将何适而非快？今张君不以谪为患，收会稽之余，而自放山水之间，此其中宜有以过人者。将蓬户瓮牖，无所不快，而况乎濯长江之清流，挹西山之白云，穷耳目之胜以自适也哉？不然，连山绝壑，长林古木，振之以清风，照之以明月，此皆骚人思士之所以悲伤憔悴而不能胜者，乌睹其为快也哉？

【鉴赏】

张梦得于元丰六年贬官齐安（黄州），他不以政治上的逆境萦怀，却于住处的附近，选地建亭，用以抒发情怀，观览江山形胜。与张同命运的好友苏轼为亭取名曰：“快哉”，是深知张梦得建亭的用意的。

这篇记叙文，紧紧围绕“快哉”二字来做文章，也就是建亭者的用意，来加以发挥的。重在描写亭上所见景物及由此生发的历史联想，全文共分四个自然段落。除去末段一句为一般记叙文的定格以外，其余三段，按照构思部局，可分两大层次：前二段为一层，说透“快哉”的含义；为后面文字做好铺垫。第三段为一层，重在议论，是以推理笔法，印证“快哉”的确切无误；蕴含苏辙对张梦得豁达不羁性格的赞赏，也隐含作者对其兄苏轼贬谪的慰勉之情。当时苏轼因“乌台诗案”出狱后，贬官黄州团练副使。这是苏辙为文的深切用心。

在写景部分，文章起笔就气势浩荡地将“快哉亭”上所见的宏观空间，勾勒得淋漓尽致：长江一出西陵峡，就奔腾放荡，沿途又汇入沅、湘、汉、沔诸流之水，由此可以想见江水益发奔放肆大。白天可以看到江上的百舸争流，夜晚听到的是鱼龙悲啸，骇目动心，不可久视。张君选择这个江滨地势，建亭览胜，足见是有眼力的。但是现在有了这个“快哉亭”，可以把这些雄壮景色，尽情览赏，玩味于几席之上，这是“快哉”之一；再环视四周，可见西边武昌冈陵起伏的诸山，草木成排成行，樵父渔夫的屋舍，清晰可数，这是“快哉”之二；这些是实写。然后引发了历史的联想。沿江两岸的沙洲，正是当年曹操、孙权注目的战略要地，也是周瑜、陆逊为争夺此地，而奔走劳形的地段；就算是世俗之人也感到睹此称快的事。此“快哉”之三。

在文章第二个层次，发生了一个大的转折。因为文章要转入议论，所以先引用楚襄王问宋玉关于风的故事。作者以此为正面议论的起笔，是颇含深义的。楚襄王登上兰台，享受到清风的快意，发出了"快哉此风！寡人所与庶人共者耶？"这是个荒唐而又幼稚的发问。宋玉因势利用，回答得也很妙。宋玉是对楚襄王微妙地进行了讽刺。寓意在借风之雌雄来说明人间之不平等。故事之后，文章更进一步做反常的推论：士人活在世上，假若他的心中不得意，到什么地方也是忧愁的；假使他心中坦荡，不会因为外界事物而伤害他的情绪，到什么地方也是快活的。因而文章推出新的结论："今张君不以谪为患，窃会计之余功，而自放山水之间，此其中宜有以过人者。"这个论断是对常人感觉的否定，又是针对张梦得非常人的肯定。一反一正，论证是不容置疑的。本来文章可以到此歇笔，但作者又反推一层，"不然"二字之后，他说山深林密，明月高悬，清风振动，一般骚人思士临境悲伤之地，哪还能看到什么"快哉"呢！这就为前面已经证明了的张君过人之处，反衬得更为充实有力。

文章前后两大层次，合成了生发主题的浑然篇章。而文章作者的那种赞赏慰勉的友情，也尽注于字里行间。在前面写景部分，作者融情于景，将"快哉"之情，渗入处处之景。后面议论部分，又是从前面之情作为线索，做一波三折的正、反推理，使建亭主人的"快哉"之情，明显区别于一般迁客骚人，更胜一筹。

洛阳李氏园池诗记

洛阳古帝都，其人习于汉唐衣冠之遗俗。居家治园池，筑台榭，植草木，以为岁时游观之好。其山川风气，清明盛丽，居之可乐。平川广衍，东西数百里。嵩高少室，天坛王屋，冈峦靡迤，四顾可挹。伊洛瀍涧，流出平地。故其山林之胜，泉流之洁，虽其闾阎之人，与其公侯共之。一亩之宫，上瞩青山，下听流水，奇花修竹，布列左右。而其贵家巨室，园囿亭观之盛，实甲天下。

若夫李侯之园，洛阳之所，以一二数者也。李氏家世名将，大父济州于太祖皇帝为布衣之旧。方用兵河东，百战百胜。烈考宁州事章圣皇帝，守雄州十有四年，缮守备、抚士卒、精于用间，其功烈尤奇。李侯以将家子结发从仕，历践祖父旧职，勤劳慎密，老而不懈，实能世其家。既得谢居洛阳，引水植竹，求山谷之乐，士大夫之在洛阳者，皆喜从之游，盖非独为其园也。凡将以讲闻济宁之余烈，而究观祖宗用兵任将之遗意，其方略远矣。故自朝之公卿，皆因其园而赠之以诗，凡若干篇。仰以嘉其先人，而俯以善其子孙，则虽洛阳之多大家世族，盖未易以园囿相高也。

熙宁甲寅，李侯之年既八十有三矣，而视听不衰，筋力益强，日增治其园而往游焉。将刻诗于石，其子遵度官于济南，实从予游以侯命，求文以记。予不得辞，遂为之书。

熙宁七年十一月十七日记。

【鉴赏】

这篇文章是熙宁七年（1074）十一月苏辙应李遵度之的请求，为其洛阳李氏园池诗所写的一篇文章。洛阳自周公营建洛邑，从汉代开始，历代皇帝便在洛阳经营宫室苑囿，公卿权贵豪商巨富也居家治园，筑台榭，植花草。宋代为洛阳园林鼎盛期。直至北宋，为帝都和陪都近两千年。其时，宋代豪富权贵在洛阳兴建的园林又何止十九所？今散存于史籍的宋代洛阳园池起码也有二三十所。靖康之乱后，经过兵燹浩劫，许多名园已化为灰烬，遗迹亦荡然无存。苏辙所记的这所李氏园池，自宋以后，已无有记载，详细情况已无从考证。

这篇记文，虽题名为《李氏园池诗记》，着重叙述了洛阳名园兴盛的原因，但文中既未记写园中的自然美景及李氏园池兴建的经过，也没有介绍李氏园池诗的篇章内容，而是赞扬李侯的祖德、家风。然而李氏世家因苏辙的这篇记文而流传至今。

作者先勾画出洛阳四周的景色，说明洛阳历代园林兴盛的原因。首先以雄视古今之气势，囊括历史，从大处着眼，用如椽的大笔，继而细致而具体地描绘了洛阳四周的地势与景色："其山川风气，清明盛丽。"先总写其山川的峻洁秀丽，清澈明朗。然后，由低到高，由山及水，用简洁的文字，层次井然地描写了洛阳四周的山形水色，"平川广衍，东西数百里。嵩高少室，天坛王室，冈峦靡迤，四顾可挹。伊洛涧，流出平地。"然后，总括一笔，说明这山川形胜的自然美景，是人人都可以领略享受的，"虽其闾阎之人，其与公侯共之"。

但是“一亩之宫，上瞩青山，奇花修竹，下听流水，布列左右”的园林之美，则只有那些巨室贵家才能享受。而洛阳“园囿亭观之盛，实甲天下”。在描绘洛阳秀丽的景色中，体现了作者对社会问题的关注，从而在表现自然美景，反映一定的社会内容，这里，作者借用写洛阳山形地势，巧妙地揭示出现实社会的矛盾，触及了各个朝代所存在的社会问题。这样，就使得对自然的描写更加蕴藉深厚，富有意义与价值，同时，也更进一步拓宽了文学反映社会生活的内容与表现手法，不仅丰富了这篇记文的内涵，而且赋予景物描写以积极的思想意义和社会价值。

依照题目，文章理应对李氏园池进行具体的描绘，对李氏园池诗也应该做详细的记述，然而出人意料的是，作者对李氏园池仅以“李氏之园，洛阳之所，以一二数者也”做了简括的交代，而以概括、洗练的语言，较为具体地介绍了李侯的家世，赞扬其祖先的武功德业。这样写既出乎一般人的意料，而又在情理之中。因李侯系官宦贵家，谢居洛阳建筑园囿亭观，既为观赏山川景色，游玩取乐，则更重要的是为了以此结交朝中官员，以此来联络巨室贵家，故“士大夫在洛阳者，皆喜从之游”。李侯在洛阳修筑园池的用意，文中虽未明言，但从作者的叙写中，不难揣摩和知其真谛。作者为文确实极尽含蓄曲笔之妙。接下来，作者又由李侯的家世，由园池的兴建，园池诗的由来。李氏修园池既为弘扬其祖先的功德，而又可观景游乐，以怡情致，从而延年益寿。最后，以“将刻诗于石”“求文为记”“予不得辞，遂为之书”交代说明写作这篇记的原因。

这篇记文，作者不是按图索骥，就题论事，按照记文的模式去进行叙写，而是借园写人，托物寓意。通过对洛阳园囿池苑的兴盛，李氏园池兴建的叙写，揭示了历代公卿贵族的奢靡逸乐的生活，足见作者经营的苦心和构思谋篇的奇巧。构思别致，布局巧妙，寓意精深。其次文中景物的描绘，虽着墨不多，但其山势的高峻、峰峦的起伏叠嶂，泉水的明澈清洁，历历如在目前。作者将细密的描摹与整体的勾勒融于一体，创造出逼真而令人神往的美的自然境界。再者，记事的简括、明晰，用词的准确、练达，以及虚词的恰当运用，句式的参差错落，都有助于增强本文的感染力。读这篇记文，人们从中可以得到美的享受。

待月轩记

昔予游庐山，见隐者焉。为予言性命之理曰："性犹日也，身犹月也。"予疑而诘之，则曰："人始有性而已，性之所寓为身。天始有日而已，日之所寓为月。日出于东，方其出也，万物咸赖焉：有目者以视，有手者以执，有足者以履。至于山石草木，亦非日不遂。及其入也，天下黯然，无物不废。然日则未始有变也。惟其所寓，则有盈阙，一盈一阙者月也。惟性亦然，出生入死，出而生者未尝增也，入而死者未尝耗也，性一而已。惟其所寓，则有死生，一生一死者身也。虽有生死，然而死此生彼，未尝息也。身与月皆然。古之治术者知之，故日出于卯谓之命，月之所在谓之身。日入地中，虽未尝变，而不为世用；复出于东，然后物无不睹，非命而何？月不自明，由日以为明。以日之远近为月之盈阙，非身而何？此术也，而合于道。世之治术者知其说，不知其所以说也。"

予异其言，而志之久矣。筑室于斯，辟其东南为小轩，轩之前廓然无障，几与天际。每月之望，开户以须月之至。月入吾轩，则吾坐于轩上，与之徘徊而不去。一夕，举酒延客，道隐者之语，客漫不喻，曰："吾尝治术矣，初不闻是说也。"予为之反复其理，客徐悟曰："唯唯。"因志其言于壁。

【鉴赏】

这篇文章中的庐山隐者，实是一位道家人物，他讲的"日""月""生""死"，反复变化，就是在阐明道家（老子）的理论。道学被后人称为"性命之学"。这是一篇谈"性"论"道"的文章。

老子曾说："有物混成，先天地生。寂兮寥兮，独立不改，周行而不殆，可以为天下母。吾不知其名，字之曰'道'。"老子对于"道"，做过定义性的解释。可见"道"是先天地而存在，并且是"周行而不殆"的。老子的思想，虽然是具有朴素的辩证法因素，但是，它是建立在虚无的"道"的学说的基础上、建立在客观唯心主义的基础上的。他说天地万物生于"有"，有生于"无"。他认为天地万物都是"道"所派生的。"道"是从

"无"来的,"有"是从"无"中派生出来的。这样,他所说的"周行而不殆"的"道"的"返"或"复",就是"无一有一无"的循环过程。而苏辙是相信道家学说的。因此,他对庐山隐者的一番话,不仅常记不忘,并且反反复复地向友人宣传,还把隐者的话,认真地记在他那"待月轩"的墙上,由此可见他对道家的玄理,是多么虔诚。

全篇文章,主要部分是记录庐山隐者的话。"性犹日也,身犹月也"是全篇议论的中心。用比喻来讲道理,是议论文所常采用的方法之一。文章既以日、月之出入与盈缺来打比方,就先将喻体讲清楚。它的好处,是用常见易知的事物,来比附所要讲的难于理解的道理。他说人的"性"是依附于"身"来表现的,"日"之性是依附于"月"来表现的。日出则万物皆遂,日入则万物皆废;太阳虽然有出有入,但太阳是没有变化的。月虽然有盈有缺,它只是证明日的不变,不变就是一,"性一而已"。

紧接着讲"身""身"当然是人,人有生有死,"虽有生死,然而死此生彼,未尝息也。"归根到底,"日"的出入,"月"的盈缺,"人"的生死,都是合于"道"的,世界没有增长,没有消耗,"性一而已""道"也是永恒不变的。就好比月亮有盈有缺,循环不止。这就是"道",也就是道家"无一有一无"的循环论。

在论述了生死不息这个正题之后,庐山隐者说:"世之治术者知其说,不知其所以说也。"老子的哲学思想,说到底是客观唯心论,这些道理,在隐者的讲述里,是玄而又玄的。难怪在苏辙讲给友人时,"客漫不喻",就是经反复解释,客人还是听得很糊涂,最后客人也不便再说其他了,只好"唯唯"算了。苏辙之所以给他的小轩命名为"待月轩",正是他从道家的玄理中取来的。

孟德传

孟德者,神勇之退卒也。少而好山林,既为兵,不获如志。嘉祐中,戍秦中,秦中多名山,德出其妻,以其子与人,而逃之华山下,以其衣易一刀十饼,携以入山;自念:"吾禁军也,今至此,擒亦死,无食亦死,遇虎狼毒蛇亦死,此三死者,吾不复恤矣;惟山之深者往焉。"食其饼既尽,取草根木实食之，一日十病十愈，吐、利、胀、懑，无所不至，既数月安之，如食五谷。以此入山，二年而不饥，然遇猛兽者数矣，亦辄不死，德之言曰："凡猛兽类能识人气，未至百步，辄伏而号，其声震山谷，德以不顾死，未尝为动，须臾，奋跃如将搏焉，不至十数步则止而坐，逡巡弭耳而去；诚之前后如一"。后至商州，不知其商州也，为候者所执，德自兮死矣，知商州宋孝孙谓之曰："吾视汝非恶人也，类有道者。"德具道本末，乃使为自告者，置之秦州，张公安道，适知秦州，德称病得除兵籍为民。至今往来诸山中，亦无他异。能夫孟德，可谓有道者也。世之君子，皆有所顾，故有所慕、有所畏，慕与畏交于胸中，未必用也；而其色见于面颜，人望而知之。故弱者见侮，强者见笑。未有特立于世者也。今孟德其中无所顾，其浩然之气，发越于外；不自见而物见之矣。推此道也，虽列于天地可也。曾何猛兽之足道哉？

【鉴赏】

所谓的传记文字，是专写真人真事的，有形有声地刻画出人物的性格。既不容许夸张，又不容许随心描摹；它贵在传真，必须紧紧围绕人物的言谈举止。

唐代刘知几《史通·浮词》篇说："词寡者出一言而已周，才芜者资数句而方显。"显然前者是高手。清人刘熙载的《艺概·文概》篇，曾引刘知几赞《左传》文字的话说："其言简而要，其事详而博。'余谓百世史家，类不出乎此法'。"《孟德传》可以说是完全具备了这种文字特色。

通篇围绕一个"奇"字运笔，活活刻画出他的奇性、奇行和奇遇。有叙述，有描写，有议论。于叙述处，不迂曲沾滞，如顺水行舟，做到了词寡而事周。此篇全文不过五百来字，却写出了孟德这个小人物的一生。如开头介绍孟德的几句话：五十几个字，将人物的出身、爱好和他异于常人的性格等概括无遗：为了爱好山林，不要老婆孩子，卖衣换刀饼，进入深山。这真是一个奇人。入山二年，吃草根野果，百病折磨，竟又不死，不能不又是一奇。但作者不仅是平平淡淡地叙述，既有简短的交代，又有人物的内心独白，跳荡活泼，短句连出；字字有内涵，有分量，更让人有一字不可的感觉。

再看文中对老虎扑人的描写："凡猛兽类能识人气，未至百步，辄伏而号，其声震山谷，德以不顾死，未尝为动，须臾，奋跃如将搏焉，不至十数步则止而坐，逡巡弭耳而去。”这短短的几十个字，将孟德的坦然自若，老虎的猛中有怯，写得详尽无遗。他奇，奇得可爱，他憨直，又直得让人敬佩。

唐代自韩愈开始，大力提倡文章改革，要一改魏晋以来崇尚浮华的流弊。自从他提出“文以明道”的主张之后，唐宋八大家的文章，大抵都遵循这一宗旨。总的说来，就是文章无论写花草虫鱼也好，还是模山范水也好，总要从中说出一个人生立身处世的道理，给人一种哲理的启迪，这篇短文如果只写到他除去兵籍，当了百姓，便收笔成篇，那只不过是一则奇人趣事，没有更深层次的意义。

作者写这篇短文，并非简单的因为猎奇，之所以要为这位小小退伍禁卒专题立传，是别具深意的。点睛之处，全在结尾的一番议论。因此也就不能像孟德那样，无所畏惧地独立于世。而孟德呢，他浩然之气，内心无所畏，散发于形色，虽然他并不自觉，而野兽却能识别出来。他说：世之君子（自然指有德行之士），都有所希求，也有所仰慕、有所畏惧。说得明白些，便是都有名利、事业的追求，这些名利得失，交织于胸中，不一定明明表露，但可以从颜色气象上看出来；软弱者被人欺侮，强悍者被人讥笑。推想此理，他的浩然之气使他独立于天地之间，成为屡遭大难而不死的奇人。区区的野兽又怎能奈何他呢！文章在收处，落地生花，让读者有理有据地接受了这篇短文的深刻用心：全在赞赏一种无私更加无畏的磊落人格。苏辙文字的可爱之处，就在于他以言简事详的严谨叙述，作为立论的铺垫，而笔于精彩的结尾处，画龙点睛，寓教于事，授人以哲理。

巢谷传

巢谷字元修，父中世，眉山农家也，少从士大夫读书，老为里校师。谷幼传父学，虽朴而博。举进士京师，见举武艺者，心好之。谷素多力，遂弃其旧学，畜弓箭，习骑射。久之，业成而不中第。

闻西边多骁勇，骑射击刺为四方冠，去游秦凤、泾原间，所至友其秀杰。有韩存宝者，尤与之善，谷教之兵书，二人相与为金石交。熙宁中，存宝为河州将，有功，号熙河名将，朝廷稍奇之。会泸州蛮乞弟扰边，诸郡不能制，乃命存宝出兵讨之。存宝不习蛮事，邀谷至军中问焉。及存宝得罪，将就逮，自料必死，谓谷曰：“我泾原武夫，死非所惜。顾妻子不免寒饿，橐中有银数百两，非君莫使遗之者。”谷许诺，即变姓名，怀银步行，往授其子，人无知者。存宝死，谷逃避江淮间，会赦乃出。予以乡闾，故幼而识之，知其志节，缓急可托者也。

予之在朝，谷浮沉里中，未尝一见。绍圣初，予以罪谪居筠州，自筠徙雷，自雷徙循，予兄子儋亦自惠再徙昌化，士大夫皆讳与予兄弟游，平生亲友无复相闻者。谷独慨然自眉山诵言，欲徒步访吾兄弟。闻者皆笑其狂。元符二年春正月，自梅州遗予书曰：“我万里步行见公，不自意全，今至梅矣。不旬日必见，死无恨矣。”予惊喜曰：“此非今世人，古之人也。”既见，握手相泣，已而道平生，逾月不厌。时谷年七十有三矣，瘦瘠多病，非复昔日元修也。将复见子瞻于海南，予悯其老且病，止之曰：“君意则善，然自此至儋数千里，复当渡海，非老人事也。”谷曰：“我自视未即死也，公无止我。”留之，不可。阅其橐中无数千钱，予方乏困，亦强资遣之。船行至新会，有蛮隶窃其橐装以逃，获于新州，谷从之至新，遂病死。予闻哭之失声，恨其不用吾言，然亦奇其不用吾言而行其志也。

昔赵襄子厄于晋阳，知伯率韩魏决水围之，城不沉者三版。县斧而爨，易子而食，群臣皆懈，惟高恭不失人臣之礼。及襄子用张孟谈计，三家之围解，行赏群臣，以恭为先，谈曰：“晋阳之难，惟恭无功，曷为先之？”襄子曰：“晋阳之难，群臣皆懈，惟高恭不失人臣之礼。吾是以先之。”谷于朋友之义，实无愧高恭者，惜其不遇襄子，而前遇存宝，后遇予兄弟。予方杂居南夷，与之起居出入，盖将终焉，虽知其贤，尚何以发之？闻谷有子蒙在泾原军中，故为作传，异日以授之。谷始名縠，及见之循州，改名谷云。

【鉴赏】

这篇文章是苏辙为其同乡巢谷写的一篇传记，选自《栾城后集》卷二十四。依一般传记惯例，写被传者姓名、字、父名，籍贯、职业等。从结构上看，这篇传记可分为四段：第一段，弃文学武。首句“农家”指出巢谷的出身寒微，尽管如此，苏辙仍然愿意为之立传，在等级森严的封建时代，实属不易。下面写巢谷曾经被举进士，到过京师。“见举武艺者，心好之”，这是他一生的转折点：弃文学武。本段以“业成而不中第”作结。

第二段，金石之交，缓急可托。先写巢谷漫游西方边疆，与当地秀杰结为好友。“秀杰”即优秀杰出的人物。接着又写巢谷与韩存宝二人结为“金石之交”，即二人间的友情贵重犹如黄金难买，坚固好像盘石不可动摇。并且知道他的“志节”，进而显示了文章的真实性，用“缓急可托”四字总结了巢谷重义的品德。末句作者自言认识巢谷“缓急”是偏义复词，义偏在“急”“缓”字无义。

第三段，万里步行，以行其志。可以分为两个部分，第一部分只短短一句话，就把巢谷不愿阿谀奉承，趋炎附势的人品表现了出来。写“予之在朝”做高官时，巢谷未曾来见一面。第二部分写苏氏兄弟被贬谪之后，巢谷“欲徒步访”，在道义上给以慰安、支持和帮助。作者几乎用了将近整段的篇幅来详细描写巢谷不辞辛苦，不远万里，矢志不渝的大义大勇，与第一部分鲜明对比，在对比中更凸显出巢谷的品德和义气来。第二部分，先写苏氏兄弟被贬后，“士大夫皆讳与予兄弟游，平生亲友，无复相闻者”，这与平日不相闻，处于逆境时却坚决来访的巢谷形成鲜明的对比，本文多次用“对比法”，都十分巧妙。然后写巢谷思想境界相差甚远，而且从反面衬托出了巢谷的志节非凡。

第四段，借古喻今。用“昔”字引出先秦时代赵襄王“晋阳之难”的故事。赵襄王被围困于晋阳，断绝粮草，“易子而食，群臣皆懈，惟高恭不失人臣之礼”，解围之后，“行赏群臣，以恭为先”。作者引用此典，是为了说明“谷于朋友之义，实无愧于高恭者”。这里借古喻今，正与上段“此非今世人，古之人也”互相照应，从另一角度看，这里引古人高恭以比巢谷，从正面衬托出巢谷之“义”，这种方法叫作“正衬”，就是从正面对比衬托，突出文义。上文采用的伏笔，正在这里揭示、显现。最后用“惜其不遇襄子”发出感叹，巢谷如遇襄子，必得首功之奖；而自己虽知巢谷之贤，但处在贬谪的逆境中，无权“以发之”，所能做的只能提笔写出这篇传记，以此来颂扬巢谷的志节。

从写作方法上看，首先是选材典型，紧扣主题。巢谷一生的事迹很多，作者只选取三件有代表性的材料，足以表示巢谷一生重义笃志的人品。这三件事情：一是弃文学武；二是与韩存宝结为金石之交而且缓急可托；三是写苏氏兄弟处于逆境，士大夫及生平亲友都不再与之来往的时候，巢谷却徒步万里相访，不料结果死于途中。其次，作者在处理这三件典型材料时，不是平均使用笔墨，而是有详有略，详略得当。再次，本文还采用了伏笔、照应，对比、引用、衬托（正衬、反衬）等手法。

祭文与可学士文

维元丰二年，岁次己未二月庚子朔，具官苏辙，谨以清酌庶羞之奠，致祭于故吴兴太守、与可学士、亲家翁之灵：

呜呼！与君结交，自我先人，旧好不忘，继以新姻。乡党之欢，亲友之恩，岂无他人，君则兼之。君牧吴兴，我官南京，从君季子，长女实行。君次于陈，往见姑嫜，使者未反，而君沦亡。于何不淑，以至于斯？匪人所知，神实为之。昔我爱君，忠信笃实，廉而不刿，柔而不屈。发为文章，实似其德，风雅之深，追配古人。翰墨之工，世无拟伦。人得其一，足以自珍。纵横放肆，久而疑神。晚岁好道，耽悦至理，洗濯尘翳，湛然不起。病革不乱，遗书满纸。嗟呼！今日见此而已。我欲哭君，神往身留，遣使往奠，涕泗横流。绛幡素车，归安故丘。呜呼哀哉！尚飨！

【鉴赏】

在古代的文章之中，虽有“哀辞”“诔”和“祭文”等不同名称。但是这些都是用来哀悼亡者的文章。“祭文”与其他哀悼文字的不同之处，在于这种文字是在祭祀时于灵前宣读的，是表示哀吊者希望亡者的灵魂来享受供品。所以古人说：“古之祭祀，止于告飨。”

祭文有基本固定的格式：开头的“维”字是发语之词。结尾以“呜呼哀哉，尚飨！”收住。“尚飨”的意思，就是希望亡者的灵魂来享受饮食，神食其气。前有短序，说明祭祀的年月日，吊者与亡者的关系等内容。而其主体部分，则是整齐的四字句。序中的“具官”一词，是吊者本有官爵品级，在应酬文字中，通常为了表示谦谨，不摆官衔，简写为“具官”。哀祭文字，不讲究华丽，但要情真意挚，倾诉肺腑，达到言辞质朴哀切，凄婉动人的效果。

苏辙与文与可，从他父辈开始就是表亲，其后苏辙的长女又与文与可的儿子联姻，这其中更加了一层儿女亲家的情分。文与可书、画皆工，在文学艺术上，又长期与苏辙、苏轼兄弟交往亲密，这就更使得他们的关系非同一般。这篇祭文，就表现了这种亲情与友情，读来仿佛能够听到作者那种发自肺腑，无限哀切的心灵之音。

在第一层次中，在行文的思路上，是以至亲之情来吊祭亡者。先叙明“与君结交，自我先人，旧好不忘，继以新姻”，是亲上加亲的至亲关系。紧接着第二层次，叙明文与可在途经陈州的路上，苏辙遣女儿去拜见姑丈，还没有来得及返回，就传来了文与可病逝的噩耗。“于何不淑，以至于斯！匪人所知，神实为之。”这是上天不肯赐福所造成的不幸啊！文章的第三层，追述了对文与可为人的品德的敬仰，也是加深了对亡者的怀念。文章在称赞他的艺术才华时说“翰墨之工，世无拟伦。人得其一，足以自珍。纵横放肆，久而疑神”。这并非浮夸之词，文与可的书、画皆工，是实实在在的事情，苏辙在《墨竹赋》中就曾极力赞叹他的画竹，说他“窃造物之潜思，赋生意于崇朝”，又说“虽天造之无朕”。可见文与可的画竹，达到了出神入化的绝境。

他赞美文与可“忠信笃实，廉而不刿，柔而不屈”的性格；仅十二个字，把亡者那种既有棱角，又不伤害别人，既温柔和顺，又不屈从世俗的人格形象，刻画无遗。文与可晚年好道家学说，这又是与苏辙同心相应的。从“病革不乱，遗书满纸”来看，文与可临到病危，仍在书写作画。看到这些遗物，更使亲者“睹物思人”，倍增哀恸。又从“我欲哭君，神往身留。遣使往奠，涕泗横流”的叙说来看，这篇祭文是苏辙未能亲往，而遣人前去代为宣读祭祀的。

整篇祭文，规范在亲情、文情两个方面，不涉及官场政绩及其他枝节。而这二者正是吊者与亡者的亲密交往，铭心难忘的所在。字字发倾吐心声，句句发自肺腑。言不在多，收到了“情往会悲，文来引泣”的效果。

管 仲

先君尝言：管仲九合诸侯，一匡天下。以桓公伯，孔子称其仁，而不能止五公子之乱，使桓公死不得葬。曰：“管仲盖有以致此也哉。”

管仲身有三归，桓公内嬖如夫人者六人而不以为非，此固嫡庶争夺之祸所从起也。然桓公之老也，管仲与桓公为身后之计，知诸子之必争，乃属世子于宋襄公。夫父子之间，至使他人与焉，智者盖至此乎？于乎！三归、六嬖之害，溺于淫欲而不能自克，无已，则人乎！《诗》曰："无竞维人，四方其训之。"四方且犹顺之，而况于家人乎？

《传》曰："管仲病且死，桓公问谁可使相者，管仲曰：'知臣莫若君。'公曰：'易牙何如？'对曰：'杀子以适君，非人情，不可。'公曰：'开方何如？''倍亲以适君，非人情，难近。'公曰：'竖刁何如？'曰：'自宫以适君，非人情，难亲。'管仲死，桓公不用其言，卒近三子，二年而祸作。"夫世未尝无小人也，有君子以间之，则小人不能奋其智，《语》曰："舜有天下，选于众，举皋陶，不仁者远矣。汤有天下，选于众，举伊尹，不仁者远矣。"岂必人人而诛之？管仲知小人之不可用，而无以御之，何益于事？

内既不能治身，外复不能用人，举易世之忧而属之宋襄公，使祸既已成，而彼宋人以干戈正之。于乎殆哉！昔先君之论云尔。

【鉴赏】

这篇文章是苏辙史论中评论历史人物的篇章。其父苏洵也写有《管仲论》。苏辙的这篇《管仲》，虽借其事，进一步阐述其父的见解，但为文的侧重点却在于以评述管仲的过失，其目的在于为北宋当权者提供历史借鉴，以收借史论政，以古鉴今。历代史学者和史论家，无不称道管仲的才干和其政治功绩，而苏氏父子却不落前人窠臼，以贬责管仲为主，对管仲政治和生活上的错误进行了揭露与批评。

文章从一开始，就从正反两个方面入题，先肯定管仲"九合诸侯，一匡天下"的历史功绩。马上，以"而"转折，由管仲"不能止五公子之乱，使桓公死不得葬"这一事实，推出这些全是因为管仲之过而造成的结论，作为议论评述的依据。对这一部分内容史记中有明确的记载，因此作者的这一论述，是完全符合历史事实的。评论管仲的过失，是整篇文章的重要组成部分。文章开篇即举纲撮要，为论其过蓄势，奠定基调。接着，便指责管仲之过。"管子身有三归（娶了三国之女为妻），桓公内嬖（宠爱的姬妾）如夫人者六人"。君臣宣淫，沉溺于女色，是使"嫡庶争夺"之祸端；桓公管仲知诸子必争，便托公子昭于宋襄公。此为祸乱引起的根源所在。以一国许二主，怎能不引起争端呢？

管仲病期间，桓公问谁可以代替他为相，管仲只指出易牙、开方、竖刁不可亲近，但始终未能推荐可以代自己为相的人。这是齐国祸乱产生的又一原因。易牙、开方、竖刁三人之事，均见于《管子》一书。桓公一死，易牙、开方、竖刁便大杀群臣，相互拼杀，争夺权势，使齐国内战不休，局面达到无法收拾的局面。也就是说，为政者如果能将有才德之人，提拔起来，使之位于邪恶人之上，那么，小人就无法施展其阴谋诡计。作者由管仲的不善荐人，进而来说明“世未尝无小人，有君子间之，则小人不能奋其智”的道理。管仲只知小人之不可用，却没有采取有效的措施加以“御之”。所以管仲，桓公一死，这些小人便兴风作浪，使得国无宁日。管仲之过失就在于不善于举贤授能。文章最后一段总括全文，照应开头，从而进一步说明了不善用人，是导致齐国动荡不安的重要原因。

在一定历史条件下，一个国家的兴亡治乱，与当权者的行事、用人也有着密不可分的关系，这也被大量的历史事实所证明。苏辙的《管仲》一文，是借评述管仲不善荐人之过失，不正已身，惊告北宋当权者，不要重蹈历史覆辙。由此显而易见，文章的寓意是相当精深的。

全篇语言自然流畅，行文圆转活脱说理透彻。文中虽属指责管仲之过，但齐桓公的昏聩、荒淫、缺乏主见也自然地流露于笔端、跃于纸上。此文表现了作者布局谋篇的独具匠心。在论证中，运用了丰富的史实多方类比，反复比衬，将道理剖析得十分精辟，独到。其次，文中运用了大量的语气词、关联词，不仅使文气纡徐和婉，又给人一种蝉联不绝、周回反复、一唱三叹的无穷韵味。

刘玄德

事固有当作而不可作者。智者论其公私，权其轻重，而可否、可决也。蜀先主之于关羽，名虽君臣，而义则父子也。先主入蜀而羽攻曹仁于荆州，吴乘其敝，羽以败死。先主欲为羽报仇，义不可已也。

然吴蜀之于魏，国小而兵弱，本以季汉君臣之分，缔交相亲，与魏为敌，则报仇之义，其公且重者在魏也。释魏而事羽之怨，则为失所先后矣！

先主之在白帝也，吴之君臣惧而乞和，若以仇魏之重俯而从之，义无不可也。先主念羽之厚，拒而不许，君臣之义则至矣！至于奋不虑害，兵败而继之以死，忘两国大计，而徇一夫之遗忿，则未为得矣。诸葛孔明有言："法孝直若在，必能止君此行，虽行，亦必不至于败。"然则孔明亦以伐吴为失计矣哉！

【鉴赏】

刘玄德，名备，字玄德。中国三国时期汉国（习称蜀国）开国君主，即蜀汉昭烈帝。刘备在东汉末起兵前，曾与张飞、关羽在桃园结义，三人从此之后便成为刎颈之交。刘备后来得到诸葛亮的辅佐，成为汉中王。208年，刘备与东吴孙权联合，大败曹操于赤壁（今湖北嘉鱼东北），又南取武陵、长沙、桂阳、零陵四郡，据有荆州之地。于221年称帝，国号汉。219年关羽围攻曹操部将曹仁于樊城，又大破于禁所领七军，降于禁，杀庞德，一时北方震动。不久孙权袭取荆州，关羽兵败被杀。刘备为了替关羽报仇，亲自统率军队进攻荆州，不料却在猇亭（今湖北宜都县北）被东吴大将陆逊击败，不久病死。文中所写就是这些历史事实。

历代史论家，皆认为他宽厚而爱人，仁德而能体恤民情，又能礼贤下士，知人善任，称颂刘备为圣君明主。但苏辙的这篇评论之文，却别具慧眼，着重论述了刘玄德因为感情用事，私而忘公的严重过失，并以此为要旨，展开评论，说明了仗义使气，轻断寡谋的危害，揭示了魏蜀吴三国的斗争历史。

文章在一开始，便开宗明义，"事固有当作而不可作者，智者论其公私，权其轻重可否、可决也。"入题即抓住问题要害。继而，单刀直入，交代刘备与关羽之间的关系"名虽君臣，而义则父子也"。关羽攻曹仁、张于时，东吴乘其"敝羽以败死"。刘备欲为关羽报仇，亲自领兵击吴。此章节叙事简洁，仅用四十余字，便将错综复杂的三国之间的历史，交代得一清二楚，眉须昭然。继以"义不可已也"。加以否定，为下面论述其过失做了铺垫。

文章开篇，对刘备有褒也有贬，对他重情义的一面加以肯定，但对他感情用事的一面还是提出了批评。文章以"然"字加以转折领起，很自然地过渡，先从道理上加以阐述。三国之中，蜀吴国小而兵弱，所以蜀吴理应联合，共同对付曹魏。然而刘备却置大敌于不顾，为报一己之私仇而兴师伐吴，"则为失所先后矣。"而且当时在三国分庭抗礼的局势下，刘备身为蜀汉君主，却分不清楚事情的轻重缓急，主次先后，这又怎能算得上是明智的君主呢？刘备统率精兵七十五万，屯驻白帝城（今四川奉节县东），东吴君臣上下深感畏惧，派诸葛瑾乞和，此时刘备却“念羽之厚，拒不许”，竟然将君臣之情义，凌驾于社稷之上，而置国家安危于不顾，是其为私而忘公的又一过失。当刘备大败吴军，孙权心怯，遣使送回张飞的首级，张达上表求和，共图灭魏之时，按照常理说，一己私仇已报，刘备理应罢兵止戈，与东吴联合，共同对付曹魏才对，但刘备依然怒怨未消，不考虑个人的实力，不虑及后患，定要灭吴，连营布阵足达七百余里，没料想却败在东吴一介儒生陆逊手下，落得损兵折将，大败而归的可悲下场。当此之时，刘备却仍不知悔悟。至此，刘备的重私情、忘大计，遇事不知权其轻重的谬误已昭然若揭。

行文至此，似乎言尽意明，理应可以拢束全文而结之。但作者又引诸葛亮的言论，加以印证，进一步说明刘备的不听劝谏，愚顽固执。诸葛亮和法孝直（法正）作为刘备的重要谋臣，二人为刘备献计献策，才使得蜀汉势力逐渐壮大，最终建立起政权。诸葛亮对刘备真可以说是竭忠尽智了，然而像这样对蜀汉举足轻重的谋臣之言，刘备也置若罔闻，一意孤行。所以刘备为了报一己之私仇，而兵败身死的历史教训，是发人深思的。末尾，作者以诸葛亮之言相衬托，不仅起到画龙点睛，深化主题的作用，而且，更增强了文章的思想内涵。

苏辙的这篇短文，不可能全面地对刘玄德的历史功过进行论列，仅抓住他为关羽报仇一事，论其遇事不知权衡利害，择其得失之愚妄，揭其意气用事之危害。这一论证是精深而独到的，更多的是能给人以教益。全文以事论理，事简理明，结构缜密，条分缕析。论述中环环紧扣，层层推进，从而将道理阐述得十分精辟。

举直言策

陛下即位三十余年矣，平居静虑，亦尝有忧于此乎？无忧于此乎？臣伏读制策，陛下既有忧惧之言矣。然臣愚不敏，窃意陛下有其言矣，未有其实也。往者宝元、庆历之间，西羌作难，陛下昼不安坐，夜不安席，天下皆谓陛下忧惧小心，如周文王然。自西方解兵，陛下弃置忧惧之心，二十年矣。

古之圣人，无事则深忧，有事则不惧。夫无事之深忧者，所以为有事之不惧也。今陛下无事则不忧，有事则大惧，臣以为忧乐之节易矣。臣疏远小臣，闻之道路，不知信否。

近岁以来，宫中贵姬至以十数，歌舞饮酒，优笑无度，坐朝不闻咨谟，便殿无所顾问。三代之衰，汉唐之季，女宠之害，陛下亦知之矣。久而不止，百蠹将由之而出。内则蛊惑之所污，以伤和伐性；外则私谒之所乱，以败政害事。陛下无谓：好色于内不害外事也！今海内穷困，生民愁苦；而宫中好赐不为限极，所欲则给，不问有无；司会不敢争，大臣不敢谏，执契持敕，迅若兵火。国家内有养士养兵之费，外有北狄、西戎之奉，陛下又自为一阱，以耗其遗余。臣恐陛下以此得谤，而民心不归也。

【鉴赏】

本篇选自《宋史·苏辙传》《栾城集》《颍滨遗老传·上》亦有记载，题目是编者所加。这是苏辙的著名策论之一。宋仁宗嘉祐六年（1061），苏辙受到欧阳修和谏官杨东道的举荐，与其兄苏轼一起于是年八月二十五日参加能言极谏科考试。制举考试是统治者延揽人才的制科形式之一。苏辙参加制科考试时，只有二十三岁，正是风华正茂、血气方刚之年。但是在对答制策中，他锋芒毕露毫不避讳地指出当时最高统治者宋仁宗为政的得与失。为此，他的这篇策论，不出意料地在朝中引起了一场轩然大波。主考官司马光主张入三等，可是考官胡宿则极力反对，主张黜除；而仁宗不同意黜除，怕落得不爱惜人才之嫌。最后被置之下等。

苏辙写作本篇文章时离仁宗即位已三十八年。仁宗即位之初，曾实行过一些改良政策，如均平田税，招辑流民等，使北宋社会变得安定，经济趋于繁荣。但为政日久，便荒废庶政，沉溺于歌舞声色之中。这篇策论即是对仁宗皇帝养尊处优，不虑国事，不理朝政，沉湎于歌舞饮宴的奢靡生活，大胆地进行了揭露并且劝谏。

文章首先是从仁宗即位的年代说起，逐层论其思想与生活的变化。紧扣一个“忧”字，生发开去，以两个设问句诱导，促使其反躬自责，后又以“陛下既有忧惧之言矣”，肯定他原先对国事是有所忧心和恐惧的。然而，这种忧惧之心，仅仅是停留在言辞上，而并无实际行动。开头就一波三折，跌宕起伏，曲尽其意。紧接着又赞扬仁宗制止西夏叛乱时的作为，以“昼不安坐，夜不安席”“如周文王然”。形象地刻画出仁宗担心国事的神情，记述简练精要，人物神情和意态，无不生动地浮现于读者面前。但是，自西方军事威胁解除后，仁宗从此就高枕无忧了。

作者征古例今，以古圣贤为据，批评仁宗的“忧乐之节易”。行文委婉尽意，拳拳之忠，溢于言表。文章又进一步从对仁宗思想与心态的剖析，转入对他生活的揭露。“宫中贵姬至以十数，歌舞饮酒，优笑无度”。寥寥数语，便勾画出仁宗的沉溺酒色，荒淫无度。因生活极度奢靡，因而“坐朝不闻咨谟，便殿无所顾问”。虽在帝位，却不曾考虑及政事。至此，一个昏庸淫逸，贪图享乐的皇帝形象便呈现在读者面前。但苏辙写此文，并不是为了揭露抨击，发泄义愤，意在规劝，所以，继之便以夏、商、周三代的灭亡，汉、唐的衰微，皆由于迷恋女色所致以示警戒劝告。然作者仍然感觉言不尽意，进而又联系当朝的经济状态，臣僚的思想心态及百姓的生活，极言其弊之大，其骄奢淫逸是在为自己设下陷阱。最后以“臣恐陛下以此得谤，而民心不归也”结束全文，以表明个人的大胆劝谏，直言不讳，全是为了仁宗皇帝。尾末既不失为点睛之笔，又收到劝谏之功效。作者其心之诚笃，用意之真切，于文中字里行间可见，大概正因为如此，仁宗皇帝见到此文不仅未咎其过，反而，“以辙为州从事”，后因苏辙“乞奏留京善亲”，才未供职。

这篇策论分析透辟、精深，构思缜密。全文笔力雄放引古论今，纵横驰骋，但始终围绕一个“忧”字展开，将各段文字串联在一起。作者写仁宗时而释忧，始而忧惧，进而到无忧，淫乐，足可以发现随着在位日久，思想也随之发生了极大的变化。文中有叙有议、叙议结合，步步深入，有逐层迭进之势。众矢向的，铺墨随意，撒得开，可是也收得拢，充分显示出苏辙的才华横溢，卓荦智识与胆量。人称苏辙文章有“秀杰醇深之气”，此文即是极好的印证。故《御制科策》不愧称为苏辙策论中的上乘之作。

六国论

尝读六国世家，窃怪天下之诸侯以五倍之地、十倍之众，发愤西向，以攻山西千里之秦，而不免于灭亡。常为之深思远虑，以为必有可以自安之计。盖未尝不咎其当时之士虑患之疏而见利之浅，且不知天下之势也。

夫秦之所与诸侯争天下者，不在齐、楚、燕、赵也，而在韩、魏之郊，诸侯之所与秦争天下者，不在齐、楚、燕、赵也，而在韩、魏之野。秦之有韩、魏，譬如人之有腹心之疾也。韩、魏塞秦之冲，而蔽山东之诸侯，故夫天下之所重者，莫如韩、魏也。

昔者范雎用于秦而收韩，商鞅用于秦而收魏。昭王未得韩、魏之心，而出兵以攻齐之刚、寿，而范雎以为忧，然则秦之所忌者可见矣。

秦之用兵於燕、赵，秦之危事也。越韩过魏而攻人之国都，燕、赵拒之于前，而韩、魏乘之于后，此危道也。而秦之攻燕、赵，未尝有韩、魏之忧，则韩、魏之附秦故也。夫韩、魏，诸侯之障，而使秦人得出入於其间，此岂知天下之势邪？委区区之韩、魏，以当强虎狼之秦，彼安得不折而入于秦哉？韩、魏折而入于秦，然后秦人得通其兵于东诸侯，而使天下遍受其祸。

夫韩、魏不能独当秦，而天下之诸侯借之以蔽其西，故莫如厚韩亲魏以摈秦。秦人不敢逾韩、魏以窥齐、楚、燕、赵之国，而齐、楚、燕、赵之国，因得以自安于其间矣。以四无事之国，佐当寇之韩、魏，使韩、魏无东顾之忧，而为天下出身以当秦兵。以二国委秦，而四国休息于内，以阴助其急，若此可以应夫无穷，彼秦者将何为哉？不知出此，而乃贪疆埸尺寸之地，背盟败约，以自相屠灭。秦兵未出，而天下诸侯已自困矣。至使秦人得伺其隙，以取其国，可不悲哉！

【鉴赏】

苏辙所著史论远较父兄为多。三苏之作，皆“以古今成败得失为议论之要”。著有《历代论》六卷，四十五篇，上起尧舜，下讫唐玄宗，历代名主名臣均有论列。(《栾城后集》卷七一十一）另有进论五卷二十五篇，除五篇外，其余二十篇均为史论。(《栾城应论集》卷一)本篇就是进论中的第四篇。原题为《六国》“论”字为后世选文者所增添。所谓“进论”者，简单说就是专门写给皇帝阅读的文章的人。

这篇《六国论》着重探讨了六国当时应采取的自安之计。作者从自己认知的角度做了一些说明。文章开头便说，我读历史书中关于六国的记载，心中感到纳闷，六国诸侯以五倍于秦的土地，十倍于秦的兵力，去攻打只有千里土地的秦国，结果以灭亡告终。我曾经深入思考过此事，认为六国在当时一定是有可以“自安之计”，因此，不能不指责当时的谋士们，他们考虑问题真的是过于疏漏，只看到眼前的小利而看不到天下的大势啊！这样就给读文章的人，留下一个悬念，并用反问句回应开头一段的议论。在对形势做了充分的分析以后，才提出“厚韩亲魏以摈秦”的策略，认为这才是当时六国能够也应该采取的自安之计。读文章的人读到此，不能不佩服作者的高招儿。文章写得的确是透彻理智，很有说服力的，但是笔者在此，不能不指出两点：(一)六国合纵，韩、魏处于重要的战略地位的主张，并不是苏辙首先提出的。秦昭王时，范睢便曾为秦筹划，提出远交近攻的策略，指出“韩、魏，中国之处，而天下之枢也”。并且为昭王制定了“攻魏、收韩”的策略。(《战国策·秦策》)至秦王政时，顿弱更进一步指出：“韩，天下之咽喉；魏，天下之胸腹”，要想兼并六国，必须要先征服韩、魏，“即韩、魏从，而天下可图也”。秦始皇采纳了顿弱的建议，并给他万金，让他为秦国到六国去做间谍，文中对这一战略性的意见也有描述。他到了韩、魏用重金收买了两国的将相。又到了燕赵，离间赵国的君臣关系，馋杀了赵国良将李牧。到了齐国，又使齐国朝秦。(《战国策·秦策》)司马光评论六国时也说过：“从横之说，虽反复百端，然大要合从者六国之利也。昔先王建万国亲诸侯，使之朝聘以相交、飨宴以相乐、会盟以相结者，无他，欲其同心戮力以保国家也。向使六国能以信义相亲，则秦虽强暴，安得而亡之哉？夫三晋者，齐楚之藩蔽；齐楚者，三晋之根柢；形势相资，表里相依。故以三晋而攻齐楚，自绝其根柢也；以齐楚而攻三晋，自撤其藩篱也。安有撤其藩篱以媚盗曰：‘盗将爱我而不攻’，岂不悖哉！”(《资治通鉴》卷七)(二)当时六国的形势是君主为首的统治机构工作效率不高，政治昏暗，官吏贪鄙，法制不健全；而秦国政治清明，勇于攻占，人民奉法，经济实力远远超过其余六国。这才是秦国战胜六国的根本原因,《荀子》中便有记载。"观其朝廷,其朝闲,听决百事不留,恬然如无治者,古之朝也。"这是说,秦国的朝廷政治清明,办事极有效率,绝无踢皮球,只画圈签知而不肯拍板负责之类的官僚作风,不积压公事。"故四世有胜,非幸也,数也。"也就是说,秦国之所以能够统一天下,自秦考公、惠文王、武王至昭襄王四朝,都很兴旺,这并不是侥幸得来,而是必然的道理啊!(《荀子·强国篇》)虽然荀子到秦国是在秦昭王当政的时候,但已预见到秦国战胜六国的势头了。

古人的史论往往是一得之见,不一定完全符合历史发展的规律。我们读古人的史论文章,不可不知。

唐论

天下之变,常伏于其所偏重而不举之处,故内重则为内忧,外重则为外患。古者聚兵京师,外无强臣,天下之事皆制于内。当此之时,谓之内重。内重之弊,奸臣内擅而外无所忌,匹夫横行于四海而莫之能禁,其乱不起于左右之大臣,则生于山林小民之英雄。故夫天下之重,不可使专在内也。古者诸侯大国或数百里,兵足以战,食足以字,而其权足以生杀,然后能使四夷盗贼之患不至于内,天子之大臣有所畏忌,而内患不作。当此之时,谓之外重。外重之弊,诸侯拥兵,而内无以制。由此观之,则天下之重,固不可使在内,而亦不可使在外也。

自周之衰,齐、晋、秦、楚绵地千里,内不胜于其外,以至于灭亡而不救。秦人患其外之已重而至于此也,于是收天下之兵而聚之关中,夷灭其城池,杀戮其豪杰,使天下之命皆制于天子。然至于二世之时,陈胜、吴广大呼起兵,而郡县之吏熟视而走,无敢谁何。赵高擅权于内,颐指如意,虽李斯为相,备五刑而死于道路。其子李由守三川,拥山河之固,而不改校也。此二患者,皆始于外之不足,而无有以制之也。至于汉兴,惩秦孤立之弊,乃大封侯王,而高帝之世,反者九起,其遗孽余烈,至于文景而为淮南、济北、吴、楚之乱。于是武帝分裂诸侯以惩大国之祸,而其后百年之间,王莽遂得以奋其志于天下,而刘氏子孙无复龃龉。魏晋之世,乃益侵削诸侯,四方微弱,不复为乱,而朝廷之权臣,山林之匹夫,常为天下之大患。此数君者，其所以制其内外轻重之际，皆有以自取其乱而莫之或知也。

夫天下之重在内，则为内忧，去外则为外患。而秦汉之间，不求其势之本末，而更相惩戒，以就一偏之利，故其祸循环无穷而不可解也。且夫天子之于天下，非如妇人孺子之爱其所有也。得天下而谨守之，不忍以分于人，此匹夫之所谓智也，而不知其无成者，未始不自不分始。故夫圣人将有所大定于天下，非外之有权臣则不足以镇之也。而后世之君乃欲去其爪牙，剪其股肱，而责其成功，亦已过矣。愚尝以为天下之势，内无重，则无以威外之强臣，外无重，则无以服内之大臣而绝奸民之心。此二者，其势相持而后成，而不可一轻者也。

昔唐太宗既平天下，分四方之地，尽以沿边为节度府，而范阳、朔方之军，皆带甲十万。上足以制夷狄之难，下足以备匹夫之乱，内足以禁大臣之变，而其将帅之臣，常不至于叛者，内有重兵之势以予制之也。正观之际，天下之兵八百余府，而在关中者五百，举天下之众而后能当关中之半，然朝廷之臣亦不至于乘隙间衅以邀大利者，外有节度之权以破其心也。故外之节度，有周之诸侯外重之势，而易置从命，得以择其贤不肖之才，是以人君无征伐之劳，而天下无世臣暴虐之患。内之府兵，有秦之关中内重之势，而左右谨饬，莫敢为不义之行，是以上无逼夺之危，而下无诛绝之祸。盖周之诸侯，内无府兵之威，故陷于逆乱而不能以自止；秦之关中，外无节度之援，故胁于大臣而不能以自立。有周秦之利，而无周秦之害，形格势禁，内之不敢为变，而外之不敢为乱，未有如唐制之得者也。

而天下之士，不究利害之本末，猥以成败之遗纵，而论计之得失，徒见开元之后，强兵悍将皆为天下之大患，而遂以太宗之制为猖狂不审之计。夫论天下，论其胜败之形，以定其法制之得失，则不若穷其所由胜败之处。盖天宝之际，府兵四出，萃于范阳，而德宗之世，禁兵皆戍赵魏，是以禄山、朱泚得至于京师，而莫之能禁，一乱涂地。终于昭宗，而天下卒无宁岁。内之强臣，虽有辅国、元振、守澄、士良之徒，而卒不能制唐之命。诛王涯，杀贾，自以为威振四方，然刘从谏为之一言，而震慑自敛，不敢复肆。其后崔昌遐倚朱温之兵以诛宦官，去天下之监军，而无一人敢与抗者。由此观之，唐之衰，其弊在于外重，而外重之弊，起于府兵之在外，非所谓制之失，而后世之不用也。

【鉴赏】

苏辙二十二岁时是嘉祐五年(1060),在京应制举,总共献文五十篇,包括《进论》二十五篇,《进策》二十五篇,最后都收入《栾城应诏集》中。本文选自《栾城应诏集》卷三,是其中《进论五首》的第一首。

本文分五段。第一段,从理论上提出国家重兵的设置和权势的使用,文中所提到的"重"这个术语,是重兵和权势的意思。本段又可以细分为四层:一是提出天下之变大多有内忧和外患两个方面;二是给"内重"下一界说,然后再论述"内重之弊";三是什么是"外重",再论"外重之弊";四是"由此观之,则天下之重,固不可使在内,而亦不可使在外也。"由此总结全段内容,层次十分清楚。

第二段,用历史事实论述自周至魏晋时代内外轻重的势态。最后用一句话作结,指出以上各朝代的君王,当他们面临内外轻重的,都是"自取其乱"而不自知。

第三段,本段一开始就先指出圣人大定于天下,非有权臣在外不可,这是针对宋代大权集中于中央的情况而讲的。然后用"愚尝以为""天下之势,内无重,则无以威外之强臣,外无重,则无以服内之大臣而绝奸民之心。此二者,其势相持而后成,而不可一轻者。"这句不仅是本段的总结,也可以说是前三段的总结。之后引出下文。但是尤其值得注意的是,这三段只字未提及唐,给人留下一个不解之谜:文题《论唐》而唐又何在呢?设置了悬念,给人留下遐想的空间自然引出下文。

第四段,段首一句:"昔唐太宗既平天下,分四方之地,尽以沿边为节度府",唐才初次在此处出现,文恰到好处地在这里入题。本段总结唐代府兵制的优点是"有周秦之利,而无周秦之害,形格势禁,内之不敢为变,而外之不敢为乱,未有如唐制之得者也"。本段肯定了唐制的优点,紧扣题旨,是全文的中心所在。从文章气势来看,本段已达到高峰,下段为进一步的补充说明,已是文章的余波了。

第五段,补充说明了唐代之所以败亡的原因。上一段既然论述了唐制之优,"有周秦之利,而无周秦之害",那么唐朝为什么也摆脱不了周秦败亡的命运呢?唐朝也败亡于"外重",本段推论"唐代外重之由",是在于天宝年间,府兵四出,德宗时代,朝廷兵力空虚,府兵尽戍赵魏之地,致使安禄山、朱泚等固得以反叛攻入京师。此后,崔昌遐借降将朱温之兵诛杀宦官，中央无力完全控制四方重兵，取消朝廷监军，终于败亡。到了文章结尾，加以总结：“由此观之，唐之衰，其弊在于外重，而外重之弊，起于府兵之外，非所谓制之失，而后世之不用也。”明确地指出了唐朝祸败是因为府兵在外而内轻，从而承接上段，进一步肯定了唐代的“府兵制”。

本文的写作，采用了“言在此而意在彼”的笔法，可以从以下两个方面来说明：第一，言周秦等天下大势而意在唐。本文用了足足三段过半的篇幅论述周秦等天下大势，到第四段才入题论及唐代，处处扣紧题旨，由此看来前三段大半篇幅是为后两段“论唐”这个中心铺垫和服务的，周、秦、两汉、魏晋之制不是失之“外重”，就是失之“内重”，都不健全，唯有唐代“府兵制”形格势紧，有得无失。唐以前都是铺衬，是为了铺垫和衬托唐制的，这种笔法的特点是迂回曲折，重点突出，引人入胜。这种笔法虽下笔远，但不离题旨，并很好地为主题服务。第二，言唐而意在宋。这是一篇言兵之文，就是军事论文，虽说论的是唐代“府兵制”，但是用意不在唐而在宋。我们不难发现苏辙是站在封建统治阶级的立场，为了维护宋朝封建统治，写了这篇“进论”，为宋王朝救弊开了个药方，即采用唐代“府兵制”。但是他不敢直言，而是巧妙地采用借古讽今的手法，表面言唐而意在言宋，委婉达意，而又比较安全，不会触动当局。其实这也并非苏辙独创，唐代大诗人白居易、元稹等人早就采用过“言汉而意在唐”的手法，苏辙不过是继承此法而已。此法妙在含蓄委婉。意在言宋，而“宋”在文中并未出现，弦外之音耐人寻味，引人深思。

翰墨国学馆

HANMO GUOXUEGUAN

论语	〔春秋〕孔子　著
道德经	〔春秋〕老子　著
孟子	〔战国〕孟子　著
荀子	〔战国〕荀子　著
庄子	〔战国〕庄周　著
鬼谷子	〔战国〕鬼谷子　著
楚辞	〔战国〕屈原　著
诗经	张晓琳　注析
周易	任宪宝　编著
尚书·礼记	高　山　译注
大学·中庸	高　山　译注
四书五经	〔春秋〕孔子　等著
左传	〔春秋〕左丘明　著
黄帝内经	〔上古〕黄帝　等著　赵建佳　译
本草纲目	〔明〕李时珍　著
唐诗三百首	〔清〕蘅塘退士　编选
宋词三百首	〔清〕上彊村民　编选
元曲三百首	郑红峰　注析
孙子兵法	〔春秋〕孙武　著
三十六计	张婷婷　编
资治通鉴	〔宋〕司马光　著
二十四史	高　山　主编
史记	〔汉〕司马迁　著
古文观止	〔清〕吴楚材　吴调侯　编选
山海经	王馨苑　编著
三字经 百家姓 千字文 弟子规	弘　丰　编著
唐宋八大家散文鉴赏	弘　丰　编著
茶经·续茶经	〔唐〕陆羽　著

菜根谭	〔明〕洪应明　著
纳兰词	纳兰容若　著
人间词话	王国维　著
了凡四训	〔明〕袁了凡　著
世说新语	〔南朝宋〕刘义庆 著
传习录	〔明〕王阳明 著
声律启蒙·笠翁对韵	〔清〕车万育　李渔　著
中华上下五千年	张婷婷　编
中华成语典故	胡丽敏　编著
小学生必背古诗词	田　凯　编著
初中生必背古诗文	周香英　编著
三国志	〔晋〕陈寿　著
中国通史	吕思勉　著
红楼梦	〔清〕曹雪芹　高鹗　著
水浒传	〔明〕施耐庵　著
三国演义	〔明〕罗贯中　著
西游记	〔明〕吴承恩　著
封神演义	〔明〕许仲琳　编
东周列国志	〔明〕冯梦龙　著
隋唐演义	〔清〕褚人获　编
聊斋志异	〔清〕蒲松龄　著
儒林外史	〔清〕吴敬梓　著
镜花缘	〔清〕李汝珍　著